出版人书系

GASTON GALLIMARD
un demi-siècle d'édition française

加斯东·伽利玛
半个世纪的法国出版史

Pierre Assouline

［法］皮埃尔·阿苏利纳 著　胡小跃 译

人民文学出版社
PEOPLE'S LITERATURE PUBLISHING HOUSE

著作权合同登记号 图字 01-2024-0837

Pierre Assouline
Gaston Gallimard: Un demi-siècle d'édition française
©Éditions Gallimard, Paris, 2006
Simplified Chinese edition copyright ©2024, Shanghai 99 Readers' Culture Co., LTD.
All rights reserved

图书在版编目(CIP)数据

加斯东·伽利玛：半个世纪的法国出版史 /（法）皮埃尔·阿苏利纳著；胡小跃译． -- 北京：人民文学出版社，2024
（出版人书系）
ISBN 978-7-02-018604-4

Ⅰ．①加… Ⅱ．①皮… ②胡… Ⅲ．①传记文学－法国－现代 Ⅳ．① I565.55

中国国家版本馆CIP数据核字（2024）第069165号

总 策 划　黄育海
责任编辑　卜艳冰　何炜宏
封面设计　钱　珺

出版发行　人民文学出版社
社　　址　北京市朝内大街166号
邮政编码　100705

印　　刷　山东临沂新华印刷物流集团有限责任公司
经　　销　全国新华书店等

字　　数　320千字
开　　本　889毫米×1194毫米 1/32
印　　张　15.625　插页 2
版　　次　2010年1月北京第1版
印　　次　2024年5月第1次印刷

书　　号　978-7-02-018604-4
定　　价　89.00元

如有印装质量问题，请与本社图书销售中心调换。电话：010-65233595

献给安吉拉

目 录

前 言 i

引 子 1

第一时期 1881年—1900年 3

第二时期 1900年—1914年 19

第三时期 1914年—1918年 66

第四时期 1919年—1936年 90

第五时期 1936年—1939年 247

第六时期 1939年—1944年 272

第七时期 1944年—1945年 381

第八时期 1946年—1952年 418

第九时期 1953年—1966年 452

第十时期 1967年—1975年 478

致 谢 489

前　言

为什么要写伽利玛？因为他独一无二，非同寻常。

当然，大出版家还有，而且不少。但在上个世纪前十年投身这一冒险活动的出版家中，只有他，能在晚年的时候翻着自己出版社厚厚的书目，对自己说："法国文学，就是我！"

他没有写过任何书，但所有的书上都有他的名字。在封面的下方，而不是在作家们通常署名的上方。那是他的作品。他的作品以数百万计，其封面和颜色在二十世纪所有读书人的书房里一眼就能看出来。加斯东·伽利玛倾其一生，拿陌生的年轻作家的前途打赌。一开始，他的出版社就做长远打算。这个年轻的出版人选择了一条漫长而艰难的道路，他不愿意盯着名家，虽然大部分读者都局限于阅读少数几个知识分子精英的作品。但干了几年之后，这个初出茅庐的年轻人马上就发现，出版，首先是一种商务。于是，这个漫不经心的美学家、音乐会和舞会的常客，很快就变成了一个可怕的生意人，一个狡黠的吹嘘者，他能锲而不舍地恳求或请求他人。

这并非因为他是个杰出的经营者或是善于发现人才的"伯

i

乐",而是因为遭遇失败之后,他能清醒地从短暂的灾难中获取教训,首先把一些精英团结在自己周围。这些人以自己的才能、远见或为人处世的方式,共同创造了一座文学殿堂,它就叫做:"加斯东·伽利玛"。

他不断地把法国和外国最优秀的文学作品收罗到自己的徽标下。每当他发现自己看走眼或犯了大错时,他都会尽自己最大的努力,把作者从其他竞争者手里挖回来。由于这样劝说别人,他自己最后也相信,只有在伽利玛出版社出书,才配得上作家这个称号。为了达到自己的目的,这个被大家叫做"加斯东"的人会不惜任何代价。魅力、智慧、和蔼,当然还有专注,必要的时候,他也会毫不妥协,甚至撒点小谎,玩点伎俩。用创意赚钱,要吸引住人,这一点并不比做别的生意容易。加斯东·伽利玛懂得不失时机地提醒他的竞争者,极有分寸,很讲档次,颇有技巧,充分显示了大出版家的与众不同。

为了让自己的作品具有持久生命力,他出版许多专刊,推出一些周刊,编辑一些与自己的趣味和初衷大相径庭的书籍,躲避第一次世界大战,在第二次世界大战中洁身自好。

这种惊人的历险,其结果是在法国的书店里,在世界上最好的图书馆里,从东京到得克萨斯州到处都有他的书。他让那么多作者表达和传播了自己的思想,可在我们的辞典里,却找不到任何关于这个人的生平资料。真是忘恩负义啊!……

有几个作家,比如说龚古尔兄弟、保尔·莱奥托、路易·吉尤、安德烈·伯克莱等,他们曾在自己的《日记》或《回忆录》中提到过加斯东·伽利玛。但也许是在一些重要的小说中,人们更容易发现他,虽然用的是各种不同的化名,但一眼就能看出来：加亚尔①、布鲁亚尔②或乔治·布尔吉尼翁③。

采用这些文学伎俩清楚地表明,加斯东·伽利玛是多么不喜欢别人提起他,至少是在他活着的时候。而且,他一直拒绝写回忆录,尽管他的合伙人、朋友和同行一再请求他这样做。

这是为了尊重真正的作家,也因为胆怯,因为缺乏信心,更因为诚实:在回忆的时候,可能会有很多东西要说,有些事实可能会伤害许多作者的自尊和名声,影响伽利玛出版社和他本人的声誉。

在庆祝九十五岁生日的前几天,这个被死神纠缠的人终于离开了人间,他把自己的秘密也一同带走了。这部献给这个显赫而又陌生的人物的传记,也是一部关于半个世纪法国出版史的专著。因为通过加斯东·伽利玛的一生,其他出版人的活动也显现了出来,如贝尔纳·格拉塞、罗贝尔·德诺埃尔、勒内·朱丽亚尔以及其他在这一领域做出杰出贡献的出版家。

很奇怪,法国的出版家很少出版关于自身的著作。更糟的是,他们往往反对学者研究他们,不让他们查阅出版社的资料,所以许多秘密一直没有公开,成了神话。只有少数几个人例外。如果涉及陈年往事,那更是如此。

为了重新拼凑起伽利玛的一生这一引人入胜的拼图,我不得不到处寻找资料,尽最大努力重新梳理我所得到的材料:我查阅了数百本书籍和许多未公开的档案、私人信件、当时报纸上的专

---

① 弗朗西斯·儒尔丹,《无怨无悔》。——本书除注明译注外,均为作者原注。
② 安德烈·伯克莱,《歌唱的花朵》,伽利玛出版社,1939。
③ 雅克·里维埃,《被爱的女人》,伽利玛出版社,1923。

栏，还采访了许多见证者。

　　这种研究的目的并不是想客观地阐述历史，而是想尽量做到真实。目的只有一个，就是回答这么一个问题：加斯东·伽利玛是怎样炼成的？

引 子

先生们：

　　加斯东·伽利玛先生低调而谦逊，为了尊重他的意愿，如果不是要指定会议主席、任命新的总裁，关于他的去世（1975年12月25日），我们将不作任何评论……

　　巴黎，塞巴斯蒂安-博坦路[①]，一家私宅不动声色地挂着《新法兰西杂志》（NRF）的徽标。1976年1月15日，下午3时，看得见窗里面有许多男人。他们在通常举行行政会议的大厅里，围坐在一张桌子四周。差不多二十天前，创始人离开了他们。这是他去世以后召开的第一次会议。

　　管理人员的神色都非常严肃。他们很伤心。这场打击的影响是巨大的，虽然加斯东·伽利玛几年前就已退居二线，把大权交给了他的儿子克洛德，但他还是每天都到他创办的这家出版社来上班。加斯东消失了，出版史上的一页无可挽回地翻过去了。

---

① 2011年伽利玛出版社创立百年之际，这条路改名为加斯东·伽利玛路。——编注

噩耗公布后，大家一致对他进行了赞扬，理事会的成员们比别人更了解他，他们是：加斯东的儿子克洛德·伽利玛，加斯东的侄儿罗贝尔·伽利玛，贝尔纳·于格南，保尔-马克·施伦贝格尔和企业委员会的两个代表昂布瓦斯-维克多·皮热贝和吉·热尔曼。有个人请假：埃玛纽艾尔·库夫勒，库夫勒是加斯东的老朋友，伽利玛出版社最老的理事和股东之一。他病了。1月13日，他向理事会送来一封致歉信："我的身体不允许我来参加我的好朋友和老朋友加斯东·伽利玛去世后推举出版社总裁的理事会。如果理事会选择他的儿子克洛德，我将完全表示赞同。现在，克洛德已经懂得为我们的出版社赢得声望的传统是什么。非常抱歉我不能来到你们当中参与你们非同寻常的决定……"

读完这封信后，克洛德·伽利玛也提醒大家，埃玛纽艾尔提到的保持传统，父亲在去世之前留下的一封信中也提到了。那几行字可以说是精神遗嘱，加斯东·伽利玛请求他的继任者们继续出版社创始人提出的编辑方针，即"寻找富有才华的新人，许多作品的出版并不一定成功。在这种情况下，出版社的职责是创造和积累高质量的文学作品，而不是靠没有前途的商业成功来获取短期的利益。这就要求股东们有更大的耐心……"

考虑到托付给他的任务只能在这条道路上完成，克洛德请求得到同事们的支持。理事会一致同意。下午4时30分，主席宣布会议结束。

这份遗产可真是不轻，那是加斯东·伽利玛花了半个多世纪所创造的。

第一时期

1881年—1900年

"车夫，去第九区区政府！"

三个男人离开他们共同的住处，乘马车前往德鲁奥路，向区政府职员申报，1881年1月，也就是本月，18日，一个名叫加斯东的婴儿出生于家中。这三个人都住在圣拉扎尔路79号一栋豪华的矮楼中，那是他们祖传的屋子，就在圣三一教堂对面。

"谁是父亲？"

"是我……保尔·塞巴斯蒂安·伽利玛，三十岁，建筑师……母亲，也就是我的妻子，叫露西·伽利玛，父姓杜歇，二十二岁，没有职业。这是他的两位教父：我的父亲塞巴斯蒂安·居斯塔夫·伽利玛，五十九岁，靠年金生活；我的内兄，加布利埃尔·杜歇，三十岁，批发商。孩子是两天前的9点30分出生的……"

对保尔·伽利玛来说，长子的出生，无疑是年初最重大的事件。这是个很奇特的男人，从外表上看，他一点也算不上美男子，但他衣着讲究得体，举手投足很是潇洒，给人的印象非常之好，而且很聪明，这种种优点使他显得极有魅力。他的姓就已经说明问题了，因为在古法语中，它指的是"文具"或"墨水瓶"。这个祖传的姓氏来自勃艮第（如果你知道它是怎样传给后代的，你就会发现，它好像是专门留给未来的加斯东的），但加斯东·伽利玛长期以来被认为是奥弗涅人。这是因为除了他出名的吝啬外，家中的真正财产都来自父亲一方。

爷爷夏布里埃是个锅匠，靠制作和出售哺乳用的"奶嘴"发掘他的第一桶金。然后，他离开多姆山省的梯也尔，来到了巴黎。他非常聪明，富有想象力，在七月王朝时期社会地位迅速上升。在资产阶级君主政体中，没有人想废除共和制中最好的东西。奥斯曼男爵偏爱的郊区动产还没有到达黄金时期，夏布里埃早在几年前就承包了灯光工程。当时还是路易-菲利普统治时期，他在首都的主干道都安装了金属灯杆，并出租了油灯照明系统。而当油灯被煤气灯代替时，他已经积聚了财富。他幸亏早就投资了房地产，买别墅、土地、不动产和剧院。

他去世的时候，他的继承人成了职业食利者，并且知道自己的孩子也将如此。

当时，露西还不到三十岁，龚古尔兄弟在《日记》中把她描写成"一个棕发女人，黑眼睛十分温柔，有时像司芬克斯瞪着两只询问的眼睛"，但他们也说："这个女人非常歇斯底里，跟她坐车出去兜风的朋友常常不得不大喊：'停车，车夫，我要下车！'"

她有许多画家朋友，也有许多作家朋友。她对儿子加斯东的同学都很熟悉，喜欢他们在周末或放假的时候陪她去贝内维尔她家的城堡"露西别墅"，或一起在圣拉扎尔路吃饭，那里有专门给他们家留的桌子。在好多年当中，他们互相写信或写信给加斯东时，总不忘问问他母亲的消息。莱昂-保尔·法尔格[①]甚至把自己那本著名的书《巴黎的行者》题献给了她。

[①] 莱昂-保尔·法尔格（1876—1947），法国抒情诗人，诗作不多，擅长写散文诗。作品有《唐克雷德》(1911)、《诗集》(1918)、《灯下集》(1929)等。——译注

保尔·伽利玛确实是个人物。他在社交界游刃有余，对自己充满信心，自我感觉特别好，不是因为自己所继承的财富，而是因为自己有文化、有品位，对艺术比较敏感，这一点，他是名声在外。他于1850年生于叙雷斯纳，小时候生活条件优裕，年轻时无忧无虑。成年后，他一直不工作，靠母亲给他的年金生活，非常边缘化，常常光顾一个比一个穷的艺术家。在这一点上，他是传统商人、公证人和经纪人的伽利玛家族中第一个涉足这一领域的人，在这个领域中，只要不是新教徒，在工作上得到承认、在专业上获得成功并不是什么难事。

他喜欢闲逛、呼吸新鲜空气、阅读、看展览，日日夜夜都用来饱眼福，满足自己的感官，但他的方式和妻子不一样。因为露西悄悄地画画，而且深受奥古斯特·雷诺阿的影响，趣味非常接近。而保尔却会毫不犹豫地在他刚买回来的莫奈的作品上修改细节。

在孔多塞中学毕业后，他曾在音乐界和莫尼公爵的私人秘书处短期实习，然后进了美术学校，巴里约教他画画，多梅教他建筑。由于经常出入这些著名的画室，他后来在公共场合多次声称自己是建筑师。年纪轻轻就成了一个食利者，他有些不好意思说出口。他的阶层、家庭和社会使他感到窒息，所以他在婚前选择了野外和洲际旅行，不是为了远离故乡，而是想通过参观世界上最著名的图书馆和藏品最丰富的博物馆来提高自己的艺术品位，汲取欧洲或美洲其他艺术家的知识营养。在阿根廷长期逗留时，他甚至整理出了一份"布宜诺斯艾利斯博物馆馆藏艺术品系统目录"。

好奇造就男人。保尔也懂得如何表现自己的厌恶，只是他的傲慢和愤世嫉俗由于他的精明和语言风趣洒脱，才显得没那么明显。但他并不孤独：他需要世人，尽管他有时看不起他们。他对什么都感到好奇，绝不会有什么东西让他厌烦。他的财富保证了他的衣食无忧，他可以全身心地投入论争和谈论，唯一的乐趣是丰富自己的思想。保尔的这种生活，正是所有热情的艺术爱好者渴望的生活。况且，他还是个收藏家，懂得如何通过这种办法协调自己的爱好与趣味，使之和谐一致。他年轻时就收集了一些漂亮的书籍、独特的珍本和罕见的精装本。他对图书收藏的这种爱好一直没有停止过，长期以来，丰富的图书宝藏一直是他的骄傲，甚至让龚古尔兄弟也感到震惊，他们占据了有利的观察地位后可是见过世面的。1889年，他们在《日记》中讲述在阿斯尼埃尔插图画家拉法埃利家吃饭时，曾这样写道："在那个愚蠢的藏书家的世界里，在那个旧印刷物的奴隶的世界里，这个伽利玛确实是个革命者，他会像个大方的农场主一样，花上三千法郎，给自己做一本精装的现代图书，一本像《杰米尼·拉舍特》①那样的书，仅供自己使用。"

他是个革命者！是这样，但是以他自己的方式。保尔·伽利玛订购了两兄弟的这本小说的精装本并监督该书的出版，条件是只出三本：第一本留给自己，第二本给埃德蒙·龚古尔，第三本给居斯塔夫·热弗罗尔，后者写了一篇序，探讨妇女在龚古尔兄弟作品中的地位。后两本的价值更高，因为他们请欧仁·卡里埃尔为自己画了油画肖像。保尔·伽利玛在自己的阵地上被打败了：珍稀版本，高质量的版本。

1904年，他在弗卢里出版社出版了一本四开的书，居斯塔

---

① 《杰米尼·拉舍特》是龚古尔兄弟的作品，这部作品奠定了他们在法国近代文学史上的地位。——译注

夫·热弗罗尔的《康斯坦丁·居伊,第二帝国历史学家》,还是自己出资。书中有托尼和雅克·贝特朗的木刻,是根据水彩和素描改编的。只有编号为"1"的那本全是用日本纸印的,里面有十二幅原版图画,时价两千法郎……

这个为人讲究的图书爱好者,有能力满足自己的心血来潮,必要时也会毫不犹豫地拿起笔。1910年,在法兰西信使出版社的要求下,他替约翰·济慈的诗集写了一篇十分博学的序。1928年,他在去世之前不久,还将在……伽利玛出版社出版《拥抱过去》,这本对话体小说只有一个场景,五天时间,故事发生在1847年的达尔马提亚。毫无疑问,保尔能如此随心所欲,是因为他不断地拜访当时的画家所致。

他熟悉聚集在玛德莱娜教堂四周的印象派画家的工作室,比如杜朗-鲁埃尔、乔治·佩蒂和贝恩海姆。他在哥哥居斯塔夫身边受到了很好的熏陶,居斯塔夫早在1860年前后就对巴比松画派① 产生了浓厚的兴趣。他在经纪人阿尔封斯·波尔捷家里认识了皮萨罗,波尔捷卖给他许多皮萨罗的油画。他常常到吉维尼去拜访莫奈,几小时几小时地看大师作画,然后买下一些作品。但他和奥古斯特·雷诺阿的友谊维持的时间最长,1891年、1895年,两人在伽利玛的贝内维尔城堡度过了两个夏天。当时,加斯东才十二岁,当他和他的两个小兄弟雅克和雷蒙不当模特儿时,他便好奇地看着那个长着白胡子的先生在调色板上忙活。

雷诺阿曾与保尔一起去西班牙、英国和荷兰旅行。画家常给

---

① 索菲·莫内莱,《印象派及其时代》,Ⅰ,1978。——原注。巴比松画派,1830年到1840年,在法国兴起的乡村风景画派。因为此画派的主要画家都住在巴黎南郊约50公里处的枫丹白露森林附近的巴比松村,1840年后这些画家的作品被统称为"巴比松画派"。——译注

这个收藏家提些建议,比如说,让他买下了一幅戈雅的画。在圣拉扎尔路79号的墙上,已经有一幅弗拉戈纳尔、一幅格莱科、九幅科罗、七幅德拉克洛瓦、九幅多米埃尔,还有布丹、马奈、库尔贝、莫奈、德加、玛里·卡萨特、图卢兹-劳特累克、西斯莱、塞尚、卡利埃尔等人的画,其中很多都是1892年到1893年间弄到的,家里的墙都被这些画挂满了。

一个惊人的私人小博物馆!当伽利玛的藏品出售时,它将卖到世界各地,给最权威的收藏锦上添花。保尔曾是1900年百年展览的经纪人,在秋季沙龙组织了许多展览,1903年,他是拥有雷诺阿的油画最多的两个爱好者之一,这是画家本人说的。另一个可能是他的朋友莫里斯·冈尼亚,冈尼亚买了一百八十幅雷诺阿的油画。[1]

可惜,到了世纪末的时候,这个热心资助文化事业的人对绘画的兴趣逐渐淡了,原先那么大的热情不见了。这个有品位的人把兴趣转移到别的事情上去了:女人,世俗的、半世俗的、卖弄风情的、当演员的女人。这对艺术来说真是不幸!他的老朋友,半个世纪来与他交往甚密的建筑师、艺术评论家弗朗茨·儒尔丹,把这种变化归因于"坏脾气发作,在他想挤进去的艺术家和文学家当中得不到承认"[2]。龚古尔兄弟也改变了对他的看法:"此人以前只为书然后是为画而活着,现在,他每天晚上都在杂耍剧院度过,扣眼里插着鲜花,穿梭于高级妓女之间。他终于成了一个花花公子,公开宣称艺术家(他以前也属于他们的行列)都是

---

[1] 伽利玛收藏的大部分绘画作品现在分布在东京和哥本哈根的博物馆和美国、意大利的大收藏家中。

[2] 见龚古尔兄弟的《日记》。

些忧郁的、悲哀的、碍事的人,跟他们交往只会感到心情郁闷,现在,他只想快快乐乐、开开心心地活着。"①

保尔成了花花公子?那么高雅的艺术鉴赏家堕落到了这样庸俗的地步?朋友们很难相信:他们亲爱的艺术爱好者无情地躲避着他们。很快,他就对剧院(杂耍剧院、折中剧喜剧院)进行了投资,出手大方,交了几个女朋友,在从前请画家和诗人吃饭的地方接待路边一些轻浮而漂亮的人物。他正式与妻子分居了,住在克里希路的一家私宅里,离巴黎的赌场不远。他每个月都从家里拿一两幅画到新居,周围的人都明白,当圣拉扎尔路寓所的墙上真的空了时,分手就不可避免了。

从此,加斯东非常敌视父亲。这个害羞的年轻人,有点假正经,举止很灵活,他欣赏父亲的轻松自如,却不能原谅他离开和抛弃一个女人,也就是他所敬重的母亲。在大家看来,这种抛弃是不言而喻的了。在一部重要小说中,书中的一个重要人物乔治·布尔吉尼翁这样说并非无的放矢:"我,你知道……我对父亲没有丝毫敬意。我很少回忆过去,很少想象,我在心里永远觉得他可笑。"②

事实上,父亲咄咄逼人的性格又让他佩服,所以加斯东长期以来在矛盾和复杂的感情中摇摆不定,保尔·伽利玛这个人难以理解,有时又有些粗暴。在朋友家里吃饭时,加斯东任他们谈论父亲,他们把他父亲描绘成一个"极其自私、绝对自私的人,什么都不爱,既不爱自己的妻子,也不爱自己的孩子、朋友和情妇",但能做出非常让人感到意外的事来。加斯东还听说,有

---

① 见龚古尔兄弟的《日记》。
② 雅克·里维埃,《被爱的女人》,伽利玛出版社,1923。

一天,一个男子把一只活猫扔到阴沟里,父亲用钱打点了警察,获权把这只猫抱回了家,养了好几年,待如国王,自己却像个奴隶……①

这就是他的父亲。年轻的加斯东是在这个男人的影子里长大的,他所遗传的并不仅仅是名画:他的某些性格后来体现在他对待女人、戏剧、金钱、艺术和生活的态度当中,艺术家们称之为"模仿",心理学家称之为"排斥父亲",医生说这是遗传法则……随便怎么说吧!加斯东·伽利玛后来变成那么复杂的一个人物,其主要原因之一就在于父亲的遗传。

1889年,加斯东八岁。他的生活完全局限在圣三一教堂四周。早上,当女佣打开他房间的窗户时,他第一眼看到的就是那座教堂。教堂的钟声从此成了他一生中的基调,如同那条美丽的商业大街的嘈杂声。街上行人很多,戴着帽子的男人和穿着裙子的女人在散步时常常要躲避来往的马匹、出租马车和双篷四轮马车。

加斯东常常在圣三一教堂的广场玩耍,不然就跟兄弟们和女佣去散步。那年,为了迎接万国博览会,圣拉扎尔新车站刚刚落成。人们乘这个机会,在同一条轴线上建了一座终点站旅馆,有一条通道直接通往车站,里面的漂亮阅读长廊吸引了众多的游客,也吸引了广大的街坊。

布朗热将军在北部、索姆省、内夏朗德、多尔多涅的全民投票中获胜后,又被成功选入首都。他引发了一场政治危机,这场危机虽然以他的名字命名,却超出了他引起的这场运动的范围。这位"可敬的将军"的主要功绩在于让一场全民选举变得非常激

---

① 保尔·莱奥托,《日记》,法兰西信使出版社,1936。

进，他把选举不是引向社会主义，就是引向民族主义。在巴黎，人们非常警觉，而在外省，这场运动给人们留下了一个非常深刻的印象，鼓励大家反对自由的议会制度。

如果不是满街叫嚷的报贩，圣拉扎尔路好像对这种政治动荡漠不关心。当然，市郊人头攒动，但离这里很远……这里的人们争先恐后地去博第尼埃剧场里看十分紧俏的演出，他们早早就在特拉普饭店订了位，左拉发起的自然主义流派的文学大餐就在那里举行；或者在另一家帕亚尔饭店，它后来取代了著名的英国咖啡馆。大家三五成群地在那里吃饭。在那里吃饭和在那不勒斯咖啡馆与记者和作家们吃冰淇淋一样得体，这些上流社会的人很快就离开了里奇咖啡馆，嫌那里太脏。

这就是年轻的加斯东看到的景象，他也不时在"他的"马路和当丹路的交汇处专注地看着人们离开莫加多剧院。他常常在家中的一个朋友、画家欧仁·卡里埃尔的请求下，长时间地站在窗前，卡里埃尔教他如何迅速地用笔给行人画速写。有时，吃完饭后，为了让大家高兴，卡里埃尔也会拿起画笔，加斯东和兄弟们便给他当模特儿。①而且，他最著名的一幅画，画的就是伽利玛家的三个孩子在看着外面的景象。那个时候，加斯东是个爱幻想的孩子，漫不经心，有些保守，面对女性，他会涨红了脸，同时也感到兴奋。已经这样了！十四岁的时候，他常常几个小时几个小时地在窗前幻想，想象着拉车的马受惊了，他及时赶到使之平息，漂亮的女乘客亲切地向他道谢。②

一天，母亲带他去隆尚看跑马，在过磅处附近，当母亲正在和一位漂亮而优雅的年轻女士说话时，这个穿着短裤和海员衫的

---

①② 路易·吉尤，《笔记》Ⅱ，伽利玛出版社，1982。

小男孩好像局促不安，突然，他松开母亲的手，抓住那位女士的手抚摸着，喃喃地说：

"漂亮的女士！……漂亮的女士！……"①

母亲从这件事上看出，他真是保尔的儿子。

从那天开始，露西·伽利玛就相信，她的儿子将是一个属于女人的男人。事实证明她是对的。应该说，他所生长的小社会完全是一个母系社会。不是还有外公吗？可外公不是一个会把自己的好恶强加给别人的人。父亲呢？越来越难见到他。事实上，圣拉扎尔的祖屋处于女性的控制之下。二楼，在电梯还没有诞生之前，那是最好的楼层，住着加斯东的爷爷，三楼是他的媳妇露西·伽利玛，也就是加斯东的母亲，上面住着她哥哥。

居斯塔夫夫人——家里的朋友们习惯用丈夫的名字来称呼她——完全成了资产阶级上流社会的产物。"缺乏特点成了这个出色的妇人的全部特点，她永远都不慌不忙，待人总是那么彬彬有礼，但毫无感情色彩，平常到了不平常的地步。"他们身边的一个人这样回忆道，他曾长期用加亚尔这个众所周知的化名来描写这个家族。②据他说，居斯塔夫夫人只看重金钱，对其他东西一概不知：成功、人类的长处、文化……她常常提起"我的世界""我的社会""我的房地产"……她的阶层和团体有严格的界限，她不会往外看一眼。她有自己的信条，而且永远不会改变。任何东西、任何人都无法动摇她的信念，尤其是历史课。

每个星期一晚上，圣拉扎尔路都会举行盛大的家宴，赴宴的有所有的旧经纪人、名人和伽利玛家族的公证人（保尔没有走这

---

① R.P. 布鲁克贝热，《你将死于断头台》，弗拉马利翁出版社，1978。
② 弗朗西斯·儒尔丹，《无怨无悔》，科雷亚出版社，1953。

条路），在好多个月里，居斯塔夫夫人在坐下之前都会大声地说：

"不要谈德雷福斯事件！"①

一般来说，大家只谈这一事件。还没等甜点上来，大家的言辞已经很激烈了，唇枪舌剑。

在周末和假期里，口气就不一样了，因为氛围不同。讨论的时候大家平静多了，更多是谈论另一个时代的人和事，时间充裕，环境安宁，空气突然变得清新了，城市生活中的烦恼和种种意外似乎也度假去了。

这就是在贝内维尔的生活。

在多少年当中，加斯东都在贪婪地享受位于乌尔加特和多维尔之间的那个海滨胜地。

小时候，加斯东常常听长辈们说起，晚上，他们怎样在赌场看见希腊庄家佐格拉福斯和纳米阿斯分发十万法郎的小薄片，玩六百万，民风淳朴，很好看。而在几张桌子远的地方，有人在玩巴卡拉纸牌，亨利·罗斯希尔德男爵正熟练地把晚上所赢的钱装进钱包。②

在贝内维尔的时候，加斯东常利用下雨天躲在假期图书馆里看书，那都是父亲精挑细选的书。星期天上午，根据习俗，保尔会让人套起马厩里的所有马匹：家人和客人将去特鲁维尔做弥撒。他们当中最小的那些，从城堡的铁门走到大路上之后，虽然走了一千五百多米，但觉得还不过瘾，继续步行；其他人则乘家里的马车或坐德戈维尔（厂矿用的轻便窄轨铁路）小火车，孩子

---

① 《加斯东·伽利玛与玛德莱娜·夏沙尔的谈话》，《快报》，1976年1月5日。
② 加布里埃尔·德塞尔，《第二帝国至疯狂年代诺曼底海滨的日常生活》，阿歇特出版社，1983。

们太喜欢那种小火车了。根据习惯，居斯塔夫夫人每个星期天都会让队伍在德吕贝门口停一小会儿，而且非常准时，那是特鲁维尔的一家大食品杂货店。

保尔·伽利玛和弗朗茨·儒尔丹把做弥撒当作一种繁重的负担，他们来教堂并不是忠于它，而是出于一种世俗的义务。他们喜欢抽着烟闲逛，回忆在美术学校学习的日子或评论最新一期《时代》刊登的文章。这是第三帝国的官方报纸，由于圣勃夫和阿纳托尔·法朗士的参与而倍感荣耀。

礼拜天传统的午餐吃过之后，大家便开始槌球游戏。很快，槌球成了继弥撒之后的另一大负担，不过原因不同：保尔被当作槌球高手，他玩得如鱼得水，喜欢把游戏搞得很复杂，让别人几个球，胜得傲慢自得，以侮辱对方。[1] 所以，加斯东不喜欢槌球，他更喜欢和莫里斯·冈尼亚叔叔去索罗涅打猎，莫里斯带着他和他的弟弟雷蒙，让他们替他背着弹药袋和猎枪。在那里，在小树林或大森林里，他可以做他的美梦。莫里斯不会责备他想入非非，父亲则不然，从不放过任何嘲笑他的机会，嘲笑他在玩槌球游戏时和日常生活中思想开小差。

他太漫不经心了，以至于会忘记大家都必须选择的生活态度，也就是说，他没有任何态度。说起他的散漫，大家都知道他既没有痛苦，也没有荣耀。他并不想得到赞赏。那些只追求权力的人把这种乐趣当作软弱的标志，令人憎恨。而我却觉得这是一种高贵的谦逊，证明他具有谦逊所需要的真实和智慧，这比可悲的虚情假意好多了。加斯东一点都不做作，在青少年时期，这孩

---

[1] 儒尔丹，《无怨无悔》。

子既天真又敏锐，他很害羞，还没有意识到自己的魅力，甚至连那些指责他优柔寡断的人也会被这种魅力完全征服……加斯东确实很有魅力，因为不刻意地去吸引别人：他很有诱惑力，但不是个诱惑者，不用担心他设什么陷阱。人们会不由自主地喜欢他，抵挡不住这种欲望。①

但年轻的加斯东也不是一个没有自卫能力的人，恰恰相反。他的内心生活非常丰富。他表面上无精打采，其实独立的意识非常强烈，所以他才会在各个方面都那么苛求：他不会觉得自己是谁的奴隶。

他麻木不仁，却又难以捉摸。他很友好，一点都不喜欢炫耀，对人从不冷漠，但常常漫不经心。在他漂亮的眼睛里，很难看到他对你的兴趣什么时候会消失或变化。他对别人总那么和气，如果大家谈话时把他晾到了一边，或者"出了轨"，就像那时的诗人和铁路员工常说的那样，他也不会不听别人说话。②

加斯东的性格常常使他漫不经心，却不会使他无动于衷，因为他太敏感了，他在中学里迈出了生活的第一步，那是个没有女人、没有家庭、没有画家的社会。1891年，进入六年级时，他突然发现，离家步行只有五分钟的中学是另外一个世界。在那里，集合学生时不是吹哨子，而是击鼓。操场上玩的人不多，但那里的廊柱具有古典风格，这个年轻人不会不喜欢。后来，他的中学课程都是在孔多塞完成的，这所中学声名显赫，访客颇多，

---

①② 儒尔丹，《无怨无悔》。

由于老一代的先人，往往被当作和平和自由的港湾，与左岸的一些庄重威严的建筑形成了鲜明的对比。加斯东在那里上学一直到1898年，结交了很多好朋友。斯特凡·马拉美1871年起在那里教文学。加斯东上学的时候，著名的教材编写者雅利菲耶①先生在那里教历史，而兵器大师保尔和阿道尔夫·吕泽则教那些未来的绅士学击剑。

在孔多塞中学度过的七年中，加斯东·伽利玛在课堂遇到不少与他同龄的年轻人，这些人后来在不同的领域都成了名：安德烈·雪铁龙②、雅克·科波、安德烈·马奇诺、路易·法里古尔（即后来的儒勒·罗曼③）……

在他之前还有很多人毕业于这所中学——马塞尔·普鲁斯特、罗贝尔·德弗雷、亨利·贝恩斯坦、安德烈·塔尔迪厄④——在他之后也有许多名人在这里坐过旧板凳——埃米尔·亨利奥特、让·科克多、亨利·托雷斯……

上三年级的时候，加斯东注意到班里有个大男孩，有点呆头呆脑，笨手笨脚，懒散，注意力不集中，好像只对法语和历史感兴趣。加斯东对他产生了好感，成了他的同桌。上希腊语和拉丁语课的时候，面对老师的提问，他的朋友罗歇往往一句都答不上来，老师常常这样批评他：

"马丁·杜加尔先生，你只注意自己的领带！"⑤

---

① 雅利菲耶（1842—1898），法国学者，以编写教材闻名。——译注
② 安德烈·雪铁龙（1878—1935），法国著名工程师，雪铁龙汽车公司创始人。——译注
③ 儒勒·罗曼（1885—1972），法国作家，著有《善意的人们》等。——译注
④ 安德烈·塔尔迪厄（1876—1945），曾任法国议会主席、部长。——译注
⑤ 见加斯东·伽利玛发表在1958年8月30日《费加罗文学报》上的文章。

这时，加斯东很绝望，很想帮助他。

就在这种局促和狂笑中，一种巨大的坚固友谊产生了，并将持续数十年。

1896年，离德雷福斯①上尉被判已经两年，而左拉的《我控诉》要两年之后才发表。加斯东·伽利玛"和所有的年轻人一样，是德雷福斯的支持者"。②当时，法国出现了两派，大街上、家庭餐桌上、报纸上和咖啡馆里，大家都争论不休。当加斯东和他的朋友们聚在一起时，当他们中学毕业经过勒阿弗尔的时候，这些全在一个模子里制造出来的富家子弟谈论的主要话题之一，就是德雷福斯事件。他们的言谈举止十分大胆，自称德雷福斯分子，要把社会主义推进到市镇的选举当中，阿尔弗雷德·雅里的剧作《乌布王》在"作品剧院"首演引起了巨大的混乱，新的艾那尼之战③很快就演变成了骚乱。应该说，吕涅-波剧团已经定下了调子，因为大幕一拉开，戏中的第一句话就是庄严的一声国骂："他妈的！"引起了强烈的反响。

那年，加斯东在极其保密的情况下想写一本书，这是他梦想很久的事了，但一直不怎么敢去尝试。《第欧根尼》——这是那本书的书名——并没有讲述那个希腊哲人的故事，那个著名的哲人曾对亚历山大说："从我的太阳底下滚出去！"加斯东的《第欧根尼》只描述了一个男人反对文明的态度。但他只写了十页就停

---

① 德雷福斯（1859—1935），犹太裔法国军官，被判间谍罪，1894年法国因此案分成两个对立的阵营。1906年平反。——译注
② 伽利玛与夏沙尔的谈话。
③ 《艾那尼》是雨果的一部戏剧作品，歌颂一个反抗社会的浪漫主义英雄。演出曾引起文学界的激烈争论。此剧演出的成功标志着浪漫主义对古典主义的胜利。——译注

笔了。这是他唯一的文学创作。①

然而，他的老师们却鼓励他。1897年到1898年，考大学的那年，哲学老师皮埃尔·雅内非常欣赏他：第一个学期，20分给了17分，并写下了这样的评语："勤奋而努力，似乎懂得如何取得成功。"这一评语真不是信口开河，如果人们知道他以后将在出版领域作出多大贡献的话。第二个学期，雅内给了他16分，并具体地写道："多少劳动多少收获，加把劲，保持领先。"② 这一评语肯定要比班里的其他许多同学要好：贝纳泽、马洛里、蒙泰伊、卡尔曼·莱维……他的物理和化学分别是14分和16分，历史13分，地理10分。但他没有完成学业，第三学期没有上，这大大影响了他考大学，而那是打开通往高等学府大门的钥匙。

他没有继续上学，而是离开孔多塞中学，重新过起了轻松的生活，家里会给他年金，爷爷在圣拉扎尔路79号的二楼照看着"他的世界"呢！加斯东听不进哲学老师的建议，选择了一条不违背自己天性的道路，懒懒散散，听之任之，决定要满足自己的一切愿望，追求肉体与精神的快乐。

---

① 伽利玛与夏沙尔的谈话，《快报》。
② 孔多塞学校档案。

第二时期

1900年—1914年

"我喜欢什么？""最喜欢放假！"

诚实是加斯东的优点。二十岁的时候，他只喜欢玩，喜欢懒散、奢华、女人和朋友，而且毫不掩饰。再说，父亲不也这样过了好多年？他为什么不能这样呢？他的时间安排证明了他给自己制定的这一行为准则。

早上，他赖在床上，认真读完报纸后胡乱记些笔记。他东抄西抄，把一些好的想法和自己喜欢的句子抄下来，还有地址。

最重要的是地址。因为在他所属的这个"花花公子"的小社会里，可不能随便买东西。所以，在选择衣服和搭配的东西时加斯东十分注意，他在夏尔维买衬衣，在热洛或德里翁买帽子，在安托万买球饰手杖，不离开圣奥诺雷区，衣服都是在最好的裁缝店定做的。他的举止、动作和仪态都非常潇洒。他对质量的要求很高，但很谨慎。他讨厌做作和炫耀，喜欢像个无拘无束的艺术家，而不喜欢像伪公爵一样呆板，他们的双手总是插在上衣的口袋里，把衣服都弄变形了。

下午，他常常跟那些打着碎花遮阳伞的优雅女人去布洛涅森林散步，要么就在旧书店里淘书。有时，他也去巴黎的某个文学沙龙。他往往先在韦贝咖啡馆停一会儿，然后才直奔剧院，那是他最喜欢的休闲。为了不用回到圣拉扎尔路去穿晚礼服，加斯东总是穿着一件端庄的海军蓝西服，系着同样颜色的领结。这种穿戴习惯，他保持了一辈子。

如果不去戏院，他便去听音乐会或参加舞会。但无论在什么情况下，他的夜晚最后都是在他最喜欢的三家饭店里度过的：马克西姆、拉吕和普雷卡特朗，由于它们的名声、服务质量和饭菜质量，也由于在那里遇到的女人。因为这个害羞的小伙子变得胆大了。他还是会常常脸红，很容易脸红，只要有一个女人让他心情紧张，他就会脸红。但当他知道这种局促也是一种魅力的时候，他便对自己有了信心。

今非昔比。十七岁时，他每天会在安托内特的窗前来来回回走上好多次，那是一个公证人的女儿，和父母住在皮埃尔·德塞尔比一世路，加斯东不敢到更远的地方去冒险。当安托内特接受伽利玛夫人的邀请前来圣拉扎尔路跳舞时，加斯东不能看见她跟别的男人手挽着手跳舞。虚荣心驱使他上前，但他没有这样做，而是跑到用人的房间里，把头埋在一堆脏衣服里，怕别人看见他嫉妒的神情。在许多年里，他常常去看她，甚至想娶她，但母亲打消了他的念头，对他说，他太一般了，而安托内特很有钱。加斯东试图忘记她，于是去追一个也很年轻漂亮的半上流社会的女子费尔南德丝·迪拉克。他追得很紧，但……太远了，他无法表露衷肠，因为她身边往往有人陪着，无论是上饭店还是去看戏。一天晚上，为了引起她的注意，他买通了那个美人的车夫，在车上放了一百枝花，然后躲在暗处，想看到那个年轻女人惊讶的神情，却听到她在向陪伴她的男人道谢。①

犯了年轻时犯的错误之后，加斯东终于入门了。父亲不再指

---

① 吉尤，《笔记》。

责他"笨拙地抱着资产阶级过时的偏见",当新戏在歌剧院首演时,他不慌不忙地在自己的包厢里向领头的姑娘祝贺。而保尔则催促他,真心诚意地要他捷足先登。①

现在,加斯东已经过了二十五岁,没必要再这样。他很少违背自己的天性:拘谨、害羞、傲慢。

他接受女性给他带来的所有好处,但坚决抵制她们试图给他带来的痛苦甚至疲惫……他喜欢女人,但很慎重,不怕她们。对他来说,女人只能是各种快乐的源泉。他追求她们,出于感官和内心的需要,贪得无厌但相当讲究技巧。他经验丰富,种种回忆使他能真正有效而且安全地利用她们的魅力。②

于是,加斯东·伽利玛准备不惜一切代价来保持自己的自由,这种要求独立的强烈愿望使他突然逃避家庭或社会上的所有聚会,谁也无法拉住他。他首先希望无拘无束,尽管他的主要活动是懒洋洋地什么都不干。大家随他的便,由着他来,不能强迫或限制他。因为那个时候他常常心不在焉,他不是那种忧国忧民的男人。

对他来说,痛苦是一种十恶不赦的东西,必须尽量避免。他不懂得什么叫罪行,他唯一的愿望是永远保持自我,保持自己的原始冲动和厌恶。他讨厌所有不自然的东西,总之,他相信自己的第一感觉,不去考虑什么义务或礼仪,不让自己受到这些东西

---

① 儒尔丹,《无怨无悔》。
② 里维埃,《被爱的女人》。

的影响。①

作为艺术和女人之友的加斯东，第一次降低了自己爱好艺术的食利者身份。他的工作并不怎么烦人，在所有的要人都有私人秘书的时代，他也给一位国会议员当了秘书。他只要注意不要让老板的信件拖过夜就行了。这份工作不累，所以他很快就厌烦了，到另一个有趣得多的地方去当秘书，雇他的是莫特昂戈的罗贝尔·佩勒韦，即弗雷尔侯爵。由于有罗贝尔·德·弗雷尔大道，所以他很有名。

这位二十世纪初著名的剧作家，是在维克多里安·萨尔杜的鼓励下步入新闻界和文学界的，他曾给许多保皇派大报写文章。但直到与加斯东·阿尔曼·德·卡亚韦合作时，他才取得真正的成功。1917年10月1日，在法兰西喜剧院演出他们两人的戏之前，弗雷尔和卡亚韦合写的讽刺女文人、学院派和政治道德的戏，让瓦里埃泰、盖泰和努沃泰剧院场场爆满。那时，喜剧、轻歌剧和滑稽剧常常受到全巴黎的欢迎，加斯东就是在这种气氛中第一次真正参加工作的。他负责巴黎一个极为繁忙的大名人所不可避免的复杂而繁重的事务。罗贝尔·德·弗雷尔越来越经常地派伽利玛去排练现场，尤其是排练最重要的戏的时候，让他把排练情况和观察结果向他汇报。慢慢地，他也让这个秘书代替他写点文章，加斯东玩起把戏来，他利用这个机会写些消息和短专栏，以"一个加座者"为笔名，发表在同一份日报上。当《费加罗报》退稿时，他便改投《趣闻报》，那是一份创办于1848年的旧周刊，读者不断减少，不过，他在那里发表了《剪烛人》……

---

① 里维埃，《被爱的女人》。

加斯东接受罗贝尔·德·弗雷尔提供的职位是经过深思熟虑的。这项工作不但有趣，而且每天都能在客厅、饭桌和盛大的宴会上遇到几十个在巴黎名声好或不好的人。然而，奇怪的是，1907年至1908年间，一个将对他影响深远的人并不是在这里遇到的。

当时，加斯东在贝内维尔度暑假，白天要去布隆维尔，去剧作家协会代表罗贝尔·冈尼亚家里。在维里埃的路上，他远远看见一个从卡布堡徒步而来的人，此人举止有些不得体，但十分可爱。他的衣服太窄了，扣子也不齐，穿着双面绒的长斗篷，浆过的领子直直的，头上斜扣着一顶旧草帽，脚上的薄底浅口皮鞋已经褪色，布满了灰尘。冈尼亚介绍说：

"这是加斯东·伽利玛……这是马塞尔·普鲁斯特……"

这是加斯东第一次听到这个名字，但他马上就被这个人极其柔和的目光和无动于衷、漫不经心的态度所打动。天这么热，太阳这么大，加斯东觉得此人的衣着不乏潇洒，甚至有些优雅。

陌生人字斟句酌地讲述了他的旅行，说他从卡布堡走到贝内维尔，走了十七公里，他正想谈事，突然又想起了什么：

"我来是想邀请您今晚到大饭店吃饭……"

加斯东太想去赴这场晚宴了，但他不敢提出来。普鲁斯特心里自然清楚，"不失时机、彬彬有礼地发出了邀请，有些执著，但巧妙得让我没有感到惊奇，尽管这种邀请来自一个年龄比我大的人"。[①]

年轻的伽利玛急不可待地等待着这场晚宴。当时，普鲁斯特还没有成为普鲁斯特，他还是他自己。晚上，在大饭店里，他以

[①] 《加斯东·伽利玛谈马塞尔·普鲁斯特》，《玛丽亚娜》杂志，1939年5月3日。

"我难以相信的礼貌"欢迎他的三位客人。"我们是第一拨到,他告诉我们每位客人的名字,描述了各自的特点,讲述了每个人的故事。但他讲得最详细的是 N 老侯爵……他应该也是我们这个阶层的人,非常滑稽,破败、被弃、多病,像一条破船的残骸,漂到了这家大饭店里。"

在饭桌上,大家谈起了旅行。提到君士坦丁堡的名字的时候,普鲁斯特背诵起了皮埃尔·洛蒂[①]写的关于那座城市的片段。分手时,加斯东对他的这种才能露出惊讶的神情,普鲁斯特对此非常高兴,悄悄地对他说:

"在给他背诵地名之前,先读读《谢克斯指南》,那要好得多!"[②]

与普鲁斯特的这第一次相遇,深深地刻在了加斯东的脑海里。他逢人便讲,从来不需要别人请求。但在那个时候,在二十世纪初,那个让他印象深刻的人还不是作家,还没有成为作家。

在他的房间里,书一摞一摞地堆在桌上,还散乱地放着几份《费加罗报》。但他主要还是通过阅读几份小杂志来汲取营养。1880 年以后,这类杂志层出不穷。用莱昂-保尔·法尔格的话来说,这些"明日文学的草稿本",是那些年轻的前卫作者(他们往往才华横溢)初试牛刀的绝好阵地,出了几期后它们才陷入困境,但有的仍没有关门。卡尔曼-莱维恢复了《巴黎杂志》,出版家阿尔弗雷德·瓦莱特在《法兰西信使》杂志上发表

---

① 皮埃尔·洛蒂(1850—1923),法国作家,著有《冰岛渔夫》等。——译注
② 《加斯东·伽利玛谈马塞尔·普鲁斯特》,《玛丽亚娜》杂志,1939 年 5 月 3 日。也可参见加斯东·伽利玛发表在《新法兰西杂志》1923 年 1 月 1 日上的文章《第一次见面》。

了雷米·德·古尔蒙、儒勒·雷纳尔和阿尔弗雷德·雅里的一些文章;《白色杂志》则根据其股东纳坦松兄弟的意愿,想成为各种作家重新集合的地方。

1908年底,一小群作家,其中包括给这些杂志写稿的一些人,决定创办自己的刊物。他们寻求评论家欧仁·蒙福尔的支持、建议和指点,蒙福尔已经出版了期刊《边缘》。他给未来的杂志起了名字,叫《新法兰西杂志》,用其起首字母 NRF 来称呼更为恰当。11月15日,第一期终于出版了,但年轻人都很失望,甚至有些愤怒,因为蒙福尔不顾他们的反对,把自己朋友的几篇文章也"塞"到了里面,其中有两篇尤其让这个小团体生气:一篇(被认为吹嘘得太厉害)是关于安农奇奥的,另一篇(被认为批评得太过分)是写马拉美的。

很快,他们决定夺回自由,不需要任何人的"善意",继续自己的历险。欧仁·蒙福尔是个大救星,把刊名留给了他们。① 当时,"那六个寻找刊物的人"② 在卢森堡公园对面达萨路的一所公寓里落脚,那是六人之一让·施伦贝格尔的家,施伦贝格尔是一个细腻、谨慎、认真而谦逊的文人,出身于一个有钱的新教徒旧家庭,阿尔萨斯人,父亲是工业家,这个家族出过一个叫弗朗索瓦·基佐的部长和历史学家,大家都引以为荣。出生于1877年的施伦贝格尔,在这个小团体里面属于小弟弟,他和雅克·科波(1879年生)的年龄最小。这两个小伙子同时在孔多塞中学上学(他们也在那里读的书),但科波马上就迷上了文学,尤其

---

① 让·施伦贝格尔的采访,《法兰西观察家》,1959年2月26日。
② 奥古斯特·安格莱斯,《安德烈·纪德和〈新法兰西杂志〉的第一个团队》,伽利玛出版社,1978。

是戏剧，他组织展览，把画卖给乔治·佩蒂的现代艺术画廊，安德烈·吕泰尔（1876年生）则来自另一个国家，这个比利时人热爱英国文学，曾在布鲁塞尔办过一份叫做《昂泰》的小杂志。当时，他在印度支那银行工作；亨利·旺贡（1875年生）和马塞尔·特鲁安（1871年生）都是以化名进入文坛的，前者化名为亨利·盖翁，后者化名为米歇尔·阿诺尔德。盖翁是个医生，跟科波一样，也是个狂热的剧作者，当时还没有被神秘主义迷住。洛林人米歇尔·阿诺尔德在高等师范学院上学时曾是佩吉的学生，现在在亨利四世中学教哲学。他的表兄安德烈·纪德（1869年生）是这个组织里的老大。

如果说纪德是这个文学小团体里的关键人物，其他人也都有发言权。讨论是自由开放的，没有等级，也没有组织架构。施伦贝格尔用美术字画了NRF三个字母，用来装饰封面。用水印印在高级纸张上的泉水是透明的。① 吕泰尔负责寻找印刷厂，他曾在布鲁日的圣卡特琳娜印刷公司出过一本书，该公司的经理叫埃杜阿尔·韦贝克。那里的印刷和排版质量受到了一致的赞扬，而且价格也合理。纪德并不满足于把目录设计得尽善尽美，甚至还亲自给杂志包装和打包。

1909年2月，第二份NRF第一期出版了，原先在欧仁·蒙福尔那里出版的第一期是假的，现在的第一期才是真的。也许是由于手工排版的缘故，布鲁日的这家印刷厂错排严重，所有的注释都不见了，但这份杂志是独立的，符合创办者的意愿。目录上有让·施伦贝格尔的《思考》，米歇尔·阿诺尔德的《希腊景象》，纪德也在上面发表了《窄门》的第一部分，并在一个注释

---

① 让·施伦贝格尔，《苏醒》，伽利玛出版社，1950。

中痛斥了那个胆敢在第一份第一期上指责马拉美的冒失鬼。

随着杂志的发行，他们的计划更坚决了，风格和目标更加明确。六个创始人喜欢为艺术而艺术，讨厌狭猾的批评和恭维，他们渴望纯粹，蔑视吹嘘。他们对发表的文章十分挑剔，每次开会，都要高声朗读其中最重要的文章，批评不留情面。他们不想迎合公众的口味，而是想迎难而上。如果他们的道德、思想和美学原则过于严肃，影响了读者的数量，那又有什么关系？他们的目的不是赢利，况且他们当中的一些人是出身于富裕家庭的有产者，有能力为他们的严格要求付出代价。

季洛杜、克洛岱尔、里维埃、弗朗西斯·耶麦，埃米尔·维尔哈仑等都给这家年轻的杂志写稿，其读者、威信和影响与小小的发行量很不相称。雅克·科波想让安德烈·苏亚雷斯在他们的杂志上发表文章，便于1912年给他写了一封信，信中很好地概括了NRF的宗旨：

亲爱的先生，那就把你坚硬的竹笔蘸到这可怕的墨水里面去吧……NRF没有老板，它从事的是自由职业，其任务是说出它认为正确的话，勇敢地说出它对时代的思考和反对时代的思想。我只想把平庸、枯燥、虚伪的政治或干脆说就是政治赶出我们的杂志。让卡埃达尔[①]的愤怒降临到我们头上吧，因为这种愤怒是伟大、圣洁的！亲爱的安德烈·苏亚雷斯，难道您要等到第一片嫩叶枯萎才愿意坐在我的花园里吗？再见，握你的手！[②]

[①] 卡埃达尔，苏亚雷斯的小说《雇佣军》中的主人公。——译注
[②] 《雅克·科波、安德烈·苏亚雷斯或友谊之路》，米歇尔·特鲁安的文章，《澳大利亚法国研究杂志》，1982年第1期第19卷。

1910年12月,《新法兰西杂志》出版了第二十四期,内容还是那么棒。读者扩大了,作者也发生了变化,刊物的质量和厚度都提高了。形势好转之后,它更大胆了,约了越来越多的文章,资金问题和管理问题也就不可避免地出现了,杂志委托给一个左翼出版商马塞尔·里维埃管理,地址是雅各布街。施伦贝格尔和纪德不断亏本,这些创始人不但没有减少活动,反而决定加快步伐,实现他们一开始就萌生的梦想:创办一家小出版社来延续杂志的成功。这一主张在思想上是可行的,尽管它不可避免地会在经济上带来更多的负担。在走到这一步之前,在与普隆和欧仁·法斯凯尔出版社抗衡之前,他们想寻找一个理想的经理,一只珍稀的鸟。这个人必须有什么优点呢?"他必须……足够有钱,能给杂志的财务添砖加瓦;足够无私,能不计较短期利益;足够谨慎,能把此事办好;足够爱好文学,能质量第一回报第二;足够能干,能树立自己的威信;足够听话,能执行创始人其实是纪德的指示。"①

这个人存在吗?

这时,加斯东·伽利玛的名字出现了。雅克·科波知道他父亲是著名的美术收藏家,纪德也有点认识他,接待过他的来访,也接到过他的一些赞美信;让·施伦贝格尔听到他兄弟、未来的银行家莫里斯说过他的不少好话;来自诺曼底的诗人亨利·弗朗克在安娜·德诺阿伊家里与他结下了友谊。皮埃尔·德·拉努克斯可以说是杂志社的秘书,尽管他和加斯东的年龄相差七岁,但经常有来往。他知道加斯东荒废了一些时间,正想接近 NRF 编辑

---

① 安格莱斯,《安德烈·纪德和〈新法兰西杂志〉的第一个团队》。

部,他曾赞扬该刊纯粹、真实以及他当时所处圈子缺乏的种种优点。有一年夏天,在和纪德、施伦贝格尔在庞蒂尼的野外作漫长的散步时,皮埃尔·德·拉努克斯曾长时间谈起过加斯东,谈起他的优点,说他将来在管理杂志社甚至出版社时会表现得极为忠诚。加斯东的形象似乎很好,不过,还有一个障碍:他住在圣拉扎尔路,这可是个严重的问题。我们不能标榜 NRF 精神而又住在右岸。我们应该生活在左岸。而且,他与《费加罗报》靠得太近了,罗贝尔·德·弗雷尔这类人……

不管它了!

他的主要缺点被他的总体优点所弥补,总的来说,他很符合编辑部的迫切要求。最重要的还是:"尽管他才二十五岁,也没有文化方面的专长,但他有一种嗅觉,能正确地判断作品的质量,直奔最好的东西,不是理性方面的原因,而是由于喜欢。"[1]

就这样,加斯东成了出版商。

在 1911 年的法国,文学界和出版界的情况非常特殊,大家往往都依赖上个世纪的经验。大的书店兼出版社有昂布瓦斯·费尔曼-迪多、路易·阿歇特、热韦·夏庞蒂埃、亨利·普隆、保尔-奥古斯特·普莱-马拉西、欧内斯特·弗拉马利翁、儒勒·黑泽尔、卡尔曼-莱维、埃米尔-保尔、阿尔泰姆·法雅尔……阿尔班·米歇尔又重新出现了。1899 年创办了法兰西信使出版社的阿尔弗莱德·瓦莱特享有很高的威望,他把自己年轻的出版社变成了象征主义运动的堡垒,本人还写了两本小说《圣母》和《在一边》,与他的出版社同名的那本杰出的杂志,上面的戏剧评论

---

[1] 施伦贝格尔的采访。

也都是他写的。他出版了纪德、克洛岱尔、梅特林克、耶麦、雷尼埃、莫雷亚斯等人的作品，瓦莱特无疑是给加斯东影响最深的出版商。还有一个新人来到了这个领域，一个和他同辈的小伙子——贝尔纳·格拉塞。

格拉塞比加斯东动手稍早，1909 年，他已经和作者们签了四十八份合同，但其中三十五本书是自费出版的，作者负责一部分出版费用。① 贝尔纳的这种做法当时非常流行，因为销售的风险被分担了，如果在商业上失败也不那么痛苦。对这位出版商来说……1911 年，创办出版社四年之后，格拉塞已经出版了季洛杜和弗朗索瓦·莫里亚克的著作，现在正准备出版阿尔封斯·德·夏多布里昂的一本书，这本书为格拉塞赢得了第一个龚古尔奖。他还出版了夏尔·佩吉，还刚刚与安德烈·萨维尼翁签了一份合同，此人将替他获得第二个龚古尔奖。他的出版社壮大了，进展很快，但不出名。他仍然很低调，边干边学，不时地去拜访夏尔·佩吉。佩吉自二十世纪初开始，在索邦大学附近出版一本半书半刊的杂志《半月手册》。这份杂志的特点不仅仅在于文章的质量上，而且在它往往引起争论的语气上。《半月手册》是预订的，可以月月订，也可以破订，杂志的编辑和行政管理却从来不交给哪个人管。当这位作家兼出版商的财务问题实在太大的时候，他便去借，委托他的朋友贝尔纳·拉扎尔去弄钱。他对读者的所有要求，是连订两年之后再对杂志的质量发表看法，决定续不续订。② 因为佩吉把订阅当作一项义务，读者如果感到满意了就应该订。这种特点在这一行业太常见了，以至于催生了一

---

① 加布里埃尔·布瓦拉，《贝尔纳·格拉塞书店和法国文学》，桂冠出版社，1974。
② 《佩吉和期刊，与〈半月手册〉的管理有关的文章》，伽利玛出版社，1947。

句名言：

"订一份等于是敬一个军礼，订两份就是永久的致意。"①

瓦莱特、佩吉、格拉塞……这样的人并不多。1911年，出版商们想与传统决裂，不但在文学领域，而且在严格的出版实践上。十九世纪末，埃米尔·左拉是最畅销的作家之一。1883年，莫泊桑因《一生》在半年内卖了差不多两万五千册而引人注目；勒南的《耶稣的一生》在不到五个月的时间里卖了六万册。但这些是了不起的例外，它更说明了一个原则：一部"好"小说越不过两千册的关卡。

出版一本书，大部分时间都花在印刷、宣传、寄样书和等订单上，要在老《书店报》上登广告，给新闻界、政界甚至文学界有影响的人物签名寄书。小说的名声主要还是文学沙龙里产生的，热纳维耶芙·斯特劳斯、格雷菲勒公爵夫人、比贝斯科夫人或费兹-雅姆公爵夫人的沙龙以及类似的地方，在那里，常常有机会遇到刚接受过熏蒸疗法的马塞尔·普鲁斯特。人们聚集在那里聊天、诵诗、玩耍、互相考验、被介绍、被看或者更好的：被认识。

文人经商就是这样的。

甚至非纯粹的文学图书，比如说，政治和历史图书的成功也往往取决于口口相传，有时甚至会引起轰动。所以，1911年，有一本书被告上了法庭。塞纳地区著名的议员夏尔·伯努瓦斯特，在出版商工会的支持下，指责外交部长把一本引起巨大反响的书交给一个小出版商出版，此人在巴黎的出版界默默无闻，而且刚刚入法国籍。那本叫做《1870年战争的外交起因》的书完

---

① 贝尔纳·格拉塞，《佩吉眼里的出版"启示录"》，格拉塞出版社，1955。

全是在外交部的档案基础上编写的。

"你为什么不给巴黎的大出版社出?"议员质问部长。

经过漫长但彬彬有礼的辩论,莫代斯特·勒卢瓦议员作了这样的概括:"这是国家遗产问题!"最后,他还强调说:"……人们不会因为这样的问题而颠覆政府。"[①]

加斯东开始了他的新职业,他把圣拉扎尔路的房间变成了办公室,书、报和杂志从地板上一直堆到天花板。此时,他的出版社,拿纪德的话来说是他的出版"柜台",在出版政治经济图书、位于雅各布路的马塞尔·里维埃出版社里只有一张桌子,甚至连一个房间都没有。这可不行。正在寻求扩大的NRF很快就在附近找到了一家小染坊。这已经不错了,至少有了地址,圣伯努瓦路1号,尽管加斯东继续使用抬头为圣拉扎尔路的信笺。

他三十岁了,他在问自己:出版商该怎么当?他的榜样是阿尔弗莱德·瓦莱特,法兰西信使出版社老板。他见过他怎么工作:凌晨4点起床,9点结束工作。然后,整个白天都在接待客人,主要是作者和印刷厂的人。既没有电话,也没有打字机,只有复写纸,胳膊下夹着印刷品。[②] 伽利玛知道,在投入这场不知道有什么收益的冒险的同时,也就放弃了在这之前他所过的那种轻松的生活。从此以后,他再也没有时间在展览会或咖啡馆里流连了,也不能再去为佳吉列夫的俄国芭蕾舞鼓掌,更不能到米西亚·塞特画廊和巴黎文艺界和政界的人士一道去庆祝他们的成功了。然而,值得安慰的是,他的三个"有钱的流浪者"朋友也加

---

① 《公报》,1911年1月17日。
② 夏沙尔,文章同前。

入了他的行列,他在工作的时候能遇到他们。

雅克·里维埃,波尔多人,比他小五岁,考中学教师职业资格和高等师范学校失败后经纪德介绍进入 NRF,担任杂志社的秘书,他所写的文章具有"纯文学"倾向,与想把 NRF 政治化的施伦贝格尔完全相反。里维埃与他有相同的爱好,都喜欢美术,两人的关系十分密切。

瓦莱里·拉尔博,维希人,刚好与加斯东同龄,但两人完全不同。里维埃必须与自己的阶层——沙尔特隆街区的大资本家——决裂,才能全身心地投入文学;而拉尔博却死死地忠于自己的家庭。他在圣巴尔伯(封特奈·奥罗斯)"一所与万国博览会一样国际化的旧中学"毕业后,踏遍了欧洲的每个角落。他很小的时候就从父亲那儿继承了一笔财富,他父亲是个药剂师,靠开发圣约尔的温泉发了财。他喜欢西班牙和英国文化,整天研究外国作家,翻译他们的作品并将它们出版。他把文学当作一场游戏而不是一个职业,这是他和加斯东众多的共同点之一,而且,他也对女人很感兴趣,在这一点上,他与母亲对他进行的宗教教育相差十万八千里。

这个小团体的第三位人士是他们当中年龄最大的(生于1876年),也是最疯的。莱昂-保尔·法尔格是一个有趣而怪异的人物,写诗,很想取悦别人,博学,有文化,非常出色,但太散漫了,生活一塌糊涂。他的职业就是闲逛,他把时间都浪费在取悦朋友上面,他徒步或坐出租车在巴黎来来往往,中途在哪个朋友那儿停一停,或到杂志社、咖啡馆和文学沙龙里休息一下,喝点东西,聊一聊。这个大懒虫尽管喜欢别人的恭维,却不会因此上当受骗,但他不可救药:总是迟到,而且思路老不清楚,所以,作品也是如此。他父亲是一位工程师,在圣日耳曼德普雷的小圈子里很出名，因为里普酒店的陶瓷装饰和镶嵌画就是他设计的。莱昂-保尔·法尔格也想在诗歌上成名，却又不接受出名的办法。所以拉尔博说："法尔格发表作品的唯一障碍是他自己！这种情况真少见。"

里维埃、法尔格、拉尔博：三个真诚的朋友，杂志社的三宝。但加斯东搞出版不靠他们。虽然开始的时候不过是给杂志办一个分支机构，但毕竟还是需要钱。而此前，钱全是由杂志社的"两个新教徒"负责的。所以，根据1911年5月签署的合同，伽利玛很自然就跟施伦贝格尔和纪德合作了，每人出两万法郎。[①]伽利玛不想向父亲要钱，宁愿向舅舅杜歇借钱。他跟父亲关系冷淡，不想欠他什么。

管理公司之后，在作者们看来，伽利玛就是 NRF 的负责人了。他的两个合作者纪德和施伦贝格尔更多是杂志社精神上的担保人和大使。在这三个人当中，从一开始起，伽利玛就是出版人。他向老师瓦莱特学习，不满足于杂志的合作者们向他推荐"一篇一百五十页的长文"……他希望能先行一步，寻找，发现，主要是在报刊中寻找适合编委会要求的文章，联系其作者。从1911年1月开始，他就订了一年许多不出名的杂志，如《努力》等，他曾给《努力》的负责人让-里夏尔·布洛什写信，告诉布洛什他非常关注这份杂志。[②]他希望尽量扩大自己的调查范围，甚至仔细研究外省的报纸。他在《鲁昂快讯》上读到一个叫夏蒂埃（那个时候他还没有叫阿兰）的人写的《随想录》后，便写信过去，建议在《新法兰西杂志》名下出一本书，谁知道成不

---

① 奥古斯特·安格莱斯的文章，《新法兰西杂志》，195期，1969年3月1日。
② 1911年1月5日的信。布洛什档案，法国国家图书馆。

成呢？当他收到回信时简直不敢相信自己的眼睛，那个道德完善的人这样回答说："亲爱的先生，您的信让我深受感动。不过，我写的东西不属于我，您爱怎么处理就怎么处理吧，尤其不要问我版权的事！"①

可惜，并不是所有的作者都像埃米尔-奥古斯特·夏蒂埃那样无私。伽利玛很快就明白了这一点，并且付出了代价。他在与 NRF 的作者们打交道的过程中锻炼了自己。1911 年 6 月 16 日，出版商和书商的一份官方杂志《法国新书目》刊登了 NRF 编辑部的一则广告，介绍了三本书和这个年轻出版社的最初三位作者：保尔·克洛岱尔的《人质》，一个三幕剧，后来被认为是法国最好的悲剧之一；夏尔-路易·菲利普的《母亲与孩子》，写的是作者童年和青少年时期的回忆；最后一本是安德烈·纪德的《伊莎贝尔》，一部简短、洒脱、节奏明快的短篇小说。

伽利玛有些担心：他怕自己做了蠢事。当第一批书出现在他的桌上时，他打电话给纪德。纪德非常急躁，掂着书，翻来翻去，仔细检查，读到自己的《伊莎贝尔》时，他跳了起来：有的书二十七行，有的二十六行，而且还有错排错印之处，这显然不是他之所为。伽利玛试图让他冷静下来，向他解释说布鲁日的排字工人是讲弗拉芒语的，并不是各种法语他们都对付得了……

毫无用处。纪德非常愤怒。他生气地把伽利玛带到波拿巴路 NRF 的仓库里。在纪德的要求下，两个工人开始撕书，把他的书全都撕掉。伽利玛低声下气地不断道歉，甚至没想到要留下几本。纪德比他聪明，给自己留了五六本。后来，他卖了很多钱，因为这完全是初版，没法再找到。加斯东·伽利玛虽然是著

---

① 夏沙尔的文章，同前。

名藏书家的儿子，却没有及时嗅出什么。① 虽然在这场小小的差错中，印刷者要负主要责任，但伽利玛由此明白了一个道理：无论如何，作者总认为都是出版者的错，而这些错误会影响他的产品。他是他们唯一的对话者，是所有参与出版的人的代表，一本书能够放到书店的柜台上，那是他们努力的结果。不过，总的来说，尽管纪德发了火，伽利玛心里还是挺高兴的：克洛岱尔的书遵守了众所周知的价格标准：三个半法郎。细茎针茅纸很漂亮，它不偏黄，精装本中，施伦贝格尔画的喷泉像真的一样。排字很成功，很仔细：布鲁日印刷厂的厂长没有败坏自己的名声，使用了"切尔腾汉姆"（cheltenham）和"旧面孔（old face）"铅字，这在法国出版界是很少见的。在保尔·克洛岱尔的要求下，他们甚至专门为 NRF 铸造了铅字。保尔看到自己书中的主人公西涅·德·库逢泰纳的名字"u"上面少了长音符号，很是受不了。加斯东早就发现，作者的这种讲究和狂躁将成为出版商的家常便饭。大作家福楼拜还常常对米歇尔·莱维发火，说："萨朗波这个名字上的长音符号不好看，没有比这更不诚实的事了。我要求更舒展些。"他在 1862 年如此写道。②

甚至与一些好朋友也会发生这类不愉快的事。比如说，法尔格绝对是一个让人无法容忍的作者，以至于纪德和拉尔博都对他失望了。他答应别人，但不履行诺言，不断拖延交稿日期，让出版计划无法按时完成。"把你改好的稿子寄给我吧，免得天天收到我的信感到烦。别再错过时间了，要开印了。"1911 年底，加

---

① 夏沙尔的文章，同前。
② 《居斯塔夫·福楼拜给他的出版商米歇尔·莱维未发表过的信》，卡尔曼-莱维出版社，1965。

斯东这样写信给他。三个月后，他以为自己胜利了。他已放出话去，说莱昂-保尔的诗歌"已经印完"，除非遇到特殊情况，否则马上就要出版。就在这时，意外突然发生：法尔格对清样不满意，他发现，在NRF出版社，只要他一提出推迟出版，大家就急得揪头发。他去了布鲁日，要求埃杜阿尔·韦贝克重新印刷他的书，理由是出现在文中的许多"三点省略号"要换成他的新发明"两点省略号"，没有商量的余地，其他省略号让他"觉得像是小豌豆，剥的时候会掉很多"。

尽管在这些物质方面的麻烦之后还碰到过许多更复杂的问题，加斯东还是挤出时间来研究文学，不仅仅是以出版商的身份，他也尚未成为作者，而是作为一个文学爱好者。他和朋友皮埃尔·拉努克斯①（由于丢三落四，缺乏条理和组织混乱而离开NRF秘书处）一起，迷上了德国大剧作家费里迪希·黑贝尔②的作品，并在1910年冬着手把他的第一部悲剧《朱迪特》翻译成法文，因为它的德国风格太突出，结构很棒。其实，这两个小伙子的德文只有中学水平，他们"译"出了大意③，然后请德文专家费里克斯·贝尔托和马塞尔·特鲁安作了修改，之后又编写了一篇短短的作者生平和著作年表。这本书于1911年出版，使他们与黑贝尔一道跻身于出版社的第一批作者当中，因为书名下有这样的小字："由加斯东·伽利玛和皮埃尔·德·拉努克斯译自德文……"

---

① 皮埃尔·拉努克斯，纪德的音乐老师的孙子，曾就考巴黎综合工科大学，从事文学研究后为纪德当秘书。
② 费里迪希·黑贝尔（1813—1863），德国诗人、戏剧家，著有戏剧《犹谪》《玛丽亚·玛格达莱娜》。——译注
③ 伽利玛给J.-R.布洛什的信，1911年3月30日，法国国家图书馆，布洛什档案。

当然，这项工作没有给他们带来任何经济收益，但让他们赢得了一定的名声，满足了他们的虚荣心。布洛什注意到了这本书的出版，请他们为他的杂志写一篇关于黑贝尔的研究文章，两个人接受了。他们还打算慢慢地"翻译"下去呢！①

但在当时——而且持续了很长时间——加斯东的主要活动还是写信。分析杂志，处理接连不断、各种各样的大量信件占据了他的整个上午。

寄给他从来没有见过的作者的信就像漂流瓶一样，有的人回信，有的人不回信。还得知道如何跟陌生人说话，懂得如何恳求别人，鼓动别人离开已经习惯并且过得很舒服的出版社。在一个三十岁的年轻人与已经成名的作家或诗人之间建立和保持书信往来关系，这是一门艺术。慢慢地，在伽利玛的书信中，语言和文体都变得柔软了、灵活了、智慧了。只是，他用黑墨水写的漂亮而刚毅的字体没有变。1911年10月13日，读了让-里夏尔·布洛什发表在NRF上的两个中篇后，他征得纪德和施伦贝格尔的同意，在一张抬头为圣拉扎尔路的粗糙的纸上，给布洛什写了这样一封信：

您能把这两个中篇给《新法兰西杂志》出版社吗？您同意在合适的时候再加上一些东西出一个集子吗？如果您对我的建议感兴趣，我一接到完整的稿子，就让印刷厂做个预算。我会根据他们的意见，写信告诉您我们能付您多高的版税。因为您也许不知道，我们的企业毫无商业色彩，我们唯一的野心就是出版漂亮的

---

① 伽利玛给J.-R.布洛什的信，1911年3月30日，法国国家图书馆，布洛什档案。

书！先生，请原谅这封商业信函。……①

年底，作者和出版者签署了合同，1912年，让-里夏尔·布洛什的第一本书《莱维，第一本故事集》出版了，封面很朴素，是奶白色的，四周有红黑交替的细线。

加斯东·伽利玛开始给作者写信时，往往非常讲究技巧，在表达方式上比在文学理念上更有说服力。当一本书、一个剧本或一场展览让他感到喜欢时，他喜欢用一些短文来表达自己的个人观点，然后发表在杂志上。他的第一篇文章是关于出版社所出阿兰来自《鲁昂快讯》的《一百零一论》的：

……他没有进行哲理思辨，也不说教。他是个强大的呼唤者。他左刺刺我们，右刺刺我们。他只想让我们抬起头，改变自己的习惯看法。他的野外思考。对他来说，世界非常具体，他让我们用指头去触摸星星。一种健康的呼吸使他的交谈显得非常生动……这个伟大的新教徒，大胆、禁欲、贪婪，给了我们晨祷的主题。这几行如此轻松的文字达到了最丰富的文化，最独立的阅读，一种经过考验的技术，针对自身的最苛求的办法。②

加斯东·伽利玛的句子往往都很短，很紧凑，有力而且充满激情。他长时间地选择词汇，避免夸大和离题。两个月后，他在杂志上发表了另一篇评论，这次是关于在杜朗-吕埃尔画廊举办的弗兰克·布朗温的素描、铜板画和石版画展。

---

① 布洛什的资料。同前。
② 《新法兰西杂志》，1911年12月。

对一幅成功的作品来说，似乎没有任何东西可说，这并不是因为赞赏会排斥评论。但是，如果艺术家什么都说了，他以其艺术才能完全表达了自己，那么，任何的移植和解读都是不可能的。需要的仅仅是我们的感觉，我们奇迹般的赞同将通过最巧妙的暗示来实现……

看了这些积聚的花边，这些升向天空支撑着云雾的烟柱，这些被雨水抹去的大团的印痕，这些厚木板、井架、货物、桥塔、有力的大腿，看了这些塔门、污迹、像叫声一样爆发的光亮、城市的这种地狱，看了这些煤灰和浓烟，我喜欢带着适度的同情，站在这条皮卡第①道路上，站在阿西西②美丽的风景面前，在这里，终于吹来了一丝风！布朗温是个伟大的旅人。③

这些文章让我们清晰地看到了一个将献身于为别人出版作品的人的风格，而且，这仅仅是对一些与他没有直接关系的主题的评论。1912年仲夏，在杜朗-吕埃尔画廊看了雷诺阿的肖像展之后，加斯东发表了一篇文章，无论哪个心理分析家都高兴地根据保尔·伽利玛的传记来破译它。毫无疑问，他在头脑里把画家雷诺阿与其作品联系了起来，想起了自己家族的这位朋友、贝内维尔永远的客人、父亲的旅伴……

"根据雷诺阿的肖像画来评判他是不公平的：他的肖像画遇到了一些障碍，画家的本性在那里受到了挫折，他永远不会迎着

---

① 法国北部大区。——译注
② 意大利翁布里亚区的城区。——译注
③ 《新法兰西杂志》，1912年2月。

困难上的。但通过他的肖像画来评判他则是对的，从中可以发现他的基本才能。"

加斯东·伽利玛欣赏雷诺阿，这毫无疑问，但说话时从来都有所保留，任何恭维都伴随着批评。赞扬从来都不是完整的，总是留有余地：

……他只喜欢色彩，只用自己已经找到的方式来表达自己的感情或欲望，而没有寻找别的方式。所以他有时会显得平庸和可笑，他既没有扎根于时代也没有扎根于过去，尽管他有点接近十八世纪的画家……比如那些愚蠢的蓝眼睛，没有活力，司空见惯，如同两朵矢车菊镶嵌在珠钿的脸颊上那样镶嵌在那里，让我们不知所措，四肢发软。我们缴械了，感到了羞耻……因为，站在他的画布面前，我感觉不到任何不安：一切都完整地展现在画布上，趋向光明，因为内心最自然的隐秘在那里歌唱，表现得非常完全……他（雷诺阿）就是才能的化身，但仅此而已。

这篇评论解释说，这位画家并不是一位伟大的创造者，如果他周围的人有足够的批评意识，能够作出选择，承认这位大师无可匹敌，那么，他的作品就会更加有力，并且具有一定的持久性。如果人们知道这里所说的"他周围的人"指的主要是伽利玛家族，知道画廊的主人杜朗是保尔·伽利玛的朋友，而保尔又出借了一大部分画用于展览，莫里斯·冈尼亚因杜歇一家的缘故而接近伽利玛家族，在他的肖像中很可能有雷诺阿根据加斯东的母亲露西·伽利玛所画的作品，这些观点就更有意思了。

这位年轻的评论家惊人地"介入社会"，他认为，如果忘记《J. 贝尔南夫人的肖像和她儿子》，专注于创作《在屋中》，奥古斯特·雷诺阿的作品会更加完美。"那幅画用如此美丽的珐琅制成，内容如此丰富，激情如此澎湃，面对着它，什么学派、时代、特点都别提了，它超越一切个性。这是匿名的、准确的、必须的杰作"。①

这篇专栏文章发表以后不久，保尔·伽利玛就割弃了他的一大部分收藏。加斯东目睹了拍卖，觉得那一刻"十分动人"。②

1912年在加斯东·伽利玛一生中是十分重要的一年，不仅仅因为伴随着他长大的大师的画失散了，还有他的朋友、二十四岁的亨利·弗兰克英年早逝了。

这一突然的死亡让他深受震惊，为了纪念弗兰克，他加速出版了弗兰克的那本书《在拱顶前跳舞》。安娜·德·诺阿伊作序，巴雷斯和佩吉都给予了很高的评价。

出版了诗人圣-莱热（也就是未来的圣-琼·佩斯）的《颂歌》后，NRF出版社薄薄的目录丰富起来了，明显变厚了。雅克·科波根据陀思妥耶夫斯基的《卡拉玛佐夫兄弟》改编了一个剧本，雅克·里维埃写了《研究》，克洛岱尔写了《对玛丽亚娜的宣告》，夏尔-路易·菲利普写了《青春信札》，纪德写了《浪子回头》。

NFR的创始人已经开始考虑发展杂志和出版社了，他们首先离开了圣伯努瓦路过于狭窄的办公室，搬到了该区稍远一些的地方，夫人路35号，在那里一直到1921年。与此同时，他们也开始考虑增加杂志在国外的发行，尤其是在英国和美国。一个同情他们的美国记者桑伯恩常常参加他们的会议，帮他们搞到了纽约

---

① 《新法兰西杂志》，1912年8月。
② 加斯东·伽利玛给雅克·里维埃的信，1912年9月，阿兰·里维埃档案。

知识分子的地址和伦敦书商及经纪人的通联方式。他还促使他们进入了法语联盟在国外尚未完全开发的网络。

不过,在1912年底,加斯东考虑更多的是别的事情。他并不是像人们以为的那样,考虑的是围绕NRF所展开的"事务"。以乔治·索莱尔为首的《独立》杂志猛烈攻击NRF的人,并通过他们攻击"庞蒂尼会谈",那是NRF组织的一个在西都会修道院举行的旬会,与会的知识分子讨论各种各样的话题。他们所受到的批评太过分了,以至于他们不得不派出证人。一场混战。然而,当加斯东的一个童年朋友皮埃尔·昂普,作为庞蒂尼会谈的组织者保尔·德·雅尔丹的捍卫者出现,向对方证人鲍富莱蒙王子提出要进行……拳击比赛的时候,情况由悲变喜。最后决定,NRF发表一些通信,而对方关于此事也有权回应。事情就此了结。①

如果说加斯东在那个时候非常痛苦,那是他恋爱了。他爱上了两个女人,痛不欲生,甚至想"消失",最后他决定向一个朋友敞开心扉。他从贝内维尔给雅克·里维埃写了一封长信,甚至在此之前也跟雅克·科波说了。他征求他们的意见。②"我完全站在你一边,你相信我吧,"里维埃回答他说,"我觉得你天生应该过一种人数更多的生活,而不是像现在这样。你有必需的力量和让别人与你一起生活所需的那种庄严(我说的是稳重)。"③

12月17日,加斯东·伽利玛和伊冯娜·雷德尔斯佩热在十六区区政府正式举行了婚礼。两天前,他匆匆写了几个字给他的朋友科波:"我想,你不会怪我星期二白天不在夫人路的,因

---

① 施伦贝格尔,同前。
②③ 1912年8月26日的信,阿兰·里维埃档案。

为那天我要结婚。"①

几个星期后,他就过三十二岁生日了。结婚,进入了一种联合体,而他又是这个联合体中的一员,他加倍失去了他亲爱的独立,但他的性格并未因此而改变。皮埃尔·德·拉努克斯认为这是一个行动果敢但语言谨慎的人,他深思熟虑,总是设法让自己的言行显得有理。他就像一台计算器,策略英明,外交精明,能进能退,能爱能恨,从两个方面都可以说他很宽宏大方,他随意、自由,充满幽默感,总喜欢战胜和说服别人,而不喜欢凭权势强迫别人。

他的另一个朋友雅克·里维埃描述他的心理更加细腻。②他像拉努克斯一样,惊奇地发现加斯东的感情往往都自然而然地走极端,他的欣赏是纯粹的、完全的。他在推理和欣赏过程中不允许自己受模棱两可、会影响他判断的思想干扰。里维埃相信,在加斯东的思想中,只有快乐和痛苦的位置,不知道除此之外还有什么感情,更不知道被迫做事或做难事有什么乐趣:匮乏、牺牲……只能凭本能行事。加斯东是一个往往无视社会习俗和旧规则的人,因为他首先是一个宽容的人,允许一切,接受一切,同意一切。在这一点上,里维埃跟他区别最大,他批评加斯东的缺点:在他看来,加斯东是一个无法在反面行为中找到意义的人,他把自己完全交付给纯粹的感情,不想折磨自己:"他不够坚强……"

1913年初,新伽利玛夫人和丈夫的初次旅行并非真正的

---

① 加斯东·伽利玛给雅克·里维埃的信,1912年12月15日,M.-H.达斯泰档案。
② 阿兰·里维埃档案。

"双人之旅",加斯东的母亲和法尔格在(瓦莱山区)蒙塔纳-韦尔马拉的一座白雪皑皑的瑞士小木屋里陪伴着他们,与他们在一起的还有三名仆人和一架钢琴,以便忘记让他们不愉快的一个国家。总而言之,加斯东心不在焉。

最近三个月来,他常常不在巴黎。他第一次不得不陪伴母亲到瑞士,然后才去法国各地的印刷厂走一走,接触未来的作者。未来的作者并不都住在巴黎。跟随着他而来的信件有时怪他不见人影,尤其是那个先是在维里埃的路上后来在卡布堡大旅馆的饭店里给他印象如此深刻的人。11月,马塞尔·普鲁斯特给他写过两封信,征求他的意见,并请求会面十分钟,仅十分钟。普鲁斯特因此而不得不留着房间,请加斯东到他位于奥斯曼大道的寓所去看他。

普鲁斯特建议加斯东出版两部稿子,每部各五百五十页,每页三十五行,每行四十五个字母,他说得很具体。"我希望读我的书的不仅仅是有钱人和图书管理员,"普鲁斯特写道,"不希望全书的定价超过七个法郎,尽管这会对我造成巨大的损失。问题在于发行!"[①] 他也向加斯东打听技术细节,尤其是有关出版的详情。这位作家对所有细节都非常重视,甚至明确指出,如果伽利玛不回复,他就不把稿子从法斯凯尔那儿拿回来,他后悔把稿子寄给了后者,那是《费加罗报》主编卡尔梅尔向他建议和推荐的。

必须相信,加斯东已经显示出自己是个出色的书简家,因为普鲁斯特在接到他的回信后这样写信给他:"你用最简单最有效的词语驱散了我淡淡的精神痛苦,我真诚地感谢你。"[②] 但伽利玛

---

① 1912年11月5日的信,见《普鲁斯特通信》,第11卷,普隆出版社,1984。
② 11月6日的信,同前。

好像并没有真正意识到普鲁斯特的这本书有多么伟大：他建议亲自到奥斯曼大道去找普鲁斯特。

普鲁斯特相信这个年轻的出版商，尽管他对加斯东并不怎么熟悉，但在他眼里，加斯东代表着 NRF，加斯东的写作和思考方式完全把他吸引住了。提到稿子的第二部分时，他悄悄地对伽利玛说：您读一读吧，但不要把姓名和主题告诉别人，因为有点令人震惊。甚至在出书之前就有可能引起争议。他指的是夏吕斯男爵，"男性鸡奸者"，作者认为这种性格非常少见，夏吕斯讨厌带女人气的年轻人。"您可能会想，超验和道德的角度在书中总是占上风，不过，我们最后会看到那位老先生勾引了一个看门人，并与一位钢琴家建立了关系。我想事先就把会使您失望的东西都告诉您。"①

这位作家增加了对他的信心，问他有什么秘密，并多次告诉他自己很看重他的判断，指出他读过伽利玛发表在 NRF 某一期上②关于博纳画展的评论，甚至还列举了几个词句，以便更好地让伽利玛明白他是认真读了文章的。必须相信，普鲁斯特是真的被这位出版商征服了，因为就在几天前，他还写信给雅克·科波："……自从您告诉我，编辑和出版人将是伽利玛先生后，我想在《新法兰西杂志》出现的愿望就更强烈了。我遇到过他一次，对他的印象非常好，对于我这个有病的人来说，与出版商打交道已经让我害怕了，但如果出版商是他，那一切都变得简单而且有意思了。"③

---

① 11月6日的信，同前。
② 《新法兰西杂志》，第44期，1912年8月。
③ 普鲁斯特给科波的信，1912年10月24日，见《普鲁斯特通信》，第11卷，普隆出版社，1984。

当时，普鲁斯特已经多次敲门。不过他没有去卡尔曼-莱维出版社，虽然这家出版社出版过他的《快乐与时日》，因为他觉得他的新作对这个可敬的出版社来说太大胆了。而出版过他从英文翻译过来的约翰·罗斯金著作的法兰西信使出版社则干脆拒绝。法斯凯尔出版社有一段时间也作出了相同的反应。奥伦多夫出版社的答复也是否定的。对普鲁斯特来说，最理想的就是 NRF 了。当然，里面有像佩吉那样的人，但也有纪德那样的人，而被纪德阅读，难道不是……①

最后，普鲁斯特把他名为《追寻逝去的时光》的几个厚厚的本子留在了……伽利玛那里。他们开始阅读，在达萨路施伦贝格尔家里召开的周四例会上，安排完日常事务后，人们提到了普鲁斯特的名字：

"哎，伽利玛带来的本子怎么样？"

"里面全是公爵夫人，不是为我们写的……而且，还题献给《费加罗报》主编卡尔梅特……"

这话是说给纪德听的。加斯东把本子都拿走了，还给了普鲁斯特。普鲁斯特深信这部作品的价值，决定采取在当时来说毫不羞耻的做法：自费出版。他有个朋友叫勒内·布卢姆，世纪初他们在比贝斯科家里相见恨晚，勒内跟他说起了年轻的出版商贝尔纳·格拉塞。格拉塞签完合同后并不着急，他并没有读过② 那部厚厚的书稿，但经济风险是由普鲁斯特而不是由他自己来承担。

于是，1913 年底出版了《在斯万家那边》，这是题为《追寻

---

① 莱昂-皮埃尔·甘特，《普鲁斯特和文学策略》，科雷亚出版社，1954。
② 据乔治·潘特，《马塞尔·普鲁斯特》，第 2 卷，法兰西信使出版社，1966。

逝去的时光》系列小说中的第一部。总的来说，评论很好，最惊人的评论还是亨利·盖翁发表在1914年1月NRF上的文章。他推荐里维埃读一读普鲁斯特的这本著作，里维埃后来也催促纪德"重读"这本他当初也许处理得有点草率的书。

伽利玛和里维埃商谈了很长时间，最后达成一致，要弥补社里犯下的这个错误：

"真是疯了，"他们说，"这是一部杰作，比我们的朋友们写的东西都要好得多！"①

纪德本人也同意这种观点，写信向普鲁斯特承认错误："……拒绝这本书将是NRF所犯的最大错误（因为我感到很羞耻，要负很大的责任），这是我一生中最大的后悔和内疚。"②

在夫人路NRF的编辑部里，大家试图弄清这样的错误是怎么造成的。他们找到了借口：普鲁斯特的稿子字太大，乱糟糟的，修修改改，还有一些难以理解的字符，根本无法看清。纪德翻阅着那堆令人讨厌的纸包，如果说诸如"椎骨透明的额头"这样的描写还不曾使他震惊的话，读到整页整页地描写在那些时髦人士家里吃晚饭的文字时，他终于感到了厌烦。施伦贝格尔也回想起来，作者想全文出版，什么都不想删，对一家图书平均厚度为二百三十页的出版社来说，这还是从来没有过的事。对一家年轻的企业来说，经济负担太重了，太冒险了。

错误就是这样造成的，但也许还没有为时太晚。让伽利玛去补救吧！他去了普鲁斯特家里，解释了事情的来龙去脉，表达了他的后悔之意。

---

① 夏沙尔的文章，同前。
② 甘特，同前。

"既然你跟格拉塞签了约,我们也许可以出版别的东西,比如说你在《费加罗报》的专栏,我们把它汇编成一个集子。"他建议道。

"我对此不感兴趣,"普鲁斯特回答说,"我只对一件事情感兴趣,那就是我的著作《追寻逝去的时光》。"

"那好啊,我将很高兴立即就出版它!"

"但我要出的是全部,如果你出版第一部分,我才会把后面的部分给你。"

"可它已经在格拉塞出版社那里。"

"那不属于它,而是属于作者。你把它赎回来。我将写信给格拉塞,让他把它给你。"①

普鲁斯特事件是加斯东·伽利玛在从同行那儿挖作者方面的第一次真正的尝试,换句话说,这也可以说是一种潜在的竞争。他在一个十分棘手的领域初试身手,在1913年到1914年间,他唯一的王牌、唯一的信用是精神方面的:NRF的形象。

之后就简单了,只需让拉尔博催促法尔格校改清样即可。必须尽量避免差错,找到真正有才能的人,找到从第一本书中就能看出希望的年轻作者。法尔格和拉尔博很不错,况且龚古尔奖的评委们1912年留下了前者的名字和次年又留下了后者的名字,但一直没有颁奖给他们。但这还不够。"纯文学"也出现在别的地方。必须寻找。

在这方面,他拥有 NRF 的人,尤其是纪德和里维埃的影响和友谊。加斯东起初还不敢问保尔·瓦莱里要稿子,怕太冒失,于

---

① 夏沙尔的文章,同前。

是便让纪德充当中间人，后来才克服了自己天生的羞怯去求这位诗人。① 他还让他的朋友里维埃去做保尔·克洛岱尔的工作："老兄，写信给克洛岱尔的时候，告诉他你负责给他写信，因为我不敢跟他显得太'出版商'，逼他给新东西。否则，他会感到奇怪，心想我为什么不直接给他写信。"②

当然，加斯东也要里维埃让他的表弟阿兰-傅尼埃在 NRF 出版《大个子莫纳》。但事情并不那么容易，因为女演员西蒙娜巧妙地让他把稿子送到了埃米尔-保尔那里。她甚至"答应"让他获龚古尔奖。作者好像对这种计谋非常陌生，突然违心地与那位出版商建立了联系。尽管表兄态度激烈地写信给他，要他回到伽利玛的阵营，他还是不敢怎么样，那种文学伎俩好像是为了他好。最后，NRF 杂志发表了他的书摘，埃米尔-保尔则出版了全书。③ 不过，双方都感到不满意：1913 年的龚古尔奖颁给了马克·埃尔德在卡尔曼-莱维出版社出版的《海上的民众》，而加斯东·伽利玛则失去了他志在必得的一本书。④

如何预测一本书的前途？凭嗅觉，这毫无疑问，但还有呢？退后一步，判断起来更加容易。同是在 1913 年，里维埃向同领域的一个年轻人关上了 NRF 的大门。此人与他同辈，来自同一个地区，深受该社出版方针的吸引，他只在格拉塞出过一本书《戴链条的孩子》。里维埃当时怎么能预测得到此人将成为弗朗索

---

① 《纪德-瓦莱里通信集，1890—1942》，伽利玛出版社，1955。
② 伽利玛致里维埃的信，1913 年 4 月 29 日，阿兰·里维埃档案。
③ 《里维埃和傅尼埃之友会刊》，第 27 期，1982。
④ 在 1984 年，《大个子莫尔纳》仍然是自 20 世纪初开始读者最多、最畅销的法国小说之一。

瓦·莫里亚克呢？①

　　1913年6月，巴黎。加斯东·伽利玛坐出租车去办公室。经过阿莱维路的时候，他突然瞥见歌剧院后面有个熟悉的身影。他让车子开到那人身边停下来，然后跳到人行道上，一把拉住了他。正是他，罗歇·马丁·杜加尔！两人自孔多塞中学毕业后几乎就没有见过面。重温"昔日可信而可爱的启蒙教育"②当然是一大快事。他们终于又见面了，共同回忆起年轻时的往事。罗歇·马丁·杜加尔没有忘记，加斯东曾悄悄地从父亲的书房里弄出珍本书与他共享，他们共同的爱好当时还刚刚产生：喜欢戏剧、当代文学、小说，他们"真正的友谊建立在思想、性格和爱好等众多相似之处的基础之上"。③

　　虽然他们之后没有再来往，但罗歇·马丁·杜加尔对伽利玛所从事的活动一直非常关注。他知道加斯东和施伦贝格尔、科波、德鲁安等人一起属于"纪德帮"。他们办了NRF——他当然读过这份杂志——也知道他们委托加斯东将就着掌管一家出版社。恰好在那时，罗歇·马丁·杜加尔和他的出版商贝尔纳·格拉塞发生了矛盾。在格拉塞出版社出了一本书后，他打算把下一本书也给他，格拉塞必须出版，但格拉塞读了《让·巴鲁瓦》的手稿后，给予了否定的答复，他无情的评断让作者大为泄气。

　　怎么办？

　　加斯东立即让他把稿子交给NRF审读。天知道会怎么样。第

---

① 引自布瓦拉的观点。
② "自传体回忆和文学回忆"，马丁·杜加尔档案，法国国家图书馆。
③ 马丁·杜加尔开始用的词是"细腻"，后删去，改为"相似之处"。

二天，伽利玛收到稿子后马上交给了施伦贝格尔，后者把稿子带到了乡下。但他读了发表在《努力》杂志上的几页文字后，很快就于6月25日写信给罗歇·马丁·杜加尔："……书中的事情说出了我们所想的东西和我们想说的东西……我想出版它，不仅仅是出于友谊，而是因为它真的很好，坚实、庞大，这正是我所喜欢的东西。如果我给你一个否定的回答，你肯定意料不到的。我们三个人都决定了。"①

不久，让·施伦贝格尔说出了自己的激动之情，他把稿子转交给了纪德，纪德给伽利玛发了这样一封电报："稿子很不错，立即出版。几天后把它还给我。"②

两个人意见十分肯定，这让加斯东感到非常高兴，他把《让·巴鲁瓦》带到了贝内维尔，想"仅仅为了自己的快乐"而读。他通知他的朋友说，事情应该已经定了，书将在NRF出版社出版。但加斯东还得解决几个小问题，他忘了对方是他的朋友。

"……现在，我成了忘恩负义的商人。你知道，我们的书是在布鲁日用真正的直纹纸印刷，很贵。如果我给你的版税没有格拉塞给你的高，你会埋怨我吗？如果我寄给你的合同与我跟科波、里维埃、维尔德拉克、布洛什等人签的合同一样呢？即首印一千册30%，两千册以上40%等。坦率地回答我。我就不说纪德了，他根本就不拿版税。我们一旦达成协议，我就寄给你一份漂亮的合同，然后我们就决定排版……"③

从贝内维尔回来后，伽利玛发现办公桌上有一封马丁·杜加

---

① 马丁·杜加尔档案。
② 引自1913年7月2日电报，马丁·杜加尔档案。
③ 引自1913年7月5日的信，马丁·杜加尔档案。

尔的信。他对这种宽宏的同意感到高兴，但如何面对格拉塞，他又感到很困惑。他不知道该怎么办，于是请求加斯东作为朋友也好，作为出版商也好，给他一些建议。这时，伽利玛第一次表现出自己精明的谈判天才。从7月9日开始，他便教马丁·杜加尔如何摆脱棘手的道德和物质处境：

……如果是我，我会写信给格拉塞，请求他收到你的信的时候指责你："既然你觉得我的作品失败了，让我自己作出判断，而我思考之后觉得既没有什么要改，也没有什么要删，而且也无意这样做，所以我觉得我们最好还是到此为止。让我们撕毁协议吧！……"

你要把格拉塞的回答告诉我。你也可以高高在上傲慢地对待他，肯定自己作品的质量，这只是为了更加刺激，让他把你打发走。提醒他在信中所用的语句。千万不要透露你想把书给我们出版！①

罗歇·马丁·杜加尔被说服了，他于7月10日请贝尔纳·格拉塞允许他重获自由。两天后，他得到了同意，8月中旬，格拉塞就偶然得知NRF将出版《让·巴鲁瓦》。他失去了一位雄心勃勃只想得龚古尔奖的作者。这位作家出生在一个法官和经纪人家庭，是波旁家族和博韦西家族的后代，他非常想得到这个奖，以摆脱自己所出生的那个阶层，他的家庭坚决反对他选择巴黎文献学院，不读法律而去拿古文献文凭。1908年他出版了处女作《成为》之后便完全献身于文学，尽管从事这一职业物质生

---

① 马丁·杜加尔档案。同上。

活会清贫。家人也很不愿意让他成为德雷福斯分子，不愿意他成为一个自由的思想者……在他看来，只有获得龚古尔奖才是真正的荣耀，才是一种承认，才能让他体面地在家里得到补偿，才能得到昭雪。①

这足以表明，他在谢尔省宁静的乡下写《让·巴鲁瓦》的时候，他献出了自己最好的东西。他的小说在当时来说显得很新，因为它可以说是一种电影剧本剪辑，主要由对话场景构成。马丁·杜加尔通过人物及其主人公的经历展示了"一个人的心理曲线，他童年时期受信仰的影响，后来自由地成长，摆脱了所有的信仰，最后在晚年时找到了年轻时令人欣慰的希望"。②

这本书的出版在加斯东·伽利玛的职业生涯中具有重要意义，有许多原因。矛盾的是，他遇到的第一个合同纠纷或者说是"契约"纠纷（正如他喜欢说的那样），来自一个朋友。11月15日，马丁·杜加尔几个月前就根据韦贝克的字样清单为自己的书选择了排字的字样，书也已经印了，并即将发行，还紧急装订了几本，以便龚古尔奖的评委们能及时收到，加斯东寄给马丁·杜加尔一份双面印刷的合同，上面写着双方必须履行的条款。他咨询了律师之后，草拟了大部分内容：

……

条款一：马丁·杜加尔先生同意授予加斯东·伽利玛根据现在和未来的法律条文，印刷和出版其为作者、书名为《让·巴鲁瓦》的著作的专有权。

---

① 马丁·杜加尔给加斯东·伽利玛的信，1913年7月14日。《通信全集》，第1卷。
② 据一份前言的提纲，马丁·杜加尔档案，同上。

条款二：该书的尺寸为32开，每本定价3.5法郎。

条款三：作为版税，加斯东先生根据以下标准向马丁·杜加尔先生支付（10%的书店损耗不在计费之列）：

——首印1000册支付……（空白）稿费

——1000册以上每册30生丁

——3000—5000册（含5000）每册40生丁

——11000册以上每册60生丁

关于首印1000册，前500册开售付一半，后500册开售付清另一半；以后的印数，一开售即付款。每次印数由加斯东·伽利玛决定，如果他觉得有必要，每版根据封面来区分。

条款四：作者可以获赠100册样书。

条款五：双方如事先未达成协议，不得根据该书的部分或全部内容另写新书。

条款六：双方可以共同授权出版全部或部分作品的插图本，价格高于原出版社，时间不定，由此所得20%归原出版社。

条款七：在双方同意下，可以在法国或国外的报刊等媒体上用法语或其他语言转载，或在国外以任何形式出版法文文本或其译文。

由此所得，罗歇·马丁·杜加尔先生一半，原出版社一半。

条款八：如果本书告罄，出版社拒绝重印，本合同作废。

条款九：罗歇·马丁·杜加尔先生授权加斯东·伽利玛先生出版和发表他的下三部著作，条件同上。自作品交付之日起三个月，如果加斯东·伽利玛没有使用该权力，则失去所交付给他的作品的出版权。[1]

---

[1] 马丁·杜加尔档案。

马丁·杜加尔不同意条款,甚至感到有些愤怒。他想写信给加斯东,但感到了史无前例的困难,这是他以前在书桌前不曾有过的。他不断修改草稿,把合同翻来翻去,但不能签字。加斯东在成为他的出版商之前是他的朋友,他把自己心里的想法都告诉了他,甚至向他承认,如果他7月份就知道合同的内容,他早就会放弃签字,尽管他和加斯东关系很好,对 NRF 也很有好感。

这位作家不能接受第一条和第九条。至于第七条,他说他一点都不明白。他翻来覆去地读着盖了章的合同,不禁痛苦地想起了6月份他们再次见面时,加斯东就格拉塞之事给他的建议:

"……尤其要注意,不要把可能的翻译权给他,完完全全地把它留在自己手里!"

马丁·杜加尔越想越困惑,仔细考虑朋友的建议和出版商的建议之间的区别。他想修改条款一和七,使之变得对自己更有利。他尤其想取消第九条。罗歇·马丁·杜加尔尽管觉得在 NRF 就像在自己家里一样,但想到自己将在法律上把三本书,也就是在十来年的时间内,签给一家出版社,他还是觉得不能这样做。他觉得这样不合适。这是个原则问题,即使他完全准备把以后的书都给 NRF。谁也不敢保证加斯东能长期执掌出版社:"如果哪天某个格拉塞接管了出版社,我可不想让警察逼着把自己熬夜的成果交给他。"[1]

这是一项默契,就算是吧,但要说合同公正,那也未必。这位作家首先想成为一个自由人。两个朋友都很烦恼,他们不愿意

---

[1] 马丁·杜加尔给伽利玛的信及信的草稿,1913年11月28日。马丁·杜加尔档案。

让这几张愚蠢然而又不可缺少的合同破坏他们的友谊。为了不让情况恶化，加斯东马上给马丁·杜加尔回了一封长信，安慰他，化解矛盾，告诉他将考虑他的意见，然后才触及主要问题：

……至于第九条，没有任何问题，这不过是我方的疏忽而已。我们完全可以取消它，在这一点上，我们完全同意……出版商在一个作者起步的时候出版他的作品，并不肯定将来是否能得到回报。他至少要存有希望，在他所投入的活动中，能得到一定程度的好处，你不觉得这很合理吗？否则，出版者承担了一切费用，而当作者成功时，又眼睁睁看着他离开自己，投靠更大的出版商。①

在翻译问题上，伽利玛说服了马丁，在版权方面却没有达成一致。"我今年才三十岁，不能永远出让这本书的版权，"他回答说，"我要给自己留一扇逃生门，让自己有朝一日能收回这种权利，如果不可预测的情况迫使我这样做的话。"马丁还举了眼前的一个例子：二十年前，正当德雷福斯事件发生时，一个作者和一个出版商被合同捆绑在了一起，尽管他们分属不同的阵营。"我真的当不了那种意志坚强得牢不可拆的人。"他最后这样说。他建议重新起草合约，作者要能够在十五年后收回权利，并解决亏损问题，如果作品失败的话。②

1913年底，《让·巴鲁瓦》出现在书店里。和《大个子莫纳》一样，它也没能获得龚古尔奖，但NRF出版社第一次在

---

① 1913年11月29日的信。马丁·杜加尔档案。
② 草稿及马丁·杜加尔的信，1913年11月30日。马丁·杜加尔档案。

商业上获得了相对的成功。对加斯东来说,这是一个很好的消息,况且,除了负责 NRF 出版社之外,不久前他还担任了新的职务。

他不再无所事事、游手好闲了,而是成了一个极为繁忙的商人。此后,他开始执掌一个剧院。

剧院的管理集中反映了加斯东的节俭性格。这是一个汇聚了他所有爱好的地方,甚至比出版更吸引他。加斯东·伽利玛一生中多次公开表示,他很想在这方面做事,因为它比做书更有意思,那儿有他所喜爱的一切:文学(演出是通过剧本来进行的)、个人的演技与观众的关系(演出)、绘画(背景)、展示(服装)、社交生活(幕间休息)、与父亲竞争(昂比居喜剧院和瓦里埃泰剧院的老板)、回忆初涉出版界的情况(罗贝尔·德·弗雷尔的秘书)……

1913 年,当 NRF 打算建一座剧院时,加斯东有许多理由对此感兴趣。剧院的灵魂是他的朋友雅克·科波,科波想与现代戏剧的低下、浅易和平庸作斗争。他是个纯洁主义者,反对时尚,首先希望剧本和演员优先,恢复其地位,而不是把重点放在背景或其他附属的东西上面,那些次要的东西会让观众游离主要的东西。杂志社的这个创始人,在三十四岁的时候,不满足于在戏剧专栏发表自己观点。他想走得更远。不过,要搞剧院,"即使无私得让人难以置信",[①] 也需要一个大厅和若干器材。

他们的一个朋友夏尔·迪兰当时在"狡兔"小酒馆给诗人们当翻译,他给他们找到了一个场地,当然是在左岸,圣日耳曼中

[①] 雅克·科波,《老鸽舍剧院回忆录》,新拉丁语出版社,1931。

学圣父先生大厅,在老鸽舍路上。他们和业主签了场地租赁合同,把那个大厅叫做老鸽舍剧院。剧团组建起来了,负责人是加斯东·伽利玛。资本为二百万法郎,分成两百股。加斯东、施伦贝格尔和夏尔·帕格芒是第一批也是主要股东,帕格芒是工业界的代表,绘画收藏家,也是孔多塞中学的老校友。他们在旺多姆广场的法美银行给其他出资人开了账户。加斯东和施伦贝格尔很快就从他们的老关系中找到了其他出资人,他们动员了比贝斯科公主、诺阿伊夫人、马塞尔·普鲁斯特和埃米尔·梅里什,在全巴黎的文坛奔跑,想给公证人出示银行证明,证明至少四分之一的投资已经到位。他们在波里尼亚克的公主那里碰了壁,曾灰心丧气了一阵子,他们意识到,他们在上流社会遇到的挫折将比预计的要多得多。但他们冷静下来,只要别人能接待他们,他们就不放弃努力。[1]

10月初,一张橘红色的广告贴在了左岸的墙上。加斯东在圣马丁郊区找了一个叫马塞尔·皮卡尔的印刷商,要他设计一张吸引眼球的声明,不能让行人看了以后无动于衷。在这一点上,他们成功了:

老鸽舍剧院
征召

——年轻人,以反对商业戏剧的怯懦,捍卫最自由、最真诚的新戏剧艺术;

——广大的文学爱好者,以对法国和国外的经典名著表示敬意,它将以这些作品为基本的演出剧目;

---

[1]《里维埃和傅尼埃之友会刊》,第27期。

——大众，以支持一个将致力于上演高质量剧目的企业，它将严格保证自己演出的剧目丰富多彩，不脱离大众。

剧院经理室

10 月 15 日开张。

6 日，老鸽舍剧院沸腾了。首场演出马上就要开始。排练在瓦砾和梯子当中进行，大厅里，舞台上，后台间，人人都亲自动手。莱昂-保尔·法尔格在桌子的一角抄地址，黏信封，弗朗西斯·儒尔丹在画背景，加斯东在扫地。①

开业那天，加斯东整个下午都在剧院。他到处帮忙，不能做袖手老板。他接受了这个职位，但只干一年。罗歇·马丁·杜加尔和他有约，却找不到他。马丁·杜加尔好像看见加斯东在老板的大办公室里，里面的陈设非常庄重，那是他的新职位。但马丁·杜加尔又惊讶地在装满镜子、线脚涂黄的前厅发现了他，穿堂风呼呼地刮，加斯东冷得蹲在一张轮椅后面。他把马丁·杜加尔带到乐池里，看最后的彩排。马丁·杜加尔很快就认出了一个人，此人秃头，长鼻，嘴里叼着烟斗，瘦骨嶙峋，动作灵活，不断地走来走去。那是科波。

"那边那个是布朗什·阿尔巴纳，"加斯东悄悄地在他耳边说道，"乔治·杜阿梅尔的妻子，你知道那个给奥德翁剧院写剧本的人，他写过《在雕像的影子中》……那个是我们的经理，在科波的右边，叫路易·儒韦。"②

---

① 雅克·科波，《老鸽舍剧院记录》，第 3 卷，伽利玛出版社，1979。
② 《自传体回忆和文学回忆》，马丁·杜加尔档案，国家图书馆。

10月23日是首演。NRF所有的朋友都来了，这很正常。巴黎文艺界的人士都在，这更好：记者们发现了《高卢人报》的主编阿尔蒂尔·梅耶以及保尔·蓬库尔、米夏·爱德华、菲利普·佩特罗、艾莱米·布尔热、保尔·福尔、米洛兹……舞台上正在演《被温柔所害的女人》，托马斯·海伍德的五幕剧，是雅克·科波从英文翻译和改编的。然后演的是莫里哀的《医生之爱》，两场演出，科波、迪兰、儒韦、布朗什·阿尔巴纳、苏姗·宾都出席了。

演出取得了成功。媒体却并不全都这样认为。一部分人真的被感动了，另一些人因为过于苛求，加上科波不懂得妥协，所以表现得有些不信任，有所保留。但《光芒》的保尔·苏戴和《剧场》的加斯东·德波洛斯基后来支持这个雄心勃勃的年轻剧团。《自由》的让·德皮埃尔弗好像把那天晚上的气氛概括得挺好，他这样写道："吃过旺德维尔的豪华大餐之后，从文学卫生的角度来看，我觉得雅克·科波给我们提供的干面包让人舒坦。我似乎进入了诗人们的圣殿。啊，放心吧，一座可爱的圣殿，没有痛苦，里面有巴黎最漂亮的厕所和最上流的社会……"①

剧院成功了。它将对法国的舞台进行革新。

加斯东不是在营业图表上指指点点——左边的粗线代表着上演的日子，右边是剧名，中间的那条线是观众人数和收入——就是在办公室接待朋友，往往是高声朗读保尔·瓦莱里的一首诗或纪德的一篇文章。12月的一个晚上，在科波的包厢里，人们也这样朗读罗歇·马丁·杜加尔的《勒勒老爹的遗嘱》。科波倒在长沙发上抽着烟斗。加斯东坐在角落的书桌后。迪兰显然非常高兴，

---

① 老鸽舍剧院记录。

激动得一边听一边模仿。马丁·杜加尔读完后,加斯东"用善良而亲切的目光"看着这一小群人,这时,科波终于开口了:

"很好,很好……杜加尔真的写得很好!非常好……有古典风范……很新,但很经典……要演,不是吗,迪兰?必须演!"①

迪兰将演"它"。一个农民式的玩笑。天真,淘气,笨拙。演了二十六次……之后不久,科波去寻找一个女演员来出演克洛岱尔《交换》中的勒希,他在《剧场》登了一则启事,连续许多上午都在听"剧院里的无产阶级"。他筋疲力尽,太平庸了,他都开始失望了,就在这时,一个身材高大、修长的女人让他大吃一惊,这个风度翩翩的女人选择了维多利安·萨尔杜《祖国》中的一幕。她演得很虚假,但很人性化,认为那个主人很了不起。这个应征者的热情、青春、激情有理由让他迟疑不决。他给她读了一段克洛岱尔。年轻的女人睁大眼睛,马上就反应了过来,坚决地说:

"这完全是我的角色,我完全演得了!"

科波更多是被她的性格而不是舞台技巧所征服,瓦朗蒂娜·泰西耶就这样进了老鸽舍剧团,也进了加斯东·伽利玛的生活,并将久久地与他联系在一起。

1914年。各大报的头版都在刊登谋杀案。在巴黎,卡约夫人杀死了《费加罗报》主编加斯东·卡尔梅特,因为他的宣传运动反对她的丈夫。在萨拉热窝,奥地利王子弗朗索瓦-费迪南被暗杀。但这两宗罪行的后果是不一样的。

很快就将发表《梵蒂冈地窖》的纪德想理清出版社内部的事

---

① 马丁·杜加尔-科波的通信。

务。他一方面赞扬加斯东管账的方式，另一方面也在想加斯东是不是事情太多了，杂志在创办出版社和开办剧院的时候，一时冲动和激动，让他负责如此重任，纪德不由得有些担心……必须往前走，这是肯定的，但不能太快。他认为，不是要减慢速度，而是要稳步前进。言外之意，就是要换掉他不喜欢的加斯东·伽利玛。纪德甚至已经找到了替换他的人，那个人叫保尔·格罗蒂森费尔，是布鲁日《圣卡特琳娜报》的创始人，当时刚好可以脱身。纪德想把他调入杂志社和出版社，但没有成功。加斯东很快就明白了，此事已经让他痛苦了好几个月。他失望了：他进入 NRF 是出于理想，为了献身一家纯洁的企业，然而，他被一些只谈钱的作家当作一个平庸的管理者。大家把他当作一个执行者。直到审读委员会成立，他才结束这种靠边站的状态。委员会包括六个创始人以及伽利玛、特隆什和里维埃。从此以后，他有权对稿子发表意见了。里维埃还试图让他介入 NRF 的文学编辑，让他负责签署杂志的某些文章。就这样，伽利玛挡住了纪德推荐的那个候选人的路。[①]

于是，纪德另想他法。他推出了一个亲信。在给伽利玛写的一封信中，他说，杂志的创始人之一安德烈·吕泰尔，不管怎么说是一个懂账的人，如果说吕泰尔对他没有什么帮助，对出版社是否有很大的帮助。一段时间以来，纪德已经不像伽利玛和施伦贝格尔那样继续投资了，所以他们对纪德有优势。而且，施伦贝格尔已经建议纪德放弃他现在和将来的版权，以恢复平衡。但纪德很谨慎，想先看看过去的账。由于他不怎么懂财务，所以推荐

---

① 奥古斯特·安热莱斯的文章，见《安德烈·纪德之友会刊》，第 61 期，1984 年 1 月。

他们共同的朋友吕泰尔代表他在三人执政中行使权力。①

尽管日程工作中常常出现这种烦心事，婚后又带来种种新的义务，同时兼任 NRF 的出版人和老鸽舍剧院的经理，加斯东还是找出时间去踢足球……星期天，他如果不在贝内维尔，便和"青年文学体育俱乐部"在普托桥的巴加泰尔草坪训练。该俱乐部于 1913 年 3 月成立后，几个月就加入了法国大学俱乐部。夏尔·佩吉是个"体育迷"，是奥尔良中学"体育锻炼协会"的会长，他同意担任这支文学球队的名誉主席。这支球队由以下人员组成：雅克·里维埃、克洛德·卡西米尔-佩里埃、阿兰-博尼埃、A.肖塔尔、让-居斯塔夫·特隆什、加斯东·伽利玛、贝尔纳·孔贝特（前锋）、塔迪厄（队长）、加斯东·贝尔纳（中锋）、让·季洛杜、皮埃尔·迪特里巴、吉拉尔、甘勒（四分之三）、路易·苏（后卫）……三分之一的球员都是 NRF 的成员，因为其中甚至有商业经理特隆什，他和其他人一样穿着俱乐部的服装：浅蓝色的背心衬着白边，白色短裤，浅蓝色的袜子，法国文坛足球爱好者的通讯说得更具体："白色的大腰带是刻意的，鞋子则随意"。② 他们心中的目标，正如季洛杜向一个前来观看球队在拉克卢瓦-德·贝尔尼"出色起步"的《不妥协报》记者所说的那样，是有朝一日会打败《巴黎杂志》的球队！

1914 年 7 月结束了。加斯东·伽利玛在罗歇·马丁·杜加尔位于奥吉果园的家中静静地休息。远离一切。下午 4 点半，两个朋友每天一次回到现实。他们在大路的坡下等待邮递员送来首

---

① 纪德致伽利玛的信，1914 年 3 月 27 日，雅克·杜塞图书馆。
② 阿兰·里维埃档案。

都的报纸。报纸上不再谈论让人恐慌的谣言，而是严重的事件：工会成员举行反战的游行示威，奥匈在塞尔维亚开战，共和国总统普安卡雷①和议会主席维维阿尼从已经动员起来的俄罗斯紧急回来，饶勒斯②被暗杀了。

8月1日，法国发布全民动员令，伽利玛离开了他的朋友。两天后，他在贝内维尔的家中与家人一起获悉，德国将向法国宣战。

---

① 普安卡雷（1860—1934），曾任法国总统和总理。——译注
② 饶勒斯（1859—1914），法国政治家，社会主义运动先驱。——译注

第三时期

1914年—1918年

战争爆发了。

几天中，法国军队便在前线战败。它们边战边退，而加里埃尼将军[1]则将就着组织巴黎防卫。参谋部的沉默、互相矛盾的消息和让人恐慌的谣言吓得五十万巴黎人魂不附体，他们在一周内逃到了南部。盟军和德国人都倒在了战壕里，从贝尔福到尼厄港全都成了前线，两个阵营的元帅们随机应变，临阵设法。

战争，加斯东是反对的，绝对反对。不仅仅是出于政治或人道主义方面的原因：他甚至没有真正想过要成为一个拒服兵役的人。他后来很喜欢讲述自己是如何骄傲地穿着远离火线的士兵服，为的是不缴武器商及其政治代理人所强迫的兵役税。[2]

"我清楚地告诉你们，我不是英雄！我是个懦夫！"他常常这样说，甚至在战后很久还这样说。他把自己当作一个反英雄主义的使者。他觉得英雄主义是最虚伪的东西，经过认真思考，他宁愿当一个活着的懦夫，也不愿当一个死去的英雄。油腔滑调，追求享乐，厚颜无耻，他什么都试过——装疯卖傻，跳窗逃跑，装死，向父母在医疗界的朋友们求助——为了逃避兵役。他变了一个人，为自己的胜利而感到骄傲，全然不顾大多数人的指责，很

---

[1] 加里埃尼（1849—1916），法国元帅。——译注
[2] 吉尤，《笔记》。

高兴没有因某些人的政治主张而冒着生命危险，用胸口去挡机枪的子弹。千万别跟他谈什么民族主义！

"最让人感到恶心的，"他后来说，"是那些千方百计不上前线——像我一样——而后来又成为狂热的爱国者的人！"①

对加斯东·伽利玛来说，1914年至1918年无论在道德层面还是在职业和知识方面，甚至在爱情方面，都不是一个轻松的时期，因为自1914年初以来，他就成了一个小男孩克洛德的父亲。

1914年秋，伽利玛家族搬到了莫尔比昂湾角落的旺纳，内兄杜歇在那里有一块地产。加斯东想尽一切办法来躲避"莫洛尔"：莫洛尔是一种味道很浓的奶酪，闻起来有死尸的味道，在伽利玛的朋友圈里，这个词用来指兵役。他首先收买当权者，在政府的档案处找出自己的档案，写上"已故"的字样。这要花去他两千法郎。②为谨慎起见，当这种骗局有可能被戳穿时，他便装病，以至于大家都以为他要死了，包括他的家人和他最好的朋友们，还有雅克·科波、雅克·里维埃、罗歇·马丁·杜加尔、让·施伦贝格尔和他的来往信件都可以证明……他开始绝食，不再喝东西，长期卧床，胡子长出来也不刮，让脸看起来更加消瘦。当有人到他房间里来看他的时候，他便开始发抖，显得身体越来越糟糕，要憋足劲才能讲清楚话……

总之，老鸽舍剧院的经理自己也觉得可以上台演出了……他必须真的厚着脸皮，因为甚至在旺纳这个城镇，当时也有许多伤员经过。真正的伤员，从前线下来的，他们那副奄奄一息的样子带给这个城镇一种奇怪的气氛。

---

① 莱奥托，《日记》。
② 吉尤，《笔记》。

医生诊断为阑尾炎和肝炎。这样折腾了两个半月后，他被担架和救护车紧急送到了巴黎，接受一个著名外科医生戈塞教授的检查。他掉了二十六公斤。根据军医的意见，他退役了。

终于退役了！他达到了目的。他实现了自己的诺言，上了理发店，剪了头发，刮了胡子，然后一个人去了马克西姆饭店大吃了一顿，结果离开位于王家路的饭店时，他在协和广场吐了。他感到很难受，曾想到几米远的法兰西汽车俱乐部里去躲一躲，后来，他强撑着身体，叫了一辆出租车，回到了圣拉扎尔路的寓所。他躺在床上，现在，他真的病了，他可不愿意生病。

修养了几天之后，慢慢地他想开始重操旧业。可怎么着手呢？NRF 的大部分合伙人都已散布在法国各地，有的自由，有的已经参军，有的坐了牢，有的已经失踪，情况不是很清楚。与阿兰-傅尼埃同部队的军官们写信告诉他说，他的朋友负了伤，被关在德国。其实，他已经在上默思河的前线牺牲了。夏尔·佩吉也同样：9月5日，在维勒卢瓦附近，当马恩战役打响时，一发炮弹夺走了步兵部队几个中尉的生命，其中就有佩吉，他是一战中牺牲的第一位法国作家。

他的许多朋友、崇拜者和读者都深感震惊。伽利玛得知这个消息后感到非常悲痛，并奋起反抗：这一意想不到的死亡使他更加仇恨战争了，战争是墓地的供货者，是不正义的。士兵被杀，这是很自然的，那是他们的职业，但像佩吉那样的人，他才四十一岁，有那么多事情要做、要写，要出版！……还有阿兰-傅尼埃！才二十八岁，甚至还来不及开始写作！在1914年的初冬，伽利玛一定痛苦而且可笑地想起了佩吉三年前对傅尼埃说的话：

"你会走得很远，傅尼埃。你会想起来是我这样对你说的。"

1915年。在耶尔，双方用喷火器和催泪瓦斯进行战斗。在巴黎，西帕·戈德斯基星期天晚上接待朋友，大家一起玩音乐。伽利玛和法尔格这两个"文人"去听达里尤斯·米约①、莫里斯·拉威尔②和埃里克·萨蒂③在琴房里用勇气和胆量进行斗争。④战争好像离得很远啊……奇怪的是，深受战争之苦的人却为那些"贪生怕死的人"担心。伽利玛的朋友就为他担忧，而且人数还不少。战争囚犯雅克·里维埃在他的被俘日记中写道："当时，我对加斯东的友谊增强了、深化了。我发现自己是他永远也不会枯竭的宝藏和源泉。"⑤

朋友们在来往的信件中，谈的大多也都是击倒了加斯东的"消沉"。马丁·杜加尔这样写信给科波："……我知道下了很大的决心。这是他生存下去的唯一机会。他的最后一些信让我感到害怕：那是一个垂死的人写的。"⑥

事实上，由于装病，他的健康状况真的变得很糟。对战争的恐惧差点使他发疯。因愤怒和担忧而发疯。因为随着冲突的加剧和延续，他越来越害怕自己的各种借口缺乏说服力。

朋友法尔格也像加斯东一样贪生怕死，他认识不少军医，便请了一个给加斯东做了长时间的检查，军医建议他在疗养院长期修养。于是，1915年春，伽利玛就这样来到了吕埃-马迈松疗养院。科波到那里去看过他两次，加斯东的变化让他大为震惊。加

---

① 达里尤斯·米约（1892—1974），法国作曲家。——译注
② 莫里斯·拉威尔（1875—1937），法国作曲家。——译注
③ 埃里克·萨蒂（1866—1925），法国作曲家。——译注
④ 达里尤斯·米约，《无音乐的音符》，朱丽亚尔出版社，1949。
⑤ 雅克·里维埃，《笔记，1914—1917》，法雅尔出版社，1974。
⑥ 1915年3月30日的信，《通信集》。

斯东萎靡不振，情绪低落。

"你们穿着雨衣，总是跑来跑去，"加斯东对他说，"你们想象得到一个人会整天躺在床上再也起不来吗？我现在就是这样……"

停了一会儿，他又接着说：

"你知道吗？我疯了！啊，我还没有整天都疯，但每天上午都会疯。我想，我已经没有个性了，一些极为强烈的成见深深地扎根在了我的脑海里。"

雅克·科波跟伽利玛谈了几个小时后，相信他恢复不了，并认为他的病源是对战争的恐惧，害怕尽管自己的健康状况如此还是会被应征入伍。"这种恐惧已经根深蒂固，造成了他的疯狂。"他这样写道。[1]

与此同时，里维埃也深受判刑与流放的折磨，在收到妻子伊莎贝尔的一封信后，"祈求上帝救救我亲爱的弟兄"，因为他的妻子告诉他："加斯东没有好转，比以前更瘦。神经质得很。应该让他振作起来，或者结束战争。"[2]

5月23日，加斯东终于离开了吕埃-马迈松位于贝尔热路的诊所，到了凡尔赛，在那里见到了马丁·杜加尔。凡尔赛不过是他前往拉费埃戴-下儒阿尔的一个普通的停靠站。在附近的一个小村庄勒里蒙，他去了科波家里，见了科波，这是他们事先说好了的。他来休息、说话、工作、组织，重新恢复对生活的乐趣。要么这样，要么就在疗养院里等死。他跟科波长谈了之后，知道由于科波，自己将很快能重新适应生活："我只需要你，不需要

---

[1] 马丁·杜加尔-科波《通信集》。
[2] 《笔记，1914—1947》。

别的医生。"①他写信给科波说。

里普酒吧的一个常客都认不出 NRF 和老鸽舍剧院的经理了。他的头发很长，披在脑后，细细的黑胡须长出来也不刮，他平静得反常，声音显得非常坚决。他常常说"我们必须非常坚强"，才能和他一起重新创造未来，理清计划，准备出版一本关于老鸽舍剧院的插图期刊。战前的热情已经恢复。科波感到这一仗已经打胜，他给指引炮火的侦察兵施伦贝格尔写了一封信，讲述了他的日常工作。施伦贝格尔马上回信说："好好照看加斯东。我们宁愿每人失去一只手也不能失去他。"因为他很宝贵。不管怎么样，出版社要继续办。从 1911 年到 1914 年，他出版了六十来本书，每种书的印数最多一千五百册。而杂志在 1914 年夏有三千个订户。为了不让出版社关门，保证生意能做下去，伽利玛把自己的一部分权力下放给贝尔特·勒玛丽亚娜埃，那是杂志社、出版社和剧院的一个朋友。她照看着一切。在住院期间，加斯东就很想请她来管理文秘工作。由于她，活动好像开展了起来。她认识很多人，包括 NRF 的创始人和新来者。她和蔼、热情，在位于梅西埃红衣主教路的寓所里一小群一小群地接待大家。在那里，人们不止一次为出版社的前途作出重要的决定。但她既不想给他们当顾问，也不想给他们当会计。没有贝尔特，加斯东不知从何着手。但就是有了她，他也不知道该怎么办。那么多合同要重审，那么多稿子要看，要到奥塞河堤路的办公室去求克洛岱尔，还有那些印刷商，他们没有纸，没有电，也没有工人，但他们很想替 NRF 印刷。

8 月底，他回到了贝内维尔，像情绪低落之前一样，来到了

---

① 老鸽舍剧院记录。

妻子、母亲和儿子克洛德身边。克洛德是个"又胖又善良的孩子，总光着身子，整天在沙滩上玩"。[1] 他想利用这个机会安安静静地给所有的朋友写信，但拿起笔的时候，他还是控制不住自己的厌恶。罗歇说得对，他曾批评加斯东太懒，"说话像美国人"。但加斯东并不恨他，因为他知道罗歇是从哪里回来的。运输部队中士马丁·杜加尔曾这样写长信给他："你的健康是件大事，是我最关心的事，也是我们的友谊和我们共同的作品的基础。所以必须非常注意，首先以它为重。"[2]

这一年还没有结束，伽利玛又不得不回到了瑞士的疗养院里去了，这次是在斯特方尼疗养院，在蒙塔纳气候疗养站治疗肠胃。

10月，伽利玛提出来要见雅克·鲁谢，并且得到了允许。鲁谢是个导演，文艺事业的资助者，《大杂志》的社长，不久前还当了巴黎歌剧院的院长。他就是在那里接见伽利玛的。伽利玛读过鲁谢的著作《现代戏剧艺术》，书中介绍了英国舞台理论家戈尔东·格雷的革命性观点。他请求歌剧院的经理转让他一本格雷的书，他想出版。他建议鲁谢在《论戏剧艺术》的出版中替他与英国出版商、作者甚至女译者热内维埃夫·塞林格曼-吕的商谈。[3]

加斯东坚持这本书要在 NRF 出版。NRF 是真正的文学，也是纯戏剧的阵地，尤其是自老鸽舍剧院开始历险和不久前剧团在英国巡回演出以来更是这样。一个月后，在圣诞节的第二天，他

---

[1] 给雅克·里维埃的信，1915年8月30日，阿兰·里维埃档案。
[2] 罗歇·马丁·杜加尔，《通信总集》，伽利玛出版社，1980。
[3] 伽利玛致雅克·鲁谢的信，1915年11月20日。鲁谢档案，法国国家图书馆。

十分自豪地向科波宣布了另一个胜利的消息：他成功地从代理那里弄到了约瑟夫·康拉德的作品在法国的独家版权。加斯东不想让出版社漏掉这个原籍波兰的英国人，他的许多历险小说和关于大海的故事曾让纪德说了这样的话："他的描述毫无夸张之处：非常准确。"伽利玛成功地让康拉德的文学代理起草了一份合同，所有的条款都有利于他，只有一条好像谈不拢：每年必须出版两本书。在当前的情况下，这是不可能的事。经过长时间的商谈，双方还是达成了一致：枪炮声一停止，协议马上执行，这给了 NRF 在出版《台风》《吉姆老爷》和《附近的兄弟》之前一个缓冲的余地。NRF 一开始就对康拉德的作品表现出巨大的热情，除了富有经验的翻译家比如菲利普·内尔和 G. 让-奥布里负责翻译他的大部分作品外，NRF 的成员或其周围的人也将翻译康拉德：安德烈·纪德、安德烈·吕泰斯、伊莎贝尔·里维埃、多米尼克·特鲁安……

加斯东·伽利玛从开始住院起从来没有这么拼命工作过，继戈尔东·格雷、约瑟夫·康拉德之后，他又开始进攻佩吉的作品。人们刚刚纪念他逝世一周年。出版了《我们的祖国》之后，他请求佩吉夫人把作家的全部作品都给他，以便能尽快出版。

他睡得越来越晚，像以前那样写很多信，而且，他必须把巴黎的情况通知贝尔特·勒玛丽亚娜埃。白天，他跑瑞士的印刷厂，在开办自己的印刷厂之前，他要学习。他答应科波，这次在国外逗留，他不会带回"明信片，也没有照片，而是印刷字模的目录和当天的价格表……只有在工作的时候我才感到舒服"。[1]

---

[1] 伽利玛致科波的信，1915 年 12 月 27 日，达斯泰档案。

1916年，巴黎。1月24日早晨，加斯东·伽利玛过完他的三十五岁生日没几天就从瑞士回来，找到了他的朋友莱昂-保尔·法尔格。诗人被他的外貌惊呆了。他从来没有见过加斯东这副样子：长长的胡须，长长的头发，仿佛是上个世纪的人。他马上联想起画家德维瑞亚的一幅浪漫的石版画，甚至想起塞莱斯丹·南特伊的一幅水彩画。伽利玛面容憔悴，满脸皱纹，但目光深邃，好像会说话一样。惊讶的法尔格听着他的朋友讲啊讲啊，在瑞士的逗留显然让他失望。伽利玛确信洛桑的大旅馆里布满了德国特务，那些人身份可疑，长着弗朗索瓦-约瑟夫[1]那样的大胡子，气度不凡，很有魅力，他们凭着自己的翩翩风度来引诱同样神秘的公爵夫人们。他说，他在这里或那里的酒吧和餐厅里和人聊了之后，总是感到很难受。总之，他怎么也乐观不起来。[2]

伽利玛决定天天苦干，在工作中忘掉自己。这是前所未有的事。马丁·杜加尔非常理解他，给他写信说："你是否找到了逃避这种压抑的办法？那将是你唯一的幸福之所在，也是你耐心和克制的唯一来源。你难以忍受那种压抑，反应太强烈了，无法逃避到你未来的计划中。"[3]

法尔格和伽利玛每天都在整理夫人路的办公室，把越来越多的书和手稿分类放好，给作者写回信让他们不要担心，仔细阅读报刊杂志，结清账目，这些工作都是与贝尔特·勒玛丽亚娜埃一起干的。因为 NRF 被俘或应征入伍的成员需要知道人们并没有忘记他们，他们的位置仍然空着，大家一直把他们当作"自

---

[1] 1839—1916，1846 年起为匈牙利皇帝，1867 年起兼任奥地利国王。——译注
[2] 法尔格-拉布罗，《通信集》，伽利玛出版社，1971。
[3] 1916 年 1 月 20 日的信，《通信总集》。

己人"。

杂志停办了,但出了几本书,比如说亨利·盖翁的战争诗集《信任法国》。盖翁担心伽利玛为了省钱,削减给媒体和作者的样书,便催促纪德到夫人路去检查单子,看看加斯东是否忘了朋友们和天主教报纸。①没有忘,一切都很好,马丁·杜加尔写信来说,他很高兴在军营里收到一本印着NRF徽标的书。"你想象不到我收到书的时候是多么高兴。我抚摸着NRF的徽标,把书裁开,翻来翻去看,把它当作一个朋友(如果我敢这样说的话)……"②

出书越来越难了。什么都缺,就是不缺稿子。伽利玛战前推出的一些年轻作者,比如说有个叫让-里夏尔·布洛什的人,急得直跺脚,伽利玛感到更失望了。他们已经准备好新书,却不明白出版商为什么没有准备好。因为在城里,尽管战争还在进行,日子还要照样过。伽利玛急于出版布洛什的《外侨身份证》,那是一本描写一个犹太人家族在埃尔伯夫崛起的小说,他写信给作者说:"……我会考虑您的建议。我之所以停下来,当然是因为现在的印书成本猛增,但与现在一千法郎的纸币不流通也有关系,因为这种纸币现在很少。没关系……但愿我的沉默不会让您不安,您的稿子就在我的桌上,我会尽量找到排版和印刷的单位。可是,您不知道,这工作现在有多难!"③

伽利玛与他的大部分年轻作者都保持着密切的关系,因为巴黎的其他出版商找到了在这个动荡时期出书的办法,他怕如果战

---

① 盖翁致纪德的信,1916年6月12日,《通信集》,伽利玛出版社,1976。
② 马丁·杜加尔致伽利玛的信,1916年6月22日,《通信集》,同上。
③ 1916年9月2日和10月19日的信,布洛什档案。

争延续，作家会流失，他想竭力避免这种状况。在这艰难的时期，伽利玛老想着这样的事：别人弄走了"他"的作家，他们被人通过各种方式挖走了。这种想法在他漫长的职业生涯中一直没有离开过他。然而，这并没有妨碍他从对手那里"借"（如果不是说"挖"）到作者，恰恰相反。

1916年秋，他通过保尔·克洛岱尔的介绍，与一些当外交官的作家建立了密切的关系，克洛岱尔正准备到里约热内卢去上任，第一次当他的大使。他也常去看望亚历克西·莱热①，后者刚刚离任驻外新闻机构，被任命为法国驻北京使馆的三秘。

加斯东和他的朋友法尔格如果不是在奥塞河堤路的办公室工作得很晚，便是和 NRF 的女士们在下午5点喝茶，或是去看电影、看戏、吃饭、郊游、在河边的小饭馆喝酒。不管怎么样，他们都无忧无虑，直到时局迫使他们停工歇业。

12月，"国家反逃兵联盟"在加尼埃·德·加雷先生的领导下，召开了全体大会，伽利玛一点都不感兴趣。他们的话没有吓倒他。有人提醒他，有个跟他同姓的工兵军官雅克·伽利玛将军，曾在1860年出现在北京，并在1870年战争之后当了巴黎综合工科大学的校长，但他对此人的英雄事迹也不屑一顾。他宁愿在家从事脑力劳动也不愿去干那些事，没有任何东西能使他改变主意。但他慢慢地失去了信心，当人们宣布了关于退役的新法律的时候，他又担心极了。他会被重新应召入伍的。情绪低落的伽利玛又向法尔格求救，法尔格让一个叫迪普雷的精神病医生给他检查。迪普雷认为，此病毫无疑问由于"军事忧虑"而加重

---

① 圣-琼·佩斯的本名是圣莱热·莱热，也叫亚历克西·莱热。

了①……免除兵役！

1917年，巴黎。加斯东·伽利玛和贝尔特·勒玛丽亚娜埃和请假出来的罗歇·马丁·杜加尔在意大利餐厅吃中饭。他们研究了时局，形势可一点都不妙。杂志的秘书里维埃一直被关在德国；拉努克斯，《费加罗报》的战地记者，在巴尔干半岛；销售经理特隆什在战壕里；科波在纽约，同事们大部分都不在首都。挺让人泄气的。加斯东好像又受到了重创。奇怪的是，他虽然整个人都泡在NFR的中心，却觉得自己被排斥于大部分的计划之外。他相信别人都把他给抛弃了。他从来就不是纪德的朋友，所以纪德有时对他很冷淡甚至有点不信任，他都不感到奇怪。但他与科波关系很密切，当他感到雅克也不再指望他的时候，他伤心极了。

科波去了美国，想考察一下老鸽舍剧团是否有可能到那里去巡演，由于战争，巴黎的剧场已经对他们关门。人们突然在纽约庆祝他升了官——他刚被任命为法兰西剧院的经理。他独自一人草拟巨大的计划，而伽利玛不但想参与剧院的领导，也希望能参与这些计划的制订。科波给他写了一封长信，把他们在他不在的时候准备作出的决定都告诉了他，并试图安慰他：

……没必要对你说，我亲爱的加斯东，没有你，我做不了任何计划。我们将在一起讨论必须采取的最佳措施，看看你待在巴黎还是陪我到纽约来对我们的公司更好……我不相信你在夫人路的角落里能想象得到一个健康而明智的举动能在这里起到多大的

---

① 吉尤，《笔记》；《通信集》，马丁·杜加尔-科波。

作用。我说的不单是剧院,也指杂志和出版社。《新法兰西杂志》在年轻的知识精英当中声誉极好。有些年轻人自己也出版一些可敬的期刊,看到他们问我们的杂志销量是否超过一万册时,你一定会感动的。然而,我们在营销方面显然做得不够,在这里,找不到我们的一本书,我们应该立即占领属于我们的位置,不是等到战争结束,而是从现在就开始……①

加斯东·伽利玛从来没有感到过这么孤单,别人都跟他分开了。他没有说出自己的心事,没向任何人公开,只是向雅克·里维埃这样承认:"……我差点就要下决心离开 NRF 了,也许以后还要离开法国……一年前,我已经这样了,如果说最近一段时间我留了下来,仅仅是出于一种责任感。现在,我早就不这样想了,对你的回忆与这种想法是密不可分的……"②

但加斯东的痛苦没能再掩饰下去。熟悉他的马丁·杜加尔很快就明白了,于是请求他消除误会,不要让情况恶化下去,因为这会影响到整个团队。他批评加斯东跟大家交往时太注重礼貌,担心发生冲突,总之,良好的教育使心灵变得太敏感。马丁·杜加尔相信,科波和伽利玛之间的关系会变好,NRF 成员之间的关系总的来说也会这样,如果大家不总是那么彬彬有礼,如果彼此之间不像上流社会的人士那么虚伪,而是像老朋友之间一样真诚。当然,也不要庸俗到拍肩拍背的地步。NRF 的会议如果太讲礼貌,作用就会受到一定的影响。③缺乏真诚,默默地宽容,马

---

① 1917 年 4 月 4 日的信。
② 1917 年 6 月 24 日的信,阿兰·里维埃档案。
③ 马丁·杜加尔致伽利玛的信,1917 年 7 月 22 日,《通信集》。

丁·杜加尔觉得伽利玛在这方面的责任比科波要大,但他在《日记》中这样写:

科波谴责伽利玛没有全身心地投入工作,萎靡不振,被战争吓破了胆,不懂英语,没有热情。而伽利玛则指责科波浪费和滥用了他的时间、金钱、忠诚,没有在其计划中给他一个合适的位置。他想成为科波的合伙人而不是下级。和科波一起工作,所有的人都将是他的雇员,这太让人不安了。他们两人都有对有错。可是,他们俩没有坦诚地互相解释过。①

伽利玛很失望,很不安,但不管怎么样,尽管他想走,想离开这里,他还是继续坚持下去。与科波想的恰恰相反,他对文学和戏剧充满了热情,但这种热情埋在心里,很少人能够发现。

3月,法尔格介绍一个年轻人来找伽利玛,他有一天晚上完全偶然地在朋友家读到了这个年轻人的诗。伽利玛在夫人路接待了这个笨拙的小伙子,这个年轻人四肢长、躯干短,穿着步兵的军服,害羞得要让未婚妻及其两个女友陪来。他叫皮埃尔·德里厄·拉罗什,伽利玛同意出版他的战争诗笺,费用由作者自己出,但十七首诗里有两首把书刊检查官吓得要死:

"好啊,年轻人,你跟德国人说话就像跟我们说话一样!……"他们对他说。②

---

① 马丁·杜加尔档案。
② 皮埃尔·安德鲁和弗雷德里克·格罗弗,《德里厄·拉罗什》,阿歇特出版社,1979。

诗的质量尽管不错，还是被禁止了。可伽利玛还是印了一百五十册，《诘问》原先是准备印五百册的。九月份，诗集包上腰封发行了。

这是德里厄·拉罗什的第一本书，所以他没有太挑剔。但伽利玛必须与别的作者斗争，向他们解释，许多稿子都在印刷厂里卡住了。人人都无精打采，运输不通畅，大家都不配合，所有的代价都要由他这个出版商来付。

他毫不犹豫地让作者们来分担他所遇到的问题，常常写技术性很强的长信给他们，他也意识到，他们当中有的人好像很关心字体、纸张的质量和发行。保尔·瓦莱里就是这样，1917年他在NRF出版社出版了第一本书。四年多来，纪德、里维埃和伽利玛一直催促他把以前散乱地发表在杂志上的诗篇结成集子。瓦莱里没有参军，他利用发生战争的这几年修改这些诗歌，并把《年轻的命运女神》给了伽利玛，这首诗将在他的诗集中占有特殊的地位。第一次印刷六百册很快就卖完了。应该说，除了它的文学质量以外，它的印制和编辑都很用心，是作者和出版者共同努力的结果。《年轻的命运女神》出版之前，他们的通信让人觉得是印刷者之间的交谈，而不是一个诗人和一个文学爱好者的书信来往。

我得给您使用一种格米厄新纸板，迪多十四，这种纸板我觉得字体不怎么漂亮。我熟悉斯杜迪奥印刷厂，跟他们联系了我们所需的版式：迪多他们只有十四……

正如您所看到的那样，我们已经排到五十页了——书是十六开的，所以必须四十八页或四十八加八等于五十六页。后一种办法当然会增加成本，但您知道，我从来没有把这本书的出版当作一件生意……我有点随意地留了一点空白:有八行的,也有十行的。人们读了两三行的时候往往就到了这一页的末端。最后,开头的几节是十四行或十五行——也许我们也可以排十六行……①

两人之间的通信很长,也很丰富。瓦莱里并不总是同意出版商的意见,总之,伽利玛的"强加"多于"建议",这让他有点遗憾。而纪德更懂得如何说服他,如何逼他同意。他向瓦莱里强调指出,如果不能把他的名字印在他们的书单上,伽利玛和NRF会感到没面子的。觉得他不是他们的人,他们会失望的。②

对于其他不受纪德影响的作者,抢手的作者或活跃的作者,事情就要难办得多。让-里夏尔·布洛什担心自己的新小说《外侨身份证》的前途,预先告诉伽利玛说,另一家和伽利玛竞争的出版社贝尔热-勒弗洛也向他报价了,他抵挡不了很久。加斯东没有别的办法留住他,便把自己的底子透给了他,请求他给予更多的宽容,比宽容所有其他同事更宽容他。

从战争爆发开始,NRF的组织就瘫痪了。布鲁日的印刷厂还在,他所库存的所有纸张、铅字和纸样都存放在那里。尽管这些资产无法流动,前景又很渺茫,加斯东还是去找新的印刷厂。这些厂接了他的活,但是要等,因为他们要首先完成其他等了很久的客户的活。加斯东花了两倍多的时间,这毫无疑问,但他还是成功地重印了一批已经出过的书,以便在书店留住自己的位置,获得一点流动资金,投入新的项目。《外侨身份证》首先

---

① 伽利玛致瓦莱里的信,1917年3月7日和26日,《年轻的命运女神》精装版,1957。

② 纪德致瓦莱里的信,1917年11月1日,《纪德-瓦莱里通信集》,伽利玛出版社,1955。

遇到的是一本八十五万个字符的书，在这种情况下非常难办，因为当时印刷厂无法买到铅字。为了布洛什的这本新书和重版罗歇·马丁·杜加尔的《让·巴鲁瓦》，伽利玛甚至打听了外省的三百五十一家印刷厂。但只有十家满足他的条件，他一一走访了这十家印刷厂，然后选择了其中的一家。是位于莫尔莱的一家印刷厂，很小，这不用说，但正在扩大，很可能会代替韦贝克的那家厂。它价格合理，加斯东打算成为它的主要客户，给它投资，以获得优先权。他甚至让他们买了一台单字排铸机，机器可以自动排字，不需要人工，一本厚厚的书一下子就排完了：每小时八千个字符！尽管这种选择要投资很多，但不管怎么说，如果战争还将持续下去，而伽利玛又想略微正常地出版，这将是他最后的机会了：瑞士的印刷厂只给瑞士的客户提供纸张，要进口纸张或者获得纸张的免税通行证，必须获得许多授权。① 至于以前给伽利玛供货的纸商——纳瓦尔或拉菲马纸厂——他们的库存已经大大减少了。

让-里夏尔·布洛什最后终于耐下心来了。他的书1918年才出版。

1917年秋。加斯东·伽利玛准备离开法国去美国。他已经决定了，要去美国找老鸽舍剧团。但走之前，他想把"普鲁斯特事件"完全了结。

普鲁斯特最终被伽利玛、纪德和里维埃说服了，决定离开格拉塞出版社，加盟NRF。他咨询了一个法律顾问埃米尔·斯特劳斯，斯特劳斯是文学版权方面的专家。他还求助于勒内·布卢

---

① 伽利玛致布洛什的信，1917年5月21日，布洛什档案。

姆，三年前，是布卢姆带他去见格拉塞的。

马塞尔·普鲁斯特可不是一个背信弃义的粗人，他想和平地与他的出版商解除合约。然而，尽管他彬彬有礼，很注意方式，正在瑞士恢复身体的贝尔纳·格拉塞读了他的断交信后，还是感到很难过、很愤怒。当然，普鲁斯特在他那里是自费出版，但NRF只要跟他争夺，他就想把普鲁斯特留下。太迟了。夫人路的那帮人可以说抓住了马塞尔·普鲁斯特，他不可能再回头。格拉塞不想玩版权的把戏，而是强调要忠于第一个出版商。但在这两种情况下，他都是白费劲。自费出版是一种权宜之计，绝不是出版商信任作者的表现。而忠诚只有在某种条件下才有意义……

10月15日。加斯东·伽利玛第一次写信给贝尔纳·格拉塞："成了马塞尔·普鲁斯特的出版人之后，我现在正在印刷他全套的《追寻逝去的时光》，我希望与他达成协议，向您回购您所库存的《在斯万家那边》。"①

两位出版人乘此机会首次相遇。商人之间的谈判。库存的价格——有六百多册——提高了，但伽利玛想了结这件事。于是，稍后不久，一辆手拉车把普鲁斯特的几十公斤书从圣父路拉到了夫人路。伽利玛马上就撕掉了格拉塞的封面，换上NRF的封面。他想一次性消除这个版本会让他想起来的最初的错误。几个月后，三方会谈开始了，作者和两位出版人说了许多闲话之后，将解决转社的具体问题：赔偿、补偿、支付版税……但格拉塞的痛苦和难言之隐，是无法用金钱来计算的。巴黎风传格拉塞"摆脱了普鲁斯特，把他转交给竞争者了，因为他不相信这个作家有

---

① 布瓦拉的文章。

前途"。贝尔纳·格拉塞一辈子也没有澄清这种说法,他只强调指出,考虑到作品的长度和制作费用,在当时的情况下自费是迫不得已的事情,如果不是1914年爆发了战争,早就排好了字的《在盖尔芒特家那边》本来应该已经出版了。① 而加斯东·伽利玛一辈子都不会忘记他第一次在贝内维尔的路上遇到普鲁斯特的情景,普鲁斯特的稿子被 NRF 拒绝不过是一个令人遗憾的误会,是成长道路上一个意外事故,因为出版社当时太年轻,组织得不好。但不管怎么样,普鲁斯特的这一插曲在两家出版社的历史上都是划时代的,因为正是在1917年的10月,一场激烈的竞争真正开始了。

纽约,第三十五街。加里克剧院。喜欢法国戏剧的人常常能在那里见到老鸽舍剧团的成员:雅克·科波、夏尔·迪兰、路易·儒韦、瓦朗蒂娜·泰西耶、吕西安娜·博加埃尔、罗曼·布盖……加斯东·伽利玛并不参加演出,但做许多事。

他们能在那里待下来多亏了菲利普·佩特罗。这位高雅的外交官是 NRF 真正的朋友。他是外交部长阿里斯蒂德·布里昂的办公室主任,后来是外交部的秘书长。所以,他也是克洛岱尔、圣莱热、保尔·莫朗、季洛杜的上司……佩特罗想出了这个办法,让老鸽舍剧团来美国巡回宣传法国文化,这也是在战争还在进行、巴黎的剧院都已关门的情况下,让剧团生存下去的间接办法,还能让迪兰和儒韦这样的演员逃避兵役。

在纽约,一个热心资助文化事业的人保证了巡回演出的费用:奥托·卡恩是法兰西剧院董事会主席,也是首都歌剧院的经

---

① 布瓦拉的文章。

理。战争一开始，这位银行家——该城最富有的人之一——就以热心法语事业而著称。老鸽舍剧团在纽约跨越两季的三个月中，他把自己在新泽西的漂亮别墅借给了小剧团。

在佩特罗之后，是卡恩。逆境中，老鸽舍剧团还是在前进的道路上遇到了益友。伽利玛在美国逗留期间，到处奔走，往往做些徒劳的事情，但美国之行给他留下了美好的记忆。他到达美国的第二天，夏尔·迪兰就到他所住的小膳食公寓来找他，带他参观了第五大道。迪兰身穿节日的盛装，脚穿高帮皮鞋，戴着一顶时尚的高帽，以为这是礼貌所要求的装束！① 甚至比加里克剧院里的那些女观众还滑稽。那些女观众一边看科波陪迪兰练台词，一边给士兵们织羊毛内衣。他们梦想着现代戏剧艺术的时候，从来没有想到过有朝一日要给五百个织毛衣的女观众演出……

加斯东在纽约度过了一些难忘的时刻，收获很多，他见了一些作家、评论家、出版商，甚至参观了一些印刷厂。这是他的老习惯，他一离开巴黎就会这样。他和其中某些人建立了友谊，尤其是有个住在纽约的法国人，加斯东喜欢和他在一起，这和那些不懂法语的美国人陪他感觉完全不同。加斯东和他谈论绘画、文化，参观曼哈顿的一些不那么著名的地方，黑人爵士俱乐部、"西格弗里德的疯狂"酒吧……② 加斯东的这个好向导叫亨利-皮埃尔·罗谢，常常陪他参加美国人的晚会，带他逛这座陌生的城市。很久以后，在五十年代，罗谢在伽利玛出版社出了两本小说，小说后来被改编成电影放映，在当时获得了巨大的成功。那

---

① 夏沙尔的文章。
② 《费加罗文学报》，1962年2月10日。

两本小说一本叫《儒勒与吉姆》，另一本叫《两个英国女人和那块大陆》。

当然，美国的这一插曲总结起来并非事事顺利。在一起居住了几个月之后，气氛变得不那么融洽了，科波指责朋友们合起来对付他，尤其是伽利玛，在幕后操纵阴谋，企图破坏他的威信。而伽利玛也越来越难以容忍科波把剧团当作他个人的延伸，把剧院当作他自己的事情。在几次言辞激烈的解释之后，事情都摆平了，但友谊也破裂了。

美国巡演从经济上来看并不成功，但对加斯东·伽利玛来说，这是一个不可忽视的时期。除了对美国的知识界造成了影响之外，他还达到了另一个目的。在远离法国的时候，他学到了许多东西。他在卡恩位于新泽西的别墅里，天马行空，静静地思索了自己在这之前走过的路，思考了自己从事出版之后的事情。回到巴黎之后，"我明白了必须给出版社奠定一个商业基础，否则，那只能是朋友间的一个企业，仅有良好的愿望是不能保证一辈子的"。[1]

在美国"自由"了半年之后，伽利玛一回到法国就被家人抓住了。回到现实这是免不了的事情。他马上被带到了贝内维尔，他的祖母奄奄一息，他在那里目睹了"让人恶心"的一幕：人们架着她，甚至动作粗鲁地让她临死之前在纸上签字。[2] 这一幕，他永远也忘不了。

而他呢，他的心还在纽约，在剧院，在他的朋友们当中。他在巴黎为他们奔忙，从作者联谊会那里获得演出某些剧本的许

---

[1] 艾迪特·莫拉对加斯东·伽利玛的采访，《法国新书目》，1954年第9期。
[2] 伽利玛致科波的信，1918年5月30日，M.-H. 达斯泰档案。

可，订购布景和服装，到负责宣传机构的警察局为演员们延长逗留的时间……其实，他心里渴望重新登船去美国，与科波一起制订未来的计划，亲口谈总比通过书信好。他也想躲避父亲的控制，自从祖母去世之后，父亲成了一个极权者。

他甚至订了7月13日去美国的船票，就在这时，军事形势发生了变化。德国军队进攻了比利时的弗兰德地区和法国的埃纳省，还准备进攻香槟省。但军事平衡很快就被打破，朝着有利于盟军的方向发展。福熙①集合起指挥官，向他们宣布，尽管盟军在兵力上处于劣势，但该放弃全面防御的策略了。芒甘②在维里埃-科特雷发起了一系列猛攻，英国人在亚眠、美国人在圣米耶勒、弗朗什·戴斯佩雷在巴尔干都采取了行动，最后，盟军于9月26日发起了全面反攻。保加利亚人首先提出停战。对德国人及其盟友来说，这是终结的开始。

在巴黎，政治与军事形势的这种逆转破坏了许多计划，人们终于看到了隧道尽头的光芒。在美国第二次逗留之后，加斯东·伽利玛于1919年1月毅然回到了法国，决定要给他的出版社奠定更加坚实的基础。经济状况非常不好，加斯东没有把它完全归因于战争造成的财务与管理问题，重要的是要改变理念。初创时期作坊式的工作状态结束了！"柜台"变成了一个企业，管理层应该适应这种变化，有些措施要强制执行。施伦贝格尔没有问题，他信任加斯东，但伽利玛对另一个合作者很拿不准，那就是安德烈·纪德。

1918年初夏，两人之间产生了严重的不和。当然，他们从

---

① 福熙（1851—1929），法国元帅，总司令。——译注
② 芒甘（1866—1925），法国将领。——译注

来就没有投缘过，但他们的分歧现在到了威胁NRF生存的地步。企业能否生存下去取决于他们是否能和解。伽利玛在杂志和出版社的作用越来越大，纪德对此很不满。战争期间，纪德已经想好了NRF的大政方针，他在《日记》中这样写道：

……出于友谊，我才没有反对那些态度和做法。为了避免人们把相关的责任归罪于我，最好还是马上改变出版社，放弃虚假而连累人的团结。我和科波都认为该让伽利玛去做决定，让他独自决定。但这样一来，他就必须一人签署他的决定。就让NRF书店成为伽利玛书店吧！

这样的变化似乎必不可免，不仅仅因为经济方面的严峻问题，也因为纪德和伽利玛之间的这种对立，这种人事纠纷和权力冲突破坏了编辑部内部的和谐气氛。尽管他们在1919年正式和解了，但这种矛盾永远也不会忘记。几年当中，伽利玛暗中想起法尔格针对纪德不可捉摸的性格所说的两句妙语心里就乐：

"这是一捧水"，"他从窗口跳下去，但没有落地"。①

至于纪德，他承认想不起跟伽利玛有过这么一次会谈，"出来时，我完全改变了看法，觉得他做得对"，② 在好几年里，他常常痛苦地抱怨他的出版人对他保持着距离：

……我认识加斯东，和他一起工作差不多已经三十年了，但他从来没有跟我吃过一次饭。他从来没有请过我。然而，我请过

---

① 吉尤的《日记》。
② 玛丽娅·范里塞尔贝格，《小妇人笔记，1937—1945》，伽利玛出版社，1973。

他。好几次,在吃饭的时候,我走进他的办公室,坐在一张椅子上等着他邀请我。我勉强坚持了几次,甚至经常暗示说我一个人吃饭,不知道去哪里吃……尽管发出了这种冒失而且往往很明显的暗示,他都从来没有对我发出过邀请……三十年来一次都没有过。①

有个对他们俩都很熟悉的人,雅克·科波,1918年秋从美国回来之后,在给里维埃的一封信中,很好地归纳了当时的情况:

……这绝不是他们两人之间的事。绝不是。加斯东很软弱,但有暴力倾向。纪德往往拐弯抹角,甚至狡猾……加斯东想把出版社当作自己的家,想成为出版社的主人。必须这样,否则就离开。我在这里跟他太接近了,我现在知道了这一点……他说过这样的话:"纪德不可能离开,所以我只好让步。"你必须知道此事已持续了六七年,妨碍了我们,最后将产生恶果。加斯东的观点是对的,但他对待纪德的态度和做法是错误的,纪德几乎总是个懦夫……②

他们的立场似乎不可调和。不过,由于妥协和商谈(往往是通过书信的方式,这可一点都不容易),为了集体的利益,分歧将减小。当纪德和伽利玛知道这是避免矛盾爆发的唯一办法时,他们会下决心这样做。

---

① 罗贝尔·阿隆,《生活片段》,普隆出版社,1981。
② 1918年9月22日的信,《里维埃和傅尼埃之友会刊》,第29号。

第四时期

1919年—1936年

战争结束了，法国取得了胜利，但人民损失惨重：一百三十一万人被杀或失踪，一百一十一万人受伤。1914年以前的富裕国家毁灭了。据说，德国作了赔偿。这个时候，幸存者必须重建国家，逃避兵役的人有时难以忍受从凡尔登或其他地方的战壕中回来的人的目光。加斯东·伽利玛为自己避开了地狱和他觉得必死无疑的命运而自豪，但家人和某些朋友对他的态度使他不寒而栗。胆小鬼，有人轻轻地说。他不在乎，他已拿定主意，不接受道德教育，哪怕这种教育来自真正的英雄。当然，战士的牺牲使他感到有点心虚，但让他震动最大的，是他的朋友皮埃尔·马加里蒂的死。1918年的一个晚上，马加里蒂因患流感没有得到及时治疗，死在了布封医院里。一个数字使他不安而困惑：四百五十人。根据战地作家协会的统计，这是在战争中死去的作家人数。[①]

如同国民经济的各个领域一样，书店在低潮中艰难恢复。战前的大出版社忘了他们自己一息尚存，法斯凯尔失去了影响，奥伦多夫把自己的资产卖给了阿尔班·米歇尔；卡尔曼-莱维靠十九世纪的那些名作家生活。其他"大"出版社也在继续出书，大家都尝试着开发自己专有的市场：普隆出版社专攻天主教图书，法雅尔出版社专攻历史图书，弗拉马利翁出版社专攻通俗文

[①] 里纳·莫里诺，《文学史上的〈新法兰西杂志〉》，伽利玛出版社，1939。

学,法兰西信使出版社专攻战前的图书。埃米尔-保尔兄弟似乎在战争结束后的文坛占首要地位,但他们的书和乔治·克雷斯的书其实只红了几年,位置留给了年轻人。贝尔纳·格拉塞每天亲自上阵,推销他的作者和图书,而阿尔班·米歇尔则全方位猛攻:他同时开发奥兰多夫的资源(雨果、巴尔扎克、莫泊桑、罗曼·罗兰、保尔·费瓦尔),其作者获得了一系列文学奖(亨利·贝罗、皮埃尔·伯努瓦、弗朗西斯·卡尔科、罗兰·多热莱斯),加快了培养年轻作者的政策(马克桑斯·冯·德·梅尔施、亨利·普拉、罗歇·韦塞尔)。①

看上去,加斯东·伽利玛好像很害羞,这也因为他被一个必须全力以赴的任务吸引了:整顿 NRF 的秩序,在健康的基础上重新启动出版社。消除误会,不树敌。

为了裁决纪德和伽利玛的权力斗争,大家想起了雅克·里维埃。里维埃在被俘期间也多次思考过 NRF 的前途,而且回来后也公开表示希望来领导杂志社。尽管他富有经验,但创始者们都觉得他太年轻——他只有三十三岁——不够权威,而且,正如施伦贝格尔所指出的那样,他"既没有给杂志带来钱,也没有带来巨大的影响"。于是,人们倾向于另一个解决办法:纪德当杂志社的头,里维埃当秘书。但这遭到了保尔·克洛岱尔的强烈反对,他不失时机地一一分析,如果纪德正式被赋予一个头衔,他专制的性格将会给杂志社的经济基础带来什么样的问题:

据说安德烈·纪德将正式成为 NRF 的领导。如果是这样的话,你们可以相信,我不会再给这个期刊写一篇文章。纪德的名

---

① 让-阿列克斯·内雷,《法国书店与图书插图史》,拉马尔出版社,1953。

字意味着鸡奸和反天主教。这是一块我根本不适合站在下面的招牌。①

大家都很怀疑纪德是否能真正地正式负责起这份刊物，这份刊物想围绕着一个共同的精神、美学和文学中心，成为一个聚会之地。最后，经过激烈的讨论，组织决定由雅克·里维埃来领导 NRF 杂志，加斯东·伽利玛领导出版社，安德烈·纪德作了一点让步，把更多的时间和精力集中在自己的书上，并优先保持与出版社的联系。

停刊了差不多五年之后，杂志于 1919 年复刊。但第一期就在杂志社内部制造了矛盾。主意是里维埃出的，他负责起草了一个声明，宣扬捍卫纯文学，要为纯文学争光，不要让智慧和思想成为民族主义和道德学家的工具。这一卷首声明其实是在号召大家远离政治。结果，文章在杂志社内部引起了很大的不安，里维埃直接离开了办公室去印刷厂看清样了，没有向任何人低头，尽管他要向杂志及其创始人负责，分裂的幽灵重新在夫人路的杂志社徘徊，但很快就被 7 月 3 日的一个会议所驱散。由于大家都很想和解，会上没有出台任何具体的措施，只有一个决定：尽管 NRF 外部的整体性再次得到了保护，杂志内部已清楚地分成了两派：纪德、里维埃、科波、伽利玛一边；另一边是盖翁、特鲁安、施伦贝格尔。对后一派来说，NRF 尤其应该成为一个战斗的杂志，评判一份杂志不是看它的艺术价值，而是看它的社会或精神作用。② 这次会议也显示出里维埃和其他人的分歧。就在会议开始前夕，他对加斯东说：

---

①② 会刊，第 29 期。

"我只愿意说也只能说我看见的东西,而不是应该说的东西,这是因为在德国坐牢期间,我生活在一些只能说必须说的话的人当中。"

他这样批评他再次反对的施伦贝格尔:

"再次见到他的时候,我发现他的思维方式有德国人的倾向,我感到非常震惊。他很像我在那里见到的人。"[1]

战争在思想上并没有结束,后遗症一直没有消除,争论因此而误入歧途,悬而未决的争议具体化了。

这次分清是非的会议之后三个星期,1919年7月26日,"伽利玛书店",新出版社和无名公司最初的名字诞生了。公司的一百零五万法郎的资本是由五个股东凑齐的:埃玛纽埃尔·库夫勒、加斯东·伽利玛、让·施伦贝格尔、雷蒙·伽利玛和安德烈·纪德。两个新人从此以后加入了这个团体,加斯东·伽利玛鼓动的两个人:一个是他的兄弟,另一个是他最好的朋友之一。

雷蒙比加斯东小两岁,他没有任何迹象要从事出版业。在孔多塞中学毕业后,他进入了国立中央工艺学校。他有工程师的文凭,在庞阿尔汽车厂和勒瓦索尔公司前途无量。他是汽车制作工,况且庞阿尔汽车厂创始人的侄子保尔·庞阿尔是他的朋友。他不像家中的老大那样对文学感兴趣,而是喜欢数字、会计的表格和商业策略。

当加斯东找到他的两个兄弟,把战后 NRF 的灾难性的经济状况讲给他们听的时候,他们有点惊慌,提到要倒账,呈报资产负债明细表。加斯东在所有重要的场合都那样,能利用感情进行要挟,往往巧妙把三兄弟之间的手足之情与他所负责的生意结合在

---

[1] M.-H. 达斯泰档案。

一起。

"如果你们不帮助我,生意就要失败了,我们的姓氏就将名誉扫地……那我就到美国去了!"[1]

雷蒙被说服了,同意负责年轻的出版社的营销和行政管理。弟弟雅克,这个中央工艺学校的毕业生,是伽利玛诸兄弟中唯一参加过战争的人,他不愿意进公司,宁可和他的战友们开办一家搞中央空调的小公司。内兄弟皮埃尔和弗雷德里克·杜歇也投了一些钱,但没有成为股东。

雷蒙·伽利玛先是这家出版社的常务董事,后来成为总经理助理和出版社的代理人。他在这家同样也是以他的姓氏冠名的出版社里起着不大但很重要的作用。他来到 NRF 以后,管理更严格了。他不断地强迫大家执行当时还远没有成为出版界规矩的事情:根据当时"每二百页 3.5 法郎"的行情计算每本书的成本价,而且,他要跟加斯东组成一辆双人马车,进行性格互补。伽利玛兄弟有个屡试不爽的拿手好戏:当他们不得不面对一个讨厌者的时候——作者、供货商、印刷商、记者等,他们会很庄重地对他说:"我会跟我的兄弟谈谈的,做决定的是他。"他们把球踢来踢去,直到来访者泄气为止。或者,加斯东先巧妙地对客人进行"预热",然后把他踢到雷蒙那里,让他去严肃地"处理"。

在伽利玛两兄弟中,雷蒙无疑是管理者。如果说加斯东也当过一阵管理者,那是想冒冒险,而且完全是即兴的。1919 年 NRF 的状况就是证明。雷蒙的到来可以使出版社得以发展,加斯东则可以把主要精力投入到真正的出版事务上面:促进和领导一家即将发生剧变的出版社。

---

[1] 私人资料。

安德烈·伯克莱在他最主要的小说《歌唱的鲜花》[①]中绝妙地勾勒出加斯东和雷蒙这对好搭档的肖像。书出版后，巴黎文学界和出版界的人一眼就能认出，议会和圣日耳曼德普雷广场之间一家大画廊"弗莱斯克画廊"的老板奥利维埃和莫里斯·布雅尔兄弟的真实身份……

奥利维埃有多可爱多自信，莫里斯就有多笨拙多冒失……画廊开办之初，奥利维埃到他任总工的螺栓厂去找他，于是莫里斯带着明确而天真的想法进了那个艺术世界。奥利维埃负责煞有介事地糊弄客户和供货商，先让对方有思想准备，掌控他，然后把他们推到莫里斯那里。他的兄弟做事心细，善于奉承，但非常诚实，他会向他们出示发票或合同。一个是商业头脑，另一个是商业胃……两人彼此感到有一种尴尬而默契的温柔，既是同谋，又互相热爱。莫里斯知道奥利维埃是巴黎最机灵的报贩，奥利维埃则把莫里斯当作一个精明的法学家，可以不费吹灰之力地扮小丑，诚实得让人感动……奥利维埃是律师，莫里斯是刽子手；一个奉承拍马，另一个等待着鹿或兔子，然后给予仁慈的一击……

魅力、正直、智慧、才能：这些，加斯东和雷蒙·伽利玛全都有。

NRF 出版社的另一个新股东是他们童年时代的一个朋友，也是他们最好的朋友。埃玛纽埃尔·库夫勒，跟他关系密切的人都叫他"马内"。马内出身于一个大资产阶级富裕家庭，比加斯东小三岁，父亲是市政工程的大承包商。马内被当作一个怪人，承

[①] 安德烈·伯克莱，《歌唱的鲜花》，伽利玛出版社，1939。

认他在生活中有三大爱好：伽利玛家族——他是他们无条件的好朋友；雅克·达克洛兹的韵律操、视唱练耳和形体艺术——他刻苦练习这些方法；路易·儒韦的戏剧——他是最热情的支持者之一。他和雷蒙·伽利玛是孔多塞中学的老同学，常常几小时地谈论他们共同的爱好：暖气设备。和加斯东、法尔格和皮埃尔·德·拉努克斯在一起的时候，他便谈文化、戏剧和音乐。他不戴头盔，开着没有挡风玻璃的车子飞驰时，丝毫不在乎别人怎么想他，插科打诨，笑话连篇。在家里和在法国汽车俱乐部里，库夫勒往往被当作怪人，他在俱乐部里常常见到他的同伙加斯东。对他的朋友来说，他首先是个处于社会边缘的大资产者，一个超凡脱俗的文艺爱好者，喜欢不时地在《音乐杂志》上写篇关于伊莎多拉·邓肯和瓦格纳的文章，在他位于诺伊的府邸留宿那些最穷的文艺界朋友。他娶了歌剧院经理雅克·杜歇的女儿，因而成了 L.T. 皮维香水公司"降车轴草"、蓬佩里亚、弗罗朗耶等著名香水的董事。埃玛纽埃尔·库夫勒在伽利玛的董事会里工作非常认真，起着相当重要的角色，给公司投了许多钱，他也因此成了加斯东很亲密的一个朋友。

考虑到加斯东·伽利玛的贡献（NRF 的基金和管理伽利玛书店的收入；为了管理这家书店，他作了许多研究，采取了许多措施），新公司给了他三百股原始股。公司成立之后，加斯东就通知雅克·里维埃，说要免费把这三百股里的三十股送给他。[1] 如果说这个计划设想得很美，结果并不乐观：作为《新法兰西杂志》的经理，雅克·里维埃每月的收入加起来一共是两千法郎。[2]

---

[1] 伽利玛致里维埃的信，1919 年 8 月 3 日，阿兰·里维埃档案。
[2] 阿兰·里维埃向作者证实。

8月,加斯东整个月都在寻找比夫人路的办公室大点的地方,但很失望,他只在圣奥诺雷路找到了一个一楼和二楼之间的夹层,而且每年的租金要六万法郎。这是不可能的。他也找不到银行家。没有担保,谁也不会给他开信用证,这对施伦贝格尔来说是举手之劳,但他拒绝帮忙。①

加斯东真的很着急。首先,他准备在10月加入布鲁日的圣卡特琳娜印刷厂。战后,韦贝克又成了他最喜欢的印刷商。后来,在雷蒙的帮助下,他又发现,出版社除非获得意外的成功,否则很难保证大印数图书所必需的资金。所以,必须做些准备,况且他相信普鲁斯特。加斯东从美国回来后经常去他家看他,尤其是晚上,看作者不断修改《在少女们身旁》,而不流露出内心的巨大焦虑。这本书和《在斯万家那边》一样,在商业上和评论界获得了成功:可敬但有所保留。显然还不够,无论是对作者来说还是对出版商来说都是如此。只有获龚古尔奖才能让这本据说又长又难懂的书"走进"普通读者当中。从9月初开始,普鲁斯特就告诉一些朋友说他是候选人之一,而且没有因为他的一位老师的意见而泄气。老阿纳托尔·法朗士,他已经七十五岁,真的很累了。他不愿意读《在少女们身旁》,叹息道:

"生命过于短暂而普鲁斯特太长了……"

马塞尔·普鲁斯特心里知道,他的作品在当时就应该得到承认。于是他在文学上进行了周密的部署,在这方面,他是个行家里手。他经常去普雷-卡特兰饭店吃中饭和丽兹饭店吃晚饭,利用他最好的朋友们和最亲密的关系作为轻骑兵,以便在战斗中夺取最后的胜利。罗贝尔·德·弗雷尔、雷纳尔多、阿恩、路

---

① 伽利玛致里维埃的信,1919年8月12日,阿兰·里维埃档案。

易·德·罗贝尔、罗贝尔·德雷福斯的周旋对他达到目的不无帮助,使那两个最保守的评委莱昂·埃尼克、吕西安·德卡夫也产生了动摇。他知道莱昂·都德、小罗尼和亨利·塞阿尔会投他的票。至于其他人嘛……

12月10日,龚古尔学院根据传统在特鲁昂饭店吃中饭,并宣布了评选结果。普鲁斯特得了奖,但只比他的对手罗兰·多热莱斯多两票。多热莱斯的《木十字架》是一部现实主义的小说,讲的是1914年战壕中的死亡故事。离《在少女们身旁》十万八千里啊!

下午5点,有人按响了普鲁斯特位于阿默兰路的寓所。他的女佣塞莱斯特打开门,门外站的是三个好像非常激动的男人:加斯东·伽利玛夹在特隆什和里维埃之间。

"我想您已经知道普鲁斯特先生获得了龚古尔奖,"加斯东对她说,"我必须马上见他。"①

女佣通知了正在接受熏蒸疗法的主人,但主人不能见他们,请他们晚上10点左右再来。加斯东再也忍耐不住了,失去了冷静,解释说,这样他会赶不上去多维尔的火车,他必须去阿贝维尔见他的印刷商,否则将断货。他很固执,都有些生气了,越来越咄咄逼人,神经质地在前厅走来走去。作家终于同意了,接见了这三个人,莱昂·都德也很快来了,也带来了这个好消息。奇怪的相遇,NRF的大使们和《法兰西行动》的这个喜欢打笔战的人围在普鲁斯特的床前,大家都很尴尬。幸亏这种状况没有持续太久:刚刚醒过来的作家突然犯了严重的哮喘,把所有的人都打发走了,命令女佣不让任何记者进来。但这并不妨碍媒体连篇累

---

① 塞莱斯特·阿巴雷,《普鲁斯特先生》,罗贝尔·拉丰,1973。

牍地报道这位长期卧床不起的作家，赞扬他的作品，其言辞在几个月前会让人难以忍受。他们往往把当前的这件大事归结为作者的人格，顾不上去分析《追寻逝去的时光》本身的文学质量了。许多报纸首先认为，1919年龚古尔奖的得主是一个公众陌生的世俗的知识分子，而不是一个作家战士。

《在少女们身旁》几天就卖空了。特鲁昂饭店十人餐十多天之后，加斯东·伽利玛想尽办法，总算供上了货。书上包了腰封，上面写着"龚古尔奖"，这在NRF的历史上是第一次。他们一度想起诉阿尔班·米歇尔，那个丢了面子的失败者也给多热莱斯的书做了一个同样的"龚古尔奖"腰封，上面用小字写着"十票得了四票"。但他们放弃了，觉得起诉跟做那个腰封一样，都不光彩。

普鲁斯特得奖后，加斯东·伽利玛领导的出版社迈出了新的一步。1920年，《在少女们身旁》，甚至马丁·杜加尔因战争而推迟重版的《让·巴鲁瓦》，在书店里非常畅销，让人热血沸腾。伽利玛在拉斯帕伊大道开了一家书店，并在6月11日增加资本，创办了一份新月刊《音乐杂志》。加斯东·伽利玛和主编亨利·普吕尼埃尔及印刷商A.杜瓦里这个三人帮组成了社委会，特隆什当经理。插图和纸张的质量以及第一期的目录证明杂志的内容非常精彩：莫里斯·巴雷斯的《斯汤达和音乐》，安德烈·皮诺的《路易·库普兰》，罗兰-马纽埃尔的专栏。第二期履行了创刊号的诺言：安德烈·苏亚雷斯的文章，阿尔弗莱德·科尔托和马纽埃尔·德·法拉在德彪西专刊中撰写了回忆德彪西的文章。很快，《音乐杂志》受到了特定读者的欢迎，而且，它跟可以说是它的姐妹杂志的NRF一样，在加斯东的推动下，天才地创造了一种"杂志精神"，在老鸽舍剧院组织低票价的室内音乐会，"以便在音乐方面尝试旧歌剧院在戏剧方面所尝试的东西"。这样，人们就可以在那里听巴托克、奥涅格、杜卡、米约和斯特拉文斯基不怎么出名、很少演奏和很现代的作品。

对 NRF 来说，《音乐杂志》只能是一个中期盈利项目，与其说要靠它来赚钱，不如说想利用它的间接影响。实践了几年之后，伽利玛已经十分清楚地知道，像 NRF 这样的一份杂志能在多大程度上把有才能的新人吸引到出版社来。法兰西信使出版社的经验同样也证明：杂志的主编是出版社最佳的中间人。在杂志上发表文章、简短的注释性文字、初稿或书摘并不用担保什么，而在出版社出版一本书却需要签合同，在法律上作出保证，而且往往要允诺未来的著作。采取这种非正式的模糊的方法，把在杂志上发表文章和在出版社出书区分开来，这正是伽利玛想干的事。作者一旦被吸引到了夫人路，那就由他处置了。

在 NRF 和《音乐杂志》所采用的办法，他在其他杂志甚至文化类报纸上也能使用。但这需要一个框架，需要人，需要财物，而他没有。现在还没有。

1921 年，杂志社和出版社搬到格勒内尔路 3 号时，出版社恰好开始向多方面发展。自从普鲁斯特获得了龚古尔奖之后，向 NRF 投稿的人越来越多，但并非都有结果：许多作者抱怨说收不到答复。尽管雷蒙来到之后就开始抓管理，但伽利玛自己还是感到组织得不好。以前，NRF 创始者们每周四都会聚集在达萨路施伦贝格尔的家里，大声地朗读文章，空泛地争论马拉美的诗对文学青年的影响。现在，那个时代已经过去。伽利玛在战争期间就已经开始思考企业的未来，意识到必须接受变化，以逐渐与其他出版商竞争。他想保持出版社内部对人际关系起重要作用的友好原则，但也决定坚决抛弃这种友好精神中最负面的地方：民间色彩浓、手工作坊风格、缺乏计划、随心所欲……

二十年代初，伽利玛在寻找能人时，就已经为将来的成功打下了坚实的基础。那时，他把一些在各个领域有专长的有用人才聚集在自己的麾下。

然而，形势对这些宏伟计划并不利。1921年召开图书大会时，"危机"这个词出现在大家的嘴里。出版商的这种悲观当然是巨大的，而且还将长期持续下去。这次，他们没有完全错，委员会的报告非常有说服力：战前，一本印二千册的书卖3.5法郎，出版社每本赢利0.73法郎。然而，同样一本书，现在的"平均"成本超过了2.96法郎，也就是说成本增加了四倍。原因大家都明白：纸张匮乏之后全球过量生产，但英国和美国囤积了大部分纸张，危险地引起了价格攀升；在法国，八小时工作制（1919年4月）及其对使用人工的影响，运输组织混乱，让人难以预计生产周期。最后，还有通货膨胀。在出版商看来，这种种现象造成了"危机"。①

星期二，下午5点。

在充分考虑了一周的时间安排之后，周二的这个时间成了出版社审读员每周开例会的时间。人们把作者亲自送来的、通过邮局寄来的或通过关系转来的稿子交给了他们。

没有任何学校培养审读员这一职业，谁也不知道自己是怎么变成审读员的，只有一个条件是必须的：要懂得阅读，也就是说要懂得嗅、闻、研究、分析、解释、批评、捍卫或谋杀一部稿子。没有比这更抽象的了，也没有比这更主观的了。审读员喜欢

---

① 《文学报》，1923年9月29日。

或不喜欢，他们的选择有时对，但并不永远都对。安德烈·纪德是普鲁斯特的第一个审读员，他认为《在斯万家那边》有沙龙味和《费加罗报》的味道，然后毙了它。从此，作家们都明白了审读员的权力有多大，况且这些人往往都是影子人物，他们的审读报告和他们的身份一样都是保密的。

这种秘密和神秘的传统很容易理解：它避免了阅读之前的压力和阅读之后的报复性仇恨。后一点非常重要，因为没有什么领域跟巴黎的政界、艺术界和新闻界那样，作者和审读者的利益与影响互相纠缠在一起，有些作者自己就是剧院的经理或报刊的主编，而有些审读员也写些剧本发表一些文章……二者之间的界限太难察觉了，而且往往被一些审读者偷偷地有时甚至是毫不犹豫地公然僭越。这些审读员在某家报社当文学评论员，如果碰到他先前审读并且给予肯定的小说，他们会不假思索地在报纸上为它们说好话。

大出版商都有意识地从知名作家中选出审读员，审读委员会是伽利玛出版社的一个典型机构。从二十年代开始，它就笼罩在一团神秘的光晕之中，而且，人们蓄意维护这一名声。

很久以后，塞利纳在《北方》中，就审读委员会在投票时发生的激烈争吵有过这样一段滑稽的描写："有身份有财富的人，懒得出奇！……鸡奸……酗酒……必须这样做啊！我早就注意到了！……几个凶手……审读委员会！全都是窝囊废，我敢打赌！让那些人来评判！他们就知道'判决'……一辈子都这样！……他们讲英语……和吉尔吉斯语！"

从外面看，审读委员会的会议比工作会议还要庄严而神秘，它毫无例外地总是在伽利玛兄弟共用的办公室里举行。根据习惯，审读会议在每周二的同一时间举行，审读员都有各自的椅子，在加斯东和雷蒙身边围成一个椭圆形。每个人都有自己的位置，几乎总在同一个地方。他们一一就自己负责审读的稿子发表看法，他们的陈述很短，字斟句酌，结论明了，至少大家都希望能做到这样。大家往往围绕某个作者或某部稿子即兴讨论起来，越说越直率，不再像开始时那样顾及脸面。如果审读者对他所审读的作品特别看好，他的报告又没有引起任何反对，作品立即就会被留下。如果意见发生分歧，便把稿子给第二个、第三个、第四个甚至第五个审读员审读。有的审读员老说个没完，有的审读员几乎不开口。但大家有言在先，会上的任何内容都不许带出这个小圈子，无论是争论还是讨论，包括大笑和发火。

在文坛上，加入这个委员会对大家来说都是一种骄傲的资本。如果有人对投了稿的作者说，当 NRF 的壁炉里冒出圆圆的烟柱时，表决就应该结束了，不止一个作者会在马路上久久地等待。① 假如说 NRF 杂志是出版社的实验室，审读委员会就是一个审判庭：人们在那里审判、判决，或者，因证据不足而当庭宣布无罪。人们在那里诉讼，在那里向最高领导上诉……最后，作出终审的是最权威的领导：加斯东·伽利玛。

加斯东·伽利玛很少亲自介入讨论，而是通过他的顾问们有时非常不一致的意见，试图看清真相，然后作出结论，这时，谁都不再谈论。我非常赞赏他，他非常人道地行使他的权威，作出判决时不仅考虑到作品或稿子的价值（这是理所当然的），而且考虑到作者是否可爱，人际关系是否复杂。审读委员会里的人好像都是好伙伴，智慧超群，但这并不妨碍一切都在一个精确而严

---

① 莫里斯·萨克斯，《安息日》，伽利玛出版社，1960。

格的框架中进行。①

事实上，每部稿子都有一个档案，审读员要把部分审读报告登记在卡片上。但在会上，他们都不满足于粗线条地陈述报告的大概内容。他们喜欢与否，最后是通过分数来表现的，就像在学校里一样。分数表分成"1"到"4"格，"1"表示稿子应该出版。有时，有些人喜欢加上一个星号，这是他们内部约定俗成的一个非正式密码，意思是没有人能让他们改变主意；"2"表示作者必须重新修改稿子；"3"表示对稿子持很大的保留意见；"4"是完全否定作者和稿子。同样，管档案的人对审读者的名字也是讳莫如深，原则上，它会留在档案中，只有出版社的高层能够查阅。而且，需要时还要能找得到，这可并不是都那么容易。有些档案故意被弄得"失踪"了，尤其是那些大作家否定后来成了名的无名作者的意见。

审读委员会不仅仅决定是否录用稿子，而且也决定作者在伽利玛出版社的前途，决定他们是否能在某套丛书中发表。其中的一套丛书，审读委员会的意见举足轻重，有着特别的作用，尤其是因为这些意见外面是完全不知道的，所以显得更加重要。"一书一肖像"是一套半精装的丛书，每种书平均只印八百册，可以说，出版之前就通过预约登记卖给了藏书家。丛书也不时收入某位名作家的作品，比如说纪德、克洛岱尔、里维埃或瓦莱里，但收得最多的是新人的作品，他们在那里初试牛刀。由于丛书的特殊性（比如说印数），伽利玛冒的风险很有限。但这项工作使他得以发表年轻作者的处女作，成本很低，却通过合同把他们的未

---

① 罗贝尔·阿隆，《生活片段》。

来的书也拴住了。他们如果发展得好，作品便可以收入"正常"的丛书。从二十年代开始，加斯东·伽利玛就是这样毫无危险地把赌注压在罗杰·维特拉克、约瑟夫·凯塞尔①、马塞尔·阿尔朗、保尔·艾吕雅、马塞尔·儒昂多等人身上的，他庆幸自己通过"一书一肖像"丛书测试了他们。

这种做法并非不诚实，也未严重地违反道德标准，况且还受到了审读委员会的认可和利用，所以基本上没有违反 NRF 的编辑方针和道德方针。但当加斯东准备在经济收益和文学价值之间侧重前者时，他马上就遭到了反对，这促使他越来越经常地自做主张而不征求审读委员会的意见，尽管事情跟他们有直接的关系。自从 NRF 出版社正式改为伽利玛书店后，他觉得更加自由了，尤其是面对纪德的时候，他可以更自由地出版通俗的因而更商业化的书：这些书的销售可以平衡纯文学图书的滞销造成的不平衡。除了决策者，从会计到银行家，大家都对这些书捏一把汗。

一天，当杂志社的主编雅克·里维埃发现冒出来一套自己毫不知情的新丛书"历险小说精选"时，问题突然出现了。丛书的前两本，一本是乔治·图杜兹的作品，另一本是儒勒塔比尔的父亲加斯东·勒鲁的作品，应该说，这两本书并不怎么丢脸，但它们属于另一种书，另一种伦理和另一种文学观，与 NRF 创始人奉行的原则背道而驰。里维埃马上去了伽利玛的办公室：

"你怎么能做这种事？为什么要出版这样低俗的书？十年来，我们付出了那么多牺牲，作出了那么多努力，难道就是为了出这种书？"

"请理解我，雅克，"伽利玛回答他说，"我和你一样，珍惜

---

① 他的处女作《玛丽·德科克》出现在这个丛书中，上面有科克多为他画的一幅像。

给出版社赢得了声誉的一切，重视它所出的书的质量。但正是为了保证它未来的质量，为了能继续推出年轻作者或出版难懂的作品，我现在才决定作些让步。当你给我送来质量高但在经济上显然将一败涂地的作品时，如果我同意出版，你会很高兴。但对出版社来说，每次都是一场严峻的考验。你是否希望它能继续生存下去，完成自己的任务？所以，为了弥补销售前景不妙或很长时间才能得到回报的图书所造成的损失，我得出版一些急功近利的东西。我跟你一样清楚，加斯东·勒鲁和图杜兹既比不上瓦莱里，也比不上克洛岱尔和你本人。不幸的是，他们的书卖得更好，至少现在来说是这样。所以，我求你了，雅克，请理解我。不要激烈地反对必须做的事情和不可避免的事情。你不要把'白色丛书'、NRF的牌子和你所领导的杂志牵扯进来，如果必要的话，让我来做这种下贱的事吧，我将独自为我出版的东西承担责任，它们将印上伽利玛书店的字样而不是NRF。让我来献身，让我来丢脸，让我来作牺牲。"①

严重的争吵。自1919年公司以伽利玛的名义成立以来，在许多计划的制订过程中就已经出现矛盾的端倪。加斯东多次推迟公司成立的日期，怕遇到敏感的朋友们和合作者们过于强烈的反对。但当他最终准备好了的时候，他就力排众议，把自己的出版观强加给众人，他把捍卫优秀的文学作品与一个正在发展的企业在商业上的迫切需求联系在一起。他有时会作出巨大的让步和妥协：1933年，选美冠军蕾蒙德·阿兰，即瓦朗蒂娜·泰西耶的教女，向给她写书的埃玛纽艾尔·贝尔讲述选美的激烈竞争，贝尔

---

① 这一对话选自罗贝尔·阿隆那本书中。作为加斯东·伽利玛的秘书，他可以当证明人。

还让特里斯唐·贝尔纳给此书写了序。尽管关于蕾蒙娜·阿兰的这本《一个选美冠军的真实故事》具有畅销的通俗图书的所有要素，但仍没有逃脱失败的命运。①

于是，伽利玛的书目中出现败笔，很快就被认为没有希望了，而原因应归咎于文学之外的各种因素——碍于面子，照顾某个文学奖的评委，政治形势的影响……现在，当人们提起这些事的时候，总是微笑着低下头，轻声说：这些决定归根结底都来自神秘的审读委员会。

1927年，审读委员会由十二个人组成：罗贝尔·阿隆、邦雅曼·克莱米厄、拉蒙·费尔南德斯、让·格勒尼埃、贝尔纳·格罗蒂森。路易-达尼埃尔·伊尔什、乔治·勒科克、布里斯·帕兰、让·波朗、乔治·萨杜尔和加斯东·伽利玛。如果把这份名单跟以前的名单相比，可以清楚地发现解放后的二十年代，有的审读员仍在，而有的却已经不见了。比如说乔治·勒科克和乔治·萨杜尔，加斯东曾委托勒科克创办和领导"新广告事务所"。而其他人，可以说是绝大部分人，都把自己的命运与伽利玛出版社的命运联系在了一起。

让·波朗可以说是NRF包括杂志和出版社的一个象征，也许是最持久的。他是1920年进杂志社的，当时只有三十六岁，在那里一直工作到1968年去世。他父亲是塞尔文山区的人，母亲来自尼姆。1905年，他在巴黎的路易大帝中学毕业后进了索邦大学，获得了文学学士文凭。两年后，他被派往马达加斯加当教师，教拉丁语和外语，后来成了殖民地移民，在那里淘金。被召

---

① 埃玛纽艾尔·贝尔，《答帕特里克·莫迪亚诺问》，伽利玛出版社，1976。

回巴黎后，他在东方语言学校教马达加斯加语，出版了他的处女作，那是一本关于马达加斯加诗歌的《安蒂梅里纳人》①。战争初期，他应征入伍，几乎一上战场就受了伤，于是，朱阿夫②第九兵团的这位中士成了监视飞机的观察员，后来又成了马达加斯加部队的译员，发表了关于战争的回忆录《勤奋的战士》③：一个十八岁的年轻士兵努力把自己培养成一名合格的战士，面对危险，他表现出人类的力量和弱点、糊涂和残忍。1920年，波朗被NRF录用，给雅克·里维埃当秘书，他是在那里真正起步的，他以前发表在《观众》杂志上的关于文学的文章显得非常幼稚。

从外表上看，波朗是个身材高大的男人，腰圆膀阔，有时好像很笨拙，与他有些尖细的声音形成了对比。他的话不多，难以捉摸，天生细腻，谦逊得有点做作，憨直而随和，他首先是一个可以隐去的人，但他十分清楚地知道如何在出版社里留下自己的痕迹，在十多年中，他总是轻声地说话，声音勉强让人听得见。他行事秘密，相信只有自己才是真正的文学编辑。说话小声的传统在很长时间里成了他在出版社里的习惯，他机灵、让人难以预料、往往显得不同寻常，他的判断、行为和态度总是让人始料不及。这个哲学家的儿子无情地批评别人老调重弹、避难就易，自己则不断地怀疑一切，不断地推敲文章和人，从不事先就妄加评论。

波朗身上二十年代初就已经表现出来的这些优点，在1925年他接替去世了的雅克·里维埃当了NRF的总编后发扬光大了。

---

① 《国家印务》，1912。
② 在非洲的法国轻骑兵团。——译注
③ 桑索，1917。

他在这个有利于观察法国文坛的位置上,想迅速成为一个心腹谋士。这个词语常常与波朗的名字联系在一起,没有一个人觉得它言过其实、欺世盗名。总之,这虽然是陈词滥调,却非常适合这个不满足于当高级传声筒的男人,他最想当个大审读员,内心快乐地阅读,撰写档案卡片和审读报告,以其严肃、严密和严格折服众多不服气的作者。

他做事秘密,对待文章小心翼翼,在办公室走路也蹑手蹑脚。有一天,在回答普鲁斯特问卷时,他说出了自己的很多心里话。他喜欢儒勒·雷纳尔、老子、维庸、波德莱尔、圣-琼·佩斯、布拉克①、乌切罗②,喜欢刘易斯·卡罗尔创造的爱丽丝这个人物,还喜欢《吉尔伽美什》中的人物,喜欢库普兰③和萨蒂④,因为"他们没有把自己的内心摊在桌上"。他喜欢男人外强内秀,喜欢女人外柔内刚,喜欢忠诚、游戏、友谊、金褐色的头发、十七八世纪带柄的小烛台、朋友们的名字。他并没有特别讨厌的东西,但承认自己一点都不喜欢历史:"怎么能对那些本来应该不会发生的事情感兴趣?"还承认自己喜欢克里斯托弗·哥伦布,甚至喜欢圣女贞德(如果人们说的都是真的)。对让·波朗来说,最大的不幸是成了昭然若揭的人。他宽容所有的罪犯,希望住在一座不出名的旧城堡中,当一个看守,梦想"做比我现在更值得做的事情",生怕"现在自己做的事情太不公平",希望大自然赋予他一种本领,"能随心所欲地隐形",希望能在清醒的状态中死

---

① 布拉克(1882—1963),法国立体主义画家。——译注
② 乌切罗(1394—1475),佛罗伦萨画家。——译注
③ 库普兰(1668—1733),法国作曲家。——译注
④ 萨蒂(1866—1925),法国作曲家,六人团的前驱。——译注

去:"我没看见自己的出生,这已经让我后悔不已了。"他的人生格言概括了他这个人及其作品:"不要在已经通行的观点上面加上自己的观点。"①

这就是让·波朗。

加斯东·伽利玛一方面赞扬这个出类拔萃的合作者的种种优点,另一方面也不止一次地指出自己和这个特别的人物之间有距离。他们没有共同点,除了爱好文学。他们都认为对方是必不可少的,这毫无疑问,但伽利玛从来没有觉得跟他有跟里维埃、拉尔博、法尔格等人那样投机。这个嗅觉灵敏得被传为佳话的出版商没有"嗅"到波朗这个人。他不怎么喜欢波朗的性格,听到波朗总是轻声细气地说"这真了不起"时,他会感到厌烦,而且并不总是承认波朗的潇洒和智慧。波朗身上他最不喜欢的,其实正是波朗杰出地体现了他最喜欢的那句格言:"最简单的事情也必须拐弯抹角地去做。"然而,作为一位有风度的绅士和精明的谈判高手,加斯东习惯虚伪地拐弯抹角地做事情,但他缺乏波朗的机敏,他不喜欢自己不懂的东西,那会让他觉得自己受到了愚弄。

而且,波朗也令人难以捉摸,对加斯东·伽利玛来说尤其是这样。看重他又不理解他,这种状况持续了四十多年。

让·波朗的日子过得极有规律。他起得很早,喝第一杯咖啡,之后还会喝很多杯。然后,他开始查看记录,看要寄多少信。这是最重要的事情。他每天都要用他漂亮而奇特的梅卡诺字体给作家、当然还有印刷商、记者和关系户写信……他收到的信也同样多。他不是匆匆地写一些应景式的文字,而是真正的"文

---

① 《新书目》,1963 年第 8—9 期。

章"。他像写文章一样写信，像写书一样对自己提出很高的文学要求。

尽管要见他必须提前一两天预约，并确定具体时间，但一个作者如果雄心勃勃，总能突然闯进波朗的办公室，胳膊下夹着稿子，不舒服地坐在一张没有弹簧的椅子上，不知道要等多少时间，但总能得到接见。波朗接见他，这首先意味着欢迎他。他喜欢让陌生人跟他一起做决定，或至少给他们这样的幻觉。在所有的游戏当中，他最喜欢这种游戏。他常常问在客厅里等待的客人关于某篇文章、某部稿子和某位作者的看法，以这种方式不动声色地测试某些有求于他的人。他喜欢编造一个名字，然后问对方是否读过这个人的全部作品。有个羞怯的女孩曾对他说："波朗先生，我这儿有部稿子，但我很担心……我不知道能不能出版……"他皱起眉头，马上回答说："怎么了，里面有错字？……"那个时候，他显得很荒诞，喜欢挖苦人。波朗是个冷漠的怪人，他聪明得让伽利玛感到害怕。这个出版商根本就不知道是否应该把这个严肃的审读员看起来荒诞不经的话当真。有一天，波朗交给他一份让他大为震惊的计划：出一本《文学备忘录》，只印一册，里面收入 NRF 在一年中的所有退稿。"人们会觉得这里面有许多无可替代的东西。一个优秀的作家很可能只写自己，而一个平庸的作家却同时写所有的人及其所需的东西，而不是写神话和故事。从个人的观点来看，我们缺的肯定不是这些东西。我们被这些东西压垮了，窒息了。而且，并不是说人道的东西都不会被否定，我们将把这本独一无二的书叫做《星期天的作家们》……"[1]

---

[1] 马塞尔·儒昂多的文章，见《新书目》，1963 年第 8—9 期。

但对加斯东·伽利玛来说,波朗首先是个模范的审读员:他根据作品本身而不是根据作者的名声和传说来"判断"。经过他手中的稿子往往被写满了批注,有时旁边还有一个"ts",这在马达加斯加语里意思是说"非常好",他对作家们的建议总是很切合实际。①

邦雅曼·克莱米厄也是审读委员会里的重要成员。他没有波朗那么出名,因为他没有在杂志社或出版社担任任何领导职务,然而,他是加斯东·伽利玛最信任的一位审读员:他的专业知识、博学和准确的判断给他赢得了名副其实的声誉,但没有超过文学评论、新闻和出版的范围。

克莱米厄于1888年出生于纳博讷的一个犹太人家庭,其祖辈自十九世纪就定居朗格多克地区。克莱米厄精力充沛,工作能力很强,活动繁多。他非常外向,常常流露出自己丰富的感情,但并未因此而不被人尊敬。他给许多报纸写作,如《文学通讯报》《老实人》《巴黎杂志》等,他的文学评论读者很多。在左派当中,他是三十年代与《处处有我》合作的唯一的剧评家。他的处境越来越难,尤其是1934年2月6日的骚动之后,他在与莫拉的一场论争当中,被当作"破坏国家共同体的犹太人",而当时克莱米厄正想被当做一个犹太人。从1919年到二战爆发,在完成伽利玛的审读委员会和国际刑法典俱乐部的任务的同时,他还在报纸上发表了数百篇文章,出了许多书。邦雅曼·克莱米厄是该俱乐部法国分部的秘书长,还是法国外交部意大利办公室的主任。他通过报刊和外交快讯天天追踪意大利的公共舆论,因为,除了文学之外,他最感兴趣的是意大利。他的这一特长使伽

---

① 让·波朗,《地下》,塞里西研讨会,10/18,1976。

利玛出版社受益匪浅，出版了许多重要的意大利文学作品。对加斯东·伽利玛来说，克莱米厄首先是位译者，他在妻子玛丽亚娜-安娜·孔梅娜的帮助下①，从1925年发表《寻找作者的六个人物》起，几乎翻译和改编了路易吉·皮兰德娄②的所有剧本：在遭到许多拒绝之后，他决定由皮托埃夫把该剧搬上巴黎的舞台。克莱米厄常常以"意大利人"为笔名，在《欧洲杂志》发表文章，以1928年还写了文学博士论文《论1870年至今的意大利文学变革》。他是伽利玛出版社真正需要的人物，因为他让法国公众认识了威尔加③、博尔杰塞④、莫拉维亚⑤、斯韦沃⑥，有的作家甚至在意大利还没有得到承认就被他引进来了。⑦

波朗应该庆幸自己在1920年把他招进了NRF。在所招的几个新人当中，他是相当杰出的一个。

从二十年代到法国解放，另一个人在审读委员会里，在外国文学领域，尤其是在德国文学领域占有和他相类似的地位：贝尔纳·格罗蒂森。这是一个坚定的马克思主义者，朋友们叫他"格罗斯"。他的年轻时代是在柏林度过的，生活在一个国际化的家庭中：他的父亲是荷兰人（医生），母亲是俄罗斯人。他到巴黎

---

① 她在小说《法兰西》（伽利玛出版社，1945）中，把自己的丈夫描写成一个非常忠诚的人。
② 皮兰德娄（1867—1936），意大利小说家、戏剧家。1934年诺贝尔文学奖获得者。——译注
③ 威尔加（1840—1922），小说家、剧作家，意大利写实主义的代表人物。——译注
④ 博尔杰塞（1882—1952，意大利作家。——译注
⑤ 莫拉维亚（1907—1990），意大利小说家，以人际疏离等主题著称。——译注
⑥ 斯韦沃（1861—1928），意大利小说家。——译注
⑦ A. 厄斯蒂斯，《〈新法兰西杂志〉的三篇评论》，新德勃雷斯出版社，1961。

时，颇为波希米亚，只关心革命和文学。现在，尽管在伽利玛出版社的地位显赫，但还是保留了那个动荡时期的生活习惯和态度。无论何时何地，他想起什么，就随手记录下来，有时记在纸头上，但很快就丢失了，有时记在报纸上，甚至记在手帕上。他长相难看，脸总是在动，皮肤很吓人。他活泼的目光会让人忘记周围不愉快的谈话。当审读委员会的会开得没完没了时，他的上衣总是沾满了烟灰，他一支接着一支吸烟。他肚子肥大，手指摸着下巴的胡子，蓝色的大眼睛盯着说话的人。他能以巨大的说服力突然谈论一部稿子，迅速动摇已根深蒂固的偏见。他对来自东欧的避难者和逃离纳粹的德国犹太人非常善良和宽宏，经常成功地得到加斯东·伽利玛的同意，让他们翻译一些东西，以维持生计。由于译文往往都不完善（如果他们翻译的话），他便负责加工，最后署的还是原译者的名，以便他们能得到翻译费。[1]

伽利玛要感谢格罗蒂森把弗朗茨·卡夫卡引进法国。从1928年开始（那时，这位布拉格作家才去世四年），NRF就开始发表他的作品。继亚历山德拉·维亚拉特翻译了《变形记》及其他作品之后，《审判》也于1933年出版，格罗蒂森作序。由于他，审读委员会开始对一些陌生作家感兴趣，如奥地利文论家和小说家、《失眠》的作者赫尔曼·布罗赫（1886—1951）及其同胞——《学生特尔莱斯的困惑》尤其是《没有个性的人》的作者罗伯特·穆齐尔。贝尔纳是哲学系科班出身，本身就是散文家，但他把大审读家的责任和充满火药味的活动置于个人的著作之上。他署名出版的书很少，第一本是《法国资产阶级精神的起源》，1927年重版，收入一套新丛书"思想文库"中。

---

[1] 让·波朗，《格罗蒂森在卢森堡的死亡》，海市蜃楼出版社，1977。

审读委员会的另一个成员布里斯·帕兰也研究德国文学。但在伽利玛看来，他的特长在俄罗斯文学方面，与克莱米厄的意大利文学和格罗蒂森的德国文学互为补充。这个塞纳马恩省小学教师的儿子，接受过哲学（他毕业于高等师范学校，文学博士论文是《论柏拉图作为思想源泉的神》）和斯拉夫语（他在国家东方语言学校研究俄语）双重教育，毕业后自然而然地首先进了巴黎的俄国文献中心秘书处（1924—1925），后来被派往法国驻莫斯科使馆工作（1925—1926）。他曾在巴黎的伏尔泰中学当俄语教师，鼓励年轻的学生深入使用这门语言（其中的一个学生爱德加·福尔听从了他的建议），在他所熟悉的让·波朗的推荐下，他被录用为加斯东·伽利玛的秘书，在这之前，他还徒劳地在银行里干过。这时是1927年10月，帕兰三十岁。他抓住了这个时机，尽管伽利玛出版社里面的工作他并不完全同意。当他第一次被介绍给伽利玛时，他毫无保留地向伽利玛说出了自己对文学的爱好和对哲学的选择，以避免误会："我进入这里并不是去研究文学的，而是为了谋生，为了被雇用。"① 这是一个对书稿很苛求的审读者，喜欢迎着困难上，总是在思考语言的本质、词语的欺骗性及其给人以幻想的力量。② 帕兰很快就得到了伽利玛的赏识，进社后不久就成了审读委员会的骨干之一，出版了肖洛霍夫的《被开垦的处女地》（1933），弗谢沃洛德·伊万诺夫③的《铁甲车1469号》（1928），尼古拉·吉洪诺夫著、弗拉基米尔·波兹内翻译并作序的《被烧焦的头》（1936）、莱昂·卡西尔的《想象

---

① 布里斯·帕兰，《与贝尔纳·潘戈的谈话》，伽利玛出版社，1966。
② 帕兰在让-吕克·戈达尔的影片《随心所欲》中扮演自己，即影片中的一个哲学家。
③ 伊万诺夫（1895—1963），苏联剧作家，小说家。——译注

中的旅行》以及其他许多作者的作品，比如说康斯坦丁·费京娜和鲍里斯·皮里尼亚克。布里斯·帕兰把皮里尼亚克的作品纳入了"年轻的俄罗斯"丛书。当他不亲自翻译的时候，他便把这些作品编入丛书，伊里亚·爱伦堡的《猛禽》（1930）就是这样的情况。

在克莱米厄、格罗蒂森、帕兰这三个审读委员会中的"老外"之外，还应该加上社外的两个合作者：莱昂-保尔·法尔格、瓦莱里·拉尔博，他们用自己的关系和博学的知识丰富了出版社的书目。战争一结束，这两个人就经常出入奥德翁路，那里新开了两家书店：一边是阿德里安娜·莫尼耶开的"书友之家"，法尔格每天都能在那里见到当时法国最优秀的作家和后来将成为名作家的作者；另一边是西尔维亚·毕奇经营的"莎士比亚书店"，毕奇把它变成了英文作家的永久聚会之地：拉尔博于1919年认识了詹姆斯·乔伊斯之后，和他一起翻译了不可能翻译的《尤利西斯》，伽利玛于1937年出版了这部"散文大教堂"。拉尔博在伽利玛出版社开发西班牙语和英语文学方面起了巨大的作用。由于他，伽利玛成了塞缪尔·巴特勒①、切斯特顿②、拉蒙·戈梅斯·德拉塞尔纳③和吉拉尔德斯④的出版商。如果我们知道西尔维亚·毕奇在1922年出版了英文版《尤利西斯》，他的朋友阿德里安娜·莫尼耶又在七年后组织翻译并用法语出版了这部巨著，我们就会更加明白出入奥德翁路这两家著名书店的重要性。

---

① 塞缪尔·巴特勒（1835—1902），英国作家，主要作品有《埃瑞洪》。——译注
② 切斯特顿（1874—1936），英国作家、文学评论者以及神学家。——译注
③ 拉蒙·戈梅斯·德拉塞尔纳（1888—1963），西班牙小说家、文论家。——译注
④ 吉拉尔德斯（1886—1927），阿根廷著名作家。——译注

由于这些"外国"审读员，由于他们的执著、他们的研究、他们的发现、他们的嗅觉，伽利玛才能在三十年代初赢得了赌局的第一回合：与斯多克出版社强大而权威的丛书"世界书库"竞争。

奇怪的是，审读委员会的另一个成员，一切都表明他要为文学国际化而努力——他的父亲是墨西哥外交官，母亲是普罗旺斯人；他接受的是英文教育——他却在法国文学领域表现出自己的天赋。拉蒙·费尔南德斯（1894年生）先后毕业于路易大帝中学和索邦大学，二十五岁之前还是"一个著名的花花公子，喜欢赛车，探戈跳得极好"。① 在雅克·里维埃的帮助下，他在1923年的NRF杂志上发表了一篇赞扬普鲁斯特的文章，由此走向文坛。费尔南德斯讨人喜欢，经常感到痛苦，他与伽利玛出版社签了三本书的合同《打赌》（1932）、《粗暴者》（1935）和《人类人道吗》（1936）。但最能反映他复杂内心的，也许是二十年代初围绕着道德与文学问题与他的朋友里维埃在日内瓦和洛桑进行的一场论争。NRF的主编指出了道德主义在文学中的危害，而费尔南德斯却反对这种观点，他的论据使我们看清了他在伽利玛出版社当审读员时的精神状态，也明白了他后来为什么会在政治上支持法西斯并与之合作：

……我关心的重要问题之一是给自己分类，掂量自己，我总希望这种划分是暂时的并且争取这样。我坚信没有定下方向的人不会完全忠于自己做人的职责，同样，研究人性的文学艺术，尤

---

① 贝尔的文章。

其是戏剧艺术，如果不以这种或那种方式表现这种方向，哪怕是用来控诉它，我认为是不够的。请相信一个拉美人的经验，他前来请求欧洲给他的生命以意义，他带着野蛮的需求进入了法国可爱的城市。① 里维埃来自这个城市，他无法相信，法兰西文化的完善，本身就能减少和摆脱折磨穷人的那些麻烦，那些人过一天算一天，胡乱地对付着过日子。②

1927年，同在这个审读委员会的罗贝尔·阿隆（1898年生）与费尔南德斯所受的教育、爱好和性格完全不同。他也是孔多塞中学毕业，大学学的是文学，是未来的第二次世界大战历史专家。"两个半世纪前就是犹太人和法国人"，③ 罗贝尔·阿隆是个经纪人的儿子，从1921年开始与《两个世界杂志》合作，那是保守的天主教的堡垒。他不满足，所以通过他过去的销售经理让-居斯塔夫·特隆什与加斯东·伽利玛建立了联系。当时，加斯东·伽利玛正在寻找一个年轻秘书来代替乔治·凯塞尔（他的弟弟后来成为作家），乔治是和蔼而聪明的小伙子，但用出版社的标准来衡量，他还不够勤奋和认真。阿隆的月薪是七百五十法郎，是一份很合适的工资，如果不是兄弟雷蒙不同意，加斯东一开始就想提高一点……1922年到1929年，阿隆同时在《两个世界杂志》和NRF工作，介于学院派和反习俗主义的阵地之间。他很快就在加斯东·伽利玛出版社得到了晋升，成了审读委员会成员，并负责附属权（电影、照片的授权等等）和译文室。1922

---

① 拉蒙·费尔南德斯于1927年加入法国国籍。
② 雅克·里维埃和拉蒙·费尔南德斯，《道德主义与文学》，科雷亚出版社，1932。
③ 阿隆，《生活片段》。

年，他的第一份工作是给一百多个人发通函，告诉他们说他将给他们写信，他们的来信几个月都没有处理。后来，人们交给他第一部稿子，他弄丢了。"通知作者！"伽利玛只跟他说了这么一句。阿隆是在惊讶中发现出版界的，当那个作者这样给他写回信时，他会惊讶不已：

"谢谢您，我的书没有写完。我最好还是重写一遍。"①

加斯东·伽利玛和阿隆不可能有真正的共同语言，但两人在工作上互相敬重。② 这个前途无量的年轻的知识分子于1933年5月创办了《新秩序》，那是一份受人格主义启发的政治理论刊物，很早就与阿尔诺·丹迪厄推出了欧洲和联邦制政治的提纲。他一直没有忘记加斯东·伽利玛录用他时下达的两个命令：

"我们的职业最重要的是要知道如何退稿；"

"如果你想成为一个出版人，那就放弃写作。"③

要好好想一想……

对一个作者说不，意味着否定他的作品，并有可能冒犯他，失去他……在加斯东·伽利玛的学校里，许多人学会了种种办法来"感谢"作家，从"我的兄弟雷蒙反对"到"这超出了我们的丛书的范围"。如果作者与出版社不熟，程序就会简化一些，可以直截了当地拒绝，尤其是如果作者也很直接的话。伽利玛总是要跟别人吵架，1913年8月，他与同行皮埃尔-维克多·斯多克争夺《盗贼》和《惩罚连》的作者乔治·达里安。斯多克拒绝出版达里安的新小说《肩章》，因为他不相信这本书会成功，于是他接到了一封长信，信是这样写的：

---

①② 萨比娜·罗贝尔-阿隆给作者的信。
③ 阿隆，《生活片段》。

"斯多克先生，我收到了你寄来的卡片。这是我的回答：如果您不在10月份出版我的小说，我就杀了你……你是自由的，想怎么做都行，不管是否诚实。我等到10月份，如果你没有出版我的小说，我就结果了你。"

四天后，这位出版商回了他一封粗野得多但也很明了的信：

"达里安先生，你真会开玩笑，但你的玩笑开得不可爱，这就把什么都搞糟了。你在这件事上做得太恶毒了，这就把事情给搞复杂了，难收拾了。对于你刚刚寄给我的那封信，我的回答是：去你妈的！这就是我的回答。"①

书出版了，但不是斯多克出的。这是一场失败。

伽利玛要聪明多了，他更懂得外交手腕，不会使用跟作者一样粗鲁的语言。他跟同事说得很露骨，年轻的秘书一来，伽利玛就给他打预防针：

"作者和作家往往都不是男人，而是一个要用钱买的女人。你还要知道，他随时准备投入别人的怀抱。他是个妓女。"②

当伽利玛向他列举了"一些大名鼎鼎的人物，以证明他关于出版商和女性化的男人的双重经验"后，那个年轻人完全信服了。但面对朋友，伽利玛撒的谎总是漏洞百出，因为他们跟他太熟悉了，当场就会让他出丑或下不了台。1918年的一天，罗歇·马丁·杜加尔问伽利玛什么时候出版他的稿子《在垂死者身边》时，伽利玛显然很不自在：

"太文学化了，有点做作的味道。我们得谈谈……"

作家马上就明白了，他在头脑里把朋友隐晦曲折的语言译成

---

① P.-V. 斯多克，《一个出版商的回忆》，斯多克出版社，德拉曼和布特罗，1935。
② 阿隆，《生活片段》。

了意思明了的句子。他当晚在私人日记中只写了这样几个字：

"一钱不值。"[1]

除了这两类人——作者朋友和陌生作者——还有一类更加少见更加特别的人：在伽利玛出版社出书而且在社里兼职的人，比如说马塞尔·阿尔朗，他从1930年起就是审读委员会委员，1926年开始就在保朗身边工作，是NRF编委会成员。

对于那个羞怯而保守的年轻人来说，一切始于1922年，当时他二十三岁。他在攻读希腊拉丁语和法语的同时，还在《巴黎大学》杂志担任文学主编，他在杂志上发表了普鲁斯特和季洛杜的一些文章，后来又创办了两家前卫杂志《历险》和《多米诺骨牌》。他在这两本杂志上发表了他战友的一些诗歌和文章，如乔治·兰布尔、勒内·克莱瓦尔、安德烈·多泰尔、雅克·巴隆……后来，他停止了一切，离开了巴黎，一个人躲在阿芒斯瓦雷纳（上马恩省）的老家，关在天窗朝着森林的一个阁楼上，开始写他的处女作《陌生的大地》。寄给谁？在哪里出版？他回到了巴黎，马上想到了贝尔纳·格拉塞，这位出版家朝气蓬勃，而且很开放，他会懂得远离首都、经过深思熟虑完成的作品的价值的。但阿尔朗属于受纪德影响很深的那代人，念念不忘纪德在文学上的权威。于是，他把稿子寄给了纪德，他受不了公开退稿的耻辱，便简单地署名道："M.A，巴黎布歇里路，学生公寓"。一个星期后，人们偷工减料地最后只给他捎来纪德的一句充满热情的话，纪德说谢谢"这个匿名的作者，我以后会认识他的"。在这位大作家的推荐下，保朗读了他的稿子并且接受了，瓦莱里·拉尔博还在NRF杂志赞扬了他的作品。还能梦想什么呢？一

---

[1] 马丁·杜加尔-科波，《通信集》。

份合同。伽利玛让他签了合同。

"我进入了圈子。"那天,这个年轻人这样对自己说。①

是这样,并且持续了很长时间。他的书于1923年出版,一年后,在雅克·里维埃(他清楚地感觉到了这个前途无量的作家的分析和批评能力)的要求下,他在杂志上发表了一篇题为《论一种新世纪病》的文章,引起了很大的轰动:在摇摆于达达主义和超现实主义之间的一股知识大漩涡中,阿尔朗用郑重的口吻和极为传统的语言,大胆地解释道:"道德将成为我们首先要关心的事情。我想象不出没有道德哪里还有文学。"

于是,马塞尔·阿尔朗成了一个大审读员,保朗和伽利玛都很赏识他,他也许对自己的意见比对自己的专栏或小说更上心。他的回报是,1929年,阿尔朗的《秩序》获得了龚古尔奖,那是一部宏伟的小说,三部,每部五百多页。第二年,作为回应,他写了一本只有一百五十页的书《心宿二》,其厚度和雄心让伽利玛大为失望:在龚古尔奖的推动下,他期望下一部作品也同样棒、同样重要:

"可是,马塞尔,你写的是一本小册子,是一首诗!"他惊讶地说。

"这正是我应该写的。"阿尔朗只回答了这么一句,没有更多的解释。

"好吧,好吧……你愿意怎么干就怎么干吧,你是自由的。"

作家非常感谢伽利玛的这种态度。② 在他看来,这说明了这

---

① 马塞尔·阿尔朗向作者证实。
② 作为参考,请注意,1927年的龚古尔奖获得者莫里斯·贝德尔真的每年给伽利玛一部小说,直到1937年。

个人的价值，足以证明伽利玛是本世纪最伟大的一位出版人。

伽利玛很注意，不对我施加什么压力。他可以这样做，而且他并不是不想这样做，商业方面的原因也促使他这样做，但他没有这样做。他出版我的书，从来不交给审读委员会审读。多年来，我们成了很好的朋友，很亲密。这是因为我跟他说实话。永远说实话，这是我做人的原则。在这一点上，他很感谢我，因为像所有的强人一样，他的身边总是围着奉承者。他喜欢书，追踪作者，永远不会忘记他们。一九二九年，当我获龚古尔奖时，他很高兴自己看得那么准。这说明他可以出版一本他觉得卖不好的书，只要作者是真正的作家，总有一天会得到奖赏的。这才是一位大出版家。①

阿尔朗、保朗、克莱米厄、格罗蒂森、帕兰……从二十年代到四十年代，这些人组成了伽利玛的审读委员会，加斯东为之骄傲的图书宝库目录就是他们制造的。但在这个出色的团体中，还有一个非常谨慎并不为人所知的人，他是审读委员会的委员，但不负责审读，他参加所有的会议，认识所有的作者，是伽利玛的一个关键人物，但任何法国文学史都不会留下他的名字。这不对。这个重要人物就是路易-达尼埃尔·伊尔什，营销经理。

他从不缺席任何一次审读会议，总是要对图书的销售、发行和在书店的摆放甚至图书的内容发表意见，因为他喜欢读书，而且读书甚多。这个男人又瘦又矮，宽额头，鹰钩鼻，一笑眼睛就眯起来。他不喜欢说话，而喜欢听人说话。他总是仔细地记录一

---

① 马塞尔·阿尔朗向作者证实。

切，随时都在记。周末或假期，他毫无例外地要去书店巡视，检查伽利玛出版社出的书是否摆放在显眼的位置。

伊尔什性格柔顺，容易相处，但很讲原则，在某些价值观上不轻易让步，比如说真诚。当他得知让·吉奥诺与伽利玛出版社和格拉塞出版社同时签了同一些书的合同时，他感到很痛苦。

他以加斯东·伽利玛为榜样，希望能消除对抗，双方能好好协商。许多朋友常常催促他出版日记或回忆录，但他总是拒绝："这类东西，会引起大家之间不团结……"①

伊尔什于1891年生于巴黎的一个犹太人家庭，老家在阿尔萨斯，他们已完全把自己看作法国人了。父亲是做布匹生意的，在他十七岁的时候就死了。他从查理大帝中学毕业后没有继续上大学，马上就出来工作了，以补贴家用。父亲去世后，他成了家里的顶梁柱。他的第一份工作是在商品交易所的一家进出口公司做种子生意。到了服役的年龄，老板答应他服役回来后派他到罗马尼亚的分部当经理。但两年后，当伊尔什准备退役时，战争爆发了。他又穿上了军装，这次，一穿就是五年。在战争期间，他开着一辆公共汽车给前线的士兵运肉。停战协议签署后，他与其他盟军士兵被派往德国，直到1919年春天才回来。

回到巴黎后，一切都乱七八糟的。他再也找不到"他的公司"了：消失了！于是，他开始寻找新的工作，最后在一家阿根廷的冻肉进出口公司找到了一个会计主任的职位。还是跟肉打交道，不管是战争期间还是和平时期。所以，1925年，当一个朋友跟他说起有个出版商正在寻找年轻的商务人员时，他马上就主动跑到了格勒内尔路。面对面谈了一会儿之后，伽利玛便对他说：

---

① L.-D. 伊尔什夫人向作者证实。

"我向你推荐两个职位:一是给我在拉斯帕伊路的书店当经理,二是给我的出版社当营销经理,薪水基本相同。好好想想,明天答复我。"①

伊尔什既被伽利玛吸引住了,也被他的企业吸引住了。普鲁斯特刚刚去世,伽利玛和 NRF 同声赞扬这位作家。如果说冻肉曾吸引过他,现在出版比冻肉更让他感兴趣。而且,他喜欢书,他通过自修,学会了读书。他选择了出版社,在伽利玛出版社一直干到去世。出版社的所有台柱几乎都这样,加斯东·伽利玛本人也如此。

最后,审读委员会里还有一个重要人物,也许是唯一一个"非成员":安德烈·纪德,"当代重要作家"。他的影响是看不见的,但无可置疑,他的稿子和他在几十年中不断吸引到身边来的作者让审读委员会的所有成员都哑口无言。纪德,是伽利玛这列火车的火车头……

巴黎,1922 年 11 月。加斯东·伽利玛来到了普鲁斯特的床头。他与朋友们雷纳尔多·阿恩、保尔·莫朗和其他几个人为普鲁斯特守夜。他们叫来了迪努瓦耶·德·塞贡扎克,这个大画家带着笔、墨和纸张,悄悄地待在角落里,给躺在床上奄奄一息的作家画像。寥寥几笔,鹰钩鼻,眉头紧皱,还有两团大黑点,下巴上的胡子和头发,在洁白无瑕的纸上显得格外耀眼……加斯东·伽利玛从画家的肩膀后面望过去,丝毫没有想起他的朋友雅克-埃米尔·布朗什著名的铅笔线条(普鲁斯特最出名的肖像),脑海里也没有浮现出病人的样子,更没有出现尸体,而是想起了

---

① 伊尔什夫人的证明。

"卢浮宫展出的波斯王阿塔塞克西斯的弓箭手,这个犹太人的脑袋上戴着一副非常漂亮的面具,让人觉得十分强大"。①

家人、亲友,所有的人都陆续来到作家的床前瞻仰他。灵堂是个客厅,就像他活着的时候一样。让·科克多刚到,跟加斯东·伽利玛谈起了他的下一本书《冒失鬼托马斯》:

"让,把你的小说给我……"

"加斯东,说定了。"

事情是在未寒的尸体边谈妥的。②

葬礼和在圣皮埃尔·德夏约教堂举办的弥撒,全都按巴黎的规矩办。巴雷斯在人行道上叹息道:

"这个小马塞尔·普鲁斯特,我一直以为他是个犹太人。多美的葬礼啊!"③

所有的文人都来了。《追寻逝去的时光》中的人物都前来向他们的创造者说再见,是他给了他们文学上的生命:公爵和伯爵夫人,银行家和艺术家,客厅中风度翩翩的绅士和赛马俱乐部的常客。有很多作家,加斯东·伽利玛被淹没在他们当中,纪德没来。人们听到了《一个已故女童的孔雀舞曲》,然后是钟声,送葬的队伍走向了拉雪兹公墓,后面跟着一长溜汽车。

在这事件中,必须注意他的表现,注意这些文坛名人是如何表现自己的。无论何时何地,一切都可以成为开会、闲聊、密谈和受贿的借口。在这种前提下,文学不过是露面和满足自己虚荣心的方式。这些,伽利玛知道得比别人更清楚。他不再是一个世

---

① 夏沙尔的文章。
② 科克多与马蒂厄·加莱的谈话,《快报》,1983年9月30日。
③ 莫里斯·马丁·杜加尔,《回忆录》I,弗拉马利翁,1957。

俗的年轻人，现在，他会毫不犹豫地违反自己的天性，完全出现在这个领域中，因为这也是当一个出版商的要求。在这种无聊和无益的气氛中，人们有时能找到一些作家。加斯东·伽利玛像他的许多同行一样，不再相信巴尔扎克笔下的埃皮纳尔那样的人物：肩负天下大任的作家在阁楼上点着蜡烛，在艰难困苦中磨炼自己。贝尔纳·格拉塞一眼看清了这种现象，他把巴黎当作一个恭维之城：

巴黎是一个劳务大市场。大家知道，在巴黎，各种有价值的东西汇集在一起，而沙龙就是这些东西的交易所，人们总能找到自己所寻找的那份零钱而不用花自己的钱。这是不道德的，是缺乏远见的表现。所以，你所有的恭维都会记录在这个或那个账号上。时间到了，你就可以提取支票。我们之所以说巴黎是一个恭维之城，是因为每个巴黎人都想自己的户头上有一大笔存款。①

由于他的审读委员会，由于拉尔博、法尔格尤其纪德以及其他人，加斯东·伽利玛在所有重要的领域都有"天线"，当然是为了文学。在外交部，菲利普·佩特罗是一个信得过的朋友，永远不会变心，他使用的作家几乎跟加斯东·伽利玛使用的作家一样多，而且往往都是同一批作家……政界呢？加斯东·伽利玛不感兴趣。他讨厌政治：斗争精神，不管为谁而斗争，对他来说只能是一种妨碍、一种破坏，会让诚实的文化人思想狭隘，会影响自由的批评、意识的考验尤其是个性的发展。不管怎么样，里昂议员埃杜阿尔·埃里奥是 NRF 忠实的朋友，此人是激进社会主义

---

① 贝尔纳·格拉塞的文章，《老实人》，1929 年 3 月 28 日。

的重要人物，1924年至1925年成了政府首领。加斯东·伽利玛知道这棵大树靠得住。由于这种良好的关系，为了推出阿兰的新书，路易-达尼埃尔·伊尔什于1925年组织了一场意想不到的促销。《激进主义基础》上市的那个星期，所有的部长都收到了书，当然是在部长会议那天。事情很快就在新闻界产生了反响，评论接踵而来。尽管有人质疑加斯东·伽利玛与当权者之间的关系，但书送出去了，这是最重要的。

1922年，加斯东·伽利玛又在寻找办法扩大自己的影响。他必须走出杂志的圈子，对新闻感兴趣。但工作量太大了，雷蒙已经感到厌烦：经济冒险与寻找的目标太不成比例。幸亏对加斯东·伽利玛来说，机会不请而来，他的朋友罗歇有个堂弟，叫莫里斯·马丁·杜加尔，是记者兼作家。莫里斯来找他，告诉他想办一份主要面向作家的文化周刊，NRF的许多合作者可以在上面发表文章，伽利玛出版社可以在上面登些广告，评论家可以在上面为他们的书高唱赞歌……作为回报，伽利玛给杂志注点资。年轻的马丁·杜加尔熟悉他的行业，实话相告，他已向贝尔纳·格拉塞提出了同样的建议。

刊名叫什么？还没有想好。在找到更好的刊名之前，他们在向法庭第四分理处申报时暂时用《读书》这一刊名。但这种方式已经表明这一计划与NRF无关，或不会与它竞争。与《新写作》杂志改版之前进行的论争也毫无关系。当合作者们在想新刊名的时候，在办公室的长沙发上打瞌睡的法尔格建议道："用《旧德意志杂志》，以与《新法兰西杂志》对抗。"最后，大家选择了《欧洲杂志》，以与《两个世界杂志》对抗。[1]

---

[1] 菲利普·苏波向作者证实。

莫里斯·马丁·杜加尔和他的朋友弗雷德里克·勒菲弗根本没有想到这些，他们既不太学院派，也不太先锋派，只希望能鞭笞和更新文学报。他们认为潜在的竞争者太政治化、太啰嗦、太现代。

伽利玛同意了，入了杂志的董事会，投资二十五万法郎。其他董事还有安德烈·吉庸、夏尔·佩尼奥（拉鲁斯书店）、肖丹、加斯和埃尔布龙。雅克·盖纳和莫里斯·马丁·杜加尔被任命为常务董事。1922年10月21日，报贩们在大街上大喊：

"《文学报》创刊号！文化人的杂志！一份只要两毛五！……"①

加斯东·伽利玛不后悔冒此风险。翻阅着刚刚出版的周刊，浏览着上面高质量的文章和写得文采斐然的卷首语，他知道自己选对了。作者、出版社和他的那些新书全在上面得到了好处。他把已经采用的文章抽下了好多篇。只要答应在"一书一肖像"丛书中出版他们的一部小说，剩下的事情就很容易办妥。他看得很准。《文学报》周刊在各方面都表现得很出色，随着栏目被NRF的作者们所充实，它很快就对加斯东·伽利玛出版社的图书起了很好的宣传作用，而且经久不衰。至于评论界可能出现的迟疑，一位文学记者后来用几个词很好地概括了当时的情景和窘境："一个和加斯东·伽利玛合作的评论家，如果他很诚实，怎能不谈他的出版社的书呢？因为法国文学中最好的书有四分之一都是伽利玛出的。"②

在加斯东·伽利玛的文学政策和征服评论界的策略中，《文学报》不过是众多方法中的一个。他给自己确立的主要的最终目

---

① 莫里斯·马丁·杜加尔，《回忆录》。
② 贝尔纳·皮沃，《文学评论》，弗拉马利翁，1968。

标之一,是垄断文学奖,首先是龚古尔奖。1919年至1935年间,十七个龚古尔奖他获得了八个。他是获龚古尔奖最多的出版商,比阿尔班·米歇尔(三个)和格拉塞(两个)多,而且一辈子都保持着这一纪录。安托万·布隆丹曾搞笑地想象了一个龚古尔奖候选者的一天,讲述了投票前夜,作家应该在圣托马斯-达甘,出版界的教堂默祷,在信徒爱德蒙和儒勒的耶稣受难像和还愿画后面读到:"感谢一切。NRF。"……①

在龚古尔奖的历史上,战争的影响非常大。战争期间,它曾停止了好多年。战前,它主要的是文学,战后则渗透着计谋和暗算。战前,它还是"餐巾的历史"。② 从1903年到1914年,评委们很想知道他们传统的午餐在哪儿吃:"大酒店"的餐厅很快就被认为太大了,而"尚波"饭店好像又显得太窄——吃饭的时候的确摩肩接踵——于是选择了"巴黎咖啡厅",直到它因战争而关门为止。后来,龚古尔学院永久选择了特鲁昂饭店。

龚古尔兄弟在他们的遗嘱中,吩咐奖给被十位评委选中的作者五千法郎,并给每位评委六千法郎的年金,以让他们摆脱"繁重的行政工作,免得写一些没有价值的新闻作品"。评委必须是个"文人,而不是大财主,也不是政客"。龚古尔兄弟给这个鼓励机构的规定说得就更清楚了:

> 我们的想法是帮助有才能的年轻人,让他们摆脱艰难的物质生活,能够进行有效的工作。一句话,给他们完成文学作品的创作任务提供便利……这个奖将颁给"最佳长篇小说,最佳中篇小

---

① 安托万·布隆丹,《我的文字生涯》,圆桌出版社,1983。
② 皮埃尔·德斯卡夫,《我的龚古尔们》,罗贝尔·拉丰,马赛,1944。

说集,最佳感想录,最佳散文类虚构作品,尤其是当年的散文类作品"。最大的愿望是:这个奖能颁给具有独特的才能、敢于进行新的尝试、在思想和形式方面都大胆创新的年轻人。①

奇怪的是,在这个所有的物质都能贴上标签的国家,龚古尔奖没有催生任何倾向和任何潮流,使评论家能把某某小说划归到"龚古尔学派"当中。完全没有这些东西,这很幸运。这样,作者和出版商就不用为了获得票数而去适应某种龚古尔模式,而是龚古尔学院去适应法国小说的演变。

从二十年代中期开始,套在书上的龚古尔奖腰封开始为出版商和作者带来真正的回报。尽管在大多数情况下,人们所宣布的数字像以往一样都有水分,但整个行业都相信这个奖带来的商业利益。加斯东·伽利玛在普鲁斯特身上就体会了一把。他相信这个奖,尽一切力量把它夺为己有。他懂得如何与评委们保持友谊,其中一人对他尤其有用,那就是1917年接替奥克塔夫·米尔波被选为评委的让·阿雅尔贝。用儒勒·雷纳尔的话来说,阿雅尔贝能言善辩,喜欢骂人,好斗,好吃,他一方面从事文学活动,另一方面在马迈松②当官。三十年代,他在伽利玛出版社出了四本书,所以伽利玛非常感激他。在NRF年轻的作者当中,好像没有一个人怀疑让·阿雅尔贝是伽利玛在龚古尔奖评委会中的大使。伽利玛对他非常大气,请他在拉吕饭店吃饭,向他介绍年轻的候选人安德烈·马尔罗。1930年觊觎该奖的小说家让·普雷沃斯特曾与乔治·杜阿梅尔一起碰运气,他发

---

① 弗朗索瓦丝·韦尔内的文章,《历史》,1980年11月号,第28期。
② 地名,法国上塞纳省城镇。——译注

誓说：

"让·阿雅尔贝嘛，他是伽利玛养的，伽利玛收买了他。"①

没有比这再大胆了。普雷沃斯特没有获奖，获奖的是伽利玛出版社的作者，那个天真得让人无法生气的作者真诚地讲述了作品的问世过程。1927年的一天，在文坛和出版界完全无名的莫里斯·比德尔逛到了位于拉斯帕伊街的伽利玛书店，买了一本约瑟夫·戴尔泰②的书和莫朗的新作。付款时，他羞怯地问书店职员：

"您知道哪个出版商对幻想作品感兴趣吗？"

"您想……"

"是的，我有部稿子，我不知道投给谁。"

"啊！您有稿子，好啊，去见老板吧。"

经理罗兰·索西埃来了，比德尔从公文包里拿出厚厚的一摞纸，索西埃只对他说了这么一句：

"把稿子留在我这里吧。我会把它交给我们的出版社的。"③

几个月后，作者从信中得知，他的书稿被采用了，即将出版。让人惊讶的事情一件接着一件，不久，当人们告诉他得了龚古尔奖时，他简直不敢相信自己的耳朵。

普鲁斯特获龚古尔奖后，连续两年，伽利玛都在磨刀霍霍。从1922年开始，他又开始进攻了。评委会留住了他出的许多书：凯塞尔的《红色荒原》，罗歇·马丁·杜加尔的《蒂博》第一卷，保尔·莫朗的《晚上开门》。后一本有优势，但最后是亨利·贝

---

① 乔治·杜阿梅尔，《苦涩之书》，法兰西信使出版社，1984。
② 约瑟夫·戴尔泰（1894—1978），法国作家。——译注
③ 《文学报》，1927年12月10日。

罗获奖。有人指责伽利玛宣称他这位新作者的书已发行了三万册，这是坑害他。

第二年，伽利玛进行了复仇。在十年中，他拼死搏斗，紧紧抓住龚古尔奖。许多作品得了奖：吕西安·法伯尔的《拉伯韦尔或瘟疫》(1923)、蒂埃里·桑德尔的《忍冬》(1924)、亨利·德贝尔利的《费德尔的痛苦》(1926)、莫里斯·比德尔的《热罗姆，北纬六十度》(1927)、马塞尔·阿尔朗的《命令》(1929)、吉·马泽利娜的《狼群》(1932)和安德烈·马尔罗的《人的状况》(1933)。

多么坚韧不拔啊！伽利玛还需要再加一把劲才能在这收获颇丰的十年中年年得胜。1925年，他让人选择了安德烈·伯克莱、让-里夏尔·布洛什、亨利·德贝里和德里厄·拉罗什，但最后得奖的是莫里斯·热纳瓦的《拉博利奥》。"这不是龚古尔奖，而是一个道德奖。"评委会主席考虑到了获奖者在战争中受了重伤并中断了学习。在此之后，莱奥托逢人就这样说。1930年，种植园的一个监工亨利·福科尼埃的《病态》差点击败了让·普雷沃斯特。1931年，伽利玛出版社的代表是吉·马泽利娜、皮埃尔·博斯特、让·施伦贝格尔，尤其是圣埃克絮佩里的《夜航》。但尽管选出了这么多精兵强将，最后得奖还是让·法雅尔的《相思病》。传说他的小说写得没有他父亲的合同写得好，他父亲是个出版商，有的评委可能得到了他父亲的好处。《小臼炮》引起了巨大的反响，但伽利玛并没有得到安慰，他尤其为他的朋友施伦贝格尔感到悲痛。

伽利玛让人选择了他的许多书，这种"阻拦射击"在当时是火上浇油。贝尔纳·格拉塞认为时候到了，该就龚古尔奖的作用进行公开论争了。他已经六年没有得奖，心里很窝火，他不顾一切了。特鲁昂饭店的午宴?"现在大家都知道那十个人在那里颁发的荣誉是一种'纸上的荣誉'。大家现在对他们吃什么比对他们说什么更感兴趣。脾气最好的记者也快要失去耐心,不想再为这种小事劳驾自己。"格拉塞在一篇文章中这样写道。这位出版商不想取消这个权威的机构,但想减弱它的影响,他觉得这种影响不合适。在他看来,很久以来,评委们的评选就不能让任何人感到意外了:竞赛也与时代挂钩了,它被一个极端的时期大大地扩容了。①

伽利玛的朋友让·阿雅尔贝代表评委会应战,这并非完全偶然。他阴险地提醒大家,格拉塞出版社每年都在特鲁昂饭店预定一张桌子,就在十大评委吃饭的桌子旁边,以便及时知道他们的决定;还说,多年来,贝尔纳·格拉塞不断地向评委们推荐各类作者。阿雅尔贝变本加厉,说最近几年,格拉塞由他大奖落选的作者出钱来搞宣传,还说这家出版社漏走了许多著名作家,"是的,马塞尔·普鲁斯特就是被战无不胜的贝尔纳·格拉塞先生放走的"——还有一些没那么出名的作家:"人们以法兰西的名义要求我们不要把奖颁给莫里斯·比德尔,否则瑞典可能会向我们开战!我还听见了那个声音:《热罗姆》?……你们想不到的……这是我们所拒绝的一本书!"②阿雅尔贝用尖刻的词语猛烈抨击贝尔纳·格拉塞,嘲笑他是工业批发商,是纸商,老是吹嘘自己通过珍本收藏开发了时髦的读者,通过自费出版的形式满足了一些作家的虚荣心,而这些作家甚至公然要求进入法兰西学院。

这种说法大大地伤害了格拉塞,他决定应战,坚持自己的

---

① 《文学报》,1931年10月31日。
② 《文学报》,1931年11月14日。

观点：

"龚古尔奖不再是每年众神聚会完成的文学奇迹，它从由评委们给予杰出作家的奖赏中，回到了适合自己的位置。那些评委，我们至少可以说，他们与我们十二月的摄政王一样优秀。为了结束一个不公正的霸权统治，恢复事物原有的秩序，如果必须有一个出版商出来说：'我不再参加一个跟所有赌博一样只让某些人的钱箱获益的游戏'，——那好吧，让我来说！"[1]

二十来年后，贝尔纳·格拉塞认错了。在给加斯东·伽利玛的一封公开信之类的东西里，他写道：

"……随着龚古尔奖的威望与日俱增，我看到的却是文学的末日，我是个不合格的预见者。今天，我们享有（如果这个词合适的话）比我们当年更多的奖。文学走上了正道，只是用途已经改变。所以，1931年，一个新的时期，如果不是新的文学时期，至少是新的出版时期开始了。您在我之前抓住了好东西。"[2]

事实上，格拉塞在两次战争期间，很相信文学奖的商业影响。他在1931年介入论争，首先是想表示面对伽利玛对十大评委不可阻挡的影响而感到的愤怒。他回想起自己丰收的岁月，1911年至1912年间，他连续两年获奖。他没忘记这了不起的二连冠给他带来的巨大商业利润。1922年，他入围了一个新的文学奖，志在必得，当时，他也这样想。那个奖叫巴尔扎克奖，是大炮商巴西尔·扎哈罗夫设立的，奖金两万法郎，用来奖励无名作家的新小说。格拉塞在出版社向该奖的秘书保证，将与获奖者签订出版这部小说的合同（当然是在格拉塞出版社出版），

---

[1]《格兰瓜尔》，1931年11月20日。

[2] 贝尔纳·格拉塞，《佩吉眼里的出版启示录》，安德烈·博纳出版社，1955。

预付一万法郎的版税。巴尔扎克奖好像真的被一个出版商完全控制了,独享其利。有的龚古尔奖评委提出抗议了,还是让·阿雅尔贝,用一句引起强烈震动的话概括了他们的立场:

"让那个出资人撒尿吧,只要不是撒在特鲁昂饭店的墙上!"①

出版界本身也很不满:保尔·布尔热任主席、成员主要有达尼埃尔·阿莱维和埃德蒙·雅卢的评委会,明确指出格拉塞是这个奖的唯一获利者。出版商工会施加了压力,要求改变这个奖的性质,并加上一个条款,允许获奖者自由选择出版社。3月份,工会胜利了。10月,这个奖颁给了季洛杜和波尔曼,他们既非无名,也不是第一次出书。但《西格弗里德和利穆赞人》与《灵魂预定得救的约伯》是在格拉塞出版社出版的……②

还是在1922年,伽利玛出版社第一次获得了费米娜奖,得奖的是他的一位作者雅克·德拉克雷泰尔的《西尔贝曼》。这位作者给他带来了好运,因为八年后,雅克的《婚姻之爱》给伽利玛出版社获得了第一个法兰西学院小说奖。但伽利玛最想得到文学大奖,最关心大奖在他的商业策略中的地位是在1926年。作为判断时代动向的迹象,他将让他的一个新人获得一个新奖的第一次奖。雷诺多奖的创立完全出于美食方面的原因,与文学一点都没有关系。

每年,巴黎各大报负责"报道"龚古尔颁奖消息的文学专栏作者都在抱怨中饭吃得太晚,获悉大奖的结果后,他们还要收集一些人的看法,然后才写作交稿。于是,他们决定在那十大评委

---

① 让-阿雅尔贝,《龚古尔学院的秘密》,弗朗茨出版社,1929。
② 加布里埃尔·布瓦拉的文章,《法国文学史杂志》,9—12月号,1983。

之前吃饭。既然这样，不如自己也来颁个文学奖！这样的奖只能以最著名的记者为名，于是选择了《法兰西日报》的创始人泰奥弗拉斯·雷诺多。《强硬派》《晨报》《日报》《巴黎午报》《老实人》《小日报》《鸭子》等报纸的代表就在特鲁昂饭店附近的"加庸喷泉"饭店吃中饭。进餐期间，他们一致认为《尼古拉·佩卡维或德雷福斯事件在卡庞特拉》不错，作者是一个叫阿尔芒·吕内尔的陌生的年轻人。[1]

记者们发起的雷诺多奖取得了巨大的成功，五年以后，为了不闲着，他们负责在圣奥诺雷郊区俱乐部报道费米娜奖的同事也学他们的样，以俱乐部的名字设立了一个奖，叫"联合奖"。他们决定这个奖只颁给记者，就从安德烈·马尔罗开始。

不久，1933年，美术学校一个经常去圣日耳曼大道的双叟咖啡馆的图书管理员，也决定以自己的名字设立一个奖。他在咖啡馆的客人当中收集了一千三百法郎，把这笔钱颁给了《狗牙草》的作者。雷蒙·格诺是个忘恩负义的人，非常没有教养，他在几米远的花神咖啡馆请全部的竞争对手大吃了一顿。由于双叟咖啡馆里年轻的大奖评委会内部已经出现不和，其中的一个成员走到了马路对面——步行——在利普小饭店以老板的名义创办了一个卡泽奖（Cazec）。

二十年代初，一个巨大的新闻宣传运动动摇了伽利玛周围的人，并想震撼NRF这个堡垒。出版社和杂志经过考验之后壮大成长了，它的敌人赋予了它也许并不完全拥有的权力和能力，等

---

[1] 乔治·沙朗索尔，《从此岸到彼岸河》，法兰西信使出版社，1973。

于给它做了广告。总之,被后人当作是"长脸远征"①的奥塞河堤路外交部事件,尽管有些极端,但它提出了真正的问题,让加斯东·伽利玛的企业能在艰难的时刻确定自己未来的发展,这还是值得肯定的。

一切开始于1921年秋,亨利·贝罗在内部刊物发表一篇文章之前。贝罗是里昂人,三十六岁,能说会道,是个不知疲倦的好斗者,喜欢论争,大家都已经有点怕他了,至少是那些跟他吵过架的人。他是记者,也是作家,与其说是动脑筋的文艺家,不如说是一个民粹主义的作家。他粗野而贪吃,把开会或吃饭时的那种生存的快乐和极端的兴奋带进了小说中。他有语出惊人的本领,在写作方面运气不错,很快就赢得了许多读者。他并没有表现出太强的分析能力,往往用最原始的善良来代替思索。

在贝尔法斯特采访阿尔斯特问题期间,贝罗常常去法国书店,他在那里非常惊讶地发现书店里只有两类书:烹饪书和克洛岱尔、苏亚雷斯、纪德及其他作家的作品,都是伽利玛出版社出版的。他很震惊,总之,对外国人来说,法国文学肯定有NRF的徽标,这意味着,除了伽利玛,法国只有一堆"可笑的院士、有趣的公众和蹩脚的诗人"。②贝罗继续调查,发现人们认为NRF拥有的宗派思想非常适合书店和天主教欧洲的顾客,他们也同样闷闷不乐,因为"他们的思想穿着男式礼服"。

文章发表之后几乎无人响应,只引起了一点小小的反响,雅克·科波给贝罗写了一封态度非常明朗的信。但也仅此而已。半

---

① 亨利·贝罗在20世纪20年代发起的一场论战,指责NRF的作者在作品外输方面享有特权。他觉得那些作家总是一副阴森忧虑的冷面孔,所以称其为"长脸";作品远输国外,所以"远征"。——译注

② 《今日手册》,1921年9月1日。

年以后，这个喜欢论争的人又拿起了笔，他找到了新的论据，在两篇文章中把目标明确对准了纪德，大家都在谈论那两篇文章，因为……文章没有出现。有人在评论，但谁也没有见到文章。在巴黎，口口相传的作用相当大。贝罗很高兴，这秘密让那么多人产生了兴趣："在文学上，出现了就是好的，消失了就更好。"1923年2月，他高兴地接见了《文学报》一个就此神秘事件来采访他的记者。文章还未发表就有人评论，这事有那么可怕吗？新闻宣传开始了：

"千万不要把时髦的烦恼与亏本销售的时髦混为一谈……我的用意是与一群大人物作斗争，他们不但组成了一个小宗派，而且开了一家小银行，因为他们的钱比他们的诚意要多。这个组织在百来个学究的支持下，加上牧师和一个大少爷，宣称要在我们当中创办胡格诺派的时髦。"

调子已经定下来。在贝罗的故乡里昂，一个自称是特拉马萨克斯的记者鼓励他把这场运动继续进行下去，甚至给他提供了一个新的形容词来指"纪德帮"的那些人：不能说"纪德者"，因为许多人既不是纪德者，也不是"新教徒"，原因相同，那就叫"伽利玛帮"吧！①这样更简单，而且也符合逻辑，因为加斯东·伽利玛是NRF合作者们的基点。

"伽利玛帮"！这个词就这样诞生了。

亨利·贝罗没有松开自己的猎物，他继续反对这座文学教堂："纪德先生是这座教堂里的住持教士，盖翁、苏亚雷斯、罗曼、里维埃、施伦贝格尔和克洛岱尔等先生是代理人，伽利玛先

---

① 《木偶》，1923年8月7日。

生是财产管理委员会的委员。"① 这个论争者在《光芒》日报上对NRF发起了旷日持久的进攻,从1923年4月一直持续到6月。自从在贝尔法斯特的法国书店第一次受到触动起他就在干了。他在巴黎作了调查,相信找到了丑闻的根源:位于奥塞河堤路的外交部,尤其是他不适合地称谓的"文学宣传部门"。那个部门对NRF可能非常忠诚,能让作者在国外成名,在损害其他出版社和作家利益的情况下,保证他们的图书的发行。贝罗总是这样,真假不分,信息不经核实便大肆传播和宣扬……

1920年1月,外交部的文艺宣传处重组。根据指示,"法国作品国外推广处"将代替前者。其目的是保持和发展法国在国外的学派和机构,给图书馆和书店提供"用优秀的法语写作的优秀作品",而不是出口把"我们高卢式的快乐"等同于淫秽文学。②在二十年代,讲法语的人群坚信而且以为自己足够重要和独立,尤其是在欧洲,能让一个被巴黎拒之门外的作者取得成功。由于国外的市场大家都还很陌生,法国的出版社没有特别的影响,所以显得特别有趣。年轻的作者们很快就发现,只要在国外的知识圈子里发行量大,他们便可以从中获利。销路是没问题的,因为销售点和阅览处比人们想象的要多得多:法国的机构、大学图书馆、在全世界几乎无处不有的法语联盟、卡普CAP文学俱乐部、法语-希腊语联盟、日内瓦后备官员联谊会、苏黎世的阅览室、斯科普里③的法语图书馆……④

---

① 《比利时》,1923年4月27日。
② 外交部预算委员会报告,1920年度。
③ 北马其顿首都。——译注
④ 法国作品国外推广部资料,外交部档案。

弗朗索瓦一世路，外交部对面的法国图书国外推广处办公室，菲利普·佩特罗任命了他的两个朋友：让·季洛杜为处长，保尔·莫朗为文艺分部主任。两人在驻外机构工作时，等级都是大使馆的二秘。后来，别的作家也加入了他们的行列，尤其是埃德蒙·雅卢和让·米斯莱。但在当时，在1921年至1924年间，领导这个有十八个人的推广处的是他们这几个人，他们首先被怀疑与"伽利玛帮"有勾结。因为，用不着大侦探，谁都可以知道季洛杜尽管在格拉塞出版社出书，但他是NRF的密友，1909年3月起就跟NRF有合作。而莫朗与伽利玛有合同，他在伽利玛出版社出了他的第一部中篇小说集《温柔的斯多克》。1905年莫朗在中学会考失败时，季洛杜曾是他的老师，从那时起，他们的关系就十分密切。人们还知道，如果说布安卡雷和克列孟梭[①]签署命令设立这个处，并任命季洛杜为处长，完全是外交部秘书长菲利普·佩特罗的功劳。佩特罗也是NRF的好朋友⋯⋯

如果再加上邦雅曼·克莱米厄、保尔·克洛岱尔、圣莱热·莱热和另外一些不那么重要的人物如马丁·莫里斯，我们应该善意地承认，加斯东·伽利玛与位于奥塞河堤路的外交部关系的确不错。接下去要知道的是他在多大程度上利用了这种关系。那种帮忙也许是微不足道的，比如说，路易-达尼埃尔·伊尔什请莫朗打电报或通过外交部的机构把伽利玛的一封快件发给驻东京大使克洛岱尔，要求"允许出版和发表他未发表过的剧本，因为在下个月举行的盛大演出中要用"。[②] 但正如亨利·贝罗所暗示的那样，外交部也可以在更大的程度上帮助伽利玛的出版社。因

[①] 1841—1929，法国政治家，曾任法国总理。——译注
[②] 伊尔什致莫朗的信，1923年10月24日。莫朗档案。学院档案馆。

为1922年，莫朗负责的文艺部毕竟掌管着一百一十九万法郎的基金，用来创办和维持在国外的法语图书馆，发行法国的文学、艺术和科技杂志，在国外出版法国图书，组织展览，派人出去开讲座，在巴黎接待国外的重要人物。

如果季洛杜给加斯东·伽利玛的一封信可信的话，1922年推广处订阅了二百五十本《新法兰西杂志》，次年又订了一百本。亨利·贝罗在一篇文章中引用了这封信，用来作为论据，巴黎的其他杂志似乎没有这么好运。①

在格勒内尔路，"伽利玛帮"却保持沉默。没有正式的回应。很快，《费加罗报》《时代》以及外省的大部分报纸以及瑞士和比利时的日报对此事大肆渲染，而且往往都顺着贝罗的话进行控诉，说"纪德帮"缺乏才能，动不动就厌烦，在法国大多不成功，只在国外得到了一些便利。

必须反攻了。加斯东·伽利玛首先放出话来，说贝罗之所以引发这些闹剧，是因为他的稿子《肥胖者的牺牲》没有获得1922年的龚古尔奖。贝罗马上就进行了辟谣："伽利玛从来没有退过我的稿，我没有求过他任何事。"②伽利玛明白了，该抓住贝罗这头公牛的牛角了。他组织了一场采访，让弗雷德里克·勒菲弗替《文学报》去采访贝罗。这不是一场会谈，而是摊牌。那位外交官作家指出了贝罗在涉及他所领导的部门的性质时所犯的技术性错误，声明说，得到好处最大的出版社是出版古典图书和供教师阅读的技术图书最多的出版社，NRF并不在此列。据他说，NRF得到资助只占推广部的二百分之一。

---

① 《闪电》，1923年6月26日。

② 亨利·贝罗，《长脸远征》，世纪出版社，1924。

不过，季洛杜也承认，有的旅行者，比如说索邦大学教授奥塞先生从爱沙尼亚和立陶宛回来时，在给外交部的报告中指出，在那些遥远的国度，书店里只能找到纪德、克洛岱尔、苏亚雷斯、瓦里莱、普鲁斯特等人的作品。季洛杜解释说：所有这些书的出口都是NRF自己组织的，他们的宣传部门效率很高，"这是深思熟虑的商人不可剥夺的权利甚至是义务"。① 而且，他认为，懂法语的知识分子，尤其是在中欧，对法国习惯于提供给他们的消遣文学不再感兴趣，他们现在感兴趣的是更加严肃、更加严格、能给他们面临的道德问题提供答案的文学。

季洛杜没能说服大家。远远没有。于是，到了夏天结束的时候，莫朗出来回击那些诽谤者：1908年的NRF也许有宗派现象，1920年则完全不是这种情况了。教堂？这太可笑了！

我觉得，是正直的文学把各类精英都集中在一起了：有像让-里夏尔·布洛什这样的国际主义者，有像盖翁这样的法国行动派理论家，有昂普·凯塞尔这样的记者；有瓦莱里、维德拉克这样的诗人；有克洛岱尔这样的天主教徒，有普鲁斯特这样的无神论者，有拉尔博这样的新教徒，有教授和像我本人这样的官员，如蒂博代、罗曼、保朗、克莱米厄……②

季洛杜之后是莫朗。但他们的否认与强大的新闻宣传运动相比似乎声音很弱，况且此事引起的反响很不平衡：它不再限于巴黎或法国，而是全世界，一直持续了几个月。情况开始变得

---

① 《文学报》，1923年6月2日。
② 《文学报》，1923年9月1日。

不正常了。有的文章散发出丑闻的气息，必须驱散。这是一种义务，但不是伽利玛的义务，而是外交部的义务。他们的薪水平均在一万四到两万法郎之间，这份工资不是让他们为伽利玛出版社在国外做宣传的。季洛杜并非没有敌人，有的人正等待机会要把他拉下来。比如说议会主席普恩加雷就不喜欢他，他跟佩特罗说过。1926年，下台两年后重新掌权时，他行使权力，撤销了推广处，把季洛杜调到外交部的新闻处去当头。① 必须说明的是，让·季洛杜刚刚出版了《贝拉》，这本小说很成功，写的是两个类似的家庭，勒邦达尔夫妇出身名门，不那么容易激动，以思想狭隘著称；杜巴多夫妇，有教养，富同情心，很开放。巴黎的政界人士很快就在勒邦达尔夫妇身上看到了布安卡雷的影子，在杜巴多夫妇身上看到了佩特罗的缩影。

莫朗比季洛杜年轻一些，无论是在官场还是在文坛都还是新手，他试图站在一边不吱声，不想引起太大的风波。他宁愿让自己被人忘却，但雅克·里维埃请他为杂志写一篇文章，仅仅是为了让他的名字能出现在目录中，这样，"人们恶毒地就您与NRF的关系所传播的谣言"就可以不攻自破了。②

至于纪德，他对这些事情表示了极大的轻蔑，他有时十分平静地写点小文章回应几句。对于胖贝罗杀人不见血的言辞——"大自然都害怕纪德"——他只寄了一盒巧克力作为回答，这是一种表示同情的方式，暗示对方太幼稚。纪德没有参与这场论争，却成了这场论争的中心，他本人并没有真的不高兴："他们让我更出名了，三个月的进攻比我的书在三十年当中的作用

---

① 保尔·莫朗，《我们的青春回忆》，日内瓦，1948。
② 里维埃致莫朗的信，1923年11月23日，莫朗档案。

还大。"①

此事让加斯东·伽利玛分清了敌友。他高兴地发现，像莱昂·都德这样的人能把文学置于政治斗争之上，毫不犹豫地捍卫NRF。他也看清了在敌人当中，有个人一直在前面持着弹弓，那个人并不是贝罗，和这场斗争没有太大的关系。此人叫亨利·马西斯，曾先后担任《全球杂志》的主编和社长，后来又成了普隆出版社的文学部主任。他很快就被确认为"长脸远征"的理论家，而贝罗不过是一条导火索，一个轻骑兵。因为，现在需要一个知识分子才能把这种所谓民粹主义的谩骂继续下去。不能连续几个月让大家气喘吁吁，只为了挖苦NRF编辑部，把它比作日内瓦的加尔文郊区会议，以此为借口进入别人家里检查他们的态度和他们的正统思想，而纪德和施伦贝格尔都来自阿尔萨斯学派和新教的上流社会。马西斯找到了NRF从普鲁斯特到纪德的所有合作者之间的相同之处，给伽利玛出版社贴上同样的标签，说他们只有一种相同的倾向：严肃、烦恼、膨胀、自大……他很不幸，因为在同一时刻，人们在书店里找到了这些新书：约瑟夫·凯塞尔的《红色草原》和《团队》，保尔·莫朗的《夜晚关闭》、安德烈·布勒东的《失足》、约瑟夫·康拉德的《一次胜利》、西格蒙·弗洛伊德的《关于性理论的三篇论文》，这些作品的上面全都有NRF和伽利玛的徽标。所以，谁都不能说他们是纪德派、时髦派或胡格诺派。

在迎接这种大众考验的同时，加斯东·伽利玛也可以估量自己的企业在公众当中的影响和形象。如果说，当人们说他的办公室像一座教堂，里面尽是一些苦行僧时，他还一笑了之的话，有

---

① 安德烈·纪德，《日记》（1924年12月），伽利玛出版社，1951。

的文章大量引用了有关此事的新闻资料时,他就显得十分认真了。比如安德烈·朗格的文章。朗格是个评论家,心很细,掌握的资料也很丰富,负责在格勒内尔路报道有关"伽利玛帮"的新闻:

　　这家出版社是个试验室。我真的是这样认为。人们在里面生产文学,而且是纯文学,仅仅是纯文学。除了精神探索之外,别的一切都不存在。这太高贵了,也很让人生气……最后将给他们天真的感情以一种危险的特征,这很可能会吓跑那些热情不够旺盛的人,因为他们爱得这般强烈的文学只是一种实验文学、精神探索文学。我知道,我知道,例外很多,但主流还在……
　　这是一场胖子和瘦人之争,或者说是在野外劳动的人与坐办公室的人之争。我不是不知道伽利玛会怎么回答,他会找到例子来证明我说错了,并向我指出 NRF 不仅仅有苦行僧,还有传教士、炼丹师和建造象牙塔的人。就算是这样吧,伽利玛先生,但您气色很好,脸色红润,您似乎热爱生活。但您是否承认,您让周围的人都拥有这种严肃而冷冰冰的外表,这很奇怪?这就造成了误会,如果误会存在的话。貌似天真的背景、朴素的墙壁和你们位于格勒内尔路的大楼低矮的门,这一切都是有预谋的。在杂志和出版社的作者当中,许多人都身体消瘦、脸色苍白、忧心忡忡,与众不同,这难道不让人担忧吗?您会说他们不是故意装出来的。我可不敢肯定。①

　　1923年过去了,论争也结束了。里维埃在与弗雷德里

---

① 《年鉴》,1923年6月3日。

克·勒菲弗①谈话时，在倾向于伽利玛的传声筒《文学报》中发起了一场讨论：他致力于揭示纪德和他周围的人在道德上和在文学上的区别，改变贝罗和马西斯的这场运动使 NRF 获得一个悲惨的外在形象：一个互相欣赏的集体，文学的大聚会。这种文学揭示黑暗，追求主观，而这种主观与个人主义混杂在一起。里维埃想让诽谤 NRF 的人明白，"管自己的事"，努力弄清这点并且抓住这点，这不是无视现实或是把精神与物质割裂开来，而是恰恰相反。②

谈论已经开始不愉快。人们刚刚获悉莫里斯·巴雷斯去世了，关于他的纪念文章充斥了报刊。"长脸运动"结束了。然而第二年，1924 年，亨利·贝罗还想重新掀起一场关于"胖人与瘦子"的争吵，就像以前的古今之争。但人们对此已不感兴趣，没有什么意外的效果。第一场"运动"得益于自发性和激情，它瞄准了一种思想、一个帮派，提出了一个棘手但很重要的问题：外交部某些部门与伽利玛在国外的利益有勾结。但是现在，贝罗发起的论争完全出于个人目的：保朗批评了他的新著《拉扎尔》，话说得很难听：平庸……俗套……词汇贫乏……保朗是个毫不留情的读者，他一句一句分析了小说的语言，对作品进行了真正的研究，结果是所有头脑清醒的人都会请求贝罗改行。③贝罗很不高兴，他愤怒了，在《巴黎日报》发表的一篇文章中，严肃地抨击 NRF 杂志的主编，以报仇雪耻。他甚至怀疑里维埃躲避他，为

---

① 勒菲弗先生题为《与……的一小时》的采访在文坛很有名，1924 年—1930 年在伽利玛出版社出了 5 卷。

② 《文学报》，1923 年 12 月 1 日。

③ NRF，1924 年 5 月 1 日。

了避免冲突而不去办公室。而雅克·里维埃一直非常冷静，他在报纸上发表了一份公告，公布了他的上班时间和接待作者的时间，还具体说明5月份他常常去看戏：如果贝罗下午找不到他，晚上可以找到。

当莫里斯·马丁·杜加尔在《文学报》发表了一篇题为《在动物的国度》来声援里维埃时，情况更加恶化了。贝罗很不喜欢文章的标题，当晚他的证人们就来到了周刊编辑部。他们是来打架的？有可能。但那仅仅是几分钟的事，作家们当然喜欢用笔而不是用拳头。双方的证人都认为应该把那标题看作"文学作品的无意识借用，而不是蓄意冒犯"。①

贝罗和里维埃一直在吵。这次是里维埃冒犯了他。重新动用了证人，密谈和商谈。这个可敬的作家搞得这么极端，大家都感到很可惜。众人一致认为，对贝罗的咒骂应不予理睬。

事情结束了，论争也如此。该结束了。气氛变得非常糟糕。在亨利·贝罗的家里，在NRF和《文学报》的编辑部，邮递员每天都送来大量的谩骂信，当然都是匿名的。一种对文学创作不那么有利的气氛。

毫无意义的争吵？一个作家说出了结束语。在文学的海洋里为了虚荣而明枪暗箭，他厌烦透了，说："现在我们可以工作了吗？"

1927年11月。米肖迪埃尔剧院的一个十分巴黎化的晚会。节目单上写的是埃杜阿尔·布尔代的一个四幕喜剧《刚刚出版》。戏就在大厅里演：姓名，出名或不出名的人，文艺界的名人。尤

---

① 《法国与外国文学年鉴》，雷翁·特雷克主编，克莱斯出版社，1924。

其是文学界的人物,因为这个剧的主题首先与它有关:这是关于一个文学奖及其幕后的故事,从书的写作直至书的出版。它只与金钱和阴谋有关。由于布尔代熟悉业务,他采用马里沃①的式样,制造了一系列误会。批评有趣而尖锐。妙语连珠,人们笑个不停。布尔代看重自己的名声。

大幕拉开了,布景是一家出版社,出版社的老板于连·莫斯卡由雅克·博梅扮演。右边是他的办公室,左边是客厅和寄书的大厅。观众可以看到左拉奖颁奖之前最后一刻的准备工作。剧中还有一个重要的人物,但永远不会出现,那就是夏米拉,莫斯卡的竞争对手。他们剑拔弩张,互相挖对方的墙角,不择手段。

演了一刻钟之后,观众们就知道莫斯卡和夏米拉是谁了。前者是格拉塞,后者是伽利玛。贝尔纳和加斯东。

"只有很少的例外,"莫斯卡说,"一个作者,我说的是书能卖的作者,到了第三本或第四本书的时候才能给出版社带来利润。所以,专门出年轻人的书是不合适的。可又有什么办法呢?我喜欢。我高兴这样做。"

稍后,他又说:

"我不信夏米拉能狡猾到这种程度。他进步了。"

大厅里骚动起来。人们扭过头,在观众席中寻找伽利玛和格拉塞。而在舞台上,莫斯卡继续说:

"我在这个行业里再也坚持不下去了。要永远而且处处比别人强,永远不能上当受骗,我无法再像这样做下去。"② 格拉塞和

---

① 马里沃(1688—1763),法国剧作家,写过很多喜剧,以细致的心理分析和过分矫饰的词句见称。——译注
② 埃杜阿尔·布尔代,《戏剧》,第2卷,斯多克出版社,1954。

伽利玛都可能是这样。这就是文学的滑稽之处吧，那些相信新教的观众应该都这样想，因为它只与阴谋、压力和对立有关。这就是文坛吗？完全是这样。布尔代看得很清楚。他就是在格拉塞的办公室里等待莫里亚克的接见时产生写这个剧本的念头的，他开始当侦探，把什么都记下来，来来往往，思考，出版商对付作者的做法和作者们平静的态度。他慢慢地观察和勾勒。看了他的戏，大家都会觉得，巴黎的出版界就是一个小舞台。

"马雷夏尔，我的朋友，你那个时候怎么这么笨啊！……应该来找我，对我说：'夏米拉给了我下一本小说两万五千法郎的定金。'我会给你三万。那就一切都办妥了……夏米拉这辈子都不懂得好好发行一本书！他还以为书要卖得好，只要作者有才能就可以了！事情完全不是这样……"

有时，讽刺有些过分，有诽谤之嫌：作者通过演员们的口，让格拉塞指责伽利玛比他更不诚实：

"从两万开始拿。"

"两万！"

"还有，你知道，我们这里是好几千啊……好几千张五百法郎。"

"什么意思？"

"因为，有的出版社，比如说伽利玛出版社，他们给你的是好几千张二百五十法郎……"

幕间休息时，大家的目光都转向消失在人群中的格拉塞，那位出版商正在跟陪他来的女朋友说话。他说得很大声，想让周围的人都听得见：

"太有趣了……而且，那么富有伽利玛风格！"

不一会儿，由于莫斯卡的一句尖锐的回答，他跳了起来，这回，他简直是在喊：

"啊，不！不！现在不再是伽利玛了，而是阿尔班·米歇尔！"①

埃杜阿尔·布尔代很聪明，他从巴黎的许多出版商身上受到启发。尽管如此，看过这个剧本的人还是认为那就是格拉塞和伽利玛，他们俩正在进行你死我活的竞争，而且，这两个人之间的冲突在两次大战之间的出版史上具有重要的意义。"这只是文坛上一个很有趣的讽刺。"一天，贝尔纳·格拉塞就布尔代的这个剧本说了这么一句话。②确实如此。但有的讽刺具有资料价值，《刚刚出版》长时间地证明了一种精神。在那两个出版商去世之后，这种精神仍焕发出同样的活力。

大家都把伽利玛叫做加斯东，只提他的名字：好像杜梅格③、贝热里④和别的叫加斯东的人不存在一样。而格拉塞呢，只有几个人，亲密的朋友才叫他贝尔纳。这并不是这两个对立的出版商的唯一区别，他们在各方面都不一样，除了职业相同。他们对这一职业的定义基本相同：寻找、发现，经过开发，把文学价值变成一种商业价值。他们都认为出版是一种很个性化的产业，是一个手工作坊。他们最不相同的地方，在于达到这个目的的手段。在这上面，重要的是性格。

贝尔纳·格拉塞脸色苍白、干瘪、神经质，小个子，身材不

---

① 亨利·米勒，《退后三步》，圆桌出版社，1952。
② 贝尔纳·格拉塞，《文学这件事》，格拉塞出版社，1938。
③ 加斯东·杜梅格（1863—1937），曾任法国总统、议会主席。——译注
④ 加斯东·贝热里（1892—1974），法国政治家，维希政府时期曾任法国驻苏联大使。——译注

足以引人注目。但他的脸和希特勒像得有点让人不安。同样的胡子，同样的发型，同样的动作。时间越长，这种相似之处便越惊人。①无可辩驳的是，格拉塞的目光中有一种狡黠，看得出一种胆量，流露出一种智慧，这与那个大独裁者的面无表情完全不一样。

格拉塞的信很夸张，充满激情，不是走这个极端就是走另一个极端，从不温和，几乎总不公正。但这不是判断错误，更多是腹中无货。因为他的判断既快又准，一眼就能看穿一个人，四页就能判断一本书稿。这就叫做嗅觉，他的职业生涯表明他很少看走眼。贝尔纳·格拉塞非常注意别人说他什么，尤其是别人写他什么。他很注重自己的名声，有一天，在修改一家日报将要发表的一篇人物报道时，他把自己描写成一个自私的或是一个热心的人，一个热情的或是冷漠的人，不是根据时间而是看什么人，他对他所喜欢的人和他所负责的人非常忠诚。②

他和加斯东·伽利玛同年，出生于尚佩里，父亲是诉讼律师，所以他自然而然地到了巴黎，攻读法律，获得了博士学位。他凭着三千法郎的遗产，于1907年7月创办了自己的出版社，社址先是在盖吕萨克斯路，后来搬到科内伊路，最终在1910年搬到了圣父路。这一职业，他是在最好的学校里学的，他接触过《半月报》的佩吉和法兰西信使出版社的瓦莱特。他出版了季洛杜、莫里亚克、勒布、米勒、阿尔封斯·德·夏多布里昂和许多"自费出版的作者"的书，比如说普鲁斯特。第一次世界大战之后，他的出版社才真正得到发展，他也才能真正地向辉煌的老

---

① 1942年1月1日《剧场》发表的一张贝尔纳·格拉塞的照片误导了不止一个读者。
② 格拉塞致拉瓦伦德的信，1941年5月21日，法国国家档案馆。

出版社挑战，尤其是出了达尼埃尔·阿莱维主编的著名丛书"蓝页"和一些非常成功的畅销书，比如说《玛丽亚·夏德莱娜》或《魔鬼附身》，以及源源不断的有前途、有才能的年轻作者的书：贝尔、马尔罗、德里厄·拉罗什、桑德拉斯、蒙泰朗……

《玛丽亚·夏德莱娜》和《魔鬼附身》的出版典型地反映了他的工作方式。1921年，阿莱维给他送来了七年前以活页的方式在《时代》杂志上登过的一篇文章，作者叫路易·埃蒙，是个布列塔尼人，曾在加拿大当过几年的伐木工，1913年意外死亡。小说写的是一群具有开拓精神的护林员的传奇，那是一个爱情故事，男人们与大自然完全融为一体。格拉塞读完以后非常激动，到处打听，想找到埃蒙的遗孀。不幸的是，他很快得知，她1919年就已经和帕约出版社签了合同，但帕约出版社还没有出版这本书。还有一线希望，格拉塞打电话给那个同行，他知道帕约是个新教徒，便强调小说中有天主教思想。帕约有点迟疑了，格拉塞便抢先动了手。让人在既成事实面前低头，这是他的习惯。当帕约终于跟他确定了转让费时，格拉塞马上让秘书送去两千法郎和一份合同。当然，贝尔纳·格拉塞由此成了《玛丽亚·夏德莱娜》的出版人，第二天，埃蒙小姐在坎佩尔把作家的其他书都交给了他。半年后，《玛丽亚·夏德莱娜》的发行量超过十万册，经过几年的开发，普及本差不多达到了一百万册，而且被翻译成了许多外文。[1]

这就是贝尔纳·格拉塞。动作敏捷，充满活力，他把自身的精华投入到每一本书里面，如果他相信这本书的话。他全力以赴，这种现象在出版商当中是非常罕见的，出版商往往希望把

---

[1] 格拉塞，《启示录》。

这些艰苦的工作交给同事去做，但他从来不这样，往往低头往前冲。1913年，法兰西学院文学大奖的评委会正在《劳儿》的作者埃米尔·克莱芒和罗曼·罗兰之间犹豫，克莱芒的出版商格拉塞在学院的走廊里与《吉尔·布拉斯报》的文学评论员发生了争吵，因为这个评论员不喜欢他的书。尽管他们都不可能决斗，但他们还是动起手来，格拉塞伤了前臂，也许是因为不小心。由于太把自己当成是自己的作者而受了伤。①

这种冲动的性格给贝尔纳·格拉塞赢得了声誉，也是他的魅力之一。他的谎言，有时他对女士和作者的粗鲁也同样。他会毫不犹豫地公开侮辱第三者，为了取乐，由于厚颜无耻，由于开玩笑。阿尔芒·戈杜瓦，一个用法语写作的富裕的古巴诗人，曾在格拉塞出版社出过许多诗集。有一天，他抱怨说，怎么现在还要他自费出版。不管怎么样，他已经付了许多钱。格拉塞只回答了这么一句：

"是的，但你的书让我丢脸。它们没有价值。"②

格拉塞很极端，很矛盾，容易激动，做事不公正，但他在发现作者和书稿方面嗅觉很灵，这一点无人能及。他严格服从本能的逻辑，任何人任何事都无法影响他。许多作者比忠于他的出版社更忠于他，有的人甚至在合同中明确规定，他们跟的是他而不是他的出版社。许多出版商都会因此而骄傲的。他没法不这样。1935年前后，他遇到了一个难以置信的情况：他与自己的出版社打官司了。他的家庭想把他当作疯子，把他从出版界赶出去。他最后胜利了，把那些想让他倒霉的人都开除了。当时有许

---

① 布瓦拉的文章。
② 莫里斯·沙普朗，《一切都不曾结束》，格拉塞出版社，1977。

多作者团结在他身边，这也证明了这个以他的名字命名的出版社没有他是多么难以生存。

格拉塞是疯子？确实，他的行为不止使一个人感到惊讶。他的合作者们对他的"性格"都有难忘的回忆。

有人说："他从小就有神经官能症，使他疑神疑鬼的，自我摧残，还患有善饥症、压抑症和虐待症。"[1]

还有人具体地说："他是个循环精神病者，内心深处总是感到忧郁，这使得他陷入压抑的深渊。"[2]

在贝尔纳·格拉塞身边工作非常难，但也很有趣。不仅仅是因为必须忍受他一天抽四包烟，他的手指总是神经质地不停地摆弄着刻槽的烟嘴，他喜欢别人的奉承，而且民族主义感情十分强烈，骄傲得没边儿。如果在二三十代与贝尔纳·格拉塞一起工作，必须接受这一观点：只有他的意见是重要的。而加斯东·伽利玛却完全相信他的审读委员会，自己主要看委员们推荐给他的稿子；贝尔纳·格拉塞呢？他只相信自己的判断。"审读员都是些平庸的律师，"他说，"他们不会想一想'这本书是不是不错'，而是问自己：'这是不是比另一本书更差'，我没有审读委员会。"[3]

没有审读委员会，但审读员是有的。当埃德蒙·雅卢或亨利·阿莱维跟他意见不合时，格拉塞不止一次跟他们吵架。尽管他越来越多地把文学稿子给安德烈·弗雷尼奥和亨利·普拉那审读，把译稿给安德烈·萨巴蒂埃审读，把历史书给皮埃尔·贝桑-马塞内审读，做决定的还是他，只有他。他的出版社建立在

---

[1] 莫里斯·沙普朗，《一切都不曾结束》，格拉塞出版社，1977。
[2] 亨利·米勒，《回忆》，格拉塞出版社，1979。
[3] 《巴黎-新闻》，《不妥协报》，1951年8月6日。

他的意志、意愿和性情的变化之上。从法律上来看也的确是这样，这是他个人的事业。直到1930年，出版社才改造成"贝尔纳·格拉塞"有限公司，注册资金九百五十万法郎。考虑到自己带来的资产估计为七百二十万法郎，他给了自己两万八千股。①但他绝对不会想到要成立董事会。在出版界也同样，对大家来说，格拉塞出版社还是、永远是贝尔纳·格拉塞和他的影子路易·布兰。布兰是一个死心塌地效忠他的人，是他的底片。这个信仰新教的图卢兹人矮矮胖胖，面色红润，事实上，管理出版社的是他。为了让格拉塞能随心所欲地做自己喜欢做的怪事，实现自己的天才之举，布兰先生晚上也必须守在圣父路。老板引起的火灾他要去扑，老板得罪了作者他要去赔罪。一个做事直来直去，另一个做事非常委婉。他们互补得天衣无缝。

格拉塞并不喜欢布兰，但很赏识他。布兰也不喜欢格拉塞，但敬仰他。当他们把这一点都跟对方说出来之后，他们就更加默契了，也就是说，谁都别怪对方做得不对。格拉塞出版社的这个经理与他的老板相反，喜欢金钱，喜欢排场，喜欢藏书，但读书甚少。有时，他强行出版一些毫无意义的书，老实说是坏书，唯一的原因是这些书的作者在事业上对他个人有利。他自己也承认这一点：

"格拉塞出版社是个妓女，但这个妓女身价很高。"②

贝尔纳·格拉塞有点过分了。因为，如果说出版社需要像格拉塞这样的人，那么也需要像布兰这样的人物。况且，这个人知道分寸，小心翼翼，从不侵犯老板的领域，不让自己的积极性妨碍老板的计划或打乱他作坊式的工作习惯。他任格拉塞在小学生

---

① 法国股份企业专刊，1930年8月5日。
② 米勒，《退后三步》。

的方格作业本上，把自己每月出版的新书的书名写在每页纸的上方，在旁边的空白处注明用了几个月，格子里写印数和销售数。他凭自己的嗅觉，想出什么书就出什么书。①关于这些书的质量，布兰从来不说真话，尤其注意不去批评老板写的东西，因为贝尔纳·格拉塞也写作。写得很多，迎合某些人的喜好，尤其是作者。虽然作者并没有提出要求，他却以书信的形式写长篇序言来赞扬他们。②他写了十多本书，大部分都是已经发表过的文章、序言和公开信。这些文字几乎就两个主题：出版业和道德。关于写作、文学、图书促销、藏书、书店以及幸福、不朽、正义、行动、快乐、知识……他毫不吝啬自己的建议，并有很多思考。平心而论，格拉塞的这些文章，首先说明他是个出版商而不是道德家。最矫情的是：他在自己的出版社出了几本书，也在……伽利玛出版社出书。在一个充满讽刺和挖苦的领域里，伽利玛和格拉塞都常常装腔作势，那种竞争和他们的大老板态度很不协调。"他不再相信自己的绿色外套了？"③让·阿雅尔贝调侃道，他是在影射达尼埃尔·阿莱维主编的那套丛书。④

格拉塞和伽利玛互相尊重，一个是老想着自己的职业的牛，自我为中心到了极点；另一个是狡猾的绅士，为了达到目的不择手段。他们投入了一场激战，因为两人说到底同样刚强，属于同一代人，尤其是因为他们的出版社在同一时期、同一个市场、以同样的速度壮大。马尔罗在两家出版社都出过书，他说那两人曾

---

① 马塞尔·儒昂多的文章，《圆桌》杂志，1956年6月102期。
② 比如说雅克·夏尔多纳的《克莱尔》，1931。
③ 指法兰西学院院士。因院士们身着镶有金色桂冠叶滚边的绿色燕尾服，手持佩剑出席盛会，因此也被称为"绿衣人"。——译注
④ 《文学报》，1931年11月14日。

一度想联合。① 很难想象他们在战争期间能够合作，甚至战后也不可能。格拉塞坚称："出版人之间的争吵绝没有影响我们之间的友谊，甚至可以说在某些转折关头友谊加深了。"回头再看，格拉塞有点后悔自己任性地选择了独身，因为他曾认为只有这样才能全身心地扑到工作上。他承认："看到对面的出版社有一群人在经营，我有时感到羡慕。他们在加斯东辉煌的家长制下工作，后者的权威是无限的，只有保朗敢反对他。"②

他想独身，所以一直独身。如果说，伽利玛与他的审读员、丛书主编、NRF 的成员共同分享出版社的威望，格拉塞则独自负责出版社的成功与失败。他非常自豪工商部给他颁发过四级荣誉勋章，"以奖赏他在国外推广法国图书方面作出的巨大贡献"。③ 贝尔纳·格拉塞想尽最大努力让他的出版社个性化，他力排众议，把自己的选择强加于人。二十年代初，他大张旗鼓地宣传他的书，不惜投入巨资，而大多数同行却持审慎态度。1923 年，科克多给他读了一页雷蒙·拉迪盖的《魔鬼附身》后，他决定出版，并在出书时掀起了声势浩大的宣传活动。他胸有成竹地与那个年轻作者签了一个合同，每个月给他一千五百法郎，以保证作者能全力投入科克多和马克斯·雅各布都说很有希望的一本书的创作。对格拉塞来说，这是用来证明自己的想法有没有错的一种办法。他相信宣传的作用：作者才二十岁，十五岁就在《被拴的鸭子》杂志上发表诗歌。巴黎的名人都对他大为赞扬，把他捧到了天上。他过着难以置信的流浪生活，他的小说，据说部分是自

---

① 让·拉库蒂尔，《弗朗索瓦·莫里亚克》，瑟伊出版社，1980。
② 格拉塞，《启示录》，同上。
③ 《法国新书目》，1930 年 2 月 21 日。

传性质，具有引起轰动的因素：主要人物一颗童心，却像成人一样历险。他找了一个丈夫在前线的女人当情妇，并给她口述情书，好让她寄去安慰丈夫。拉迪盖给她以快乐，毫无怨言。为了在战后建立一个新的法国，他英勇反抗，这些东西都快让人忘了这部用第一人称写的故事又是那么朴实无华。

格拉塞选择了具有爆发性的标语来宣传"这个十七岁的作者"，因为这本书的确是作者三年前写的。他承包了所有文学报刊和重要的日报的广告栏，寄书给所有的记者、演员、政客和图书馆管理员。他在等待。没等多久，当老战士们纷纷表示愤怒时，评论界却开始赞扬拉迪盖的文学质量。他的成熟让人欣喜，但关于主人公的道德，大家还有所保留。书出版了，显然很成功。拉迪盖成了当年最出名的小说家。几个月后，《魔鬼附身》还卖得很好，但作者不情愿地把这场宣传活动的桂冠献给他的出版商了：他死了。死于伤寒，二十岁，孤零零地死在医院里。科克多不想去医院，不愿看见朋友的痛苦。在辉煌的巅峰夭折！格拉塞从来没有想到报纸上会出现这样的文章和这样的悼词：圣奥诺雷·埃劳教堂布满了白玫瑰，棺材上铺满了红玫瑰。白马拉着灵柩，后面跟着悲痛欲绝的巴黎人，前面是"屋顶牛"酒吧乐队穿着黑色衣服的爵士乐手……送葬的队伍中大多是巴黎人，组织者是拉迪盖的一个女友：可可·夏奈尔。

没必要再鼓励格拉塞在"宣传"的道路上继续往前走。他相信，与任何产品一样，书和作者也必须做宣传。他想比阿尔班·米歇尔出版社走得更远。1919年，这家出版社出了皮埃尔·伯努瓦的《亚特兰蒂斯》后，胆怯地进行了尝试："十五天后，这个作家将出名……"第二天，宣传橱窗这样写道："十四天后……"

他的目的，首先是激发人们的想象力，让读者能记住书名和作者名。当他发现，在他的出版社里出书的年轻作者当中有安德烈·莫洛瓦、弗朗索瓦·莫里亚克、保尔·莫朗和亨利·德·蒙泰朗时，便不管他们在文学上互相反对，决定用一个标志把他们联系起来。由于他们的名字都以 M 开头，他便抛出了"4M"的说法。安德烈·马尔罗及时躲到了伽利玛出版社。他做得对。"4M"的第一次聚餐不欢而散，没达到别的目的，只有那个大写字母留下了。① 看着他请来吃饭的文学记者们，格拉塞明白自己失败了。别拿资产阶级作家的个人主义开玩笑。他后来曾计划在书中插放广告，同样也失败了。报纸上不是有很多广告吗？……起初，他还避开纯文学作品，不想让它掉价，不想影响它的完整性。在有关作者的同意下，他坚持出了一套特别的丛书。但当他发现广告的收入还不够支付插页的纸张费和印刷费时，他放弃了这个念头。②

格拉塞必须与评论家们作斗争，因为他不隐瞒自己的观点，认为文学广告能打破缺口，能与评论家的强权和独裁作斗争。对于新书的生存和质量，通常是他们说了算。自我庆幸不止是季洛杜一人：他勇敢的出版商竟然无视评论家的仇恨和"春药"，直接向读者介绍自己出版的书。③ 但在出版界，从出版商的角度和评论家的角度，甚至从某些作者的角度来看都这样，"宣传"中诽谤多于支持。乔治·杜阿梅尔认为这是"放弃道德"的表现，指责他取代了自由批评，"把自己的评判强加给许多人，而这种评判只建立在金钱的基础之上"。在他看来，文学广告是一种卑

---

① 保尔·莫朗的文章，《艺术》，1955 年 11 月 2 日。
② 对格拉塞的采访，《巴黎-新闻》，1951 年 8 月 9 日。
③ 对季洛杜的采访，《文学报》，1926 年 2 月 2 日。

劣庸俗的伎俩，文学这个高尚的职业应该爱惜自己的名誉，不要去滥用它。这是出于职业的尊严。①

在某杂志就这一问题所做的一项调查中，出版商乔治·克雷斯把广告当作"我们这个职业的美国化"的代表，反对许多作家的观点：当他们出版一本书的时候，他们首先面对的是公众而不是评论家。有人说这是"厚颜无耻的唯利是图"，是"香料"：而有的人，比如亨利·马西斯，他具有三个头衔，既是作家、出版商，又是评论家。他认为，如果是宣传知识产品，这种方式是不合适的："名声、信誉和作家在公众身上获得的东西，所有这些都需要有所准备，而这是任何广告都无法替代的。"记者马克西米里安·戈蒂埃所采访的绝大部分人都指责广告想创造一种文学事件，而那种气氛不健康、不道德，对一个真正有才能的作家的发展不利。至于亨利·贝罗，他则支持完全是传播信息的广告，它必须不哗众取宠，在竞价时不说谎，不自以为是。但他最担心这个问题在经济上扩大化，有的富裕的作家不惜一掷千金地满足自己的虚荣心。贝罗认为，作者与出版商是不平等的，这非常有害。他相信，总之，最好的广告是口碑：读者读完一本书感到满意便口口相传，让周围的人都知道。然而，贝罗的这种明智的判断不怎么明确，因为这一调查基于一场采访之上，对于受访的圣日耳曼大街某家书店的那个职员来说，文学广告和书名、封面、腰封一样，只有做足功夫才能避免上架一周就被撤下来的命运，然后回到仓库，静静地等到盘点那天被退回原处。②

人们怀疑，这种争论只能鼓励格拉塞在这条艰难的道路上越

---

① 乔治·杜阿梅尔，《艰难季节纪事》，哈特曼出版社。
② 《政治、文学、艺术的复苏》，1924。

走越远，他是这条道路上的先锋。他的文学广告观很简单，在某些人看来也许太简单了一点，但很有效：首先，必须用奇闻轶事来说话，而不是作品本身固有的价值。

举个例子，有个作家，我们把他叫做桌子。如果要给他做广告，那就不要说"桌子有才能"，而要说"桌子的下一部小说将在圣特罗佩写"。有人也许会这样诚实地回答你："桌子？不认识。"这是最糟糕的广告。然而，第二个人，他自认为更有经验，他会这样回答："真的？瞧，瞧……"这已经不错了。然而，你会碰到那个眨着眼睛的家伙："我知道他……"这就成功了。永远要用奇闻轶事来做广告。广告，就是要大胆地开口要自己想要的东西。①

根据这一不可动摇的原则，格拉塞选择了"他十七岁"，而不是"拉迪盖有才能"。稍后还有"伊莱娜的帽子在路易斯家里吗？读读保尔·莫朗的小说吧！"尽管《路易斯和伊莱娜》说的不是帽子的故事，更不是巴黎的制帽工路易斯……必须有这个胆量。伽利玛就做不到。在同一时刻，他还得让他的审读委员会接受一种没有脑子的文学，凯塞尔、马克·奥尔朗等就是这种文学的代表，它是建立在异国风情、神秘和历险的基础上的。尽管加斯东不喜欢广告之争，但出于严格的商业理由，他还是会介入其中，只要人们告诉他这会有利于销售。

不管愿不愿意，伽利玛和他的伙伴们不得不在这条道路上追随格拉塞，尽管有些晚。他们不能让他把《文学报》的广告栏全

---

① 《巴黎-新闻》，1951年8月6日。

占了，至少也要出现才对，否则就太丢脸了。这种没完没了的商业竞赛至少让某类人感到高兴：报道文学的记者。同样，伽利玛和格拉塞的竞争也让许多作家感到高兴，他们在别的时候没那么神气。如果格拉塞没有野心出版一本《天主教 NRF》，打伽利玛一下，弗朗索瓦·莫里亚克也许就不会在 1930 年与克洛岱尔、盖翁、马里坦、吉尔松联合创办《瞻礼前夕的祭奠》杂志。当格拉塞不想再负担越来越大的亏损时，他迅速在德克雷·德·布鲁韦那里找到了藏身之处。

自从普鲁斯特事件之后，加斯东和格拉塞就知道，他们敏感地占有同一个地盘。尽管他们互相尊重，多次缔结互不侵犯条约，但还是进行了殊死搏斗。观察家们在一旁裁判，某些成为目标的作者则将对手的股息据为己有。格拉塞好不容易才从马塞尔·普鲁斯特获龚古尔奖一事中恢复过来，1919 年又受到了同样的打击。夏尔·佩吉的遗孀从他那儿把《选集》的版权给收回去了。格拉塞于 1911 年出版了这本书之后，相信自己已幸运地抢先一步。战后，作家去世，佩吉夫人自然把全集的出版权都交给了他。但伽利玛捷足先登，他看了《选集》的合同后，发现作家只授了十年的版权。于是，他劝佩吉的遗孀把稿子给他出全集。格拉塞大为光火，认为这是阴谋。他后悔放弃了《选集》，指责同行不择手段：

"你是从我这儿抢走的。"①

不久，1922 年，雅克·德拉雷泰尔写一个年轻的犹太人被同学处死的小说《西尔贝曼》获得了费米娜奖，格拉塞仍然很生气，因为不管怎么说，是他给了作者第一个机会：两年前出了他

---

① 1922 年 3 月 21 日的信，布瓦拉。

的第一本书《让·埃尔默兰不安的生活》，当时他完全不为人所知。别的作家如马尔罗、贝尔也将走上同一条路，即从格拉塞跑到了伽利玛那里。前者播种，后者收获，有人恶毒地说。这话在一个评论家嘴里变成了残酷得多的句子：

"加斯东第一个发现了第二次被发现的作者。"

过分的是，这种讽刺还是暴露了伽利玛试图掩盖的某些事实，他赎回了他的审读委员会所蔑视的作家，用组织严密的网络网住了文学界，抓住了一批手头有作品的年轻作者。

如果加斯东·伽利玛听他的会计师的话，在和作者的关系上一切都会简单得多。因为对杜蓬先生来说，作者分为两类：好（从来不要求定金）和不好的（不断地要定金）。[①] 所以，出版社只有可恶的作者……出版商和他的作者们的关系格外复杂。伽利玛知道传统的出版商是怎么做的，他多次听到阿尔弗莱德·瓦莱特讲述他们德高望重的前辈米歇尔·莱维与十九世纪的大作家们是如何争辩的。出版界还记得这么一件轶事，因为它让人想起出版商们不惜一切代价想征服的一个幽灵：中间人，也就是代理。

曾在莱维那里出版《包法利夫人》的福楼拜，1862年在把《萨朗波》给他之前，曾思考过两次。福楼拜的条件非常苛刻：他不让出版商在出版之前看稿子，不允许将来出插图版，要两万五千到三万法郎的版税，限期十年；要求对书进行细致的介绍，并保留附属权。由于心里拿不准，他便委托一个朋友的兄弟、公证人欧内斯特·杜普朗代他与出版社商谈，当他的文学代理。福楼拜打算忠于《包法利夫人》的出版商，并直说别的出版

[①] 阿隆，《生活片段》。

商也来找过他，竞争激烈。为了证明自己提出的条件有道理，他无法完全信任他的临时"代理"，写信给莱维说，《萨朗波》写了五年，在现场调查花了四千法郎……"我根本不奢望文学能养活我，但它至少别让我倾家荡产。"① 米歇尔·莱维最后闭着眼睛要了稿子，没有看稿就付了他一万法郎，并向作者担保不会放插图，以此得到了连续权，预订了他的下一本书，条件是必须是现代题材的作品。但要做到这一步，必须跟一个丝毫不懂文学和出版的法律界人士进行长期而艰难的谈判。

对于许多法国出版人来说，代理是个伤口。首先是因为他们对法律比一般的作家懂得多，在这方面肯定难缠得多；其次是因为他们的谈判更多是从司法和经济方面来考虑的。幸运的是，对伽利玛和他的同行来说，法国作家跟英语作家不同，他们更加个性化，不愿意把自己的利益托付给一个代理，只在一定的情况下求助于法律界人士，非常例外，比如说，伽利玛出版社丢失了他的稿子：尽管有加尔松先生的辩护，他还是得到了二十万法郎的赔偿，因为他没有丢失收据。②

在加斯东·伽利玛看来，作者和出版商之间的直接接触是没有任何东西可以代替的。当两人谈得拢合得来，建立起关系，意趣相投，甚至真正的友谊替代了金钱关系，这时，这个作家的作品就变得复杂了。如果没有加斯东·伽利玛和贝尔纳·格拉塞，二十世纪上半叶的法国文学就不会是现在这个样子。这千真万确。他们的性情、冒险精神、争执和他们对文学和作家这一职业的看法，长期而深刻地改变了文学出版界的面貌。如果中介插手

---

① 莱维-福楼拜的通信。

② 莱奥托，《日记》。

其中，情况就不会这样。作者和出版商的关系还是有冲突，这是由人、时间和条件来决定的。从这个意义上看，他们的关系是重要的，因为它会悄悄地对作品的质量产生明显的影响。最惊人的例子是乔治·西默农。许多评论家和传记作者发现，在他更换出版商的同时，他的风格和语气三次发生变化。

伽利玛把大部分时间都用来跟作者保持联系。早上，他总是一如既往地写信，开办出版社初始，他就制定了这个原则。他的信，有时是秘书用打字机打的，但更多是他亲自用墨水写的，他的字规范而有力。信分四类：技术性的（印刷厂、制作、法律等），主要是辩解；友谊性的，没别的目的，主要是保持联系；命令式的，主要是催促，加快大家都在等待的稿子的交稿时间；最后是指导性的，其目的无非是告诉某个作者（一般是格拉塞出版社的作者），如果他能加盟，NRF将感到非常高兴，伽利玛的书单将因此而增加荣耀。

伽利玛喜欢在吃饭的时候签合同。喝了一瓶好酒之后，大家会感到更加舒服。在这个社交环境中，一切都是演出，伽利玛感到比在电话不断、他的兄弟雷蒙无处不在的办公室更加自在。剩下的时间，如果不用跟审读员开会，如果不用亲自阅读出现问题的稿子，不用解决出版社内部的纠纷，他便去看望作家或者接见他们。他的脑子里总在想一个问题：这个作者有才能吗？"才能，用出版人的术语来说，就是他的肚子里有多少本书？"[1]但如何判断、怎么猜测得到呢？嗅觉，本能，这毫无疑问。还有呢？阿兰-傅尼埃肚子里还有一本像《大个子莫纳》一样好的书吗？他死得太早了，太年轻了，人们无法知道。多少作家成功之后就开

---

[1] 让-保尔·萨特，《境遇》，第2卷，伽利玛出版社，1948。

始食言，不再尝试。比如，仔细研究文学奖获奖名单，回顾一下半个世纪的文坛，我们会惊讶地发现，许多获奖者根本就没有创造出具有生命力的作品。普鲁斯特或马尔罗，还有卡米尔·马尔波、夏尔·西尔韦斯特、罗歇·肖维雷、罗贝尔·布尔热-帕伊隆、让·巴尔德等等，他们在当时的文坛上没有留下任何痕迹，但都获了奖。所以加斯东·伽利玛也犯了错。他久负盛名的嗅觉并非战无不胜。大家都记得他瞄准了阿拉贡、德里厄·拉罗歇尔、让·奥迪贝尔蒂。但又有谁知道，同样在二十年代，他手头还抓着其他作家，并把他们的书强行推荐给各个圈子、评委会和报社，如亨利·德贝利的《一个人和另一个》或吕西安·法布尔的《拉伯韦尔》《塔拉马格努》《笑与笑者》。几十年后，他们确实没有留下任何东西。

嗅觉不灵？谁能这样指责他？成功掩饰了失败，在看不见的书单上排列着"亏与赢"。很难事先肯定某个作家还有没有潜力。不过，我们不会随便挖掘某个作家，借口说他在两次大战期间出了十多本书，曾跟凯塞尔在酒馆跳舞，和桑德拉斯喝过几杯酒。不能像对待埃玛纽艾尔·波夫、保尔·加登纳或亨利·卡雷一样对待罗歇·韦塞尔或伊尼亚斯·勒格朗，人们不会对一本没有生命力的东西感兴趣。所以，这种持久感也被伽利玛当作一个职业原则。

如果说他多次拜访一个大名鼎鼎的文人乔治·杜阿梅尔，重新向他要《托尔斯泰传》，那是他另有想法，与作品的生命力完全无关。①这可以说这是文学策略。但当伽利玛写信给雅克·里维埃时，他又成了一个探索者：

---

① 乔治·杜阿梅尔，《苦涩之书》，法兰西信使出版社，1983。

今天上午，我会把一个我觉得不错的中篇小说给保朗。作者是一个叫儒昂多的人，几个月前，他给了我一部稿子，说也许我能出版。我觉得有些才华。我召见了他：这是一个非常给人好感的年轻人，很羞怯。他对我说，他从来没有出版过东西……①

伽利玛看得很准，拿萨特的话来说，这个年轻人真的"肚子里有货"。从《泰奥菲尔的青春》（1921）到《日记第二十五卷》（1978），他在伽利玛出版社出了一百多本书。当然，并非本本都成功，远非这样。每当儒昂多想和格拉塞一起"欺骗"他时，伽利玛就立即打电话给这位作家，说他花了出版社多少钱。很多，非常多……而且，马塞尔·儒昂多还不是伽利玛出版社最败家的作者。他有时也获几个奖，弥补了一些亏损。其他许多作家可不是这样，尽管销售数字无法否认，他们却仍不承认自己的失败。伽利玛曾非常巧妙地给他们讲过一个叫做扎莫拉的著名故事。

夏尔·古诺曾把给他赢得荣誉的歌剧《浮士德》卖给了出版商，得了五千法郎，后来又用十万法郎的价格卖出了《扎莫拉的部落》，那是一部一败涂地的作品。古诺晚年的时候，曾在大街上遇到这位出版商，发现他穿着一件非常漂亮的毛皮大衣，戴着一顶十分过时的高帽，便走到他身边，露出会意的微笑，轻轻地摸着他的大衣，说：

"啊，啊！浮士德？"

这时，出版商用手指了指自己的帽子，冷冷地回答了这么一句：

---

① 1920年7月26日的信，阿兰·里维埃档案。

"《扎莫拉的部落》……"

为了几部《浮士德》,出版社的书单里和地窖中得有多少部《扎莫拉的部落》啊?

有一天,当格拉塞一再说出版商比作者重要得多时,让·科克多烦透了,说:"您一定在模仿电影制片人,把'格拉塞出版的书'写得大大的,把'科克多的话'写得小小的。"①

这活脱脱就是格拉塞,但伽利玛完全不是这样。他的天性倾向于在别人面前让自己消失。与他的竞争者相反,当他决定要看稿子时,他会真的看,而不满足于"嗅"或粗粗地翻看。因为他的批评和否定必须具体说明。他必须向作者做出解释。而且,如果作者是出版社长期的朋友或合作者,那就不用以审读委员会的一封信打发了事。如果作者跟他关系铁,他就越发严厉。罗歇·马丁·杜加尔向他征求关于他的剧本《两天的假期》的意见时,就被泼了一盆真正的"冷水":没有恭维,只有怪脸和批评。人物太做作,写法太艰涩,结构不稳定……然后是最后的判决:写得太快了。尽管如此,还是写了两年多……马丁·杜加尔至少很沮丧,但他相信这种批评是中肯的、真诚的。②

这才是重要的。加斯东·伽利玛对作者们来说是值得信赖的。他不仅仅是个银行家。有人承认被他笼络了。他的朋友法尔格允诺写几本书,拿了定金,但没有写,他答应周末去贝内维尔时,加斯东和其他人去远足的时候,他把自己关在房间里一整天。但到了晚上,他骄傲地递给伽利玛一沓纸,上面写了无数个:

---

① 让·加尔蒂埃-布瓦西埃,《一个巴黎人的回忆》,第3卷,圆桌出版社,1963。
② 莱奥托,《日记》。

"我是个海军少校。我是个……"①

出版这个职业,其基础是社会关系。这一点,伽利玛比任何人知道得都清楚,他把大部分时间都用来向外面介绍他的出版社。为了不落下任何重要的稿子,他四面八方撒网,到处寻找支持。三十年代初,他的大多数书稿要感谢NRF杂志,感谢纪德、里维埃、保朗和其他一些既当经纪人又当过滤网的人,他们把最好的作者吸引到格勒内尔路来,又把差的推出去。

阿兰-傅尼埃曾建议安德烈·萨乐蒙把他的《在帽子里找到的手稿》送到NRF出版社去。但1919年,正是NRF的探索和重组的时期,科波退了稿。当书稿在"法兰西文学社"出版时,加斯东却指责萨乐蒙没有想到他。②

马尔罗招募了在格拉塞出版社出书的埃玛纽艾尔·贝尔,把他带到了伽利玛出版社。贝尔刚刚在1922年出版了《资产阶级思想的死亡》,他在格拉塞出版社出版了两本没有被人注意的书后开始出名。当贝尔得知《资产阶级思想的死亡》成功后,马上就离开了格拉塞出版社。在这之前,他一直被NRF出版社吸引,但总是被排斥:很早之前,他的表兄亨利·弗兰克曾在那里出过一本书,但"左岸"和"那种天主教伪同性恋"③不让他跨过卢比孔河④。这时,马尔罗大大地帮了他一把。

让·普雷沃斯特,NRF杂志的合作者,伽利玛出版社的作

---

① 沙朗索尔,《从此岸到彼岸》。
② 安德烈·萨乐蒙,《无穷的回忆》,第二卷,伽利玛出版社,1956。
③ 贝尔-莫迪亚诺答问。
④ 意大利河流,公元前49年恺撒率军越过此河与罗马执政官庞贝决战。——译注

者，是他把圣埃克絮佩里介绍给加斯东的。加斯东读了他的一两个中篇后，鼓励他要更加勇敢一些。他听从了建议，于是，1929年伽利玛接受并且出版了他的《南方来信》。①

莫里斯-埃德加·库安德罗是一个学西班牙语的年轻人，酷爱美国文学，当时住在美国。他翻译了约翰·多斯·帕索斯的《曼哈顿中转站》，并给伽利玛寄来了译稿的前几页。伽利玛充分相信他，并于1928年冒着巨大的风险分两卷出版了这本五百三十八页的书。从此，他信任库安德罗的判断，接受后者向他推荐的一切。1931年，NRF发表了库安德罗写威廉·福克纳的一篇署名文章后，伽利玛又先后出版了《圣殿》和《当我弥留之际》等福克纳的其他许多作品，这些作品在法国读者当中获得了成功，给福克纳创作生涯开辟了巨大的空间。在这方面，伽利玛必须大大地感谢库安德罗，也要感谢他把一些美国大作家的作品推荐给著名的"全世界"丛书，该丛书从1939年起开始出约翰·斯坦贝克的《人鼠之间》，从1936年起开始出厄斯金·考德威尔的《上帝的小木匠》，从1932年起开始出欧内斯特·海明威的《永别了，武器》。②

夏尔·迪兰也向朋友加斯东·伽利玛推荐了一个刚开始写作的年轻人的剧本，该剧由迪兰本人演出。于是，阿尔芒·萨拉克卢从1934年起开始在伽利玛出版社出版剧本。

伽利玛还出版了安托南·阿尔托的《虚幻的中心》(1925)，并委托他试探超现实主义者，把他们带到NRF的阵营里来。任务完成了，但徒劳无益。

---

① 居尔蒂·凯特，《圣埃克絮佩里》，格拉塞出版社，1973。
② 莫里斯-埃德加·库安德罗，《一个译者的回忆》，伽利玛出版社，1974。

有效的是纪德和他的网络……

名单很长，内容丰富，新手和发现新手的人各种各样，充分显示了两次大战期间加斯东·伽利玛开辟的领域有多广：作者来自四面八方，注重质量和生命力。这种策略非常有效，正因为如此，桂冠的中心——"七星文库"丛书——才归为伽利玛，后来又成了光彩夺目的文学先贤祠。这是出版界的一个巨大历险，在当时十分典型。

这家奇特的企业在创办之初，有一个叫做雅克·席弗兰的人。他身体瘦长，脸部消瘦，目光有神，很是帅气，尤其是他的一双大手和长长的手指非常吸引女性。卓尔不凡、有文化、思想敏锐的席弗兰1892年生于巴库（阿塞拜疆）的一个犹太人家庭，父亲既是化学家，又是商人。席弗兰的俄语和法语都讲得非常好，他先是在俄国上学，然后到瑞士学法律，获得了博士学位。他定居巴黎后，娶了乐队的一个女钢琴家为妻，并在亨利·皮阿扎艺术出版社找到了一份工作。他出类拔萃，热衷于艺术，也喜欢看书，喜爱图书，收藏珍本。二十年代末，他决定投身于这一行，先是在蒙帕纳斯找到了一个地方，就在拉斯帕伊大道和于根斯路的交叉口，然后在三个住在巴黎的俄国人的帮助下，创办了一家资本为二十八万法郎的有限公司。那三个人是他的弟弟西蒙，后来成了电影制片人（《浓雾中的河堤》等）；他的内兄约瑟夫·普特曼（1890年生于基什尼奥夫），普特曼曾以自己的名义出版过几本插图的艺术图书以及于连·格林等人的书；还有一个是亚历山大·阿佩尔（1879年生于彼得格勒），这是一个很要好的朋友，英国人，后来被认为是时任部长和议员的温斯顿·丘吉尔的政治顾问之一。出版社于1929年11月16日成立，叫做七星文库出版社，社名是受俄语单词"pleiada"的启发，这个词在俄语里面意为"小组",竞争中的"一小群朋友",而不是后来传说的与龙沙与杜贝莱的诗派有关。①

起初,雅克·席弗兰出些艺术图书、画册,以及反映个人生活的作品和俄罗斯的经典名著,他自己负责翻译,然后与朋友安德烈·纪德和夏尔·迪博合作出版,迪博是作家、评论家,正在主编一套外国作家的丛书。但席弗兰很快就想发展自己的事业了,在一次火车旅行途中,他冒出了一个念头:这个酷爱读书的人,常常带着厚厚的书,把口袋都塞变形了,他总是抱怨书太短,而旅途又那么长。他根本不想出非常方便而又不那么贵的袖珍本,而是想出一套豪华的丛书,一套小开本的书,制作和出版的质量将是一流的(这正是藏书家说的话),书将用圣经纸印刷,这样才能在有限的体积内容纳几百页。这个点子一点都算不上"独创",但如果说后来许多人(约塞·科尔蒂、亨利·比亚扎、亨利·费里帕希、让·普雷沃斯特)都把这个创意归功于自己,席弗兰却是唯一一个把它变成事实的人。②

他把妻子的大部分嫁妆都投资到计划当中,没有其他资本和作者。他主要出版已进入公共领域的经典作家的作品,这样可以不买版权。1931年11月,文库首先推出波德莱尔的《诗集》,之后,根据同一原则,出版了十多种书,取得的成功太大了,以至于在小小的出版社里引起了财务危机,在这种情况下往往会这样。席弗兰甚至没想过要借钱或设法增加资本,书店的保守态度让他大为沮丧:书商们习惯寄销,大部分书店都拒绝订购七星文

---

① 龙沙和杜贝莱为16世纪法国"七星诗社"的主要成员。该丛书国内已通译为"七星文库",故从译。——译注

② 西蒙·席弗兰向作者证实。

库。席弗兰在编务上放弃了独立,但没有放弃他所相信的这套丛书。这时,纪德出面了,他帮了席弗兰很大的忙,不单把他搞进了伽利玛出版社,而且把普希金的译文和"俄罗斯经典"或"年轻的俄罗斯"丛书中的大部分作者都给了他的内兄普特曼。纪德十分关注他的编辑探险——他在《日记》中不断赞扬席弗兰出版的书的质量——促使他在自己的一个同事那里出版他的丛书。拉鲁斯、阿尔芒·科兰、阿歇特和别的出版社拒绝了,伽利玛也不接受。

"你们觉得那么好,我怎么不觉得?"他对纪德和施伦贝格尔说。他们已经斗争了两年,想说服他。①

当1933年结束的时候,合同终于签下了。七星文库出版社被伽利玛出版社吸纳,席弗兰被任命为"七星文库"丛书主编,丛书的利润他可以提取很高的百分比。转到伽利玛出版社之后,"七星文库"的状况改善了。书还是要尽量出得高质量:非常精美的加拉蒙字体仍清晰可见,封面是羊皮做的,作品的翻译质量一流,还有评论所需的东西(注释、姓名索引、年表、序等等),可以成为长期的参考工具书。每本书的页码都超过三百页。

没有纪德对席弗兰的友谊——他们和达比和吉尤一起到俄罗斯旅行——伽利玛就得不到七星文库。但事情都有相反的一面:纪德强迫他接受作者和合作者,只有一个原因,那就是这些人都受他保护,这就往往让出版社付出代价。最突出的例子要算莫里斯·萨克斯了。

萨克斯第一次去伽利玛出版社时,他的经历的确对他不利。1924年,他曾是科克多的秘书和朋友,两年后进了达萨路

---

① 纪德,《日记》。

的卡莫斯神学院。雅克·马里坦给这个改宗的犹太人当教父，可可·夏奈尔根据他的尺寸替他裁了长袍。不久，像预料中的那样，他结束了这种巴黎色彩十分浓的改宗，仗着马克斯·雅各布和马塞尔·儒昂多的威望，离开了他很难达到的那种境界。于是，他靠朋友的施舍过日子。科克多和雅各布让他替他们出版作品，夏奈尔让他给自己弄一个收藏珍本的书房……他最大的物质收益还是来自他从出版社里弄来的签名送人的书，他弄到手后马上转卖。

1933年10月，在纪德的大力干预下，他进了伽利玛出版社。保朗表示怀疑，加斯东持审慎态度，让雷蒙决定合同的条文。他先是给老板当秘书，后来给一套天主教丛书当主编！他好几次差点被解雇，由于他经常偷原图和原稿，科克多和纪德有时对他很冷淡。他翻译爱伦·坡（《司芬克斯》，1934年出版），在7月号的NRF杂志上发表了《驳今日画家》，这篇文章差得引起了公愤，也让他出了名。加斯东选择这个时候问他要稿子。萨克斯给了他一部小说《别名》，1935年出版，题献给他的一个交往了十年的朋友，审读委员会成员埃玛纽艾尔·布多-拉莫特。但他并没有因此而变乖，总是弄虚作假，从伊尔什那儿提前两年领取了工资，在瓦诺路给纪德当私人秘书，同时兼任伽利玛出版社的审读委员会委员。在人民阵线[1]胜利之前不久，纪德要他写一本书纪念莫里斯·托列士[2]，他写了，并且出版了……在德诺埃尔出版社出的，他跟他们签了合同，还欠他们两本书。[3]

---

[1] 1936—1938年间的法国左翼政府。——译注
[2] 莫里斯·托列士（1900—1964），法国政客，曾任法国共产党总书记。——译注
[3] 让-米歇尔·贝尔，《莫里斯·萨克斯的疯狂年代》，格拉塞出版社，1979。

加斯东气疯了，以此为借口把他从天主教丛书中革了职，而且巴黎大主教也向加斯东施加了压力，因为这个萨克斯道德败坏，生活腐化，还是个鸡奸者，大主教对他深恶痛绝。这是促使伽利玛撤他职的另一个原因，尽管纪德仍支持他。萨克斯比伽利玛狡猾多了。加斯东听到拍卖行里发生了一个小新闻——有人在特鲁奥展出普鲁斯特和阿波里奈尔题献给科克多的书——便勒令萨克斯说清楚。事实证明，萨克斯利用他不在的时候，弄走了满满一车稿子、文件和珍本，然后很快转手卖出。伽利玛于是召见了萨克斯，撤了他的职。同一天，这个年轻的骗子又出现在他的办公室里，向他出示了让·科克多的一封（假）信，他模仿了科克多的笔迹。信中允许他的朋友莫里斯出售他的资料。萨克斯望着伽利玛怀疑的目光和表情，打着打火机，说：

"你看，我是怎么原谅让的心血来潮的。我烧了他的信。"[1]

加斯东被说服了，但没过多久，当他发现自己被愚弄时，便坚决地革了萨克斯的职。不过，加斯东宽大为怀，没有解雇他，只是疏远了他，让他去处理自己所出版的东西的版权，负责英文翻译或替 NRF 组织文学晚会和音乐晚会。加斯东就这样慢慢地疏远了这个讨厌鬼，这家伙出现在他面前时会让他产生自卑感，这更让他生气：萨克斯想在物质或职业之外的其他领域，如在爱情上与他竞争……这个公认的同性恋者使尽浑身解数，用出自己的所有魅力来追逐加斯东·伽利玛觊觎的女性，尤其是他在加斯东家的一次接待会遇到的一个南美女子。他的唯一目的就是把她们从加斯东那里抢过来，在与加斯东的比赛中赢得几分。[2]

---

[1] 让·科克多，《一个陌生人的日记》，格拉塞出版社，1953。
[2] 安德烈·达维德的文章，《两个世界杂志》，1975 年 7 月。

在两次大战之间，加斯东·伽利玛什么都不想失去：想到一本有价值的书或作者被人抢走，他会非常难过。他把那些人的名字刻在脑海里，不断地把他认为是迷路者（比如安德烈·苏亚雷斯等）的那些人弄到手，不择手段。被与他竞争的出版社吸引的那些人，他也同样坚决地要把他们留住，因为斗争是无情的。1914年之前，出版商们往往利用格拉塞和伽利玛之间的战壕战，互相之间还保留风度，"得过且过"，现在，这种情况渐渐少了。什么招都出，最卑劣的事情都做得出来。以前，当人们要争夺作者时事先还打个招呼，今天，出版商看了作者登在《法国新书目》上的新书广告才知道作者已经离开了他。在出版界有名望的人眼里，格拉塞和伽利玛往往被当作无赖，在这一点上，他们没有区别。

那些年，伽利玛和各种作者保持着联系，如马尔罗、科昂、西默农、莫朗、布洛什、莱奥托、阿拉贡等，这清楚地表明了他的接受能力。他能顺应他们的种种脾气、缺点尤其是苛求。

从1928年开始，伽利玛就在做马尔罗的工作，想让他进入出版社。当时，这位作家在格拉塞出版社出书，1924年底，他跟格拉塞签了三本书的合同，那完全是在弗朗索瓦·莫里亚克的要求下进行的。贝尔纳·格拉塞没有读过他的一行文字，以前甚至没有遇到过他，但他完全相信莫里亚克的正确判断。格拉塞肯定感到庆幸：文论《东方的诱惑》非常受欢迎。之后，马尔罗又写了两部小说《征服者》和《王家大道》，继续就人类的状况对东方进行思考。马尔罗是纪德（总是他）介绍到新法兰西杂志社里来的，作为该杂志的作者，马尔罗经常到格勒内尔路来，加斯东喜欢上了他。1929年，这个充满热情的年轻人，公然想跟NRF的人远征，前往阿拉木图去解救被囚禁在那里的托洛茨基。当他开始认真考虑这一计划的时候,加斯东坚决地打消了他的念头,跟他讲理说,这完全不是出版社的业务。当加斯东明白马尔罗把自己当成了书中的英雄,让自己的文学冲昏了头脑时,他及时提醒马尔罗,不要在浪漫主义的道路上走得太远,不要太相信宣传。①

当伽利玛感到时机成熟,马尔罗可以离开格拉塞时(出了三本书后,马尔罗自由了),他建议马尔罗来伽利玛出版社分管艺术部。没有比这更适合了。除了版税的预付金,还有一份真正的工资,这难道不是诱惑,想让他加入自己的队伍,永远把他拴在自己身边?伽利玛在这方面非常精明。可是,还有其他原因:当时,艺术部主任罗歇·阿雅尔离开了出版社。不过,马尔罗也的确是当编辑的料:他曾创办了两家小出版社"地球仪"和"阿尔德斯",但很快就岌岌可危了,这时,格拉塞对他产生了恻隐之心,收购了其中一家。可这种尝试使这个年轻人发疯似的爱上了印刷品、漂亮的纸张和高质量的插图。

伽利玛非常关照他所信任的这位新作者。除了让人愉快地工作——没有固定的时间,没有利润指标——其实就是负责一套精装书,马尔罗还进入了审读委员会,后来还让他的校友路易·谢瓦松也进入了委员会,谢瓦松是他历险的伙伴,见证了马尔罗式的历险。马尔罗太喜欢动了,思想太活跃,坐不住,无法静下心来整天欣赏珍藏本,阅读稿子,他让伽利玛接受了各种不同的计划。有的计划确实野心勃勃,比如"法国文学画卷",这是一套包括许多卷的丛书,周期长(需要许多年才能做好),要跟 NRF 的所有精英合作;还有的计划是这个永远不安分的头脑中想象出来的,不很严密,比如说"发现者回忆录"丛书,从 1928 年

---

① 拉库蒂尔,《弗朗索瓦·莫里亚克》。

到1930年出了四本：让-雅克·布夏尔的《阿塔尼昂自传》和《忏悔录》，拜伦的《私人日记》及《拿破仑自传》。出完《拿破仑自传》之后，伽利玛就停掉了经费，让马尔罗多花一点时间写自己的书。于是，他继续频繁地与文人交往，给NRF定调子，在伽利玛出版社组织展览，参加庞蒂尼十卷作品的编辑，和出版社内他少数的几个朋友——纪德和格罗蒂森——聊天，为出版社物色新作者，尤其是讲英语的作者，虽然他的英语讲得很不好。①与此同时，他开始写《人的状况》，伽利玛期待的一本大书。伽利玛可以说忘掉了《奇特的王国》，那个奇异的故事是他为了庆祝马尔罗来到出版社而出版的。他想要一部好的作品，能真正投入到公众当中的作品，为什么不能正面影响龚古尔奖评委会呢？《人的状况》很好地回应了这一期待。一切都在其中了：异国风情（中国），紧张的情节（正在进行的反蒋介石的革命），道德思考（人无法战胜自己的命运也躲避不了自己的生存状况），介入政治斗争（共产主义运动），伟大的理想（自由、忠诚等），英雄主义的好胜心，尤其是人们在《征服者》和《王家大道》中已经看出来的马尔罗的风格和灵感在此已经成熟。

龚古尔奖很快就被分享了。保尔·尼赞落选，马尔罗和夏尔·布雷邦（《睡着的国王》）双双入选，各得五票。但评委会主席的票分出了胜负，三十二岁的马尔罗最后获得了这个奖，这是龚古尔奖最年轻的得主之一。

加斯东应该满足了。他看对了人。

这不是第一次，也不是最后一次。

---

① 安德烈·旺德冈，《安德烈·马尔罗的文学青年时期》，波韦尔出版社，1964。

1922年，伽利玛在NRF杂志读到一个名叫阿尔贝·科昂的陌生人的文章《子夜后的日内瓦》，便向雅克·里维埃打听情况：作者二十七岁，瑞士人，老家在科福，在日内瓦一家律师行当律师。他不认识任何人，文章乱投，自己高兴而已，过后也就忘了。就这些。伽利玛感到很惊讶，产生了兴趣。几个月后，他派雅克·里维埃到日内瓦小住。权威的NRF发表了他的文章，科昂已经感到很惊讶了，杂志主编的突然来访，他更加受宠若惊。寒暄了几句之后，里维埃直奔主题：

"我代表加斯东·伽利玛，想跟你签了一份合同，要你的下五本书。"

"可我并没有下五本书！"科昂叫了起来。这个消息让他惊呆了，"而且，我连下一本书都没有。"

"这没关系，会有的。"里维埃答道，他对这个年轻人的前途充满信心。"我只要求你一件事：随便想个什么书名，我们把合同给签了。"①

随便什么书名，说起来容易。科昂思考了一会儿，写了一个书名《国际快车》。然后，这位年轻律师在这张空白支票上签了名，他被一个出版商雇用了。他毫无损失：他的钱柜里没什么钱，他对律师这一行也没什么兴趣。最后谈了一次话之后，里维埃就走了，他没有逗留很长时间，但什么都弄明白了：这位"作家"的物质状况，他对工作不满意。里维埃一回来，便给国际劳工局的局长阿尔贝·托马斯写信，用热情的语言向他推荐这个有才能的人，说他在日内瓦的法庭上浪费时间。一个星期之后，伽利玛出版社非常喜欢的这个新人，不知道为什么，也不知道怎么

---

① 阿尔贝·科昂的采访，《文学杂志》，1979年4月，第147期。

会这样，得到了一份工作，进入了国际劳工局外交处，他在那里工作了很多年。

伽利玛还要给这个尚未给他任何书的作家以更多的惊喜。他让科昂管一份杂志，让他编辑，负责全部的工作：技术、发行和管理。科昂与犹太复国主义阵营非常接近，从年轻的时候起，就开始在各个不同的组织斗争。他跟全球犹太复国主义组织的主席、后来成了以色列国第一任总统的哈伊姆·魏茨曼很熟。两人商谈了很久之后同意，为了弥补宣传的不足，更好地在欧洲宣传他们的主张，决定出版一份高质量的杂志，在上面发表一些名人的文章，对他们的事业将很有利。组织将为此拨巨款赞助，科昂与伽利玛书店签了合同。

《犹太人杂志》第一期于1925年1月15日出版。主编：阿尔贝·科昂；出版人：加斯东·伽利玛；经理：路易-达尼埃尔·伊尔什。在编委会和董事会里可以看到这样的名单：阿尔贝·爱因斯坦、西格蒙德·弗洛伊德、哈伊姆·魏茨曼、乔治·布朗德（著名评论家、哲学家，丹麦人）、夏尔·纪德教授（安德烈的叔叔）、莱昂·扎多克·卡恩。几个月后，哲学家马丁·比贝也加入了进来。一个都没有缺。

多美的舞台！一个电影剧作家说。应该说，年轻的科昂忙得团团转。"他的意志是那么坚强，我现在对昔日红海给希伯来人让路不会再感到惊讶！"勒内·克莱韦尔为《文学报》采访他时写下了这样的文字。[①]杂志准备每年出六期，想成为犹太复国主义的喉舌，在各个民族当中恢复以色列的角色，在思想上推进犹太人的活动。在第一期杂志的目录上，我们可以看到科昂、爱因斯坦、

[①]《文学报》，1925年1月24日。

皮埃尔·昂普、马克斯·雅各布、安德烈·斯皮尔、皮埃尔·伯努瓦、雅克·德·拉克雷泰尔、让-里夏尔·布洛什等人的名字。伽利玛出版社的所有朋友几乎都出现了。阿尔贝·科昂激动中请许多人写文章,不加区分,有些人也许会认为这是他宽宏大量的表现。科昂也曾鼓动保尔·莫朗,但莫朗的排犹哲学丝毫未被触动,甚至在《温柔的法兰西》出版前十年也一样。这部小说控诉了犹太人在法国电影院中的作用。① 行啊,可以跟《犹太人杂志》合作,但莫朗有点惊讶,还是向科昂问了具体情况,科昂马上回答他说:"你问我你的中篇小说中是否应该有一个犹太男英雄或女英雄。如果可能的话,要有一个。而且,如果你允许我打扰你的话,我还想问你要两个中篇。一个像路易斯兄弟那样的历险故事,一个和你的匈牙利之夜的小舞女差不多的故事。"②

莫朗不相信有这样的好事。随着杂志的出版,合作者们以各种方式设法回到犹太人这个主题上来。弗洛伊德在一篇题为《抵抗心理分析》的文章中这样结尾:"心理分析的这个倡导者是犹太人,这恐怕不是简单的巧合。要宣传心理分析,必须做好充分的准备,接受持反对意见所带来的孤独,这种命运是犹太人最熟悉的了。"有篇纪念诗人亨利·弗兰克的文章,认为他的才能在于独创。普鲁斯特写给雅克-埃米尔·布朗什的书信突然间具有了犹太人的意味。只有爱因斯坦无论如何也不肯在他的文章《非欧氏几何学和物理学》中谈论犹太人……

科昂相信在巴勒斯坦的犹太复国主义计划是完美的,他在杂志的一个开场白中有意想写得抒情点:"我们产生了一种信仰,

---

① 这部小说1936年在德国出版,书名为《上帝的集中营》。
② 1924年10月26日和11月23日的信,莫朗资料。

一种发现激动着我们，但我们有力量确定，毫无排斥的弱点。"他使用了一些惊人的词句——"我们会想念我们的种族……""一个种族就是一个用肉做的思想"——然后更加具体地指出了他同情的本质和宣传的目的，并宣布了"好消息：以色列将归还给以色列人。"阿尔贝·科昂出版《犹太人杂志》的第二年，光荣地拥有了这样一些作者：亨利·德·茹弗内尔、莱昂·布卢姆和约瑟夫·凯塞尔，但因为订数只有五千来份，"由于密谋的结果"，[①]杂志从加斯东·伽利玛的出版社转给了里德出版社。

　　科昂一方面继续他的活动——他是国际联盟的犹太复国主义运动的代表——另一方面也在写小说。1930年，也就是在他签了合同之后的第八年，他才向加斯东交了《索拉尔》(而不是《国际快车》)。这本厚厚的书马上引起了最初一批读者及其他许多人的兴趣，科昂以其喜剧感、悲剧色彩和出色的叙述才能，把这一试水之作变成了犹太人传奇的良好开端。他的传奇精雕细刻，是其他任何作品都不能相比的，它具有真正的国际色彩——希腊人、犹太人和瑞士人——唯一得到承认并要求归还的国度，就是法语和法国文学。大家纷纷祝贺、赞扬和欢呼阿尔贝·科昂，他爱上了巴黎，辞去了国际劳工局的职位，决定待在法国的首都。他写了一个独幕剧《以西结》[②]，这个年轻的律师朗读了它并且在审读委员会中为之辩护，法兰西歌剧院后来接受了它。应该说，加斯东非常满意《索拉尔》前途无量的成功，给了他一份"完全合适的月薪"。为了不失去他，伽利玛在阿尔贝·科昂身上学会了耐心。后者已经提前告诉他：正在写一部小说，写得很认真，在不

[①] 科昂的采访。

[②] 以西结（约前627—约前570），《圣经·旧约》中的四大先知之一。——译注

断修改，其中有快乐也有痛苦，小说的主要内容是反映犹太人的命运。于是加斯东便等待着，他本来很想催他交下一部作品，他对《索拉尔》太满意了。1937年，科昂看到加斯东越来越不安，便遵守纪律，他感到了自己对加斯东的"义务"，花了九个月的时间写了第二卷，书名在伽利玛出版社当中引起了一些人的惊讶：《芒热克卢，绰号叫长牙，恶魔眼，长命老爷，咳嗽的苏丹，马鞍上的脑袋，黑脚，高筒大礼帽，撒谎大王，誓言，可以说是律师，把诉讼搞复杂的人，灌肠的医生，逐利者，老奸巨猾，吞噬国家遗产，分叉的胡子，卑劣之父，风中的船长……》。

加斯东很高兴。他抓住了一个作家，真正的作家。他的稿子很稀罕，很珍贵。十六年写了两本书，可那是什么书啊！……这两本书改变了科昂，他不再是莫朗及其追随者那样的匆匆旅人，他们在一个城市待了两天，就敢就这个城市写上三百页。但要建立像伽利玛那么大的书库，就是需要莫朗、科昂、凯塞尔、米肖这样的人。加斯东正是这样想的。

追踪加斯东·伽利玛与作家们的关系，人们会感到，他变了。错了！事实上，他永远是不变的"加斯东"，但他让自己适应不同的人和事。他可以压下自己最强烈的不满，掩饰他对某人的藐视。当他决定要把某个作家拉到出版社里来时，他会使用双重语言。他比格拉塞更加放肆，更会见风使舵，他往往在他的竞争对手失败的地方取得胜利，因为他不会像格拉塞那样不择手段地撒谎。他撒谎时很狡猾、很巧妙，具有魅力。他喜欢和大家通融，而格拉塞却像个老夫子那样对待他们，非常粗暴。

一般来说，伽利玛跟作者签约都是签十本书，以阻止他们流散到其他出版社去，同时也是为了打下一个基础，希望出了三本书之后有一点点回报。但这一原则根据需要会有许多例外,雷蒙·盖兰的书越写越厚,他便在合同上规定行数,而不是书的数量。克洛岱尔则要一份终身合同:"我不希望老想着这事。"他写信给加斯东说。安德烈·莫洛瓦是在格拉塞出版社出书的,他在伽利玛出书每出一本签一份合同。加斯东完全有理由感到庆幸:传记小说《迪斯雷利》①获得了巨大的成功,以至于他要求作者搞一套"名人传记"丛书。一桩非常成功的生意。

只要是好主意,他就采纳,必要的话,竞争对手的意见也听。当他想要一个作者时,他会不惜一切代价,不管他的弟弟雷蒙和审读委员会的某些成员如何反对。1933年,他想要乔治·西默农。他要到了。

西默农当时已有名声,尽管与后来的名望不可同日而语。对加斯东·伽利玛来说,他首先是一位文笔轻巧的作家,一位多产的记者,已经匿名写了数百篇文章、连载,并在法雅尔出版社出了通俗小说。西默农的书卖得很好,这是一桩很有把握的生意,在伽利玛看来还没有完全开发,而且,这位作家很有人格魅力,前途无量。三十年代初,大家都认为西默农曾关在一个玻璃房里,在众目睽睽下写了一本小说。有人甚至打包票说是亲眼看到的。事实上,这事并没有发生,而是"几乎"发生,其他都是想象、流言和名声起的作用。1927年,一个名叫梅尔勒的记者准备办一份极左的日报《巴黎晨报》,他愿意出五万法郎,请西默农在红磨坊广场把自己关在一个玻璃房里,写三天三夜,让过往的行人日夜都能看见作家在写作。起初,这个创意是作为作家和

---

① 本杰明·迪斯雷利(1804—1881),英国保守党领袖,曾任英国首相,小说家。——译注

公众合作的一种独特方式提出来的，因为在马路上看热闹的人被认为是潜在的读者，应该由他们来选择主要人物，定书名……有个绝对的条件：作家不能离开公众的视线。有位建筑师甚至找到了一个办法，能让西默农满足自己的自然需要而又不有伤风化。玻璃房已经订购，但一直没有建完，因为报社破产了。几个月的时间，甚至几年的时间，人们都在传说，乔治·西默农关在一个玻璃房里写了四天的小说。①

加斯东·伽利玛心想，这个传说会有生命力，非常适合那个天才的作家。于是，他们尽量保持这一传说，不大去澄清那种荒诞的流言。1933年，西默农根据多年前的一个计划，推出了一本极为奇特的新书。格拉塞突然变得胆怯了。

2月22日，子夜，伽利玛用写在司法警察局的鉴定卡上的邀请书，邀请或者不如说是"召见"全巴黎的人，尤其是全蒙马尔特的人到瓦凡路的白球酒吧。"不严格规定要穿晚礼服。"他补充说。他在那里举行了一场巨大的"人体鉴别舞会"：一进门，就能发现客人们的指纹；男侍应穿着苦役犯的衣服，端着酒，酒吧里洋溢着一种疯狂的气氛，就像在监狱里一般。西默农在大汗淋漓地签名售书，那是一套新的侦探小说，主人公是一个叫梅格雷的探长。那是一个非同一般的神探，不管是面对流氓还是和有钱人打交道，他总是穿着那件系着腰带的雨衣，叼着烟斗，戴着软帽。法雅尔接受了西默农的计划，条件是必须每个月交一本书，出书之前交六本。但是，这种模式尽管很成功，出版商还是不相信它能持久。这时，加斯东·伽利玛插手了。

西默农听说过他的名字，这是当然的。名气大嘛！如果说伽

---

① 《文学杂志》，1975年12月，第107期。

利玛把西默农当成一部回报率极高的写作机器,西默农则总有些看不起伽利玛的那种"老是喝香槟的大老爷"派头。

伽利玛先是给他打电话,后来在自己的办公室接见了他。

"亲爱的朋友,请坐。"伽利玛说,"我们谈谈您的合同。我真的很希望您加入我们的出版社,成为我们的作者。纪德已经加入了,这是您知道的。他非常欣赏您,他很乐意见您。"

"这个问题我们以后再谈。"西默农打断了他的话。

"您跟法雅尔签了长期的合同?"

"没有。我没有签合同。我给他他想要的东西,但我没有跟他签合同。我不相信没完没了的合同……"

"好,好,"伽利玛轻声说,显然非常满意,"您把现在的事情了清之后能马上开始吗?"

"可以。但要看你的条件。"

"啊!那好,我们下星期在一家好饭店里谈!"

"听着,伽利玛先生,"西默农用坚定的语气说,"首先,我们永远不会同桌吃饭。我讨厌那种工作餐,在吃饭的时候无话不说,就是不谈工作,然后下次再约同样的工作餐。合同呢,我们在办公室里当着你的秘书的面讨论,门要关着,电话不接,我们要在半个小时之内谈妥一切。还有,首要的一点,我永远不会叫你'加斯东',好像大家都这么叫你。我也永远不会叫你'我亲爱的朋友',因为我讨厌这种说法。你给我定一天,定一个时间,我来你办公室,我们把什么都谈了。不过,以后,在这之后,如果要更换合同,那应该是你上门来找我了。"[1]

---

[1] 芬顿·布莱斯勒,《乔治·西默农的秘密》,海涅曼-唐吉诃德出版社,伦敦,1983。该书主要以与西默农的谈话为基础。

伽利玛呆如木鸡。从来没有作者敢这样跟他说话。尽管西默农大名鼎鼎，他还是没预料到会这样。不过，他抓住了这个人，不会为了这么一点小事就把他放弃的。第二个星期，西默农回来签了"一份惊人的合同"：一年六本书，条件是每本书实现的利润作者和出版商五五分成。闻所未闻！西默农坚持自己的苛刻条件，向伽利玛解释说，他对书的收益做过长时间的研究，仔细地算过纸张、印刷、运输、装订和发行的费用，知道出版商最多能获利多少。他认为自己要一半的利润是有根据的。[1] 不管怎么说，要么同意，要么放弃。考虑到自己的创作速度和以前那些书的水平，他不愿意被等同于随便哪个写诗的作者。合同的有效期是一年，每十二个月更新一次。这么说吧，加斯东·伽利玛要不断地派人寻找西默农签合同，因为他老是在法国长途旅行……

事情持续了十三年：《房客》《多纳迪厄遗嘱》《看火车开过的人》《费内尔的布尔梅斯特》《库德寡妇》《费尔绍家的长子》……乔治·西默农一共给了伽利玛十五本书。"我跟他的关系，就像我跟法雅尔老爹的关系一样，非常友好。不过，在伽利玛出版社，在他出版的大多数作者当中，我觉得找不到自己的位置。"[2]

尽管加斯东费了很大的劲，西默农从来没有真正加入伽利玛出版社。他不喜欢，这是无可救药的。然而，他的作品与一个临时性作者的东西完全相反，所以他又是一个社内作者。但出版社不要他，他不符合他们的要求。

乔治·西默农一共有三个出版商，与他生命中的三个时期相对应。有的评论家相信从这种断裂中看出了他的作品、风格和灵

---

[1] 芬顿·布莱斯勒，《乔治·西默农的秘密》。
[2] 乔治·西默农给作者的信。

感的变化。不过，这也许更加说明出版商对作者的巨大影响。

莫泊桑在读者当中的影响那么大、那么持久，也说明了更换出版商的作用。阿瓦尔、奥仑多夫、科纳尔、弗拉马利翁——他们都知道当莫泊桑的光环黯淡时如何来吸引读者。① 莫里斯·巴雷斯也在不断地更换出版商：儒旺、佩兰、法雅尔、封特努·安格、埃米尔-保尔、法斯凯尔、普隆……这让许多书商感到头晕。以前，一切都要简单得多：大家都知道左拉在夏庞蒂埃尔出版社出书，阿纳托尔·法朗士在卡尔曼-莱维出版社出书，贝松在阿尔康出版社出书，儒勒·凡尔纳在黑泽尔出版社出书。

但在二十年代，出版和文坛的习惯发生了变化。占重要地位的是一些年轻人。年长的大作家，比如说纪德和瓦莱里都很奇特，很晚才获得荣耀，因为他们"长期生活在阴影中，由于在1914年之前，象征主义一直维护着他们的主要代表"。② 他们作为作家是默默无闻的，这与只有三十岁的新一代作者形成了鲜明的对比——阿拉贡、德里厄、马尔罗、莫朗、蒙泰朗……他们已经有了影响，而作品却还很幼稚。他们之所以有影响，"主要原因是年轻、有前途、有代表性，他们不但有现在，还有未来"。③ 他们在读者当中突然拥有了与他们的作品不成比例的文学影响。

二十年代末，一个有出版社来找的年轻作者，受人诱惑向不同的出版社抛出几本小书：城市肖像、笔记、游记等，而把小说固定给一家出版社，这种做法非常普遍。当时越来越多的丛书正

---

① 安德烈·迪纳尔，《图书的财富》，法兰西信使出版社，1938。
② 拉蒙·费尔南德斯，《法兰西行程》，堡垒出版社，1943。
③ 费尔南德斯，《法兰西行程》。

是为了诱惑已经与其他出版社签约的作家而设的,这已经成了一个时代特征。伽利玛尽管也从中得益过,但涉及"他的"作者时,他便会对这种办法感到非常愤怒。他显得很不妥协、很难改变,比如,当让-里夏尔·布洛什请求他允许自己在阿科斯出版社出一本短篇小说集时,他是这样回信的:

……我不能对您说您的一本书在 NRF 以外的地方出版我会感到高兴。我跟阿科斯关系很好,但他经常打 NRF 作者的主意,而这些作者都是我最看好的。我在这里就是为了出他们的书。您跟我说只印七百五十册,但事先不限印数的普通销售,正是书店最难办的,除了获龚古尔奖的书、《幸福生活》和小说……无论印什么书,说好七百五十册,那肯定是有把握的。初次印刷对以后的正常版本总是有影响的。我还要补充一点,以后,当我打算新版时,我会考虑第一版的印数,类似的出版对我的计划会产生负面的经济影响。不管怎么说,我付出了巨大的代价,才把一些作家聚集到我的出版社里。您知道,我是个嫉妒心很强的人,现在,您已经明白我的想法,让我告诉您吧,就我来说,我打算求助于您,我永远会印刷您给我的任何东西。对于《狂欢节死了》,我等待您的新前言。您会有两份清样。

加斯东·伽利玛
NRF 出版社社长 [1]

结论是无情的,问候也毫无表情,大家都猜得到伽利玛被这

---

[1] 1919 年 9 月 10 日的信,布洛什资料。

种请求气疯了。尽管如此，布洛什还是坚持不懈，在以后几个星期里不断提出自己的请求。加斯东立场坚定，提醒对方说他已经拒绝像儒勒·罗曼提出的类似要求，并坚决地说，他的营销经理特隆什的观点跟他一样，要制止这类事情。加斯东痛苦地抱怨这个职业中常常遇到的忘恩负义的事情。为了把某些作者聚拢到NRF出版社里来，留住他们，在别的出版商前来挖墙脚之前，亏本出版他们的书，他这样做冒着巨大的经济风险。为了说服布洛什，他甚至想把他与阿尔科、克雷斯、埃米尔-保尔、法兰西文学社、美人鱼等出版社之间的来往书信给他看，他们想把他的一个作者从"一本书的时代"撬走。①

忘恩负义……这是加斯东·伽利玛最常说的一句话，也是他写得最多的一句话，既用来说明他与某些作家的关系，也用来说明他与这个行业的关系。在他的职业生涯中，他不止一次地想放弃、抛弃，退出一切，然后走人。在那些时候，他说他不过是个杂货商，如果能选择，他宁愿去开药铺或铅制品商店，然后在有空的时候，给他喜欢的人出书。②当情绪真的跌到低谷时，他会想，他这辈子还不如去画画或写书，留下一件真正的作品，而不仅仅是在商业上获得成功。这时，他的朋友们就知道他的抑郁症犯了……

好在这样的时刻并不多。

加斯东·伽利玛的天性可以说是很乐观的。"在任何一种职业里，两个人都可以互相沟通。出版界为什么就不能呢？"③他把

---

① 1919年9月15日和12月17日的信，布洛什资料。
② 罗贝尔·马莱的文章，"保尔·克洛岱尔协会"会刊，1977年，第65期。
③ 采访，《艺术》，1956年11月14日。

这个原始而有效的原则当作自己的原则,从此以后,一切都可以考虑,可以商量。如果所有的作者都像普鲁斯特那样,他的出版人生活将多么快乐啊!当然,普鲁斯特也有他的难办之处,去拜访他必须在晚上,因为他白天要睡觉。他在小事上纠缠不清,常常到了最后一刻还要改句子。他的校对安德烈·布勒东读他的长条校样都快读疯了,布勒东是由于缺钱才接受这份枯燥乏味的工作。当然,在加斯东看来,这位大作家具有一种别人所没有的优点,所以显得与众不同。

"马塞尔·普鲁斯特,非常可爱!他从来不问我要预付金,从来不,也不要求我登广告。"①

在这一点上出版商们总是很敏感。但并不仅仅因为这个原因,加斯东·伽利玛才老是把普鲁斯特挂在嘴边,把他当作自己最喜欢、对自己影响最大的作家之一。当《玛丽亚娜》月刊请三位出版人每人谈一位作家时,欧仁·法斯凯尔选择了左拉,罗贝尔·德诺埃尔选择了塞利纳,加斯东·伽利玛选择了普鲁斯特。这并不是偶然的,而且,如果一位作家在获龚古尔奖的次日,就给你写这样的信,你永远也不会忘记的:

我并不觉得有什么光荣,要知道,最差的书往往是最时髦的。我并不觉得有什么光荣,但我希望从中得到一点钱……亲爱的加斯东,金钱问题像污泥一样老是向我涌来,我想友好地跟你握一握手,以洗掉这些泥巴。我敢肯定,如果你能给我实用的好建议,那比付给我更多的钱对我更有用。减少开支而致富和增加

---

① 夏沙尔的文章。

收入致富是一样的。说这话的也许不是一个很好的商人,但这是一个对你十分信任的朋友说的心里话。①

多么幸福的时光!……接触了保尔·莫朗和阿拉贡之后,加斯东才真正懂得什么叫难缠的作者,什么叫麻烦之人。他们比他们的作品或作品中的人物更奸诈、更势利,这是谁也没有想到的。而让法尔格干活或平息克洛岱尔的愤怒那又是另一回事了。当克洛岱尔发现排字工把"乡村"(rustique)排成"神秘"(mystique)、把"潮湿"(humitité)排成"谦逊"(humidité)时,他曾大发雷霆。②

在1923年之前,保尔·莫朗还算是个可爱的作者,才华横溢,有很多优点,是个很好的商业合作伙伴。后来,一切都变糟了。当时,他已经出了三本书,获得了荣誉:《温柔的斯多克》《半夜开门》和《半夜关门》。为了保住自己的自由和未来,作者在他的第一份合同关于后续权问题的第十一条上画了一条线,好像他已经预计到后来的事情似的。③1922年,为了推出《半夜开门》,加斯东投了巨资去做广告,有系统有组织地在《费加罗报》《高卢人报》《法兰西行动》《作品》《争鸣》《时代》……上面登广告。只要你读报纸,就不会不知道保尔·莫朗的这本书。而且,加斯东还让许多专栏和评论都来关注这本中篇小说集。理所当然,这一巨大的宣传攻势应该对他年底获龚古尔奖有利。但他落选了,得奖的是贝罗,但这一次,受到谴责的是出版商,也就是

---

① 《玛丽亚娜》,1939年5月3日。
② 马莱的文章。
③ 这几页上所有的合同和通信都查阅过法兰西学院的莫朗档案。

伽利玛。人们指责他用卑劣的手段减少了莫朗的机会，最后使他失去了这个奖。大家到处都在说这本书发行了三万册，那就应该算是个成功的作家了，龚古尔学院应该考虑他了。然而，学院的反应与人们的愿望相反。十大评委都很反感这种张扬，当伽利玛在稍后的时候承认这本书的印数其实并没有超过七千册时，他们也没有后悔当时的决定。①

做错了？总之，莫朗一点都不领情，并且把自己的感觉说了出来。但他周围的人都在想，在这件事上他最后悔什么？龚古尔奖带来的荣耀还是经济收益？伽利玛开始明白，只要一涉及金钱问题，保尔·莫朗就会显得很潇洒，摆出一副无动于衷的样子，显得非常高傲。他已经在同一时期多次确定了这一点。有的国家比如罗马尼亚的书店，想以低汇率高折扣来购买 NRF 的许多书，加斯东同意了，愿意牺牲自己的销售利润，不考虑自己的成本，他也请一些作者就这类低价销售的书放弃版权。他向他们解释说，其实大家都有得赚，因为，如果他们拒绝，在那些国家就一本书都发不掉。纪德、儒勒·罗曼、苏仑贝都同意了。但莫朗呢，他是个新人，当然，他成名了，但大家都指望这个新成名的年轻人比别的作家更谦逊一点，不要那么斤斤计较。与此同时，加斯东还建议莫朗当他的中间人，去销售《温柔的斯多克》的原稿和《卡塔卢尼亚的夜晚》的草稿以及《半夜开门》中的一个中篇。这种做法在当时非常流行，加斯东常常与一个热心于文艺事业的资助者交涉，想为作者做些事。但收藏家雅克·杜塞不愿意付四千法郎，只同意两千。此事后来没成。

莫朗只有三十五岁，在外交部工作，生活不错，几乎到处都

---

① 詹姆斯·哈丁，《幻灭：莱奥托和他的世界》，伦敦，1974。

是他的文章，而且他出身于一个富裕的家庭（父亲是经营大理石的）。然而，他显得非常小气，唯利是图得让人难以置信，这似乎不能仅仅以他奢侈的生活方式来解释，尽管他爱交往、喜爱旅行和跑车。这一点，格拉塞比伽利玛明白得早。他想得到莫朗。这个作家比别的作家都"快"，快得惊人，写作之轻松也让人目瞪口呆。他准备凭他的为人、他的主题和书中轻松的文字掀起一场宣传运动，对此，格拉塞是支持的。他看了一眼《半夜关门》的合同就放心了：竞价不会太困难。在伽利玛出版社，六千册以内每卖掉一本，莫朗得 1.10 法郎，六千册到一万二千册得 1.15 法郎，一万二千册到二万册得 1.20 法郎。签合同之时付二千法郎的定金，书开始卖时得三千法郎。

于是，格拉塞出价五万法郎作为定金，外加月薪三千法郎，并答应将组织相应的宣传促销活动。为了证明将在他身上花很多钱，格拉塞还给他买了一份人寿保险，直到他写完下一本小说《路易斯和伊莱娜》为止。① 格拉塞后来说：

"我给他出的价他无法拒绝。"

事实上正是这样。

1923 年 10 月 8 日，莫朗只给加斯东·伽利玛写了几个字，通知他说他们已经谈过多次的书，也就是讲述在希腊和西西里岛发生的故事的那本《路易斯和伊莱娜》，他已经给了贝尔纳·格拉塞。就这么轻描淡写的几句话。不过，他还是安慰伽利玛：这不过是一次"例外"，以后的书还是会给 NRF 出版社。尽管这种方式很没有礼貌，并且给伽利玛出版社带来损害——伽利玛已经在书单上宣布《路易斯和伊莱娜》即将出版的消息——加

---

① 哈丁的文章；吉内特·吉他尔-奥维斯特，《保尔·莫朗》，阿歇特出版社，1981。

斯东·伽利玛还是到他位于奥塞河堤路的外交部办公室去拜访他，让作家向他正式保证，将给他一本《莱茵河小说》和一本名为《风流欧洲》的中篇小说集。谈话的内容经书信确认后，伽利玛马上用通报的形式在 NRF 杂志上发布了这几本书即将出版的消息，并通知了常常预定保尔·莫朗的书的读者。这次应该是万无一失了，伽利玛已经说得很清楚："你欠我一本小说或是一部中篇小说集。中篇小说集叫《风流欧洲》。如果你违约，我将通过法律途径得到它。"① 然而，几天后，伽利玛又愤怒了，作者没有给他那本叫做《风流欧洲》的中篇小说集，而是给了他一本叫做《温暖的冰》的诗集……他马上往莫朗位于庞蒂埃路的寓所寄了一封挂号信，表示了自己的愤怒之情，并重申了合同上的条款和他们的口头协议，说自己有权"让你感到你给我的出版社所造成的损害有多严重"。②

事实上，拐入格拉塞出版社，这完全是一种背叛。但加斯东克制住了自己的愤怒，忍住了自尊和傲慢，同意出版了《温暖的冰》，条件是莫朗必须在1924年底之前把小说《路易斯和伊莱娜》和中篇小说集《风流欧洲》给他。伽利玛决定维护自己的权利，尤其是面对格拉塞的时候，如果是别的出版商还好一点。保尔·莫朗呢，吞吞吐吐，躲躲闪闪，以自己经常外出旅行和外交部里工作太多来为自己迟迟不交稿辩护。因为他现在已经欠伽利玛三部稿子，而他一部都没有交。

莫朗在伦敦自己所下榻的皮卡迪里旅馆的房间里，多次修改写给伽利玛的一封信。由于经济上的原因，他与格拉塞签了约；

---

① 1924年6月24日的信。
② 1924年7月1日的信。

出于法律上的原因，他又不能再摆脱伽利玛。也许他希望两边跑，把粗浅一点的书给一家出版社，把文学要求严一点的书给另一家出版社？这样分开也符合两家出版社各自的企业形象，可他偏偏碰到两个不愿意互相分享任何东西的出版商。于是，莫朗设法让伽利玛失去与他合作的兴趣，他向伽利玛提出了让人难以接受的条件：一本平均售价为 7.50 法郎的书，每卖掉一本作者得一个法郎，还要以销售十万册计算的定金。①

要让像伽利玛这样刚强的人泄气，这还不够。他在回信中没有流露出自己的愤怒，甚至还在结尾这样开玩笑说："总之，请相信我对你不变的忠诚（如果你觉得这一优点不太讨厌的话）。"②

最后，还是格拉塞胜了。1924 年，他出版了《路易斯和伊莱娜》，第二年又出版了《风流欧洲》，之后又出版了莫朗的十五六本书。比较起来，他也为当年普鲁斯特事件中受到的惨败报了仇。他在精神上胜利了。在经济上也同样，因为莫朗的书有些确实卖得很好。1925 年，他在伽利玛出版社拿了 19 122.55 法郎的版税，如果伽利玛向税务部门的申报可信的话。

伽利玛失去了保尔·莫朗的一本书、几本书，但没有失去他的全部书。他拒绝承认失败。此事结束四年以后，他仍跟莫朗保持着通信联系，表示自己的好感，希望成为他的出版人，说自己并没有感到痛苦，没有怨恨他。伽利玛甚至很感人地说："我不相信你有什么可抱怨我们的。我积累了经验，我想'制造大事'，在合适的时候推出我的'回浪'。如果你觉得读了我的信之后想

---

① 1924 年 7 月 28 日的信。

② 1924 年 12 月 1 日的信。

跟我见面谈一次，我悉听安排。"①

  这并不足够。加斯东最后等了差不多十年，才在莫朗"转弯"的时候，正如他阴险地多次重复的那样，让他的书重新回到伽利玛出版社的书单中：《东方之箭》(1932)、《温柔的法兰西》(1934)、《英国贵妇》(1936)……但伽利玛不得不付出代价。从此以后，他的预付金是十万法郎。而且，从1933年6月起，莫朗开始主编一套新丛书"中篇小说的复活"，每卖掉一本书他提2%的版税。除了他自己的作品外，他还出版了德里厄·拉罗什的《一个被骗男人的日记》、让·卡苏的《从星星到植物园》、欧仁·达比的《排场的生活》、乔治·西默农的《七个午夜》……合同规定他每年必须向伽利玛推荐至少四本书，这一次，他遵守了合同。

  所以，官司并没有打，尽管伽利玛在1923年到1924年多次这样威胁。

  而跟让·吉奥诺，他却差点上了法庭。《山丘》和《复生》的作者成功地欺骗了伽利玛和格拉塞。他同时签了两份合同，他的一本书的专有出版权许给了两家出版社。投机取巧？表里不一？他在马诺斯克的朋友们替他辩护说，那是他的性格所致，他不懂得拒绝："对于所有的请求，他都说好——然后，他就等待事情的发展。"② 幸亏让·吉奥诺写的书够多，足以同时满足伽利玛和格拉塞的要求。官司避免了，但加斯东的愤怒和伊尔什的蔑视可免不了。

  阿拉贡呢，有理由对他生气，蔑视他，把他推上法庭。

---

① 1928年4月20日的信。
② 皮埃尔·雪铁龙的信，"让·吉奥诺之友协会"会刊，第12期。

自从1919年秋天起，他就在伽利玛出版社出书。这个请假出来的年轻士兵不久前给纪德送了《阿尼塞或全貌》的前四章。作者还没有写完全书，纪德就请加斯东给他寄合同。他读了阿拉贡的稿子以后很激动。《阿尼塞》既不是小说也不是故事，而是一些当时被叫做先锋派的文字，主人公的流浪故事十分神奇，人们可以从中认出侦探尼克·卡特和博诺帮的影子……里维埃尽管对这部稿子持保留意见，但他对稿子的质量也非无动于衷，所以他这样写信给伽利玛：

……我觉得阿拉贡的小说很好，是一流的，有时很有趣，有点太长，让人疲倦，总是笼罩着梦幻气氛，但这并不属于心理学著作。我越来越相信我们的这两个达达派作家有前途，我认为，你有千万个理由把他们吸引到我们的出版社里来。所以，如果你发现阿拉贡拒绝我们，要逃脱我们，那就应该把他的小说拿下来。[1]

他没有逃脱。继《阿尼塞》之后，阿拉贡又把《放荡》(1924)给了伽利玛，那是一个文集，收入了一些剧本、故事、短篇和散文诗。这本东西像他的前一本小说一样，让人不知所措，他的序言让许多人都感到担心，因为它与书中的其他文章毫无关系，只是让那些赞扬无政府主义和爱情、风格不同的东西具有超现实主义色彩。十年后出版的《巴黎农民》，伽利玛在书单中不合适地把它归到了"回忆录、通信"之列，因为所有的书都必须有一个分类。事实上，这本书不属于任何已知的文学体裁，无法正常分

---

[1] 1920年7月10日的信。阿兰·里维埃档案。

类，只有超现实主义者才能揭开它的秘密。《巴黎农民》与巴黎的农民没有任何关系，那个人首先能不断地用新的目光来观照他的城市，并通过城市来思考生命。就像法尔格后来出版的《巴黎行者》一样，那本书也是在首都的散步，只是在阿拉贡的书中，他所创造的巴黎的地点和味道是一种借口，用来表现他对一切事物的看法和他的诗歌观。

从1924年起，阿拉贡在伽利玛出版社领取的月薪在一万到两万法郎之间。这一数目在当时是完全合理的，可以清楚地看出大家并不想让他走掉。阿拉贡知道伽利玛不顾众人反对，努力通过了一些文章和作者，他说："完全是因为我和加斯东·伽利玛的私交，有的作家比如说阿波里奈尔才进入出版社，尽管NRF（杂志）持反对意见。"①

当他的朋友德里厄·拉罗什在NRF发表了一封给超现实主义的公开信，他在一个月后坚决地给予了回答。直到这时，他跟伽利玛的关系才开始恶化。关于女人的一个故事进入了他们的文学论争，就像往常一样，使他们的关系更加疏远。当阿拉贡得知德里厄要伽利玛出版他的一本论争小册子，并在这本小册子中建议伽利玛公开跟他清算，气氛突然紧张起来。几年以后，当两个人先后参加政党，一个参加了法西斯，一个加入了共产党，他们的关系已经完全无法维持了。

加斯东在尽力调解。他的作用是让麾下的作家们和平共处，他们往往互不买账，除了共同的职业以外，他们没有任何共同之处，有时甚至还准备动手。与此同时，被安德烈·布勒东谩骂过的保朗（超现实主义者往往会做出出格的事来，不是挑衅就是谩

---

① 皮埃尔·戴，《阿拉贡，必须改变的一生》，瑟伊出版社，1975。

骂）给他派去证人（克莱米厄和阿尔朗）。决斗！决斗！终于出现骚乱了！但布勒东拒绝了这场流血（如果不是致命的话）之邀。最后，保朗给他的证人们写了一封公开信，当然是发表在NRF上：

"亲爱的朋友，谢谢。我没有无事而打搅你们：现在，我们都知道了那个充满暴力、肮脏卑劣的人是多么怯弱……"

保朗和布勒东后来和解了。① 谩骂和侮辱被遗忘了，但有一本骂人的书没有被遗忘，它对于阿拉贡和伽利玛的分手起了相当重要的作用。1928年，阿拉贡遇到了艾尔莎·特里奥莱，此人将大大影响他的行为和态度。他不再是百分之百的超现实主义者了，也还没有成为百分之百的共产主义者。他正在途中……就在这个转折时期，他给了加斯东·伽利玛一篇不能不动摇这家出版社的文章，因为它在与现存的文学作彻底的清算。起初，当加斯东读到《论风格》时候，并没有太担心。他跟莱奥托提到了他的《文学日记》，书中对出版社的合作者颇多失敬之言甚至恶毒攻击，加斯东马上安慰他说：

"我对此完全无所谓。所以，我马上要出版阿拉贡的另一本书。里面有些东西是针对纪德的！他把纪德当作一个'粗人'。我对此完全不在乎。一个作者在书中说另一个作者什么，我觉得我没有必要介入。"②

如果不是纪德把他拖入了泥潭，伽利玛介入得会更少……也许他低估了阿拉贡那篇文章的分量？他是否读完了全文？总之，由于纪德尤其是瓦莱里的施压，文章推迟发表了。他们毫不掩饰

---

① 雅克·布雷内的文章，《读书》，1983年6月，第94期。
② 莱奥托，《日记》，1927年11月25日，同上。

自己的愤怒。文中确实有问题，出版社的高层在不断地围困加斯东。他们真的这样缺乏自信，任何针对内幕的批评都受不了？应该说，阿拉贡真的是不分青红皂白，打算在超现实主义者开辟的道路上走得更远。他没有放过任何事，也没有放过任何人。他的《论风格》的确是一场杀戮。在这首散文诗中有一种非同寻常的暴力，他对那些人及其机构说出了他们的真相：

纪德？"……既不是粗人也不是小丑，而是一个混蛋。而且，他相信歌德。也就是说，他想当一个滑稽的人。"

邦达？莫朗？"小丑"。

NRF 杂志？阿尔朗？"世纪病，重新粉墨登场的旧观念，但并非一点都不机灵，它回到了这支笔下，在 Nvelle Rvue Frinçaise[①] 上搔首弄姿。有些人不喜欢咖啡音乐会，而喜欢竞技场，而我喜欢那本杂志胜于喜欢粪便，尤其是喜欢 Nouelle Reüe Françaiase[②]。人们在那里每隔半年解释一次别的地方发生了什么事。而大便人们会很快把它处理掉，很少能放两天以上。"

瓦莱里？"……这个作者，我只是不理解他抽象的词汇，他的词汇后面掩饰着一种有预谋的、成功的欺骗，这种欺骗并非丝毫没有魅力。"

伯克莱？阿兰？"小小的螃蟹"。

阿拉贡还以同样的文笔抨击教堂、宗教和克洛岱尔所热衷的皈依，揭示了他们在性、性虐和受虐方面的外在表现。但作者把最后一击留给了他一直批评的军队，后人所永远不忘的也就是这一点。他表达了对军队的厌恶之后，号召大家起来反抗将领和法

[①] 原文如此。
[②] 原文如此。阿拉贡在此故意乱改字母，制造错误。

国的军服，发动谋杀，最后把军官等同于"粪便"："既然在街上看见他们总比听着小提琴睡觉好，我在家里，在这本书中，在这个地方很荣幸地说，我蓄意污蔑整个法国军队。"

一家出版社，甚至是一家像 NRF 那样年轻而开放的出版社至少会被动摇的，尽管根据加斯东的性情，他会无视对纪德、军队、克洛岱尔、教堂等的这种攻击，对此一笑了之。《论风格》的辱骂是引起阿拉贡与伽利玛书店之争、最后上了法庭的唯一原因吗？我们不知道。争吵持续了十年，让一位年轻的出版人罗贝尔·德诺埃尔得益了。这位默默无闻的出版人迅速地进入了出版界。

德诺埃尔于 1930 年 4 月创办了他的出版社，资本为三十万法郎。为了集资，离开位于布尔多内路过于狭窄的社址，搬到阿梅利路去，他跟一个美国犹太人贝尔纳·斯蒂尔进行合作，斯蒂尔是一个资本家，但并没有因此而当董事长，他对音乐比对文学更感兴趣。尽管这个合作者在出版社的运作中起的作用非常小，书还是以德诺埃尔和斯蒂尔的名义出版。但德诺埃尔是出版社的全权代表，他整天都在寻找资金、书稿和作家……罗贝尔·德诺埃尔，身材高大，风度翩翩，不乏魅力，是个乐天派。他身上有种十分独特的智慧，性情开朗，没什么偏见，是个真正的爱书人，痴迷于文学，但在经营上显得有些稚嫩和天真。他出生在比利时，是比利时人，在巴黎接受了各种教育。他知道首都的文学界只把他当作外省一个有出息的年轻人，所以，他很少串门，只在同事的陪伴下去看望一个像他一样的外国人斯文·尼尔森。他更喜欢跟记者打交道，他们对他更好一些。在三十年代，就他的出版社的地位和产量来说，德诺埃尔应该是文学奖的得奖冠军了。

1930 年，行内的人谁都不相信这家不到十个人的出版社：

罗贝尔·德诺埃尔，负责审读所有的稿子（只有他一个人看）；他的秘书；一个会计；一个战后成了著名作家的印制主管（勒内·巴雅韦尔）[1]；一个设计师，一个包装工，一个印制助理，两个发行员（一个管巴黎，一个管外省），就这几个人。但这足以把阿拉贡挖过来，让他脱离伽利玛，并出版桑德拉斯、达比、塞利纳和一份心理分析杂志，主宰和夺走1931年到1939年所有的雷诺多奖（除了1934年和1935年"扔给"了伽利玛）：菲利普·埃里亚的《无辜者》、塞利纳的《茫茫黑夜漫游》、夏尔·布雷邦的《睡了的国王》、阿拉贡的《贵人区》、让·罗吉萨尔的《梅尔瓦》、皮埃尔-洛内的《善良者雷奥尼》、让·马拉盖的《雅瓦内人》。1936年的联合奖（勒内·拉波尔特）和1936年及1939年的费米娜奖也先后颁给了他的作者（路易丝·埃尔维厄和保尔·维亚拉尔）。

　　大家都明白，伽利玛很不喜欢罗贝尔·德诺埃尔，德诺埃尔比他年轻，精力比他旺盛，尤其是管理，比他威严的同事灵活，1932年，他有理由让伽利玛恨他很久。

　　一天晚上，德诺埃尔从剧院里回来，在桌上发现了一个用报纸包的大包裹，第二层纸上有出版社的标识。这包重重的东西里有三部厚厚的稿子，一共九百页……还有题目——《茫茫黑夜漫游》——但没有署名也没有地址。时间一小时一小时地过去，德诺埃尔一直埋头在这堆纸中。他马上就一见钟情了：自由的语气、如此强烈如此新颖的抒情把他"惊呆"了。天亮了，他还在看稿子，"筋疲力尽，但激动异常"。他无法入睡，看完了稿子，

---

[1] 勒内·巴雅韦尔向作者证实。

下午便开始寻找作者。①

同一个星期，这部稿子也送到伽利玛出版社。作者路易-费迪南·德图什，笔名塞利纳，他们并非完全陌生。1927年，审读委员会已经拒绝过他的剧本《教堂》："强烈的讽刺，但有头无尾。具有描绘众多领域的才能。"审读意见中只写了这么几个字。两年后，他的《塞麦尔维斯》②也受到了同样的对待。但这次，摆脱他可不那么容易。商量了一个星期，布里斯·帕兰回忆起来。③邦雅曼·克莱米厄是第一个审读者。"这是一部写苦难和凶险的小说。"他大声地朗读了几个章节后，对审读委员会说。他无法深入研究这部难读的书稿，因为他必须到西西里的拉古萨去参加一个会议。他放下了稿子，把稿子交给马尔罗看，后来又交给了拉蒙·费尔南德斯和埃玛纽艾尔·贝尔。争论很激烈，持续了很长时间。而在这时，德诺埃尔却在行动。但怎样才能找到那个他连名字都不知道的作家呢？他想尽各种办法试图找到包稿子的包装纸，翻了很多垃圾篓之后总算找到了。他很失望，也很惊讶：上面有名字，但是一个女人的名字，是一个写伤感小说的女作家，他已经退了她的稿。《茫茫黑夜漫游》的作者不可能是她，不可能的。于是他半信半疑地把那个女作家叫来了，把盒子和包装纸都给她看了：

"作者真是你吗？"他试探地问。

"什么作者？太可怕了！那是与我同住一层楼的德图什先生。"

德诺埃尔总算抓住了那个作家，弄清了误会：那个女作家和

---

① 德诺埃尔讲述塞利纳，《玛丽亚娜》，1939年5月10日。
② 弗朗索瓦·吉博，《塞利纳》第1卷，法兰西信使出版社，1977。
③ 安德烈·卡拉斯的文章，《大众阅读》，1961年11月。

德图什共用一个女佣,这个女佣无意之间用这个人的旧包装纸去给另一个人包东西了,她先是用来包拖鞋……德诺埃尔马上激动地给德图什寄了一封气压传送信(1984年废止)。德图什刚刚收到他的信,伽利玛的信也到了,伽利玛的语气十分温和,很愿意出版他的书,条件是作者必须做"减肥"和"修改"工作,换句话说,他必须砍掉许多页,因为审读报告认为有些累赘,尤其是克莱米厄。①

一个出版商马上说"行",另一个迟迟才说"可以,但是",塞利纳在二者之间作出了选择。他选择了德诺埃尔,尽管德诺埃尔稍后也(徒劳地)建议"作些删节"……后来,塞利纳用几句话概括了这件事:

"伽利玛嗅到了我这部正在寻找出版商的文学作品……这不是我要找的!……完全不是!德诺埃尔这个小伙子却扑了上去……"

很快,塞利纳去拜访了德诺埃尔,"这个和他的书一样不同寻常的人"给了德诺埃尔深刻的印象。②作者告诉他:写了五年……修改、重写了两万多页……联系了许多出版社都不成功……不管怎么样,还是把稿子寄给了伽利玛出版社……寄给德诺埃尔出版社是因为达比的《北方旅馆》很成功……

尽管书很厚——排出来六百二十五页——但罗贝尔·德诺埃尔越来越激动,他发起了宣传攻势。他把清样寄给了三家杂志社,给巴黎的传闻补充弹药,向许多客人朗读该"书"的节选,在首都的所有地方大讲这个新作家的特点、独创性和创造力。10

---

① 吉博,《塞利纳》。
② 《玛丽亚娜》。

月底，第一批文章出笼了，无论是支持还是反对，大家的态度都很激烈，很少有态度温和的。龚古尔奖的宣传活动开始了，广告开始做了，但要说服持观望态度、习惯另一种风格另一种语言和更加传统的叙述技巧的读者，起码需要一个多月，而这部小说又那么长。十大评委在特鲁昂饭店吃饭的前十天，首印三千册都没有卖掉。但谣言四起，说"它"要得龚古尔奖了。还有说得更玄的：让·阿雅尔贝去了德诺埃尔那里，向他肯定，评委会有次开正式会议，一致称赞这部小说。吕西安·德卡夫遇到作者，事先就向他道喜了。在记者们当中，经验丰富的都打赌塞利纳会得奖。订单滚滚地流向阿梅利路，出版社重印了一万册。可是，尽管德斯卡夫、阿雅尔贝、都德和罗西尼的鼎力支持，局势还是颠倒了过来，倾向和联盟也变了，只有龚古尔学院知道其中的秘密。最后，得奖的是吉·马泽利娜的《狼群》。是伽利玛出的……丑闻啊！但那又有什么关系呢？

塞利纳凭着雷诺多奖报了仇。两个月内，关于他的文章有五千多篇，《茫茫黑夜漫游》发了五万册，德诺埃尔向三家印刷厂同时下订单，以满足需要；十四个国家购买了翻译版权，书店的订货员在阿梅利路排成了长队。[1]

塞利纳成功了，《茫茫黑夜漫游》成了当年最畅销的书，罗贝尔·德诺埃尔也成了小出版社当中的大出版人。加斯东·伽利玛永远不会原谅他反应得比自己更灵敏更迅速。无论如何，此事说明了重要的 NRF 和伽利玛出版社与一个在经济上和商业上处于劣势但运作更加灵活轻巧的出版社之间的区别。在罗贝尔·德诺埃尔之前，别的出版商已经有过同样的企图，但他们几乎都失败

---

[1]《玛丽亚娜》。

了，也许是因为他们没他那样执着、聪明，缺少他那样的才能？尽管德诺埃尔从来就没能解决好一直纠缠着他的行政问题，影响了他看稿，但他懂得如何找到资金，免得自己破产或在经济困难面前低头。这就是一个出版人的才能，也是另一个前程美好的出版社所缺少的，伽利玛曾一度担心过一家叫做"无可匹敌"的出版社。他担心得有道理。

这家出版社的支柱、创造者和发起人叫勒内·伊尔桑。伊尔桑的父亲是荷兰的一个木材经纪人，母亲是波兰人。他很喜欢看书，对文学感兴趣，属于自学成才者。他跟夏塔尔中学的一个同学安德烈·布勒东一起学医，后来又出于同样的原因跟他一起不学了：参军。1918年，他们被编入瓦勒德·格拉斯医院当助理医生，在那里认识了一个跟他们情况差不多的年轻人路易·阿拉贡。三个年轻人结下了友谊，常常去参加开幕式和俄罗斯舞会，逛阿德里安娜·莫尼耶书店。生活在这样一个环境中不能不产生办一份杂志的念头：《文学》。伊尔桑加入了其中，但不写东西。他弄到了兰波的一篇未发表过的东西，题目叫做《让娜-玛丽的手》，做了一个小册子，印了五百份出版了。得给出版社找个名字啊！当时，正是达达主义盛行，这几个人想造成一种混乱，尤其要与传统的出版社保持距离，他们不想跟它们有任何联系。布勒东建议采用一家鞋店的名字"不可思议"，阿拉贡则建议从外省的新奇商店的店名找找灵感："无可匹敌"。大家一致同意。

伊尔桑自封为出版人，在画家安德烈·洛特的画廊里遇到的两位年轻妇女借了他们一些钱，更重要的是地方，在寻找正午路。第一年，他们出版了杂志作者的作品：布勒东、阿拉贡，当然还有苏波，但也有桑德拉斯、莫朗（这是他的第一本书，一本诗集），瓦歇、皮卡比亚……正因为弗朗西斯·皮卡比亚，创始人之间才第一次出现了矛盾。伊尔桑拒绝出版他的《耶稣基督，来路不明的外国佬》，不是因为格拉塞不想要它，而是因为他在挑战中缺乏才气和文学才能。从此，"无可匹敌"渐渐地停止出版超现实主义和达达派诗人的作品了，把门开向了四面八方。与此同时，伊尔桑还在克莱贝路23号开了一家名叫"无可匹敌"书店，既卖马克思和托洛茨基的书，也卖阿波里奈尔和瓦莱里的作品。瓦莱里是他的一个顾客，也是邻居，最后也在那里出版诗集。

1923年之前，"无可匹敌"其实并没有真正的审读委员会，它满足于《文学》杂志的审读报告、建议、意见和关系。如果作者不去找伊尔桑，他就先读发行量最小的杂志，然后去找文章的作者。在他的合同中，没有一条事先规定后续版权。作者都只签一本书，出版社没办法保住莫朗或阿拉贡，由于缺乏定金和有效的发行网络，他无法制止他们去投奔伽利玛。对于那些成了朋友的作者来说——比如说桑德拉斯——这确实是一个吸钱泵，伊尔桑没办法保证出版社的资金。他临时关了门，创办了一套法国经典精装丛书"法兰西天才"，从弗朗索瓦·维庸开始收……到所有已经去世五十年的作者，因为他们的版权进入了公共领域，这样就可以不付版税。商业影响非常直接。

转眼间，他已出版了一百三十多种书，而"无可匹敌"也在多年中出版了一百七十六种。但这次，他不再孤独：许多金融家汇集了启动资金，在伊尔桑看来还不够。当他想增加资金时，其中的一个股东是银行家，提出要给伊尔桑七十万法郎，但要求在1936年迅速归还。伊尔桑被卡住了喉咙，不得不卖掉出版社。一个董事带来了一个买家：伽利玛。买卖谈成了，库存结清后丛书便封存了起来。应该说，在经典作家的精装版方面，伽利玛已经拥有了"七星文库"。但这桩生意也让他消灭了一个小小的潜在的竞争对手。伽利玛?"一个辉煌的百万富翁,作家们的一个好朋友。"伊尔桑说。①确实,他们两人没有任何共同之处。伽利玛出身于富裕家庭,起步的时候就很有钱,他周围的人除了懂书,也都很懂得算账。伊尔桑的出版社可完全不是那么回事,不管是过去还是将来:他是共产党人,雅克·迪克罗把这家共产党出版社的集体领导权交给了他,战后数十年中,他一直是社会主义出版社的顾问。

事实上根本没有任何共同之处。然而,两家出版社之间有许多小路:莫朗、阿拉贡和其他一些没那么出名的作家,他们被"大社"挖走之前曾在"小社"起步。比如说这个二十七岁的年轻女子,1929年,她把第一部稿子同时寄给了伽利玛和伊尔桑,因为她喜欢他们出的书,但第一家出版社甚至没有理睬她,第二家却热情洋溢地给她回了信,并马上出版了这个简短的故事,还给了她预付金,但实在是微不足道,一百五十法郎。可这没关系!对玛格丽特·德·克莱昂库来说,唯一重要的是《阿列克西或徒劳之战条约》进了书店。这位女作家后来改名为玛格丽特·尤瑟纳尔。

失败了?还会再失败的。审读委员会不是机器。出版社越来越累赘,一直都缺乏条理,尽管雷蒙·伽利玛做了很大的努力,当然还有普鲁斯特和塞利纳,这是最出名的两个;还有莫里亚克,当年他想进入伽利玛出版社,里维埃没有同意,但这并没有妨碍他们后来成了很好的朋友。直到1978年,出"七星文

---

① 勒内·伊尔桑向作者证实。

库"的时候才把莫里亚克"收编"进来;还有雅克·科波,1914年,他坚决反对 NRF 出版让·科克多的诗歌;还有马尔罗,他让伽利玛拒绝出版鲍里斯·苏瓦里的传记《斯大林》,那是一个卡桑德尔①。布里斯·帕兰把他带来时,大家都不喜欢他。开始用于连·格拉克为笔名的路易·普瓦里埃的第一部短篇小说集《在阿戈尔城堡》也遭到了拒绝,这本书后来被一个叫约塞·科尔蒂的人要走了,他是出版人兼书商,是个乐天派,很勇敢,说:"为什么不要拒绝别人已经退回厨房的菜?……别人不愿意碰的菜不一定就是不好的菜。"②

有的失败是出版社集体造成的,还有的往往要由某些审读员负责,至少流言要负一部分责。普鲁斯特事件将永远是纪德的错误,③塞利纳事件是克莱米厄的错误……但伽利玛本人有时也有责任,比如说在蒙泰朗事件中。他"走脱"了蒙泰朗,直到战后诉讼时才把他弄回来。然而,从1919年6月起,亨利·德·蒙泰朗给里维埃寄了一部稿子,里维埃在杂志上发表了一部分。但过后不久,NRF 出版社和其他十家出版社包括格拉塞出版社拒绝出版《换早班》,作者后来花了三千五百法郎在"法兰西文学社"自费出版了七百五十册。④ "……我写信给蒙泰朗了,对他说,我不准备出版他的书,但请он把他的下一本书给我。"伽利玛在给雅克·里维埃的一封信中承认,⑤但为时已晚,因为达尼埃尔·阿

---

① 希腊神话中的特洛伊公主,能预卜凶吉,但无人相信她。——译注
② 约塞·科尔蒂,《杂乱的回忆》,科尔蒂出版社,1983。
③ 美国出版商关于失败的调查,《纽约时报书评周刊》仍把纪德拒绝普鲁斯特的手稿当作参考和参照点。
④ 皮埃尔·西普里奥,《摘去面具的蒙泰朗》,拉丰出版社,1982。
⑤ 1919年8月20日的信,阿兰·里维埃档案。

莱维和贝尔纳·格拉塞这次动手更快，他们在1922年出版了《梦想》以及这位作者的所有作品，蒙泰朗在二十多年当中写了许多东西。

金钱问题与合同问题，阴谋与让步，像小店主那样竞争，与作家的利益关系，朋友少但关系多，渗透文学奖……这就是工作。出版人的工作？大概也差不多吧！

ZED。这三个字母连在一起没有任何意义，哪怕作为首写字母的组合。看得再仔细，眨着眼睛发挥想象，你也看不出什么名堂。然而，在三十年代，它以小号字的形式出现在许多报纸最后一版的下方：ZED出版社。这是伽利玛为他1928年12月20日以七十万法郎创办的一家有限公司想出的名字。他的真正目的我们一无所知：产业或与出版、印刷、广告有关的一切。其实，这主要是创办报纸杂志而又不影响伽利玛书店。如果计划搁浅，出版社没有损失，至少原则上是这样。

加斯东突然喜欢上了新闻？他觉得自己是干新闻的料？至少他梦想当比诺-瓦里亚、梅耶、卡尔梅特或普鲁沃斯特甚至赫斯特[①]那样的人，谁知道呢？其实根本不是这样。自从完全负责出版社以来，也即战争一结束，他就在想尽一切办法赚钱，想在这一行里待住，即与印刷有关的这个行业，而不是去卖细面条或汽车，尽管很多人建议他这样做，说可以在短期内得到回报，但他拒绝了，那种买卖不是他这种人做的。但报纸和杂志就不一样了。这也是与纸打交道，权力会越来越大，可以说是雇佣作家给

---

① 赫斯特（1803—1951），美国报业大亨。——译注

你干活，让他们跟你签合同。总之，人们同时在NRF、《音乐杂志》《犹太人杂志》(更不用说《文学报》了)上发现的往往是同一些人的名字，大部分都印着"伽利玛"的字样。如果还有这样的一个企业能给总社带来利润，伽利玛准备与NRF中最坚定、最真诚的员工一起不断斗争，并告诉他们，如果没有这桩大买卖带来的一口氧气和巨大的经济回报，他们的小生意会破产的，更不用说许多作者保密而昂贵的印数了。

1928年秋。圣克卢赛马场，比赛休息时，三位记者在聊天。马塞尔·蒙塔隆，二十六岁，《日报》的记者；马里尤斯·拉里克，他的资料室主任；乔治·凯塞尔（约瑟夫的弟弟）正在向他们讲述自己的烦恼：

"我麻烦了：几个月来，我多次收到伽利玛寄来的钱，他要我替他筹备一份社会新闻周刊。我把所有的钱都赌掉了……"

"那又怎么样？"拉里克问，"对你来说，没什么比这更正常的了。你不是习惯这样吗？"

"是的，可现在，我骑虎难下。加斯东最近召见了我，给我限定了日期：10月份。我什么都没有了，抽屉里空空如也……"

"什么都没有了？真的没有？"蒙塔隆追问道。

凯塞尔说："我头脑中有个办杂志的好主意，有个计划。至于文章嘛，我哥哥约瑟夫有个中篇。我想这就可以了。填满一个周刊，我觉得还是轻松的。可我得组织一个团队。你们参加吗？"①

拉里克和蒙塔隆面面相觑，征询地望着对方。凯塞尔给他们

---

① 马塞尔·蒙塔隆向作者证实。

两天时间做决定。其实，这种犹豫，他在其他许多编辑部里都见过，他有许多朋友是编辑。首先，必须是一份新杂志，但那是一份什么杂志？那个伽利玛，他是个知识分子，除了纪德和克洛岱尔的书，他还知道些什么？而且，乔治·凯塞尔这个人本身就不怎么能让人放心。当然，他是个很讨人喜欢的伙伴，一个美男子，皮肤黝黑，线条细腻，有点像花花公子。他在新闻界摸索，想像他哥哥一样，也写点东西。大家都在想，是不是仅仅因为约瑟夫与伽利玛的关系，乔治才天上掉馅饼，有了创办周刊的空白委任状，什么都不缺：大家只知道杂志将完全刊登社会新闻——这种形式不怎么吸引人，但自从纪德在1914年发表了《重罪法庭的回忆》之后，总的来说还是被人接受了——它将像《体育之镜》一样，用照相凹版术印刷。就这些。这并不重要。怎么能相信这个具有魅力的冒险家乔治·凯塞尔呢？他迷上了伽利玛，这是肯定的。可是，伽利玛是否知道凯塞尔是个疯狂的赌徒呢？他晚上玩扑克，白天赌马。和他一起生活，如在地狱一般，但又让人激动。在《幸运的孩子们》（1934）中，作为作家的凯塞尔描写了他的兄弟（人们后来说他也受到一个知名记者保尔·布兰吉埃的启发）。那部小说的主人公雅克·勒特洛兹跟他非常相像：他一直靠报纸的预支款生活，什么都赌，什么时候都在赌，他在饭店里赊账，在平庸者和巴黎新闻界的小官员当中感到窒息，他们狭隘而无能：

"啊！假如我有一份报纸该多好啊！那我就在全世界织一张蜘蛛网。寻找极地的人，捞珠宝的人，走私鸦片的人，高级妓女的床，独裁者的宫殿，圣人的圣地——我将处于一切的中心。我在每个国家的首都都有间谍。我将自由，我什么都知道并且把它们说出来。我可以用脑袋担保，有了我的这份报纸之后其他报纸都活不下去了……我们去喝酒、吵架、绑架女人，活着，成功！"

在凯塞尔招收团队成员的同时，伽利玛找到了一个刊名：《侦探》。这个刊名非常点题，大家记得住，而且说出了大家想说的东西：社会新闻而不是别的。可惜，这个刊名已经有人用了。没什么关系，找到了那个讨厌鬼，让他改刊名。那是个私人侦探，以前当过警察，自称阿舍尔贝，这个笔名来自他的真名安德烈-克洛德·布耶的起首字母（A.-CL.B.）拼起来的读音。应该想得到的。在一个十多年后因替合作政府的新闻机构工作而闻名的年轻记者阿兰·洛布罗的帮助下，他以《侦探》为名替"调查与盯梢公司"出版了一份广告小册子，记者们也在上面写些警察与流氓的故事。加斯东·伽利玛买了这份杂志连同其刊名，并同意在第一期《侦探》免费替他的侦探事务所刊登许多广告。阿舍尔贝呢，他选择了另一条道路，后来成了电影《莫科爷爷》的编剧。

从此，唯一的障碍，就是那个团体，周刊的编辑部了，它还处于萌芽阶段。因为凯塞尔想找一些好记者，而他们都迟疑不决：对他们来说，《侦探》是名副其实的历险。在那个时候，如果你是编辑部成员，你就是终身的，除非你往主编头上扔了墨水瓶。马塞尔·蒙塔隆同意冒险。于是他从他起步的《通俗》和《日报》调到了《侦探》。但他的大部分同事更喜欢按行数来计算报酬，他们想试一试，并没有下决心真的加入。所以，《报纸》《小日报》和《小巴黎人》中的名人都成了这份新诞生的巴黎杂志的作者。但更重要的是出版社的作家们也替它写了文章：约瑟夫·凯塞尔当然不用说了，其他还有皮埃尔·马克·奥尔兰、乔治·西默农，后者写了一些谜一样的故事，必须由读者来解谜

（约瑟夫·勒博尔这个人物就是这样诞生的），弗朗西斯·卡尔科、保尔·莫朗……他们甚至宣布科克多也将加入他们的队伍：他从来没有在上面发表过文章，但有了那么多伽利玛出版社的作者，"欺骗"一下也无妨……

《侦探》第一期于10月25日出现在报刊亭里，封面上大字写着"芝加哥，罪恶之都"。杂志上有许多照片和墨画，文章应该能让大家感到满意，因为老板由许多人组成：伽利玛、凯塞尔、莫里斯·加尔松、路易·鲁博、保尔·布兰吉耶……经理是布里斯·帕兰！印了三十五万份。巨大的成功。在1936年之前，这还仅仅是平均印数。《侦探》火了。但11月15日第三期即将付印时，有人发现了一个灾难性的错误：两页空白，完全没有东西，上面什么都没有，既没有照片也没有文字。库存的文章都用完了，大家没有想到。

乔治·凯塞尔和马塞尔·蒙塔隆这两个办杂志的行家里手，马上就去了肖沃路廉价市场附近伽利玛兄弟常常在那里吃饭的车夫饭店，找到了兄弟俩，把困难跟他们说了。加斯东和雷蒙一脸茫然，他们是干出版的，对解决这类难题没有什么经验。幸亏莱昂-保尔·法尔格也在那里，他听了以后，做出了抉择，打破了久久的沉默：

"先生们，报纸由于缺乏金钱而消失，这有许多先例，但没有听说过因为缺少文章而倒闭。"[①]

他们建议法尔格当晚写一篇关于巴黎的长文，与现实毫无关系，但必须用写社会新闻的语气。大家一致同意这个主意，并且马上找到了一张照片。但凯塞尔了解法尔格，知道他需要几年才

[①] 蒙塔隆的证实。

能给出版社交一部稿,他不相信法尔格能在一夜之间完成这样一篇文章。所以,为了更加保险,他还要哥哥约瑟夫写一篇报告文学。法尔格没有生气,他能理解。不管怎么样,他喜欢《侦探》。他每天都在格勒内尔路的龙咖啡馆待好几个小时,不仅仅是为了观察来此解渴的朱利安学院的模特儿们,也是为了等待《侦探》的记者们:只要一人去狩猎,他就跟上去嗅探长们的气味。

在庄严的伽利玛出版社,《侦探》仅仅是个怪异和幽默的符号,它与亨利·贝罗昔日在"长脸远征"时期献给NRF的"疯子卡文"的形象截然不同。这份周刊无疑被当作一个高贵家族的私生子,这一点,大家都不隐瞒,因为不可能隐瞒伽利玛与《侦探》之间的联系。这是一个公开的秘密,但大家都不说。他们把杂志的办公室安置在夫人路,出版社的书库里一直存着这份杂志;后来,当出版社搬到博姆路时,《侦探》又接替它搬到了格勒内尔路的地址。但这种不得不接受的距离并不能阻碍出版社的大作家们与它合作或去拜访它,像看望怪兽一样去观察在工作中打探"罪恶"、调查血案的人。

星期二是杂志开印的日子,伽利玛往往在这一天带领他的兄弟和瓦朗蒂娜·泰西耶去夫人路,晚上,编辑部会在维莱特的一家饭店吃饭。

"我们去看角斗。"他对他们说。[①]

在他们眼里,这确实是一场决斗,与保朗的办公室里严肃的气氛截然不同。他们没有失望,有一天晚上,他们听到了枪声,惊讶地连忙跑进编辑部的办公室。原来《侦探》在搞演习,记者们假想遇到了盗贼,夜幕降临的时候,在两个改成靶场的地方,

---

[①] 让-加布里埃(报社记者)向作者证实。

用有弹和无弹的枪进行训练。那天晚上,伽利玛兄弟才明白,为什么有些库存的原版书和线装羊皮书上布满了铅弹。直到有颗子弹差点击中前来送邮件的女看门人,这种训练才停止。那个看门人真的被震聋了……至于盗贼呢,他们从来没有进攻过夫人路。在斯塔维斯基事件①中被怀疑是著名"恐怖约"②的翻版,但他们的夜晚是在酒吧里结束的。

大家都没想到,伽利玛成功了。《侦探》在短时间内给他赚了很多钱。大家谣传说,尽管这种谣传并非都是善意,社会新闻周刊填补了 NRF 的亏空。伽利玛本人也不隐瞒这一点,他常常对他的同事瓦莱特说:

"《新法兰西杂志》让我亏了本,但我在《侦探》上赚了。"③

过了很久以后,他才承认:

"只有在那个时期,当我出版《侦探》时候,我在经济上才感到宽裕……取得了巨大的成功。那是我最成功的生意!"④

伽利玛还想出了一个好办法,用书来延续这种成功,让它更持久,回报更大。他创办了"侦探"丛书,曾一度交给莫里斯·萨克斯来管理。丛书出版了凯塞尔和周刊其他大作家的作品:从 1934 年到 1939 年,以这个丛书名出版的书达八十六种。

除了经济收益,《侦探》还给出版社带来了一些怪异的东西。当然,两兄弟绝不会插手周刊的编辑工作,他们怀着好感,愉快地观察着它,但坚决不让自己干预。他们只对报表感兴趣。不管

---

① 1933 年法国发生的政治事件。法籍俄国人 S.A. 斯塔维斯基长期从事投机诈骗活动,发行大量伪债券而暴富。1933 年底事情败露,引发政坛危机。——译注
② 指骗子斯塔维斯基。——作者的解释
③ 莱奥托,《日记》,1931 年 11 月。
④ 夏沙尔的文章。

怎么样，加斯东是杂志对外的代表，尤其是当它受到批评的时候：他长期受到报刊监事会的羞辱。《侦探》不止一次受到禁登广告的威胁，并引起了论争。它被指责为"血腥"，尽管大家都承认它的读者大多是成年人和老年人。

初次办刊使加斯东得以进入另一个世界，对他来说，这还挺好玩的。他和法尔格一样，爱上了这种民间文学，它洋溢着大理石、警察局、包围和罪行的气氛。这完全是……另一回事！没有《侦探》，他绝不会在这样抒情的条件下，雇佣那个后来成了出版社会计的男人。路易·鲁博曾在周刊第一期刊登了一篇关于康城"好"犯人，即能够重新融入社会的那些犯人的长篇调查报告。一天，一个人来到夫人路，请求见主编。他叫保尔·格鲁奥，因荒诞而难以置信的爱情、间谍和金钱故事而在魔鬼岛度过了十五年，他在那里学会了一门职业：会计。

"我就是您在文章中所寻找的那种人。"他对凯塞尔说，"因为我是能改造好的人，救救我吧。给我找个工作。"

加斯东跟这个不同寻常的失业者交谈之后，又咨询了一下其他人的意见，同意了。于是，昔日的苦役犯成了杂志社的会计，一直干到1939年杂志关门。加斯东对他的工作很满意，非常信任他，又让他进入出版社，替他管理个人账目和自费出书的事。格鲁奥先生在这个岗位上贡献自己的才能，直到去世。

《侦探》创刊几个星期后，伽利玛又替《电影》代理发行。那是约塞·科尔蒂新办的一份专业杂志。从1928年12月起，杂志以这个名字出了三期。后来，从1929年10月到1931年12月，它改名为《电影》，先后有三任主编：皮埃尔·凯费、雅克·尼埃尔和罗贝尔·阿隆。这本图片很多的杂志发表菲利普·苏波、让-里夏尔·布洛什、罗贝尔·德斯诺斯、安德烈·伯克莱等人的文章，感到很得意。杂志的灵魂人物叫让-乔治·奥里奥尔，此人很难打交道，非常粗暴，与加斯东不和。但不管怎么说，他懂电影，这样的人并不多。影评家和电影人会一直跑到克里希路的约塞·科尔蒂书店，在那里肯定能找到奥里奥尔库存的杂志。

无论从哪个方面来看，这都是一本高质量的杂志，但它仅仅是一本杂志。伽利玛从此爱上了新闻。他梦想再造《侦探》的成功。在发行量的鼓励下，他于1931年3月推出了《在那里》，这是一本用凹版印刷的周刊，里面有很多墨画。社址在格勒内尔路，由乔治·凯塞尔负责。一切都像《侦探》一样……但本质上不同，它不再刊登社会新闻，其副刊名是"新闻报道周刊"，主要是新闻，里面有大量的照片，不仅仅是司法和侦探的照片，还有许多巴黎生活、国际和政治照片……主要靠几个女性的故事卖钱。几个命运不凡的女性在上面发表了她们的回忆，几个有才能的作家躲在幕后帮助她们。也因为杂志的最后一页全是艳丽女人的照片，她们的大腿和低领胸衣在当时显得十分大胆。乔治·凯塞尔只当了两年的主编，他后来在去克勒兹的路上出了车祸，不得不戴颈托，而且让他的兄弟约瑟夫也跛了脚。他减少了活动，后来放弃了这本杂志，而伽利玛也在后面催促他。伽利玛临时派让·马松代替他之后，又任命弗洛朗·费尔为《在那里》的负责人，并把《侦探》交给了马里尤斯·拉里格。

费尔——他的真名叫费尔森贝格——主持《在那里》的时间最长。然而，他的过去和所受的教育使他与读者的口味和关心的东西背道而驰。他曾在二十年代参加过《行动：哲学和艺术手册》杂志的创办，并在斯多克出版社主持过"现代人"丛书，还替《文学报》和《活跃的艺术》写过艺术评论。弗洛朗·费尔是个自学成才的人，非常活跃，认识很多诗人和画家，能够跟他们吃饭、聊天、谈书，是个十分典型的巴黎人，敏感但脾气很固执，在某些方面与伽利玛很像，比如说，他们都喜欢漂亮女人，两人都常常陪伴着瓦朗蒂娜·泰西耶。他虽然粗鲁，但对朋友很忠诚，多次毫不犹豫地去找警察局长夏佩，请他对杂志的某些作者所犯的轻罪睁一只眼闭一只眼：有个诗人吸食鸦片上瘾，藏了七公斤的毒品；有个作家口袋里装满了海洛因，有个记者有裸露癖……夏佩有时还在工作方面帮他的忙，去找自己的朋友英国同事特朗夏尔爵士，让费尔能参观英国的监狱，完成一篇关于囚犯生活条件的报道。①

有的人跟《在那里》签了合同，有的人没有签，一切都取决于文章的性质：是一个轻佻女人的回忆还是千里之外的实地调查。1932年，乔治·西默农在上面发表了一篇长篇报道，记录他前几年在非洲的旅行。这篇反种族主义的文章在读者当中引起了强烈的反响，以至于几年后，当他想回黑非洲时，法国政府不给他签证。应该说，他对帝国的支持者们不是太客气。当时，巴黎的电影院在放映一部记录雪铁龙"跨越黑非洲"的电影，片名叫做《说话的非洲》，环球采访的记者在自己的文章底下加了一个副标题："非洲在跟你说话，它在骂你"，文章的最后是以这样绝对的词语结束的："是的，非洲在骂我们……骂得好！"

《在那里》和伽利玛出版的许多报纸和杂志一样，减少了出版社许多作家在经济方面的后顾之忧。1932年，安托南·阿尔托在戒毒治疗期间发表了两篇报道：一篇关于中国，另一篇关于

---

① 弗洛朗·费尔，《在那里》，法雅尔出版社，1957。

加拉帕戈斯群岛。他的朋友费尔（十年前，费尔已经在《行动》杂志和斯多克出版社出过他的东西）知道他并没有去过那些地方：他的报道是在房间里和图书馆里旅行之后的产物。于是，阿尔托的第三篇文章，尽管他付了稿费，但没有发表。因为加斯东想尽量讨他的作者们高兴，如果需要的话，他甚至不惜间接地资助他们，况且有人在找阿尔托：罗贝尔·德诺埃尔正策划让阿尔托离开伽利玛，要了阿尔托的一些译文和序，甚至把它们都出版了：《埃里奥·加巴纳或受奖励的无政府主义者》(1934)，《生命新发现》，署名为"发现者"。①

也正因为如此，出版商才被他所出版的作家们当做是银行家和经纪人。但有时通俗报刊并不好办，伽利玛在新闻方面的最后一个创新成果《玛丽亚娜》就是这样。

这份政治文化周刊远不是天才与灵感的结果，而是资料编辑的产物。1924年，阿尔泰姆·法雅尔创办了《老实人》，1930年又创办了《处处有我》两份周刊。"老实人"这个词经常被人使用，很多人模仿。法兰西出版社的社长贺拉斯·德·卡布齐于1928年出版了《格兰瓜尔》，加斯东也于1932年创办了《玛丽亚娜》，一年后，普隆出版社每年都给它的周刊一个新名字：首先是1933年，后来是1934年……这些不务正业去搞新闻的出版商，其目的都一样：让他们的活动多样化，给出版社寻找新的出路。花最少的钱来给他们的产品做广告或其他促销活动，吸引新作者或以出版连载的方式发表小说，拉拢竞争对手的作者。最让伽利玛担心的还是《老实人》，因为《格兰瓜尔》被认为太庸俗。《老实人》办得不错，倾向于右派，而《玛丽亚娜》也将

---

① 《文学杂志》，1984年4月，第206期。

办得很好，倾向于左派。这远不是政治问题，而是市场问题。至于周刊的主编，加斯东想起了埃玛纽艾尔·贝尔。伽利玛曾出过他的两部论著：《资产阶级道德的死亡》和《资产阶级和爱情》。贝尔具有能左右局势的人的所有优点，既能组稿，也能写稿、发表稿子，还能设法从其他出版社和周刊挖人才。总之，法雅尔的《老实人》正是这样干的，用NRF的人来做他想做的事。加斯东创办《玛丽亚娜》也是为了制止资源的流失。

四十岁的贝尔，完全是巴黎的犹太资产阶级的产物，他出生于工业家和大学教师的家庭，与普鲁斯特、柏格森和弗兰克都是亲戚。他们是在同样的环境中长大的，不信任何宗教，是克列孟梭分子。他和德里厄·拉罗什关系密切，两人在1927年创办出版和编辑了《最后的日子》，这份半月刊由伽利玛书店经销，但办到第七期就停刊了。马尔罗也是他的朋友，让他辞去了在格拉塞出版社的工作，把他带到了伽利玛出版社。

当加斯东建议他模仿《老实人》创办《玛丽亚娜》的时候，贝尔的想法有所不同：他想独自办刊，或者说几乎独立。他想以《半月手册》的方式来办刊，他就是新佩吉。这也未免太狂妄了，比较一下佩吉和贝尔的名声和作品，就知道这有点不现实。加斯东劝他不如办一份新闻报，上面登些照片、文章、消息、评论和专栏等，再替NRF多登点广告。

几个月来，他在马尔罗的帮助下，努力克服胶版印刷、设计排版装订等技术问题，条件有时非常艰难，伽利玛并不全都了解，只是一味催他出刊。两人不总是投机，但加斯东承认他离不开贝尔：

他很难相处，很苛求，喜欢大喊大叫，说话像打机关枪。我在他身上付出了很大代价，但我们出版了我们喜欢的东西，当然有些细节例外。而且，由于他的影响，我想我最后学会并且懂得了必须倾听右派也必须倾听左派的意见，这并不是一件容易的事。贝尔的点子很多，当然也有些主意让人不安。但自从他进入出版社之后，出版社的名声更大了，更活跃了，与政府部门和戏剧舞台的幕后建立了关系。①

舞台的幕后和政府部门……确实如此，NRF对面的王桥饭馆的酒吧和该街区的其他饭店成了记者和作家聚会的地方。在弗洛萨尔、布洛索莱特、皮埃尔·博斯特和负责周刊秘书处的约塞特·克洛蒂的帮助下，埃玛纽艾尔·贝尔于1932年10月26日如期出版了《玛丽亚娜》创刊号。它以"插图版大文化周刊"的面貌出现，由伽利玛负责出版，伊尔什任经理，朗格印刷。第一页当然是贝尔写的社论；第二页是圣埃克絮佩里的《飞行员》，后面有约瑟夫·卡约的预言、皮埃尔·布洛索莱特的议会复会、儒勒·莫什（财政部金融委员会委员）的金融分析、拉蒙·费南德的书信、约塞特·克洛蒂的科莱特美容秘诀、埃杜阿尔·布尔代的戏剧、皮埃尔·马克·奥尔朗的展览、让-里夏尔·布洛什的唱片、马塞尔·埃梅的一个中篇小说、乔治·杜阿梅尔的一部小说、安德烈·莫洛瓦的伏尔泰传……

大家庭不就是这样的吗？甚至专栏的名称都受莫朗、普鲁斯特、缪塞或卓别林的启发，在向朋友和行家抛送媚眼：演出方面有"夜晚开放"，体育方面有"世界冠军"、展览和音乐会方面有"快乐与时日"、戏剧方面有"任性的玛丽亚娜"以及"城市之

---

① 安德烈·伯克莱，《回忆之乐》，伽利玛出版社，1982。

光"……他们具有开放精神和商业精神,欢迎与他们同行甚至成为竞争对手。同行从第一期开始就想为他们的新书买广告版面:普隆、格拉塞、弗朗茨、费尔曼-迪多、埃米尔-保尔……

除了为这期特刊所找到的合作者,贝尔后来还成功地弄到了海里奥、勒卡什、科莱特、特里斯丹·贝尔纳、马丁·杜加尔和季洛杜的作品,甚至在第二期还得到了阿尔贝·伦敦的一部中篇。内容非常丰富,文章也往往都很有分量,非常出色,加斯东从此以后成了三本周刊的老板,甚至没有时间去读它们。《玛丽亚娜》的社会新闻栏曾伤害了剧作家亨利·贝恩斯坦,当他的两个证人出现在伽利玛面前,向他索赔时,他才如梦初醒,因为他还没有翻开新一期杂志。①

《玛丽亚娜》的政治态度一开始就很明朗:温和的左倾,缺乏战斗性,反法西斯,支持民族阵线,但热情不过分。杂志捍卫和平,支持白里安②反布安卡雷。至于外国政治,贝尔在任何事情上都首先征求圣-莱热·莱热的意见。每次编刊,他都去外交部接受指令。当贝纳诺斯坚决地与极右派和法兰西行动决裂时,他选择了《玛丽亚娜》来表明自己的态度。所有的事情都有利于伽利玛所希望的形象、语言和倾向,以至于他的周刊成了另一本《老实人》。

当然,这本杂志也是 NRF 的一匹特洛伊木马,用来发表科莱特在格拉塞出版社出版的最后一部小说的节选或龚古尔奖评委卡尔科的新作。但读者买它,主要还是它的内容,杂志的作者们介入政治往往比介入文学更深,伽利玛出版社每周五下午 6 点乱哄

---

① 《巴黎铺路石》,1938 年 6 月 17 日,第一期。
② 白里安(1862—1932),法国政治家,宣传和平主义。——译注

哄的例会就是证明。《玛丽亚娜》和伽利玛出版社在同一个地方办公。

NRF杂志往往遮掩它与那几个讨厌的堂弟——《侦探》和《在那里》的商业关系，而以《玛丽亚娜》为荣。它有时给他们出些主意或提供一些文章，知道如何利用这本十分巴黎化的周刊，其主编确实选对了人。1932年，当伽利玛出版D.H.劳伦斯的《查泰莱夫人的情人》时，尽管马尔罗写了序，加尔松先生又认真审读过，这本书还是引起了轩然大波。有人向检察院提出控告，要求查禁这本书。部长根据检察长的意见，没有立案。结果，在市议会上，有个主张严肃处理这类伤风败俗的东西的官员召来了警察局长。夏佩不想为难伽利玛出版社那两个经常请他吃饭的人——费尔和贝尔，只禁止这本书在巴黎地区的报刊亭售卖，想以此脱身。与此同时，这个警察局长也显得很难商量，不同意解除在《侦探》上刊登广告的禁令。这让伽利玛损失了数百万法郎，这本社会新闻杂志的销售很大程度上取决于封面上的噱头。夏佩接见了贝尔后，改变了主意，于是一切都摆平了。但这一次，《玛丽亚娜》这本左派周刊的债务人处于相当困难的境地，尤其是在2月6日事件之后，它面对着一个也属左派的新竞争对手《星期五》。

一九三六年，伽利玛的报刊达到了顶点，也标志着开始走下坡路。西班牙内战的爆发，欧洲岌岌可危，使读者不再关心《侦探》和《在那里》所热衷刊登的那些吃饱饭没事干的人的谋杀案和美洲城那些社会渣滓的恶行。按道理，人民阵线不该受到曾孕育过它的《玛丽亚娜》的攻击。杂志的平均印数达到十二万份之后，只能减少，最多也只能保持稳定，成了巴黎的第三大周刊，这对伽利玛来说是不够的。1937年，他把《玛丽亚娜》卖给了雷蒙·帕特诺特尔，这个人很有钱，以前是《小日报》的老板，当过法国经济部部长。现任赶走前任，安德烈·科尔努成了社长，雅克·帕热当了主编。《玛丽亚娜》死了，《玛丽亚娜》万岁！但在转让合同中，伽利玛规定，NRF的文章和作者将在杂志上保留优先权。①

至少应该这样。贝尔将独自去创办和编辑符合自己口味的期刊《巴黎铺路石》。伽利玛现在知道了，出版商可以创办报纸，但不要临时充当媒体老板。那是另一种职业。

1931年，加斯东·伽利玛五十岁了。差不多已经过了半辈子。半个世纪了，他还有那么多事情要做。他不喜欢别人给他祝寿，那是走向衰老和死亡的一个正式步骤，是必须躲避的幽灵。他往往忘了自己的年龄，只有别人的死亡才让他想起自己的岁数。1925年，雅克·里维埃的去世让他深受震惊。他们在十多年里的通信数量多，内容丰富，充满了友爱，说明他们的友谊深厚、持久和真诚，尽管有时他们之间也有误会。里维埃曾疯狂地爱上了加斯东的妻子伊冯娜·伽利玛，为了从这种爱当中摆脱出来，他写了他最重要的小说《被爱的女人》，把他与加斯东和伊冯娜在贝内维尔度周末的事都写了进去。文学性在最初的NRF中是那么重要，以至于其他的一切都被忘记了。事件和情境一旦成了文学的题材，它们就不是个人的事了。里维埃把自己对伊冯娜·伽利玛的"秘密"爱情移植到一部小说里以后，他解脱了，况且，"那个丈夫"就是小说的出版人……

---

① 雅克·帕热的文章，《海洋-新闻》，1976年1月8日。

1929年，加斯东·伽利玛的父亲去世了。这是一个不能忘记的日子，标志着一个时代的结束。但他早就不是著名的保尔·伽利玛了，他卖掉了贝内维尔的城堡，只留下几公顷土地；他还卖掉了他丰富的收藏，不过，还是留下了几幅名画。我们不知道是什么画，但知道在夏庞蒂埃画廊举办科尼亚克拍卖（1952年）不久，画商维尔登斯坦和加斯东一起吃饭时，曾肯定地对他说，如果保尔·伽利玛的收藏到现在拍卖，至少能卖个十亿法郎，这让加斯东心里"暗泛酸水"。①

尽管如此，加斯东·伽利玛还是继承了一些大师的名画，尤其是雷诺阿的《源泉》，他后来把它卖了，为的是不向银行借钱，并能让他的出版社搬离格勒内尔路过于狭窄的办公地点，安顿到康巴塞雷斯旅馆对面的塞巴斯蒂安-博坦路，也就是以前的博纳路。②

他已经五十岁了，但还像年轻的时候那样，在无聊的时候，没事可干的时候或无忧无虑的时候，总喜欢开玩笑，喜欢作弄别人。尽管责任重大，出版社的经济问题又多，事务繁忙，他还是很难正经起来。当他离开办公室时，那时还在格勒内尔路，时间已经很晚，法尔格已在堆满文件和稿子的长沙发上打瞌睡，他总是忍不住对他说：

"莱昂，请把钥匙放在对面。晚安！"③

对面，是巨龙街的咖啡馆。

为人诙谐的加斯东曾送给朋友和精心挑选的作家一些由出版

---

① 《费加罗文学报》，1952年6月7日。
② 艾迪特·莫拉对加斯东·伽利玛的采访，见《法国新书目》，1954年第9期。
③ 安德烈·伯克莱，《从圣彼得堡到圣日耳曼德普雷》，伽利玛出版社，1980。

社的诗人设计的钞票。在十法郎面值的钞票上，在那个好像在做梦的农妇的旁边，有拉福格[①]的一句诗："贝尔特眨着丁香般温柔的眼睛，乞求上帝让我回来……"而钞票背面的那个矿工在问他："已婚的女人，你在外省干吗呢？"幸亏，在这些仿制品的下面还有一行字：加斯东·伽利玛赠。[②]

然而，他老穿着深蓝色的衣服——夏天穿灰色的——系着也是深蓝色的领结，花白的头发梳得整整齐齐，戴着帽子，总显得很严肃。不管他愿不愿意，他得保持 NRF 的威望。不过，这些都是表象，这个人其实一点都不严肃：他蓝色的眼睛总是笑眯眯的，闪着狡黠的光芒。他笑容可掬，已经发胖的肚子表明他常常坐在特里尼泰广场对面的洛林饭店或马克西姆饭店，总那么红润的脸色还让人以为是羞怯呢！他言行举止都很放松自然，总之，一切都可以用一个词来概括和总结加斯东，这个词常常出现在所有认识他的人嘴边：魅力。有人甚至认为他有些女性化，因为他常常会感到难为情，深思熟虑而显得有些神秘，善于巧妙地掩饰自己的激情。

他从来不强调思想主张而是强调品位，从这个意义上讲，他属于十九世纪。他只要求道德完善、为人高雅、有风度、有品位，所以他认为拉尔博比马尔罗强，法尔格比德里厄或阿拉贡强。他不喜欢做事果断的人，他从纪德的作品中只看到怀疑，毫无确定的东西。他非常讨厌宗派分子，指责他们的原则过于严厉，捆住了自己的手脚。他既不喜欢军人也不喜欢原则性太强的人，认为他们与清教徒无异。伽利玛有时会做出截然相反的事情

[①] 拉福格（1860—1887），法国象征派诗人。——译注
[②] 《费加罗文学报》，1949 年 10 月 22 日。

来，喜欢遮遮掩掩、朦朦胧胧，其表里不一就是证明。他并非真的坦诚，也非完全透明，他不喜欢完全付出，这不仅仅是因为审慎。他从来不会完全讨厌什么或完全欣赏什么。这个人的性情就像温和的天气，气象学家会这样说。与其说他是知识分子，不如说他是艺术家，他喜欢艺术家甚于思想家，保朗那种折磨人的虚伪和多重的矛盾常常惹他生气。他根据自己的感觉来猜想而不是进行推理。

伽利玛是个老板吗？从文件上来看，当然是，但在日常生活中并非这样。他为人太随和，没有时间观念，尽管他想守时。在给雇员的工资或给作者的预付金方面，他并不太大方。矛盾的是，他会给他喜欢的作家，给他信任的作品以不成比例的数额，那是因为对方的人格战胜了他。伽利玛也会付钱给一些没干什么的人，只为了有朝一日能用上他，请他帮忙。在需要的时候，伽利玛到处都有代理人和触角。在社会上，如同在办公室里对待他的合作者一样，他不喜欢让任何人难堪，尤其当着第三者的面。当别人犯了错误，往往是他先道歉。在饭店里，当侍应把酒洒在了桌布上，他往往会道歉，而不是让侍应在老板面前难堪。当印刷厂的校对没看出差错时，他总是说：我不知道如果我遇到这种情况，会不会也看不出来……

这个人很宽容，所以有他在场，人们就不会受到羞辱，除非别人踩到了他的脚。在塞巴斯蒂安-博坦路，大家都害怕非常平静的人发火。没有大事不要催他。他非常顽固——"坚持一个不好的主张比不断地更换好主张更好。"他常常这样说——他在争吵中总是不让步，哪怕知道自己错了。有一次他跟伊尔什激烈争论，面对他的商业经理的冷静，他破口大骂，最后口出妙语：

"……不许你让我自相矛盾！"

这就是加斯东·伽利玛。一个有品位的人，喜欢汽车，所有的汽车，用来开，而不是用来炫耀。他接受现代化，却把它变成可笑的东西，他喜欢讲排场，喜欢精致的生活，喜欢丰富多彩的生活，但穿衣服会一直穿到衣服破了洞掉了丝，然而换上另一件同样的衣服，毛衣袖子磨了个洞，他却不让换。他蓝色的粗呢上衣穿了好多年，爱马仕牌的皮公文包已经过时，雨衣也同样……这是一个没有癖好的男人，只喜欢书、戏剧和女人。他有他的生活习惯，嘴里总是叼着高卢牌香烟，钢笔里总是灌满了蓝墨水。加斯东很腼腆，所以当马丁·杜加尔在"七星文库"中连同作品发表了回忆录，文中提到了他父母的病，他感到非常震惊。① 他小心而谨慎。

巴黎的新闻记者曾追到他吃饭的饭店里，在他的专座旁向他提了一些问题，他答道：

"我喜欢巴黎的氛围、《卡门》《鲍里斯和路易斯》《白痴》《幻灭》《远大前程》、印象派、沙拉酱冷牛肉加炸土豆条、莫泊桑的生活风格。我绝不会像科克多那样从装有镜子的柜子中走出现实，我觉得没有必要像克洛岱尔那样让自己洗去伽利玛色彩。"②

二十年代末，作家、记者和电影编剧安德烈·伯克莱经常去看他，曾有机会问他喜欢什么、不喜欢什么：

"如果你问我不喜欢什么，我回答得更快。我不喜欢伯恩斯坦的戏剧、领带大花结、仪式、面对我所出的旧书、到我办公室教我职业秘诀的作家……我们可以没完没了地说下去……总之，我喜不喜欢什么，要看它有没有用。"

---

① 伽利玛给马丁·杜加尔的信，1955年9月6日。
② 伯克莱，《从圣彼得堡到圣日耳曼德普雷》。

"社里的作家呢？"

"我喜欢罗歇·马丁·杜加尔，也非常喜欢瓦莱里（他常常谈论暖气、香肠和雨伞），我有点害怕纪德，他太聪明了，永远都那么聪明，从来不会失去灵感。我喜欢拉格雷泰尔、阿拉贡、凯塞尔、贝尔、埃蒂安布勒。我就不说法尔格了，他属于我们这个家庭和圈子。至于其他人嘛，有些人我很喜欢，但我不出他们的书，因为我觉得他们的书写得不好；有些人我不见，他们太自命不凡，让我感到讨厌，但我出版他们的书，因为他们的书好。"

"敌人呢？"

"我有一大把，有的人与我们所喜欢的文学毫无关系，与印刷和发行也风马牛不相及，但也成了我的敌人。我在这里就举几个代表吧，其实大家都认识：亨利·贝罗，加尔蒂埃-布瓦西埃、吕西安·迪贝什、亨利·马西斯。"①

"您自己读什么书？"

"现在，我正在重读拉布吕耶尔的作品，晚上睡前一点一点读。"②

加斯东·伽利玛所有的侧面都在这儿了，在字里行间，除了一点：秘密。这是个神秘的男人，喜欢秘密，而且是个可以将秘密交付给他的人。总之是个理想的出版人。他的作者对他是怎么看的呢？

瓦莱里·拉尔博："加斯东·伽利玛是我最老的朋友之一，我甚至都不关心自己的书能不能卖得好：经验丰富的瓦尔布瓦会

---

① 关于贝罗和马西斯，请参照本书第三部分的有关章节。具有重新思想的记者让·加尔蒂埃-布瓦西埃曾主持《小白炮》。虔诚的莫拉分子、保皇派记者吕西安·迪贝什曾是《法兰西行动》和《环球杂志》的戏剧评论家。

② 伯克莱，《从圣彼得堡到圣日耳曼德普雷》。

给我带来更多的收益。"①

安德烈·伯克莱:"一个大头目,可以说是大家的大哥。一个和蔼、善解人意、耐心的老板,他以明显的智力优势,更确切地说,以一种潇洒而轻松的表述方式来领导大家。他说话时充满了才气和幽默,那些简单的思想如果从一个传统的、没有魅力和品位的领导人嘴里说出来,会变得索然无味。"

马克斯·雅各布:"他有很强的判断能力,和谐、可爱,声音动听,当然,当然,这些我们都知道,但他身上也有点魔王的味道……不是吗?"②

邦雅曼·克莱米厄:"加斯东·伽利玛有点像这个样子。如果有人要他提高版税,他会大叫起来,说没办法,生意太不好做。然而,如果你对他说你在赌场输了一万法郎,他马上就会给你钱。"③

罗歇·尼米埃:"他是一个暴君,让·保朗亲身体验过。但他不懂得专制统治,更指挥不动亲属。他以'伽利玛王国'的名义创造了一种威严,这与美洲的母系社会不同,与葡萄牙的父权和法国的儿童权也不同。这个暴君的乐趣在于书……加斯东,是加斯东体系的第一人,也是加斯东王国的创始者。"④

让·迪图尔:"加斯东一世,出版之王,文学少校,小说王子,诗歌的保护神,所有印刷品的上帝。一代代作家只有一个梦想,那就是印上他的徽标。大家都知道,他的徽标由红色或黑色

---

① 莫里斯·马丁·杜加尔,《回忆录》Ⅲ。
② 伯克莱,《从圣彼得堡到圣日耳曼普雷》。
③ 莱奥托,《日记》,1934。
④ 罗歇·尼米埃,《亚里士多德的学生》,伽利玛出版社,1981。

的线条组成,有三个花柳字体的缩写字母 NRF;换句话说,作者都梦想以他著名的白色封面加红黑线条出书。我二十岁时就命中注定这样了。"①

塞利纳:"伽利玛非常富有……他可以在半年时间里让你成为本世纪最伟大的作家!②……那个混蛋不想离开我。我经常骂他,我用各种脏话骂他……大流氓……③我把《流浪》题献给加斯东·伽利玛和老普林纳,但他们俩一个都没有感谢我。"④

弗朗索瓦·莫里亚克:"一头鲨鱼。"⑤

有的作家是在伽利玛五十岁时认识他的,有的是在他五十岁前后认识他的。但当他们对这个人——而不是对形势——的价值进行评判时,他们的观点绝没有过时,因为在三十年代,这位出版商的质量、特点和经历已经表现得非常清楚,没有再发生变化。在二十年代末三十年代初,无论人们考察加斯东·伽利玛的哪一方面,都会发现他一直忠于自己的形象。从1924年开始,他就被任命为书商俱乐部管理委员会顾问,但他很快就把这权力交给了他的弟弟雷蒙,因为他不愿意拘泥于行业范围,以后也这样。这一职业的乐趣,他在与同行的相遇中是体会不到的,不管这些同行多么出色。追寻、发现和挖掘有才华的新人才会给他带来乐趣。他所骄傲的,不是年底辉煌的总结,而是1919年第一个在杂志上读到了一个二十一岁的陌生人的文章,并请他把这些文章汇编成一本书,以《科克的玛丽亚娜》和《红色的北极大草

---

① 《法兰西晚报》,1975年12月30日。
② 塞利纳,《与Y教授的谈话》,伽利玛出版社,1955。
③ 玛德莱娜·夏沙尔对塞利纳的采访,《快报》,1957年6月14日。
④ 吉博,《塞利纳》。
⑤ 《圆桌》,1953年2月。

原》出版，这是约瑟夫·凯塞尔最早的两本书。伽利玛后来以平均每年一本的速度一直出版凯塞尔的作品，直到1939年；他所骄傲的，是同时出版了瓦莱里·拉尔博翻译和作序的塞缪尔·巴特勒的作品以及切斯特顿和亨利·米肖的作品。对他来说，原则永远没变：让有回报的作家来替没有回报的作家买单。

"写了一个剧本，幕间休息时演。"一天，加斯东对他的朋友路易·吉尤说。① 这就是他的风格。他喜欢自己的、自己创作的、自己"上演"的作品，但必须两个方面兼备：舞台上和观众席上。长期以来，剧院都是他喜欢去的地方。科波的剧院，这当然是没说的，但也包括"大道"剧院。他认为，根据行业规制，"大道"的戏往往都值得演出。他去看所有的彩排，参加巴黎名人荟萃的音乐会，并常常出现在剧院的包厢里，因为他也喜欢女演员的陪伴。但他似乎已经不敢再去管剧院：老鸽舍剧团已经是老皇历了：伽利玛、帕克芒和库夫勒不再相信科波提出来的到外省巡回演出的计划，并于1924年决定解散老鸽舍公司。他们曾想把剧团租给路易·儒韦，失败之后，便把公司转卖给电影人特德斯科，但科波留下了剧团的招牌，即名字。② 从此，伽利玛对这类计划就谨慎多了，他对戏剧的爱好大家都知道，人们常常求助于他，不单是为了出版剧本。

1932年，他的作者安托南·阿尔托甚至主动向他提出要上演"一台 NRF 戏剧"，领导班子也将由法尔格、拉尔博、邦达、纪德、瓦莱里等人组成……然而，尽管阿尔托在《巴黎晚报》和

---

① 吉尤，《笔记》II。
② 玛丽-艾莱娜·达斯泰向作者证实。

《不妥协报》宣布了这一消息，伽利玛很快就明白了作者的首要目的是上演《沃伊策克》，那是毕希纳①的一个剧本，儒韦和迪兰好像都拿不准。②无论如何，他现在是不会那么快就往剧本上投巨资了。

他不再去雅典娜剧院看路易·儒韦导演的季洛杜的最后一个剧本，而是去了电影院。他在马克西姆饭店吃饭，或去《侦探》的记者们常去的饭店，吃完又去酒馆。"屋顶之牛"也许是他最喜欢的酒馆。必须指出的是，地点的高雅和客人的身份就足以使他高兴了。"屋顶之牛"自开张起，加斯东就一直跟踪着它，不管它搬到哪里，他都跟着去，当它搬到迪福路和布瓦西-丹戈拉路时，他去得最多。当人们知道那里环境高雅、气氛放松，而且还有美妙的音乐，巴黎的名人每天晚上都在那儿开心地聚会时，这家装潢风格受达达派启发的酒馆很快就成功了。多亏达里尤斯·米约和他"六人组合"的朋友们发现，作家和艺术家有自己的咖啡馆，却没有自己的乐手，便建议路易·莫瓦塞开这家酒馆。莫瓦塞性格好强，为人粗犷，热情真诚，朋友众多，他是"屋顶之牛"的灵魂。他跟客人都认识，但不过分熟悉，知道友情超出了什么界限会让人不愉快。他不需要什么解释，懂得他这个领域里的各种规则：他知道总有人想在一边静静地吃饭，有人想看见别人或让别人看见。部长或妓女，艺术家或运动员，赛马俱乐部或《文学报》编辑部，各式人等都会在那里相遇，只要你有名字，想在那里和大家打成一片。这里不仅仅是大公爵巡游过程中的一个休息站，当佩罗·德加雄警长顶住街区其他饭店的压

---

① 毕希纳（1813—1837），德国剧作家。——译注
② 《文学杂志》，1984年4月。

力和抱怨,终于允许他们营业到天亮时,人们往往在那里喝到大半夜甚至通宵达旦①。

让·科克多无疑是"屋顶之牛"酒馆里的教父,到了半夜,当游客散去,酒馆里只留下真正的老顾客时,尽管大堂里还有真正的重要人物,但科克多是唯一的国王,拉迪盖是他的王子,两人形影不分,尽管写《魔鬼附身》的年轻作者是个异性恋者,常常失踪。当拉迪盖英年早逝时,全巴黎的人,尽管对恶习的批评总是不留情面,这时却把科克多叫作"屋顶鳏夫",表明了他们对莫瓦塞的这家酒馆的认可。科克多的那张桌子旁,智慧和香槟一样不可缺少,而加斯东·伽利玛往往都坐在那张桌子旁,陪同他的还有瓦朗蒂娜·泰西耶、约瑟夫·凯塞尔、迪诺耶·德塞恭扎克,达里尤斯·米约……②

莫瓦塞后来第三次搬家,搬到了庞蒂埃弗尔路,他的这一错误使"屋顶之牛"失去了光环。那里已经没有灵魂了,科克多和朋友们也不去了。尽管酒馆里仍然人满为患,但大多是赶时髦的酒鬼。一个时代结束了。

加斯东·伽利玛是个五十岁的年轻人?他很愿意是这样,他周围的人也觉得他很活跃。但他跟几个好友吐露了面对这个往往会忘恩负义的行业所感到的痛苦,承认他的身体已经不如以前了。1928年,他去维希治疗肝病,这是一生中的第一次:"我好像觉得进入了另一个年龄段。"他对让-里夏尔·布洛什说。两年

---

① 威廉·维塞,《疯狂的岁月:20年代的巴黎》,泰晤士和哈得孙出版社,伦敦,1983。

② 费尔斯,《在那里》。

后，当他发生意外，摔伤脚踝时，他的精神也受到了影响：他受不了长期卧床。1928年，他在厄尔省的一个小村普雷萨尼-洛戈耶买下了一处房产，就在塞纳河边，位于弗农下游八公里处。这是一座美丽而豪华的屋子，花园的周围有活篱笆。他让人在花园里建了网球场，后来又买下了隔壁的两座房子，扩大了花园。他不在普莱萨尼埃的河边休息时，便在泰尔特的城堡里，那是马丁·杜加尔从岳父手中买下来的，就在贝莱姆森林旁边的佩尔什平原上。在五年当中，他把室内的装修全都破坏了，不断地重新设计。加斯东饶有兴致地看着他，觉得十分有趣。

对于伽利玛来说，年到半百，恰好也是他与伊冯娜·雷德斯佩尔热离婚的时候。伊冯娜已经和他事实上分居，1930年7月23日，他在十四区区政府与让娜-莱奥尼·杜蒙结婚。但婚变并没有改变他的任何习惯，用德里厄·拉罗歇尔的一本书的书名来说，他仍然是一个"身边女人不断的男人"，一个讲故事的能手，故事不但充满智慧，而且满含道德意味。伽利玛认识的女人——她们人数众多——谈起他时总是带着微笑，目光迷离，肯定会说他充满了人格魅力，无所不能，希望自己四十岁或七十岁都能常见到他。

对于他的朋友和合作者来说，他毫无疑问是个爱女人的男人。他并不隐瞒自己的婚外关系。NRF的高层管理人员不止一次地在瓦朗蒂娜·泰西耶家的饭桌旁跟伽利玛谈论日常工作。在两次战争期间，他跟瓦朗蒂娜的关系最为密切。战争期间，她帮助伽利玛组织了老鸽舍剧团在美国的巡演，出了大力。1931年，加斯东五十岁时，她三十九岁。"这是个新鲜而美丽的果实。"纪德说。"对于所有热爱戏剧的人来说，瓦朗蒂娜·泰西耶都是美丽、优雅的象征，一句话，她是女性的象征。"一位评论家回忆道。①1924年，老鸽舍剧院解散出售，科波隐居布尔戈涅，而她回到了路易·儒韦的香榭丽舍喜剧院，季洛杜的剧本中的女主角往往由她扮演。

1933年，她跟加斯东·伽利玛涉足影坛。她演戏，他出资。十九世纪末，保尔·伽利玛曾为他喜爱的女人在自己的剧院里演戏，但并没有花太多的钱，加斯东却险些让出版社的经济状况出现波动。

早在触"电"之前，他就已经对电影感兴趣了。1925年，他委托阿尔贝·皮加斯主编一套新丛书"Cinario"（电影故事缩写和内容梗概），目的是把自己的文学才能献给第七艺术，让他的作者们——凯塞尔们和马克·奥兰们——为制片人写些视觉性和画面感更强的作品。不久，他又推出了另一套丛书"浪漫影院"，出版根据萨比娜·贝里兹、皮埃尔·博斯特、让·马丁、拉乌尔·普洛甘、让妮娜·布伊苏努斯等人的成功电影改编的小说。至于《电影杂志》，伽利玛首先减少了页码和制作费用，后来在1931年12月完全停刊：它花了他太多的钱，尽管努力了，但最后并没有像有的人所期望的那样成为电影界的NRF。至于让-乔治·奥里奥尔，他后来进了帕泰-纳唐公司当了电影编剧。

1933年，伽利玛出版社主管电影方面事务的主要是罗贝尔·阿隆。他负责附属权，加斯东让他负责创办一个小制作公司"电影新公司"。当年轻的阿隆发现可以预支发行商的款，自己只投很少的现金时，便在加斯东的支持下，开始拍摄半小时长的短片，在电影院放正片之前放映，虽然遭到了雷蒙反对。②加

---

① 马克斯·法瓦勒里，《这里是巴黎》，1952年11月10日。
② 阿隆给作者的信。

斯东·伽利玛并不在乎用这种方式拍摄的电影能有多大回报,他的目的首先是在电影里给瓦朗蒂娜·泰西耶一个适合她的才能的角色。就在他充满热情的时候,又是他的兄弟雷蒙给浇了一盆冷水,但加斯东不听他的。当法斯凯尔出版社的一个代理向他推销《包法利夫人》的电影拍摄权时,他接受了。瓦朗蒂娜将扮演爱玛·包法利,这是定了的。

为了保证拍摄,他找到了雅克·费德,至于改编、编剧和对话,他当然求助于他的朋友马丁·杜加尔。加斯东约了费德,在拉吕饭店吃中饭。可惜,前几次接触都不欢而散。费德不想让瓦朗蒂娜扮演那个角色。是因为他的妻子弗朗索瓦丝·罗塞?总之,他排斥制片人强加给他的女演员。还没有开始就出现分歧了。一切都得重来,因为甚至连马丁·杜加尔也走了,事态的发展让他没了兴趣。但加斯东并没有因此而泄气,在阿隆的帮助下,他又组织一个阵容至少同样强的舞台。画家的儿子让·雷诺阿答应当导演,并把他的小家庭也带来了:他的哥哥皮埃尔将扮演夏尔·包法利,克洛德当助理摄影,玛格丽特负责剪接……在负责布景的三个人中,我们可以发现乔治·瓦克维奇。音乐由达里尤斯·米约创作。至于角色的分配,除了两个主角分别由皮埃尔·雷诺阿和瓦朗蒂娜·泰西耶扮演外,药师奥梅由马克斯·德亚里扮演,跛脚由皮埃尔·拉盖扮演,布商由勒维冈扮演。

真让人欣喜,一切都十全十美。可以拍摄了。对罗贝尔·阿隆来说,这简直太好了。"我跟一家年轻的发行公司 CID 签了约,他们很高兴在计划中加入一个如此超级的制作,爽快地签了发行合同。加斯东·伽利玛不愧是大老板,他放心大胆地相信我的经济能力,一天晚上,他离开办公室时,在摄制组准备好的借据背面,甚至看也不看正面写的是什么就签字担保,甚至不知道自己要担保什么……"①

雷蒙·伽利玛低声抱怨起来,警告说暴风雨即将来临……但没有人听他的。

电影于1933年秋在比兰库尔开拍,外景先前已在诺曼底开拍:鲁昂、里昂拉弗雷及其周围。大家都很团结。在里昂拉弗雷的拍摄最让人难忘,雷诺阿称之为"亲密的狂喜"。每天晚上,大家都聚在一起,演员、技术人员和助理围在加斯东和瓦朗蒂娜身边,大家笑啊、说啊,雷诺阿和勒维冈滔滔不绝,雅克·贝克也加入他们中间。

在这种放松的气氛当中,在诺曼底的一个村庄里,在八月仲夏,加斯东·伽利玛完全投入了,忘了塞巴斯蒂安-博坦路,忘了作者、合同和贝尔纳·格拉塞,一心想着电影。

剪接花了很长时间,电影也很长,三个多小时。这么长的电影可不行。大家都不这么做。于是,发行商不顾导演和制片人的反对,一定要剪。影片压缩到两个小时。雷诺阿生气了,他觉得自己被背叛、被肢解了:人们也会砍掉一部小说的一二章以减少篇幅吗?伽利玛也同意他的意见:这就像谋杀一样,况且他们已经在比兰库尔的摄影棚完整地给观众放过五六回了,大家都很喜欢。②

首映于1934年1月4日在歌剧院电影厅举行。伽利玛和雷诺阿像四十年前他们的父亲一样一同出席了,但情况不一样,他们很担心。全场的观众都彬彬有礼,但评论界会怎么说?《戈兰瓜尔》的乔治·尚波毫不隐瞒自己对雷诺阿的赞赏,但也不掩饰

---

① 阿隆给作者的信。
② 《电影手册》,1957年12月,第78期。

自己对这部电影的失望。"这部电影在心理描述和气氛烘托方面都不成功,它没有表现出包法利夫人的激情,也没有反映出外省的烦恼,只是毫无热情地给我们讲述了一个女人的故事,她因为缺八千法郎而自杀。"换句话说,人们谋杀的是福楼拜,这对伽利玛来说是个很严重的问题。他不是制片人,而是出版人。幸亏评论界放过了瓦朗蒂娜。"我们唯一可以赞扬让·雷诺阿先生的,是他选对了女主角。瓦朗蒂娜·泰西耶确实适合扮演剧中的角色,她的才能基本表现出来了。"①

这篇文章并没有真正的恶意,但它使观众对这部电影望而却步了。总之,批评界的反应都是一个腔调,但加斯东知道他可以请记者朋友们帮忙,《玛丽亚娜》当然不用说了,还有《费加罗报》,他和该报负责人一直保持着很好的关系。"福楼拜的发烧友会感谢让·雷诺阿的,他巧妙、认真地用图像解说了这位作家的作品。法国电影应该祝贺他创作了一部毫不做作的精品,因为处理这个内容丰富、节奏缓慢的题材实在太难了。"评论家让·洛尔写道。至于瓦朗蒂娜·泰西耶,"她出色地表现了包法利夫人临死前的绝望。这部电影和女主人公都美得很。"②

最后,他们还委托欧仁·达比在《新法兰西杂志》上做一件不大好做的事情:评论但不能批评伽利玛出产的一部电影。可怕的考验!《北方旅店》的小说家荣耀登场了。

达比的才能并不足够。《包法利夫人》的失败是彻底的,这不容置疑,无可辩驳。人们迅速把海报揭了下来。大家在琢磨为什么会发生这种灾难,有人说是因为剪掉了大量的内容,使电影

---

① 《戈兰瓜尔》,1934年1月19日。
② 《费加罗报》,1934年1月12日。

支离破碎了；也有人说是场景大小的问题，还有人说是评论界缺乏热情……大家试图找到理由。可是，在1934年开年的前几个星期，巴黎人有大把事情要干，用不着在歌剧院电影厅为十九世纪诺曼底一个有产者的悲剧而感动。轰动一时的大骗子亚历山大·斯塔维斯基刚刚去世；肖当① 的内阁成员全体辞职；马路上每天都上演着暴力剧，示威游行预示着血腥的2月6日。

负责《包法利夫人》发行的公司破产了，这对伽利玛来说是个巨大的灾难，他可是在协议上签了字的。链条一断，运作的所有资金周转瞬间就崩溃了。从摄影棚的经理到胶片供应商，包括借他们的音响车的人，所有的债主都跑来找加斯东，他什么也不想听。人们威胁他，说他签了字，要他冻结工资，公开披露丑闻。但他毫无不在乎，断然拒绝。债主们又要求他开除罗贝尔·阿隆，伽利玛也拒绝了，他没有屈服，而是关上了门。由于耐心和坚持，伽利玛胜利了。他们接受了对他有利的条件：债务将根据收入的比例来归还。② 事实证明雷蒙是对的。但加斯东不在乎，他感到挺高兴。影片失败了，他寄希望于将来，他对待他最好的书也同样。他相信，在几十年之后，大家会改变看法，认为《包法利夫人》是让·雷诺阿的代表作。不过他也答应暂时不再触"电"了。

然而，1936年，在贝尔推荐给他的德尼斯·图阿尔的建议下，他创办了电影服务公司"Synops"：NRF大部分人都支持图阿尔、塞尔兹尼克（制片人的兄弟）和康斯坦丝·科里纳。计划

---

① 卡米耶·肖当（1885—1963），法国政治家，激进的社会党领袖，曾任法国总理，因涉及斯塔维斯基事件而辞职。——译注
② 阿隆给作者的信。

是很明智的：利用伽利玛档案库中丰富的电影剧本资源，选择作品进行改编，并把它们推荐给制片人和导演。

1932年。塞巴斯蒂安-博坦路发生了激烈的动荡。每层楼都在喝香槟。巨大的骚动。在举行婚礼？得了龚古尔奖？格拉塞破产了？都不是。是阿歇特来了。最近几个月，社里都在谈这件事。现在，事已成真：1932年3月29日，世纪条约签了字。伽利玛没有出现，但由于这份厚厚的技术性极强的材料，他将真的成为《小臼炮》杂志所称的"加斯东一世，出版之王"。

三十年代初，阿歇特已经是个王国。1926年12月的一个晚上，当它举办盛大的百年庆典时，整个巴黎都已经在特洛卡德罗的大厅里感到了这一点。现场有雷蒙·普安卡雷和埃杜阿尔·埃里奥[①]歌剧院和法兰西喜剧院的社会名流，最有影响的记者和最大的工业家……如果你还怀疑阿歇特在图书发行方面的地位，有人会提醒你，至今为止，书店联合会有过二十七任会长，其中六任是阿歇特的高层。破纪录！

自二十年代末开始，阿歇特的经理勒内·舍勒心里就在琢磨：要像发行报刊一样来发行书，取得图书的独家发行权。这是丰富和壮大企业力量的最好办法，同时还可与出版社建立互相依赖的关系。1927年，当香榭丽舍书店第一个签了合同的时候，舍勒的策略就动起来了。不过，这还仅仅是尝试，可做更大的改变：在这之前一直保持专有发行的香榭丽舍书店在1926年归它所有了。1931年3月，轮到了塔扬迪埃，但还不够大。舍勒在

[①] 埃杜阿尔·埃里奥（1872—1957），法国政治家、评论家、作家。1924年至1925年及1932年任法国总理。——译注。

寻找一家权威、重要、受人尊敬的出版社，与之合作，这本身就是最好的广告，以后阿歇特与其他出版商接触会容易得多。

这家出版社只能是已被普遍接受的 NRF。舍勒认识加斯东·伽利玛。几年来，他们在发行《侦探》的过程中建立了友谊。广告方面的小问题密切了他们的联系，他们互相帮忙。阿歇特也向伽利玛推荐他向别的出版商推荐的计划。他负责销售出版商的书，出版商给书店多少折扣，他就给多少折扣。批发的折扣则根据出版商的不同和订购数量的百分比变化。围绕着这可变的利润空间，几个月来，加斯东·伽利玛考虑周密，表现出一个杰出的谈判者的素质。他处于主动的地位，求人的不是他。他利用这一优势逐步把自己的条件强加给对方：他每年必须能出版二百五十种书，每种书的平均印数根据种类的不同（小说、论著等）应在三千到五千册之间，阿歇特应保证买走印数的 75%。一切都得到了保证。别的出版商没有一个能得到这样的保证，而且得到得那么容易。伽利玛坚持不懈，最后得到了。① 在这场较量中，他只有一张牌：NRF 所出的图书和已经很雄厚的资金。

从外面看，谁都不明白。有的人还以为他是想让阿歇特的资本进入他的出版社。在莱奥托看来，出版界都把此事当作严重的财政危机、库存过多、出版社日常管理混乱的表现，NRF 蒙受了巨大的损失。"其实，阿歇特的进入并没有限制出版社的自由，因为它只涉及搬运。"莱奥托总结道，他真是一位诗人。②

伽利玛非常满意，他一下子克服了许多年轻的出版社遇到的三大问题：出版陌生作者的风险，怕书卖不掉，资金困难。从

---

① 私人资料。
② 《日记》，同上。

此，不管出什么书，他敢肯定，他每年所出的书绝大部分都会被逐渐买走并能回款。没有比这更美的好梦了。锦上添花的是，从1935年开始，阿歇特方面负责与伽利玛打交道的人是他们主管图书发行的新任秘书长亨利·费里帕希。加斯东在收购七星文库的时候通过朋友席弗兰认识了他，一年前，伽利玛把他推荐给了勒内·舍勒，舍勒收他当了实习生。伽利玛高兴极了，他怎么也想不到年轻的费里帕希晋升得这么快，成了勒内·舍勒身边对他十分有利的搭档。

对伽利玛来说，这是一件美事。对阿歇特来说也是：1935年10月，法斯凯尔签了独家发行合同，随后，别的出版社也跟了上来。

第五时期

1936 年—1939 年

6月5日。人民阵线。布卢姆开始执政。伽利玛很喜欢这个布卢姆。他和埃里奥①、佩特罗组成了政治三人帮。加斯东总是以他们为例来证明他并不讨厌政治人物。

布卢姆还是纳坦松兄弟的"白色杂志"里的布卢姆，议会中的政敌嘲讽他，把他叫做"浪荡子布卢姆"。伽利玛曾在1935年出版过他写的《大事回忆录》，1937年还将出版他的《歌德与艾克曼的新谈话》和《权力行使》。

入主马提尼翁的布卢姆是伽利玛在权力机构的一个朋友、一个关系。没有理由可抱怨啊！加斯东虽然不是社会主义者，也应该感到高兴。但从6月中旬起，开始制定关于集体条约、带薪休假和每周四十小时工作制的新社会保障法时，加斯东就有点泄气了。在这之前，他在企业内一直实行家长式统治，各方面都还不错。工资合适，在上下班时间上也定得不是很死，必要时月底还有点小恩小惠。加斯东一直实行自己的社会保障法，根据具体的情况来决定。可以说，他在冷眼看待马提尼翁总理府提出的社会法。他很顽固，但必须做出让步，况且业务经理路易-达尼埃尔·伊尔什小心谨慎地遵守和执行这些法律。可不要在这上面互相打架。社会党人肯定会推出新的东西和新的办法。

---

① 主要作品有《贝多芬传》，1929年由伽利玛出版社出版。

8月13日，关于军事工业国有化的新法推出两天之后，国民教育部长让·扎伊向议会提交了一份法案，没别的，只要求改变版税和出版社的合同。这可不是权宜之计：五十六个条款就是证明。许多出版社先是感到愤怒，然后群情激动。除了管我们的出版合同之外，难道他们就没有更好的事情做吗？君不见工厂的局势越来越混乱，关于"不干预"西班牙问题的论争也越来越激烈。教育部法律部门所准备的材料很长、内容很多，也很有说服力。怎样与他们斗争？反对他们的什么？行内并没有准备好，但有个人任性地决定要在这方面跟政府叫板，发誓如果不胜诉就不放下嘴里的猎物。熟悉贝尔纳·格拉塞的人都放心了，因为在这种斗争中，他是一个十分理想的代表。他表现得前所未有的激动，逼着同行们也跟他一样行动起来，制止法案的通过，要大家一起施压。伽利玛呢，他很快就了解到他的一个作者是让·扎伊办公室的成员：此人叫让·卡苏，以前是法兰西信使出版社的秘书，保朗曾在公共教育部跟他同事，他在NRF出版社出过八本书。

加斯东·伽利玛在左派各领域都有众多的关系，加上《玛丽亚娜》，所以他比普隆或法雅尔对当权者的影响更大。

格拉塞想唤起公众舆论，组成联盟。他把火力集中在扎伊法案的一个方面：关于合同的期限问题。法案打算减少出版社印刷同一个作家的一部著作或全部著作的专有权的时间。

对贝尔纳·格拉塞和加斯东·伽利玛来说，这样的条款等于宣布他们这一行业的死刑，至少他们是这样认为的。他们很机灵、很聪明，没有去批评全部法案，承认立法是必要的，他们只是及时地弥补一个漏洞，因为关于版权和出版合同并没有一个总体的法律，只有一些原则性的小规定，最好还是采用关于广播尤其是录音的旧法。

好吧。但被认为是致命的第二十一条甚至质疑出版的原则本身:"出版这个行业主要是创造精神财富,也就是说,出版商应该为自己及其继承者尽量多地获得有持久价值的东西。"贝尔纳·格拉塞[①]写道,他提醒说,在他的行业里,人们很少指望短期收益,而不得不经常接受越来越多的作品,寄希望于"未来"的收益。急功近利者无异于短期自杀。一个出版商,如果他不能让作品具有持久的生命力,他就无法体面地服务于文学。这一信息和法案一样清楚。他们都是反对派。就是这么回事。

扎伊法案中不能接受的是,它更改了作者把版权永久转让给出版商这一原则,改为暂时转让,它的期限,如果作者已经去世,可以这样理解:前十年,版权自然归遗产继承者,之后的四十年,继承人有权把版权交给出价最高的出版社;五十年后,作品将进入公共领域,版权不再受到保护。

可以理解为什么许多出版商都那么生气,但奇怪的是,他们的意见并不一致:《不妥协报》1936年9月就法案所做的一项大规模调查显示,所有的出版商——尤其是弗拉马利翁——都没有格拉塞的反应那么强烈。根据自由竞争原则,他们都像罗贝尔·德诺埃尔一样,同意让·扎伊的建议。

格拉塞没有就此停步,他在1937年初出版了《论法国的版权》,重新发起了舆论大战。这本书他是请让·埃斯卡拉、让·罗尔特和弗朗索瓦·埃普这三位杰出的专业人士写的,他们或是法律系教授,或是司法专家,说的东西和这位急躁的出版商一样,只是用词更讲究,有论据、论述和建议,他们的专业知识

[①] 《文学这件事》。

使得他们对社会党人的法案的批评更有分量。

贝尔纳·格拉塞是出版界反对国家政策的真正冠军,他继续活动,他的不懈斗争终于获得了成果。1938年6月,政府希望举行的讨论会推迟了,因为法案有六十来个地方要修改!一年后,它又被打了回去。面对压力,委员会的报告人阿尔贝·勒巴伊动摇了,作家协会、艺术家协会和出版商协会天天来信,众多的来信形成了巨大的压力。1939年6月1日,等待已久的讨论终于开始在议会进行。部长让·扎伊和他的办公室主任皮埃尔·亚伯拉罕和国家图书馆馆长于连·凯恩出席。无论是法案的支持者还是反对者,大家似乎都认为新法的制定是必要的,只是大家的想法有所不同。但还没有一个人找出办法,能同时保护作者和出版商的利益——他们的利益往往有冲突。

"这个法案的主要思想,是消灭对文学的这种占有权,因为它造成了极大的浪费,"报告人阿尔贝·勒巴伊突然这样说,"我们不希望出版商继续成为真正的版权掌管者,而希望只转让给他们一种权利,即符合其主要任务的权利。这是极为正常的事情:每个出版商都局限于自己的角色范围之内。如果你要出版图书,那就不要去搞电影!"①

对阿尔贝·勒巴伊来说,出版商分为两类:一类是"好"的,他们当中的某些人是真正热心资助文学事业的人;另一类是"不好"的,这些人当中有些人是盗贼。在这两类人之间,还有"这类中间派,他们是一些非常诚实的人,是做生意的出版商。他们像商人一样,从人们交付给他们的东西中尽量获取最大的利润……"。

---

① 《公报》,1939年6月2日。

委员会的这位报告人受到了热烈欢迎。三年来，法案进行了修改和完善，比如说，取消了承包制，这是起初没有提出的建议。但让议员们仍然感到有点担心的是勒巴伊提到的一项新条款：建立特别法庭，负责解决作者与出版商之间发生的冲突。各种情绪左右摇摆，正如在论争中负责记录的秘书们所说的那样。但勒巴伊坚持自己的观点：没有法庭，法案就会落空。

最初的法案规定，作者有单方面取消合同的权利，这无疑引起了出版商的叫嚣，他解释说，这对出版社来说等于釜底抽薪。现在只不过是对合同的"修改"，特别法庭正是为了受理这些合同纠纷的。

"出版商只请求您允许他们能继续在全世界的范围内发扬光大法兰西思想。"一个议员对扎伊法案进行了长时间的反驳之后，这样抗议道。

激烈争辩了一天之后，会议第二天继续进行。商业和工业委员会的代表弗朗索瓦·马丁又提出了短期合同问题，如果没有理解错的话，修改过的法案其实允许作者在十年后取回其著作。他以出版商的名义进行抗议，并以纪德为例：

"如果出版商知道，在读者开始承认其作者的价值之前，他就将失去这位作者的版权，他还会出版这位作者的作品吗？他难道傻到了这种程度，大方到了这种程度，爱文学爱到了这种程度，有钱到了这种程度？"[1]

他举的例子很说明问题，可惜没有人听他的。三百一十五个议员支持并且发起了这场争论，但他们在半圆梯形的会场中只占一小部分。星期五，周末到了，在1939年，还有别的比文学作

---

[1] 《公报》，1939年6月3日。

品著作权更紧急的事情。贝尔纳·格拉塞后来讲述了扎伊是如何召见他，专门告诉他自己放弃了法案：

"我明白了，你们的冒险和长期的耐心应该得到回报，而这种回报只能通过法律严格保护的专有使用权才能得到。"①

出版商形成的压力、修改、战争和让·扎伊被法奸的民安队暗杀等等，最后将使这项法案完全流产。

从人民阵线执政到滑稽的战争开始，这当中的三年，无论对国家来说，还是对法国出版业来说，都是严峻的考验。它似乎曾被一度冻结了，现在发生了激烈的动荡。当然，扎伊法案的幽灵还在那里回荡，出版社内部也同样，情况发生了变化，人员也发生了变动。

法兰西信使出版社的社长阿尔弗莱德·瓦莱特去世一年后，1936年11月，阿尔泰姆·法雅尔也与世长辞了。贝尔纳·格拉塞现在必须面临另一种烦恼了。他心酸地回忆起出版社以他个人的名字命名的时代，指责董事会牵制他的行动。1938年底，他不得不把公司的资本减少到三百八十万法郎：人们对他的实物股进行新的估算后，股票的票面面值从二百五十法郎减到了一百法郎。②只对自己负责的时光是多么幸福！或严格来说，还对路易·布兰负责……甚至连这也不可能了。格拉塞出版社的二号人物已经被他的妻子杀害，1939年夏天，他的妻子用手枪向他开了两枪。她将被宣告无罪，并在德占时期把丈夫多年来像宝贝一样收藏起来的几千册珍本图书和题赠书卖了个好价钱。

---

① 格拉塞的文章，《巴黎-新闻》，1951年9月5日。
② 法国国家档案馆。

1936年初，巴黎。让·巴尔代和保尔·弗拉芒，两个曾在左派阵营扩大了《精神》的影响范围，推动了"人格主义"发展的基督徒，与一个痴迷于出版业的广告人亨利·索贝格联合起来，让他年轻而毫无影响的出版社——瑟伊出版社从手工作坊状态中走了出来。与此同时，在伦敦，一个英国出版商艾伦·雷恩用小开本推出了安德烈·莫洛瓦的《阿里埃尔或雪莱的一生》，六便士一本，放在首都最大的书店沃尔沃斯书店里卖。书业界轰动了，非常生气，读者却不生气，而是表现出极大的热情，购买"企鹅丛书"的第一本书，这是袖珍图书的前身。四年后，这一做法越过了大西洋，传到了美国，美国的出版商受到启发，出版了相似的丛书。它越过芒什海峡也花了同样多的时间，促使阿歇特的总裁罗贝尔·默尼埃·杜乌索用口袋本的尺寸推出了一系列大众读物，并取了个名字，叫"紫色丛书"。

我们不要匆忙做结论，说好主意又是外国人出的，因为十多年来领导塞加纳出版社的是一个三十五岁的法国人，这是世界上第一家"图书俱乐部"。勒内·朱丽亚尔根据一个委员会（委员中有安德烈·莫洛瓦、保尔·瓦莱里和里奥泰元帅）的意见，每个月从新书中选择一种书。委员会在这之前会聚在一起吃饭，选择最好的图书。朱丽亚尔专门选择出版众多流亡者的作品，首先是法国的流亡者，然后是国外的。这个主张具有革命性，对大家都有好处，后来引起了许多人的效仿。

在伽利玛出版社也同样，这个办法很管用。伽利玛书店，也就是NRF出版社，自从成立以来，已经四次增加资本。出版社的发展，人数和开支的增加，办公地点几次更换，越搬越宽敞，在外涉足新闻、印刷、电影和广告业，营业额的曲线不断上升，每个月出版的图书数量越来越大，创办的丛书和给作者的版税也越来越多，这些都使伽利玛出版社成了一家上规模的企业。

加斯东让自己的独生子克洛德进了出版社。克洛德·伽利玛二十三岁，私立政治学校毕业，法学博士。他与父亲相反，可以说是当律师和商人的料，他一进入塞巴斯蒂安-博坦路，人们就有意让他往这个方向走。他以与加斯东和雷蒙·伽利玛同样的资格参加审读委员会的会议。他写过一本书，一年后出版了，当然是在伽利玛出版社出版的，收在一套丛书中，凯纳斯、茹韦内尔、奥韦都在该丛书中出过书。克洛德的书叫做《交易、变化和技巧》，是根据他的博士论文《国际外汇交易操作》改写的。克洛德·伽利玛娶了安德烈·科尔努的女儿，科尔努后来成了激进的参议员、负责艺术事务的国务秘书。加斯东把《玛丽亚娜》转卖给帕特诺特之后，科尔努曾任该刊的主编。克洛德·伽利玛二十五岁时与父亲很少有共同点，无论是兴趣或性格都是如此。他们两人都是法兰西汽车俱乐部的成员，但这也许是他们唯一的共同之处了。

1938年9月。达拉第[①]从慕尼黑回来了。他签了字，和平得到了捍卫。滑稽的和平。人们说那是怯懦的解脱，是"日耳曼式的和平"。新一轮的咒骂又开始了：慕尼黑人！大家都有点忘了谁是和平主义者，谁是好战者。牌弄乱了，因为人们已经没有玩这种游戏的习惯。四年来，每年2月6日都要到协和广场上去献花，现在，人们突然面临一个完全不一样的难题：投降还是战争？那些不愿意为了"民主事业"而战斗的人是悲观主义者？让战争走开，社会主义者想挡住纳粹的去路？很模糊，参照点都被

---

① 达拉第（1884—1970），法国政治家，曾任法国总理。——译注

混淆了。

大家都在谈论慕尼黑：去不去那里？签不签字？媒体都在谈论这些问题。NRF也一样，NRF杂志，NRF出版社。出版社本身无法与激烈的政治生活靠得太近，但它在1938年出版的某些小册子也反映了一些并不完全能超越时间的想法，如贝特朗·德·茹韦内尔的《欧洲的苏醒》，让-保尔·萨特的《恶心》，卡夫卡的《变形记》和《城堡》，雷蒙·阿隆的《历史哲学导论》，罗贝尔·阿隆的《战后的结束》，约尔热·阿马多的《所有圣人的巴伊亚》，西里加的《在大说谎家的国度里》，夏尔·安德勒的《尼采的生平及其思想》（六卷）……

而NRF杂志从十一号开始就对有关慕尼黑的争论作出了反应。阿尔芒·佩蒂让在一篇题为《致1938年9月动员令之后的伙伴》的文章中，请大家提防那些自称代表法国的人——政治家、记者和银行家……——他想带大家到马奇诺防线旁边去转一转，以便在"离死神几公里的地方"呼吸一下新鲜空气。于连·邦达就民主派对待德国的态度提出了质疑，"预言"道，如果法国屈服于第三帝国："出现一种潜在的法西斯主义我觉得是可能的"。让·施伦贝格尔就耻辱问题进行了思考，由衷地呼唤一种需要努力和金钱的和平，而不是怡然自得的和平："只有付出这种代价我们才能两讫，才能不失败受辱，才能不给欧洲丢脸。为了避免战争，我们将进行体面的交换。"马塞尔·阿尔朗在法国匆匆地转了一小圈后，惊讶地发现，在人们的谈话中，处处流露出悲观主义、恐惧和屈服，好像法国已经打算走向死亡。他意识到人民的这一状态是报纸和政治所造成的，希望将来有一天至少能恢复理智，不畏死亡，他最后说："我们并不奢望这个国家一提到独裁者就群情激奋，但一个民族需要有赴死的精神。

他首先需要庄严地活着。"亨利·德·蒙泰朗也把自己《日记》中被《老实人》杂志删去的段落寄给了NRF。应该说，他对求和派和从慕尼黑解脱出来的人并不客气："不管你们愿不愿意，是不是怯懦的笨蛋，总有一天，你们大便的臭味会被你们的血腥味所遮盖，除非你们可耻地永远躲着鲜血。"德尼斯·德·卢热蒙高兴地写了未来的历史教材中的一章《关于1938年少数人的危机》，而雅克·奥迪贝尔蒂却讲述了一个普通的夜晚，香榭丽舍大街上针对犹太人的愤怒。社会学学院（凯卢瓦、巴塔耶、莱里斯）虽然保持沉默，没有就他们所不熟悉的领域发表任何意见，却也呼吁人们要意识到"目前的政治形式是个弥天大谎，需要从原则上重建一个集体存在模式，它将没有任何地域或社会限制，能让人在受到死亡威胁的情况下保持一定的尊严"。

NRF是个耐热的窝巢，还是个好战的大本营？

总之，它也参加了战斗。它也有发言权，但这一次，不是在文学领域。它受到了一个人的强烈抨击、粗暴对待和批评，这个人一年前还是加斯东·伽利玛出版社的雇员：埃玛纽艾尔·贝尔。《玛丽亚娜》的前任主编，后来办了他所梦想的报纸《巴黎大街》，就他一个人办。文章的题目用大写字母印刷，横贯整个封面，表明了他的态度："NRF反和平"。他虽然指名道姓地批评邦达和施伦贝格尔，但瞄准的对象首先是加斯东·伽利玛。他的批评非常猛烈，尤其是这种批评建立在事实基础之上，所以显得更有力量：

……也许，NRF已经不是过去的NRF了，它在很大程度上已经失去了其重要性。雅克·里维埃其实是个独裁者，让·保朗说到底是个喜欢开玩笑的人……在一个由加斯东·伽利玛创办并且领导的机构中，一种如此好战的政策是绝对不能接受的。我曾经跟加斯东·伽利玛是朋友，但现在不是了；我曾经跟加斯东·伽利玛合作过，但现在不合作了。我不愿意批评他，如果是另一个问题我也许就不会批评他了。我发现加斯东·伽利玛先生大大地变了，几乎在所有的领域都摇摆不定。我只发现他在一个方面显得非常坚定和顽强：那就是害怕战争。1914年，他没有参加战争，尽管他到了年龄，身体完全健康，但他成功地逃脱了兵役。虽然别人丝毫没有指责他，他还是为自己辩护，声称自己无法参战，不管战争为什么爆发，又是什么样的战争。NRF攻击和平，他却那么无动于衷，我对此简直无法忍受。这也许是他唯一无权做的事情，不仅与别人相比，也与他自己相比。在二十年中，他一直是个拒服兵役的人，对他来说，战争就是恶的同义词。他应该做了很多应受谴责的事情，他的无政府主义哲学使他很容易这样。他没有权力让NRF玩弄好战的游戏，欺世盗名，所犯的错误多得让人难以置信，除非他连对自己起码应该有的荣誉感都没有了。

在此，他绝对无权像以前那样说："我是出版商，我什么都出：无论是莱昂·布卢姆还是莱昂·都德，不管是莱昂·都德还是莱昂·布卢姆。"因为最终，当人们用出版合同来威胁他时，他总能巧妙地答道："我不是一般的商人，我注重精神。"然而，准确地说，对他来说，精神，首先意味着和平比战争重要……①

伽利玛厌恶战争？破坏法德和谈？他是好战的NRF的乐队指挥？贝尔的批评非常准确。但这些批评提出的问题与和平主义

---

① 《巴黎铺路石》，1938年11月18日，第23期。

者面对慕尼黑的态度无关，只涉及一个名叫加斯东·伽利玛的人的暧昧态度，而此人是一家有影响的权威刊物和出版社的前任负责人。成问题的是他的出版观。什么都出？无论是共产主义的东西还是法西斯主义的东西？无论是阿拉贡的东西还是德里厄的东西？这种立场会让人越来越难以接受。临近的灾难让这样的一种大一统主义显得非常困难。

在三十年代初，这并不是不可能。加斯东把它当成一项原则，一条行动路线。1919年秋，这个问题曾经突然出现过。当时，NRF打算发表让·施伦贝格尔的一篇题为《首先是法国》的文章，其中的几个句子，尤其是"假如我是天主教徒……"，让伽利玛和里维埃都跳了起来。"光芒"，由几位作家发起成立的一个组织，刚刚就祖国和宗教问题发表了一则声明，尽管伽利玛不想倾向于任何一个团体和阵营，施伦贝格尔的文章还是让他不得不做出反应："我觉得这对我的一些作者①、我的一些朋友、我的出版社来说是有必要的，也许对我自己也有必要……如果就我们各自的倾向发生误会，这对我们的企业来说没有什么好处。"② 如果加斯东必须参加，他也会选择"光芒"，尽管他觉得该组织的一些发起人不太值得尊重，因为"这个派别表达的情绪多于思想，而另一个派别甚至没有思想，只有政治……"。③

情绪多于思想……这句话归纳了加斯东·伽利玛的全部性格。他的这种立场一直都没有改变。总的来说，NRF采取了折衷主义，表现出开放精神，他有理由感到庆幸。杂志对鸡毛蒜皮

---

① 伽利玛先是写"利益"，后改为"作者"。
② 伽利玛给里维埃的信，1919年9月22日。阿兰·里维埃档案。
③ 同上。

的小事极为蔑视。1932年12月,它出版了一本请愿小册子,由各派的十一名年轻作家签名,有保尔·尼赞,也有蒂埃里·莫尼埃。他们想告诉大家,有一条细线把采取反抗态度的年轻知识分子联系了起来。1934年2月,NRF继《欧罗巴》杂志之后,就"戈平瑙和戈平瑙主义"①出版了一期专号,非常激动人心,充满了论战精神。

2月6日的骚乱具有划时代的意义,从此,决裂开始了。那年,NRF出版社出版了布朗蒂娜·奥里维埃的《年轻的法西斯》。并不是大家都高兴。一年后,《在火线勋章获得者家中的六年》出版,这是一本攻击拉罗克·德保尔·肖比纳上校的书,由《民众》杂志的记者让-莫里斯·赫尔曼作序。(拉罗克上校则于1934年在格拉塞出版社出版了《公共服务》。) 1936年初的一个周三晚上,NRF的看门人在地下室里听到两声爆炸,他迅速上楼,看见自己的妻子受了伤,浑身是血,衣服也被烧光了,惊恐地大叫:"救火啊!喊消防员!"

人们迅速把她抬到《玛丽亚娜》杂志的办公室里。八小时后,她死了。加斯东立即赶往现场,向记者们解释道:

"看门人站在汽油桶上面打蜡,不小心着了火。"

但他的出版制作部主任加布里埃尔·格拉斯马上就反驳道:

"'火十字团'②分子曾威胁我们,如果出版肖比纳的书,他们就要'炸掉出版社'。他们当中的一个人看到大厅关了灯,最后的客人和员工都离开之后,便扔了几个球形的爆炸物。"

---

① 戈平瑙(1816—1882),法国作家、外交家,著有《人类种族的不平等》,他的理论后来成为德国纳粹思想的重要来源之一。——译注
② 亦称"战斗十字团",法国法西斯政党,1927年成立。起初为退伍军人组织,无政纲;1931年起,在拉罗克领导下,开始鼓吹建立个人独裁,反对民主。——译注

总之，警方和专家倾向于谋杀的说法，命令不要把此事向媒体公开。楼梯间熏黑了，墙被炸得斑斑驳驳，电线也露了出来。一个行人说：

"啊！他们往 NRF 扔了炸弹……"①

但这不足以吓倒伽利玛，也不足以让他泄气。因为当时的政治气氛很浓，出书也充满了政治色彩。1937 年，伽利玛出了纪德的《苏联归来》之后，又出版了英国保守派领袖奥斯丹·尚博兰的《年年岁岁》、布卢姆的《行使权力》、议会前主席皮埃尔-艾蒂安·弗朗丹的《言论》和他的秘书长莱昂·儒奥的《法国总工会，它是什么，它想干什么》……

文学呢？它获得了荣誉，NRF 也同样，因为它在 1937 年得了两个奖。加斯东去斯德哥尔摩参加诺贝尔文学奖的颁奖典礼，他的老朋友罗歇·马丁·杜加尔获得了该奖；他还在巴黎的法兰西科学院参加了历史上的一项首创：该院为保尔·瓦莱里创办了诗歌讲坛。这对塞巴斯蒂安-博坦路的这家出版社来说是一个巨大的广告，况且它还让人意想不到地在某一方面扩大了自己的领域：电台-37，这是巴黎最年轻的私人电台，是企业家普鲁沃斯特和贝当不久前在马塞尔·布勒斯坦的帮助下创办的，董事会里有伽利玛出版社的朋友、剧作家阿尔芒·萨拉克鲁，编辑部里有出版社的小说家马克·贝尔纳。他们的支持重要吗？从 1938 年开始，电台-37 每周二晚上 9 点 45 分都有一个叫做"NRF 一刻钟"的节目，克洛岱尔、纪德、亨利·卡莱、安德烈·苏亚雷

---

① 根据让·保朗给马塞尔·儒昂多的一封信，发表在《着魔者手册》，1983 年第 3 期。

斯、苏佩维埃尔、邦达等都在那里发过言。这是一个深受欢迎的宣传阵地，对 NRF 来说是一个新的领域，马克·贝尔纳将和让·保朗一道继续在国家电台上一试身手。①

1938 年到 1939 年间，加斯东似乎想弄清他的一些作者的情况，委托审读委员会委员埃玛纽艾尔·布多-拉莫特与保尔·莫朗保持联系，让他知道，塞巴斯蒂安-博坦路将很高兴立即推出《匆忙的人》，在这方面，"加斯东做了巧妙的打算，以便尽可能诚实地向您提出建议"。②

德尼斯·图阿尔也接到了任务，劝乔治·贝纳诺斯永远离开普隆出版社，投奔 NRF。1938 年，这位天主教作家正想离开法国去南美。德尼斯·图阿尔在土伦的锚地咖啡馆找到了他时，他正要出发。图阿尔马上就明白了，加斯东拦住《一个乡村教士的日记》的作者正是时候：贝纳诺斯债台高筑。普隆出版社的强权人物布尔代先生给他的定金早就不够了，事实上他已走投无路。伽利玛无法忍受别的出版社出他的书，收留这位大作家正当其时。可他和普隆出版社签的专有合同怎么办？

"作者随时可能让合同无效，没有人比作者更不诚实了……除了出版商。"德尼斯·图阿尔出发之前，加斯东一再这样对他说。③

再说，贝纳诺斯不是已经试过一次吗？1931 年，他在贝尔纳·格拉塞的私人丛书"为了让我高兴"中出版过《非常害怕思想正统的人》。加斯东认为，例外并不能证明规律，他给贝纳诺

---

① 马克·贝尔纳给作者的信。
② 布多-拉莫特的信，1938 年 1 月 8 日。该书 3 年后才出版。
③ 德尼斯·图尔，《被吞噬的时间》，法雅尔出版社，1980。

斯寄了一张二万五千法郎的支票作为预付金，以鼓励他，让他下决心。当然，贝纳诺斯同意了。但初次进入伽利玛出版社，他不想随便交稿。他的抽屉里躺着他在马约克写的《噩梦》，但不够分量。《圣女贞德传》呢？他已经答应法雅尔了，而且已经拿了预付金。于是他去了巴拉圭，接着又去了巴西，为伽利玛写了不是一本书，而是三本。他把稿子寄给了他的朋友布鲁克贝热神甫。这位多明我会修士成了他的中间人和"编辑"，这三本书后来在1939年出版了：一本是小传记《圣多米尼克》，收在"天主教丛书"里；另外两本是论争性的小册子《真实的丑闻》《我们这些另类的法国人》。布鲁克贝热用打字机把文章打了下来，然后修改校样。考虑到作者与出版商相隔千里，他庄严地决定让莫拉和保守的天主教徒来评论它们，不给论争以时间：贝纳诺斯的老师埃杜阿尔·特鲁蒙的赞扬，其中的选段和引用的部分，尽管没有表现出仇视犹太人的敌意，但差点让贝纳诺斯在那个动荡的时期名誉扫地，而那种敌意，四十年前曾让《犹太人的法国》获得了成功。①

　　双方都越来越狂热，但他们并没有因此而干蠢事。大家都盯着对方的过错，想加以利用。把时间都花在这上面不利于清算知识界的空气。在塞巴斯蒂安-博坦路的走廊里，作者之间的关系陡然紧张起来。大家互相躲避，互相侮辱，加斯东成了和事佬。他感到越来越不自在，暴力和仇恨出现在所有的谈话中和人与人之间的关系中，让他觉得非常可怕。这个"出版了莱昂·布卢姆和莱昂·都德的书"的出版商，身不由己，不得不做出选择。有人指责他太宽容、太善良，甚至对共产党作者也如此。于是他动

---

① 布鲁克贝热，《你将死于断头台》。

真格的了，要求让-里夏尔·布洛什向他解释原因。布洛什已经没有时间写小说，但自从1926年以来，一直以作家的名义领取月薪。会计杜蓬先生一点不含糊：布洛什已经欠了七万八千法郎。从1931年起，他就答应写几本书，但现在已经1937年了，他仍一本都没有出版。他刚刚接受了共产党新日报《今晚》的职位，没有时间来履行自己的诺言。①

加斯东也跟右派算了旧账。拿了出版社股份的德里厄·拉罗什想离开，从1936年起，他就觉得自己受到了刁难，相信别人都指责他为什么不像大家一样是左派，并猛烈地抨击他的法西斯主张。如果说伽利玛没有抽掉资金、不出他的书来表示对他的排斥，那是对他客气。德里厄认为这是对他的迫害，在签他的长篇小说《吉尔斯》的合同时，他勃然大怒。不签了。他要去别的地方，也许去投奔格拉塞，但四万五千法郎的欠款不还清是不能走的。加斯东苦口婆心地劝他，动之以情，严肃地向他指出，他的离开就是对出版社的责备，那是十分有害的，而且很不公平，因为加斯东对他未来的作品一直表现出完全的信任。加斯东软硬兼施，向他解释说，不能在树木就要结出最成熟的果实时做出这样的事来，那等于是对他的出版人生涯的一种侮辱。他用自己特有的说话方式不无理由地指出：

"如果说我给一个作家八万多法郎，而他的书又卖得像你的书一样，那就不叫预付金，而是贷款了。"②

话说出来了，而且让这个没有信誉但运气非常好的人听进去了。仅仅还清出版社图书销售报表上的数目是不够的。一个作

---

① 伽利玛给布洛什的信，1937年2月15日，出处同上。
② 安德鲁和格罗弗，《德里厄·拉罗什》。

者，面对他的出版商，光平了账就算两讫了？那种债是无法计算的。德里厄让步了，他答应留下来，并签了合同。加斯东又胜利了。

至于马塞尔·儒昂多，那又是另一回事。不是金钱问题。加斯东希望他在政治上不要那么极端。不能什么都出。有的界限，审读委员会没有设定，但作者心里应该清楚。罗贝尔·德诺埃尔完全可以出版《尸体学校》，说塞利纳继承了法国作家喜欢论争这一文学传统，并说无论如何，如果他，德诺埃尔，拒绝出版塞利纳的书，与他竞争的出版商马上会争先恐后地跑来抢走他最红的作者。[1] 在 NRF，人们终于说出了自己的观点，应该怎么看待这样一部著作：

"这堆垃圾有时非常漂亮，而且往往非常卑鄙，已经不值得批评。"[2]

于是，人们高兴地出版了《关于丈夫的流言》或《科杜花园》，但《犹太人的危害》，应该到别处去看看，比如说索洛出版社。马塞尔·儒昂多没有掩饰自己的失望：

……我在 1936 年 10 月申明了自己的反犹太主张，结果引起了所有朋友的强烈愤怒，同时，我也给自己树了无数敌人，却没有得到任何形式的补偿：反犹太人，我现在还是，我想一个人坚持下去……我与 NRF 合作了十七年，对于曾经是它的朋友的当今

---

[1] 巴雅韦尔的证明。不过我们还是要说明，1941 年 11 月，罗贝尔·德诺埃尔在《黄手册》发表的一篇文章中认为，塞利纳反犹太人的 3 篇论争性文章"包含重要的教育意义"，并说，"如果人们想重新振兴法国，可以从中找到一些明智的建议、有用的思想和良好的办法。一切尽在其中。你们只需读一读。"

[2] NRF，1939 年 2 月 1 日，第 305 期。

名人，我有些好感。甚至在我希望得到一些荣誉的时候，由于热爱我相信是善良、真实和正确的东西，我背叛了所有那些成了我们的主人、可能对我们有用的人……而且，在对犹太人宣战的同时，我也放弃了文学：我从加斯东·伽利玛那里抽回了作品，他可以为我作证，两本准备出版的作品，以便只评论那些人。会减弱我的声明的力量的文字，我一行都不会加。①

在那个时候，加斯东·伽利玛无疑成了那些政治极端分子的敌人，他史无前例地躲在文学中，真正的文学，不会促使别人杀人也不会杀任何人的文学。他在出书中找到了安慰，慕尼黑协议签订的那年，他出版了雅克·奥迪贝尔蒂的《阿布拉萨克斯》，尤其是马塞尔·埃梅的书《居斯塔兰》《在马丁家后面》《趴在高处的猫的故事》。这是一个他喜欢的作家。自从1927年给了他第二部小说《双程票》之后，埃梅平均每年在伽利玛出版社出版一本书。他的想象总是那么奇特，具有讽刺精神，带着外省农村的灵感，消遣性非常强（消遣这个词在这里是褒义），大家都非常喜欢。《绿色的母马》（1933）的成功就是证明。伽利玛相信他的成功是暂时的，他的未来会越来越黯淡。这种预测完全是本能的，没有任何科学的成分。但这并不意味着他更喜欢没有思想的文学。

在初涉文坛的人当中，有一个三十二岁的作者，叫让-保尔·萨特，伽利玛接受他的稿子是被迫的。两年前，这个年轻的哲学家曾试图敲开NRF的大门。通过他的朋友和高等师范学院的同学保尔·尼赞。尼赞已经在伽利玛出版社出过一部小说《特

---

① 《处处有我》。1938年1月14日。

洛伊木马》。萨特托尼赞把《关于真理的传奇》转交给保朗。没有被采用。他又交了一部稿子《忧郁症》，又没有被采用。但他并没有灰心，这回他动用了更高层的关系：他求助于夏尔·迪兰和皮埃尔·博斯特，迪兰是加斯东在老鸽舍剧团辉煌时期的老朋友，而博斯特是小说家，也是杂志的作者，是伽利玛非常欣赏的审读员。于是，一切都妥了。萨特被召到了塞巴斯蒂安-博坦路，人们向他解释说其中有误会——他们还以为他的稿子是给杂志而不是给出版社的——并向他保证说加斯东本人已经读了《忧郁症》，这部小说处女作的写作质量是不错的，情节很独特；这次，审读书稿的审读员们好像对这种文学想象方式，对主人公安托万·罗克丹的态度和怀疑，尤其对感觉的这种非常新颖的描写印象很深。那种感觉难以捉摸，恶心，折磨着他，让他意识到了自己的身体。他们会出版这部小说的，不过，伽利玛不喜欢这个可怕的书名，说它缺乏市场意识，权威地把它改成了《恶心》，更一目了然，在书店里很容易记住，琅琅上口。这本书受到了欢迎，前景不错，以至于雷诺多奖的评委们都选中了它。对伽利玛来说，这是打破德诺埃尔垄断这个奖的唯一机会。有关预测很乐观，对这本书非常看好。雷诺多奖评委会最后一次开会时，绝大多数人都倾向小个子的萨特。为了更好地做好准备，一个评委，即记者乔治·沙朗索尔，在那个重大日子到来之前不久，把萨特拉到了卢森堡电台的播音室，让他预先录一小段表示满意的话，以便到时播出：

"我非常高兴获得了雷诺多奖……"[1]

可惜，几个评委觉得，如果大家的投票全都一样，似乎有点

---

[1] 沙朗索尔，《从此岸到彼岸》。

不合适，于是，他们在互相没有通气的情况下就把票投给了另一个小说家，这样，雷诺多奖就颁给了皮埃尔-让·洛奈的小说《幸运的莱奥妮》，是德诺埃尔出版社出版的……

大失所望。可这又有什么关系呢？作者出名了，他成了出版社的一员。评论界都在鼓励他，伽利玛也一样。他已经准备交第二本书《墙》了，这个集子共收入五个中篇，文笔平淡，朴素无华，但行之有效，五个中篇的题目分别叫做：《墙》《卧室》《埃罗斯特拉特》《亲密》和《一个首领的童年》。从此，他确立了自己的位置。他帮忙去拉别人的稿子，首先是他的女朋友西蒙娜·德·波伏瓦的稿子。可是，尽管有他的支持，《教权至上》还是被审读委员会退了稿，他们认为写得不好。萨特没有波伏瓦那么快就泄气，他又把稿子交给格拉塞出版社的亨利·米勒看，但得到了同样的结果。他还得等几年才有资格让别人强行接受稿子。

埃梅、奥迪贝尔蒂、萨特和阿尔贝·科昂，全都是货真价实的作家，前途光明，然而，尽管还有凯塞尔和西默农畅销的作品作后盾，要养活出版社还是不够的。必须找到别的东西。可去哪里找呢？在时尚当中找？有些很怪异的东西，只要翻翻报纸就不会怀疑了，尤其是简短的中篇小说：由反法西斯的知识分子组成的编委会十分警觉，他们决定重新审视"法西斯主义"这个词的定义……在巴黎政治学院，贝当元帅的第一课就讲国家防卫，并大赞瑞士军队……克雷芒·沃泰尔，一个被当作大傻瓜的很受欢迎的"作家"正颜厉色地说，在巴塞罗那，无政府主义者折磨囚犯，把他们绑在一张椅子上，面对着一幅立体派的画……纽约的出版商们商议了几个月后，拒绝出版新的欧洲地图，他们的小心谨慎，非常明智……希特勒占领了奥地利，罢工浪潮席卷了法

267

国。永别了,布卢姆,再见吧,巴拉迪埃……

这些并不是能成为畅销小说或论著的题材。法国人是否需要一些完全不同的东西才能把这些事情全忘掉?

在有待处理的来稿中,有一部稿子也许能回应大家的期待。也许。但审读委员会不喜欢它,这在某种意义上来说是个好迹象。它被枪毙了,然而,加斯东很喜欢书中的故事:通过两个主人公复杂而激动人心的关系,讲述了南北战争期间和之后发生在美国南部的故事。斯佳丽,漂亮、虚荣、容易冲动,白瑞德是个充满魅力的无赖。故事的内容非常丰富,佐治亚州的景色描写得让人难忘,爱情、仇恨和战争充满了全书,但由于故事的结构设置得非常灵巧,一点都不显得臃肿。这是一部别人不敢再写的小说。

然而,用法语出版这本书有不少困难:它太厚了,翻译费很贵,定价也将随之上升。而且,作者玛格丽特·米切尔是个三十八岁的女小说家,在法国完全无名,这是她的第一本书,也是唯一的一本书。加斯东·伽利玛很少这样烦恼:他既不想拒绝,也不想接受。他思考了几个月,让周围的人读了又读,他知道他的竞争对手斯多克出版社没有要这本书。作为出版外国文学的主要出版社,斯多克优先得到了这本书。在斯多克出版社,人们对这类书很少会看走眼,他们出版许多来自异域的畅销书:埃里希·玛丽亚·雷马克的《西线无战事》和路易·布卢姆菲尔德的《雨季》,都是斯多克出版社出的。但这家专业出版社不要《飘》,他们看不起它,把它扔给了同行。这可不是一个好兆头。然而,加斯东坚持不懈,尽管有种种不足之处,书本身还是不错的。也许应该把斯多克的反应当作著名的"出版的神秘"?作家雅克·沙尔多纳也是这家出版社的负责人之一,他肯定地说,评论家和书商对一本书的成功并非起不了任何作用。他后来还以自己为例子：斯多克出版社每年出版四十部外国小说，其中两三部的印数能达到二三十万册。出版社就靠此生存，以此赚钱。至于其他书，根本没有收益，几乎不能见报，因为评论界不谈外国作家，伽利玛出版社甚至没有负责宣传的新闻部门。为什么四本书行，其他书就不行呢？"人们永远也不明白，既不明白怎么会这样，也不明白应该采取什么方式才能获得成功。"①

不管怎么样，斯多克也有可能看走眼，或者正因为他们出了太多的英美图书。疲了……重复所造成的后果……总之，正因为退休军官投来的稿子太多，或长或短，格拉塞的两个审读员亨利·米勒和安德烈·弗莱尼奥收到《剑锋》时叹了一口气——又是一个军人对未来的战争发表意见——他们勉强翻了翻就把稿子退回给了投稿者——戴高乐上校。②

对《飘》怎么办？加斯东又把它给其他审读员看，其中包括他的营销经理伊尔什，伊尔什明确说，他对这本书的文学质量不太满意，但他相信书中的故事会对广大读者产生影响。伊尔什读了稿子，挺喜欢，而且还让他太太也读了，他太太跟他的观点并不完全一样：

"这本书会卖得很好。"她预言道。

于是，营销经理把她的意思转述给伽利玛听，他不想让伽利玛太震惊：

"这本书能卖十万册以上。"

"我们打赌？一顿好饭，可不能随便乱找饭店。"加斯东

---

① 给米歇尔·德翁的信，见《我今天想说的》，格拉塞出版社，1969。
② 米勒，《退后三步》。

答道。①

  但这并不足以做决定。阿歇特的出版部门最后根据一个出色的美国小说审读员保尔·温克勒的意见,拿了这部稿子。事情解决了。伽利玛还是不知道该怎么评价这部作品。但当他知道玛格丽特·米切尔获得过普利策奖,该书在美国的销售超出人们想象,并将打破外国翻译小说的记录(包括盲文),尤其是好莱坞的"大电影公司"还将根据小说拍摄场面宏大的电影,并让费雯丽和克拉克·盖博来演出时,他头脑里只有一个念头:追回这本书的版权,立即出版。现在,他已经可以肯定:它能畅销。他在等待机会。书商俱乐部开了一次会议之后,机会来了。雷蒙·伽利玛听到阿歇特的董事长默尼埃·杜胡索抱怨这本书的翻译费太贵、书太厚时,立即提出赎回版权。事情很快就谈妥了,价格完全合理,只是有个条件,伽利玛要么多给阿歇特一点小小的好处:根据这本书的规模,要么在发行合同上减一个点,要么给一篇凯塞尔的文章,要么允许他们在丛书中出版纪德翻译的约瑟夫·康拉德的《台风》。《飘》还是由皮埃尔·卡耶翻译,卡耶曾在阿歇特工作,后来到了伽利玛出版社。这本书于1939年出版,在全世界一共卖了一千三百万册,在法国卖了八十万册。②

  法国公众的热情第一次与评论家的热情相当,这是人们没有想到的。在伽利玛出版社,这样的事已经很久没有发生了。当时影响最大的政治和文学周刊之一《处处有我》在这方面的解读起了重要作用。从3月10日开始,罗贝尔·布拉西拉赫就通知他的读者们:"我们将回到这部杰作上来,如果它不是一部最值得

---

① 伊尔什夫人的证明。
② 安娜·安德华,《玛格丽特·米切尔传》,霍德出版社,1983。

赞赏的小说，至少也是其中之一，在美国的历史上从来没有过。但我们现在就想指出，这个关于南北战争的温柔、浪漫、深刻的故事，就像老电影一样精彩，不容置疑，充满了教育意义。因为它反映的是南北的文明，而《汤姆叔叔的小屋》是清教徒的一种诽谤。"一个星期后，安德烈·贝勒索写了一篇长文，对这部小说大加赞赏。4月14日，克洛德·卢瓦也谈了他关于这本书的看法，极尽溢美之词。在前言中，他首先表达了自己的赞赏之情，他的那些话之所以有趣，是因为它们跟加斯东·伽利玛第一次读这本书的时候的看法相同："一部让三百万美国人喜欢的小说（我对他们的激动有点怀疑）；一部八百二十页的小说（我时间不多而且耐心有限）；一部女性小说（我们要当心一种有罪的过度宽容）；一部历史小说或是以历史为背景的小说（请远离狂欢节）。在读玛格丽特·米切尔的这部庞大的小说《飘》时，我确实非常警觉……这本书在许多方面值得关注。"5月12日，乔治·布隆通过这个例子解释了什么才是一部真正"有文学价值的小说"。《处处有我》发起的这场有利于玛格丽特·米切尔的巨大的宣传运动就这样一期一期地继续下去，直到法国被德国占领。

  路易-达尼埃尔·伊尔什和他的老板在饭店一起吃了饭，是加斯东请的客……

第六时期

1939 年—1944 年

1939 年 6 月底。那是个周五，塞巴斯蒂安-博坦路热闹非凡。很多人，出版社的审读委员会可从来没有过这么多人：马塞尔·莫朗、罗贝尔·阿隆、勒内·比梅尔、邦雅曼·克莱米厄、贝尔纳·格罗蒂森、路易-达尼埃尔·伊尔什、马尔罗和他的两个朋友埃玛纽艾尔·布多-拉莫特和路易·谢瓦松、阿尔贝·奥利维埃、布里斯·帕兰、让·保朗、雷蒙·格诺（他已经出了六本书）、莫里斯·萨克斯和皮埃尔·塞里曼（过去的三人联盟之一，他和萨克斯、布多-拉莫特负责加斯东的秘书处）……十五个人，还要加上伽利玛家族的三个人：加斯东、他的儿子和他的弟弟。

他们当然有许多朋友和亲戚。像今天这样的鸡尾酒会，出版社是容纳不了这么多人的。莱奥托拉住加斯东的胳膊，指着人群对他说：

"但愿这些人不要都给杂志写稿！"①

听着"这些人"聊天，谁能相信灾难明天就要降临？然而……这是判断时代动向的特征：让·季洛杜被巴拉迪尔任命为新闻局长。就是写《西格弗里德和利穆赞》的那个小说家？《朱迪特》和《埃莱克特》的作者？就是他。他混到那帮人里面去干什么？我们很快就会知道。

---

① 莱奥托，《日记》。

在那个动荡的时期,最好的消息来源还是《政府公报》。在那上面,至少没有评论,只有原始事实,具有决定性的重要事实。8月26日,人们在上面读到,阿尔贝·勒布伦总统[1]刚刚签署了一项法令,允许扣押和制止危害国家安全的出版物。这消息可一点都不好。共产党日报《今晚》和《解放报》前一天被查封了,不久,又传来苏德和约在莫斯科签字的消息。8月28日,又颁发了新的总统令,这回涉及的是新闻出版检查:它明确指出,从即日起,所有的印刷品,包括电影剧本和广播稿,都要交给"新闻局"进行预防性检查,后者有权查禁。

这是书刊检查制度,就像在战争时期一样。

9月1日,开始全民动员。

对伽利玛也同样,书刊检查意味着"白页"。杂志上出现一封没有署名的"来自被占德国的信",正文一片空白,只标着几个字"该页被删"。[2] 书无情地遭到了同样的命运。阿尔贝·蒂博代的《帕努热在战争中》出版时第九十七页和九十八页被删。有时,书刊检查也被出版社的一些审读员当作不出版的借口。罗歇·马丁·杜加尔就指责保朗和施伦贝格尔策划巨大的阴谋,不让他出版他的家族史小说《蒂博一家》的"结尾",而这一"结尾"其实是通过了检查的。他们甚至暗示加斯东,如果该书出版,克洛德和米歇尔(他当时已经参军的儿子和侄子)有一天会被德国人投进监狱,说不定还会被枪毙!但加斯东的立场非常坚决,还是按计划出版了《蒂博一家》的最后一卷。[3]

---

[1] 阿尔贝·勒布伦(1871—1950),法国第三共和国最后一位总统。——译注
[2] NRF,1939年11月1日。
[3] 马丁·杜加尔给科波的信,1939年12月27日,《通信集》。

1939年秋，伽利玛出版社里受书刊检查中被拉下来的作者好像只有一个，那就是亨利·普拉，外省小说家，奥韦涅的抒情诗人，人们并不知道他那么危险。① 但这并没有怎么把出版社吓倒，它仍然准备按计划在年底出版赫尔曼·劳施宁的《虚无主义的革命》。很快，书刊检查的权威就显示出来了。从9月15日开始，编辑们就准备重版这部在战前出过的书。一般来说，书刊检查的管辖范围与每个军事区的地理范围相同，除了巴黎的出版社。他们的书在塞纳瓦斯省和塞纳马恩省印刷：书刊审查官在鲁热-德-里斯勒路的办公室等他们呢！②

总之，这一令人不快的任务后来落在了出版社的普通雇员身上。伽利玛和家人离开了，就在宣战之前。一天，加斯东收到了他的朋友季洛杜的一个电话："离开首都为妙。"

他毕竟是新闻局长，不会随便乱说的。伽利玛刚出了他的处女作《全部权力》，所以更加相信他。这是一部政治论著，完全是关于时政的，说的是法国面临的危险：附属国。

所以，8月底9月初，伽利玛带着他的一些合作者躲到了他在阿夫朗什附近的宅院里：让·保朗及其夫人、埃玛纽艾尔·布多-拉莫特及其妹妹玛德莱娜、加斯东的新秘书、皮埃尔·塞里曼、雷蒙·伽利玛……一个星期五下午1时，一列由五辆汽车组成的车队，运着一些匆匆装满资料和稿子的箱子和NRF的钱柜离开了第七区，前往芒什省，办公室里只留下几个人，负责拆信件、听电话。然而，德国人还远着呢……但即使没有季洛杜的催促，加斯东也会尽快离开的，他相信巴黎城和巴黎地区即将遭

---

① 保朗给罗歇·凯罗瓦的信，1939年10月7日，NRF，1969年5月1日。第197号。
② 《法国新书目》，1939年9月15日和11月10日。

到轰炸。他甚至拒绝了他的一个印刷商比西埃的友好邀请,比西埃建议他在找到更好的地方之前先去谢尔省圣阿芒的一个地方躲一躲。①

于是,NRF 的中心迁移了,从圣日耳曼德普雷迁到了格朗维尔地区。NRF 的参谋部,或至少是它所剩下的部分,要么安顿在米朗德(萨蒂里附近)伽利玛的母亲家里,要么安顿在不远处的巴西里一个正在建设中的地方,那是加斯东刚买的地产。七星文库的雅克·席弗兰在附近有一座房子,成了他的邻居。

米朗德是一座美丽的诺曼底别墅,四周是养奶牛的草地,可以清楚地看到圣米歇尔山,但加斯东在那里感到很烦闷,他在那里没想象的那么自由:根据军事当局的规定,沿海省——包括芒什——不能打电话或听电话。加斯东往巴黎寄了许多信,试图通过他的关系获得一些特权,得到破格优待,以方便他的活动。他还联系了一个地位很高的朋友塞萨尔·康班奇,著名律师、科西嘉岛的议员,1938 年 4 月当了海军司令员。他早就意识到,如果远离巴黎,什么重要的事、有意思的事都会办不了。他在树木葱茏的诺曼底乡下感到很烦闷,觉得自己成了无用之人。杂志出版了,出迟了,而且内容有时乱七八糟,但毕竟出版了。至于图书的出版,当然无法在别墅里遥控。

德国人呢,他们在波兰。让·季洛杜真是个温柔的幻想者。②

1940 年 2 月 27 日。

---

① 莱奥托,《日记》。
② 此处利用季洛杜名字的谐音玩了一个文字游戏。"杜"(doux)在法文中是"温柔"的意思。——译注

晚上6时，塞巴斯蒂安-博坦路。加斯东·伽利玛路过巴黎，主持了出版社持创始股的股东特别大会。出版社的三百四十五万法郎资本刚刚增加了十五万法郎，这个数目是从前一年的盈利中结转过来的。半个小时后，会议结束。

6月。德国人到了巴黎。投降派在雷通德签了字。伽利玛出版社里和外交部的院子里一样，大家在烧可能会给某些作者带来麻烦的文件、信件和资料，比如说马尔罗准备解救托洛茨基的远征计划。大选过后，权力正在交接的时候，这种烧毁不大会让人想起柏林的"水晶之夜"①，而更多地让人想起巴黎政府各部所在的街区……祸不单行，在逃亡过程中，出版社运档案，尤其是运合同的一辆卡车在前往图尔纳的路上烧毁了。

伽利玛和NRF从芒什省撤往法国南部，伽利玛书店的办公室主任布里斯·帕兰则在巴黎代替他行使权力，管理出版社（给员工支付工资、制作已经排好版的图书等）。加斯东·伽利玛带着他的妻子让娜坐汽车离开米朗德，穿过正在大溃逃的法国。逃亡者脚步匆匆，车子上装满了东西。他们在卡尔卡松附近的维拉里埃（奥德省）若埃·布斯凯家里与保朗一家会合。布斯凯就是那个"被一颗子弹击瘫了一生的诗人"，1918年，他的脊髓挨了一枪，从此卧床不起，躺在一个百叶窗紧闭的房间里，一心一意地写书写信。

"NRF虎口脱险"和"伽利玛死里逃生"②的一共十三人，他

---

① 指1938年11月9日至10日凌晨，纳粹党员与党卫队袭击德国全境的犹太人的事件。这被认为是对犹太人有组织的屠杀的开始。——译注
② 纪德的《日记》。

们聚集在布斯凯的床头：加斯东和让娜，保朗、热尔曼妮和她的母亲，会计杜蓬及其妻子女儿，两个司机，一个书店职员和仓库主管基里亚克·斯塔梅罗夫……纪德也离得不远，在卡尔卡松。邦达、阿拉贡等人常常顺道来拜访塞巴斯蒂安-博坦路的这家临时分公司。"PC39"（戴军帽的共产党诗人）杂志的创始人、年轻的皮埃尔·塞格尔在那里认识了加斯东·伽利玛。"他们全都一副失落的样子。"他回忆道。① 尤其是加斯东，儿子克洛德没有消息，也许被捕了，至少他希望是这样。他不愿往更坏的方面想。由于担忧和等待，他好像突然老了许多。

等待。但是等待什么？等多少时间？以后将住在法国的什么地方：自由区还是占领区？加斯东已经没有主意了。他跟许多作者见面，有的像圣埃克絮佩里那样交给他稿子，有的谈起他们的计划，大部分人都催他回巴黎，让杂志和出版社重新运作起来，完全运作起来。摆脱一切道德、伦理和政治忧虑，对他们来说，伽利玛出版社的良好运转意味着工资和版税能正常支付。对许多人来说，这是最重要的。

伽利玛陷入了困惑当中。他希望待在自由区，报纸上和来自首都的谣传猜测他将在德国人的直接监控下重操旧业，但他一口拒绝。

"这很蠢，但……非常值得同情。"保朗说。

"确实很值得同情。"莱奥托补充说。②

伽利玛一直等到1940年秋巴黎的局势明朗为止。他像其他法国人一样，还在度假，似乎什么都没有发生过。这是完全可能

---

① 皮埃尔·塞格斯向作者证明。

② 莱奥托，《日记》。

的，至少是在未被占领的地区。他常常去地中海沿岸地区。他的出版社在戛纳真的有一个分部，加斯东在卡旺迪斯饭店有自己的套房。他和侄子米歇尔坐"伊奥利亚"在海上长时间地游逛，"伊奥利亚"是他父亲给他买的一艘八米长的帆船。在耶尔，他常常去拜访布鲁克贝热神甫，不久前他付钱给神甫，让他替NRF"编辑"贝纳诺斯的作品。这位多明我会的修士跟加斯东长谈之后，相信他变了，发生了变化。跟圣埃克絮佩里接触之后，他懂得了什么叫英雄主义。这是判断时代动向的特征，伽利玛这个1914年至1918年逃避兵役的人，这个"讨厌神甫"的人，向布鲁克贝热提出了一个奇怪的请求：

"我想请您替我写几页东西，仅仅为我个人，解释一下什么叫圣职，什么叫纯洁……"①

儿子没有消息，加斯东非常担心和怀疑，心情沉重，他从来没有这样不自信过。他好像落马了。可以说他在回避问题，他面临着两难的选择：让德国人查封他的出版社，让他们去管理；或者像早就有人向他建议的那样，向德国人保证，自己只管出版社，而把杂志交给德里厄·拉罗什，那个作家的政治观点与占领者的观点相同。

"第一种解决办法更适合我，"他对布鲁克贝热说，"我有足够的钱躲到美国去，在那里待到战争结束。而且，我库存的纸张很多，把它们卖掉比用来印书赚到的钱更多。可是，既然我还有自卫的可能，我能放弃自卫吗？况且，我还应该继续替我的作家们出书，出版比如佩吉和普鲁斯特精心选择的章节时，我太知道自己可以做什么了，比如说，只谈死亡。我很小心，尽量不出以

---

① 布鲁克贝热，《你将死于断头台》。

反法为目的的大书。这种事不会发生。当然，他们还有掌握在德里厄·拉罗什手里的杂志，但德里厄·拉罗什自己将为此负责，而不是我。况且，还有比他更糟的人……"①

听谁的呢？躲到一边，别忘了出版商的良心，这样一个与精神签了约的人，正如他经常说的那样，就有了道德、政治和知识的责任感，就不会跟普通企业主一个档次。这样劝他的人很少，更多的人希望他一切恢复如旧，成为一台印钞机。怎么能对施伦贝格尔提出的理由无动于衷呢：1870年之后待在阿尔萨斯的人，在那个附属省比那些逃亡到法国其他地方的人更多地捍卫了法兰西精神……

伽利玛不知道听谁的好，但由于职业造成的病态，他对一种现象非常敏感：竞争对手的态度。

罗贝尔·德诺埃尔将重新开业。自从比利时军队让他退伍之后，他就回到了巴黎，只急着做一件事：重新开张。他很快就让德国人解了禁，战前他曾出过一些反希特勒的书，德国人一到，就查封了这些书，把它们放到阿梅利路。德诺埃尔通过各种方式设法增加资本：差不多三年前，他就已经跟贝尔纳·斯蒂尔的公司分开了，坚决不出塞利纳反犹太人的小册子。德诺埃尔从斯蒂尔那里赎回了股份，徒劳地推荐给许多人，想让他们入股，但他不向任何出版商，尤其是伽利玛推荐，尽管有人向他提出了这种建议，因为对他来说，不管以哪种形式成为伽利玛的职员都是不可能的事。②

所以，德诺埃尔和斯多克的创始人以及所有不管条件如何都准备让出版社复业的巴黎出版商一样，并没有感到良心不安。

---

① 布鲁克贝热，《你将死于断头台》。
② 巴雅韦尔的证明。

只有一个例外：埃米尔-保尔兄弟。从8月份开始，他们就把修道院路的办公室变成了与让·卡苏、马塞尔·亚伯拉罕和克洛德·阿弗林通信的"信箱"，用来制作冒险地署名为"法国的自由法国人"，然后是"阿兰-傅尼埃之友"，以纪念出版社长久以来的明星图书《大个子莫纳》。很快，这个临时组织与人类博物馆年轻学者们创办的组织结合在一起，出版社成了放置小册子的仓库。埃米尔-保尔兄弟宽敞的办公室里，刻着布代尔自画像的拱顶石被当成了一个信箱，没有箱体，仅有一个平面。这个信箱持续了四年之久。①

从8月初开始，法国的出版商就有点知道如何应付了。第三号人物，德国驻法国大使奥托·阿贝兹在萨尔斯堡的贝尔霍夫司令部向希特勒说明了第三帝国在法国的文化策略。这个外交官对德国某些机构想强行对巴黎的知识分子进行大范围监护表示不满，认为效果不好。元首很果断，如果可以这么说的话：

"德国人总是好为人师，什么都要插手。军队高层的书刊检查机构应该保证，在新闻、电台、书籍、电影和戏剧方面，不激怒法国民众的政治意识，也不给占领军的安全带来危险。"②

不可能比这更加混乱了，这种混乱使占领者当中出现了派系之争。然而，从8月5日开始，宣传部门向出版商、书商和发行商工会发布了一道命令，禁止销售德国流亡者（托马斯·曼之类的作家）的作品或者是针对希特勒、墨索里尼及其统治制度的书。他们命令书商把有关库存退回出版商或由他们自己的老板销毁。三个星期后，许多法国警察手里拿着单子，到书店搜查，查

---

① 克洛德·阿夫利纳向作者证实。
② 奥托·阿贝兹，《法德政治的历史》，法雅尔出版社，1953。

封登记在册的图书。

这还不过是个预兆。①

不管出版商们愿不愿意，他们不得不接受这样的整顿措施。贝尔纳·格拉塞呢？伽利玛担心同行的态度时，首先想到的是他。自从法国投降以来，圣父路的这位出版商到处乱跑。他一点也不感到惊奇，也不泄气，没有良心发现。从7月13日开始，他就给弗朗索瓦·佩特里部长寄了一份备忘录，表扬自己曾是"反扎伊的冠军"，所以请求维希政府任命他为谈判员和代表，处理有关出版界的所有问题。他坦承了自己的目的："在法国统一创建规章，尤其要取消所谓的两个区的说法。"

在逃亡期间，格拉塞曾带着几个合作者、大部分有价值的书和一些重要的书稿躲避在多尔多涅的农特龙专区，他在那里寄了一封重要的信件，主动提出为维希政府服务，他已下定决心不等维希政府找他了。他非常着急，再也坚持不住了，直接去了贝当元帅的政府所在地，那个著名的温泉城市。他像许多不知从哪里冒出来的人一样，在豪华旅馆的走廊、在饭店和咖啡馆里流连，寻找战前认识的某些高官，看他们能不能加速任命他的进程。他在"国家"酒店的房间里天天写信，这次是写给他的朋友弗雷德里希·西堡的。十年前，他曾出版过西堡的一本书《上帝是法国人吗？》，引起了强烈的反响。他请这位德国著名作家帮帮他的出版社，利用议会副主席皮埃尔·拉瓦尔在巴黎逗留的机会，施加压力，促使德方负责人这么做。贝尔纳·格拉塞的这一计划很简单：他想当出版方面潜在的特派员，至少在他给西堡的信中似乎是这样：法国出版商应该主动真诚地接受占领者的政治审查，不

---

① 热拉尔·卢瓦索，"服务于新欧洲的文学合作"，《翌日》，1983年，柏林，第29期。

用自己的头头命令。这是未来"至少能被真正的法国人接受的法国出版状况"的基础。①

贝尔纳·格拉塞的策略很快就证明是有效的,因为8月4日,他就可以写信给他在巴黎的代表阿莫尼克,说皮埃尔·拉瓦尔前一天晚上接见他了,正式委托他代表出版界与德国人商谈。现在只等占领者对他个人的认可了。在这一点上,格拉塞有点缺乏信心。不是因为他的政治主张"不符合路线",而是他怕别人指责他出版过奥托·施特拉瑟的《希特勒和我》(1940)。所以,为了让人忘记这一"错误",他建议他的合作者强调格拉塞出版社的其他产品,当然包括西堡的四本书,以及《法国–德国》(1934)和《军力集结》(1937),后两本书的作者费尔南·德布里农和阿尔封斯·德·夏多布里昂已同意与德国人合作,还有阿道夫·希特勒的《行动原则》(1936)。②

在9月写作、12月出版的一本书中,格拉塞披露了自己内心深处的想法,详细地宣扬了自己的主要思想。他认为,占领者的离开不是最重要的问题。如果他们必须离开,"那真的要为法国担心了。首先是因为贝当已经流放。我在想希望他流放的人还是不是法国人。"他在书中写道。《寻找法国》有个副标题,叫做"时间的记录"。这是格拉塞向同行们发出的一声十分清楚、十分明确的呼唤:他们完全应该离开自由区,回到巴黎来工作:"对我来说,为了法国的事情,我已经决定接受人们留给我的位置。我想我会把法国色彩最浓和最法国化的文章交给占领者去审查,不管那是我的东西还是别人的东西。我只认别人强加给我的限

---

① 格拉塞给西堡的信,"格拉塞事件",抵抗组织行动委员会,1949。
② 格拉塞给阿莫尼克的信,1940年8月4日。

制。"在贝尔纳·格拉塞的思想里,他只能是巴黎的出版商,留在占领区以外的不可能是一个"真正的法国人",或者与旧政府有勾结。他甚至对蒙泰朗要去尼斯过冬而感到恼怒,"因为他只有在这里才能起到自己的作用,而这种作用可能是很大的"。

格拉塞忠于自己,他至少有个优点:不含糊。他为自己与德国人合作的辩护是直截了当的,他为自己有利于新秩序的宣传活动负全部责任:"待在自由区的法国人应该明白,占领者尊重所有值得尊重的东西。在巴黎做个完全的法国人,体面地从事自己的职业是得到允许的。"

体面吗?

从9月份开始,如果出版商不迎合德国人的主张,他们就会受到强迫。这时,人们会问,这又是什么样的体面呢?占领者显得十分灵活和深思熟虑:他们不是自己来审查图书,而是让法国的出版商根据欧洲新国家社会主义的原则自己来审查。这种制度,这种做法,就是由表现好的囚犯来监视监狱,用集中营内的犯人来指挥和监视同监人的劳动。不过,如果出版商心里拿不准,他可以让审查部门来替他审读,后者会把自己的看法告诉他。自我审查所得到的好处是可以获得配额发放的纸张。什么义务和责任,见鬼去吧!那是在人家的铁蹄之下。

读了审查条例之后,人们会感到茫然:法国出版界,几乎可以说是全部的从业者,怎么会那么快就选择与德国人合作,而此时蒙图瓦尔会谈[①]还没有进行,希特勒和贝当握手的照片也还没

[①] 1940年10月24日,贝当与希特勒在蒙图瓦尔会谈,维希政权同意对占领者提供支持,支援德国发动的战争,追捕反纳粹者,并流放犹太人。——译注

有发表在报纸的头版。

通 告

　　法国出版商联合会刚刚与占领当局签订了一份协议，内容如下。出版商可因此而知道可以在多大程度上进行自己的活动，而不受任何行政措施的束缚。德国当局在签署该协议的时候，曾想表明他们对出版界的信任。致力于传播法兰西思想的出版商有权继续自己的工作，但必须尊重战胜者的权力，他们希望在这一点上达成一致。在执行审查协议的时候，德国当局会先发表一份书目，叫做"奥托书单"。不准销售的图书有的由他们决定，有的由出版商自己决定。根据协议的精神，以后可能还会推出其他书单。对奥托书单的一次公正的检查表明，在法国找到避难所的外国作者的数量很多，他们的作品充满了我们的出版界。法兰西思想在世界历史上被提到了这样的高度，以至于我们不应该有任何担心。摆脱了这种束缚之后，它就可以完整地表达出来，继续发出自己的光辉。

关于图书检查的协议（新书和重印书）

　　为了在德国占领军和法国民众之间创造一种共同的生活，消除困难，并因此在德法民众之间建立正常的关系，法国出版商负责组织相应的生产。为了达到这一目的，德军驻法国的行政长官和出版商联合会主席达成以下协议：

　　一、每个出版商都为自己的产品负完全责任。所以，出版商应该注意自己出版的图书；

　　①不以任何公开或隐蔽的方式伤害德方的威严和利益。

　　②不许出版在德国被禁止出版的作者的著作。

二、如果出版社的负责人无法作出上述第一条款①之决定，出版商联合会负责事先审查。出版商联合会的决定可以采取以下方式之一：

① 联合会认为没有不妥之处，可以允许出版商出版，但必须负全责。

② 联合会认为有不妥之处。相关作品应该标出相应的段落，交给香榭丽舍大街52号的德国宣传部。

③ 出版商联合会也无法作出判断的作品，不能允许出版。相关作品应该送到交给香榭丽舍大街52号的德国宣传部出版处检查。

三、符合第二款第②③条的作品以及由出版社负责任送交德国宣传部（作品组）检查的作品由宣传部以德军驻法国行政当局的名义审查。

四、鉴于知识产品在建立德法两国人民之间的关系上具有相当重要的作用，如违反上述规定，将惩罚承担出版责任的人（出版商或联合会）。

五、特别声明，为图书负责任的是出版商而不是印刷商。

在实行上述命令的过程中，将采取措施销毁不受欢迎的作品。法国出版商要重新仔细检查其书单及其库存，包括可能寄存在印刷厂和装订车间的图书。重新检查后需取缔的图书将联同书单交帝国宣传部。

所有重印图书和新书，法国出版商都需向德国宣传部（作品组）递交两本样书存档。①

---

① 法国国家档案馆。

不必细读，一切都昭然若揭，咄咄逼人。法国投降三个月后，在蒙图瓦尔宣布正式进行政治合作三个星期前，9月28日，法国出版商联合会的主席代表大家联合签署了这份文件。与此同时，第一份"奥托书单"——可能是以德国大使奥托·阿贝兹命名——也发布了，很少出版社能够幸免。正如前言所说明的那样，它主要是从书店里撤下"持续危害法国公共舆论、思想危险、不讲真话"的图书，尤其是政治避难者和犹太作家的出版物，他们背叛了法国对他们的善待，毫不犹豫地引发了一场战争，希望从中得到好处，以到达他们自私的目的。[1]

书单很长。在NRF-伽利玛那一栏里，他们勾去了一百多个名字，平均每个作者两本书。在外国作者当中，有切斯特同、西里加、丘吉尔、阿尔弗莱德·德布林[2]、弗洛伊德、马努斯、希尔施费尔德、伊姆嘉·克恩[3]、埃米尔·路德维希[4]、托马斯和海因茨·曼、瓦尔特·拉特诺[5]……在法国作者当中，有马尔罗、德尼斯·德·鲁热蒙、达尼埃尔·盖兰、保尔·尼赞、雅克·里维埃、克洛岱尔……还有一些犹太裔作者：邦达、弗莱格、乔治·弗里德曼、罗贝尔·阿隆、安德烈·莫洛瓦……加斯东·伽利玛不在期间，由布里斯·帕兰负责日常事务，当时，主要是与德国人打交道，"他们的存在仅仅是为了执行有关奥托书单的命

---

[1] 现代犹太文献中心（CDJC）。
[2] 阿尔弗莱德·德布林（1878—1957），流亡法国的德国作家。——译注
[3] 伊姆嘉·克恩（1905—1982），德国女作家。——译注
[4] 埃米尔·路德维希（1881—1948），德国诗人、作家，著有《拿破仑》《歌德》等。——译注
[5] 瓦尔特·拉特诺（1867—1922），德国民主党领袖。——译注

令,并尽量减轻其影响"。①

10月22日,伽利玛终于回到了巴黎。

他的岗位在巴黎,而不是在天蓝海岸。所有的出版商都在工作,他们在准备1941年初的计划。伽利玛该恢复工作了。书刊检查协议怎么办?奥托书单怎么办?犹太人的身份怎么办?总之,这是一场战争。所有的企业都恢复正常了,教师开始教书,官员开始上班,医生开始看病,应该好好活着,他们这样说。可出版商怎么办?这著名的"精神之约",伽利玛说它把他与一般的商人区分了开来,他是"莱昂·布卢姆和莱昂·都德"的出版人。在那个混乱的时期,出版商的责任是用纸张的配额来衡量的。有或者没有。为了得到纸张,必须去找德国人,听从他们的要求,服从他们的愿望。这就是合作。

伽利玛一回到巴黎就明白了,这场赌博不容易,他必须显得比以往任何时候都更精明,比任何时候都更巧妙地使用人们常常指责他使用的双重语言。在他到达巴黎之前不久,合作机构中最可恨的喉舌之一《示众》杂志发表了保尔·里什②的一篇文章,这可一点都不是好兆头:

……1919年到1939年的法国文坛,有一帮坏人在帮派头目伽利玛的指挥下干坏事。为无政府主义和各种革命派和各种老"反"(反法西斯主义、反国民主义、反任何东西)卑鄙阴险地宣传了三十年,在文学、精神和人性上虚无了三十年!伽利玛及其帮派组成了出色的流氓主义。

---

① 法国国家档案馆。
② 保尔·里什,让·马弥的笔名,马弥曾是迪兰剧团里的演员,也当过电影导演。

纪德-科里登，贩卖降神术的布勒东，《今晚》的大主教阿拉贡，无政府的银行家纳维尔，腐烂的果实艾吕雅，诅咒者佩雷，以及所有那些偏执狂、毒瘾者、诊所的猎物，这就是二十年前的"伽利玛帮"。它现在发展了。超现实主义者、和平主义者、托派分子及其朋友到处点燃了革命之火。1936年，卡苏-伽利玛帮助让·扎伊完成了他的国民教育任务。马尔罗-伽利玛用西班牙红色磨料制作自己的耳环，儒勒·罗曼-伽利玛在他的宣传小说之河中分泌出乌托邦式的人道主义毒素……

伽利玛要回来了！已经回来了，黑人，伽利玛式的外貌像黑人的人，对黑人友好的人在双叟咖啡馆等待他们未来的也是最后的三十年。……精神杀手伽利玛！腐败者伽利玛！坏头目伽利玛！法国的年轻人讨厌你！①

调子已定。但这种激烈而独特的攻击并没有让伽利玛现在或将来的活动蒙受耻辱。要知道，《示众柱》将不止一次站在占领者的极右一边，慎重对待被认为太软弱、太宽容、很快就向敌人伸出手的维希政权。这份报纸上一篇充满仇恨的文章不能当作抵抗的证明……

人们把一句既著名又无法证实的话归功于阿贝兹大使：
"法国有三种强大的东西：共产主义、大银行和NRF。"
随着时间的推移，这句话的内容变了，但在各种版本中都有NRF。在宣传部（隶属于德军）、德国学院（大使馆的机构）的负责人和法国知识界为柏林服务的"观察家们"（比如弗雷德里

---

① 《示众柱》，1940年10月10日。

希·西堡)看来,伽利玛出版社是反德国的,是犹太-布尔什维克主义者。① 从这个意义上来看,11月9日早上,塞巴斯蒂安-博坦路5号的大门被贴上封条是符合逻辑的事。但这不会持续太久。这次查封是军事当局干的,反映了德国负责管理文学与出版的各个不同部门有矛盾和冲突。11月份,伽利玛多次前往宣传部,想重新让出版社开业。特派员凯塞列举从他的书目中精心挑选出来的若干片段,浏览着合作者与审读委员会成员的名单,不断指责他的"反纳粹和亲犹态度"。伽利玛只有一个目的:尽快地重开出版社,因为他当时是巴黎纸张库存最多的出版商之一。然而他弄不清德国人的目的,11月23日,一切都明白了:凯塞建议他与一个作为中间人的德国书商兼出版商合作,要求他把伽利玛书店51%的股份转让给德方。加斯东拒绝了。这不可能。他勃然大怒。这种做法对法国人来说是不合适的,对德国人更不合适。行不通。后来,由于与拉恩顾问就NRF杂志达成了其他不合理交易,伽利玛才得以脱身。德国人终于达到了目的:伽利玛和拉恩博士同意让德里厄·拉罗什领导杂志五年,而且,拉罗什还将"完全有权管理出版社的精神与政治产品"。德国人从此感到满意了,同意把出版社的命运与杂志的命运联系起来,对他们来说,德里厄的出现能保证"在他的全权管理下,你的出版社能远离敌视德国的思想,而且能给欧洲政治合作的新思路、法国的建设和德法两国之间的合作带来可贵的竞争"。② 对于德国的宣传机构来说,这种让人高兴的结果很

---

① 热拉尔·黑勒向作者证实。
② 德国占领当局宣传部门给加斯东·伽利玛的信。1940年11月28日。法国国家档案馆。

289

好地证明了他们并不是一定要入伽利玛出版社的股，而是要保证让这家出版社提供"符合我们这个时代的精神和未来任务的产品"。

问题解决了。加斯东·伽利玛可以拿回他的企业了。这不过是时间问题，也许几天，也许几个小时。不久，一辆灰色的前轴驱动车停在了塞巴斯蒂安-博坦路5号的门前，下来两名德国军官，一个是宪兵队的队长，战前是法文教授；另一个是热拉尔·黑勒，德国宣传部负责书籍检查的中尉。他们中的一人扯掉了贴在门上的封条，另一个用钥匙打开了出版社的大门，出版社里空空荡荡，一片寂静。黑勒来到二楼，坐在让·保朗的办公桌前，拿起电话：

"德里厄·拉罗什先生吗？我在塞巴斯蒂安路。出版社开了，一切正常。请您告诉伽利玛先生，明天或后天他就能收到正式的书面通知。"[1]

出版社开了……出版社能像以前一样开始工作了，杂志停了五个月以后又能复刊了。多亏了德里厄。他是担保人、证明人，是理想的法西斯主义分子，不可缺少的合作者。德里厄被任命为NRF的总经理，出版社又正常地运转了。杂志和图书的命运很少能这样紧密联系在一起。1940年12月，这成了一个明显的事实，到了1944年9月，有人试图歪曲这一事实。

"他是为了加斯东和整个出版社才这样干的。"布里斯·帕兰后来说。[2]

德里厄主持NRF后的第一期杂志，也就是1940年12月1

---

[1] 热拉尔·黑勒，《一个德国人在巴黎》，瑟伊出版社，1981。

[2] 热拉尔·黑勒，"一篇丢失的日记片段"。未发表过的文章。

日出版的那期，像以往一样内容非常丰富：当然，有德里厄自己的文章，这是少不了的，还有儒昂多、佩吉、奥迪贝蒂、埃梅、吉奥诺、法布尔-吕斯、莫朗、费尔南德斯、阿兰等人的文章。杂志出版后，伽利玛口袋里插着一本杂志，去劝说散布各地的作家给保朗正式缺席的这本新 NRF 投稿。他成了上门收货的商贩，已经使用模棱两可的语言了。他让莱奥托相信，德里厄和德国人瞒着他做了许多事，很多事他做不了主。他没有明说，但以自己的方式暗示道，事情甚至没有征得他的同意……① 他又在天蓝海岸找到了纪德，解释说，必须把 NRF 的重新出版看作一种抵抗行为，而不是合作的表现。离开时，他的最后一句话深深地印在这位作家的记忆中，因为它清楚地反映了伽利玛在 1940 年 12 月的决心和精神状态：

"必须待在巴黎……"②

因为短期的前途在巴黎而不是在自由区，一切都必须在巴黎做出决定。所有的领域都变化得很快。在出版商工会，人们尤其害怕一种被认为是不道德的竞争：自由区的出版商。从 10 月底开始，阿尔芒·科兰出版社的合作者、联合会主席勒内·菲利蓬在联合会泛文学部主任贝尔纳·格拉塞的陪同下，来到凯塞中尉的办公室，讨论自由区向巴黎出版社开放问题。巴黎的出版商不允许别的区的同行以他们所没有的优势从事这一行业：低廉的制作成本，没有检查制度，无视法规，在全法国发行他们的图书。

这一次，联合会看得很准，很远：文学界，也包括占领时期出版界的一个主要特点，是除了作家们巨大的生产热情之外，出

---

① 莱奥托，《日记》。
② 玛丽亚·范里塞尔贝格，《小妇人手册》，伽利玛出版社。

版领域即期刊或书籍领域的分散化。重心明显地从巴黎移到了阿尔及尔（夏洛出版社，马克斯-保尔·福歇的《喷泉》《桥拱》和《殿》）、里昂（勒内·塔韦尼埃的《会合》）、维勒诺夫-雷-扎维尼翁（塞盖斯的《诗歌四十首》）、伦敦（《自由法国》）、纽约（法兰西之家出版社和雅克·席弗兰创办的出版社）、瑞士（阿尔贝·贝甘的《罗纳河之页》和巴索尼埃出版社）和阿根廷（罗歇·凯卢瓦的《法国文学》）……

对联合会来说，这种竞争是不光彩的。应该说，德国人很快就让法国出版商明白了他们所谓的合作。联合会的负责人一个星期几次被召到宣传部去，往往就奥托书单和检查协议来看显得微不足道的小问题受到训斥。一天，德国人很不高兴地在画家俱乐部和河堤上发现了一些犹太人或共产主义的同情者写的书，并在一次例行检查中，发现马耶斯蒂克旅馆（他们在那里有书店）所在的街区，有些书商把一些从英语翻译过来的图书摆在橱窗里，好像在嘲笑占领者。还有一天，德国军官严厉地训斥联合会和书商的代表们，因为有的插图版图书丑化1870年或1914年的德国军队。

"比如，"他们当中的一个军官说，"如果这幅插图不加文字注明，德国遭轰炸后它就是这个样子，兰斯大教堂会被说成被火烧毁的……"[①]

当然，在自由区不会遇到这种事情，但不能因此而得出结论说，巴黎的出版商屈服了，忍受着占领者的束缚。他们不敢提出自己的愿望就是妥协。从11月底开始，贝尔纳·格拉塞在一份通告上要求书商们支持他，以保证他所推出的一套新丛书顺利上

[①] 法国国家档案馆。

架,他还以作者的身份亲自举行首发式,所用的标题与丛书的题目一样:"追寻法兰西"。他念了已经同意支持他的作家们的名字——雅克·沙尔多纳、贝尔纳·费、阿尔封斯·德·夏多布里昂、德里厄·拉罗什、保尔·莫朗、阿尔贝·博纳——然后说明这套丛书的唯一目的是:"恢复摆脱所有外部政治问题的法国秩序"①。这很含糊,但已足够清楚地让大家明白它将走向哪条道路:维希政府和宣传部所指引的道路。

这是判断时代动向的迹象:出版社的人员变化频繁。在走廊里,人们经常相遇。有的人走,有的人来。在联合会,当布罗斯坦、费尔南德斯·阿桑、勒内·基费和其他几个人辞职时,图书新闻局主任斯文·尼尔森在贝尔纳·格拉塞的推荐下,被接纳为正式成员。②在伽利玛出版社,几个骨干由于是犹太人而被迫离开:罗贝尔·阿隆,尤其是伊尔什和克莱米厄。伽利玛出版社的营销部主任从6月份开始就和妻子躲到奥弗涅的圣弗鲁附近,在一个农庄里放羊。邦雅曼·克莱米厄呢,辞职后就去了外省。由于无所事事,他想为伽利玛整理《但丁》。"如果能出版,"他在给一个朋友皮埃尔·布里松的信中最后这样写道,"我可以移民到美国或阿根廷,但法兰西的土地紧紧地黏住了我的脚。"③1944年,他死于布痕瓦尔德集中营。

1941年,巴黎。

2月21日下午3点,圣日耳曼大道书商俱乐部的大厅。主

---

① "格拉塞事件",抵抗组织行动委员会,1949。
② 《法国新书目》。1941年1月3日。
③ 安德烈·朗格,《皮埃尔·布里松,记者,作家,男人》,卡尔曼-莱维出版社,1967。

席菲利蓬赞扬贝当"让大家重新产生了希望，证明法兰西的荣誉并未受到影响"，赞扬宣传部的领导人"向我们表现出了他们的高瞻远瞩，给我们提供了巨大的便利"，然后，他提醒大家说：

"9月28日书刊审查协议的签订，象征着我们建立了合作机构最重要的部分，也标志着我们愿意走上蒙图瓦尔会谈之后国家领导人给我们指引的道路。"①

没有比这更清楚了。全行业都与德国人合作了。也有一些例外，有人退出联合会，偷偷地工作（午夜出版社很快就将这样），洁身自好，拒绝奥托书单和书刊审查，有的书商和出版商（比如埃米尔-保尔兄弟）由于缺乏纸张而出书少了，例外可证实规律。

从年初开始，占领者就计划制定一份书单，用来指导法国读者应该读哪些书——不用说，这是一种宣传。"在进行准备工作的过程中，我们第一次可以劝说法国最重要的出版商，应该以他们的出版社的名义签署一份有利于合作的公共宣言。"宣传部的一份报告称，这份叫做"书镜"的著名书单是法国七大出版社——伽利玛、格拉塞、普隆、弗拉马利翁、斯多克、德诺埃尔、帕约——和另外七家小一些的出版社——波蒂尼埃尔、布瓦文、科拉、CEP、法兰西出版社、现代图书和雷纳尔与第三帝国宣传部有关部门违心联合的结果。②

这似乎仅仅是一份书单，但后面有名堂，应该在别的地方寻找这种特别合作的根源。占领者对法国出版商的主要指责、命令、指示和建议都概括在德国学院的杂志发表的一篇文章中。这

---

① 《法国新书目》，1941年2月28日。
② 卢瓦索，《翌日》。

篇文章题为《出版界知识分子交流与合作》，似乎是回应1940年12月发表在同一杂志上另一篇作者署名为贝尔纳·格拉塞的文章。文章作者卡尔·罗什是杜塞多夫罗什·韦拉格出版社的社长，他清楚地指出，第三帝国的宣传者并不是想把一种外来文化和来自别处的传统强加给法国的知识分子，首先是出版商，因为他们是法兰西思想的传播者。他把"昔日主宰文学交流（大部分来自犹太人，正如贝尔纳·格拉塞所指出的那样）的国际主义精神"归罪于两次战争期间法国的民族主义。他认为这种国际主义精神"扭曲了出版业的形象，消灭了它的特点，破坏了文学合作的可能性，为民众提供了不好的服务"。对罗什来说，法国出版界在1930年到1940年间犯下了一个致命的错误，其后果现在还感觉得到：它接受和传播了"移民文学"，换句话说是托马斯·曼、斯蒂芬·茨威格、阿尔弗莱德·德布林和埃里希·玛丽亚·雷马克的文学……他甚至追究法国出版商和1940年6月失败时那些反纳粹的作者的责任。

罗什声称，法国出版商喜欢德国的"糟粕"，牺牲"好的东西"，他们在审美方面犯下了这一巨大错误，现在还需承担后果。他认为，如果说莱茵河对面的同行也犯错误，不管怎么样，他们还是在传播法国优秀的文学，蕴含着"来自法国大地上圣洁和积极的力量"的文学：雷蒙·樊尚、让·德拉瓦朗德、圣埃克絮佩里、马塞尔·阿朗、罗贝尔·布拉西拉赫……这些作者的许多作品都已译成了德文，而汉斯·格里姆或恩斯特·荣格尔的著作有多少被译成法文了呢？卡尔·罗什问。最大的问题就在这里。根据第三帝国的文学政策，这一步骤的第一步是让法国出版界在国家社会主义的欧洲这个大音乐会上亮亮嗓子。"法国已经落后了许多年，应该好好追赶了。"他强调说，并希望翻译领域中薄弱的交流只是两次战争期间一个不愉快的记忆。①

这一信息早就被有关人员清楚地领会了。法国出版商收到了许多通知,要求他们出版德国的经典作品,有时甚至是不那么经典的作品……对这一领域相当熟悉的贝尔纳·格罗贝建议加斯东·伽利玛在战争期间出版一些从德国翻译过来的完全符合占领者意愿的作品,就从歌德开始,这位出色的经典作家在法国比托马斯·曼的读者少,也没么著名,人们在柏林就是这样惋惜的。在占领者的政策中,发行歌德的著作比传播任何国家社会主义者甚至是勒巴泰和多里奥那样的人的思想意识都更重要。正如院士阿尔贝·赫尔曼所写的那样:"从德国的角度来看,歌德是合作精神的真正象征。"隔着两个多世纪,《浮士德》的作者被唤回来为大德国的事业服务,为最纯粹的日耳曼精神服务。

从1941年到1943年,伽利玛出版了《歌德与埃克曼的谈话录》,歌德和贝蒂拉·冯·阿尼姆的《通信集》《伊菲格尼在托里德》《箴言和思考》,而且在"七星文库"中出版了他的戏剧全集,由安德烈·纪德作序。与此同时,格罗蒂森、帕兰和伽利玛还找到六篇风格迥异的文章,继埃克哈特大师②的《誓言与条约》之后,在1943年全都发表了:泰奥多尔·封塔内的《珍妮·特雷贝尔夫人》、理查德·瓦格纳和米纳·瓦格纳及弗朗茨·李斯特的《通信集》、卡尔·昂普的《中世纪初期》、瓦尔特·埃尔兹的《弗雷德里克大帝》、卡尔·罗特的《铅制士兵》和霍夫曼的《猫墙》。有的书完全符合宣传部的愿望,如果说不是命令,有的书则被认为比格拉塞或索洛出的差一点,不那么光荣一点。伽利

---

① 卡尔·罗什的文章,《法德手册》,1941年7—8月。
② 埃克哈特大师(1260—1327),德国神学家。——译注

玛也出一些其科学特征在那个黑暗时期可能有很多读者没有注意的书，如赫尔曼·隆梅尔的《古老的雅利安人》（1943），其引言清楚地说明了作者的意图："……我们必须深深地意识到我们这个民族的起源和特征以及它在人类中的地位。但我们也必须意识到把我们与古雅利安人联系起来的东西，认识他们的精神特征，尤其是如果我们想自称雅利安人的话。对自己的生命（按照其历史演变和生物遗传）的这种意识和这种属于种族意识的感情，与道德科学的更新巧妙地相遇了……"赫尔曼·隆梅尔引用了《吠陀》和《奥义书》、叔本华和"牛人"神话等来解释雅利安种族的前途并为之辩护。尽管后来像乔治·杜梅齐尔那样的学者强调指出，这本书对于印度和欧洲的比较研究相当有用并且非常重要，人们还是很难把它与纳粹的影子分开，忘记它在法国出版的年代。

由德国学院精通法文的院长卡尔·爱泼丁发起，在法国出版商的共同努力下，一份所谓的"马蒂亚书单"拟了出来，包括一千多种要译成法文出版的德国图书，以弥补三十年代犯下的错误，让德国人（不包括纳粹）被法国公众所接受和欢迎。①法国和德国在出版方面的这一合作，很快就有了结果，因为从1943年开始，记者乔治·布隆就大声叫好了，声称从法国投降以来，已经有二百五十种德国书译成了法文，他尤其赞扬"七星文库"出版的歌德的著作和格拉塞出版的弗莱德里希·西贝格热的作品。②加斯东·伽利玛在回复德国人要他具体说明翻译计划的一份通告时，也详细回答了他已经签了合同，他将出版他

---

① 卢瓦索，《翌日》。
② 乔治·布隆的文章，《德国-法国》，1943年第6期。

不得不出的一些书——里查德·本兹、格奥热·布里亭、路德维·克拉热……和他喜欢出和乐意出的一些书。他说正在跟哲学家马丁·海德格尔的出版者商谈《康德和形而上学问题》的出版，和卡尔·雅斯贝尔斯①的出版者商谈《尼采》，还联系了卡尔斯鲁厄②的布劳恩·韦拉格出版社，因为它拥有瓦格纳和巴维埃·德·路易二世之间通信的版权。③

但在占领期间出版的德国作者中，恩斯特·荣格尔无疑占有独特的位置。从1941年8月6日开始，伽利玛就向他在汉堡的出版商买了他的四本书的版权。荣格尔军官是第一次世界大战的英雄，国家主义者，但他"反对"纳粹主义，他也参加了对法国的作战。从1942年10月到1943年2月，他在东线战场待过一阵，后来在巴黎参与了"占领"，他的部队作为警卫队看守法国的首都。由于《无情风暴》(纪德说"这是我读过的最好的战争小说")，他在莱茵河对岸受到赞扬和嘉奖，受到广泛欢迎，尽管希特勒上台之后他的"内心就已被流放"。荣格尔曾和他的连队在大陆旅馆站岗，指挥被检阅的队伍经过无名战士墓前，还在"大巴黎"的军事指挥参谋部检查军人的私人信件。但加斯东可以说是在巴黎的沙龙中遇到他的，经常在夏尔-弗洛凯路的莫朗家里见到他，加斯东赏识他，他们也常常在那里遇到科克多。荣格尔离开他的法国客人时，不管是什么客人——但这个圈子里，大家的身份都是一样的——常常收到一个装帧精美的珍本或十九世纪一位著名作家的亲笔信，作为友谊的象征。而加斯东则送他一套

---

① 卡尔·雅斯贝尔斯（1883—1969），德国哲学家。——译注
② 德国地名。——译注
③ 对1943年4月1日第298期通讯的答复，法国国家档案馆。

完整的"七星文库"。

他不止一次在首都最豪华的饭店里遇到荣格尔,马克西姆饭店、钱塔饭店、富凯饭店、特鲁昂饭店、秘鲁女人饭店,两人都是那里的常客。但他们不会去有黑市交易的地下酒馆,比如尚塔科或佩里戈尔,德国人只到那里进行搜查,例行公事。

战争期间,伽利玛出版了他的三本书,三本都是亨利·托马斯翻译的:《在大理石悬崖上》《冒险的心》和《非洲赌博》。作家于连·格拉克后来成了托马斯最热情的崇拜者,他首先对那个时代及其气氛产生了强烈的兴趣:"我是在上次战争中最黑暗的时期之一接触到荣格尔的著作的,尽管他的《无情风暴》已经译成法文,但我在那个时候对他的名字还完全陌生。在法国出版界成了德国宣传部门的一个机构的年代,当读者在书架上看到一个德国作者的名字,自然会'扭头走开',这是一种自我保护的方式,完全可以理解。"①

尽管在那个时期荣格尔好像是法国读者最多的德国作者,我们并不真正清楚法国公众对德国翻译过来的那些作品有什么反应。但不容置疑的是,对法国出版商来说,对占领者的这种让步是获得纸张的一种方式。与观众人数肯定减少的电影和戏剧相比,在德占期间,书籍还是龙头老大,甚至比广播还强,因为当时的广播没什么趣味,政治性太强,无论是巴黎电台还是BBC都一样。如果没有纸张的限制,出版商的工作会做得更好,因为书籍供不应求,在巴黎和在外省都一样,为了消遣,为了战胜贫穷,打发无聊而单调的时光。

"在那个时期,什么书都能卖。即使印电话号码本,我想大

---

① 《文学杂志》,1977年11月,第130期。

家也同样会买。"斯文·尼尔森说,这个丹麦书商的儿子,在法国投降之后,恢复了图书的出口生意,他收购了阿尔贝一世出版社,出版斯汤达、伏尔泰、福楼拜等人的精装和半精装作品……①

1941年,一位天主教记者产生了一个不错的想法,采访巴黎主要的出版商。让我们跟着于贝尔·弗莱斯蒂埃的步伐,一起分享他激动人心的调查吧:

我们现在是在加朗西埃路的普隆出版社。下面的话是其文学部经理贝尔佩隆先生说的:

"我们出版社卖得最好的两本书,肯定是勒内·邦雅曼的小说《悲春》,我们已经卖掉三万册。还有贝特朗·德·茹韦内尔的《战败之后》,卖掉了两万册。这两本书是凭自己的实力卖掉的。但除了这两本书的成功,我们还发现阿莱克西·卡雷尔的《人类,这个陌生的东西》也流行起来,卖了二十五万册,现在还以每个月五千册的速度在卖。我们清楚地意识到,读者主要在寻找严肃的书,但也没有因此而放弃小说,他们选择与自己当前所关心的事情相应的书,历史图书,有关政治、经济和道德问题的书。卡雷尔是一个预兆,他的书一直在卖,但从来没有卖得这么好过……另一方面,战争有这个好处,它能让人多读书。1914年至1918年战争期间,我们同样观察到这一点:人们的阅读量巨大。停战之后,大家都扔下书去跳舞了……我还忘了乔治·苏亚雷斯的《贝当元帅》,它的销售数字已达到九万六千册。"

现在,我们陪同于贝尔·弗莱斯蒂埃到圣父路的格拉塞出版社去,见见他们的文学部经理亨利·米勒:

---

① 《文学杂志》,1968年9月,第21期。

"我们社读者最多的两本书是《二十六个人》，这是一个二十四岁的年轻人、雅克的儿子让·德巴隆塞尔写的一部战争小说，我们已经卖掉了两万五千本；在思想读物方面是格拉塞介绍和注释的《孟德斯鸠笔记》，到现在为止已卖掉一万八千册。乔治·布隆的《战争中的英国》也很畅销，这是一本关于政治的书……这方面有无数问题，他们（人们）希望得到解释。他们尤其想知道面对战争，人类会有什么反应，还想知道……大逃亡的原因。最后，在整个战争期间，信息的传播无疑受到限制。终于，战争结束了，开始了……拆箱开包。战后，人们读书很多……我们在寻找畅销书。最好的标准，将是莫里亚克那本书的销售方式，我们刚刚推出他的《伪善者》。他在书里谈论了莫里亚克式的一个主要问题，它既没有涉及战争，也没有涉及法国的现状。"

我们的调查者现在来到了拉辛路，仍然在同一个区，到了弗拉马利翁出版社，接待他的是文学部经理杜克曼先生：

"……卖得最好的书应该是阿纳托尔·德·蒙齐的《从前》，这本书刚刚出版，但已经引起广泛的兴趣……劳工部部长在达拉蒂埃和雷诺的办公室里说，阿纳托尔·德·蒙齐给了我们多少思考啊！这是活生生的历史巨著，大家抢读这本独一无二的资料没有错。我从来不列举数字。我只能对你说，《从前》刚出版不久就已经重印多次，至少重印的次数嘛，它似乎应该非常多……回到大地、恢复农民的尊严是国家恢复的首要政策。所以，亨利·普拉的《拿铁锹的人》也获得了巨大的成功，这本书描写了许多地方几个世纪以来的农民生活，是难得一见的巨幅画卷……同样，人们对粮食问题也谈得很多，讲这方面事情的书他们读得很多：夏尔·戈福鲁瓦的《你的身体腐烂了》……里索博士的

《养兔》、科昂的《家庭养蜂》、安德烈·戈尔特的《土豆》。这些内容实在的实用类图书自然也在最畅销的图书之列。"

只有在 NRF，在伽利玛出版社，接待我们的记者的不是一个有名有姓的负责人，而是一个以"某人"代替的人，这在伽利玛出版社是十分典型的做法，尤其是在混乱时期：

"我们现在的畅销书是赫尔曼·麦尔维尔的著名小说《白鲸》，是让·吉奥诺翻译的。这一成功表明公众开始对大部头的长篇小说感兴趣。《白鲸》6月1日出版，现在已经重印了三次……佩吉的作品也重新畅销，非常显著，销售量已达到一个很大的数目，与战前相比翻了一番。在大受读者和传媒欢迎的新书当中，可以举出西格里德·温德塞的《忠诚的女人》，是从挪威文翻译过来的；在历史丛书中，有玛格·格兰特的《灰衣主教》[1]和蒙托教授的《马拉美传》。马塞尔·埃梅和罗贝尔·弗朗西斯仍受读者欢迎……我们马上就在'七星文库'中出版夏尔·佩吉的诗歌全集……大逃亡之后，大家马上就开始重读经典了。从此，文库开始补充纪实作品和历史著作……"

在惠更斯路的阿尔班·米歇尔出版社，文学部主任安德烈·萨巴蒂埃马上直奔主题：

"主要的外国图书，是英语小说、长河甚至长海小说[2]。不过，这是个棘手的问题，我们也许最好还是谈谈我们自己国家的书……伯努瓦-梅尚的《四零年雨季》好像最受媒体的追捧，不单是笔头，还有口头……很快就要卖到三万册了。这太好了！

---

[1] 指法国红衣主教黎塞留的亲信瑟夫主教。——译注
[2] 长河小说，指篇幅很长的小说，如罗曼·罗兰的《约翰·克里斯多夫》。这里的"长海小说"系戏说。——译注

不过不管销售怎么好，这毕竟是本论著，不是小说，不像皮埃尔·伯努瓦、韦塞尔、冯·德梅的小说那样卖得那么好……战争爆发之前，人们就已经发现一个非常明显的倾向：在卖不好的一般图书当中，质量高的书最后总能突出重围。战争爆发后，所有的出版商都发现，书又重新好卖起来，我觉得很难具体地弄清读者到底喜欢哪类书。喜欢阅读的人，我好像觉得他们不加选择地扑向所有种类的书，这话我们自己说说，不管是好书还是坏书，优秀的书还是平庸的书，甚至还包括很差的书……出版业处在一个欣喜的时期，谁都没有想到……今天，我们的顾客比我们希望或更准确地说，比我们能满足的顾客多得多。然而，只要我们没有因物质困难而停工，我们就会加倍努力，这是我们此时'效劳'的唯一办法。"

在阿梅利路的德诺埃尔出版社，负责接待的是罗贝尔·德诺埃尔：

"我们社卖得最好的，是塞利纳的书《美丽的旗帜》，它是三月初出版的，三个月内印了两万八千册，现在全卖完了。我向您保证，这不是广告数字。塞利纳的所有作品现在又都时髦起来，以至于最近几个月，除了他的新著，他的其他各类作品加起来我们已卖了三万册。小说大家读得很多：保尔·维亚拉尔、吕克·迪特里希、玛丽亚娜-安娜·德斯马雷、路易丝·埃尔维厄、阿拉贡、夏尔·布莱邦……巴黎的出版商与德国学院达成了协议，将在最近几年出版一定数量的书，让人们了解德国在艺术、文学和社会方面所作出的努力。但另一方面，德国的出版商也买了不少法国书，准备把它们翻译成德语……这是好事！因为在新的法国，图书正重新获得自己的位置：最重要的位置。"

塞旺多尼路索洛出版社的文学部经理贝尔纳先生说得最简明

扼要：

"索洛出版社卖得最好的小说是法尼·于斯特的《回到大街》（两万册），然后是让·德拉瓦朗德的《蓝色巫师》，最后是瓦尔特·达雷的一部论著《种族》（四千册）。我觉得小说是逃避现实的最主要也是最好的方式，尤其是关于大自然的小说，书中有关于村庄的描写、农民习俗的研究，甚至关于城市市民习俗的研究。公众的阅读口味好像改变了。但愿能回到不那么虚假、更有阳刚之气的文学当中。法国的拯救要付出这一代价。"

在拉普路的法兰西出版社，文学部经理费里-皮萨尼先生承认：

"在一年当中，法兰西出版社只找到一本可以出版的小说，那是一个至今还默默无闻的妇女吉贝特·多兰写的，叫做《大地之女西蒙娜》……有套书非常不错，是保尔·夏克写的关于大海的书，卖得不理想，但大家都在谈论它，所以非常成功……明星书，保尔·阿拉尔的书，是关于现实生活的……消遣小说发生了危机。悲剧离得太近了，我们现在看不到它有趣的一面。至于囚犯的好书，现在还没有出现……我们这些出版商，处于一种尴尬的处境，如同乳酪商没有黄油一样。我们有顾客……可我们没有商品！"

卡尔曼-莱维是法国最古老的出版社之一，调查者面对的是它的新经理，他在非常混乱的形势下刚刚上任。

"从3月11日开始，我签了五十四份合同，其中有科莱特的一份合同，她将在我们出版社出版《我的笔记》……在我们出版社，有五位作者非常畅销：皮埃尔·洛蒂、阿纳托尔·法朗士、勒内·巴赞、亚历山大·大仲马和吉·尚特普勒……在目前这种情况下，我将出很多的历史书和回忆录。我打算在两个月内出版十多种。"

格勒内尔路,法斯凯尔出版社也在出传统小说,正如老法斯凯尔指出的那样:

"在我们社,卖得最好的是埃德蒙·罗斯丹的《西哈诺》和《小鹰章》。《西哈诺》已经卖掉八十六万四千本,《小鹰章》卖了八十七万五千本。在罗斯丹之后,是左拉、都德、梅特林克的书。事实证明:当读者拿不准时,他们会选择名人的作品。现在,有一本书卖得很好,那就是马塞尔·帕尼奥尔的《掘井人的女人》,同名电影已经拍摄完毕,在大道电影院放映……我无法列举销售数字。我们所有的书都在仓库里,无名作者的书有可能退货。但我要说的是,我们都觉得大家读书很多。"

在修道院路的埃米尔-保尔出版社,他们减慢了速度,如同埃米尔-保尔所承认的那样:

"我们社的明星书是莱昂-保尔·法尔格的《极度孤独》,我们已经卖了八千册。我们刚刚推出皮埃尔·马克·奥尔兰的一本历险小说《主锚》,第一个星期就走了一万两千册……在我们社,纯文学好像比纪实图书卖得好。最有代表性的是现在《大个子莫纳》的销售,它出版那年,我们只卖了一千五百本,现在我们每个月卖四千册。公众想在小说中忘掉……希望小说有点虚幻,能让人忘记现实的变迁。"

在卡西米尔-德·拉维涅路的斯多克出版社,德拉曼先生的话丝毫没有惊人之处:首先是外国图书,尤其是路易·布罗费尔德的《雨季》。

"公众当然喜欢主菜:篇幅长的书。一部厚书,如果想取得成功,它必须有生活细节、历险故事、激情和人道主义的东西。当然,《雨季》的成功在战前就已经看出来了,但后来又发展了,现在已经卖了二十万本,还在以每月五六千本的速度在走。从1940年10月至今就卖了六万本……法国战败后可怕的局势使斯多克书店决定出版小丛书,寻找我们这个国家及其历史、地理和风俗方面的特点:这种道德和政治上的发现能让出版社在新世界中走向忠于法兰西的未来……这就是我们出版社在国家重建过程中做出的贡献。"

于贝尔·弗莱斯蒂埃还采访了其他许多出版商,尤其是天主教出版商,这场收获颇丰的调查从1941年7月持续到9月。他到处都清楚地听到同样的钟声:一切都在往好的方向发展,出版界处于一种让人意想不到的情况当中。自1940年6月以来,出现了那么让人惊奇的东西,图书从业人士应该在这方面去寻找。怨言中出现了相似的共同之处,考虑到时间的紧迫,哀叹已显得不合时宜。我们在所有的出版商嘴里都听到这样的话:我们没有足够的纸张,我们缺乏原材料(胶水、线、羊皮……),库存空了,我们没办法把它填满,供不应求。被德国占领一年之后,这位记者在日常工作中对出版业进行了这种透视后,总结道:"在出版社的领导们看来,法国出版业似乎把国家总统的格言当作了自己的格言:'工作、家庭、祖国',他们通过出书这一有效的方式,承担起让这一格言进入国民生活的任务。"[1]

没有比这说得更好了。当于连·格拉克说,法国出版业当时已成为"德国宣传部的一个部门"时,他影射的可能就是这一点。除了宣传部这一说法,我们也许还可以加上一句:他们相互依赖得天衣无缝。

这是出版商的情况。作家们呢?

---

[1] 于贝尔·弗莱斯蒂埃的调查,《图书手册》,第二分册,1941。

如果把作家们当作某类劳动者,其义务与其他劳动者如官员、小学教师等没有区别,这样回答这个问题是不合适的,那就否定了这个职业最本质的东西:知识分子的责任。这种特点也应该与出版商有关,如果他们当中的大多数人不仅仅是把自己当作商人的话。在战争期间,它影响到文人们采取何种态度:介入社会政治斗争、观望或两面摇摆。

在铁蹄下出版?如果许多人都良心不安,这就是一个两难的困境。如果你是1941年巴黎的一个法国作家,首先必须同意让一个委员会审读和评判你的书稿。委员会中当然有阿尔朗、帕兰和其他几个幕后人物,也有拉蒙·费尔南德斯,他是"法国大众俱乐部"忠诚的前讲课人、《人民之声》的记者、多里奥的法国人民党政治局成员,这些都是与占领者合作得天衣无缝的机构。尽管费尔南德斯在思想和知识方面的优点不可否认,并具有一定的独立精神(他在战争期间曾发表文章,热情赞扬两个流亡的犹太人——柏格森和普鲁斯特),但与德里厄·拉罗什正是一丘之貉,没有什么区别,不仅仅是在人们假装与出版社其他部门没有关系的 NRF 杂志社,而且也在 NRF 出版社的中心,在圣人之圣人当中,在完全没有犹太人的审读委员会当中。没有罗贝尔·阿隆,也没有邦雅曼·克莱米厄,但有拉蒙·费尔南德斯。也没有路易-达尼埃尔·伊尔什:他被基里亚·斯塔梅罗夫,也就是斯塔姆替换了。斯塔姆是 NRF 出版社的仓管主任,一直当到1940年。他是祖籍法国的俄国人,国内战争爆发时,他正在敖德萨学习。他志愿参加了白军,受了轻伤,几年后逃到法国。除了在伽利玛出版社当仓管主任以外,他还出过几本书:《乌克兰,俄罗斯大地》《极端之地》,以及跟奥波兰斯基王子或他自己的表兄皮埃尔-安托万·库斯托合作翻译或写作的反映苏联苦役犯的短篇小说。库斯托是个记者，是《处处有我》杂志最著名的笔杆子之一，斯塔梅罗夫本人也以皮埃尔·布雷吉为笔名经常向该杂志投稿。

人们以为作者们不知道审读委员会由谁构成。是不知道，但他们能从报纸、电台和传言中知道当前的一切，知道不把稿子交付审查，在法国就出不了书，知道出版商从1940年9月起保证不出犹太裔或左派作者（稍后主要是共产党作者，当苏德条约成了一个噩梦时）的书，也不发表批评法德合作、德国国家社会主义或意大利法西斯主义的政策和原则的文章。占领者并不只在出版商的自我审查失败的时候才进行干预，事实上他们的检查非常频繁。在1941年的巴黎，出书必须像以前一样，装得若无其事的样子，寄书给巴黎记者的新闻机构，请他们评论，希望能在首都的日报和周刊上发表一篇合理的当然也是权威的文章，也就是主动让宣传部的相关机构即合作者来审查。

没有占领者的同意不能出书。为了得到同意，必须采取一系列直接或间接的效忠行为。这不是合作，但这也不是像后来许多人声称的那样是抵抗。这是一种非常复杂的态度，看看加斯东·伽利玛和让·保朗就知道了。

具体地说，与占领者联合制定法则之后，服从这一法则的表现之一，就是在1941年秋重新出版夏尔·佩吉（这是一个应该立即重版的作家，因为他的书卖得很好）的《法国》时，至少也要从1939年伽利玛的"天主教丛书"的那个版本中删去这一段：

德国人几百年都没能建立自己的帝国，四十四年前才在我们的废墟上重建，他们是种族主义者，一直是帝国主义者。日耳曼的神圣帝国。还是由于这个原因，德国从来就没有诞生过真正自由的哲学。他们所谓的自由，恰恰是我们所谓的奴役；正如他们所谓的社会主义，就是我们所谓的苍白的中间偏左派一样；他们所谓的革命者，就是我们在此所谓的十足的保守派。①

这是宣传部听了不高兴的话，他们希望的是秩序。也许作家的家人在这样的条件下同意出版，但我们还是应该思考一下佩吉在后世遭到的不公正对待：1914年，他被德国人杀死在前线，二十七年后，又在法国人的帮助下遭到了歪曲。

面对德国人的书刊检查，加斯东·伽利玛与贝尔纳·格拉塞相反，显得非常谨慎。他只有一个短期目的：尽可能多地弄到纸张。他很少诅咒未来，比以往更妥善地协调各方关系。在与占领者的关系上，伽利玛也与格拉塞采取了完全不同的态度。抛开格拉塞的政治活动不说，看看在同一个时期，即1941年6月，他对一件具体事情的反应和伽利玛在另一件事情上的反应，似乎很有意思。

当时，贝尔纳·格拉塞给德国书刊审查机构的黑勒中尉寄了一封正式声明。他很不高兴，作为一个守法的法国人，他进行了抱怨，发泄不满，批评书刊审查机构运作不佳！就像在饭店里一样！他生气的原因，是因为弗朗索瓦·莫里亚克马上就要出版《巴黎女人》。为了避免出现问题，他小心翼翼，劝作者去德国学院向院长卡尔·爱泼丁申请出版许可，"让他知道自己想重新从事文学活动的愿望"。当局跟他谈完之后，毫无保留地同意了他的请求。书可以拿到市面上出售了。通常，格拉塞出这个偶

---

① 让·加尔蒂埃-布瓦西埃的引言，《我在被占时期的日记》，《年轻的命运女神》，1944。

像作者的作品开印都是两万册，但由于纸张配额制度，他只能印八千八百册，这已经很让他感到麻烦了，而当他得知，德国人只允许他印五千册的时候，这简直是一个巨大的灾难。因为莫里亚克每月都来领取他未来的《回忆录》的版税预付金九千法郎，如果《巴黎女人》只印五千册，贝尔纳·格拉塞永远都回不了本，只够支付每月两万法郎预付金的一部分。于是，他勃然大怒，做出了伽利玛永远不会做的事情：他写信给宣传部，抱怨说他们的决定损害了他的利益。作为最后一着，他搬出了一个观点，希望能打动德国人：如果你们继续这样限制忠于你们的巴黎出版商的印数，那就等于鼓励我们的作者到自由区去出书。

他不止是轻率，而且大胆。是不是这样？① 而加斯东呢，他既不轻率，也不大胆。1941年6月，占领当局的舒尔茨先生写信给他，向他表示了愤怒，因为加斯东出版了维奥莱特·特里富西的小说《败诉》。加斯东·伽利玛辩解道，这本书是根据战前签署的合同出版的，并态度平静地回信说：

……我们当然知道作者是英国人，但我们怎么也不知道她是犹太人……所以，我们可以向阁下保证，我们出版这本书，根本不想找麻烦。如果我们知道出版这本书会让你们不高兴，我们肯定不会把它列入我们的计划当中……②

占领当局的那位官员也不认为维奥莱特的小说有多大的危险，仅仅是有人告发而已，在那些激进的合作者当中有人提出了

---

① 1941年6月5日的信。法国国家档案馆。
② 1941年6月17日的信。法国国家档案馆。

"友好的建议",他们监视出版商的产品往往比德国人更有效,更善于跟法国的作者打交道。当时,那封检举信共五张,是用打字机打出来的,匿名,宣传部收到后进行了研究。信的标题是"维奥莱特·特里富西、加斯东·伽利玛先生和情报部",作者对伽利玛的犹太裔旧职员(伊尔什、席弗林、费尔……)作了一个回顾之后,指控特里富西是英国特务,引诱巴黎重要的报纸领导和出版商,让他们以小说的形式出版宣传英国的东西,并说加斯东·伽利玛知道一切:"他不是个傻瓜,而是个狡猾分子,一直在法国打犹太牌,现在还在打。他也曾出过莱昂·布卢姆的作品,现在还在继续出版维奥莱特·特里富西的书。"①

告发者没有签名,但如果没有猜错的话,那一定是个刻薄的人,甚至可能是被伽利玛的审读委员会退过稿的众多作者当中的一个,此人还在信中暗示了自己这样做的原因,并且提出了具体的办法:他建议加斯东·伽利玛离开出版社,让热拉尔·希伯伦的"桥"公司强制收购,希伯伦在巴黎领导着一个巨大的传媒王国,由德国大使馆出资;他还建议把维奥莱特·特里富西的两处房产转让给路易·托马斯领导的贝恩汉姆实业公司,后来人们将在卡尔曼-莱维的名下找到它。②

面对这种审查,加斯东·伽利玛的态度丝毫没有惊人之处。他一点都没有惊慌,也没有模棱两可,完全符合他的性格。方式并不重要,重要的是目的。可作家呢?出版商一旦以这种方式出

---

① 法国国家档案馆。
② 皮埃尔-玛丽·迪乌多纳,《纳粹用来夺取法国媒体的金钱,1940—1944》,皮科莱克出版社,1981。

书，就与占领者建立了某种关系。在这种情况下，作家也在无形当中主动成了出版商的同谋？

如果不满足于当一个摩尼教传记作者，想研究伽利玛的某些作者的个人行为和来历，却又不考虑他们自1944年9月以后所获得的名声，那事情会越来越复杂。

在这之前的几年，法国作家还有闲暇思考自己在被占期间的状况。没有什么让人惊奇的东西。墨索里尼、希特勒上台，然后是弗朗哥——我们只举西方的例子——使这些国家的一部分知识分子逃到了法国。这些男男女女的政治避难者宁愿流放，也不愿在一个极权的国家里工作，但他们遇到了相同的问题：书刊审查，自我审查，不明说的许可，一个遭受耻辱的政体的支持……尤其是德国人，1933年到1940年间，不少德国人在法国找到了避难所，他们常常谈到这一难题和他们的道德良心。他们的文章、杂志和书籍中充满了这种思想讨论，这些讨论也会让法国的知识分子思考在某种情况下，自己应该采取什么态度。而且，尽管发生了战争，1941年的法国知识分子，虽然他们的国家被外国军队占领了，他们的情况并没有1933年的德国人那么"残酷"，当时，德国也被占领了……被国家主义者，当然，那是些纳粹分子，但也是德国人。

一切都曾经清楚地出现在1935年的德国：待在这个国家里忍受压迫，在官方的出版社和机构里出书、发表文章，就是屈服于火刑，屈服于压迫，一句话，就是合作。在那个时期，法国的知识分子十分关注莱茵河对岸的局势变化。当他们得知戈培尔的警察在宣传部的所作所为和阿尔弗莱德·卢森堡的警察在"文学机构"的行径时，他们已经预感到如果德国侵略法国，会有什么东西等着他们。1936年2月，希特勒本人在接受《巴黎晚报》

记者贝特朗·德·茹韦内尔的著名采访时已清楚地预告说:

"如果我如愿让法德两国接近,那将进行一种不失我尊严的调整!这种调整,我已经写在历史这本大书上!……这种接近一旦成功,不少法国作品不是也需要修改吗?因为它们对我们并不总是那么友好!"①

真是赤裸裸的坦白!四年以前,"奥托书单"就已经宣布了!

"流亡国外者"使德国知识分子产生了分裂,留在德国的知识分子指责前者采取没有身体危险的斗争,不敢在敌人横行霸道的地方进行对抗,尤其是离开了祖国。他们的身份区分得非常细:流亡大军中人数最多的犹太人、共产党人、发誓只要纳粹的旗帜还在柏林飘扬就永远不再讲德语的无党派德国人、社会主义者、和平主义者。右派作家如恩斯特·荣格尔或奥斯瓦尔德·施彭格勒(伽利玛后来出版了他的《西方的消亡》)在表明自己与专制保持距离的同时,也注意不与这些大军接近。

第三帝国急于收回他们,把歌德和席勒变成了"第一批国家社会主义者",总之是先驱。他们也利用没有"离开祖国"的生者和没有逃亡的知识分子。1933年,纳粹满意并骄傲地告诉众人,1912年的诺贝尔文学奖获得者、德国最大的戏剧家之一盖哈特·霍普特曼的剧本像以前一样演出了。当时最重要的诗人和文论家戈特弗里德·本支持新的领导人,并于1933年春在柏林电台上朗读了他的散文《新国家和知识分子》,一年后还发表了《艺术和权力》,完全符合当时的气候。考虑到他在德国知识分子当中的影响和地位,这些举动让许多流亡国外的同胞感到非

---

① 贝特朗·德·茹韦内尔,《世纪中的旅行者》,拉丰出版社,1979。

常震惊和困惑，因为当局并没有逼迫留在国内的知识分子服服帖帖地屈从于他们。在这一点，人们明白了知识分子身上的责任有多重。克劳斯·曼从拉旺杜写信给他说："什么目标使你取了这样一个名字，对我来说，这个名字象征着最伟大的知识分子，是一个人所能拥有的最伟大、最纯洁的名字。但这些人的无能在欧洲历史上是史无前例的，他所蒙受的道德耻辱引起了全世界的厌恶？如果你与那些在思想上让你憎恨的人结盟，你会失去多少朋友？最后又会在非正义的那边获得多少朋友？"

戈特弗里德·本发明了这句名言："军队不过是一种高雅的流亡。"他这样说，是想把某些右派知识分子投靠魏玛当作一种抵抗方式。他曾用这样的话回答克劳斯·曼："我声明支持新国家，因为是我的人民用自己的方式在开辟自己的道路。如果我远离他们，我又成了什么？其来龙去脉我知道得比他们多吗？非也。我可以在我的能力允许的范围内，让他朝我希望的方向发展，但如果我没有成功，他们还是我的人民，这还是我的国家！我的精神存在和物质存在，我的语言，我的生活，我的人际关系，我的所有思想，首先要归功于这些人民。"[①]

也许大多数论争集中在克劳斯的父亲托马斯·曼这个人物身上。这在相当大的程度上是因为希特勒掌权时这位已六十八岁的作家影响了整整一代人的缘故，他出版了宏伟的小说《布登勃洛克一家》和《魔山》，获得了诺贝尔文学奖；也因为他从一开始就完全、不断、毫不退让地反对国家社会主义制度。1933年2月11日，他离开了德国，带着很少的行李去全世界做巡回报告，持续了很多年。托马斯·曼不愿意回到被那些人统治的德国，他

---

① 1933年5月来往信件，引自戈特弗里德·本的《双重生活》，午夜出版社，1954。

曾不断地鼓动人民去反对他们。他先后在不少国家住过，抱怨失去了家园、朋友，尤其是根，那是作家鲜活的基础，是他的作品的源泉。与那些发誓只要戈培尔还讲德语，他们就永远不再用歌德的语言来写作的人不同，他将忠于德国的语言："这个真实而不可侵犯的国家，我在流亡中一直带在身上，任何一个统治者都无法把我从它那里夺走。"①有人建议他用英语写作，他觉得这是荒谬的，他从来没有像在流亡中那么热爱和喜欢德语。他从来没有这么热情地为发展、完善和宣传这一语言效力过，但这并不妨碍他不断地在 BBC 电台表示他对纳粹德国的仇恨。他的小说可以说一直正常地在德国出版，直到 1936 年他被国家放逐。他用两句话来归纳自己的地位："如果存在我们所知的那种厌恶，就不允许也不可能在德国投身于文化事业。这与美化腐朽和罪行没有区别。"②

托马斯·曼离开了德国，这对纳粹的宣传是一大损失。在他们眼里，他出现在祖国的领土上，哪怕保守或稍稍有所保留，也比他离开好。从 1933 年起，前往苏黎世、纽约、伦敦、莫斯科或巴黎（直至 1940 年）的作家、哲学家和学者组成了一支流亡队伍，损害了国家的形象，这群煽动者对"国内的移民"十分有用，他们不断在报纸、电台和会议上发起宣传运动，冒着被人冠以"叛国"罪名、多年与祖国和人民失去联系的危险。③

德国的经验提供了前车之鉴，1940 年底，当法国的知识分

---

① 托马斯·曼，《岁月的要求》，格拉塞出版社，1976。
② 1945 年 9 月的信，雅克·布雷内所引用，《法国文学生活场景》，吕诺-阿斯科特出版社，1982。
③ 詹姆斯·维尔金森，《欧洲的知识分子抵抗组织》，哈佛大学出版社，伦敦，1981。

子面临着走还是留这一难题时,他们并没有感到意外。顺从合作的要求,还是断然把打字机变成机关枪?忍受还是反抗?被占期间封笔还是继续像以前那样写作?

1940年6月底、7月初还是挺混乱的。埃玛纽艾尔·贝尔——一个犹太人——替贝当元帅起草了讲稿,想出了许多一针见血的词句:"大地,它不会撒谎"……"我痛恨会给你们造成那么大痛苦的谎言"①……不久,他就不露面了,像其他志同道合的人一样,到乡下休养去了,先是去了天蓝海岸,后来去了科雷兹。伽利玛的营销部主任路易-达尼埃尔·伊尔什由于自己的犹太人身份而被解雇,他收到了加斯东的一封信,信中告诉了他这个决定,并向他保证会继续向他支付工资。伊尔什一家在奥弗涅住了一段时间之后,因为担心,从1941年秋到战争结束一直躲在洛特省,在那里找了一个农场养起奶牛来。随着战争的深入,从巴黎寄来的薪水越来越少,当他们想买房屋时,不得不向让·施伦贝格尔借钱,后者马上就借给他们了。

1940年9月,第一批"奥托书单"公布,巴黎的出版商和德国人制定并且同意了审查协议时,问题就出现了。年底,蒙图瓦尔会晤之后,占领者将对出版商进行日常压迫以加强其合作,已经没有任何疑问了。

哪些人流亡了?

雷蒙·阿隆去了英国,安德烈·布勒东和圣-琼·佩斯去了美国,乔治·贝纳诺斯待在了巴西,罗歇·凯卢瓦在阿根廷,还有其他一些人:儒勒·罗曼、安德烈·莫洛瓦。许多人……时代的动向:从1940年夏天开始,阿尔贝·科昂曾徒劳地想武装起

---

① 贝尔-莫迪亚诺的文章。

一支犹太军事力量，与盟军一起作战，但他后来逃到了伦敦。与此同时，从1939年起成了英国政府经济战争法国代表处处长的保尔·莫朗，立即离开了伦敦前往维希，开始为贝当政府服务。人们还没有忘记几年前——似乎是光明之年——前者还向后者为他的《犹太人杂志》约稿……

1941年7月，布宜诺斯艾利斯，凯卢瓦创办了一份新杂志《法兰西文学》，想保持法语和法国文学在美洲的权威性。在第二期上，他这样解释流亡作家的义务："……甘愿为他们被迫悄悄地说话的同志们大声疾呼……"在他看来，不应该因为远离战场而沉默，恰恰相反，应该介入，但要注意言辞不要太过分，要多提良好的建议。流亡作家应该成为待在国内的作家的代言人。他们由一条看不见的链条相连。凯卢瓦在《法兰西文学》重新发表了埃玛纽艾尔·莫尼埃已经在法国发表过的一些文章，总结道："不应该说这些工作、这些担忧和这些声音就此消失。未发表的东西在等待着。"①

从南美看来，被占期间法国的局势非常理想，善恶区分得非常清楚。读了凯卢瓦的文章，大家都明白了，在他看来，对于那个不让说话的作家来说，除了在丛林里当游击队或在《处处有我》上写稿，还有别的选择，而在当时，大多数知识分子都像法国人一样，选择了第三条道路，即观望。

让·盖埃诺选择写作但什么都不发表，只要德国人还在法国。他怕把稿子交给他们会给自己丢脸。勒内·夏尔成了亚历山大上尉、游击队领袖，他在那里写了《修普诺斯散记》，但解放以后才出版。他们的态度非常坚决，是拒绝妥协的知识分子的典

---

① 罗歇·凯卢瓦，《局势》，伽利玛出版社，1945。

型态度,和德里厄·拉罗什、拉蒙·费尔南德斯、马塞尔·儒昂多和别的支持国家主义革命的作家一样果断。混乱的是其他民众所采取的立场。

阿拉贡和艾尔莎·特里奥莱决定利用被占时期的法国的矛盾。他们一方面在完全合法的出版社出版作品——阿拉贡在伽利玛出版社出版了《断肠集》(1941)和《王国的游客们》(1943),特里奥莱在德诺埃尔出版社出版了《后悔》和《白马》——其他作品,他们偷偷地出版或在自由区出版。有人大胆地说:他们脚踏两只船。阿拉贡和特里奥莱把它叫做"走私的散文":"用作品悄悄地向爱国的读者传递希望,让他们产生改变现状的欲望,而又不惹怒书刊检查机构,这是一场赌博。"① 至少是一场暗中的赌博。况且,这对伴侣也与地下出版的《法兰西文学》合作,这份日报不断地说,签署了书刊检查协议的出版商"出卖了灵魂",是"合作者"。

像乔治·普里策这样的马克思主义者,从1914年2月写《自由思想》时就态度明朗:"在今日的法国,合法的文学意味着背叛文学。"阿拉贡和特里奥莱想利用被占领、被分成两个地区的法国的矛盾,也面临着他们自己创造矛盾:美国参战之后,阿拉贡的美国出版商不再向他支付版税,从此,这对伴侣仅靠罗贝尔·德诺埃尔给特里奥莱的定金生活。当时,德诺埃尔的产品完全经过维希政府和占领者的同意,他以同样的热情出版塞利纳充满挑衅性的战斗檄文,出版勒巴泰的作品和艾尔莎·特里奥莱的散文。出现在敌方的同一个书单中,有时甚至出现在他们的书籍的封底,总之,出现在书店的同一些橱窗中,与沙尔多

---

① 戴,《局势》,伽利玛出版社,1945。

纳、儒昂多和多里奥的新作放在一起，这种矛盾是不是太过分了一点？……

你做何想？

1940年10月，让·保朗不想再像以前那样在被清除了犹太人和反纳粹分子的 NRF 杂志工作。他觉得这样有辱自己的尊严。他曾想申请到国民教育部当编辑。在加斯东·伽利玛的请求下，他留在出版社里正式主持"七星文库"。他在德里厄办公室的隔壁，悄悄地一起编杂志。跟他有联系的作者太多了，除了支持他们的活动之外，他还是他们的朋友。为了文学。他像以前一样，阅读稿子，寻找作者，努力发表他所喜欢的文章。1941年8月，儒昂多和阿尔朗给他在庞蒂厄路的一家饭店的二楼安排了一场会面，让他见见热拉尔·黑勒，黑勒虽然讲法语，思想很开放，他毕竟是个德国人、占领者、宣传部的中尉和书刊审查员。为了表示友好，保朗送给他一套漂亮的伏尔泰旧版作品。两人后来常常在更加隐秘的地方见面，比如说第五区的清真寺。① 尽管如此，他还在同一时期和雅克·德库尔悄悄地出版《法兰西文学》。

你做何想？

布里斯·帕兰，他和阿尔朗、格罗蒂森、雅克·勒马尔尚、阿尔贝·奥里维埃、埃玛纽埃尔·布多-拉莫特、格诺、费尔南德斯、斯塔梅罗夫和伽利玛兄弟同为伽利玛出版社的审读委员会委员。他开始主编一套面对大学的新丛书《圣热内维埃夫山》，他有充分的自由发表研究者的文章。除了自身研究语言的成果，他还出版乔治·杜梅齐尔的《木星，火星，金星》，这是一部关于印欧社会思想和罗马起源的论著。"有人进行抵抗，我研究科

---

① 黑勒的证明。

学。"杜梅齐尔补充说：历史会作出评判，并提到了葆朴那个著名的例子。

德国著名语言学家弗朗茨·葆朴在巴黎的法国国家图书馆工作了许多年，研究梵文的动词变位。那是在1813年，普鲁士正在跟法国打仗。当时可能有人指责过他。但历史作出了评判，后人把他当作现代语言学之父。他的家人正在抗法，他却待在巴黎不愿回去，撰写十分了不起的著作《比较语法》。弗朗茨·葆朴就是乔治·杜梅齐尔做研究的榜样。还有一些人也如此，他们首先以工作为重：教学、参加政治活动……研究工作绝对应该优先，是不朽的，只关心结果，需要很长的时间，没有什么偶然可言。1938年，杜梅齐尔明白了罗马传统文化的重要性，忽视了希腊的传统文化。在这之后，他决定此生走研究的道路，不管世界上发生什么变化。

你做何想？

1941年春，萨特从特雷夫俘房营里出来之后不久，和莫里斯·梅洛-庞蒂创办了知识分子抵抗组织"社会主义与自由"，徒劳地想跟共产党人接触；夏天的时候，他骑着自行车穿过自由区去组织抵抗运动。9月份开学时，他成了孔多塞中学高等师范学院文科预备班的教师，解散了"社会主义与自由"组织，专心写文章、小说、论文和剧本去了，《苍蝇》代表"他所能接受的唯一的抵抗形式"。[①]1974年[②]，萨特解释说，这就是他的抵抗方式：在花神咖啡馆（西蒙娜·德·波伏瓦庆幸在那里从来看不到德国人，她不认为宣传部的军官会穿便装去那里）写《存在与虚无》；

[①] 米歇尔·孔塔和米歇尔·里巴尔卡，《萨特的作品》，伽利玛出版社，1970。
[②] 给詹姆斯·维尔金森，《欧洲的知识分子抵抗组织》。

把它交给占领者审查，然后由伽利玛出版社出版；在相同的条件下写剧本；在地下杂志比如《法兰西文学》上发表文章……他喜欢当知识分子的代言人，而不喜欢游击队的机关枪，尽管参加游击队至少能明确表明自己的立场。萨特也暗示说自己并不是干那种事的人，无论是身体素质和性格脾气，他都不适合跟人打架，这和勒内·夏尔刚好相反。但和萨特同龄的让·普雷沃斯特在丛林中战死了。邦雅曼·克莱米厄和历史学家马克·布洛什，两个都已经五十多岁了，也在抵抗运动中为了他们的积极行动主义献出了生命：一个被流放了，另一个被杀害了。确实，从来没有一个人因为在花神咖啡馆思考过多而死亡。萨特也被《解放报》当作文学界的"高级"抵抗者。

你做何想？

1941年10月，宣传部第一次组织法国作者游魏玛，想让他们参加"欧洲作家大会"。他们试探了以下人员：德里厄、费尔南德斯、弗莱涅、布拉西拉赫、沙尔多纳、阿尔朗、莫朗。在这七个人里面，三个是NRF-伽利玛的人，其中两个是审读委员会委员，一个是NRF杂志的主编，还不包括刚刚在塞巴斯蒂安-博坦路出了第一本也是最后一本书《圣女贞德案件》的布拉西拉赫。最后，阿尔朗和莫朗没有成行，他们被儒昂多和阿尔贝·博纳尔代替了。①

你做何想？

出现还是不出现？所以，提出这个根本的问题比问出版还是不出版好。让·盖埃诺，他写作但不在铁蹄下出版，他在德里厄·拉罗什主编的NRF的目录上发现只有合作者和替"新欧洲"

---

① 黑勒的证明。

歌功颂德的人，于是他做出了一个颇为吸引人的解释：

> 文人并不是人类中最伟大的一类，他们不能长时间隐居，为了自己的名字能够出现，他们不惜出卖自己。沉默和消失几个月会把他们逼疯。他们坚持不了。他们不再挑剔印上他们名字的是什么刊物，是否重要，也不在乎他们的名字在目录上排到什么地方。他们完全有理由这样说："法国文学应该继续下去。"他们相信那是法国文学和法兰西精神，没有他们，法国文学和法兰西精神将会消亡……现在到了该为快乐而写作的时候了，不为任何东西而写作。①

这种说法很残忍，但一针见血。

在文坛，在文学杂志和报纸中，理性原则被普遍接受了：我签名所以我存在。首先是要"出现"，这里指的是这个词的两层意思。这种感情如此强烈，它超越了最苛刻的环境，比如战争。加斯东·伽利玛在一生中推出了许多没像那些著名丛书出名的古怪计划，但他有一天断然拒绝了路易·吉尤的一个主张：为无名并将永远无名的作者出一套丛书。不是为遮掩身份以便将来更好地展现自己的巴黎街头的卖艺者，而是真正的无名者，广大读者将永远也不会知道他们的名字。②

绝妙的设想，但在一个首先靠名字存在的领域里，这显得太天真，不合适。如果莫里亚克悄悄地在《黑色笔记》上以福雷兹的笔名发表作品，他会感到多么痛苦啊！

---

① 让·盖埃诺，《黑暗时期的日记》，伽利玛出版社，1947。
② 让-路易·埃齐纳，《受批评的作家们》，瑟伊出版社，1981。

1941年不想在铁蹄下发表作品的人有三种可能：在自由区发表，在阿尔及利亚发表，在国外发表。但不在巴黎这个法国的知识和艺术之都发表，尽管还有里昂和阿尔及尔，又有什么意义呢？至于非法出版，它是匿名的代名词。

1941年，让·布吕勒和皮埃尔·德·莱斯居尔创办了午夜出版社，一家非法出版社，它不向德国书刊检查机构递交书稿以获得许可，然后等待占领者大发善心给它一点纸；它也不通过阿歇特或其他被德国人控制的书刊发行所发书。布吕勒取了个笔名叫维尔高尔，用了一辈子。这位三十九岁的画家战前出版过许多木版画图书，当他正在为一个长期的计划而工作时，突然被征去当兵了，只好中断了一套铅笔画丛书《人间喜剧》。他尽管不是作家，但在出版界工作，他不愿参加书商俱乐部9月份就进行的对德合作，改了行，放下了铅笔，到塞纳马恩省当起木匠来。①

皮埃尔·德·莱斯居尔和维尔高尔无视客观现实，不向占领者妥协，拒绝合作。他们做出了抉择。莱斯居尔提到一个朋友的情况，说一个出色的文学评论家与一份亲德的报纸签了合同时，一个同行这样回答他：

"我在想他是不是有道理。什么，他的职业是评书？那他应该好好干！人们不会指责咖啡店的侍者给德国人端啤酒的。他虽然不出声，但心里有自己的想法。"

像干坏事还是盲从？难道知识分子特别能掩饰自己重要和特殊的责任？当时在国际笔会的秘书亨利·芒布雷那里当木匠的维尔高尔听见他说：

---

① 维尔高尔向作者证实。

"你想怎么样？我理解他们！占领会永远持续下去。杜阿梅尔、莫里亚克、马尔罗那样的人可以等，沉默对他们来说是一样的：他们已经有名，名声很大，破坏不了的。可是，比如说我，我只出过一本很受评论家欢迎的小说《不予起诉》①和两本没有什么反响的小说。如果我五六年不出书，我就会被忘记。那一切都将重来。"②

考虑到1941年法国和欧洲的情况，这些说法尽管显得非常可笑，不大得体，但还是道出了一些事实。不过这些事实无论如何都不会落在阿拉贡头上，他的名声已经建立起来，从书店的橱窗里消失几年不会有什么问题。至于经济方面的借口，尽管是在德国占领时期，但他还是得养活自己。鉴于战前只有少数几个作家能靠写作为生，他坚持不住了。

历史会作出评判。

四十年后，历史学家亨利·米歇尔认定，NRF的作者在写作方面是自由的，但有个条件，那就是自我审查："他们的名字出现在反犹太人、反民主、反英国的文章旁边，这有助于使其合法，容易得到同意。"③宣传部的戈培尔和外交部的里宾德洛甫就其根本问题和在被占领的土地上实行的文化政策陷入了帮派之争。希特勒更加倾向于里宾德洛甫，后者在1940年11月30日的一份指示中明确表示，自己的"文化目的首先是保证德国的对外政策得到最好的实行，以达到自己的目标"。④不管派往巴黎工

---

① 伽利玛出版社，1929。
② 维尔高尔，《沉默的战斗》，城市出版社，1961。
③ 亨利·米歇尔，《德占时期的巴黎》，阿尔班·米歇尔出版社，1981。
④ 米歇尔，《德占时期的巴黎》。

作的某某德国军官是不是真的会讲法语，占领者支持这样或那样的文化机构只不过是为了更好地控制法国。大家最后都忘了这一点：德国学院的院长卡尔·爱泼丁，不管他多么热爱法国文学，他的纽扣背面仍有纳粹的标志。

同样，"如果投降协议一签署，某些名人就不开口说话，一切都会显得更有尊严"，亨利·米歇尔写道。① 确实，马尔罗在占领期间没有再出现在伽利玛出版社里，他是在一个自由的国家瑞士出版《阿尔腾堡的胡桃树》的，尽管他直到1943年才参加抵抗运动，却是解放后没有被指责与德国人同流合污的少数作家之一。这仍是一件了不起的事。不管怎么说，维克多·雨果在泽西岛和根西岛度过了十八年，为了比这小得多的事情……

1941年最初的几个月，还有一些人在探索，他们在出现的同时心里在想，是不是应该不出现。然而，法国被占了半年之后，维希政府和德国大使馆的导向就一目了然了。一个抵抗组织，人类博物馆组织，已经在此期间诞生和死亡了。保尔·瓦莱里、保尔·艾吕雅、安德烈·纪德、欧仁·吉尔维克在德里厄主持的NRF杂志上发表了文章，他们的名字在目录上和一些著名的合作者的名字赫然排在一起。他们还在探索，最后找到了答案。纪德读了雅克·沙尔多纳的文章后，打电报给德里厄，要德里厄别再指望他，他不会再给他们写一行字。他还在4月初的《费加罗报》上宣布了自己的决定，加斯东把这一举措当作一种背叛——又多了一个叛徒！——因为有人指责加斯东向德国人妥协，纪德的隐退使这种指责合理化了。这也破坏了他为恢复NRF正常出版所做的耐心的招募工作。艾吕雅呢，他说他的诗歌就在

---

① 米歇尔，《德占时期的巴黎》。

保朗办公桌的抽屉里，德里厄不用征求他的意见可以随便拿去用……吉尔维克是这样为自己解释的："当时，我觉得诗歌超出或远离他们的检查能力，诗歌出现在哪里，它的革命力量就会在哪里表现出来。"①

人们可能没被说服，况且某些作家把阿拉贡和特里奥莱所喜欢的"地下文学"的想法几乎推到虚幻的边缘。而萨特也为自己的剧本《苍蝇》和《禁闭》辩护，说它们当中有抵抗的信息，前提是你要懂得怎么去读……然而，一个在这方面涉及很深的人将勇敢地指出其虚假的成分：恩斯特·荣格尔。自1939年至1940年期间，当他的书《大理石悬崖》在德国出版时，他有些担心。他受到了怀疑，但很快就由于他过去在军中辉煌的历史而受到了希特勒本人的庇护。

"不要作出任何反荣格尔的事情。"他说。②

一个星期卖掉了一万四千本，出版商这样告诉那个穿制服的作者。

《大理石悬崖》无疑是一个密码，一个象征。有人说，书中"高大的护林员"，那个神秘的独裁者，只能是希特勒以及他那些野蛮的爪牙如党卫军的象征……战后，荣格尔的崇拜者在选编反纳粹的散文集时，把他这本书中的一些片段选了进去。后来，乔治·斯坦纳给英文版作序时，认为对行家来说，这个故事是"内部破坏和重要抵抗的唯一行为，它反映在希特勒统治下的德国文学中"。③这对为了几页文字、一篇文章或一本小册子而被折磨、

---

① 吉尔维克，《生活在诗中》，斯多克出版社，1980。
② 据荣格尔的说法，见达尼埃尔·隆多，《跨欧快车》，瑟伊出版社，1984。
③ 《文学杂志》，1977年11月，130期。

流放甚至杀死的那些知识分子来说无疑是一种巨大的侮辱。他们的那些文章明确得很,不用猜测文字背后的意思就能明白是在号召人们起来抵抗纳粹。萨特和荣格尔在这方面都有模糊之嫌:至少他们的用意是不明确的,现在仍然不明确,尽管一解放就有人热情地重建他们心目中的英雄,恢复他们过去所爱的形象,纯洁、无可指责,即使是在备受怀疑的时期……但荣格尔承认,"高大的护林员"在他的脑海里象征着"一个比希特勒更加强大、更像魔鬼的独裁者",其中就有斯大林。"对我来说,《大理石悬崖》远远超出了当时政治生活的范围",荣格尔解释说,他强调,那个独裁者没有国家,他可能会出现在世界上的任何地方,只要他在那里能表达他对文化的痛恨和对暴力的喜好。①

  作家们的态度从未像在被占时期那样不明朗过。1941年,一份报纸集中报道了对模糊的这种爱好,伽利玛曾批评保朗一直在培养这种爱好,他想像以前一样继续自己的老本行。但为了消灭被占时期接连不断的障碍,他使用了一种模糊语言:他经常出入合作者及其主子常去的地方,因为权力(书刊检查、纸张发放和证件)都集中在那里,另一方面,他也允许出版社里的一些办公室提供给《法兰西文学》的人开非法会议。一边是德里厄,一边是保朗;一边是杂志,一边是出版社;一边是军队,一边是教会,加斯东这个幻想主义者在办公室里牵着无数看得见或看不见的线,以便让对抗的双方能以文学的名义和平共处。

  他的矛盾、他的不明朗、他的不同态度集中表现在一份叫做《剧场》的周刊上,而不是表现在哪本书上或哪份目录上。大家

---

① 荣格尔与弗雷德里克·托瓦尼克的谈话。

都相信那份周刊准确地反映了伽利玛在黑暗时期的形象。如果他投资并且打入编辑部的核心，就像以前对待《文学报》那样，这绝不是偶然的。

《剧场》是创办于1906年的一份戏剧、文学和艺术周刊，从1941年6月21日起复刊，比《处处有我》晚复刊四个月。这是一份高质量的周刊，其知识分子立场与广大同行的立场截然相反。版式赏心悦目，文章精彩，妙笔生辉，作者阵容强大。如同巴黎所有的传媒一样，它也把稿子交由德国人检查，也就是交给负责在出刊前检查内容的德国宣传部的官员。《剧场》的风格与当时其他周刊完全不同，因为它从来不论争，也不骂人或告密，而是严格按照文学准则来评论新书。在这方面，它是很危险的，因为它不侵犯别人、不害人、不介入社会政治活动。如果你以为德国人真的允许在他们的统治下出版和发行一本对它们没有任何用途的杂志，那就真的太天真了。《剧场》首先能使他们对外宣传的被占法国的形象更加完美，他们统治得很正确很成功：这个国家灿烂的文化并没有被占领者所窒息，恰恰相反。在宣传部的负责人看来，《剧场》还有另外一个好处：他们可以在杂志一个叫做"欧洲之页"的栏目上传播自己的思想，发布自己的信息。"欧洲之页"其实是一种委婉的说法，实际上完全是一个日耳曼和国家社会主义的栏目。人们在上面奉承所有从德语翻译过来的图书，友好而善意地报道在魏玛召开的亲希特勒的青年文化大会，报道巴黎和萨尔斯堡的莫扎特周和拜罗伊特的盛大节日……这比那些忠于新政权的报刊的粗暴宣传要巧妙得多，以至于我们都会这样想，是不是这份周刊整个儿就是一个借口和幌子，其真正目的是通过"欧洲之页"向观望者或者不知不觉地倾向于贝当政府的知识分子灌输国家社会主义的基本思想。历史学家帕斯卡尔·奥利认为，在建立合作主义文化的过程中，《剧场》所起的作用非同小可：法国人直至巴黎人，欧洲人直至泛日耳曼人，这份戏剧艺术文学周刊为读者持续深入地把法兰西喜剧院和席勒剧院、霍普特曼和克洛岱尔联系了起来，而这种联系用不着签署联合作战协议。①

《剧场》的主编勒内·德朗热是一个在巴黎新闻界非常有影响的记者，曾与战前两份很有名的日报合作过：《永远更高》和《不妥协报》。作为被占时期巴黎的官方人物，德朗热是1941年11月应邀去维也纳参加莫扎特逝世一百五十周年纪念活动的法国代表团的正式代表，"那是一场纳粹色彩浓于莫扎特色彩的朝圣之旅"。②同是这个德朗热，在波伏瓦的《回忆录》中成了萨特和波伏瓦的朋友。应该说，《剧场》这个强权的主编是乐意为他们效劳的。如同战前他让年轻的雷蒙·格诺为《不妥协报》工作一样，他允许萨特和波伏瓦（拿他们的话来说是）"悠闲地生活"，并于1943年给"海狸"弄了一些活干：他把波伏瓦推荐给维希电台的台长，让她写些短小的广播剧。

勒内·德朗热非常喜欢伽利玛书店的作者们。在他的周刊中，许多栏目都长篇累牍地发表有关伽利玛出版的图书的评论，赞扬伽利玛的作家。加斯东非常高兴。在那个混乱的时期，没有比这更巧妙的促销和宣传了。马塞尔·阿尔朗、瓦莱里、法尔格、科克多、蒙泰朗、季洛杜、让-路易·巴罗、雅克·奥尔贝蒂、阿尔蒂尔·奥内热、夏尔·迪兰、雅克·科波都常常给这份官方色彩很浓的周刊写稿，合作者也常常在上面出现。那些不敢

---

① 帕斯卡尔·奥利，《合作者》，瑟伊出版社，1976。
② 吕西安·勒巴泰，《一个法西斯分子的回忆》，第2卷，波韦尔出版社，1976。

329

越过鲁比孔桥①、把文章给德朗热的人，看到别人出现在上面也暗中受到了鼓励，放心了，受到了刺激。蒙泰朗无需这种鼓励和刺激就在一些倾向国家革命或欧洲革命的杂志上发表文章了，他后来曾为自己的这种态度辩护说，《剧场》创刊时，他在午宴上曾遇到一些著名的抵抗主义作家和共产党作家：和他们一起为这份周刊写稿，怎么能不感到"内心平静"呢？②

《剧场》刚创刊，让-保尔·萨特就在第一期上发表了一篇文章，对赫尔曼·梅尔维尔的小说《白鲸》赞不绝口，当然，这部小说是伽利玛出版社出的。后来，当他知道这份杂志的背景时，便不再与它合作。西蒙娜·德·波伏瓦明确指出："尽管如此，《剧场》不像《处处有我》一样到处告密，并且捍卫反纳粹和反维希政府的道德主义的作品。"③二十年后，急于为自己妥协行为辩护的知识分子在这方面并不矛盾……波伏瓦后来曾这样写道："我谴责所有的合作者，但对于我这样的人，知识分子、记者和作家，我从内心里有一种反感，具体和痛苦的反感。至于到德国去对战胜者进行精神支持的文学家和画家们，我个人觉得这是一种背叛。"④这样的态度是值得尊敬的。但为那些人开辟专栏的人，黑暗时期著名的知识分子，萨特和波伏瓦的朋友和恩人勒内·德朗热，他也去了，去莱茵河对岸旅行去了。事实确凿，文字还在。萨特和波伏瓦的作品在《剧场》上备受推崇，宣传也最迅速：马塞尔·阿尔朗在上面发表了一篇评论，赞扬《女宾》⑤，

---

① 山南高卢与意大利的界河。公元前 49 年，恺撒违规率军越过此河。——译注
② 亨利·德·蒙泰朗，《回忆录》，伽利玛出版社，1976。
③④ 西蒙娜·德·波伏瓦，《岁月的力量》，伽利玛出版社，1960。
⑤ 《剧场》，1943 年 8 月。

不久，让·格雷尼埃也在上面说了关于《存在与虚无》①的许多好话。

让·保朗本人则比以往任何时候都更难捉摸了。一方面，他在《法兰西文学》上讽刺与占领者合作的知识分子，根据地下出版物的规定，他的文章没有署名；另一方面，他在1942年和1943年间不断在《剧场》上发表文章。他不希望自己的名字出现在德里厄主持的NRF杂志上。但在勒内·德朗热的一期杂志上，他署名发表了一篇文章……与雅克·沙尔多纳为伍！② 这真让人难以理解。这就是保朗。他在1941年6月给路易·吉尤的一封信中这样解释：

……我认为一个作家应该为自己写的东西负责（完全负责）。我相信思想是最危险的东西（如果思想不危险，还有什么东西危险呢？）。我相信邪说（觉得有必要坚决压制它），但要一个作家为其他作家的行为（与他在同一份刊物上发表作品）负责，我觉得我做不到。有人说："跟当权的保护者合作（比如说《剧场》），就能沾他们的光，他们不会让人出版对他们没用的东西的。所以就沉默吧！"但是：

① 如果当权的保护者有你说的那么强大（和智慧），我又怎么知道他们是不是希望我保持沉默呢？也许我不说话更能得到他们的好处？因为最终的事实是，我此刻沉默了，他们喜欢我沉默，等等。谁能作出判断？

② 为什么你首先觉得当权的保护者比我聪明呢（我毕竟比

---

① 《剧场》，1943年10月30日。
② 《剧场》，1943年10月16日。

他们更了解我自己)？我能不能认为我的合作对他们没用呢？

③ 把你们的论据充分说完。你们采取浑水摸鱼的办法，你们想说的是："当权的保护者关注被占领区内刊登在高质量的报刊上的东西。然而，只有合作，你才能把报刊办得有质量。"就算是这样吧，但真正的结论是这样的："合作，但不要好好合作（以便更好地突出当权的保护者的坏影响）。写些十分愚蠢的文论和荒谬的小说。等等。(就像 H.M. 一样)①。但我不赞成这种浑水摸鱼的办法。"②

除了让·保朗的为人和《剧场》的性质以外，如果不懂得这些矛盾的表现，就无法抓住加斯东·伽利玛及其企业微妙而复杂的特点，也无法真正明白德里厄·拉罗什于 1941 年初向黑勒中尉提出的请求：

"请不要让马尔罗、保朗、加斯东·伽利玛和阿拉贡受到任何伤害，无论他们受到什么指控。"③

这已经不再是政治。它超过了占领的范围，这是一块无名之地，友谊、忠诚和文学混在了一起。

1941 年对加斯东·伽利玛的日常生活习惯造成了一些影响。限制供暖、煤炭缺乏迫使他回到圣拉扎尔路父母家中去住。早在 1930 年，当他再婚时他就成功地离开了那里，他远离了伽利玛家族，搬到了梅尚路费尔南·纳唐出版社和疗养院附近的一套

---

① 也许指的是亨利·德·蒙泰朗。
② 路易·吉尤，《笔记》I，伽利玛出版社，1978。
③ 黑勒的证明。

公寓里，那里的墙是白的，家具是艺术装饰风格的。

从此，根据1940年11月16日关于改组有限公司的法律，他成了他的企业的董事总经理，大大地损害了他的朋友玛内·库夫勒的利益，库夫勒仍一本正经地在董事会里任原职。至于"ZED出版"公司，他任命他的会计夏尔·杜蓬为董事总经理。

文学政策也根据局势的变化进行了修改。在整个占领期间，联合奖没有颁发，费米娜奖也在1940年到1943年间停止了颁发。1941年，加斯东·伽利玛的《于贝尔的疯狂》（罗贝尔·布尔热-帕耶龙著）获得了法兰西学院小说大奖，得到了补偿。他还前所未有地深入到龚古尔奖的核心，1941年，吉·德斯卡（法雅尔出版社）的《无名军官》尽管得到了弗朗西斯·卡尔科的支持，最后还是落选了。大家都说，这个奖可能会颁给一个囚犯雷蒙·盖兰，《当末日来临》的作者。但维希政府表示，龚古尔学院与其奖励一个奄奄一息的癌症患者的小说，不如表彰亨利·普拉，他的小说《三月的风》歌颂回归大地，这是贝当政府的宣传部门喜欢的一个题材。① 他们的愿望得到了满足。塞巴斯蒂安-博坦路也很高兴，盖兰和普拉都是伽利玛出版社的作者。1942年和1943年，伽利玛又获得了荣誉，因为马克·贝尔纳的《像孩子一样》和马里尤斯·格鲁的《围墙豁口》得了奖，尽管罗贝尔·德诺埃尔出版社的两位作者吕西安·勒巴泰和艾尔莎·特里奥莱竞争激烈，但加斯东·伽利玛的影响和长期的工作完全有理由让《废墟》和《白马》获不了奖。

前途光明。审读委员会有活干了。有的稿子非常有希望，尤其有部书稿罕见地得到了一致赞同：几个审读员，然后是保朗、

---

① 让·加尔蒂埃-布瓦西埃，《一个巴黎人的回忆》，Ⅲ，圆桌出版社，1963。

马尔罗、加斯东,最后是黑勒中尉本人,这个悄悄地渗入了审读委员会的书刊审查官。加缪通过朋友帕斯卡尔·皮雅递交的《局外人》让大家都很激动。

很少出现这么好的情况。与战前相比,书商和阿歇特发行商的退书,几乎可以忽略不计。什么书都卖得很好。《飘》在黑市上卖得很贵,保尔·莫朗的新小说《匆忙的男人》从1941年夏天出版起已经卖了两万两千六百册。加斯东马上给作者寄了一张两万零三百三十六法郎的支票,虽然三年前签合同时已支付五万法郎。①

9月的书季,宣传部下发了两份内部通报,一份是关于法国出版界的,另一份有关巴黎的书店。前一份给战前的法国出版界勾勒了一幅画,最后只提出这么一条建议:由于"犹太共济会资本主义"对出版社、文学奖评委会、广播电台和报纸等媒体的影响,出版行业已经腐败了⋯⋯报告人认为,如果还想挽救法国出版界,只有一个办法可以考虑:应该把出版商从金钱的监护下解放出来,重新教育读者,让他们养成以正常的价格买书的习惯("法国人只买三五个法郎的廉价书,却愿意付四五十个法郎去看愚蠢的演出"),建立公正的文学批评,改善作者与出版商、出版商与书商的关系,改造法兰西学院,保证大家能接受真正有价值的东西,支持年轻的作者⋯⋯

第二份通报更加重要。这是宣传部有关机构在巴黎二十个区的书店进行一场调查后得出的结论。每个调查人员都带有一张只有一页纸的问答表,上面标有:时间,书商的名字和地址,职员的人数,书店的规模、特点、书单,是否具有出版资格,客人买

---

① 伽利玛给莫朗的信,1941年10月21日。

得最多的书的种类和书名,书店有没有订阅《法国新书目》,有没有挂出阿歇特提供的海报,书商对法德合作的意见,补充说明(比如:老板是否犹太人?……)。

报告一开始就解释说调查员们碰到了一个重要的问题:书商拒绝参加谈话。如果锲而不舍,也许能了解他们对技术问题的观点,但肯定得不到他们对合作问题的看法。

……我们是这样克服这个困难的:每个调查员都声称是书商俱乐部派来的,在书店进行正式的调查,收集他们的意见。我们受到了热情的接待,他们很快就把话题转到法德关系上……我们发现,一般来说,真正的书商数量有限,在正式名单上的一千四百九十八家书店中,只有二百六十九家是名副其实的,其余的都是小摊铺和卖服饰的小商店,偶然也卖书……我们还注意到,在二百六十九家登记在册的书店里,只有一百六十七家订阅了《法国新书目》。这清楚地证明,法国的书商甚至没有意识到自己作为资料供应者的责任……至于海报,我们在任何书店都没有找到。最后,新的小册子要么是与犹太问题有关的学院出版的,要么是时政小册子,没有受到重视。在这方面,法国书商的态度反映了其顾客的精神状态:观望主义,对德国的东西或认为受德国影响的东西越来越敌视……这次调查还让我们有了两个重要的发现:

——书商们抱怨供货不足,认为这是阿歇特出版社的责任。在这一点上大家的看法完全相同。

——书店的生意现在十分好。读者外出少了,在家的时间多了,有人甚至向我们保证说,他们吃饭的时候也在看书,为了少吃东西。

有一个趋势，即外国翻译图书销量很大。法国的书卖得不好，从英语翻译过来的书似乎受到了读者前所未有的欢迎，他们从中找到了对英语表示友好的机会。至于工人居住区或工人居住的郊区，我们不得不承认这样一个悲惨的现实：法国的工人不读书。第十三、十四、十五、十八和二十区的书店顾客少。这让我们对劳工界的普遍蒙昧状态有了直接的感觉。蒙昧得离被奴役只有一步之遥……①

被奴役……

报告的执笔者是一个为第三帝国服务的法国人，他不相信自己说得那么准。在以后的几个星期里，巴黎人蜂拥去看"犹太人与法国"的展览，一百多个人质被处决了，贝当与戈林在圣弗罗丹举行了会谈。这是全面的"占领"。

1942年年底，12月29日11点30分整，加斯东·伽利玛在伽利玛书店主持了特别的全体会议，他的身边坐着他的兄弟雷蒙、埃玛纽埃尔·库夫勒这两个最重要的股东。会议的内容有：由于收入全部或部分都变为资本，公司的资本增加了。

"1941年和1942年的经营，截至6月30日，是赢利的。"加斯东宣布。

从此，公司的新资本为一千二百万法郎，分成两万四千股，每股五百法郎。人们想起了1937年至1938年的董事会，心想，毫无疑问，法国被占对出版社来说并不是坏事。对加斯东·伽利玛和他的大多数同行来说，莫拉的"巨大惊奇"十分具体地用数

---

① 1941年12月8日的报告。法国国家档案馆。

字反映在"赢利"栏上。

1942年2月。午夜出版社出版了维尔高尔的《海的沉默》,书中讲了一个很奇特的和平共处的故事:一个德国军官住在一个法国老人及其侄女家里,军官被迫自言自语,他很想对话,但他们用沉默和尊严来对抗他,只是没有敌视他。这本套着腰封的书出版后,其影响不仅仅限于文学方面,也在政治和道德方面产生了影响。

《海的沉默》的出版和几个月后油印周刊《法兰西文学》创刊号的出版给人们带来了一丝希望,尽管这种希望起初很有限。这说明,我们可以把打字机变成战斗的机器,出版而不出现,发挥知识分子的作用而又不向占领者妥协。其他刊物也没有受到检查,所以从本质上来说仍具破坏性,能让环境不那么污浊一些,更加坦诚一点。

加斯东·伽利玛从来没有这样"善于周旋"过,他的态度跟局势一样模糊。日常生活中的小事比人们采取的立场更能说明文坛上的矛盾有多大。

2月1日。韦尔诺伊路,加斯东漂亮的女秘书的母亲布多-拉莫特夫人家的客厅里,科克多正在朗读他新创作的剧本《雷诺和阿尔米德》,听众是经过精心选择的:黑勒中尉、荣格尔上尉、驻阿歇特出版社的特派员奥斯特·维默尔、加斯东·伽利玛、让·马莱①……

2月21日。圣米歇尔广场,佩里古尔蒂娜烤肉店,巴黎的出版商们在给布雷默举行送别午宴,因为"他在职期间没有太为

---

① 荣格尔与托瓦尼克的谈话。

难他们"①。布雷默是德国学院的院长助理,他要出发去东部前线了,后来战死沙场。

3月5日。为加斯东·伽利玛的母亲举行葬礼弥撒。儒昂多到了圣三一教堂时不知该排在保朗一边还是该排在德里厄·拉罗什一边。他犹豫不决,最后,他选择在举行仪式时和前者站在一起,离开教堂时和后者一起走。文学外交。②

3月11日。塞巴斯蒂安-博坦路,加斯东接见荣格尔,谈即将出版的《大理石悬崖》,在场的有他的秘书玛德莱娜·布多-拉莫特,业务经理斯塔梅洛夫。离开以后,荣格尔在笔记中写道:"伽利玛给人的印象是精力充沛,聪明而实际——这是一个优秀出版商应该具有的素质。他身上应该也有园丁的什么东西。"③

6月2日。巴黎的整个出版界和文坛都蜂拥而至特鲁奥,人们正从路易·布兰的书房里往外赶人。贝尔纳·格拉塞的助理布兰被他的太太杀死了。由于缺货,咖啡和鲜蛋的价格疯涨。夏尔·莫拉的《内心音乐》打印稿加上几页修改过的手稿:两万法郎!五本用日本纸印的《在斯万家那边》,配普鲁斯特签字的亲笔信,每本十八万五千法郎!④

7月10日。在一位女士家里尝鲜。香槟和奶油水果小馅饼。加斯东在人群中与莫里斯·托斯卡聊天,他出了托斯卡的一本小说《克莱芒》。作为警察总长阿梅代·比西埃的办公室主任,这位前德语教授在写作之余负责与占领者的关系。⑤

---

① 安德烈·泰里夫,《布景的背面》,金钥匙出版社,1948。
② 马塞尔·儒昂多,《被占时期的日记》,伽利玛出版社,1980。
③ 荣格尔与托瓦尼克的谈话。
④ 加尔蒂埃-布瓦西埃,《一个巴黎人的回忆》。
⑤ 莫里斯·托斯卡,《忍耐五年》,埃米尔-保尔出版社,1975。

加斯东·伽利玛很谨慎，比以前更谨慎。"局势"（大家当时都这么说）要求人们格外谨慎。他相信很快这一切都将结束，他不想说。于是，一边是德里厄，另一边是保朗……好吧，可以出版德国经典作品，哪怕把歌德当作一面"虚假的国籍旗"[1]。有人硬想把真正的纳粹作家当作德国文学的光荣，如勒内·拉斯内和乔治·拉布斯在他们所编的《德国诗选》（斯多克出版社）中所做的那样。捡回歌德是一出拿手好戏，为了给古老的帝国贴金。伽利玛躲得远远的。

1942年，加斯东·伽利玛成了一个很少写信的人。他违反了出版商写信多的传统，甚至冒险地动不动就去德国大使馆、德国学院或宣传部，在那里大声地反对占领者的决定。他觉得，这一点没错，这比让他们的行政机构来命令一切更加可靠。在这个意义上看，他采取的态度与竞争者如贝尔纳·格拉塞和罗贝尔·德诺埃尔相差十万八千里。

加斯东的处境十分微妙，因为他必须满足两个阵营。6月份，当吕西安·勒巴泰把稿子《废墟》给了《处处有我》的合伙人、伽利玛出版社的审读委员会成员兼业务经理斯塔梅洛夫时，伽利玛感到很为难。他不能出版言辞如此激烈的论争性小册子，不能让印着NRF徽标的书如此出格，但他也无法因内容不妥而拒绝，不理睬那些与纳粹合作的传媒，他就会有危险。考虑了半个月之后，他请斯塔梅洛夫同意出版这本书，条件是作者必须把稿子删去一半，因为太厚（印出来六百六十四页），并同意印数不超过五千册。如同他们预计的那样，勒巴泰不同意，去找格拉塞出版

---

[1] 卢瓦索，《翌日》。

社的安德烈·弗兰尼和亨利·米勒了，他们读了书稿以后非常激动。但贝尔纳·格拉塞不同意出版：在《废墟》中，他的很多朋友① 都被中伤，如果不是被辱骂的话，"长期日复一日地不断倒塌，使巨大的瓦砾堆越堆越高"指的是到处都是废墟的法国，正如作者在前言中解释的那样，"事物的废墟，信念的废墟，机构的废墟"。于是，勒巴泰带着稿子去找罗贝尔·德诺埃尔，尽管这家出版社一直遭遇经济危机，但它出了塞利纳、布拉西拉赫、巴尔代什和其他一些作家的作品，毕竟还是一块"得到承认的招牌"。两天后，他签了合同，初印两万册，他拿了二万五千法郎的定金。德诺埃尔在把它送交德国人审查之前，只要求作者删去一个地方，很少，几行批评阿尔萨斯合并的话。作者同意了。②

《废墟》取得了巨大的成功。这是1942年甚至是以后两年文坛（政坛）上的大事。自从《茫茫黑夜漫游》之后，德诺埃尔出版社的书从来没有这样受到读者欢迎过，从来没有过这么大的销售量，从来没有举办过这么多次签名售书。为了满足需求，必须不断重印。罗贝尔·德诺埃尔终于看到了隧道尽头的亮光，他开始期望赢利了，尤其是自1941年10月起，他找到了代表威廉·安德曼的一个合伙人，那个柏林出版商用十八万法郎获得了德诺埃尔出版社的七百二十五股股份。当然，在两个合伙人当中，如果罗贝尔·德诺埃尔仍是文学部唯一的经理，他同意根据双方签署的合同第八条，让安德曼来管经营。③ 这些意想不到的

---

① "莫里亚克恶毒的鬣狗"。正如勒巴泰所说。
② 勒巴泰，《回忆录》，II。
③ 1943年资本第二次增加后，安德曼持有3 000股中的1 480股，罗贝尔仍是大股东。

资金使德诺埃尔得以面对由于《废墟》和1941年这个丰收季节的其他几本书,尤其是备受巴黎媒体赞扬的艾尔莎·特里奥莱的中篇小说集《极端后悔》和皮埃尔·马克·奥尔朗的作品的成功带来的经济压力。德诺埃尔不再负债累累,不再被阿歇特发行商掐住脖子了,他的营业资产已经有两份被抵押给阿歇特。1942年底,德诺埃尔终于找到办法解除了与阿歇特的专有合同,并宣布,从1943年1月起,出版社将重新开始直销。①

加斯东·伽利玛当然羡慕他的销售收入,尤其是看到顾客们都在圣米歇尔大道那家亲德的大书店"左岸"而不是他的书店里抢购《废墟》,他心里肯定后悔。太危险了,介入太深了。当然,《新法兰西杂志》也一样。杂志的目录中,虽然不止一次看出保朗的足迹,但也同样倾向于占领者。杂志的主编德里厄是个法西斯分子,这不容置疑,他自身的影子毫无疑问地出现在杂志中。当他去德国,去雕塑家阿尔诺·布莱克的工作室时,戈培尔的宣传机构发表了两人见面的照片,十分富有传奇色彩:"……这位作家来自《新法兰西杂志》,那是一份对国家社会主义和法西斯分子感兴趣的杂志。"② 在莱茵河对岸进行宣传之旅时,德里厄和其他几个人代表着法国文坛。1942年,他感到有点厌烦了。也厌烦这份杂志,主要是厌烦这份杂志。他不愿再当"为纳粹效劳的合作者"。他将继续主持NRF,在必要的情况下,可以给他配个顾问委员会之类的机构,加个秘书,而他只当他的经理,法律上的负责人。因为他也希望获得自由,希望有更多的时间写自己的东西。顾问委员会?名单已经出来了……克洛岱尔、纪德、蒙

---

① 《法国新书目》,1942年10月23日。
② 《信号》,1942年1月,第2期。

泰朗、莫里亚克、吉奥诺、儒昂多、瓦莱里、法尔格……然而，不论如何组合，他们不可能达成任何一致：除了保朗和德里厄的矛盾之外，在这些首先显得像竞争者的"大作家"之间，有太多的仇恨、妒忌和排斥。算了，德里厄决定辞职。他写了辞职信，但没有交给加斯东·伽利玛，伽利玛再次找到理由来说服他：

"杂志总的来说办得挺好，主编受到了大家的肯定……如果你不这样吓唬我，你会更清楚地感觉到我对你是多么欣赏。"①

德里厄同意推迟辞职。杂志继续办下去。

在伽利玛出版社里，看家的东西很多。用加斯东的话来说是前景光明。我们可以来看看：马塞尔·阿夏尔的《戏剧集》，阿兰的《精神的祭奠》，路易·吉尤的《梦中的面包》，莱昂-保尔·法尔格的《太阳底下的午餐》，皮埃尔·埃玛纽埃尔的《孤儿们》，罗贝尔·德斯诺斯的《财富》，莫里斯·布朗肖的《黑暗托马》，马塞尔·埃梅的《移动摄影》，弗朗西斯·蓬热的《对事物的成见》，还有夏尔·埃克斯布莱亚的小说和从丹麦或芬兰翻译过来的卡伦·布里克森和庞蒂·汉帕的小说……

审读委员会里来了一个新人：迪奥尼斯·马斯科罗，二十六岁。他是加斯东的侄子、雷蒙的儿子米歇尔·伽利玛的朋友，两人是阿尔萨斯中学的同学。马斯科罗自学成才，热衷文学。战争爆发时，他在一家有色金属公司跑腿，后来当行政秘书。当时，他跟米歇尔·伽利玛建立了深厚的友谊，米歇尔经常让他读 NRF 出版的最精华的东西，并评论某些难读的稿子，如布朗肖的《黑暗托马》。一天晚上，听完音乐会后，米歇尔把他介绍给加斯东，加斯东带他们去吃晚饭。在晚上的谈话过程中，他测试了这个年

---

① 格罗弗-安德鲁，《德里厄·拉罗什》。

轻人，不久就建议马斯科罗进入秘书处和审读委员会，月薪三千法郎，比他在有色金属公司少五百法郎。这意味着这位要养家糊口的年轻人要做出牺牲，但他还是接受了。他一来到塞巴斯蒂安-博坦路，马上就投入了工作：读新出的书和一些稿子，接待作者，在审读委员会的会议上进行辩护或要求损害赔偿……①

工作很多。纳粹对法国的占领并没有让作家们的创作灵感枯竭，恰恰相反，战争远远没有成为共同的题材。1943年，伽利玛的两位作家揭示了时代的气氛：加缪和圣埃克絮佩里。《局外人》于6月份出版后，加斯东除了支付定金外，还给了作者一份工资。加缪在账本上被正式作为一个领薪水的审读员来处理，这是帮助物质困难的作者的一种通行办法。②加斯东非常相信他，深信自己抓住了一个真正的作家，《局外人》受到了热烈的欢迎，时间将来会证明这种热情是正确的。但他在同年10月份出版《西西弗神话》有点被迫的味道，是审读委员会逼的。这是一部具有哲学倾向的作品，对荒谬和自杀进行了分析。根据德国检查机关的命令，写卡夫卡的那章被删除了，因为那位布拉格作家由于出身问题而出现在"奥托书单"上。伽利玛对这本书很没有信心，以至于他要求少印，印数还不到《局外人》的一半。③

不久，加斯东·伽利玛把圣埃克絮佩里的《飞行员》转交给了黑勒中尉审查，获得了通过，但对方不是很感兴趣，这从当时的印刷许可证和纸张的配给中可以看出来。对方提出两个条件：印数不能超过二千册，必须删去一句话"希特勒发动了这场疯狂

---

① 迪奥尼斯·马斯科罗向作者证实。
② 帕特里克·马克·卡蒂，《加缪》，兰登书屋，纽约，1982。
③ 赫伯特·洛特曼，《加缪》，瑟伊出版社，1978。

的战争"。如果仅仅是这样……那就删吧！书出版了，引起了轰动。亲德的报刊纷纷攻击。有人对故事中一个主人公叫以色列感到愤怒，他被描写成部队中"最勇敢最谦逊的飞行员之一"。"人们常常跟他说起犹太人如何谨慎，以至于他把自己的勇敢也当作谨慎。当一个战胜者是谨慎的。"①那些掌权的人认为，这种评价是不能接受的，是一种辱骂。作者好像"在赞扬犹太人和主战派"②，《飞行员》是"一个反法西斯的出版商抛出的真正的战争机器"，这本书认为"帝国的灭亡和法国的消灭是合理的"③。在维希，当局不等宣传运动扩大就采取了行动，有法国人匿名"揭露"这本书的反民族色彩后，他们立即就要伽利玛把已经发出去的书都收回来。黑勒中尉也因放行了这样一本书受到了上级的训斥。而非法的出版商和印刷商却在兴奋地抢购，不让美国人独自享有这本书，因为1942年2月20日，美国人就出版了这本书的法文版。于是，1943年12月，里昂的一家排字公司的工人偷偷地排版印刷了一千本手工装订的《飞行员》。不久，里尔抵抗德国占领的排字工人也如法效仿。④

加斯东·伽利玛不高兴了。此事让他在经济上受到了损失，并使出版社一度成为新闻的焦点。他不喜欢这样。下次应该更谨慎些。无独有偶，德国的宣传部门也加强了预防和镇压措施。

又出笼了一批书单，又有一些书被禁。

"受到这些事件严峻考验的法国出版界没有放弃自己的责任。

---

① 圣埃克絮佩里，《飞行员》，伽利玛出版社，1942。
② 《人民之声》，1943年1月31日。
③ 《处处有我》，1943年1月15日。
④ "环游世界书店"目录，第17期，1983年秋。

为了不给过去丢脸,也为了新秩序的尊严,他们继续努力,没有什么比这更动人、更值得赞扬了。"一个文学专栏作家这样写道。① 几个星期后,出版商联合会主席菲利蓬先生向所有的同行发了一份通报,要求大家更听话点、温顺点、服从点。他在德国当局的办公室里受到了几小时的训斥。德国人感到很惊讶,虽然纸张被限制了,巴黎的出版商还是出了那么多书,而且可以说什么都出,好像并不真的把占领者的"建议"和威胁当一回事。他们警告联合会说,如果联合会不采取措施,他们就要来管了。为了表示自己的诚意和遵纪守法,联合会的领导层才抛出委员会的一个计划,旨在监督已经出版的图书质量……很含糊,但这是第一次让步,以表明法国出版商的诚意。在通报中,菲利蓬先生的态度非常坚决:不能以什么书都能卖为借口而随意出书,而应该选择不得不出或公众需要的书,否则,"被德国宣传部认定为不服从纪律并向我们通报的出版商将从纸张配发的名单上删去"。②这是最大的惩罚,也是最可怕的惩罚。

从此,情况明朗了。宽容结束,要严格管理和严肃服从了。新的时期开始了,对比起来,自我审查简直就是自由主义的表现。从此以后,三家机构来管理巴黎的出版界,联合会则成了其中的纽带。

——书籍组织委员会。根据1941年5月3日的法令组成,隶属工业产品部;其任务是解决行业内生产组织过程中出现的经济与技术问题。

——图书委员会。根据1941年6月9日的法令组成,隶属

---

① 《警觉》,1942年1月31日,第72期。
② 1942年3月7日,《通讯》,第224期。法国国家档案馆。

于国民教育部，只管所出版图书的知识导向。在委员会的第一批成员当中，有德里厄·拉罗什（当时是 NRF 杂志的负责人）、安德烈·贝勒索尔、保尔·莫朗、安德烈·西格弗雷德、丹诺耶·德·塞龚扎克和出版商吉庸、布尔代尔、阿尔托和格拉塞。

——纸张检查委员会。根据 1942 年 4 月 1 日的法令组成，其任命不是很清楚。

最后一个组织是维希政府为管理出版而推出的最新的也是最不出名的一个机构，它于 5 月 3 日在黎塞留路的国家图书馆第一次开会，出席的有新闻局国务秘书的代表奥里戈先生，国家图书馆馆长贝尔纳·法伊先生，出版商工会的菲利蓬和里夫斯，书籍委员会的代表勒努尔，委员会秘书波特雷，委员会的两个成员保尔·莫朗和居尔曼因故未出席。很快，人们就看清了他们开会不仅仅是为了纸张问题。

"也许应该走得更远，"奥里戈大体是这样说的，"我们要想一想，我们这个委员会的作用是不是仅要说不能印什么，也要说能印什么……选你们当委员是因为你们爱国，爱法国文学。"

"每种情况都提出一个特别的问题。"菲利蓬指出。

"除了国家宣传的书、教材和科技图书以外，很难界定哪些书是需要的，哪些是不需要的。"里夫斯说。

根本问题就在这里。当然，散会时还没有一个定论，但大家已经意识到，况且贝尔纳·法伊也做了提醒，总理身边的国务秘书雅克·伯努瓦-马歇十分关注此事，并密切注意此事的发展。

根据会议纪要，委员会平均每月开两次会[①]，很有规律，要么是在国家图书馆，要么是在书商俱乐部，与会者根据不同的时

[①] 咨询过法国国家图书馆。

期有不同的变化。核心人物也根据不同的情况增加或替换不同的人，图书馆秘书长拉贝热里先生，书籍组织委员会政府特派代表拉韦内，书籍委员会金融与商务部主任戴尔马，新闻局的国务秘书代表庞纳福尔，行政总监莫内，工业生产部国务秘书代表米肖，物理学家路易·德布洛吉，作家保尔·夏克、安德烈·泰里弗……

在6月8日的会议上，大家明确了几个目标。奥里戈明确指出，不应该继续把出版社当作完全自由的商业企业或工业企业。考虑到纸张的匮乏，"今后出版的所有作品，都必须通过其文学价值或难得的机会，有助于法兰西的复兴、法国精神的强大和知识的传播"。根据新闻局的国务秘书保尔·马里翁的决定，奥里戈也负责监管图书检查机构，他声称支持"高质量的有效的检查"，最后还总结道：

"……我跟一些最优秀的出版商或其代表，如加斯东·伽利玛、贝尔纳·格拉塞、阿尔班·米歇尔、罗贝尔·德诺埃尔、勒内·朱丽亚尔、波蒂尼埃尔等人进行了几次会谈之后，我很高兴能够补充说，他们都同意我的意见。"

调子已定。委员会立即开始工作，因为奥里戈似乎大权在握，他宣布了保尔·马里翁下达的任务和国务秘书首次提出的要求：

"他希望德诺埃尔出版社重新出版路易-费尔迪南·塞利纳的作品。考虑到塞利纳的作品的价值和利益，各个环节都应该尽量开绿灯。"

在6月24日的会议上，一份政治书单交给了这个由权威人士组成的"纸张分发者"，他们最后有权决定大多数新书的生死。他们的权力很大，因为他们兼任审查者和纸张供应者的双重角

347

色。那天，重新送审的有许多书：米歇尔·莫特的《面对1870年灾难的知识分子》，弗洛萨尔的《从若雷斯到布卢姆》，皮埃尔-安托万·库斯托的《美国的犹太人》，约瑟夫·卡约的《回忆录》，吕西安·勒巴泰的《废墟》……

"必须把这些书送到新闻局，"里夫斯建议说，"在这方面，只有他们了解政府的态度。"

"一点没错！"奥里戈强调说，"必须把这些书稿直接交给我或勒格里和贝尔热这两位审读员。"

"当然，不管怎么样，这项检查不能替代书籍委员会的翻译兼检查者里克松的审查，"菲利蓬明确道，"他会告诉出版商，哪些书可能通不过检查……"

在各种机构、检查、书单和自我检查这乱七八糟的迷宫里，出版商开始失去耐心，感到无所适从。他们的联合会主席好心地向上面反映说：他们抱怨检查委员会发放许可证的速度太慢了，甚至名单没有最后确定呢！

"已经送到国民教育部去了，"里夫斯说，"而且，阿尔贝·博纳尔的办公室刚刚写信来，想知道在出版商联合会送上去的单子里，有没有犹太人或共济会会员。"

检查机构的审读员有事干了。大家在催他们。出版商的计划取决于他们的速度。他们的工作报酬是，每部平均为三百页的小说一般付一百五十法郎。这就是他们精心筛选的价格。有时，他们的决定过于草率，得不到德国人的认可。在7月15日的会议上，有人感到非常愤怒，因为他们竟然不允许《基础拉鲁斯辞典》的出版，而且还禁止院士乔治·杜阿梅尔的《未来生活场景》。

"我们不能接受这种毫无道理的否定，"菲利蓬说，"委员会必须找找宣传部的舒尔兹。"

他们后来找了舒尔兹，而且成功了。

原则上来说，经验也这样告诉他们，书单不可能是决定性的，禁令总是可以修改、区分和取消的。需要一点技巧和多方面的影响。还有，不要为那些没有必要辩护的书辩护。保尔·莫朗轻易地为罗兰·多热莱斯的《白色的鸭舌帽下》获得了印刷许可，但没有人去拯救奥里维埃的《集邮者的好奇心》和杜布瓦与科罗尼合著的《圣桑福里安的体育俱乐部》!

7月28日，委员会作了第一次总结。截止到那天，他们共收到二千二百三十种书，只通过一千一百七十种，德国人又从中砍掉二十二种。原则越来越模糊。为了保证NRF的出版，人们发现，它在抢救了法尔格的《阳光下的午餐》和瓦莱里的《恶意》（这两本书都在第一次审查中被枪毙了）的同一天，接受了加缪的《西西弗神话》，拒绝了德斯诺斯的《酒已开瓶》（这本书最后也被救出来了）。大家都觉得是在考场上。唯一的区别是，在这些口味十分独特的改卷者后面，还有占领军的一些军官。

很快，出版商们知道这个纸张检查委员会（名字似乎微不足道）成员的权力范围时，就开始抵制他们的影响和压力了。出版商们实行了"特殊措施"，这是人们送给他们的说法，以便儒昂多（《三部曲》）、克洛岱尔（《神甫啊，教我们祈祷》）甚至荣格尔（《渴望历险的心》）的书稿能够得到印刷许可，不再拖延。人们不止一次重新讨论审读者似乎态度坚决一致同意枪毙的图书，以推翻他们的决定。读了阿尔贝·赫尔曼态度坚决的信后，他们终于同意出版提亚·塞里埃夫人的《是的，我爱你》。出版商们还在最后一刻捞出了于连·布朗写教养院生活的自传《罪行》，条件是阿尔班·米歇尔出版社要让作者保证在某些段落的写作方式上更加当心。他们还勉强同意了尚普里先生的《这是谁的女人》。尚普里还是作家协会的秘书呢……离第一次会议所要求的严格规定其实远得很。面对潮水般的书稿，审读者头昏脑胀，有的显然觉得自己无能为力、派不上用场。必须加强力量。在10月21日的会议上，人们已试探过马塞尔·阿尔朗，拉蒙·费尔南德斯也提出了申请，他后来和布里斯·帕兰一同被选中了。三个人都是伽利玛的审读委员会的成员，非常有意思。当时的迹象是，最好的审读员都在塞巴斯蒂安-博坦路。

1942年7月。颁布了一份新的"奥托书单"，代替了前两年制定的旧书单。出版商工会的主席在前言中明确指出，下列新书不受欢迎：从英语（除了经典作品）和波兰语翻译过来的东西，犹太作者（除了科技著作）的书，写犹太人的传记（哪怕署的是"雅利安人"的名）。"这样做，似乎不会对法国出版界造成严重的物质损失，法兰西的思想可以继续发扬光大，它传播文化、团结各民族的任务也不受影响。"

所以，奥芬巴赫、达里尤斯·米约或梅耶比尔的《生平》必须从书店里消失。加斯东·伽利玛出版的书又有一百多种被禁。这跟1940年9月被禁的书惊人地相似，只是增加了五种：伊芙·居里的《居里夫人》、纪德的《苏联归来》和《我的苏联归来改稿》、英国情报部著名女间谍维奥莱·特雷福西的《他跑呀跑……败诉》。

幸亏，有些仓库里还保存着这些被禁的书，堆在午夜出版社成捆的非法出版物旁边。书店同时成了宣传部和抵抗组织关注的目标，它们的作用很大。没有它们，某本书读者就可能看不到，或者相反……地下组织很快就明白了这一点，给书店寄了模仿

《法国新书目》的传单，足以以假乱真。传单控诉一长串跟德国人合作的出版商和书商。在这份非法出版物的第二期，人们甚至发现了抗德书店的六条戒律：

① 当你收到书时，睁大眼睛看清。
② 叛徒的书把它放在一个谁也不会看到的地方。
③ 同样对待来自德国宣传部的东西。
④ 在家里不要暴露任何带有 TRAFAPA① 精神的东西。
⑤ 只要你抵抗，至少荣誉与你同在。
⑥ 别给法兰西的精神丢脸，永远只为它服务。②

好像是两份书单之间的一口氧气……

与此同时，在美国，发行量巨大的《生活》杂志在8月24日的那一期上发表了一份有四十来个法国合作者名字的"黑名单"，封面上具有清算的味道，上面乱七八糟地列着米斯丹盖特、雅克·沙尔多纳、萨夏·吉特里、费尔南·德布里农、贝当和达兰的名字……而在这时，人们在巴黎继续登记和清点被禁图书，精打细算地把纸张分发给那些不听从德国人指挥的出版商，一般都是反德倾向最明显的出版商。在德国占领当局的宣传部里，人们还找到了比奥托书单更精彩的东西：一份与奥托书单反向的书单，即德国人想在被占法国推广的文学总目。他们不满足于禁止，还要提倡、建议和引导法国出版商出版他们选择的图书。③

---

① 工作、家庭、祖国。
② 源自路易·帕罗《战争中的知识界》的引用，《年轻的命运女神》，1945。
③ 《文学总目》，1942年12月31日，现代犹太文献中心。

这份书单不是以作者或出版商排列，而是根据题材排列：反自由主义和反民主；反英国；反左……在众多的书名中，有五本是加斯东·伽利玛出版的：德里厄·拉罗什的《为了了解这个世纪而做的注释》，马塞尔·阿尔朗的小说《仁慈》，三部传记：路德、李斯特和格鲁克的传记。这就是在被占法国的德国宣传部负责人认为有助于密切两国关系、建立永久的第三帝国的书籍。

如果要跟随和理解占领者在其政治文化中的步骤，这些书单都是很有用的。一栏一栏的作者名、书名和出版社的名字……解释非常随意，因为不总是那么容易。有的选择非常惊人，有的书为什么没有选中也没有个交代。需要有个向导。

这个向导叫贝尔纳·佩尔。自从纳粹上台后，他就在柏林占了一个有利的观察位置。佩尔在理论家、德国劳动者国家社会主义政党（NSDAP）政治知识培训部主任阿尔弗雷德·罗森堡身边当"文学室"主任[1]：检查德国和国外的文学，研究图书，分析其内容，然后进行制止（通过书刊检查）或鼓励、提倡，如果它们有利于达到第三帝国的目标。贝尔纳·佩尔是一个难得的向导，因为他是一个优秀的法国文学专家，一个有权力进而有影响的人。在占领期间，他在德国出版了一本名叫《凤凰或灰烬》[2]的书，描绘了对德合作的法国文学状况。他在十个章节中，从国家社会主义的角度，一一研究勒巴泰、乔治·布隆、布拉西拉赫、法布尔-吕斯、沙尔多纳和儒昂多的书。他非常敌视法兰西阵线，

---

[1] 卢瓦索，《翌日》；见他在1981年9月在兰斯召开的"占领期间法国文学"国际研讨会上的发言。

[2] 《凤凰或灰烬》，沃克夏夫特出版社，多特蒙德，1943年。该书的第一个法文全译本出现在热拉尔·卢瓦索的著作《失败与合作时期的文学》中，巴黎大学出版社，1984。

在他看来，该阵线是狭隘的民族主义。最后，他只赞扬能超越法德合作达到欧洲联盟的作家。他的分析中最有意思的还是他对塞利纳的激烈批评，他承认塞利纳的敌人（犹太人、共产主义者、共济会成员）也是德国的敌人，但指责塞利纳使用"野蛮而肮脏的方言"，"淫秽的场面十分粗鲁"。他以塞利纳具有论争性的小册子《漂亮的床单》为例，认为"……在很大程度上来说，这本书还仅仅是由呼喊和简短散乱的句子所组成，它就像是歇斯底里的叫喊，使作者良好的用意变得一钱不值"。佩尔认为塞利纳的书是无法翻译成德语的，但他同时也承认塞利纳"总是从明确的种族概念出发"①。

艾尔莎·特里奥莱比塞利纳容易通过德国的书刊检查网，不管他们是否介入政治，也不管他们的政治观点如何。但《大屠杀前的琐事》的作者并未因其"粗俗"及其破坏传统语言的倾向而被禁止出书。有一阵子，反犹太主义是合法的、官方的、受到提倡的。

滑稽的时期，滑稽的人。

形势有时迫使他们做出一些极端的事情来。比如说加斯东·伽利玛，他蔑视与德国合作的人，对他们很无情，并尽可能少地跟德国人打交道，至少他周围的人是这样说的。现在又声称自己是雅利安人！当然不是公开的，而是私下里悄悄说的。应该说，这是一件会带来不良后果的事情。

自从维希政府让反犹太人合法化以来，犹太人出身的企业主可不经任何司法程序而被剥夺财产。在出版界，被瞄准的主要有三个人：费朗兹、纳唐和卡尔曼-莱维。根据当时的说法，他们

---

① "塞利纳事件"，抵抗组织行动委员会，1949。

的企业应该是被"雅利安人化"了,也就是说,清除了所有的犹太成分,既没有了犹太人的资本,各级岗位上也没有了犹太人。在出版教材的费尔南·纳唐出版社,由于从业人员团结一致,一切都往好的方向发展。十来个编辑组成了一个小组,赎回了出版社,以免占领者进入出版社的资本,任命其亲信来当出版社的头。一方面,他们向负责雅利安人化的机构保证,他们进行这种赎回,其原则只是为了行业的利益;另一方面,他们也向纳唐保证,他们这样做是要保证出版社的完整性。当德国人离开法国的时候,出版社将归还给他。他们任命了一个行政总裁。巴黎解放那天,纳唐来到经理办公室,经理把出版社的钥匙递给他,说:"你回家了!"他只需按股份的市面价赎回出版社即可。一切都将恢复秩序,他得到了荣誉和尊严。

至于卡尔曼-莱维,情况就不一样了。这家具有威望和传统的出版社似乎受到了很多人的觊觎,米歇尔·莱维出版了十九世纪许多大作家的作品,他的财富和所出的书引起了许多人的羡慕。被雅利安人化的出版社似乎眼看就要被卖掉。在这之前,他们任命了一个特别经理,叫卡皮,是玛德莱娜街区的一个旅馆老板。他似乎是个傀儡,身后的主谋是个不断地进行捣乱的人,老是贪婪地盯着周围的一切。从法国被占领开始,他就抓住任何机会,在新闻界和出版界的许多对德合作项目中,他总是冲在前头,十分主动。此人叫路易·托马斯,无疑是宣传部的人。他与德国学院的人进行激烈的斗争,因为他们也觊觎卡尔曼-莱维出版社。学院的"知识分子"最后胜利了,任命让·弗洛里为临时经理,但这仅仅是第一个回合。第二个回合要难多了:要用集体的名义(乔治和加斯东·卡尔曼-莱维,米歇尔·卡尔曼和乔治·普罗佩)收购这家出版社,这一家族事件在法国出版界占有一个特殊而重要的地位。

如同纳唐出版社遇到的情况一样,这个主意来自一个出版商财团。为了不让德国人的资本进来,他们可以把这桩生意接过来。此事的中心人物叫勒内·特鲁埃尔,1911年就在这家出版社工作,先是当秘书,后来是秘书长,最后成了卡尔曼-莱维出版社的代理人。①她受到这个家族信任,可以待在自己的位置上,只有她一个人能够这样做。直到1941年7月的一天,路易·托马斯把她也开除了。她一方面悄悄地与出版商杜朗-奥齐亚谨慎地谈判,奥齐亚负责联系和动员其他同行;另一方面也和出版社的主要作者(法朗士、洛蒂、巴赞、勒南……)的继承人商谈,以便出版社出售那天,资本仍留在法国人手里,并有个值得尊敬的领导层。

在那一天来到之前,一切都没有确定,临时总裁让·弗洛里收到了报价。阿尔班·米歇尔成了买主,②加斯东·伽利玛也同样。1942年1月20日,加斯东给他寄了一封挂号信,同时也把副本寄给了负责犹太事务的总特派员雷热斯佩热先生。

我们荣幸地向您确认,我们将出价收购卡尔曼-莱维出版社及其书店的商业资本……

我们出价两千五百万法郎,现金支付。从现在起,双方达成协议,伽利玛书店(NRF出版社)不吞并卡尔曼-莱维公司,后者将保持独立,并拥有属于自己的审读委员会,也许德里厄·拉罗什先生和保尔·莫朗会同意加入该委员会。我们向您指出,从

---

① 勒内·特鲁埃尔向作者证实。
② 法国国家档案馆。

现在起，伽利玛书店（NRF 出版社）已经是一家纯雅利安资本的雅里安化了的出版社①……

报价很具体。它列举了所有可以进入交易的东西：客户、公司名称、收益、支出、作者合同、物资、机器、办公室的动产、可收入的证券、对第三者的债务、版权出售收益、税款的结算、房租……这是一个准备好洽谈的生意人的报价。②

加斯东·伽利玛这样做是为了自己的利益吗？是他自己想干还是出版财团想尝试一下而放出的气球？这是一种测试？问题是提出来了，没有人回答。但他的信是否认不了的。

出版社最后被另外四个人买走了——路易·托马斯、勒内·勒里夫、阿尔贝·勒热内和亨利·雅梅特——他们是代表德国学院的热拉尔·希伯伦买的。这桩生意是雅利安化的。卡尔曼-莱维出版社不复存在，从此以后它将叫做巴尔扎克出版社。

1943 年 1 月。加斯东·伽利玛六十二岁了。

希特勒宣布"全面战争"。在法国，两个月前，人们就不再说自由区和占领区了，德军已无处不在。皮埃尔·拉瓦尔的权力从来没有这么强大过：他自己一个人就可以签署法令和条例。在首都，巴黎人争先恐后地去电影院，看卡尔内的《晚上来客》，而在剧院里，蒙泰朗的《死去的王后》也大获成功。在南部，人

---

① 现代犹太文献中心。
② 我们曾认真咨询过，但伽利玛出版社回答说，"关于此报价，没有任何记录"。1984 年 4 月 9 日给作者的信。

们开始组建游击队……

法国被德国占领很快就三年了。

出版界一片悲哀，先后失去了阿尔班·米歇尔、皮埃尔-维克多·斯多克。"阿尔班"如同"伽利玛"一样，是出版界的一张特殊面孔。那个勇敢而活跃的人把出版社安置在离墓地两步远的地方，他已经获得了迅猛的成功。他想给他的职业以一个简单的、甚至可以说是非常简单的定义，他的经验、他的胆识和他的才能甚至让最爱挖苦的人也尊敬他：

"我在选作者的时候没有受任何流派和组织的影响，"他说，"我所希望的，是写得好、结构棒、广大读者喜欢的书。在我看来，打动大众……这就是出版的主要目标。一家像我这样的出版社，它的基础，很少人知道这一点，就是《梦的钥匙》《完美园丁手册》这样的书或是0.25法郎一本的大众版图书。零售能得到保证，并且能持久。文学是一种奢侈。"①

一种奢侈……

对皮埃尔-维克多·斯多克来说，更像是一种赌博。他想出了一个好主意，要收购阿尔贝·萨维纳的书店兼出版社的资本，扩大外国图书翻译部，把它变成出版社的一块招牌，在翻译和原创两方面齐头并进。经过一次严重的危机，做砸几桩生意之后，他陷入了困境，不得不把出版社卖给他年轻的秘书雅克·布特罗（在文坛上叫雅克·沙尔多纳）和布特罗的表兄德拉曼。他逐渐消失了。在书商俱乐部，有人说：这是位大出版家。在新闻俱乐部，有人说：这是个大赌徒。斯多克十年前已经死过第一次：他破产后在一家赌博公司工作，把自己的财产都扔在了那

---

① 乔治·沙朗索尔的采访，《文学报》，1923年1月1日。

里。这个拿生活当赌注来出书的人，有品位，有文化，但结局很惨。

皮埃尔-维克多·斯多克无疑属于另一个世界的人。他一生中经历的最大事件，就是德雷福斯事件，他全身心都投入到这件事当中去了。他站在正确的一边。如果说他在1943年的法国一直从事出版行业，他相信自己会迷失在一个滑稽的世界里。

宣传部发布了一份通告，宣布所有从英语翻译过来的书，除了课本和经典作家的作品，都必须从市面上收回来。但有一些例外：萧伯纳，他是爱尔兰人；泰戈尔，印度人……卡夫卡在德国和法国都被禁了，因为他是犹太人出身，但他的作品在悄悄地流传。英文版《城堡》和《审判》……马佐·德拉罗什的"雅尔那"系列出现在书店的畅销榜上，由于吉·德拉里戈迪的小说《海岸上的星》，年轻谨慎的瑟伊出版社第一次有了大印量的书。圣埃克絮佩里在纽约出版了《小王子》，萨特保持冷静的头脑：他拒绝伽利玛和格诺关于结集出版他的评论文章的请求，觉得现在还为时太早。常给 NRF 写稿的作者阿尔弗莱德·法布尔-吕斯出版了《法国日记》第三卷，引起了读者强烈的兴趣。这次出书，出版社没有去登记，因为作者轻易地通过了前两卷的检查，出版人觉得第三卷可以不用上报了。他绕过了书刊检查，在出版之后把几本样书寄给了朋友。但他的朋友太多，其中有与德国交战国家的外交人员，他们把《法国日记》寄到了国外。结果，法布尔-吕斯被占领者投入了寻找正午路的监狱，书商拉尔当谢也被捕了：他被告知，只有所有的书都回收到仓库里，他才会被释放。于是，每个收到《法国日记》的人都收到了一封挂号信。法布尔-吕斯没有在监狱里待多久。他的一些有地位的德国朋友和法国朋友进行了干预。"这是一个令人遗憾的错误，一个大大的误会。"黑勒中尉后来说。① 在这期间，大家所期待的第三卷在黑市上卖到九千法郎②……而马克桑·范·德米尔什的新小说《灵与肉》私下里也卖到了四百法郎。在拍卖行，勒巴泰的《废墟》初版要两千七百法郎……至于《飘》，还在继续卖。③

书价是组织委员会和出版商的主要争执点。委员会主席里夫斯是受过培训的巴黎综合工科大学的毕业生，在处理书价问题时，他别的什么都不管，不考虑所涉产品的特殊性，结果引起了出版商们的愤怒。他在一份指示中只宣布出版商在每本书上的赢利恢复到了售价的3.7%。业者都抗议了！里夫斯解释说：出版商无权自己制定书价，每次都必须拿供货商的发票来作为依据，前来申请许可证，书价的计算必须考虑到18.6%的总支出和3.7%的利润。④但业界人士并没有因此而平息。他们要求修改决定，认为决定太不公平。事情一直闹到了工业生产部的国务秘书让·比歇洛内那里，他暗中操作，修改了指令，并推迟了一年执行，以平息出版商的情绪。

贝尔纳·格拉塞在这一决定中又起了什么作用？根据正式的渠道，我们不知道。因为圣父路的出版商这次显得非常谨慎。他比以前更独来独往，不相信出版商联合会、组织委员会和（教科书、百科全书）市场上的出版商……他自己搞一套，三年了，人们还没有任命他为法国出版界的"区长"，而他就是当区长的料。他只在小范围内发过火，因为，如果说他的主张没有遭到否决，

---

① 黑勒的证明。
② 莫里斯·马丁·杜加尔，《维希编年史》，弗拉马利翁出版社，1975。
③ 《处处有我》，1943年6月25日和28日。
④ 《剧场》，1943年9月18日。

但他无视妨碍他达到目的的机构，狂热地想占据能当权做决定的唯一位置。2月，与他关系不错的比歇洛内任命他为出版处的头，这是一个新职位，条件是他不要再提那个决定。但很快，人事问题、个人冲突（这对格拉塞来说是常事）迫使他同样谨慎地退出了。①

尽管格拉塞的主张有利于对德合作，社会关系网又广，文学产品丰富，但他的生意并不是做得很好。最近五年，他的营业额对照表很说明问题：

1938 年：7 153 450 法郎

1941 年：18 922 634 法郎

1942 年：10 005 665 法郎

1943 年：8 289 589 法郎 ②

伽利玛出版社也如此，1941 年似乎是最好的年头。但是后来……营业额的这种下降要怪什么呢？纸张，还是纸张。没有足够的纸张，分配给出版商的纸张，哪怕是最得意的出版商，不足以大量印书。随着战争的深入，纸张越来越少。1942 年 7 月，纸张分配委员会给伽利玛 3.2 吨纸，到 1943 年第三季度变成了 1.3 吨，到下一个季度稳在了 2.0 吨。比阿歇特、拉鲁斯和法国大学出版社都少……

贝尔纳·格拉塞生气了，尤其是因为公众的需求空前地大。怎么向他们解释，怎么向股东解释？当然，他拥有大部分股份：38 000 股中的 25 390 股，但有许多是记名的小股东，还有

---

① 贝尔纳·格拉塞，"在168指令方面法国出版界和书店当前的混乱状况备忘录"，1943 年 10 月 2 日，法国国家档案馆。

② 法国国家档案馆。

一些股东，无法指望他们的钱包，而更多是指望他们的影响力：季洛杜（10股）、莫里亚克（8股）、莫朗（8股）、亨利·米勒（10股）……但有了这三个最大的股东（每人200股），就不会有问题了，因为女演员西蒙娜（生于邦达）、作家安德烈·莫洛瓦（生于赫左格）和工业家保尔-路易·魏勒，他们是犹太人，被流放了①。

在书商俱乐部，负责纸张分配的是一个年轻女子，多纳迪厄小姐，那时她还没有叫做马格丽特·杜拉斯。当时，她只在许可证上签字。她准备出版第一部小说《厚颜无耻的人》。在塞纳河边的拉佩鲁斯饭店，保朗、黑勒、伽利玛和瓦莱里在和德里厄吃饭，他们试图给杂志搞一个新的编委会。徒劳。算了，因为德里厄这次已经决定离开了。6月1日，NRF在中断之前出版了最后一期。他很伤心，很轻松。心已经不在这里。德里厄已经失去热情：自从阿莱曼战役和隆美尔于1942年11月失败之后，他就知道，他相信德国已经彻底输了这场战争。中央情报局的前身战略情报局已经调查1943年4月前替维希政府工作的法国人。在NRF，它"发现"董事总经理是德里厄·拉罗什，董事会由让·保朗、保尔·瓦莱里、法尔格、施伦贝格尔、佩热和加斯东·伽利玛组成，在杂志的主要作者当中有让·吉奥诺、沙尔多纳、费尔南德斯、让·福兰、德勒唐-塔尔迪夫、克洛德·鲁瓦、保尔·莫朗、让-皮埃尔·马克森斯。②

它"忘记"了热拉尔·黑勒。黑勒没有隐瞒自己对加斯

---

① 法国国家档案馆。
② "法国维希政府统治时期的Who's Who的选择"，OSS研究与分析部门，1944年10月24日。IHTP档案馆。

东·伽利玛的崇敬,"完美的出版商的典范",由于他的关照,出版社周围总是"围绕着一道保护墙"①,以至于塞利纳在黑勒办公室的门上用铅笔写了"NRF"三个字,然后说:"瞧,大家都知道你是伽利玛的一个代理!"②黑勒的支持还让加斯东抵御了许多猛烈攻击,这些攻击往往来自法国人而不是来自德国人。亲德的报刊因为他拒绝了《废墟》而恨他。"没有纸。"他说。而对于阿拉贡的巨著,还是这个伽利玛很轻易就解决了纸的问题。"这种区别是带政治性的,你明白吗?③围绕着《飞行员》的出版曾引起了轩然大波,加斯东从中吸取了教训。阿拉贡的新小说《帝国旅行者》出版后,他没有给批评家寄样书。由于这一小小的策略,书店可以把它放在橱窗里,码成堆,而且还可以把它藏起来,万一将来被禁可以拿到黑市上去卖。当记者们得知了他的伎俩后,他们愤怒了,但为时已晚。皮埃尔-安托万·库斯托把这一行为叫做"厚颜无耻的行径"④。极端的记者指责伽利玛执行两种标准和两种措施,圣埃克絮佩里和阿拉贡一种标准,勒巴泰另一种标准:"好像伽利玛先生在选择新人时没有分辨能力。除非他执行一成不变的行为标准,不管是弃教者还是逃亡者,是犹太人还是叛徒。"⑤

非常幸运,他在作者方面没有遇到这样的问题。而这种情况在作者方面通常很多。他在1943年出版的书大多都没有问题:丹麦哲学家克尔恺郭尔的《非此即彼》,詹姆斯·乔伊斯的迪达

---

①② 黑勒的证明。
③ 《处处有我》,1943年2月19日。
④ 《我们的战斗》,1943年4月6日。
⑤ 《法兰西联盟》,1943年6月5日。

勒斯①，米歇尔·莫尔的《蒙泰朗，自由人》，蒂埃里·莫尼埃的《阅读费尔德》，莫里斯·布朗肖的《失足》，马塞尔·埃梅的《穿墙记》和《蛇》，奥地利作家阿达贝尔·斯蒂夫特的《大森林》，还有一些从挪威和丹麦翻译过来的小说……他还出版了越来越缺钱用的让·吉奥诺的一个中篇小说集《活水》和《戏剧》。莫诺斯克的这个抒情诗人在请求米歇尔·伽利玛替他的两部稿子找买主之前，曾写信给加斯东："我有个农场，我得维持；我有几头猪，在吃它们的肉之前我得养它们。也许您能出到一万五到两万法郎，那就太好了……"不久，他又写道："……不能稍微借我一点钱吗？您想象不到，老是问人要钱，那是多么悲惨的事。我真的不得不这样了。"②

对于吉奥诺，伽利玛说不出来有多满意。平时就负债累累的作家，在战争期间就更不用说了。在那个动荡紧张的时期，一点点小事就会演变成难以控制的大事，欠债只不过是一种忧虑、一种额外的负担罢了。有时，塞巴斯蒂安-博坦路几乎莫名其妙就会撒下恐慌的种子。一天，一个陌生的德国人，瓦尔特·海斯特中士，叫人打电话来，打听放在橱窗里的一本书的作者。他想了解更多关于这个作者的情况。加斯东慌了，叫来莫里斯·托斯卡，因为那个德国人找的就是他。托斯卡马上就安慰加斯东说：那个德国人是马扬斯的《人民报》原先的主编，是他童年的朋友，一直跟他保持着通信联系，希望通过加斯东找到他。③

有时，是加斯东本人在塞巴斯蒂安-博坦路引起了巨大的恐

---

① 迪达勒斯，乔伊斯长篇小说《一个青年艺术家的画像》中的主人公。——译注
② 皮埃尔·雪铁龙复制的信。
③ 托斯卡的证实。

慌。他常常去黑市饭店，喜欢几家主要的大饭店，结果两次差点出乱子。第一次是他闹事，他要跑堂把刚端给邻桌一个德国军官的炒鸡蛋先给他吃：

"为什么给他不是给我？"他大声叫道。

另外一次，警方进行搜查，饭店老板立即要客人们躲到厨房里去，遭到他的坚决拒绝："我没有做过任何坏事！"结果他当众出丑，被警察带走了，在警局过了一夜。这事当然在伽利玛出版社引起了恐慌，当时，德国警察常常滥抓无辜，把他们带到警察局里……

尽管他关系多，善于周旋，又有权力，但他知道必须小心。时代变了：许多坚决反对维希政府的顽固派，不久前还非常盛行，现在都被抓、被流放了。谁也躲不过那种"误会"或占领军当中"部门间的冲突"。甚至连阿尔弗莱德·法布尔·吕斯也尝到过那种味道……

1943年5月。在圣日耳曼德普雷区福尔路48号的一所公寓里，抵抗组织国家委员会正在召开第一次会议。十三个人代表着各自的派别。抵抗运动组织和联合会尽管有种种不同，但围绕着一个共同的目标（法国的解放）和一个人（让·穆兰，戴高乐将军的代表和会议的组织者）聚集在一起。

抵抗？加斯东·伽利玛头脑里要考虑的事情太多了，还轮不到这个问题。他有更个人的问题要在短期内解决。那天晚上，他在侄子米歇尔的陪同下，神经质地在尼尔路莫里斯·托斯卡家前散步。他在等托斯卡，不是跟他谈他的下一部小说，而是又想请他以巴黎警察总局办公室主任的身份帮忙。两个人就这样等了两个小时，最后坐在一张长凳上，直到托斯卡在朋友家吃完饭回家。他当然请伽利玛叔侄上楼。加斯东"害怕得发抖"。他非常担心：他和侄子在下午收到了强制劳役处的传票。他们相信自己被告发了，在亲德的报纸上发表了那些文章之后，这种事的到来是很正常的……

"得想想办法。"加斯东恳求道。

"别怕，"托斯卡马上安慰他说，"就你的年龄，你不会去德国的。这应该是一场误会……"

"他们想抓的可能是我。"米歇尔·伽利玛说。①

第二天一早，莫里斯·托斯卡就去塞纳河边的警察总局查阅了强制劳役处的名单。他是一把"保护伞"，是"诗歌在警察局的代表"，让·热内几个月后在一封感谢信中这样形容他。为了让伽利玛完全放心，他约伽利玛与该处处长会面，处长拍着胸脯说，保证让德国人撤销这一决定。离开警察总局时，加斯东又是道歉又是感谢，眼泪都快要出来了，向这个作者允诺了许多东西。他曾多次邀请托斯卡吃饭，到他的乡下或他亲家安德烈·科尔努家里去度周末……去一次不为过吧？但伽利玛被免去这次强制劳役，要感谢的不止托斯卡一个人，因为在德国方面也有许多人在活动：比如恩斯特·荣格尔上尉，加斯东刚刚出版了他的《冒险的心》，他们常常在巴黎的各种聚会相遇，尤其在埃莱娜·莫朗的沙龙中遇到的次数更多。荣格尔找对人了：他找了德军在法国的首领冯·斯图纳格尔将军。"我跟斯图纳格尔将军说了，一切都搞定了。"②他说。上了强劳处名单的其他人就没这么幸运了，他们没有机会接触高层人物，所以也就逃脱不了被强制

---

① 托斯卡的证实。
② 达尼埃尔·隆多，《跨欧快车》，瑟伊出版社，1984。

劳动的命运，比如年轻的安托万·布隆丹，这个在中学高年级优等生会考中获过奖的人，不得不中断在大学哲学系的学习，前往奥地利去强制劳动。

加斯东现在知道"暗箭"从何而来了。他早有怀疑，现在他在《处处有我》的一篇政治文章中得到了证实。文章谈的完全是另一个主题，最后却说："……或者，我们把伽利玛先生送去德国！"① 在他看来，这是一个信号。有个帮派要让他为拒绝出版《废墟》而付出代价。在这个爆发内战的法国，"坏"法国人比"好"德国人更难相处……

米歇尔·伽利玛不知道别人瞄准的首先是他，还是想通过他来整他的伯伯。总之，6月25日，警方来到塞巴斯蒂安-博坦路在职员中执行"逮捕"，加斯东·伽利玛打电话向许多高层求情。米歇尔和他的朋友狄奥尼斯·马斯科罗已经在认真考虑离开法国去英国了②。他们还待在法国，但马斯科罗参加了抵抗组织，参加了弗朗索瓦·密特朗领导的抵抗运动和加缪的"战斗"组织。在塞巴斯蒂安-博坦路的办公室里，他的抽屉里总是放着手枪，藏在纸堆和铅笔当中。加斯东知道，但什么都没说，更没有批评保朗把作者们引往《法兰西文学》和不合法的午夜出版社。这是他滑稽的游戏的另一面。

1943年，伽利玛甚至变成了音乐会的组织者。继出版、戏剧、新闻、电影等等之后，是音乐！但这不是一时的癖好和心血来潮。在他看来，这也是一种好办法，可以有规律地在一个友好

---

① 《处处有我》，1943年7月16日。
② 马斯科罗的证明。

的非政治性的框架内聚集出版社的作者，不管他们是定居的还是流动的，也不管是巴黎的还是外省的。在这个全巴黎人都会拥去看演出的匮乏时期，组织这样的音乐会甚至不会亏钱……负责组织的德尼斯·图阿尔在战前曾跟加斯东创办了"SYNOPS"电影服务公司。加斯东给音乐会取了个名字："七星音乐会"，非常巧妙地让演出带有一些特点，让人想起一套具有崇高威望的丛书。首演于3月22日在夏庞蒂埃戏院举行。拿阿尔蒂尔·奥内热的话来说，节目"迷人而悦耳"①。但几个星期后，人们已不满足拉莫的《多情的印度人》和福雷的《金泪》了，于是开始创新，向乖乖地坐在雷诺阿和图卢兹-洛特雷克的布景前富有而内行的观众推出了一部以前没有演奏过的双钢琴作品《阿门的幻觉》，作曲是一个不出名的人士，叫奥里维埃·梅西亚安。首场演出于5月10日举行，加斯东当然出席了，"他自己"的音乐会一场都没有拉下过。参加音乐会的还有NRF的一批朋友，一些从事非形象艺术的艺术家：瓦莱里、保朗、科克多、莫里亚克、迪兰和年轻的皮埃尔·布雷。②演出的时间算得非常准，刚好在宵禁前结束。很快，七星音乐会找到了自己的最佳演出频率，推出了许多老观众喜欢的节目。他们既是来听音乐的，也是来与同行们会面的。戏剧评论家托尼·奥班说得好：

这是上个世纪美丽绘画的回顾展？是世俗的约会，艺术和文学与时装和电影结合在了一起，高兴地发现自己一直存在？是音乐的聚会，大家虔诚地欣赏很少演奏、不那么出名但值得关注和尊敬的

---

① 《剧场》，1943年5月15日。
② 图阿尔，《被吞噬的时间》。

作品？以七星为名，在精美绝伦的夏庞蒂埃剧院邀请我们倾听法国音乐的那些音乐家所演奏的可以说就是这些东西……巴黎所有活得幸福的人都乖乖地一动不动地坐在冷餐酒会的椅子上……①

活得幸福……

战争？前线离得很远，但谋杀、绑架、折磨在这里、在城里屡见不鲜。可人们照样疯狂地消费，就像最后审判的前夜：电影院、剧院、音乐会、小酒吧、饭店……极尽奢华的巴黎生活在恐惧中与战争为邻。萨夏·吉特里后来曾说："在那悲哀的时期娱乐法国人，我以我的方式在进行抵抗。"在巴黎，如果有才能、有激情，懂得周旋，一切都是可能的、可以考虑的、办得到的。

在举办音乐会的过程中，加斯东·伽利玛大胆地做了贝尔纳·格拉塞二十年前做过的事：创办文学奖。叫七星奖，这是当然的，因为这是自己的特产。这套丛书由雅克·席弗林创办并主持，直到1940年，它在欧洲、美国和罗马都受到了热烈的欢迎，大家都在寻找，并不惜以两千法郎的价格争相购买往往都已售空的最罕见的那几期，而在纽约，有几期甚至卖到五千法郎！在巴黎，德国宣传部有家书店"左岸"，董事会十个成员（其中有布拉西拉赫）中有四个是德国人，在不断地销往德国大学的法国书中，他们选了相当多"七星文库"中的书②。

为了对得起在伽利玛出版社的工资，加缪并不满足于阅读书稿：他也被委托选择准备竞争龚古尔奖和别的文学奖的作品。③但

---

① 《剧场》，1943年5月22日。
② 雅克·伊索尔尼，《罗贝尔·布拉西拉赫诉讼案》，弗拉马利翁出版社，1946。
③ 洛特曼，《加缪》。

对于七星奖来说，情况就有点复杂了，这是出版社的一个奖，所以NRF审读委员会和这个新设立的奖的评委会有竞争：马塞尔·阿尔朗、莫里斯·布朗肖、若埃·布斯凯、阿尔贝·加缪、保尔·艾吕雅、让·格尼埃、安德烈·马尔罗、让·保朗、雷蒙·格诺、让-保尔·萨特和罗朗·图阿尔。8月份宣布文学奖成立时，人们也明确了有关奖金的事宜：奖金为十万法郎，用来发现真正年轻的作家和作品。所有的文学体裁都可以参评，只要作品是第一次发表，有自己的独特之处，用法语写作。获奖者可以自己选择出版社——在这一点上，人们好像吸取了稍后由贝尔纳·格拉塞创办的巴尔扎克奖的惨痛教训。稿子必须在11月1日前寄到塞巴斯蒂安-博坦路的大奖秘书让·勒马尚。最后评定日期：2月份的第二个周末。① 社会上很快就有了反应。那些爱讽刺挖苦的人，有的惊讶地说：一个出版商怎么能既是裁判又是运动员？有的则庆幸加斯东·伽利玛终于让出版商与文学奖评委会之间的日常矛盾公开化了。除此以外，极端的报刊还专门抓住评委会的人员组成不放："……伽利玛凭什么认为安德烈·马尔罗有权力有能力认定哪个作家是当代的，而且也一定是革命化的欧洲的？"② 有的质疑，还有的则对保朗出现在这个小团体中感到惊讶，③ 或者在问，那十万法郎是否会奖给"党内的同志和出版社的作者伊利亚·爱伦堡，出于毁灭巴黎的需要，他写了一些迷人的东西。"④

在七星奖的评委们当中，有一个人十分活跃，出现在巴黎知

---

① 《剧场》，1943年8月7日。
② 《自由区》，1943年10月30日。
③ 《反动》，1943年9月9日。
④ 《处处有我》，1943年8月27日。

识分子出现的所有场合，但并没有因此而引起亲德的合作者的格外警觉：让-保尔·萨特出书写文章，但没有像阿隆和圣埃克絮佩里那样在书刊检查时遇到麻烦或引起公愤。他很顺利，平步青云。法国被占的那四年对他来说是一块意想不到的跳板，他的名声节节上升。4月，他出版了他的第一个剧本《苍蝇》，这是一个三幕剧，写的是一个神话故事，阿尔戈城的首领杀了阿伽门农之后娶了他的妻子，惩罚并且在城里实行恐怖统治，让它为自己赎罪。但在伽利玛出版社，人们更看好他的女伴西蒙娜·德·波伏瓦的处女小说《女宾》。"如果他们那年把龚古尔奖颁给我，我会欣喜若狂地接受它。"① 她后来在回忆中说道。在塞巴斯蒂安-博坦路，大家都说她运气好。在法兰西作家委员会，在抵抗组织的文人中，"有人"——可此人是谁？——对她说，她可以接受这个奖，条件是不接受新闻采访。② 颁奖那天，西蒙娜·德·波伏瓦在花神咖啡馆里焦急地等待那个不同寻常的电话。她好像还给自己买了一条新裙子，细心梳理的头发上缠了一个头巾式的女帽。可惜啊，龚古尔奖颁给了马利尤斯·格鲁! 半个月后，同样的事情又发生在雷诺多奖上。唉，是苏比朗先生得了奖!

出乎意料的是，在萨特和波伏瓦这对伴侣当中，最后被庆祝的是萨特。不是因为他的书，而是他的剧本上演了。《剧场》对排练和首演多次报道和评论，后来，又对《恶心》与《墙》的作者进行了大型采访，其才能显然不可低估，因为《苍蝇》发表几个星期后，他又写了一本厚厚的哲学书《存在与虚无》，但没有

---

① 西蒙娜·德·波伏瓦，《岁月的力量》，伽利玛出版社，1960。
② 在CNE，评委会的委员之间口头允诺许多事情，就像这样……，维尔高尔的证实，同上。

引起人们的注意。"我的剧本的主题可以这样来概括：人如何面对自己的行为？哪怕这一行为让他感到害怕，他也要承认其后果和责任吗？"①他宣称。

6月2日，《苍蝇》首演，由夏尔·迪兰搬上舞台，在城市剧院演出，也就是以前的萨拉·贝尔纳剧院，改名了，因为法国的剧院再用犹太女演员的名字来命名就不适当了，不管那是多有名的演员。剧场都满了。公众、朋友、亲戚、巴黎知识界亲德的大人物：巴黎所有大报的主编在国家级的剧院都有自己的专座，在私人剧场也占有最好的位置。他们总是来看"排练"。②许多穿制服的德国人，其他人穿便服，乐池的二十个位置必须留给宣传部的人。这很正常：不管怎么说，是他们首先审读上了节目单的剧本，颁发许可证。德国军官一般来说并不蠢，也不是自虐狂和左派分子，他们不会允许赞扬抵抗运动的剧本上演，这是肯定的。在那场"首演"中，人们好像听到一个熟悉的德国人说："《苍蝇》，不就是我们吗？"坐在莫里斯·托斯卡旁边的一个人肯定地说："……是乌班吉③黑人中的欧里庇德，"另一个人说："……辞藻华丽，浮夸做作，杂耍剧。"④后来，战后，人们试图证明1943年演出这个剧本的必要性（6月演了二十五场，秋天又演了一场），他们发现，剧本以支持贝当政府为幌子，里面有些颠覆性的内容：赎罪的愿望。人们甚至还从中发现："……呼唤人们反对现行的社会道德秩序"⑤，根据他们的观点，游击队的传单就是

---

① 《剧场》，1943年4月24日。
② 吕西安·孔贝尔向作者证实。孔贝尔先生当年主持《国家革命周刊》。
③ 中非的旧称。——译注
④ 托斯卡的证实。
⑤ 拉丰-蓬比亚尼，《作者辞典》，旧书出版社，1983。

文学……确实，蒙泰朗也设法从观众对《无人之子》和《死去的王后》的理解中找到一些抵抗德国人的痕迹。[1] 吉特里本人也同样……至于克洛岱尔，他赞美圣母的诗，他在四年当中对贝当和戴高乐的不断赞扬，足以判断他除了诗人以外的角色。11月27日，他的《缎子鞋》在法兰西歌剧院首演时，在地板敲三下准备开幕前的几秒钟，作者独自出现在包厢里。在与他相邻的包厢里，记者吕西安·孔贝尔观察着他。突然，大厅里轰动起来：奥托·阿贝兹大使和大巴黎军事政府的人到了，他们穿着漂亮的制服入场，后面跟着他们参谋部的成员。在入座之前，他们在作者的包厢前停了一下。克洛岱尔站了起来，恭敬地向他们欠了欠身，第三帝国的两个代表则向他立正行了个军礼。[2] 演出可以开始了。原定九个小时的演出缩短到五个小时。戏的内容很丰富，也很独特，唐·罗德里格对唐娜·普鲁埃斯的感情把观众带到了文化复兴时期的西班牙之外，典型的克洛岱尔主题，揭示人的命运，神秘的基督教色彩。让-路易·沃杜瓦耶，法兰西歌剧院的总经理应该满意了：演出的成功，也是他的剧团的胜利，从导演让-路易·巴洛特到作曲阿尔杜尔·奥内格以及皮埃尔·迪克斯、玛德莱娜·雷诺、玛丽·贝尔、马利·马尔盖等人的光荣。但大家都不喜欢，有的人是因为五个小时的马拉松，毫不掩饰他们的厌倦。出版商欧仁·法斯凯尔重读了《缎子鞋》的海报后叹息道："幸亏没有第二部！……"总之，谁都没有从这个剧本中发现"抵抗的召唤"，它写于1919年到1924年间呢……

尽管如此，《缎子鞋》的创作仍"无可争辩是整个被占时期

---

[1] 蒙泰朗，《回忆录》。
[2] 孔贝尔的证明。

戏剧界最重要的事件"①。"首演"的那天晚上，克洛岱尔受到了前所未有的欢迎。十四次掌声！第十次掌声时，只有他一个人继续在台上向观众鞠躬，演员们已经退到幕后去了。观众席上，只剩下德国人在继续鼓掌。他们很喜欢，这让一个观众露出了微笑，那就是加斯东·伽利玛。他心知肚明。他回忆起二十年代克洛岱尔没有被任命为法国驻柏林大使时的情景：那位诗人以前当过驻汉堡领事，他的剧本在莱茵河彼岸很受欢迎，他的朋友菲利普·佩特罗是外交部的秘书长，支持他候选柏林的位置。但一个德国记者风闻这个计划后，发起了一场宣传运动，反对这项任命，理由是克洛岱尔在战争期间发表的两首诗中，把歌德比作"庄严而高大的驴子"，这当然引起了公愤，柏林方面通过外交途径告诉法国外交部，他们不希望克洛岱尔去那里，至少是不希望他去大使馆。迫于这种压力，佩特罗只好放弃……②

随着一场又一场战争，这些旧故事已经被人忘却。克洛岱尔很小心，不再侮辱歌德。圣诞节临近了，又必须整顿秩序了，因为法兰西歌剧院的售票处都被巴黎人包围了，他们想知道这出著名的戏是否真的是"以夏特莱为背景的哥特式建筑"③。与此同时，贝当与奥托·阿贝兹会见之后，同意第三帝国提出的所有条件，而法国国内武装部队却在悄悄地成立。

1944年2月，加斯东·伽利玛前往圣皮埃尔-杜格罗蒂森斯-卡约教堂。不是去祈祷，而是去追寻回忆。人们在那里给让·季洛杜送葬。巴黎文化界和外交界的名人都在场，除了那

---

① 埃尔韦·勒博特夫，《占领期间的巴黎生活》，1975。
② 奥古斯特·布雷亚尔，《菲利普·佩特罗》，伽利玛出版社，1937。
③ 勒博特夫，《占领期间的巴黎生活》。

些被流放的。法兰西学院的院士们、大使们、旧部长们、高级官员、儒昂多、黑勒、乔治·苏亚雷斯、埃杜阿尔·布尔代、让·保朗、让·法雅尔、玛德莱娜·雷诺、阿尔莱蒂、安德烈·泰里夫、皮埃尔·勒努瓦……总是同一些人。这是一座教堂,但也可能是一个客厅或一座音乐厅。除了回忆故人之外,谈话还是老一套。

半年后,大部分作家又在圣日耳曼德普雷教堂的圆拱下相会了,拉蒙·费尔南德斯因心肌梗塞去世了,葬礼在那里举行。不过,多里奥的党派参谋部和法国共产党代替了外交部的官员们。

2月初,NRF的人都在谈论下届七星奖的事了。揭晓是在23日,加缪和勒马尚留下了三十多部稿子。一个年轻、贫穷的流浪者似乎很有可能得奖。他的名字很古怪:马塞尔·穆鲁基。阿尔朗和保朗觉得他的东西有点草率,轻飘飘的,很颓废。故事讲的是一个喜欢惹事的邪恶女孩。在他们看来,故事的结构不牢固。但作者受到了加缪和萨特的鼎力支持,尤其是萨特,他真的为穆鲁基获奖而斗争了。他们如愿了,穆鲁基得到了他的十万法郎。

萨特无处不在。他和季洛杜一样受到广泛的赞扬,并成了七星奖的核心人物,他还写了一个剧本,让他的朋友加缪来担任导演和主演。他去迪兰家里讲希腊戏剧,去孔多塞中学讲哲学,还参加了许多庆典,在米歇尔·莱里斯家里演出毕加索的《尾巴被捉的欲望》,并抽时间每天去花神咖啡馆,在那里与一个叫让·热内的年轻人结下了友谊。热内由于在书店偷书,刚刚坐了八个月的牢。这已经不是第一次了。科克多有一次在替热内辩护时激动地慷慨陈词:"你们面对的是本世纪最伟大的诗人。"他的朋友,其中许多都是在NRF和加斯东·伽利玛周围转的人,在他们的请求下,莫里斯·托斯卡同意把一大沓白纸和一支铅笔送进监狱。

那是一个奇怪的时期。纸张监督委员会宣布，宣传部决定推迟伽利玛提出的四本书的出版：两本是陀思妥耶夫斯基的（《白痴》和《恶魔》），两本是圣埃克絮佩里的（《夜航》和《南方来信》）。格拉塞提出了抗议，因为《我们的桥牌方式》也被推迟了……他到处申辩，指出这些作者是国际一流作家，曾经坐过牢，他们的书肯定会让囚犯们感兴趣……他最后终于赢了。1944年3月，总警察局负责犹太问题的部门进行了一项调查，想弄清艾尔莎·特里奥莱的祖先的种族问题，特里奥莱写过《后悔》和《白马》，其"广阔的思想"受到了全国作家协会的宣传小册子和《法兰西文学》的赞扬，这就引起了警方的怀疑。调查了一个月之后，调查组负责人递交了一份报告："……艾尔莎·特里奥莱是艾尔莎·卡冈的笔名，是个俄裔犹太人，十多年前曾是苏联诗人迈科维奇（Maikovicz，原文如此）的情妇。她现居阿维尼翁，和一个叫做阿拉贡的人住在一起，阿拉贡在战前曾是法国的一个知名政客，与人民阵线关系密切。据说阿拉贡本人也有一半犹太血统，因为他的生身父亲是犹太人。谁也不认识他父亲，至少大家是这样说。但我觉得这种说法不可信。"一个月后，这个人又说："……我们已经差不多可以肯定，当事人是犹太人。如果有更详细的情况我们会继续汇报。"①

可怜的贝当！可怜的法国……

1944年春天的法国投入到了真正的战争之中，不再用口水打仗，而是用武器。多尔多涅陷入血与火之中。德军的别动队和

---

① 1944年3月15日、3月24日和4月26日就犹太人问题给总警察局办公室主任的信，现代犹太文献中心。

法国民安队并肩作战，进攻被游击队占领的格里埃尔高地，贝当控诉这种恐怖主义行为。二十五个法国大城市遭受了盟军猛烈的轰炸。丛林从来没有受到过这种震荡……

而与此同时，在巴黎，戏剧……

论争空前激烈：该不该禁止《安德洛马克》？让·马雷在爱德华七世剧院演出了拉辛的这部戏。巴黎的地方民安队队长前往警察局表示了自己的愤怒。在 TSF 电台，亨里奥的反应也同样。在他们看来，受科克多支持的马雷违反了已成为法国文化遗产的古典主义戏剧原则，使其彻底庸俗化了，无论是在舞台上还是在观众席中都散布着这种不健康的同性恋气氛，这是犯罪。尽管科克多在德国人当中周旋，但无济于事。演出被禁止了，由于极端的法国人而不是占领者。警察局局长比西埃认为，这是避免巴黎警察与民安队冲突的最好办法，民安队已经准备每次演出都去砸。在隔壁办公室里，他的办公室主任记录道："以前，人们吹吹口哨也就算了，现在，他们想动手打砸。"①

加斯东·伽利玛没有失去对戏剧的爱好。被占期间，他比以前更经常地去看"首演"，因为新作品很多。当然，他不准备再像以前那样着手去管理剧院，但当他可以支持他喜欢的戏剧时，他会毫不犹豫地发挥自己的影响力。他几乎成了出版社的一个新人让-保尔·萨特的经理人。继《苍蝇》之后，萨特写了个单幕剧《他人》，后来很快又改了一个更合适的名字《禁闭》。戏准备好了，可在哪儿演？现在的问题不再是审查，而是剧场本身。他现在可以轻易地得到演出许可。但限制和宵禁给演出带来很大的

---

① 托斯卡的证实。

困难。3月份的时候,上面颁布了一个命令,要求剧院每周关闭四天,到了6月,每周只允许开放两天,每次不得超过一个半小时,以保证演出的安全。因为无论对演员还是对观众,这都是有风险的,他们必须注意防空警报,及时躲到地窖里……①

加斯东想出了一个办法。他把《禁闭》的剧本放在口袋里,前往欧仁-弗拉夏路阿内特·巴代尔的私人公寓,去找他的这个朋友。他们认识的时间不长,但足以互相帮忙。巴代尔以前是律师,现在开燃料厂,他想出了一个发财的好办法,用木炭来代替石油,卖了很多,谁都买,法国人也买,德国人也买。他热爱戏剧,娶了加比·西尔维亚,不久前收购了老鸽舍剧院,由此认识了这个著名剧院的创始人加斯东·伽利玛。到了春天的时候,他的老鸽舍剧院成了还在正常运作的仅有的几家剧院之一——也许是唯一一家:巴代尔不仅有相应的许可证,而且还有个可以打开的天窗,这样,天黑以前还可以利用自然光来演出,他还有一种发电机组,可以自己发电。

起初,伽利玛在作者和业主之间当中间人,后来,他在巴代尔家里跟萨特、波伏瓦和加缪开会,剧作者讲述了自己对背景、角色分配和演出的意见,想交给加缪来执行。巴代尔马上起来反对:毁掉一切,重新开始。他把自己的观点强加于人,拒绝《局外人》的作者,代之以雷蒙·卢洛,主要角色由米歇尔·维托尔和加比·西尔维亚来演出。②

5月27日。《禁闭》在老鸽舍剧院首演。全场爆满。萨特又

---

① 安德烈·鲁森,《灰窗帘和绿衣服》,阿尔班·米歇尔出版社,1983。
② 罗贝尔·康泰斯向作者证实。(康泰斯先生当时是巴代尔的孩子们的文学老师,他目睹了所有这些交易。)

引起了轰动。他亲自邀请了所有的名人,尤其是与《法兰西文学》意见相左的记者:吕西安·勒巴泰、阿兰·洛布罗、安德烈·卡斯特罗、让·加尔蒂埃-布瓦西埃,"位置不很好:好位置都留给穿蓝制服的先生们了"①……舞台上,三个人死后在地狱相逢了,他们被关在一间没有窗户的房间里,受到了他们没有想到的惩罚:每个人的刽子手都是另外两人。任何两个人都无法逃脱这个可恶的三人世界,他们既是受害者,又是执行者,彼此紧密相连,无法分开,门最后开了的时候,他们却无法跨出门外。

有人会说,地狱,不是别人,而是热得让人窒息的房间。有人进一步说,"别人"就是德国人,朴实的背景像是抵抗者的牢房。听着收音机的人也许会想,地狱,就是英国炸弹轰炸下的法国城市,或者是奥维涅游击队在马格里德高地的非人处境。总之,占领者的报刊赞扬这个戏,说它结构严密,人物的精神状态刻画细腻,演出手法朴实。他们喜欢《禁闭》,就像几个月前喜欢《安提戈涅》一样。尤其是在战后,戏剧评论家纷纷就萨特或阿努伊的意图进行政治评判。

在占领期间,《剧场》无疑是最受支持的一份报纸,罗朗·普尔纳尔在它的头版发表了一篇文章,赞扬萨特的这个剧本:"……很难说这个惊人的剧本在多大程度上远离了现实主义。让-保尔·萨特好像在肯定它,但应该清楚地看到,其实他根本没有这样……一点都不像。对我来说,我完全同意这种立场。再说,难道不正是这一点使作品显得那么美吗?"②

加斯东·伽利玛应该感到满意了。他力排众议,相信这个

---

① 让·加尔蒂埃-布瓦西埃,《一个巴黎人的回忆》,第3卷,圆桌出版社,1963。
② 《剧场》,1944年6月10日。

三十九岁的萨特，他做得对。审读委员会的某些成员认为萨特在文坛上只能红五六年，不会再多，就像模特那样……一个月以后，6月24日，加缪的《误会》在马图林剧院"首演"时，加斯东感到更为不安。演出失败了。他冷静地坐在乐池中，当别人在唧唧喳喳地讽刺挖苦时，他却不断地鼓掌。①

那出戏结束了巴黎的演出季，而就在这个时候，在诺曼底，盟军的登陆敲响了德国占领军的丧钟。一个时代结束了。

8月1日。几天来，维尔高尔高地的游击队大本营遭到了轰炸；苏联人来到波兰的维斯瓦河；在芒什省的阿弗朗什地区，巴顿将军坐着装甲车突破了德军的防线，开辟了解放巴黎的进攻道路。在首都，瓦莱里在帕西阅读他的三幕剧《浮士德》。几个听众见证了这一特殊的时刻：乔治·杜阿梅尔、埃杜阿尔·布尔代、路易·德布罗格里、亨利·蒙多尔、加斯东·伽利玛、阿尔芒·萨拉克卢、莫里斯·托斯卡和一些女作家。天很热，剧本有些长，有点单调。加斯东感到有点厌倦，他对托斯卡说：

"瓦莱里是个大倒霉蛋……他自己知道。他最重视的，是自己那堆著名的作业本。他眼看就要完成的巨著，现在再也写不出来了……而且，瓦莱里身上最让人同情的是，他是个赌徒，而且是个好赌徒：没有什么能让他生气……"②

外面，生活在继续。在离首都几百公里的地方，人们在战斗。很快，雷恩解放了，接着是勒芒斯、阿朗松和夏特尔。8月23日晚，在离开法国之前，黑勒中尉在荣军院的空地上，挖

---

① 洛特曼，《加缪》。

② 托斯卡的证实。

379

了一个十五厘米深的洞，把一个长方形的白铁盒埋在里面，盒子用橡皮圈密封防水。他匆匆地把一些珍贵的文件塞到里面：他在占领期间所记的日记、几封作家来信、十五六页抄件，抄的是他的朋友荣格尔的《和平》①。德国人收拾行装准备逃亡了，巴黎新闻界的极端分子也步他们的后尘。在报刊亭，人们在寻找《我走了》……

在这股溃逃的大漩涡中，有些人捡了大便宜。加斯东觊觎已久大学路17号的私人公寓：那是为巴黎第一任议会主席博夏尔·德·沙隆修建的，长期以来被一个名叫德尔蓬·德·韦塞克的人占据，此人是超现实主义的创始人之一菲利普·苏波的叔叔，小时候就常到这里来玩。他的后裔把房子的一部分卖给了报社老板莱昂·巴伊比，而巴伊比最近四面楚歌……

这座公寓的好处是他的后面与塞巴斯蒂安-博坦路5号NRF的屋子相连。解放前几天，加斯东·伽利玛以很便宜的价格弄到了手。

巴黎受到了折磨，巴黎奋起反抗了，巴黎解放了……加斯东·伽利玛吹着口哨，双手插在口袋里，与侄子和朋友们在圣日耳曼的大街小巷上散步。而在市政厅，有几个顽固分子还对着欢腾的人群开枪。占领结束了，战争马上就要结束，一切都将重新开始，恢复如初。他很平静，高兴，愉快。他微笑着，他没有什么可自责的。这一点，他深信不疑。

但并不是所有的人都这样认为。

---

① 黑勒的证实。

第七时期

1944年—1945年

9月。

清算的时候到了。

该不该清算？发表、出版、写作、合作、屈服、勾结、妥协、免职……抵抗？在文坛和出版界，争论的方式十分特别。

有人说：应该好好地活着，作家只能靠笔生存，没有人想去指责在维希政府统治时期领国家薪水的公务员们……必须发表东西，因为文学对被压迫的法国人来说是一种精神支柱……不要把只捍卫自己观点的人（尽管他们为民族革命或国家社会主义革命辩护）和为了指名道姓地揭露自己的政敌而写作或协助警察支持刽子手的人混为一谈……如果占领持续的时间再延长两三倍，作家的沉默将以一种不可逆转的方式使文化、使法国辉煌的思想遗产窒息直至死亡。这将是一种反文明的罪行……

另一些人回答说：如果在那四年中，作家和出版商都傲然决定不向占领者妥协，那一切都要有尊严得多……为了得到许可而把小说、文论、剧本交给敌人审查，甚至不惜被删得体无完肤，我们总不能理直气壮地把这种做法当作抵抗行为吧？许多作家可以在国民教育部找到工作，靠工资生活，而不必在战争期间追逐版税……一百四十个出版商签署了奥托书单和书刊审查协议，他们至少可以等到维希-柏林政府的政治合作合法化之后才服从占领者的领导……他们一致表示同意、迅速成名并从中得到了利益和好处，这些怎么都无法让他们摆脱干系，他们必须为法国被占时期德国的文化策略负责……

"如果仅仅是国家被占，法国还能继续创作出高质量的文艺产品。"1943年7月11日英国的《观察家》周刊这样说。① 两个阵营的主导者都引用了这个句子来支持自己的理论，这清楚地说明了这场论争的模糊性。两个人很好地概括了敌对的立场。

记者让·加尔蒂埃-布瓦西埃是《小白炮》杂志的人，也是个书商和作家，占领期间的法兰西歌剧院的经理让-路易·沃杜耶为了保护自己，逼布瓦西埃帮他准备一份材料，于是布瓦西埃寄给他一份备忘录，备忘录最后是这样结尾的：

我知道抵抗组织中，极纯洁分子，尤其是那些从火奴鲁鲁回来的人，认为在占领期间，画家应该烧掉他们的画笔，作家应该扔掉他们的钢笔，演员们应该去钓鱼。我不同意这种观点，我认为恰恰相反，他们应该继续创作，哪怕是在纳粹的铁蹄之下。

有些身处艺术、文学和戏剧领导岗位上的人不得不跟占领当局建立联系。我想，我们这些原则上不用跟那些先生打交道的人，应该感谢那些人，他们克制住自己内心的厌恶，勇敢地在敌人身边——这并非没有危险——保护艺术家和作家的利益，在黑暗时期保持法兰西思想的传承。②

与加尔蒂埃-布瓦西埃相反，有个写回忆录的作者，叫让·盖埃诺，是位出色的大学教师和作家，在占领期间，他决定

---

① 勒博特夫，《占领期间的巴黎生活》。
② 加尔蒂埃-布瓦西埃，《一个巴黎人的回忆》。

写作而不出版，只在午夜出版社以塞维纳为笔名发表了若干日记片段。这位亨利四世中学法国高等师范学院文科预备班的教授，不愿意把自己的作品交给德国人审查，甚至拒绝了德里厄要他为 NRF 写一篇关于伏尔泰的文章的请求。他认为有的同行"只想着在事业上获得成功，保持自己的名望，为了达到这个目的而不惜奴颜婢膝"。他在评论他所谓的"囚徒的荣耀"时说：

……当权力不让人们喊出自己想喊的任何东西时，如果不是出于生存的需要而不得不"出现"，我们至少可以躲起来，对那些不再重要或根本不重要的东西保持沉默……绝不应该去讨好狱卒，不应该去做他们希望你做的事，也就是"出现"；不应该装出还像以前那样，像在自由的时候那样活着和享受……大家都应该感觉得到，在往常光芒四射的地方，现在只有一个大大的黑洞，那里不再有说话声，不再有思想产生。这个黑洞让大家感到耻辱。①

加斯东·伽利玛带着职业的目光，饶有兴趣地看着这场即将爆发的论争，但他一刻都没有觉得自己是个罪人。他不过是从事自己的职业而已。他丝毫不觉得自己讨好过德国人。他拯救了自己的出版社，没有让莱茵河对面的资本进入他的公司（德诺埃尔、索洛和克里尼就不一样了②）。他和格拉塞不同，没有出版过"宣传"的书。他甚至认为，这个问题都不应该提出来。想到别人要清算他，他心里就恨得直咬牙。尤其是在那个想清算的阵

---

① 让·盖埃诺，《黑暗时代的日记》，伽利玛出版社，1947。
② 皮埃尔·阿努尔特，《法国的金融业和德国的占领》，法国大学出版社，1951。

营里，他已经发现有不少清算者是靠他发财的，从阿拉贡开始。他一遍一遍地读着自己在1940年到1944年出版的书目，没有感到脸红，因为没什么可脸红的。塞利纳后来说："他出的那些书使他被枪毙一百回还有余……完全可以把他在牢房里关上一辈子！……"①

除了德国的经典文学和不那么经典的文学——法国文学我们已经谈过——他在黑暗时期出版的大部分书籍可以分成几类。有名人的传记（杜盖·特鲁安、里奥泰、路德、卡尔文、马拉美、阿尔封斯·都德、拉瓦西埃、阿拉戈……），从英语翻译过来的小说，但只到1941年为止（德拉费尔德、班特利、伊丽莎白·鲍恩、卡特琳·科伊尔……）；消遣和娱乐的书（F. 恩格尔的《变色龙的一生和其他蜥蜴》，莱昂·勒莫尼埃关于北美历史的故事，航海家阿兰·热尔博的《美丽岛》，J. 伯辽兹的《蜂鸟的一生》……）；深奥的科学与历史著作（弗雷德里克·布拉什的《1789，残酷之年》，费迪南·洛特的《从远古到百年战争的法国》，阿尔弗莱德·梅特罗的《复活节岛》和拿破仑在1806年到1810年的工作通信……）。

除了委托布里斯·帕兰主编的"圣热内维埃夫山"之外，加斯东·伽利玛还推出了别的丛书："农民与大地"，该丛书的第一本书是阿尔贝·多扎的《法国的乡村与农民》；"罗马神话"出版了乔治·杜梅齐尔的几本书；"知识"丛书只有一本书：亨利·维尼的《怀孕保健》……总的来说，这些丛书数量不多，战后就停止了。其中两套比较突出：1939年推出的"幸福"，一看题目就可知道书的内容；"天主教丛书"内容非常丰富，弗朗索

---

① 《快报》的采访，1957年6月14日，第312期。

瓦·杜科-布尔热神甫似乎是主要作者之一，他是圣路易·当丹教区的副本堂神甫，在丛书中出版一本祷告集《法国约汉娜被蔑视的一生》……；介绍皮埃尔·高乃依《仿耶稣基督》的书，还有十七世纪文选（《美丽的故人》），诺埃尔的诗选和许多深受读者欢迎的圣人生平：卡特琳娜·拉布雷、贝纳黛特·苏比鲁、希尔德加、圣马丁、圣热纳维耶芙、圣凯瑟琳·德·锡耶纳……这套丛书也出版了夏尔·佩吉的三本书：《法国人的圣人》《圣母院》和《我主耶稣》。

在这份书单中，只有受人尊敬的书，尤其是跟某些同行比起来，更是这样。那些同行并不在少数。当然，伽利玛也出版过一些被占领者利用的书，比如德里厄·拉罗什《理解这个世纪的备忘录》和《政治年鉴》，当然也包括他的 NRF，这份杂志并未完全被动地屈服：如果说德里厄把伽利玛的杂志当作对德合作的工具，"……这并不是因为一个爱好德国文化的梦幻者在政治上走错了路，而完全是理性的：通过法西斯的国际团结来对付所谓的堕落、议会民主、'种族腐败'和共产主义"。①

巴黎人刚刚从城市解放的疯狂与欢乐中恢复过来。战争在继续，但更远了，在别的地方进行，在首都只留下一些痕迹：定量供应的票证、军事检查……在《法兰西文学》公开出刊的第一期，加斯东·伽利玛的广告并不幼稚："阿拉贡的《奥莱利安》，'地下状态中写成的作品'；同样是阿拉贡的《驿车顶层的旅客》，'出版于 1943 年，被德国人禁止的书'；马尔罗的《被蔑视的时代》，'被德国人禁止的作品'；圣埃克絮佩里的《飞行员》，'出

---

① 里奥内尔·里夏尔的文章，发表在《第二次世界大战历史杂志》第 97 期，1975 年 1 月。

版于1942年，被德国人查禁'……书单的栏目上附有类似的说明，当场侮辱叛徒，揭露'占领期间态度和作品在精神和物质上帮助压迫者的作家'主动投敌"……①

甚至连波蒂尼埃尔这个出版商也在1941年抱怨新闻局对他的同行们照顾不周②，他出版了许多有利于维希政府的书，敌视犹太人和英国，结果，解放后，他被出版商联合会开除了出去。但就连他也觉得自己出的一些书可以套上腰封，上书"德国人曾想将此书化浆，但最后得救……"③。

9月，出版界的气氛在报纸和抵抗组织发布的小传单中表现得十分清楚。一到月底，《自由法兰西》日报便发表了一篇题为《出版联合会为敌人服务》的文章，公布了占领期间联合会的人员组成情况：勒内·菲利蓬（主席）、乔治·马松（秘书）、杜朗-奥齐亚（会计）、保尔·昂古尔旺、莫里斯·德拉曼、安德烈·吉庸，奥古斯特·奥普诺、罗贝尔·曼格雷、让·法雅尔、莫里斯·杜乌索（均为成员）。对于《自由法兰西》来说，光惩罚那些对德合作的作家还不够，还应该追查"那些给发行压制法兰西思想的书提供物质手段的人"，首先是出版商联合会，德国人一占领法国，它"就开始为德国的宣传效劳"，还签订了书刊审查协议与奥托书单。"那是一种真正的背叛行为"，这份报纸认为，联合会的主席、秘书和会计当时已经就任，解放后还在这个位置上，不禁让人愤怒。它指出，这三个负责人同时也是出版商，只要他们只出版科技或法律图书，就不会首先成为奥托书单

---

① 《法兰西文学》，1944年9月9日。
② 于贝尔·弗莱斯蒂埃，《图书手册》。
③ 《法兰西文学》，1944年9月16日。

的目标。①

　　这篇文章发表后的第二天，报社就得到了一个人的支持，他们绝没有想到，那就是……波蒂尼埃尔。他给他们写了一封赞扬信："为你们昨天发表的那篇勇敢的文章叫好，我希望，这仅仅是共和国有利于健康的大规模宣传运动的开始。一字不用改，它已经说清了一切，也许可以补充一句：关于书籍检查的协议是在阿歇特发行商的办公室里签署的，阿歇特当时的代表是菲利普·阿奇（Hatchi，原文如此），吕歇尔的外国佬姐夫——又是他——还有一个好像是瑞士人，名叫布鲁迪。"在这封痴人说梦般的信中，波蒂尼埃尔还信誓旦旦地说，他没有参加过在德国学院或德国大使馆举行的法德出版商庆贺酒会。他认为，在占领期间，"阿歇特是出版界最大的头头和最大的获利者"，只让它喜欢的二十三家出版社获得好处（纸张……）：波蒂尼埃尔把阿歇特当作"一条吸血的章鱼，专门吸车站书报亭的血，并且要消灭不想利用它的发行渠道的小出版商"②。

　　攻击得很厉害，有一部分是对的，但由一个同样也向德国人妥协的出版商写出来就没有分量了。在这个不平凡的动荡时期，最惊人、最有意义的是，这封信受到了一家左派报纸的欢迎。当时，书刊检查还在继续，因为战争还没有结束，但最让人奇怪的是看到出版商联合会的主席勒内·菲利蓬还像四年前执行"奥托书单"一样宣布结果。

　　9月底，《法兰西文学》拒绝发表与负责清算的裁决机构关系不好的出版商的广告，说他们的问题没解决，角色不明朗。

---

① 《自由的法兰西》，1944年9月22日。
② 《自由的法兰西》，1944年9月23日。

什么叫清算裁决机构？当时指的是"出版清算委员会"，由雷佩塞先生（政府代表）、罗贝尔·默尼埃·杜乌索（阿歇特出版社）、杜朗-奥齐亚（占领期间的联合会成员）、让·法雅尔、弗朗索西斯克·盖、维尔高尔（午夜出版社）、皮埃尔·塞格斯和让-保尔·萨特（后两人都是全国作家协会的代表）[①]，他们聚集在圣日耳曼大道出版商联合会的所在地，坐在会议厅一个椭圆形桌子的四周，气氛有点严肃，——检查具体的情况，皮埃尔·塞格斯马上就不愉快起来："举旗的都是些小出版社……"[②]尤其是萨特，既代表伽利玛出版社，又代表作家协会，给了他很大的压力。

然而，最后是全国作家协会提出要求，占领期间出版商的行为也许应该交由一个由法律学家和作家组成的委员会来调查。大家马上就觉得这样做有道理，尽管这个清算组织的成员还有待完善。全国作家协会建议，作为"惩罚"的具体措施是"剥夺犯罪者影响公共舆论的手段，强制他们把占领期间获得的利益补偿给权利被剥夺的作者，当然，这并不影响他们在法律上受到处罚，如果他们该受处罚的话"。[③]当时法国刚刚解放，大家欢欣鼓舞，做梦都在大叫……

维尔高尔早就发现清算委员会是一个没有权力的机构。他和其他几个人一道为争取委员会的合法化而斗争，想得到公共权力部门的认可，并拥有物质手段："徒劳。我们还是非官方机构。大出版社的压力战胜了我们这个小组织的意愿。"[④]应该说，他们

[①] 《法兰西文学》，1944年9月30日。

[②] 皮埃尔·塞格斯向作者证实。

[③] 《法兰西文学》，1944年9月16日。

[④] 维尔高尔向作者证明。

指望在委员会内部及其势力范围内的人。萨特在保朗的支持下，不断地为加斯东·伽利玛辩护，莫里亚克则施加了压力，想清算所有的人，除了贝尔纳·格拉塞……维尔高尔是罕见的几个不欠任何人情的人之一，既不用感谢联合会，也不用感谢德国人。

在同意参加委员会的同时，他想惩罚签署过奥托书单、把禁书送去化浆并从德国人那里谋取纸张的出版社负责人。他考虑采取一项很有力的措施：强迫这些犯了罪的出版商退休，必要的话提前退休，让他们把交椅交给出版社内能力强、已经有相当高的职务但没有向德国人妥协的职员。在 NRF，人们推荐了两个人：让·保朗和路易-达尼埃尔·伊尔什①。在加斯东的位置上……

维尔高尔毫不隐瞒地说，他把火力集中在两家出版社：伽利玛出版社和格拉塞出版社，这是战前——如果说不是战争期间——最重要的出版社。但是，如果说清算委员会基本上是照这个办法做的，他对这两家出版社的态度还是有区别的：加斯东作为一个谨慎的商人，他该退休了，而 NRF 杂志也该关门了；格拉塞呢，这是个无耻的合作者，他尽管没有告发过任何人（在清算的等级中这是最可耻的），但他毕竟毛遂自荐想当出版界的"区长"，并出版过许多亲德的书，写过一些亲德的文章，应该送上法庭，当做一个典型来惩罚。

清算委员会的某些成员除了正式会议之外，还常常聚会，尤其是维尔高尔和萨特，他们在后者位于塞纳路的旅馆房间里长时间地讨论：对于伽利玛，前者不断地要求进行惩罚，而后者则总是认为要宽容。②

出版界的清算似乎是一个特例。大家都觉得机器在空转，在

---

①② 维尔高尔向作者的证明。

高层，负责人与出版商达成了协议，保证不让他们有任何麻烦。新闻界（与印刷和思想打交道的另一个领域）的清算与此形成了鲜明的对比，他们不等上面的意见就直奔主题了。从解放后的第二天起，地下党的报纸、传单和活页的编辑就来到了在德国人的铁蹄下仍然出版的日报和周刊办公室，让当权者面对既成事实。这种情况在出版界是不可能发生的：只有午夜出版社动用了一支别动队，硬是让塞巴斯蒂安-博坦路的办公室接受他们的领导，维尔高尔可不喜欢这样。① 在出版界，这种斗争是难以想象的，因为没有人提出来想这样干：一百四十个出版商签署了奥托书单，也就是说差不多所有的出版社都签了。要开办一家地下出版社在技术上太难了（制作、发行……），人们很难进行这样的冒险，即使有这种需要。

当曾经参与抵抗的记者们代替了与德国人合作的同行，出版界唯一的动荡是纳唐、卡尔曼-莱维和弗朗齐回到了他们被掠夺的出版社。人们只考虑这一革命行动，至少是在决策者的范围之内。从9月份开始，维尔高尔就相信是这样。戴高乐将军接见了莫里亚克、阿拉贡、艾吕雅等人之后，又在他位于圣多米尼克路的国防部住处邀请他进餐，一同就餐的还有斯塔尼斯拉斯·费美、乔治·比多尔和两个副官。《海的沉默》的作者希望，由于这一意想不到的有利的接触，让清算委员会的工作前进一步，得到官方的承认。但出版问题，不是一顿饭的工夫就能解决的！戴高乐谈起了时事，维尔高尔难以把话题逆转到"他的"问题上。但将军还是看出了他内心的想法，认为如果禁止《插图》和《新法兰西杂志》的出版会破坏法国在国外的形象，影响他的声誉。

---

① 维尔高尔向作者的证明。

但维尔高尔正是为了维持自己的尊严而想惩罚他们:为了向国外表明,罪人得到了惩罚。但他没有得到回答。维尔高尔从此明白了,在戴高乐将军看来,伽利玛和格拉塞就是法国文学的代表,他宁愿惩罚作家也不愿惩罚出版商。维尔高尔还想就这个问题再跟将军谈一会儿,但将军态度太坚决了,他不敢再提这个话题,也不敢再提出见面。①

这个问题以后也没有提出来。

11月底,经过三个月的运作,委员会拿出了一份表格似的东西。档案已经建立起来,准备使用了。几个星期前,全国作协就发布了一份被开除作家的名单:贝罗、塞利纳、德里厄、莫拉、蒙泰朗、泰里夫、皮埃尔·伯努瓦……全国作协已经得出了结论。但清算委员会呢?尽管它一再提出申请,最后还是没有得到合法的身份,无法作出对专业人士进行处罚的决定。几个成员威胁说要辞职,在等待答复期间,他们停止了在委员会的工作。

首先是皮埃尔·塞格斯甩门而去。他走了,他受够了,气疯了,最让他生气的无疑是索洛出版社的新书广告的事。就像以往一样,维尔高尔尽管气愤,但还是耐心地等待,他发现这个幽灵似的委员会将不复存在。"委员会将打击的出版社冷冷地宣布自己的新书,这是对委员会的蔑视。就像蔑视一具尸体一样:清算委员会已经不存在了。"《法兰西文学》头版一篇叫做《坏疽》的文章这样写道。②文章尤其谴责社会的伤风败俗:在同一份报纸上,人们"带着雅各宾派的那种满足和不妥协的神情",判处与德国人合作的作家死刑。而他们的出版商,在被占期间替他们出书的同

---

① 维尔高尔向作者证明。
② 《法兰西文学》,1945年1月20日。

时，就在他们的书中加了广告，宣传具有抵抗精神的新书。

出版商成功地把原先的清算变成了非清算。这是一个不小的胜利。委员会宣布，他们像企业主和工业主一样，成功地成了漏网之鱼。在这个意义上说，尽管有"精神之约"和商业质量，出版商仍完全属于人们泛称的"经济合作"的专业范畴。公共事业的从业人员受到了这种"惩罚"，他们真的为德国人建立了一堵大西洋之墙。但对他们的惩罚主要是经济上的，[1]许多黑市小贩也被判入狱。同样，罗贝尔·布拉西拉赫和保尔·夏克在他们的作者被枪毙的时候也用不着真的担心。在这种情况下，司法的天平失衡了，有时更加明显：有的作者一心想"显现"，他们出书无非是为了满足自己的虚荣心，并没有明确的政治目的，而对出版商来说，这只能带来超额利润。

"有人批评清算，说它打击赞扬大西洋墙的人比打击建这堵墙的人更狠。我认为，原谅那些与德国进行经济合作但反希特勒的宣传的人，这太不公平了。"西蒙娜·德·波伏瓦说，但她把那些人进行了区分：一类是在舆论上犯了轻罪的人，另一类是像布拉西拉赫那样的人，他们"通过告密、采取暗杀和种族灭绝手段直接与盖世太保合作"。[2]

1945年，出版界仍处于书刊检查的过程中。这次是由法国军方检查，比以前轻多了。国防部公布的第一批禁止销售的图书主要是针对格拉塞、德诺埃尔、索洛、波蒂尼埃尔出版社的……

---

[1] 比如，塞纳河地区反非正当盈利委员会判某企业的罚款为其与德国人合作所实现的营业总额的1.5%。

[2] 西蒙娜·德·波伏瓦，《岁月的力量》，I，伽利玛出版社，1963。

伽利玛出版社不在此列。不久，情报部门的军事检查就更具体了："这份清单要禁止的，不单是有亲德精神的书，也包括原则上受国家革命或贝当主义的思想意识影响的书"，并且强调，这些清算措施主要针对作品而不是针对人。[①] 书籍的先期检查（其实是书刊检查的一种委婉说法）由临时政府决定，最后渐渐失去了敌意。

罗贝尔·布拉西拉赫被处决（2月6日!），德里厄·拉罗什自杀，葬礼在诺伊的旧公墓举行，加斯东·伽利玛、他的儿子和布里斯·帕兰都出席了。高等法庭第一次开庭，判处海军元帅埃斯特瓦永久流放；雅尔塔协议签署，德莱斯顿轰炸……1945年的前几个月大事不断。

在出版界，清算并未停止。尽管清算委员会遭到了挫折，但他们继续收集材料。他们当中的一个人，杜朗-奥齐亚先生写了一封长信给政府特派员兼国家跨各行业清算委员会委员。他在信中解释说，不能把出版社当作一个普通的企业，因为它的利益不仅仅是物质上的。他认为有的书的出版是一种背叛，"后果直接而深远，比一般卖皮草或水泥给敌人要严重得多"。他指出，10月16日的命令没有让犯了罪的公司的名称消失，他觉得让"德诺埃尔"这样的出版社的名字以及像《戈兰瓜尔》和《示众柱》这样的杂志继续存在下去，会严重影响法国的威信，甚至会伤害那些没有任何合法手段在别处出书或不得不在自己不喜欢的出版社出书的作者。所以，他请求特派员就惩罚问题咨询他的委员会，甚至推荐了一些可以考虑的很专业的惩罚等级：一般谴责，强制性登报；暂时或永远禁止参加专业机构；暂时禁止从业，从

[①]《法国新书目》，1945年7月6日—13日。

外面调人任临时经理；永久禁止从业，从外面调人任临时经理。在最后两种情况下，经理应让原出版社的名字从封面上消失，出售出版社，并保证购买者不是被判决出版社的代理人。① 人们在伽利玛、格拉塞和德诺埃尔出版社清算了一通，非常奇特，各不相同。

"……我可以说，我一生中唯一一次遇到今日杰出的出版家加斯东·伽利玛先生，是在德国学院……" 1945年1月，罗贝尔·布拉西拉赫在法庭上说。② 加斯东最怕的就是这种似乎漫不经心却杀人不见血的话。他深谙双重语言，很多人都在他面前栽了，大家都不很清楚他是个什么样的人。从流放中回来的作家，对四年被占期间的巴黎生活毫无概念，他们往往听信NRF在占领期间英勇抵抗的版本。

尽管加斯东也和几个朋友一道，对抵抗派中的极端分子的攻击装出满不在乎、深感蔑视的样子。尽管他大胆勇敢，那种怀疑、清算和告密的气候还是使他受到了伤害。他周围的人可以证明：看到他的名字或他的出版社的名字与彻头彻尾的叛徒和纳粹混在一起，他感到悲痛欲绝。战后的这种状况，他从1943年就开始做准备了，他谨慎地对待某些作家，尽量不诅咒他们的前途。在巴黎解放后的日子里，他已经联系了皮埃尔·塞格斯，这是被占时期出书发表文章却不向德国人妥协的罕见作家之一。他委托保朗在夏巴内路的一家饭店里安排了一场晚宴，宴请诗人安德烈·弗莱诺，弗莱诺是作协的元老，后来也是出版界短命的第

---

① 1945年3月6日的信。法国国家档案馆。
② 伊索尔尼，《罗贝尔·布拉西拉赫诉讼案》。

一个清算委员会的重要人物。加斯东不等甜点上来，就迫不及待地向他提出了一个建议：

"我想让《玛丽亚娜》复刊，重新创办一份像战前贝当时期那样的政治文化周刊……我希望能由您来主持，而且，希望您在我的出版社里出版您的'今日诗人'丛书。您来担任主编，我在格勒内尔路给您的杂志安排办公室。"①

皮埃尔·塞格斯感到有些意外，他要求考虑一天。他不能轻率地就这一建议做出决定，而这是为了忠于这个他已经欠了不少人情的人。事实上，早在1944年1月，当塞格斯要求进入出版商联合会的时候起，加斯东·伽利玛就已经支持和保护塞格斯了。在此之前，两个人只在战争刚刚爆发时在若埃·布斯凯家里见过面。而且，1944年夏天，为了帮助他在巴黎出杂志，加斯东曾把他推荐给自己的一个印刷商（勒瓦鲁瓦-佩雷的杜蓬）和他的纸商。还有呢，当塞格斯想推出他的著名丛书"今日诗人"时，加斯东允许他发表版权掌握在伽利玛出版社的诗人的作品：米肖、艾吕雅、雅各布、阿波里奈尔、克洛岱尔、苏佩维里埃、德斯诺斯……总之，丛书前二十期中的许多诗人。他的行为非常令人感激。

这些事让塞格斯想了很多。二十四小时后，他出现在加斯东面前：

"我想过了……不。我有点害怕新闻，我没有任何经验……至于丛书，我想一个人当太上皇。我会当出版人，但用我自己的资金……"②

加斯东和蔼地指点这个比他小二十五岁的同行，尽管他拒绝

---

①② 塞格斯的证明。

了这样一份馈赠，但加斯东并没有恨他。他理解塞格斯。

1945年，加斯东·伽利玛用尽了一切办法。他下决心不再挨打。他依靠他的朋友们，设法与其他人和解。只有在这个时候，他才可以看出，哪些作家最忠诚、最自私。有的人不愿冒任何风险去救他，有的人却为了帮助他而随时准备拿自己的声望作赌注。萨特和马尔罗到处奔跑，在文坛的清算工作中起关键作用的阿拉贡也为他说话。但在战争爆发之前就开始在"精神"丛书中出了两本书的埃玛纽艾尔·穆尼埃，现在却要离开伽利玛投奔瑟伊。他尽管跟布里斯·帕兰关系不错，却认为由于法国被占和伽利玛的态度，他的合同过期了，他想让合同作废："我忍了很久，签了以后就想取消。现在很急，因为他越来越想找借口。"他这样写信给 P.-A. 图夏尔。① 保尔·莱奥托却相反，危机一开始，他就安慰加斯东说会全力支持他："巨大的解脱。人们告诉我有这样一些事情困扰着您：开除、替代……我深感震惊。竟然用这样的办法！我们在经历什么流亡时期啊！在法国人之间！您的信让我相信那些措施从来就不存在或不会再存在。写两行字就肯定这一点，我感到很高兴……"②

除了书本身，伽利玛出版的书的性质和质量从来没有这样重要过。说穿了吧，是在政治方面。1945年，他特别出版了雷蒙·阿隆的《从投降到国民反抗》，加缪的《一个德国朋友的来信》，安德烈·尚松的《1940年的作品》和《神奇的井》，勒内·夏尔的《仅有的幸存者》，雅克·德比-布里代尔的《歧途》，

---

① 米歇尔·维诺克引用的信，1945年2月9日，见《〈精神〉杂志1930—1950年的政治史》，瑟伊出版社，1975。

② 1944年9月14日的信，见莱奥托《通信总集》，弗拉马利翁出版社，1972。

萨特的《自由之路》两卷，圣埃克絮佩里的《给一个人质的信》，毕加索的《尾巴被捉的欲望》，莱昂·布卢姆的《人类的阶梯》，于连·邦达的《拜占庭时期的法国》，西蒙娜·德·波伏瓦的《他人的血》和《无用的嘴》……看来，全国作协的会员们在这份书单上聚会了，在清算的监狱中，它应该让人露出点微笑。

作家们死了，出版商却还活着。

有几本书完全是宣传性的，尤其是"问题与资料"丛书中的三本。夏勒雷纳（奥迪克医生的笔名）的《失败的元帅》起诉"贝当及其同伙的罪行"，给贝当起了个绰号"分文不值的麦克白"，指责他在希特勒、失败和自己之间策划了三角阴谋："在贝当的小锅里，有各种误入歧途的人，有各种妓女和各类垃圾……"这种《处处有我》风格的左派言论冠以"NRF-伽利玛"的标签，让人有点吃惊。有人会说，这是时代的要求……夏尔·杜马的《叛变和投降的法国》出得稍晚，他是地下的社会党执行委员会成员，他更多是把矛头对准有钱的资产阶级在战争与失败中的责任，他最后总结道："腐朽的东西应该消灭掉。"呼吁清算，不仅仅是在某些精神领域如文坛，而是在所有的行政领域；不仅仅要追究个人的责任，也要追究集体的责任，要对国家庞大的机构的招聘办法进行完全的改革，这在安德烈·费拉的《必须重新改造的共和国》中讲得特别清楚。费拉当时是国家解放运动领导委员会的成员。

这些东西的出现，完全是机会主义的，被当作加斯东·伽利玛为适合时代的需要而做出的让步。当别人寻找资料攻击他的时候，他必须这样做。早在11月份，他就在准备自卫了，他求助于三十来个名人和文坛上的证明人，证明他在战争期间表现良好，曾暗中为抵抗运动服务，在铁蹄下表现出一个勇敢的出版商的素质。文章致力于把最可恶的事情和轻重罪行都推到德里厄·拉罗什领导的 NRF 上，尽可能地让出版社从中摆脱出来。当时出现的画像很说明问题：伽利玛出版社在战争期间是抵抗运动的一个大本营，尤其是保朗的办公室，他反对由一个著名的法西斯分子主持的杂志，那个人是占领者强加给出版社才安排在那个位置上的。杂志与出版社没有任何共同之处！这完全正确，除了会计、地址和老板一样。人们不禁要问 NRF 杂志在战争期间是否由格拉塞领导的……

这就是加斯东准备材料保护自己的意义。所有要进攻的证人在这方面的材料都很多，每个人都根据自己的经验和身份提出细微而具体的东西。

安德烈·尚松："……与 NRF 完全断绝关系的那些作家仍与伽利玛出版社保持关系，我觉得提出这个问题的人脑子里是多么糊涂……"

阿尔芒·萨拉克卢，他发誓说在占领期间，他一直拒绝在巴黎的舞台上演他的剧本，并明确说："然而，我毫不犹豫地让在那个时候出版了特里奥莱、阿拉贡、艾吕雅、圣埃克絮佩里等人作品的伽利玛出版了我的著作……"这个剧作家承认在 1942 年到 1944 年间与塞巴斯蒂安-博坦路关系密切，他认为"加斯东·伽利玛显然知道自己的出版社已成了抵抗的一个中心"。

迪奥尼斯·马斯科罗，从 1942 年 1 月 1 日起在伽利玛出版社担任审读员，他回忆起出版社冒着很大的危险把办公室"借给"双重身份的人。在加斯东和他周围的人帮助下，它成了联络中转站和接头的地点。马斯科罗是许多抵抗组织（MNPGD、"战斗"、FFI)①的成员,他还说:"……在那个时候,也许在巴黎的任何别的地方都找不到如此坚决一致地批评和抵抗德国人和维希政府的精神。我毫不犹豫地说,对我来说,当然,我跟他的接触在我决定参加抵抗组织的过程中起了重要作用。"

亨利·蒙多尔教授回忆说,作为一个作者,他在战争期间跟伽利玛兄弟的谈话都是反德亲英的,加斯东为了不让他的出版社落入德国人的手中进行了斗争:"伽利玛兄弟采取了灵活机动的政策,不仅拯救了他们的出版社,也拯救了他们的大多数作者都具有的抵抗精神……"

雷蒙·格诺,1941年初,加斯东曾委托他担任出版社的秘书,他清楚地知道加斯东的观点,他写道:"在被占领的三年半时间里,我总看到加斯东·伽利玛排斥亲德的作者,暗中破坏德国人建立的所有计划,并且勇敢地出版占领者所仇视的作者和著名的反纳粹人士的作品……"

贝尔纳·格罗蒂森,他感谢加斯东在他选择与宣传部倡导的东西相反的德国经典文章和文学进行翻译时给予的"热情支持",他回忆说:"我们的审读委员会总是团结与我们的观点相同的人,这使得我们能在出版社里保持一致的观点,忠于抵抗精神。"

可敬的布鲁克贝热神甫,1942年,当伽利玛出版他的《断层线》时,他正在监狱里。他说:"如果我没有发现他为了法国的事业而作出的非凡努力,我不会经常去伽利玛的出版社,更不会在那里出书。"

路易·马丁-肖菲耶也为加斯东辩护,说在被占期间,加斯东知道他受到怀疑,还是跟他签了合同!另外,他还认为七星奖

---

① MNPGD:法国国内武装部队。FFI:全国战俘及被逐者运动。——译注

的创办和评委会的选择"表明他的不屈服到了什么程度"！

让·保朗："我可以保证，如果不与1940年被德国人掌握了统治权的杂志彻底分离和完全隔绝，我们当中的任何人——我代表格罗蒂森、格诺和我——只能在1940年到1944年继续为伽利玛出版社工作。而且，我还要证明，我每天都出现在塞巴斯蒂安-博坦路的办公室，但一次都没有碰到过NRF的领导人或它的某位常来的合作者。这一规定似乎没有任何例外，甚至被执行得相当严格。"

若埃·布斯凯，1940年6月到10月，他曾给伽利玛一家和加斯东本人提供过庇护所，他肯定地说一直知道加斯东"对法国充满信心"；加斯东不止一次地冒着被检查的危险，写信告诉他，希望"我们的军队能得到胜利"。加斯东回到巴黎，那是应作者们的强烈要求，是为了捍卫他们的物质利益，"尽所有的力量与德国的各种形式的宣传作斗争"。他最后总结道："我敢保证，而且这没有商量的余地，加斯东·伽利玛接受了我们强烈要求他担任到底的一个非常吃力不讨好的角色，这完全证明他是拥护抵抗运动的。"

安德烈·马尔罗，新闻局局长，主动为伽利玛在1940年秋的立场作证："我确实认为，无论如何，被德国人关闭和封掉的出版社必须重新开业，那份杂志也如此。至少也应该保护出版社的遗产，而不要去反对那种控制，不管是由谁来领导。况且，作为作家，纪德、瓦莱里、艾吕雅也接受合作了。"

保尔·艾吕雅则回忆起他是1941年在保朗的办公室里认识雅克·德库尔的："尽管杂志社的那个可怜的主编强行出现在你的出版社里，带来了危险，我出入出版社的时候却丝毫没有感到任何敌意。我感到您和您周围的人勇敢而有效地保护着我。"

罗歇·马丁·杜加尔，一边回忆加斯东在1940年秋的思想状态，一边做出结论："出版社的活动和德里厄的杂志真的是分离的，我很惊奇为什么还要为这个根本不用讨论的问题作证——正直善良的人根本就不能对此有任何怀疑。"

布里斯·帕兰，确认在加斯东1940年10月22日回来之前一直由他负责出版社的运转。

皮埃尔·布里松，《费加罗报》的主编提醒说，"从1940年10月到1942年被停刊，里昂的《费加罗文学报》一直在反对德里厄的NRF，反对他的立场和他网罗的作家。那种战争状态丝毫没有妨碍我在同一时期让加斯东·伽利玛出版我的《莫里哀》（正如我必须在1944年初给他的《拉辛的两张面孔》第二卷）。加斯东·伽利玛喜欢参加地下抵抗组织的优秀作家，给他们以支持，他有一些直接的合作者在反德活动中做出了杰出的贡献，比如说保朗、格诺、格罗蒂森；加斯东有时十分大胆地出版某些作家的作品，如阿拉贡、圣埃克絮佩里、艾吕雅、萨特等。所有这些人都可以拍胸脯担保出版社的反德精神。"

乔治·布里萨克斯，"自由"组织成员，1941年后又成为"战斗"组织的成员，民族解放运动（MLN）咨询处被解放领土的国家代表。他证明说，在整个被占时期，他都常去伽利玛出版社，出版社与杂志的分离是显然的，伽利玛出版的反希特勒的作品对同志们来说是"一个给人以极大安慰的表示，鼓励人们保持法国文学的独立"。而且，加斯东·伽利玛知道他进行地下活动还经常留宿他。

W.E. 穆尔德证明了加斯东在1940年到1944年的"勇气"，尽管她是英国国籍，他还是留她当秘书。她说，塞巴斯蒂安-博坦路是抵抗组织的一个大本营。

奥迪克感谢加斯东不顾官方压力，拒绝出版《废墟》，不怕书刊检查而出版《飞行员》。"他拿了我的书稿，说只要情况允许马上就出版。1943年底我被盖世太保逮捕，流放到布痕瓦尔德，后来我回来，为宣传我以夏尔莱纳为笔名出版的《失败的元帅》签名售书。我一直把加斯东·伽利玛当作我们的一个英雄。如果我不这样想，我就不会去找他了。"

莫里斯·厄维特，小提琴手，音乐学院教授，乐队指挥，抵抗主义者，他和他的乐队参加了七星音乐会的演出，直到1943年11月被流放到布痕瓦尔德。他证明说，他们在那里只演奏法国音乐，只允许法国人进入。"我把加斯东·伽利玛当作一个爱国者，他在最艰难、最微妙的情况下，作为伽利玛出版社的头，懂得通过组织七星音乐会来为法国文化作出积极而特殊的贡献。"

安德烈·科尔努，加斯东的亲家（他的儿媳妇的父亲），回忆起那些著名合伙人开会时，他不得不经常提醒加斯东要小心："永远要当心，因为他的态度会给他带来真正的危险，他言辞激烈地谴责维希政府和占领者的行为，希望并且肯定盟军会得胜。"

最后还有两份证明，萨特和加缪的证明，考虑到这两位作者的重要性、他们与伽利玛的关系和他们信中的内容，有必要把它们单独列出来以示强调：

让-保尔·萨特："……我以个人的名义担保，我对加斯东·伽利玛充满了敬意，他对我来说是一位朋友。在占领期间，我让他出了我的书（《存在与虚无》《苍蝇》），如果他对德国人和维希的态度让我有一点点怀疑，我都不会让他出我的书。所以我认为，责备伽利玛出版社，也就是责备阿拉贡、保朗、加缪、瓦莱里和我本人……总之，是责备所有参加抵抗的知识分子和所有由他出书的人。相反，加斯东·伽利玛用自己的行为不断地向我们证明他的真实感情。他清楚地知道他的出版社成了某些地下组织接头的场所，他不断地帮助抵抗德国作家。如果说他在德国人的压力下不得不把NRF让给德里厄，那也是征求了马尔罗、纪德和马丁·杜加尔的意见，他们都暗示他暂且低头。而且，NRF应该一直是一份文学杂志，许多人起初都弄错了。你们没看见上面有艾吕雅的文章吗？"

至于阿尔贝·加缪，他指出杂志和出版社的区别是"众所周知"的，阿拉贡和圣埃克絮佩里的作品让抵抗组织的作家们都相信，伽利玛在帮助他们：

"至于我，我认为自己有责任证明伽利玛出版社在许多困难的时候帮助过我。1943年到1944年间，我在伽利玛出版社的办公室一直是'战斗'组织的约会地点，战士们在那里与我建立联系。加斯东·伽利玛尽管不知道这一行动的详细情况，但知道个大概，他在这方面总是保护我。在1944年5月的批评时期，'战斗'在巴黎的组织受到驱逐，伽利玛全家都坚决地庇护和保护我，我在此不得不向他表示我的诚意和敬意。我还要补充一点我觉得非常重要的东西：在占领期间，抵抗运动的许多作家继续在伽利玛出版社出书，以此来维护他们觉得应该维护的东西。那些作家，其中包括我，今天不可能从给他们出过书的出版社分裂出来。批评这家出版社就是批评他们。就我本人而言，我和其他更加著名的同行一样，把这种批评当作对我本人的一种谴责。面对如此矛盾的局面不能轻率从事，我相信那些为了能维持最正义的原则而勇敢做出决定的人。"

谴责加斯东·伽利玛就是谴责抵抗主义的精英作家……听了这样的忠告，谁还会去清算这家出版社？

这些信①也是一些辩护证明，其作者大多是加斯东·伽利玛有恩于他们的人。信基本上都写于1945年11月，副本被寄到了出版清算委员会的咨询处，连同副本一起寄出的还有一份辩护报告，它概括了这些信中的意见：

……所有拒绝与那份杂志合作的作家都同意与伽利玛书店签署或更新合同，在那里出书，以此加强与出版社的联系。他们同意与伽利玛书店合作，这一事实表明了后者在占领期间的态度和它与杂志之间保持的距离……；从1940年底重新营业起，伽利玛书店就给自己制定了它认为最符合法兰西的精神利益的行动方针，无论碰到什么情况，它都努力贯彻这些方针：审读委员会中保留阿尔朗、格罗蒂森、马尔罗、帕兰、保朗、格诺……再加上几个反纳粹者：布朗扎、加缪、马斯科罗……；出版在思想深处反德国人的作者（圣埃克絮佩里、阿拉贡）的书；正因为这样，他后来才被德国宣传部召去，强行插入外人……；在德国的书中，只出版由格罗蒂森或帕兰选择的经典作品、历史和科学书籍；不采用德国人推荐的译者，而用其他译者，甚至是犹太人译者……；在占领期间创办七星奖，评委会大多由抵抗运动的作家组成：阿尔朗、布朗肖、布斯凯、加缪、艾吕雅、格勒尼埃、马尔罗、保朗、格诺、萨特、杜阿尔……盖世太保因此事产生了警觉，查了所有评委的地址……；不管亲德的媒体如何攻击，绝不改变自己的方针。

国内战争结束后，在各个方面都一样，历史有此特殊性，它

---

① 法国国家档案馆。

是由胜利者写的，或者说是由胜利者重写的。判断知识界是否抵抗的原则从来没有像在1945年到1946年那么难以捉摸。还要等上几年，直到清算的狂风刮走很久之后，它才找到真正合理的标准，历史学家也才开始阅读当时的资料，根据证据而不是根据传说来做出判断。

加斯东长时间把这些证明信的原件放在办公桌的抽屉里，以备不时之需。当他把副本寄给出版界清算委员会咨询处时，除了申诉报告外，他还附了一些占领时期污蔑他的剪报。他档案中的东西很轻，几乎只有一封信，是德国占领当局宣传部的官员于1940年11月28日写给加斯东·伽利玛的，①谈的是出版社重新开门和他最近跟德国官员谈话的事，加斯东拒绝外来资本加入，但同意任命德里厄为杂志社的头，为期五年。

凭着这样一份档案，结果是可想而知的。但从1946年5月开始，国家跨行业清算委员会的一名调查员准备重新审阅这一档案，杜朗-奥齐亚主席很不高兴：如果书籍专业办公室不同意他的意见，一个咨询委员会又有什么用？办公室真的不同意免去对伽利玛进行处罚而仅仅把档案归档，而是想深入调查。判决已经判决的事情。但两年之后，由于某份报告与档案的内容相同，办公室又决定："根据这些事实，确实不可能把伽利玛归到1944年10月16日颁布、根据1945年3月25日的法令修改和补充的法令所规定的那类人当中，他没有'有利于敌人的任何意图'。国家跨行业清算委员会认定伽利玛没有问题，做了一件非常公正的事。"②

---

① 见本书第289页。
② 1948年3月18日的信。法国国家档案馆。

最后，请求并且得到允许的唯一处罚是禁止 NRF 杂志的出版，这一决定公布在报刊上。从 1944 年秋开始，加斯东已经同意牺牲 NRF 杂志，把占领期间的所有罪行都推到它身上。在加斯东、全国作协和清算委员会的同意下，保朗毛遂自荐，负责清算这份二十年来他视为己出的杂志。杂志死了，出版社却活了！

1948 年 6 月。伽利玛事件结束了。

对于其他"四家出版社"的出版商来说，要通过清算比伽利玛困难得多。首先是因为格拉塞不太善于面对这种考验，然后是因为他很孤独，被抛弃感从来没有这么强烈过。他意气用事，不愿改变自己的政治主张，在战争中亲自介入了政治，站在了不正确的一边。

1944 年 9 月 5 日，他就被捕了。两天后，贝当和拉瓦尔离开法国前往德国锡格马林根城堡。格拉塞开始被关在德朗西，但他很快就以精神状况不佳为由转到巴黎附近的一家疗养院保外就医。他两次到博诺姆医生位于索（Sceaux）的诊所住院，第一次是在 1944 年 3 月到 8 月，第二次是 1944 年 11 月到 1945 年 8 月。他得了严重的忧郁症，接受了电击治疗后才痊愈。他出院后，周围的人都觉得他碰到一点点不顺心的事就会身心疲惫。他四面楚歌，为了辩护，他至少需要准备六七个星期，因为他一集中精力工作，就有可能引起新的精神危机。塞纳省的主治医生洛费尔毫不隐瞒地说，格拉塞之所以不能再到心理诊所住院，唯一的原因是缺乏床位。格拉塞到处写信打电话，翻阅着他的地址本，一再阅读他跟作者的合同，苦苦回忆，想找到能向他伸出援助之手的人。然而，作家们好像都得了健忘症，大部分人都忘了战前甚至在占领期间是哪个出版商替他们出的书。他似乎突然成了鼠疫患者，大家都躲避他。千万不能让他看见。弗朗索瓦·莫里亚克好像是少数几个不顾反对继续跟他交往、替他辩护的人之一，不管格拉塞做了些什么。他做了些什么……清算者仔细地调查了档案，他们整理出来的材料厚得让人害怕。举个例子：下面是格拉塞1941年10月21日写给纳粹高级官员约瑟夫·戈培尔的一封信。

阁下：

我的健康状况不允许我亲自赴魏玛参加您主持的会议。不过，我的一位最亲密的合作伙伴安德烈·弗莱涅首先将告诉您我同意当您的出版人，我们希望在知识领域建立更加密切的法德合作……如果安德烈·弗莱涅能跟您谈谈在出版行业中我们所关心的问题尤其是使我们非常不安的纸张问题，我将非常高兴。大家好像都有点忘了，书拥有报纸所不拥有的优点和生命力，所以，它应该得到优先。阁下，请接受我最深的敬意。

又及，我很高兴敬赠您一本我的处女作《论行动》。我希望您能喜欢它。如果您喜欢我的其他著作，我将很高兴地送给您。①

戈培尔的书《从凯塞霍夫到司令部》就是由格拉塞出版社购买版权、翻译和印刷的，但书没有出版。因为风向开始转了。不过，这个出版商仍然真的"想出"这本书，他在稍早一些的时候，4月25日寄给戈培尔的柏林出版商埃雷·韦尔拉格的一封同样虔诚和热情的信可以证明。②

---

① 法国国家档案馆。
② "格拉塞事件"，抵抗运动行动委员会。1949年。

1946年5月28日，国家清算委员会开会审查格拉塞的事情时，我们可以明白调查员们对他是多么不满。他被控帮助敌人的企业，让自己的出版社成为德国宣传机构和未被承认的政府的工具。他还被指控在1940年到1944年间出版了一些有"亲德倾向"的书，尤其是德里厄·拉罗什的书《别再等待》(啊，伽利玛……)，并在1940年7月至1942年11月间写信给德国占领当局的宣传部，表明了自己的法西斯思想和合作意愿，"其中一些信的用词非常友好"，尽管有的信是他的上司签名的。

格拉塞为自己辩护时强调，他的出版社被德国人关了，他要重新开业，为了不让别人以他的名义出版大量的亲德书籍。他还提醒说，在圣父路1940年到1944年出版的两百多种书中，只有十五六本对他不利，也就是说，最多只有二百万法郎，而他的全部销售额在四千到四千四百万法郎之间。而且，他还补充说，必须考虑到他"特殊的精神状况"，换句话说，考虑到他的健康问题：尽管原则上来说他有罪，但这一因素应该能减轻对他的处罚。①

后来，格拉塞被判三年监禁。但出版界清算委员会的意见只能是参考性的，格拉塞并没有真的受到惩罚。委员会建议国家司法机关对他进行惩罚，但最后将由一个国家级的委员会来决定。但法院和公民法庭抓住了格拉塞案，或者是两桩格拉塞案：出版社和他本人。

1948年。他的出版社被判解散。格拉塞特别请求不要累及他的作者们，但他本人被判了刑。他提出上诉。

格拉塞当时六十七岁，脸色发灰，眼皮沉重，脸上抽搐着肌

---

① 法国国家档案馆。

肉，神经质地晃动着烟嘴。一时间，他想在法庭前保护自己的出版社，那是他的孩子啊。

"我走的时候身无分文，我从来没有过属于自己的东西，除了这家出版社，那是我本人的延续。我现在又回到了最初的状态……这家出版社是我的生命，我请求你们把它完整地归还给我……"

他的律师，夏庞蒂埃首席律师补充道：

"如果要解散出版社，会有人低价收购。今天的起诉者只是想在经济上打这家出版社的算盘。"①

玛德莱娜·雅各布是受清算者最害怕的女记者，因为她非要看到他们被判刑，她撰写报告，列举格拉塞作品中有倾向于法德真诚合作的片段。②这是一个十分普通的策略，解放四年后，重提旧事有时是必要的。还有一个办法，仅仅是为了突出检察官拉卡泽特怪异的程序和矛盾。格拉塞出版社的三个负责人——阿莫尼克、让·布朗扎和亨利·普拉伊——7月份参加了一个记者招待会。格拉塞由于保护和代表出版社的利益，很不幸地被点名了。人跟企业很快就被混为一谈，而且将一直混下去。所以，人们指责这家企业是署名为贝尔纳·格拉塞个人的文学。而且，在案件的整个预审过程中，人们从来没有就这些材料询问过他。检察官要求对人不对出版社，他不管怎么样都认为，出版商什么都是，而作者却什么都不是。但当律师问他为什么布拉西拉赫和勒巴泰被判了刑而其他出版商一点都不用担心时，他却无法严肃地回答。当他被迫解释为什么要指责格拉塞出版了《六月的夏至》

---

① 《法兰西晚报》，1948年6月17日。
② 《法兰西射手》，1948年6月17日。

而不指责蒙泰朗写了这本书时,检察官认为书的出版者"比作者有罪得多",因为文章只有被印出来发行出去之后才有破坏力。①

尽管夏庞蒂埃先生和盖朗东先生竭力申辩——他们特别提出,别的出版社出的亲德的书比格拉塞多,却没有受到追究或清算——格拉塞出版社还是被判解散,99%的财产被充公。②1949年初,法国最高司法会议主席樊尚·奥里奥尔赦免了格拉塞出版社,把它当作一个自然人,因为它为法国当代文学作出了贡献。除了出版普鲁斯特、季洛杜先生的四本书外,国家元首还对格拉塞发现、推出和销售了成千上万本《玛丽亚·夏德莱娜》感到满意!③

遭受到了无数法律挫折并多次进出诊所和疗养院之后,贝尔纳·格拉塞获得了大赦,亲自掌握了出版社的领导权。对他来说,第二次职业生涯开始了。没以前那么辉煌了,持续的时间也短。这五年的炼狱和敌对状态使他至少还可以依靠朋友,他的朋友在作者中很少,但在出版商当中很多。最后,到了山穷水尽的时候,他要他忠实的合作者亨利·米勒向同行们求援,没有一个人拒绝。"但最大方的是加斯东·伽利玛。面对不幸,敌对的状态消失了。"④

到了1945年。由于发生了种种"大事",1944年的龚古尔奖推迟一年颁发,奖给了艾尔莎·特里奥莱的《第一个回合花了

---

① 格拉塞,《启示录》。
② "格拉塞事件"。
③ 《法兰西周日》,1949年1月23日。
④ 亨利·米勒的文章,见《十字路口》,1976年1月8日。

两百法郎》。莱奥托这样评论说：

"龚古尔奖是一石三鸟：特里奥莱女士是俄国人、犹太和共产党人。这是一个用红线缝制的奖。"①

特里奥莱的出版商与清算者搞得很僵：罗贝尔·德诺埃尔也出过勒巴泰的书。他性情乐观，性格很单纯，在解放之后的那些快乐日子里，他的担心很有限：追捕与纳粹合作的民安队、剪光妇女的头发、随意关押，这些事情都不会与出版商有关。他没有感到恐慌，几年来至少是几个月来天天遇到他的两个人是这样认为的。勒内·巴雅韦尔是他的制作部主任；让娜·罗维东是他的女朋友和伴侣，大家通常都叫她让·瓦里埃。她是小说家皮埃尔·弗隆戴（写过《伊斯帕诺人》）的前妻，和保尔·瓦莱里关系密切，曾在埃米尔-保尔出版社出过三本书，后来从父亲手中继承了多马-蒙特莱斯坦出版社。

1944年9月初，他多次对她说：

"我相信，我非常依赖阿拉贡夫妇，他们不会忘恩负义的，他们会想起我为他们做过的事……"②

然后，当那对夫妇迟迟不露面的时候，他开始着急了。最后，他们终于邀请吃饭了！他换了身好衣服匆匆赶去，相信鉴于阿拉贡和特里奥莱在抵抗主义的文学界和政界的影响，对清算根本就不用害怕。在饭桌边难得地再见了一面之后，他回家时却是一脸的沮丧。当他的女友问起来时，他已经失去了自信，不知怎么回答：

"我请求他们帮助我……他们回答说：这不可能，我们已经

---

① 加尔蒂埃-布瓦西埃，《一个巴黎人的回忆》。
② 瓦里埃夫人向作者证实。

在战争期间支持过你……你不知道我们跟塞利纳和勒巴泰在同一家出版社出书痛苦了多长时间……"①

当头挨了这一闷棍之后,罗贝尔·德诺埃尔万念俱灰。他泄气了,甚至犹豫不决,不知道该不该回击那些已经在报刊和会议上攻击过他、诽谤过他的人。他的女友没有告诉他,悄悄地去了警察局,跟一个专门负责出版问题的警长谈了。

"既然你们有材料在手,"她对警长说,"你们就应该知道罗贝尔·德诺埃尔帮助过犹太教徒,瞧,这是前往自由区的名单。在阿拉贡的要求下,他保存着这些珍贵的东西。他多次借钱给阿拉贡,这是详细清单。他还寄钱给特里奥莱,使她在自由区能够出书……总之,警长先生,您不认为应该问问他们吗?"

"绝对应该。谢谢您提供的材料,我会把他们召到警察局来。"

"他们也许不会来,不会做不利于德诺埃尔的证明……不如让他们根据我向您提供的材料用'是'或'不是'准确地回答问题。这更有效……"

她的建议被接受了,一名探员来到了阿拉贡和特里奥莱的家里,请他们用肯定或否定的方式回答问题,只说事实,不加评论。②

让·瓦里埃曾作为多马-蒙特莱斯坦出版社的负责人参加过出版商联合会的会议,她相信业界已经结盟,以澄清自己在占领期间的活动。他们决定把指控的矛头对准三个出版商:格拉塞、德诺埃尔和索洛。于是,她开始和德诺埃尔不分日夜地准备应诉资料,忙了几个月,清点了1940年到1944年间所有出版

---

①② 瓦里埃夫人的证明。

社出版的书。德诺埃尔整理的材料基本上来自巴黎的出版商在德国人占领巴黎时编的《法国新书目》上做的广告。这种方式非常直接地表明了他的同行出版的"亲德"图书如果不比他多，至少也跟他一样多。他最终决定把这些东西拿出来，不是想伤害这个行业，而是想拯救自己的出版社，当时，他的竞争者已经像战前一样毫无问题地出书了。他给合伙人勒内·巴雅韦尔看了材料，说：

"如果我必须戴高帽，我也不想一个人戴。"[1]

罗贝尔·德诺埃尔于1944年秋末被暂停工作，1945年7月被免予起诉。但他的出版社一直受到制裁。从1944年9月起，它就被查封了，临时任命了一个经理人马克西米里安·沃克斯，一部分财产以"敌人的财产"的名义由该领域的行政部门管理，从1943年起，49%的股份被柏林出版商安德曼拥有。非常幸运，罗贝尔·德诺埃尔仍是大股东，这使他的出版社避免了更大的灾难。

他的诉讼定于1945年12月8日进行。在这之前不久，2日星期天的晚上，罗贝尔·德诺埃尔和让·瓦里埃去蒙帕纳斯剧院看戏。在路上，经过荣军院的时候，标致202型轿车的前胎爆了。瓦里埃女士到附近的警署去找出租车，而德诺埃尔则在设法换轮胎。到达警署时，她听说荣军院附近刚刚发生一起袭击案，她马上跟警车回到了那里，发现这位出版商已失去知觉，躺在地上，背上有一颗大口径的子弹。他很快就死了。

是流浪者犯下的罪行？还是政治谋杀？阴谋？

媒体作出了种种假设并加以评论，但越推理越糊涂，警察调

---

[1] 巴雅韦尔的证明。

查后决定不予起诉，更让他们云里雾里。一切都有可能，尤其是离诉讼只有六天的时间里。德诺埃尔曾清楚地表示，他有材料在手。不是为了损害别人，而是为了保护自己。

那天晚上谁在荣军院大道上被杀了？塞利纳和勒巴泰的出版商？一个商业合伙人？一个被逼得狗急跳墙准备揭发同行的人？或者，被杀的也许仅仅是个路人？

1945年，谋杀屡见不鲜，在巴黎，晚上，尤其是在那个地方，因为那里的一些低矮之处很方便袭击者逃跑。那天晚上，在这个地区还有另外三宗案子，全都是恶性案件。巴黎人甚至已经见怪不怪：那些敲诈勒索的事情往往都是美国逃兵干的，他们利用灯火管制来制造恐怖。每天晚上都能听到枪声，据警方说，全都是专业武器。如果激烈抵抗往往会被杀死，但不会被强奸，因为没有足够的时间，怕有人来看热闹。人们在德诺埃尔的口袋里找到了一万二千法郎……德诺埃尔的死，让勒内·巴雅韦尔十分不安，他跟德诺埃尔合作了十五年。这个刚刚开始写小说的人决定亲自调查这起案件，想弄个水落石出。他要写一本非虚构的书，书名就叫《罗贝尔·德诺埃尔的七种死亡》，因为他找到了造成这一神秘死亡的七种可能的动机。经过调查之后，他相信这是一桩敲诈勒索案，最后放弃了自己的写作计划。

罗贝尔·德诺埃尔死了。三年后，法庭宣告他的出版社无罪。①

清算事件最后并没有让出版商受到多大的伤害，他们继续生存着。国家跨行业委员会的惩罚相对于法院处理和对待同样的案

---

① 巴雅韦尔的证明。

子要算很轻的了：格拉塞出版社停业三个月，索洛出版社不能再出书，波蒂尼埃尔被禁在出版行业担任领导工作①……尽管这种处理还仅仅是个开始，但比起那些在某些出版社出版亲德作品的作家被判死刑，这简直像是开玩笑。如果德里厄·拉罗什再次自杀未遂，对他的诉讼会非常吸引人，揭发材料相当多，无论是对加斯东·伽利玛，还是对他众多的合作伙伴，都会非常艰难。比《新法兰西杂志》被人监视十年更加难以忍受。

法官办公室里的预审材料堆得像山一样高，这就让出版商们捡了便宜。他们的案件在1948年或1949年得到了判决，没有引起任何人的兴趣。1944年，根据法国民意测验所的一项调查表明，56%的巴黎人赞成逮捕萨夏·吉特里。②但四年后，比例又如何了呢？出版商完全被等同于企业主和工业主，这也让他们得到了不少好处。把他们与汽车制造商或布商区分开来的"精神之约"暂时被抛诸脑后了。在高层，官方想叫停某些自然、自发的运动，因为这会让一些行刑队死灰复燃，不加区分地禁止某些轻罪犯人从事某种职业活动。重建中的法国首先需要官员和企业主，以恢复国家秩序，面对同盟国。所以，"清算远远不是某种上档次的'民众法庭'的粗暴实践，它对社会上的干部比对'小职员'更加宽大，对生活安定的人比对年轻人更加宽容"。③

1946年，参加过抵抗运动的出版商组织了一个协会，叫做"忠于法兰西"，成员很少：埃米尔-保尔出版社、塞格斯出版社、午夜出版社、瑟伊出版社、迪旺出版社、弓手出版社、夏尔罗出版社、尚比翁出版社、阿特曼出版社和外省的几家小出版

---

① 法国国家档案馆。
②③ 让-皮埃尔·里乌的文章，《历史》，1978年10月5日，第5期。

社①……就这些。

他们当中很少人敢让清算者面对自己的矛盾，让联合会正视自己的责任和在占领期间的表现。向同行挑战是需要勇气的。他们勾结在一起，因为他们意识上有问题。一个年轻的出版商，他的出版社后来因为这件事而成了最重要的出版社之一，他被委员会揭发了，怒不可遏。委员会没有多了解情况，就请罗贝尔·拉丰给自己准备辩护诉状。德国占领法国期间，在他精心出版的六十多种书中，只有三种有嫌疑，其中两种含有几行值得商榷的文字。他是少有的几个没有出版德语翻译图书和为维希做宣传的图书的出版商之一，既没有得到过占领者配给的纸，也没有得到过他们的资助，如今，竟然有人"指控"他，这让他气愤极了。1946年1月16日，他给国家跨行业清算委员会的政府特派员写了一封信，用当时比较罕见的言辞表达了自己的愤怒："……我在被占期间的态度使我有权评判我的同行，但出于人道，我一直没有这样做，觉得一个个体不宜评判他的竞争者。但他们当中的代表试图掩盖自己的缺点，毫不犹豫地揭发最不该揭发的出版社。想起这些，我就感到恶心。甚至在出版界清算委员会内部，某些当权者也没有资格来当圣朱斯特（占领期间犹太人财产和破产书店等的管理者）。拉封丹的老寓言'得了鼠疫的动物'比任何别的时候都更有现实意义。顾问先生，我只指望您，相信您是完全公正的，不会让我太长时间地充当驴子的角色……"②

这个不好的角色，谁也不敢扮演。

---

① 《法国新书目》，1946年7月5—12日。
② 法国国家档案馆。

因为出版商不希望清算者完成他们的工作，重新来跟他们竞争。1944年秋，当第一批委员会整理完他们的材料时，大部分出版商已经跃跃欲试，准备发表和出版战后作家们的作品，敦促他们写书了。

第八时期

1946年—1952年

在解放后的法国文坛,全国作协是个王。这个小小的组织由参加过抵抗运动的真正的作家或一些希望以此身份出现的人组成。① 但从1945年开始,随着共产党员代表的快速增长,一些最优秀的成员受到惊吓而流失了,作协也慢慢地失去了威信。战争结束两年后,保朗、施伦贝格尔和杜阿梅尔不再是作协成员,笔名为圣弗朗索瓦-萨西斯的莫里亚克也不能冠冕堂皇地坐在阿拉贡身边,在法庭上劝大家原谅被清算者了。

这是一个重要的时期,因为标志着文坛的更新换代。人口因素与大清算的结果重叠在一起。第一次世界大战后,主持文坛的是一些五十来岁的作家(纪德、瓦莱里……),年轻的作家们往往被卷入痛苦的绞杀中。解放后,情况完全变了:年纪最大的那些作家都死了(让·季洛杜、罗曼·罗兰)或失去了威信(塞利纳、贝罗、蒙泰朗),虚位以待所谓的抵抗主义作家(萨特、加缪、马尔罗、维尔高尔等),尽管他们有分歧,但共同的标签使他们团结在一起。②

这个组织似乎成了未来最大的希望。但加斯东·伽利玛不需要它,他已经有了。为了延续这种精神和这种不会成为一种"学

---

①② 彼特·诺维克,《反维希政府的抵抗主义:法国解放后对合作者的清算》,查托和温达期出版社,伦敦,1968。

派"的倾向，加斯东准备像某些从此执牛耳的大报一样，推出一份"诞生于抵抗"的杂志。他非常需要这样一份杂志，尤其是因为 NRF 杂志已经不复存在了。要保证出版社的良好运转，这份杂志是必不可少的，它不仅能吸引作家，而且，拿法尔格的名言来说，它还是未来文学的实验室和大熔炉。1921 年，出版社搬到格勒内尔一栋富丽堂皇的旧宅院里时，把杂志社的办公室安排在厨房里，这并不是完全偶然的……

在德尼斯·图阿尔的劝说下，伽利玛在 1946 年秋与让-乔治·奥里奥、雅克·多尼奥尔-瓦尔克洛兹和雅克·布儒瓦一道重新推出了《电影杂志》，但他拒绝让《侦探》复刊，尽管该周刊的两位老人马塞尔·蒙塔隆和马利尤斯·拉里格从 1945 年起就不断向他提出建议。他们担心"夜与日"出版社出版、圣法尔银行投资的一份周刊会成为他们竞争对手。加斯东的态度非常明确：

"我的好朋友们，"他在办公室接待他们的时候说，"在占领期间，我已经被另一份杂志 NRF 烦死了。现在还没完……我不想再让《侦探》给我添堵。我相信你们。谁想买这份杂志，我们就卖给谁。"

事情解决了：这份杂志卖了五百万法郎。① 对加斯东来说，重要的是要面对新形势：《圆桌》《舟船》《方舟》，这么多杂志都想取代已经死亡的 NRF。萨特会给他想办法占领这一阵地的。

萨特和西蒙娜·德·波伏瓦、雷蒙·阿隆、米歇尔·莱里斯、莫里斯·梅洛-庞蒂、阿尔贝·奥利维埃和让·保朗早在解

---

① 蒙塔隆的证明。

放后就成立了一个委员会，准备推出一份新的出版物。加缪全身心地扑在他的《战斗报》上，拒绝参加。马尔罗也拒绝了，是因为个人原因。大家想出了一个刊名《现代》，这是在向卓别林眨眼睛，版面原想让毕加索插图，但最后放弃了这一设想，完全由伽利玛出版社的人来设计。1945年初，未来的杂志弄到了纸张，没有太大的困难，但也没有预料的那么容易。新闻局局长雅克·苏斯泰尔把库存拨给了他们，但由于这个出色的小团体中有一个反戴高乐主义者雷蒙·阿隆，[①]局长感到有点不高兴。加斯东·伽利玛准备了办公室和管理人员。万事俱备。

第一期于1945年10月1日出版。萨特在前言的最后写道："……在'介入文学'中，介入社会政治运动在任何情况下都不应该忘记文学，我们的目标应该是服务文学，给它注入新鲜血液，同时服务大众，努力给他们以适合他们的文学。"新杂志的精神全在这几句话里面了。由于文章及其作者的质量，由于存在主义取得胜利之时文章中所反映出来的思想的影响，由于杂志的主要发起人让-保尔·萨特在文坛的地位和在一代人心目中的威信，这份杂志在战后的知识界显得非常重要，影响深远。

人们给了他一块安全的领地，他便在那里庇护了一些左派、抵抗组织成员和被清算者。由阿拉贡当《法兰西文学》的头，代表着共产党，马尔罗当戴高乐将军的新闻局局长，萨特领导《现代》杂志，加斯东·伽利玛可以高枕无忧了。现在穿过沙漠比预料的要轻松多了。事情早有迹象，1946年6月，雷蒙·阿隆和阿尔贝·奥利维埃离开了《现代》，但后来是马尔罗引起了轩然大波，因为这份杂志确实对他发起了攻击。1946年初，同为《现

[①] 波伏瓦，《事物的力量》。

代》经理人的莫里斯·梅洛-庞蒂已经对他进行讽刺："……当马尔罗重新发现，在政治上，实用是首要原则时，他最好的两本书清楚地表明他不会不经论争就接受这种观点。甚至，他也许永远不会完全接受，因为他的'现实主义'经受不住苏德宣言的考验……"①

这还仅仅是个前奏。两年半之后，杂志更过分了，开始猛烈攻击这位作家。以什么为借口？西路斯·苏兹贝热在《纽约时报》上的一篇文章中这样写道："马尔罗总是说如果莱昂·托洛茨基赢了反斯大林的那场政治斗争，他今天也许就是托洛茨基派共产党员了……"② 不久，这份美国周刊发表了娜塔丽娅·谢多娃·托洛茨基的一个简短回答，她猛烈地攻击《人的状况》的作者，把他当作著名的斯大林分子，托洛茨基派的敌人，说他在戴高乐办公室（那里有不少共产党员）当主任的时候，采取虚伪的立场……"马尔罗表面上与斯大林主义断绝了关系，实际上还在模仿他旧日的主子，试图在托洛茨基主义与反动派之间建立一种联系。"③ 她这样写道。

如果这一论争只局限于大西洋彼岸的一份报刊，马尔罗可能不会生那么大的气。但《现代》好像想使坏，主动给他做了个大广告，翻译转载了那些文章，并配上了梅洛-庞蒂的一篇长篇评论，作者重新使用了各种论据，并加以解释：

……如果马尔罗不惜任何代价狂热地做某件事情，他只愿意

---

① 《现代》，1946年1月1日，第4期。
② 《纽约时报》，1948年2月14日。
③ 《纽约时报》，1948年3月9日。

通过自己的过去来看待自己的行为，想让人知道，他还是原来的他。他今日的戴高乐主义，就是昨天的托洛茨基主义……（这里只有一个问题：如果托洛茨基战胜了斯大林，戴高乐将军本人会不会也成为一个托洛茨基分子？）我们深陷于个人的迷雾当中。但就在那个时刻，当马尔罗自己也昏头昏脑时，他不再追求政治上的某种事业，他也被苏兹贝热所说的浪潮冲走了。为了自我安慰，他成了物品和工具……如果我们仇视马尔罗、克斯勒、蒂埃里·莫尼埃、伯纳姆……仇视"失望联盟"和"失败的知识分子"，那正是因为产生、经历或至少理解了马克思主义之后，遇到了我们所提出的这个问题时，他们又重新陷入其中。无论如何，他们不想再为全世界的人道主义开辟道路，他们每个人都以自己的方式默许混乱，甘愿后退，不再以勾勒托洛茨基所说的最低纲领为己任……①

当暴风雨来临的时候，马尔罗是戴高乐最亲密的战友之一，戴高乐任命他为法国人民联盟（RPF）宣传部门的干事。他成了一个人物，一个名人，代表官方来审读萨特的杂志。谈起梅洛-庞蒂时，他怒不可遏地对雷蒙·阿隆说：

"他把我当作一个懦夫，自己却永远在办公室里做斗争！"②

他还在加斯东·伽利玛的办公室里大发雷霆，要这个出版商斩钉截铁地做出选择：

"有他们没有我！"

马尔罗威胁加斯东说，如果《现代》继续在伽利玛出版社出

---

① 《现代》，1948年7月，第34期。
② 雷蒙·阿隆，《回忆录》，朱丽亚尔出版社，1983。

版，他就离开出版社，并且把他的版权和以后出的书一同带走。他甚至警告说，如果不听他的话，他会把占领期间某些还没有解密的档案打开，比如说有关卡尔曼-莱维案的档案。加斯东相信他真的会这样做，况且，马尔罗是 NRF 中少数几个能公开那些东西而不用脸红的人，他在占领期间跟德国人没有丝毫的妥协。伽利玛显得前所未有的虚伪，把这个难题告诉了萨特，幸运的是，萨特妥善地解决了这件事。没有麻烦了，马尔罗赢了。大家有时觉得又回到了德里厄和阿拉贡争霸的时代。难道出版社就那么小，荣誉多了就毫无例外不能在那里并存？去他的文学或政治宽容！像歌剧中的头牌女演员那样骄傲。

萨特带着他的杂志，穿过马路，安顿在大学路 30 号加斯东·伽利玛的竞争对手勒内·朱丽亚尔出版社里。已经出版四年的《现代》在那里出了第三十九期，1948 年 12 月至 1949 年 1 月号。老板换了，但萨特还是像以前一样。

"那个人，是个真正的民主分子！"加斯东松了一口气，说道。①

加斯东·伽利玛用另一份杂志又避免了一场争吵。《特洛伊木马》是一本教义与文化杂志，宗旨是反映信仰与现代社会的碰撞，第一期于 1947 年 6 月出版。杂志的创始人、灵魂和发起人是布鲁克贝热神甫，是神职人员中巴黎色彩最浓的人，他很轻松就与贝纳诺斯、马尔罗、埃梅、萨特、儒昂多、加缪、帕兰、儒勒·鲁瓦、马里丹和桑德拉斯建立了很好的合作关系……

由于耶稣会污染了道德领域，威胁到了他的秩序（多明我

---

① 波伏瓦，《事物的力量》。

派),他感到非常恶心,于是决定通过绪尔比斯风格的宣讲,以自己的方式进行反抗,出版一份杂志。伽利玛马上就同意了,不是被这个人的主张吸引(加斯东可以说是个无神论者,是个自由思想者),而是被他的热情、激情和活力所折服,贝纳诺斯曾说:"这是一个真正的年轻僧侣,你可以和他一起去打老虎。"这份杂志总的来说是反"无神论者"的,尤其是反"梦想消灭和歼灭天主教"的人,伽利玛支持它,并没有任何矛盾之处。①

如果说这份杂志是匹特洛伊木马,首先是在伽利玛出版社内部!参与合作的往往都是同一些人,他们不吝帮助这位年轻的多明我神甫,不比那几个上流社会的女人差,那些女人不断地在文坛上制造和破坏名声,雷蒙·格诺早就把她们叫做"女布鲁克贝热""布鲁克少女"……

这个多明我神甫负责编杂志,伽利玛负责管理、发行和办公地点。一切顺利。出到第八期的时候,事事不顺了。杂志旗帜鲜明的立场影响了法国的教会走向现代主义。②逆流。而且,这个容易冲动的多明我神甫公开支持让·巴松皮埃尔,那是达尔南③民安队的旧中尉,"法国反布尔什维克志愿团"(LVF)的旧成员。神甫在巴松皮埃尔被判决时支持他,被处决后继续支持他,而且支持得更厉害,尤其是在《不妥协报》的专栏中,他抨击政治"体制"让巴松皮埃尔成了替罪羊,于是引起了轰动,反应强烈。巴黎的多明我教士分裂了,图卢兹的修会省省长来到伽利玛出版社,请求加斯东让那匹误入歧途、已经变成疯马的特洛伊马

---

① 布鲁克贝热,《你将死于断头台》。
② 布鲁克贝热神甫给作者的信。
③ 约瑟夫·达尔南(1897—1945),亲德的法国民安队队长。

停下来。加斯东眼含着热泪,把谈话的内容和决定告诉了布鲁克贝热,希望他有朝一日能够重新复刊。神甫被说服了,同意放弃杂志,他不想弄清这个悲惨故事的原因及其内幕,但他对加斯东·伽利玛充满了敬意和感激:"他和罗贝尔·德诺埃尔两人是本世纪最伟大的出版人。他们是不可替代的。"①

为了忘记这一历险的结局,布鲁克贝热前往阿尔及利亚奥兰地区的撒哈拉沙漠,去找"耶稣小兄弟"组织了。

伽利玛在战后推出的杂志并非都这么背景复杂,远非如此。当然,他想恢复《新法兰西杂志》,但不想太快。必须顺其自然。要让人们在记忆中把德里厄与 NRF 分开,还需要几年时间。让·安鲁什以旧 NRF 为榜样主持《方舟》,不断地把它们结合起来,并催保朗复刊,甚至召开了一次很郑重的会议,在会上,保朗、纪德、加缪、施卢姆贝尔热都没有说话,最后是马尔罗结结巴巴地打破了沉默:

"你们永远办不了——一本有价值的杂志——除非付出高昂的代价——人员要富有经验——要读一些生僻的书……"②

所以,如果不是 NRF,那也会是一本替代杂志,等待着最合适的时候让 NRF 重新出现。1946 年 4 月到 1952 年春,伽利玛适时推出了《七星手册》——还是那个标志——那是豪华版的 NRF,大开本,上好的纸,精心排版,制作精良,不定期出版。文章的内容精彩,质量无可挑剔。充当催化剂的还是让·保朗。加斯东好像亲自掌握着这本厚厚的杂志,生怕在等待复刊的期间

---

① 布鲁克贝热的信。
② 多米尼克·奥利的文章,《世界报》,1977 年 9 月 2 日。

"失手"。在这份杂志上，他得到了一位三十九岁的女记者多米尼克·奥丽的协助。奥丽在战前曾是《起义》的合伙人，后来又到《法兰西文学》工作。这个学习英国文化的女子为人谨慎，在《七星手册》开始了充满前途的职业生涯，后来进入了伽利玛出版社的审读委员会，成了未来的 NRF 的秘书长。

巧得很，她来到塞巴斯蒂安-博坦路的时候，正是伽利玛出版社更新、受难和等待的时期，出版社很少有作品获奖，因为朱丽亚尔出版社几乎抢走了所有的奖项，但伽利玛还是保持适合于文学政策的某些传统，比如说著名的鸡尾酒会，名声在外，传到圣日耳曼德普雷之外。长期以来，4月到6月的每个星期四，他们都在两个私人寓所的花园里举行酒会。在某一时期，人们喝得多吃得少，加斯东想出一个主意，摆放了一张乒乓球桌，法国最有名的作家、几位诺贝尔文学奖获得者和许多龚古尔奖获得者除了交换看法以外，还可以交流一些别的东西。伽利玛的鸡尾酒会不仅仅是一种习俗，也是一种仪式，大家必须出席。应该衣冠楚楚地去，不要破坏草坪。加斯东的儿子克洛德·伽利玛不止一次地认真拟定客人名单。

这一聚会成了巴黎的一件大事，以至于亨利·卡莱夫以及后来的马塞尔·帕格里罗在拍关于巴黎和圣日耳曼德普雷的电影时，插入了在 NRF 的人群中拍摄的许多镜头。据亚历山德拉·维亚拉特说，其中有"福克纳、一个大使、一个伪币制作者、一个真正的杀父母的凶手、半个保加利亚的女诗人，她有一个用真石膏做的圆形颈饰，里面镶嵌着一只真蜘蛛，用一根真线挂在脖子上……"①

---

① 亚历山德拉·维亚拉特，《人类的最后消息》，朱丽亚尔出版社，1978。

后来，当人们发现喜欢小蛋糕的人比喜欢文学的人多的时候，进门就要收邀请函了。不久，加斯东发现一小群人笑得很大声，却想不起他们的名字，便要合伙人去弄清他们的身份。他决定拉长这些花费很大、收支不可能平衡的聚会的时间间隔。酒会变成了一个月一次，后来是一年一次，当悲戚戚的"杜阿梅尔腰封"出现的时候，它就完全消失了。那道快乐的黑光成功地投射到了 NRF 洁白无瑕的封面上。

这个历险故事开始于解放后，主角叫马塞尔·杜阿梅尔，四十四岁，正如人们所说的那样，他什么活都干过：战前在几家杂志社当过广告部经理，也在戏剧、电影、电影译制、旅馆业碰过运气。此人性情粗暴，喜欢嘀嘀咕咕，像绅士一样冷漠，但很诙谐。这个自学成才者曾是超现实主义的同路人，是雅克·普雷维尔和亨利·费里帕希的朋友。客套话一完，他就承认了自己的爱好：英美图书。1944 年 8 月，他离开了马塞尔·阿夏尔的家，口袋里鼓鼓的，不是传单，而是三本英文书：两本是彼特·切尼的，一本是詹姆斯·哈德利·蔡斯的。他把这三本书都翻译出来了，但在哪里出版呢？在占领期间，他在一个富有诗情画意的场合结识了米歇尔·伽利玛：有个朋友告诉他，出版社缺包书的牛皮纸，杜阿梅尔通过一个熟人弄到了很多，成了受许多出版社欢迎的供货商。所以，他很自然地带着三本译稿去了塞巴斯蒂安-博坦路，他们似乎挺欣赏，给丛书设计了一个封面，想出了一个题目，因为，万一成功，他们还打算把这些"小""轻""短"、首先是"通俗"的书不断地出下去……出版社的艺术部主任罗歇·阿拉尔向加斯东推荐了一个滑稽的版式：白底，上面是绿色的小花。

427

"……对于系列凶杀案来说有点太田园味了。"杜阿梅尔说,[①]他请朋友雅克·普雷维尔想丛书名,又请夫人热尔曼妮设计一个封面,他的夫人可是位专业人士。

"……为什么不把它叫做'黑色系列'呢?"那位诗人漫不经心地说,而他的夫人则设计了一个黑色的封面,加上一个黄线框。杜阿梅尔很高兴,伽利玛出版社的人却不怎么喜欢。他要坚持不懈才能说服他们。[②] 最后,他战胜了这个风格悲哀的计划所引起的反对意见。"黑色系列"诞生了。去了冬季体育运动场的杜阿梅尔很快就接到了加斯东要他回去的电报。有工作在等他。光翻译《铜绿色的女孩》是不够的,还应该弄到它的版权,出版它。巴黎到伦敦的航线已经不再偷偷摸摸,必须到英国去,多弄一些这类书。伽利玛也要他不必局限于"黑色系列",把英美国家读者感兴趣的书都找来。第一次跨出塞巴斯蒂安-博坦路的门槛,他就大声地提醒说,口气中不乏讽刺的成分,他也许是这家出版社里唯一一个能流利地读、说英语的人。现在,他因此而得到报偿了。

杜阿梅尔飞到伦敦去了,怀里揣着两张纸:新闻部长雅克·苏斯泰尔签署的出差单和伽利玛签署的一张介绍信,介绍信说杜阿梅尔是他在英国的代理人。到达伦敦的时候,他受到了几枚当时还不时落下的V2[③] 的欢迎。但除了他,谁都已经不把它当一回事了。蔡斯穿着舰队司令的制服跟他签了合同,切尼也同样,他们还举杯干了许多威士忌。接着,杜阿梅尔还联系了斯坦贝克、哈米特和钱德勒等人的文学代理人,跟他们更新了合同。

---

①② 马塞尔·杜阿梅尔,《别讲述你的生活》,法兰西信使出版社,1972。
③ 第二号导弹,二战末期纳粹使用的报复性远距离地对地攻击炸弹。——译注

这将是传统的侦探小说领域里的一场革命，不仅是因为书中的警察往往比他们所追捕的杀人犯更坏，而且因为那些故事大多都没有神秘感，跟着侦探也没有谜要揭，没有道德说教，只有强暴的感情和激情，爱情与动作的背后永远是同一条线索：混合着挖苦、讽刺和犬儒主义的幽默。大家都追求滑稽。血淋淋的东西加滑稽。这就是出版社的风格，"黑色系列"的精神，在这方面，译者所起的作用不为人知，但可以肯定。① 马塞尔·杜阿梅尔翻译了"黑色系列"中的前四本小说：彼特·切尼的《铜绿色的少女》和《这个男人很危险》；詹姆斯·哈德利·蔡斯的《布兰迪施小姐没有兰花》；奥拉斯·马克·科伊瓦的《裹尸布没有口袋》——与萨比纳·贝里兹（罗贝尔·阿隆的太太）一起翻译的。1946年6月7日是"'黑色系列'的难忘之夜"，圣日耳曼的人全都拥向了那里，说明丛书成功了。一年后，它已经开始胜任某种角色。杜阿梅尔在塞巴斯蒂安-博坦路有办公室和秘书，每个月出两本书，发行量很少超过四万册。有一个例外：西莫南的《别动现金》卖了二十五万册。这一成功表明"黑色系列"与电影配合得多么天衣无缝。丛书中有四分之一以上的书将被搬上银幕，每次都让图书的销售量翻三番。

加斯东·伽利玛完全有理由庆祝"黑色系列"的成功。与审读委员会里的某些纯洁主义者的意见相反，它证明自己完全是文学的一个载体，同时也不断地给伽利玛出版社迅速带来利润。发烧友们对某些珍版和绝版所出的价钱，人们对伽利玛出版社不断的感谢，对马塞尔·杜阿梅尔通过"他"的作者们所起的作用和影响的巨大赞扬，比丛书的目录更说明问题。杜阿梅尔把那些作

---

① 波瓦洛-纳斯贾克，《侦探小说》，法国大学出版社，1975。

者引进法国，唯一的原因是他喜欢他们。比如说切斯特·海姆斯：他在许多出版社出过书，其中包括伽利玛出版社，他的作品收入了权威的白色丛书，他讲述的那些黑侦探在一个充满暴力和淫秽的世界中，在哈勒姆①聚集区发生了变化：

……没有马塞尔，我也许永远不会去写警察。当然，我写的关于监狱的中篇和其他作品，主题接近侦探小说。当我开始在监狱里写作时，也许是达希尔·哈米作出的榜样，他给我的启发最大。可我并不想模仿他，也不想把写侦探小说当作我的职业。1956年，马塞尔给了我一大笔钱，至少我当时觉得很多。钱多得我不得不接受。他已经在1948年把我的小说《如果他大叫，就放弃他》译成了法文。不久之前，他开始主持"黑色系列"。我相信他，相信他的判断。我开始写一个关于不幸者的故事，他们被骗子戈尔德·达斯特·吐温一家欺骗，说能通过化学方式变金子，使之增多。这个故事变成了《苹果王后》，次年获得了侦探文学大奖。马塞尔没有改我的稿子，他没有告诉我该怎么写。他相信我，就这么回事。②

至于加斯东，他后来对马塞尔·杜阿梅尔的第一批译者和他的"商业文学"说了一句平淡的话：

"如果说我能出版一些人们看不懂的诗，那要感谢'黑色系列'……"③

---

① 纽约的黑人居住区。——译注
② 与让-保尔·考夫曼的谈话，《晨报》，1983年10月27日。
③ 《世界百科》。

战后，两家出版社在法国文学的出版方面作出了突出的贡献：阿歇特，"它主要体现在物质方面"；伽利玛，"它影响了对法国文学的评价"。人们不得不承认，"在这两根台柱之间，法国出版界拥有的游乐场十分有限，要挤进去，必须本领十分高强"[①]：除了阿歇特，根本就没有别的发行网；除了伽利玛，就没有文学。尽管这种说法有点牵强，描绘也有点简单，但还是让那些想独立的出版社挺灰心的。尽管午夜、朱丽亚尔和瑟伊在各个方面都飞速前进，执牛耳的还是这两家老牌的出版社。对于伽利玛出版社来说，它最痛苦的还是在文学奖中失去了影响。从1945年至1949年，它在战前和被占期间对于文学奖，尤其是龚古尔奖的垄断地位已被打破。有一段时间，伽利玛黯淡了，让别的出版社占了便宜，一些出版社保持了在战争中获得的声誉，在老出版社中，朱丽亚尔最活跃、最大胆：在那四年当中，它为作者们（让-雅克·戈蒂埃、让-路易·库尔蒂、莫里斯·特鲁翁、皮埃尔·费松、米歇尔·罗迪达、吉贝尔·西戈）获得了三次龚古尔奖、一次雷诺多奖、一次费米娜奖、一次联合奖……这就给战争中迷失在维希的塞加纳出版社提供了另一片天地……

与此同时，联合奖颁给了像"科雷阿""醉舟"或"年轻的命运女神"（罗歇·瓦扬、雅克·内尔和皮埃尔·达尼诺斯）这样的小出版社，法兰西学院小说大奖落到了"泉水"杂志出版社（让·奥里厄）或亨利·勒费布尔出版社（伊夫·冈东）的头上，费米娜奖给了米尔特出版社、夏洛出版社和科雷阿出版社

[①] 罗贝尔·拉丰，《出版人》，拉丰出版社，1974。

（安娜-玛丽亚娜·莫内、埃玛纽艾尔·罗布莱斯和玛丽亚娜·勒阿尔杜安），德诺埃尔在战前霸占的雷诺多奖两次由夏洛出版社获得，一次由瑟伊出版社获得（亨利·博斯科、儒勒·鲁瓦和让·凯罗尔）……

伽利玛并不是没有加油。他一直那么干，朝着三个目标：在资本方面，他已经很庞大了；他一边出版一边为未来打算。战争刚结束，他出版的书中就有很多将在未来的二十年中组成畅销大军：圣埃克絮佩里的《夜航》《小王子》《人类的大地》和《南方来信》，马尔罗的《希望》和《人的状况》，纪德的《田园交响曲》和《伪币制造者》，D.H.劳伦斯的《查泰莱夫人的情人》，马塞尔·埃梅的《绿色的母马》，普鲁斯特的《在斯万家那边》，凯塞尔的《团队》，萨特的《恶心》和加缪的《局外人》以及后来的《肮脏的手》和《鼠疫》[①]，当然还有解放后已经找不到的《飘》，1946年，皮埃尔·拉扎雷夫想出了一个好办法，用活页重印（付给伽利玛的版税非常高：三百万法郎），这让《捍卫法兰西》的印数一夜之间升到了十万册。[②]

有了这样的王牌，加斯东·伽利玛过沙漠时就可以不打女式小阳伞了。但他并没有感到满足，而是前所未有地渴望持久、繁荣，渴望作品，不惜摈弃肤浅、时髦和缺乏新意的论著。

从1945年9月开始，他率先寻找卡萨诺瓦的《回忆录》的初版，准备在"七星文库"中出版。当他得知他在被占时期帮过大忙的莫里斯·托斯卡被任命为驻巴登-巴登的经济事务主任时，便写信给托斯卡，请求他去莱比锡寻找布罗库斯的故居，说服他

[①] 1958年12月14日《快报》所列的书单。
[②] 据凯塞尔，《文学杂志》，1969年9月，第32期。

们把卡萨诺瓦的文本交给他:"……但不要告诉您周围的人,因为我担心我的同行们也在设法跟布罗库斯洽谈。"① 保朗曾在被占期间请托斯卡帮过忙,请他在行政上给纪德、格罗蒂森、格诺以方便,或弄出国防部的费内翁② 档案,以便出版自己的作品全集。这次,1945年,加斯东是请他帮助寻找他的朋友热拉尔·黑勒的踪迹,解放后,他就失去了黑勒的消息。③

加斯东认定一件事就锲而不舍:卡萨诺瓦的《回忆录》后来真的在"七星文库"中出版了……在十三年之后!

在塞巴斯蒂安-博坦路,加缪和萨特一样受宠。加缪已经不仅仅是一个成功的作者、一个领工资的审读员、抵抗运动作家的典范,而且也是"希望"丛书的主编,他在丛书中出版了让·达尼埃尔、维奥莱特·勒迪克、西蒙娜·薇依、勒内·夏尔、布里斯·帕兰、罗歇·格勒尼埃等人的作品。丛书出了十年,直到加斯东发现他在商业上的失败,决定停刊为止,但加缪仍不失为解放后的优秀作家。《鼠疫》("它所造成的死亡是我没有想到的"④,他讽刺性地写道)的数十万读者发现或重新发现了《局外人》和《误会》。在伽利玛出版社,他是很少几个能拥有带露台的办公室的人之一,他对此感到非常自豪,把来访的客人都带到露台上,甚至冬天也不例外。保朗一点都不喜欢加缪,况且加缪对他的幽默也不敏感。加缪在塞巴斯蒂安-博坦路的朋友圈,首先由米歇尔·伽利玛、雅克·勒马尚和让·格勒尼埃组成。

战后是一个大跳槽大重组的时期。乔治·西默农走了:刚刚

---

①③ 托斯卡的证实。
② 菲里克斯·费内翁,文艺评论家,曾任部里的高级编辑。
④ 给米歇尔和让妮娜·伽利玛的信,1984年1月《观点》杂志,第16期。

收购了城市通讯社的斯文·尼尔森成了他最好的朋友之一。[1]他遇到了离开了格拉塞的蒙泰朗。阿拉贡主持"苏联文学"丛书,要么走向伽利玛,要么走向共产党的出版社,他的《法国通讯》引来了许多效仿的文章和作者。埃米尔·米歇尔·齐奥朗,一个已经在国内出过三本书的年轻的罗马尼亚哲学家,向伽利玛推荐了他用法语写的第一本书《解体概要》。采用!可是,作者却拒绝了。他拿了回去,他不满意,要重写。这个奇特又神秘的道德学家的书直到1949年才出版。安托南离开他所说的如同"在法国流放"的心理治疗所几个月后,加斯东向他保证出版他的全集(后来出版了二十多卷)。继法尔格、莱奥托、年轻的马尔罗和奥迪贝尔蒂之后,加斯东喜欢上了另一个年轻的边缘人:让·热内。

身为上流社会人士,却经常跟被社会抛弃的人和社会底层的人来往,以引起社会震惊,这种癖好是他最让人赞赏的特点之一,往往让他付出沉重的代价。上面提到的那些人毫不犹豫地不止一次向他索要与他们的销售业绩不相称的定金,引起了公开的吵架。塞巴斯蒂安-博坦路的人很久都不会忘记让·热内的稿子《殡仪》丢失后所引起的风波。这位作家跟老板的儿子公开吵架,还在走廊里大喊:

"你们的职员还把我当成一个鸡奸者!"

他没有就此罢休,还给他的保护人加斯东写了一封侮辱的信,加斯东匆匆地让人找出了并未丢失的"丢了的"稿子,稿子的内容同样引起了轩然大波。

加斯东想努力抓住一切,绝不让一条鱼漏网。他的一些同

---

[1] 西默农的信。

行遇到了麻烦事，这使他得以网罗了一些作者，弥补了一些过失。1945年，他的审读委员会注入了新鲜血液，处于半传统半革新状态。委员会由十四个人组成（在伽利玛出版社，审读员这个词从来不用阴性形式），有一些老人：马塞尔·阿尔朗、贝尔纳·格罗蒂森（一年后死于癌症）、布里斯·帕兰、让·保朗、路易-达尼埃尔·伊尔什（解放后他推掉了许多出版商的邀请，其中罗贝尔·拉丰的恳求最为认真、迫切，出价也最高）。除了他们之外，还有最近几年进来的一些更年轻的委员，雅克·勒马尚、迪奥尼斯·马斯科罗、雷蒙·格诺，最后还有一些新人：罗歇·凯卢瓦，三十二岁，巴黎高等师范学院语法专业毕业，社会学学院的共同发起者之一，"南方十字架"丛书主编，他在该丛书中出版了许多拉美大作家的作品（博尔赫斯、阿斯图里亚斯），他是联合国教科文组织文化发展处负责人，也是文论家，非常特别，一方面，他的写作很传统，另一方面，他对矿物世界和诗歌、奇幻领域很感兴趣，写了《人和神》(1939)、《西西弗的巨石》(1945)……审读委员会中的另一个新成员阿尔贝·加缪已经不再出现。最后，除了加斯东·伽利玛、他的儿子克洛德和他的弟弟雷蒙之外，还出现了雷蒙的儿子米歇尔，二十七岁，马斯科罗、加缪、艾蒂安布勒的朋友，后者还是米歇尔的家庭教师。米歇尔·伽利玛在出版社里是个神秘而引人注目的人，羞怯、谨慎，是个"具有交友才能"的人，一个能发光却从不露面的光极。他隐而不见，却又无处不在，宽宏大量，富有教养，由于他的姓氏、他的素质和他所起的作用，尤其是他与伯伯加斯东十分之投机，使他拥有相当的权力，但他从不滥用这种权力。他和加斯东一样，文学品位高，有很多共同语言，这使他不仅仅作为加斯东的侄子，而且成了加斯东的精神之子，这就不免在出版社造成了一些紧张局面。

亚历山德拉·维亚拉特是奥弗涅人，专栏作家，对他来说，真主是伟大的，起码每周一次，在克莱蒙-费朗地区的山中是这样。有一天，他十分真实地反映了塞巴斯蒂安-博坦路所笼罩的气氛，并提到了他的朋友雷蒙·格诺：

在城里，格诺是神的儿子。他在伽利玛的审读委员会工作，负责丛书。他在塞巴斯蒂安-博坦路5号占了半层（伽利玛出版社从来没有整层的楼），靠近楼梯，占了几千个蜂窝中的一个，伽利玛先生就把他的专家们、处理文字的化学家们、对付动词的物理学家们，总之一句话，把给他造金子的人安顿在那里。格诺是那些实验室里的国王之一：人们在那里常常见不到他……伽利玛先生在他的实验室里，成功地孤立了词汇，那是他兴旺的生意的原材料。他的经理用镊子把词汇夹了起来，帕兰用有色镜研究文字幽灵，伽利玛先生把论争提高到金属文学的水平，然后把它变成可铸造钱币的金子。[①]

至少维亚拉特是这样看的，这位小说家在伽利玛出版社出过《阴郁的巴特林》（1928）和《忠实的牧人》（1942），替保朗主持的NRF翻译过卡夫卡。这个写过动物专栏的人有一天下了这么一个不可否认的定义："戴软帽的动物在格拉西埃路的角落等27路公共汽车。"

总之，伽利玛在解放后五十年代初出产的东西，在政治、文

---

① 维亚拉特，《人类的最后消息》。

学与商业方面很好地保持着平衡,一方面他符合当时的政治形势,做了一些让步,另一方面,他又十分重视文学质量和市场回报。当然,除了阿拉贡、雷蒙·阿隆、贝尔、贝纳诺斯、艾吕雅、佩吉等人的重要作品外,也有一些在其他情况下可能不会引起 NRF 关注的东西:让·诺歇的《地下工作者:抵抗时期火热而神秘的生活》;保尔·佩蒂的《精神抵抗》,上面还有克洛岱尔的一首诗;相隔一年出版的米歇尔·德布雷的《共和国的死亡》。凯卢瓦的《1940 年至 1945 年的状况》和盖埃诺的《黑暗时代的日记》被当作加斯东·伽利玛的忏悔之举,这两本书的内容和哲学思想都在谴责他在占领期间的态度,但这并没有妨碍他从 1947 年起又开始出版两年前被官方禁止出版的书:儒昂多、蒙泰朗……而德里厄的书还要等很长时间。与此同时,伽利玛还重新出版在战争中被排除在外的其他作家的作品,卡夫卡(《美国》和《流放地》)和步登陆的美国大兵后尘、全副武装而来的美国大作家:福克纳、海明威、斯坦贝克、卡尔德威和多斯·帕索斯。虽然风格很不相同,但加斯东、莫里斯·勒布朗、雅克·奥迪贝尔蒂和马塞尔·埃梅对他们很欣赏,以平均每年一本的速度,忠诚而有序地不断出版他们的著作。

"寻找……追踪……发现……:这是出版的秘诀。"伽利玛经常说。无论发生什么,他都很忠于自己关于这一职业的看法。1949 年,他更新了与阿歇特的发行合同,并第一次参加法兰克福书展,也是在这一年,他像战前一样,回来强势竞争文学奖:罗贝尔·梅尔勒的《瑞德库特的周末》获得了龚古尔奖,路易·吉尤《耐心的游戏》获得了雷诺多奖。次年,除了保尔·科兰的《野蛮的游戏》得了龚古尔奖以外,乔治·奥克莱的《德国之恋》也获得了联合奖,塞尔日·格鲁萨尔的《没有过去的女人》获得了费米娜奖。

伽利玛回来了！如果出版是部西部片，这可以当作一个广告宣传短片。业内都毫不怀疑这一点：不仅仅是因为加斯东像以前一样垄断了大奖，而且他不让别人得奖。当保尔·科兰获龚古尔奖时，巴黎传出了一个谣言，非常恶毒，而且经久不衰，到了令人担忧的地步，甚至传到了书商那里，这是最糟的。谣言说，他的《野蛮的游戏》一点都卖不动。如果这种事情得到证实，那就表明龚古尔奖在商业上遭到了失败，这将大大危害那些得奖的幸运儿。谣言来者不善，为了果断制止它的蓄意流传，加斯东请来了法院的许多执达员，让他们查明各印刷厂的印数：布罗达尔和托班、格莱文、现代印刷……不久，他把调查报告的全文发表了出来，在《法国新书目》上登了整整一版，他还在另一版上用大字这样注明："122 500 册，法院核实的发行量"。①

第二天，谣言就消失了。

加斯东重新占据了统治地位。勒内·朱丽亚尔不跟他啰嗦，只想成为新的格拉塞，成为莫里亚克的出版人。他确实有些特点：不安分，顽强，有点幻想，有点世俗，喜欢惹事，乐于为作者服务，为了让自己喜欢的书得到成功，他随时准备牺牲自己的一切。在这个出版王国，当伽利玛进行统治时，朱丽亚尔总是对面的一个杰出首领，但他不愿意当加斯东的敌人。为了成为战后的格拉塞，他也需要有一些三十年代的文学作品，留住一些有才能的作者和有作家天赋的人。勒内·朱丽亚尔的拉迪盖就是以后的弗朗索瓦丝·萨冈，他的《魔鬼附身》以后将叫做《你好，忧愁》。所有的区别就在这里。从五十年代开始，这种区别将越来

---

① 《法国新书目》，1951 年 2 月 9 日。

越明显：随着广播、电视和广告对公众的思想影响逐渐增大，真正的作家变得越来越稀罕。出版商将越来越跟着潮流走，而不是努力制止它，他们请大学教师、记者和多重身份的知识分子来写书，尤其是那些没有任何东西可写但有许多东西可说的人，讲的一般都是自己的生活。

从那个时期开始，勒内·朱丽亚尔，尤其是年轻的罗贝尔·拉丰，这两人就准备彻底改变出版状况。如果说他们有时携手联合，那并非偶然。贝尔纳·格拉塞已完全过时，这不仅仅是个年龄问题——1951年他七十岁——而是他厌倦了，疲惫了。他一直没有从清算的考验中恢复过来，在心理治疗医生那里来来回回住了那么长时间后，他已疲惫不堪。他精神上耗尽了，不再有战前的那种热情，敢与作者的敌人火并。他已经没有信心硬要出版他喜欢的作者的书了。他给《文学报》投了无数稿子，虽然没有任何人请他写。鉴于他曾是大出版家，出于对他的尊敬，人们不好意思退他的稿。但当格拉塞强迫杂志登他的稿子并挑选版面时，他又恢复了本来的面目。为了达到自己的目的，他纠缠着有关方面的负责人，①使出了最后的办法，但考虑到他的为人和作为出版商的才能，这些办法往往能起作用：

……这是因为在我出版的书中有像《玛丽亚·夏德莱娜》这样的书，我很快卖掉了一百万册；因为我想支持像巴赞这样的年轻人……埃尔韦·巴赞，由于他的才能、他的作品主题，由于他遇到了我，他取得了成功。我们开发了他……当我推出一个作者时，我会保证他的职业前途。我可以说埃尔韦·巴赞不会再被饿

---

① 沙朗索尔的采访。

死——不管发生什么情况。这一点很令人欣慰。①

当格拉塞被问到出版危机时,他的观点与别人不一样,显得更加真实。他与大部分同行的观点不同,他说所谓的危机并不像人们所想象的那样:这一现象的原因必须从纸张的价格、销售价格与回款越来越不成比例这些方面去找。对他来说,问题出在其他地方,必须在图书质量下降——已经下降了!——和缺乏能跟昔日大作家相媲美的作家这些方面去找原因。

做一个出版商往往要懂得说"不"。不幸的是,许多年来,很多出版商都忘了说"不"。所以,市场上出现了一些"无价值"的书。然而,在我们这个职业中,我们将面临一些没有订单的东西。这就是我们所谓的"主发的新书"。由于有的出版商把不管什么书都发给书店,所以造成了这种局面:书店甚至没有拆包就自动把"主发的新书"退回来了。这就是出版危机的根源。书商对他们收到的书不再感兴趣,因为他们知道出版商什么都出。②

格拉塞已经麻木了,但涉及行业中的重要东西,他还是非常清醒。作者的忘恩负义尤其让他感到痛苦。蒙泰朗事件让他最后的幻想也破灭了。从1942年起,两人就开始冷战:蒙泰朗刚刚在格拉塞出版社出版《六月夏至》和在伽利玛出版社出版《死去的王后》。这位作家指责格拉塞没有重印近二十年来出的书,甚至暗示出版社的其他作家,莫里亚克、莫洛瓦和季洛杜(就举

---

① 对贝尔纳·格拉塞的采访。1951年8月6日《巴黎-新闻》。
② 对贝尔纳·格拉塞的采访。1951年8月9日《巴黎-新闻》。

这几个例子吧!)受到的待遇比他好。而格拉塞则希望蒙泰朗立即更新他们之间的总合同,因为马上就要到期了,最好能延长十年。双方都觉得自己的要求更重要,格拉塞每次催他,他都说要想一想,误会很快就演变成纠纷,而占领时期的结束、清算和伽利玛为了弄到蒙泰朗所使用的手腕,很快就把这种纠纷升级为一场官司。争讼了八年之后,塞纳河民事法庭终于在1950年宣判,双方都有错,1922年至1944年的各种出版合同作废,判格拉塞损害赔偿一法郎,责令他进行财务鉴定,以理清双方的账目。蒙泰朗提出上诉,不仅要求由出版商承担解除合同的全部责任,还要求一百万法郎的损失赔偿,一百万的版税预付金。格拉塞当然也要上诉,他提起了反诉,要求宣布上述合同继续有效,并得到一百万的损失赔偿。

法庭提出了让不止一个出版商感到害怕的理由之后,撤销了1950年的判决,宣布由于格拉塞单方面的过错,合同取消,判格拉塞支付912 213法郎的版税和四十万法郎的损失赔偿。贝尔纳·格拉塞认为,1953年7月8日的这一判决在出版界具有历史意义:它表明作者与出版商的关系已发生了巨大的变化,因为"出版合同对双方再也没有法律效力"[①]。蒙泰朗事件漫长、复杂、艰难,它将是贝尔纳·格拉塞为留住自己最大的作者之一而打的最后一仗,也是加斯东·伽利玛开始进犯的标志。伽利玛开始团结无名的、失败的和被原先的出版社看不起的作者。

塞利纳是自由的,等着别人来要。从1947年起,他就收回了自己的版权,他于1932年和德诺埃尔所签的合同已经失效,因为出版社不能重印他的书。当他流亡到丹麦时,伽利玛第一次

[①] 格拉塞,《启示录》。

尝试与他接近。没有达到目的：应邀替他充当说客的画家让·杜比费最后不干了。1951年，塞利纳回到了法国，加斯东担心弗拉马利翁跟他接触，在儒昂多、保朗和马尔罗的推动下联系了他。塞利纳的经济事务由皮埃尔·莫尼埃代理，那是出版界的独行侠，四十岁，不与人来往，是彻头彻尾的塞利纳迷，他最后于1949年当了出版商，成立了自己的出版社，叫做"弗雷德里克·尚布里昂出版社"，其唯一的目的就是为塞利纳的书找书商：《前线》《死缓》《深渊丑闻》……

儒昂多已经走出了第一步，1951年7月，皮埃尔·莫尼埃来到了加斯东·伽利玛的办公室。加斯东感到非常满意，向他露出了一个长时间的微笑，但十秒之后，他没有说别的话，便单刀直入地说：

"我将很高兴能出版塞利纳的作品……文学界最大名鼎鼎的作家，我已经有不少：纪德、克洛岱尔、福克纳、瓦莱里……很多！我唯一所缺的，就是塞利纳……是的，我错过了塞利纳……这是个过错，是个错误……所以，您清楚得很，为了得到他，今天，该做什么我就会去做什么！"①

加斯东准备不惜一切代价。莫尼埃已经清楚地感觉到了，他马上把塞利纳的要求和条件提了出来：18%的版税（跟在德诺埃尔出版社一样），五百万预付金，现金支付，保留附属权利，重新出版他所有的小说（当然不包括引起论争的作品）……伽利玛同意了，准备了一份合同，签了字，还加了一张机票，以便莫尼

---

① 皮埃尔·莫尼埃向作者证实；也可见其著作《愤怒的费迪南》（人生出版社，洛桑，1979）以及《梦幻者勒雷洛》1982年2月第33期关于弗雷德里克·尚布里昂出版社的文章。

埃能尽快到尼斯亲口向塞利纳宣布这一消息。

一共才谈了四十五分钟。

不到一个小时就弥补了差不多折磨了他二十年的遗憾。从签合同到塞利纳去世的十年当中，这位作家和他的出版商只见过十来次面。从1957年起，罗歇·尼米埃替加斯东充当中间人，与隐居在默东的这位作家联系。两人交换过不止一封内容丰富且充满诗情画意的信。塞利纳对自己的出版商往往非常残酷：他把出版商当作"会带来灾难的杂货商"，是"夏洛克"[1]，指责出版商太吝啬，说出版社运作不良。他总是把出版商当作一个老板，一个完全过时的商人："你们将永远让人失望地待在1900年！笑一笑！谦逊一点！穿着黑袜子，什么都是黑的！"他在1955年这样写信给加斯东。[2]信中的措辞有时挺激烈，但往往很滑稽，在漫长的职业生涯中读过其他信件的加斯东，感到最惊奇的是塞利纳能几个星期不给他写信。他原谅了这个作者的许多事情，塞利纳从1955年起就建议加斯东在"七星文库"中出版他的全集，"比如说在柏格森和塞万提斯之间"。加斯东对塞利纳非常大方，就像当年为莱奥托出版《文学日记》一样。他能忍受在自己的出版社里出版一些对他不太恭敬的书，有时被描写成了阿希尔·布洛丹笔下（《一个个城堡》）的那个透明的人物，有时被指名道姓（《与Y先生的谈话》）。伽利玛对他的文字不予理会，但不允许他干涉自己的出版策略。当塞利纳把《下一次就是仙境》的稿子交给他，要求他6月出版，但要到10月份才进行宣传活动时，他

---

[1] 莎士比亚《威尼斯商人》中的吝啬鬼。——译注
[2] 亨利·戈达尔，《塞利纳和他的出版商们》，"七星文库"，塞利纳小说集，伽利玛出版社，1974。

脸红脖子粗，生起气来，向他保证说，加尔松先生重新读了他的稿子，没有什么可担心的，并解释了图书市场规律的商业要求……没用，塞利纳怕别人追查他诽谤，一定要空一个夏天，让三个月的法定时效过去之后才开始宣传。①加斯东不止一次指责他不配合，不顾市场本身的严格规律。当塞利纳抱怨《诺芒斯》和《下一次就是仙境》没有发行好时，加斯东理直气壮地回答他说：

"你自己什么都不做，不去吸引公众的注意力……为了打破沉默，必须弄出点声响来，采访，报道。可你什么人都不见！"②

对于一个需要用这种办法来摆脱困境的作者来说，加斯东是一个理想的替罪羊，习惯于忍受不止一个作者的心血来潮，从纪德、西默农、阿拉贡到热内。这位出版商愿意在塞利纳的头脑中甚至在他的作品中扮演这一角色，因为他深信受到攻击的不是他的人，而是他没起到应有的作用。总之，塞利纳在信中对罗贝尔·德诺埃尔也不很客气。当一个出版商，比当一个普通人要难得多。"如果说出版商在小说里往往成为被攻击的对象，那是因为对塞利纳来说，出版商就是最恶毒的老板：自己不干活，专门剥削别人的劳动……如果一本书卖不动，那是因为他的工作没有做到家；如果书卖得好，他则不劳而获，靠剥削劳动者发财。"③

加斯东很幸运：塞利纳进了他的书目，过错弥补了，错误纠正了。除了伽利玛，根本没有文学可言：为了让例外成为一个原则，必须付出代价，适应这个作者的苛刻要求，忍受他的诅咒，

---

① 吉博，《塞利纳》。
② 普莱，《我的朋友巴达穆》。
③ 戈达尔，《塞利纳和他的出版商们》。

承受某些作品带来的后果①以及他在 NRF 中引起的仇恨，NRF 中的有些老人并不像加斯东那么开明，比如克洛岱尔，1952 年，当加斯东先后推出塞利纳的许多书和萨特的《圣人热内，喜剧演员和牺牲者》时，克洛岱尔这样写信给他：

"但愿这些东西能给您带来金钱。不幸的是，您很长时间都享受不到，不管您乐不乐意，让您付出代价的日子不远了。在这之前，我不知道您想到这种事会不会高兴：当这些书出现在您的孙子和他们的后代面前时，他们发现封面上用大写字母印着爷爷的名字。那是擦不掉的。我悲哀地向您致意。"②

但加斯东并没有被吓倒。1961 年 7 月，他带着一个牧师去了默东，在塞利纳的遗体前默哀。他站在阿尔莱蒂和勒巴泰之间。

1952 年。书商们都这样反映：读者扭过头去，不再接受关于抵抗运动的书。厌烦了。那一页已经翻过去了。那种如此特殊的作品的最后一道光，是让·保朗批评错误清算的论争性小册子《给抵抗运动领导们的信》："……现在不可能再出法西斯主义的书了，也不可能再出民主的书。我也不想再知道贝当是不是个叛徒，布拉西拉赫是不是该死，莫拉在思想上是不是因为帮助敌人而犯了罪。我想说的一切，就是无论是莫拉、布拉西拉赫还是贝当，从来都没有被判决。"保朗援引宪法为自己辩护。伽利玛拒绝发表这本小册子。不久，《圆桌》杂志和法兰西人民联盟的

---

① 出版社被德国法庭判处向作者在 1944 年—1945 年间常去的舍尔茨家庭道歉和经济赔偿，该家庭认为自己在《北方》中受到了讽刺甚至诽谤。
② 保尔·克洛岱尔，《日记》，第 2 卷，伽利玛出版社"七星文库"，1969。

知识分子喉舌《精神自由》模仿了这本小册子。小册子最后由杰洛姆·兰东领导的午夜出版社出版。兰东是一个代理检察长的儿子，他父亲曾对亨利·贝罗强烈地提起公诉。

毫无疑问，争论是预料之中的，但这愤怒的呐喊与解放已相距八年，公众对此已不怎么感兴趣，所以论争的火药味并不怎么浓。文学界更关心两年前登在《恩培多克勒》杂志上、署名为于连·格拉克的另一篇论争性文章：《胃部的文学》。前几行文字就给这场批评定了调子，它针对的是"学究们的文学"，传统的评论和作家们所采取的立场，有的有地位，如杜阿梅尔，有的有听众，如米肖："如此长久地蔑视钞票的法国，它在文学上是委托选举的国家。"①

1952年，加斯东·伽利玛下决心让《新法兰西杂志》复刊。时候到了。最近几年，他已经两次获得特许，出版专号，一期纪念纪德，另一期纪念阿兰。如果说规则有例外，那是因为它不严密。这本杂志可以重新推出了，他得到了允许。但有一个条件。因在被占期间出过报刊而被判刑的负责人不明白也不同意，为什么他们被禁止做的事情伽利玛却能够做：重新使用被禁止的刊名。加斯东陷入了沉思。"NRF手册"，就像"七星手册"那样？不行。这会贻笑大方，他要保持原先的刊名，在上面用小字加上"新"……这就成了NNRF，"后NRF"。这很滑稽，但他看得很清楚，并且心里很肯定，再过几年，这个"新"就不会再出现了。人们会把这可笑的"新"拿掉，那时，谁也不会注意的。

加斯东第一个要找的当然是让·保朗，想让他当主编。他同意了，但有条件：他在研究语言和写作，自己的工作就很忙，

---

① 于连·格拉克引用的文章，《癖好》，约瑟·科尔蒂，1961。

而且还在审读委员会任职,《塔尔布之花》的作者同意重新执政NRF,但需要一个助手,那就是马塞尔·阿尔朗。伽利玛同意了,他心里知道,如果要请跟两次战争之间那样意见和素质都大相径庭的作者,真正的问题会接踵而至。必须相信他们,他们应该知道杂志必须像以前一样,忠于它能容纳的那些人,而且,如果有必要的话,它还必须能强行接受一个会影响订数的作者,就像它以前对待亨利·米肖最初的诗那样。

加斯东对前几期并不担心,"七星手册"很快就会停止出版,箱子里留下许多文章,NNRF可以拿来顶一顶。可以后怎么办?在评论和读书笔记方面不用怎么担心:不必再像在杂志的黄金时期那样请纪德、拉穆兹、桑格里亚那样的大家,只需设法组织一支高质量的评论队伍。他们应像莫里斯·布朗肖,尤其是像让·斯塔罗宾斯基那样,不要赶时髦,而是要分析文章,不受作者的名声影响,让杂志面对外国文学,进行一些合作,同时要尊重这个年轻团体中每位成员的风格和特点:罗贝尔·阿比拉谢、菲利普·雅各泰、克洛德-米歇尔·克鲁尼、让·迪维尼奥……

但杂志的第一部分登些什么?尼米埃、阿拉贡、马尔罗等人,他们会同意节选自己的小说在一起发表吗?当加缪这样对他说的时候,阿尔朗已经预感到烦恼即将来临:

"马塞尔,如果不是为了你,我不会跟儒昂多编的杂志合作的……"①

但有些迹象还是让加斯东很乐观。1952年2月,他成功地出版了一本一千多页厚的小说《两面军旗》,那是吕西安·勒巴泰在狱中写的。加斯东顶住压力和威胁,强行出版了这部稿子,

---

① 阿尔朗的证明。

大家都很难相信这是《废墟》的作者写的。同样的笔，但墨水不一样了。某些思想自由的评论家如埃蒂昂布尔和保朗的支持对加斯东非常有用。没有人认为这一创举完全不合时宜，不管小说的文学质量如何，因为它的第一个后果便是加快了勒巴泰在7月的解放，他曾被判处死刑，后减刑为终身劳役。①

伽利玛只服从自己的本能，但他对鼓励十分敏感。当他收到表示同情并催促他重办杂志的来信时，他非常高兴。有的人是真诚的，有的人是出于利益关系。人们不禁会回想起1940年夏，当他犹豫不决，不知道是否要重开出版社，而有的作者首先关心的是自己能领到版税，促使他重操旧业时，他所得到的许多"鼓励"。1952年8月，圣-琼·佩斯向他表示祝贺，并向他保证支持他的计划。佩斯后来一直对他表示"个人友谊，并感谢你在工作中一再向我证明你对文学的同情"。在他看来，NRF是"一份必须在文学革新中在全国起作用的大杂志"②。

1953年1月，《新新法兰西杂志》第一期出版了。"编者的话"首先回顾了过去，回顾了两次大战中杂志的表现："我们仍将奉行它以前的原则，这些原则曾经是它所存在的理由，这些原则越是受到否定和打击便越显得坚强……"杂志中当然少不了保朗、阿尔朗和他们最亲密的合作者多米尼克·奥丽的文章，也有马尔罗、圣-琼·佩斯、法尔格、蒙泰朗、施伦贝格尔、布朗肖、苏佩维埃尔、亨利·托马斯、儒昂多和奥迪贝尔蒂……的作品。

每周三下午的5时到7时，领导们接待作者。传统与革新在平静和宁静中共处……让人忘记了自解放以来，别的许多杂志都

---

① 波尔·旺德罗姆，《吕西安·勒巴泰》，大学出版社，1968。
② 《新法兰西杂志》，1976年2月，第278号。

想取而代之，尤其是《圆桌》，正如罗歇·尼米埃1949年在给莫里亚克的一封信中所希望的那样："如果它能取代陈旧的NRF，而又没有NRF那样的仇恨和虚伪，那倒是一件好事。"①普隆书店出版的《圆桌》杂志当时由《金星》的作者主编，他的周围有加布里埃尔·马塞尔、让·米斯特莱、蒂埃里·莫尼埃、雅克·杜阿梅尔、夏尔·奥兰戈、罗朗·罗登巴克和让·勒马尔尚。每个月都有许多高质量的作家（我们不敢说是各流派的作家，因为编辑部的人员组成让某一流派十分显眼）给杂志写稿。但意料之中的，还是弗朗索瓦·莫里亚克的《摘记》，它很少让人失望。在1953年初的时候，它的辛辣可以说引起了轰动，不仅仅是在塞巴斯蒂安-博坦路。这位作家乘NRF复刊的机会来做清算了，在这场可以称作"杂志大战"的运动中公开表示了敌意。他这样说道：

……我听说旧杂志像老人一样，往往老花而不是近视。你们看不清你们最近的历史。如果这不是皮埃尔·德里厄·拉罗什的历史，我并不想在这一点上跟你们吵架。德里厄和加斯东·伽利玛的命运完全不同。事情会朝另一个方向发展，伽利玛先生会有好脸色。不管发生什么事，他已有准备。而德里厄呢，他总是孤注一掷。他输了，还清债后还得不断地还。在时间的层面上，人们再也没有什么东西可以用来反他，除非通过自己的沉默让他死第二次。你们有权利保持这种沉默，对被占时期的NRF而不是占据了那张交椅、坐在桌前改稿的伙计保持沉默。今天重新出现的NRF和德里厄的NRF没有区别：你们在抽屉里找到了解放后

---

① 让·拉库蒂尔引用，《莫里亚克》。

禁止你们出版的蒙泰朗的稿子……并没有人逼着你们复刊,可你们最后还是复刊了。从此,你们再也没有沉默的理由。该你们说话了,因为德里厄已经不在那里,不能再向你们解释在那四年当中,塞巴斯蒂安-博坦路发生了什么……①

这只不过是论争者给对立面的开场白。接下去,他一一列举保朗和阿尔朗所写的"给读者的话",进行了分析,予以驳斥。应该说,他们在杂志里所宣传的道德并不适合在文坛上混了这么长时间的人。他们允诺要让杂志反时髦——值得赞扬的感情——"反对大奖可笑的邀请"。莫里亚克不可能放过这点:"……既然我是个院士,我就得告诉我的学生我本该隐瞒的真相。你们只需估计一下伽利玛公司欠龚古尔奖有几百万法郎,永远别再说了——听明白了吗?——永远不要让年轻的法国小说家警惕'大奖的可笑邀请'。"②自命不凡让莫里亚克气疯了,以至于他在1953年2月2日又开始写《摘记》了。他高兴地列出了前几个月伽利玛出版社出版的书所获的大小文学奖名单:"……在伽利玛的下次庆典上,年轻的作者们会看见保朗靠在阿尔朗的肩膀上走进来——纯洁扶着真实——他们可以用'大奖日历'打脸玩。四个月里面得了八个奖!谁能做得比他们更好?这是角鲨的命运。"③

这著名的角鲨不是别人,正是加斯东·伽利玛。莫里亚克写信给保朗说:"您不否认,您也是领头的鱼,多年来不知疲倦地

---

①② 弗朗索瓦·莫里亚克的《摘记》,1953年1月2日,《圆桌》,1953年2月,第62期。

③ 《圆桌》,1953年3月,第63期。

在最可爱、最被朋友们爱戴、最精明也最贪婪的角鲨面前航行，在整个法国出版界最饥饿的角鲨面前航行……"

这个论争者说得不对吗？这个基督徒不够仁慈？他没有把最后的话说出来，但预言以后将更加可怕。

……我仍然喜欢NRF。我对这个被剪光了头发的老妇人表示一点柔情，她花了八年时间才重新长出头发。我对它毫无恶意，这样说还不够恰当……至于新NRF，它公然拒绝回顾自己最近的历史，我们会不失时机地根据这一历史对它进行评判。它必须肯定或者否定。无论是肯定还是否定，我们都不承认阿尔朗和保朗这两个无辜者信誓旦旦的这种口头上的纯洁，而他们的主人，一旦占领了一家出版社，便在其他出版社前面扎营，监视着只扑动一只翅膀的出版社，盯着垂死者。①

调子已定。这将是一场战争，或是"友好的纠正"。莫里亚克后来还是有些后悔自己如此激烈地反对塞巴斯蒂安-博坦路的这家出版社，因为这家出版社后来有一天在"七星文库"出版了他的全集。这个论争者文笔生动但往往很残酷（"这个被剪光了头发的老妇人……"如同清算中的惩罚，这种比喻并非无知），但他收齐他的《摘记》中的文章结集出版时，觉得最好还是"忘记"那些说得有点过头的话。

---

① 《圆桌》，1953年3月，第62期。

第九时期

1953年—1966年

从结构上来看，1953年确实是一个连接期，无论是对伽利玛来说还是对整个出版行业来说都是这样。一方面，大家非常惊讶地看到，起码开始的时候是这样，市场机制引入了出版界：有人认为，书是一种和别的产品没有什么不同的产品，不仅要像普通产品一样投放市场，而且要当作普通产品一样来"制造"。根据市场调查，符合公众的口味和期待；另一方面，人们已经看到十年后将使出版业发生动荡的现象开始萌芽：兼并。格拉塞、法雅尔、斯多克将被阿歇特吞并；普隆和朱丽亚尔将在城市新闻出版社避风，而伽利玛则对德诺埃尔出版社、圆桌出版社和法兰西信使出版社感兴趣并表示同情。

太贪吃了！伽利玛受到了前所未有的刺激，充满信心，并受到了儿子的鼓励，他突然产生了巨大的野心。为了让作家只能在他的出版社或他所控制的出版社里获得成功，具有持久的生命力，他准备不惜一切代价，甚至准备入股格拉塞50%的股份，他毫不隐瞒这一点。这次，塞利纳的讽刺没错："角鲨，吞噬出版人的大角鲨[1]！"

他从德诺埃尔出版社开始下手。1952年初，经过几个月的商谈，米歇尔·伽利玛领导的ZED出版公司获得了德诺埃尔公

---

[1] 塞利纳，《与Y教授的谈话》，伽利玛出版社，1955。

司90%的股份。五年后，三十六岁的罗朗·罗登巴克，圆桌出版社的老板，经过一场简短而不乏风度的会谈，与加斯东达成了协议。一方寻找社外资本，另一方正准备投资。生意做成了，一半一半。几个月后，1958年，加斯东得到了历史悠久的法兰西信使出版社，也就是被他视为出版人楷模的瓦莱特的出版社。

他还以同样的热情，兴奋地招募竞争对手的人，解放后给格拉塞当文学部主任的让·布朗扎被他挖来当审读员，布朗扎的《早晨的暴风雨》1942年曾获法兰西学院小说大奖，他是全国作家协会的创始人，后来成了伽利玛出版社最认真的审读员，大家几乎都这样认为。他在笔记本上记了数千条笔记，能够讲出皮埃尔·居约塔稿子中的情节，向持怀疑态度的审读委员会委员解释自己的判断。

同样在1953年，加斯东在招募布朗扎之前的几个月，弄到了朱丽亚尔的文学顾问罗贝尔·康泰斯。当时，这两家出版社互相仇恨，他们像陶瓷狗一样在大学路的两边互相对视。据说，如果有个被看中的作者站在17号到30号之间的马路当中，夹着稿子大喊一声"谁要我？"，他马上就能从右边得到让人满意的定金。接受伽利玛的建议，就是投敌。康泰斯思考了一会儿：在他生命中的这一阶段，由于感情方面的原因，他想告别过去，伽利玛曾请他当特约的文学部主任，月薪十四万法郎，比起他目前的工资来涨了一大块。他同意了。朱丽亚尔试图留住他，愿意给他提工资，但是没用。这位出版商火了，但他没有到为职业道义辩护的地步。他也给自己找了一个文学部主任皮埃尔·雅韦（以前叫皮埃尔·塞里曼），伽利玛审读委员会里面的人。于是，罗贝尔·康泰斯加入了德诺埃尔新出版社的团队，头是菲利普·罗西尼奥尔，弗朗索瓦·努里西埃是秘书长，还有克洛德·马亚斯和

453

亨利·米勒。

无论是哪家出版社，伽利玛都努力尊重其自主原则。从不否决别人的意见，不强加编辑方针。来自塞巴斯蒂安-博坦路的稿子马上就会受到怀疑，被当作有毒的礼物。[①] 当伽利玛和圆桌出版社之间发生矛盾时，罗歇·尼米埃便出来调解，他是双方的作者，受伽利玛的保护，也是罗登巴克的朋友。只要穿过马路就行。在德诺埃尔出版社，与母社联系的是罗西尼奥尔。那里的文学部主任也没有接到命令，尽管出版社已完全归属于伽利玛。康泰斯有百分之百的选择权，但出版社的底子很薄：只有一点桑德拉和马拉帕尔特的东西……加斯东不时地给他寄一部稿子……如果他的意见是肯定的，加斯东又马上拿回来，在自己的出版社出版。[②]

伽利玛王国扩大了，带着同样的热情，在小出版社（书店公司、卡萨布兰卡的大西洋出版社、辞典与百科出版社、好书俱乐部、今日出版公司、泰尔出版社、贡蒂埃出版社）和书店（巴黎的迪旺书店和斯特拉斯堡的梅桑日书店）占了大部分股。

伽利玛最后还是从圆桌出版社撤回来了，这是唯一不完全属于他的出版社。当他意识到他无法拥有一家如此显著、如此特别的出版社时，他经过一番努力，把位置让给了格拉塞。这家相继由贝尔纳·普里瓦和让-克洛德·法斯凯尔当头的出版社，在1976年赢利七百四十一万法郎。早在1968年，伽利玛派驻圆桌出版社的代表贝尔纳·于格南就在一次全体大会上解释道："伽利玛集团撤出行政领导，其目的是给管理减负，八位理

[①] 罗朗·罗登巴克向作者证实。
[②] 康泰斯的证明。

事走了四位，我辞去总经理助理一职，出版社将更加自由。我强调说明，这一决定并不意味着否定'圆桌'的领导。"这些晦涩的言辞已经在掩饰无条件完全掌权的失败。由于圆桌出版社的作者们对创始人罗朗·罗登巴克的个人感情以及出版社的独特性，暴动流产了。圆桌出版社的董事会成员除了造纸工业家格温-阿尔·波罗雷之外，还有像雅克·洛朗、让·阿努伊、雅克·苏斯泰尔、米歇尔·德·圣皮埃尔这样的作家……

1955年。魏斯韦雷夫人的私人公寓里举行庆典。招待会非常排场。科克多是国王：他刚刚被选为法兰西学院院士。他在人群中看见一个人垂头丧气地径直朝他走来，那是亨利·米勒。他感到有什么不好的消息，马上迎上去，伸出双手：

"我知道……别对我说……今天不说……"[1]

庆典必须继续。与此同时，贝尔纳·格拉塞独自在其蒙塔朗贝尔公寓的房间里，发出了最后的叹息。他在校改最后一本书的清样时死了，那本书好像是一份遗嘱：《佩吉眼里的出版启示录》。阿歇特收购了他的出版社，这已经要了他的命。他只有为数不多的几个朋友（克里斯蒂娜·加尔尼埃、亨利·米勒……）可以依靠，他比以往任何时候都更加珍惜荣誉。他想在伽利玛出版社出版全集（加斯东已经同意），但必须收入"七星文库"中（在这一点上，加斯东不同意了）[2]。这位法兰西学院的候选人，已经和朋友们一道投资了波拿巴路和伏尔泰河堤路交叉口的一家小饭店，正在焦急地等待投票结果，他们在一份名单上指指点

---

[1] 亨利·米勒，《从回忆中苏醒》，格拉塞出版社，1979。
[2] 吉尤，《笔记》Ⅱ。

点,议论谁最有把握,谁最没有把握,谁是"混蛋"。他只得到了五票,于是便认为许多穿绿衣的作者都忘恩负义,他以前曾出版过他们并不怎么样的小作品。他的愤怒和厌恶显而易见。贝尔纳·格拉塞过时了?当他的出版社转让给阿歇特时,马尔罗一针见血地说:

"我觉得格拉塞就像一名大力士,时代只让他举个小纸箱。"①

他去世后获得了交口称赞。这个对荣誉比较敏感的人如果还活着,对这些赞扬应该会感到满心欢喜。顽固的科克多曾说:"当我进入圆顶饭店时,贝尔纳·格拉塞进入了一个更高、更庄严的圆顶建筑,因为只有死亡才能不朽。"②从莫里亚克("我很感激他")、亨利·米勒("他的秘密,就是付诸行动")到莫洛瓦("他把出版变成了一种艺术"),格拉塞出版社的书目在向其创始人致敬。蒙泰朗的悼词非常引人注意,因为他们曾发生过司法纠纷("听到他去世的消息,我跪下了"),加斯东·伽利玛的悼词则由于真诚而让人难忘:"我喜欢贝尔纳·格拉塞,甚至喜欢他的缺点。因为这些缺点来自他的激情,他的竞争非常刺激。他是继阿尔弗莱德·瓦莱特之后最伟大的出版家。"③从他的嘴里和笔下不可能有更美的赞扬。在这里,人们可以更清楚地明白他们究竟是什么关系,这种关系又有什么力量,明白他们除了在文学和商业上对抗之外,又有多大、多持久的默契。七年后,勒内·朱丽亚尔去世时,加斯东表现出更加微妙的感情,字里行间应付的成分多于同情:"勒内·朱丽亚尔的去世无疑在法国出版界造成

---

① 沙普朗,《一切都不曾结束》。
② 《艺术》,1955年10月26日。
③ 《战斗》,1955年10月22日。

了空白。在几年当中,勒内·朱丽亚尔就学会了如何凭借自己的活力、自己对冒险和历险的爱好、对现实及现实所需要的东西的敏感,创造众多的作者,也创造读者。他行事高雅,而且行之有效——通过适合他的方式,服务于我们共同的事业。他的出现、他的活动和他的忠诚是一种动力,法国出版界都受益了——所以应该感谢他。"①

伽利玛在赞扬朱丽亚尔的人格时提出的种种优点,他自己缺乏一种:现实感。他喜欢持久的东西,这使他常常蔑视他觉得生命力太短、与时尚或时代或形势关系太密切的选题和丛书。当然,他推出过像"蓝色档案""问题与资料""第三共和国"之类的丛书……但朱丽亚尔告诉大家,可以成功地让图书进入新闻,可以把出版商变成总编之类的人,可以向巴黎新闻界的大腕们约写报道和调查报告。法兰西信使出版社或阿尔班·米歇尔出版社在战前出版的阿尔贝·伦敦、亨利·贝罗或埃杜阿尔·埃尔塞的作品往往都是文集。必须走得更远。于是,伽利玛在1951年推出了"时尚"丛书,由凯塞尔和圣埃克絮佩里的一个朋友、《法兰西晚报》主编皮埃尔·拉扎雷夫主持。他在两个女合作者埃莱娜·拉拉和埃莱娜·图内尔的帮助下,想把它办成数量最多的一套丛书,让 NRF-伽利玛的一部分产品拥有《法兰西晚报》的痕迹和精神。这种不合常理的结合由于雷奥穆尔路这家日报的巨大发行量很快就取得了成功,受到了公众的欢迎。因为拉扎雷夫的名记者和通讯员是丛书的当然供稿者,丛书先出了米歇尔·戈尔代的《前往莫斯科的签证》,接着又出版了凯塞尔(从《错误路线》《香港和澳门》到著名的《与匿名的酗酒

---

① 《费加罗文学报》,1962年7月7日。

者在一起》)、吕西安·博达尔（关于中国和印度支那战争）、菲利普·拉布罗（关于美国）、K. S. 卡罗尔（关于波兰）、让·拉泰吉、阿达贝尔·德·塞贡扎克的报道以及《法兰西晚报》明星专栏作者如梅迪居士、卡尔曼·泰西耶、朗达尔·勒莫瓦纳等，还有各类作家如米歇尔·德鲁瓦、亨利·卡莱、亨利·托雷斯、保尔·旺德罗姆。最典型的例子是像奥古斯特·库比泽克的《我的童年朋友阿道夫·希特勒》和约瑟夫·沃尔夫的《马丁·波尔曼，希特勒的影子》那样的书，还有许多写忏悔的罪犯、从俄罗斯集中营死里逃生的人、前往莫斯科的英国间谍的故事。

对加斯东·伽利玛来说，推出"黑色系列"几年之后又推出"时尚"，是为了再次提醒人们，为了继续出版"谁也不懂的"的诗歌和文章，也必须出这些二百五十页的书，这些东西使《法兰西晚报》成了广告所说的"发行量超过百万的唯一的报纸"。销售这些又快又容易的东西可以让他慢慢地培养一些作品，该多久就多久。大众化的丛书使他得以出版了雷蒙·格诺的十五六本书，从《麻烦事》(1933年出版之后两年卖了744册) 直到成功的《地铁姑娘扎姬》(1959年出版之后两年卖了31.5万册)，还出版了维奥莱特·勒迪克的处女作《窒息》(一共卖了840册) 和《私生女》(1964年出版后卖了12万册)。①

敢于选择，能够等待：这应该是所有出版人的金科玉律，但还必须有办法。当有人说，欧内斯特·海明威的《永别了，武器》出版后只卖了六百册时，加斯东总是这样提醒别人，给年轻

---

① 克洛德·伽利玛在全国书商大会所作的报告中透露的数字（《法兰西晚报》，1965年6月5日）。

的法国小说家出书比给年轻的外国小说家出书的回报更少。① 他没有忘记他的外国畅销书《飘》是一个在法国完全陌生的美国女小说家写的。1958年,他在一个俄罗斯作家身上打开了全新的领域,这位作家的作品和经历并没有表明他会在西方的书店取得那么大的成功。这就是"帕斯捷尔纳克事件"。《日瓦戈医生》的出版非常神秘,当事人从未公开过有关秘密,他们关心的首先是保护中间人的安全。事情过去已经超过四分之一世纪了,这部畅销书的诞生过程也许终于可以讲讲了。

帕斯捷尔纳克在1945年开始创作这部关于知识分子和俄罗斯革命的长篇小说,中途曾停下来写诗歌、做翻译。1956年4月,赫鲁晓夫在苏共二十大作了报告后,他把定稿寄给了《新世界》杂志的编委会。一个非常熟悉莫斯科文坛的人马上就联系了他,此人听说过他。这个人就是塞尔焦·安杰洛,是意大利共产党出版商费尔特利奈里的代理。安杰洛让他签了在西方出书的合同,后来经柏林把书稿寄到了罗马。《新世界》拒绝出版《日瓦戈医生》,但国家出版社接受了,条件是作者要提供一个缩写本。② 是因为他健康不佳、不断住院还是已经出现了抑郁症?帕斯捷尔纳克两次要求费尔特利奈里推迟出版他的书,越来越不耐烦。他想拿回去,修改、润色。而那个意大利出版商由于个人情况发生了变化,显得更加执拗:华沙和布达佩斯事件之后,他远离了共产党,不准备搭理来自莫斯科的国家出版社要求归还稿子的众多电报。事情搞僵了。1957年1月,帕斯捷尔纳克在别墅

---

① 《费加罗文学报》的采访,1958年9月27日。
② 吉·德马拉克,《鲍里斯·帕斯捷尔纳克的生平与艺术》,纪念品出版社,伦敦,1983。

接见了一位年轻的法国女学者，那是位斯拉夫语学者，巴黎的托尔斯泰博物馆馆长雅克琳娜·德·普罗亚尔伯爵夫人。他们谈了很久，结下了友谊。帕斯捷尔纳克非常信任她，让她做他的代理人，负责在西方出版他的著作，并理所当然地把《日瓦戈医生》的新版本交给了她。雅克琳娜·德·普罗亚尔回到巴黎后，没有去其他出版社，而是去了伽利玛出版社：它名声显赫（帕斯捷尔纳克很在意这一点），而且布里斯·帕兰在法国的斯拉夫语圈子里很出名，被认为是一个出色的俄文编辑。① 所以，雅克琳娜把厚厚的《日瓦戈医生》以及另一本薄一点的稿子交给了他，并介绍说，薄的那本是作者的自传。费尔特利奈里知道此事后，非常生气，因为，普罗亚尔夫人还拥有该书的电影拍摄权。

于是费尔特利奈里和伽利玛开始与时间赛跑，大家都想第一个出，第一个译本更容易得到信任。加斯东开始战斗，因为他看好这本书，他通过审读员的报告，感觉到有些全新的政治素材。与此同时，德国同行库诺·费舍尔出版社和英国同行科林斯出版社也开始不停地编辑这部稿子。大家在幕后谈判，最后达成了协议。费尔特利奈里赢了：1957年11月22日，首印的六千册《日瓦戈医生》很快就卖掉了。该书在书店上架的前一周，《快报》周刊刊登了节选，他们精心选择了反苏色彩最浓的部分。

1958年，该书同时以二十四种语言出版，伽利玛是6月出的法文版，没有印上译者的名字，免得他们回苏联遇到麻烦。仅在法国，这本书就卖了四十万册。② 苏联发起了诽谤作者的运动，这只能使他在国外更受欢迎。1958年，当诺贝尔文学奖颁给他

---

① 普罗亚尔夫人向作者证实。
② 据布里斯·帕兰，《大众读物》，1961年11月。

时，他接受了，莫斯科电台、作家协会和《文学杂志》对他进行了公开的污蔑。诗人被作家协会开除了，四面楚歌，八面受敌，所有的组织，从共产党到新闻机构和大学都在告他。他怕被驱逐，便公开放弃了诺贝尔奖，并被迫在《真理报》发表了一封忏悔信，首先是为了制止直接的人身攻击，平息公众的愤怒。在苏联，没有一个人或者说几乎没有一个人读过《日瓦戈医生》，这种愤怒就显得更不可思议。

事情结束一年之后，加斯东·伽利玛参加了在特鲁奥饭店举行的拍卖会，高兴地以三万法郎买到了原版的《日瓦戈医生》，羊皮纸封面，细线装订，上面有号码，用于自己的个人图书收藏。[1]

塞巴斯蒂安-博坦路的编辑部。四个人：伽利玛兄弟和他们的两个儿子。董事雷蒙面对着他搞文学的儿子米歇尔，搞文学的加斯东面对他当董事的儿子克洛德……有一段时间，当两兄弟面对面坐在自己的办公桌前时，两个侄子却背对着背，后来，他们也面对面了，至少他们想这样……

办公桌的这种摆放非常重要，它说明了主人的关系。在出版社的合伙人看来，仪式的改变意味着领导层的深刻变化。1957年的时候也是这样，当时，克洛德·伽利玛为了表明自己的独立，与他并不总是同意的决定保持距离，离开了那个著名的办公室，独自搬到了原出版社的旧图书馆里。

战后，两个侄子很快就显得话不投机。一切都相反：性格、爱好、朋友和信念。尽管克洛德主要负责出版社的营销，而米歇尔则领导 ZED 出版公司，两人都是审读委员会成员，见证着出版

---

[1] 《法兰西晚报》，1959年11月21日。

社的变化。由于自己所接受的教育和判断人事的方式，加斯东与侄子有一种默契，但当儿子给他添了孙子孙女（弗朗索瓦丝、克里斯蒂安、安托万、伊莎贝尔）时，他又不知不觉地靠近了儿子。孙儿们的出现和陪伴展现了这个喜爱女人和文学的狡黠出版商不为人知的一面：可爱的爷爷。

加斯东·伽利玛比以前更加多情、脆弱和敏感，在五十年代末的一场危机中摇摇欲坠，周围的人四分五裂，企业差点破产，这种情况他可见过不少。他一直对政治不感兴趣，且从来不隐瞒这一点。他不喜欢到处跟人斗，认为这是思想力缺乏的表现，是不可容忍又危险的。1947年，他参加了法兰西人民联盟在互助会举行的一个知识分子会议，坐在第一排的是同情和好奇的公众。① 他可以说是好奇地看着和听着他的一些作者在谈论中发言：雷蒙·阿隆、安德烈·马尔罗，马尔罗是党内宣传部门的代表……1958年，左派周刊《法兰西观察家》因发表安德烈·菲利普题为《法国的自杀》的文章两次被查封。萨基埃村轰炸② 和法律总则通过后的几个星期，阿尔及利亚是个禁忌的话题。该刊发起了募捐，在经济上支持真正的正义。在第一份名单上，人们发现那天最大的捐赠来自伽利玛出版社：二十万法郎……③

但并不能因此而推断加斯东·伽利玛的政治立场。他首先是个出版商，必要时会当机会主义者。在他的出版社里，并不是每个人都有这种十九世纪色彩很浓的大财主才有的精神，他所热衷

---

① 雷蒙·阿隆，《回忆录》，朱丽亚尔出版社，1983。
② 1958年，法国政府为镇压阿尔及利亚民众的起义，报复性地轰炸了萨基埃村，遭到了许多国家的谴责。——译注
③ 《法兰西观察家》，1958年3月20日，第410期。

的只能是文学方面的活动。在杂志社和出版社的走廊里，大家互相躲避。戴高乐将军重新上台、新的制度全民投票、阿尔及利亚的平定和谋杀使立场最不坚定的人也变得强硬起来。在伽利玛出版社，围绕着克洛德·伽利玛和米歇尔·伽利玛，形成了两个非正式帮派。

克洛德身边的人往往都可划为"右派"：米歇尔·莫尔，1952年起便主持英语领域——他曾是律师，被占期间在一个工业集团当办公室主任，后来在美国教书；他是个评论家，写关于蒙泰朗和美国新小说的文章。让·杜图尔，当过官员和记者，1959年被聘为文学顾问，这一职位使他有空写小说《涂上好黄油》，尤其是《马恩省的出租车》，这些书给他赢得了名声。伽利玛出版社里聚集在这一"帮派"中的作者更多是有着相同的爱好，而不是出于共同的政治主张，他们当中最突出的无疑是罗歇·尼米埃了。这是一个杰出的年轻人，深受加斯东的保护，很有才华，他于1948年出版了《剑》，两年后又出版了《蓝色轻骑兵》。他好动、羞怯，很傲慢。保尔·莫朗和马塞尔·埃梅的这个养子觉得在圆桌出版社的杂志比在NRF更加如鱼得水。他"拐了个弯"，学贝纳诺斯的样要在社外出版《西班牙大帝》时，自然就想到了圆桌出版社，这并非偶然。他是雅克·洛朗的杂志《巴黎女人》的创始人之一，表现得十分好斗，感觉敏锐，出言不逊。纪德去世的时候，他开了个玩笑，给莫里亚克发去一份电报："地狱并不存在。你可以消失了。通知克洛岱尔。署名：安德烈·纪德。"非常好笑。但当他说（大体上是这样说的），我们不能用萨特的肩膀和加缪的肺来重建法国时，他的许多朋友都感到了愤怒。他说了这句话后，大家都明白了《局外人》的作者为什么不想在伽利玛的走廊里碰到他。尼米埃自1956年起担任伽利玛出版社的文学顾问,这一头衔使他在出版社拥有一间办公室,那里的气氛往往很紧张,他很容易就会跟别人恶言相向。

跟在米歇尔·伽利玛后面的,基本上都是些左派,尽管他本人想离政治远点:迪奥尼斯·马斯科罗,他介入社会政治活动最深;罗贝尔·伽利玛,米歇尔的堂弟、雅克(加斯东和雷蒙的兄弟)的儿子,他于1949年进入出版社,自1955年起负责萨特的作品;当然还有加缪的作品……但在这方面也同样,他们之所以亲密,更多是由于精神一致且有共同的朋友,而不是政治观点相同。

阿尔及利亚事件的激化使大家纷纷站队,最犹豫不决的人也开始选边,要么支持"法兰西的阿尔及利亚",要么支持阿尔及利亚民族解放阵线。米歇尔·伽利玛长期以来努力保持中立,这时也得罪了他的朋友加缪。加缪热爱母亲甚于热爱正义,说了几句同情阿尔及利亚革命者的话:

"你的手上会沾满鲜血。"加缪对他说。这位作家后来被社内的两个帮派所排斥。

这种帮派斗争和走廊里的这些游击队,让加斯东·伽利玛伤透了心,他心里难受极了,因为他觉得这样做没有任何好处。事实很快就证明他是对的。身边的人的政治分歧会掩盖越来越深的裂缝,如果不加注意就会出现无法弥补的分裂。他很少跟他的弟弟雷蒙争辩,他们的性格差异从未使他们建立起超出血缘关系之外的深厚友谊和互相尊重,从十九世纪末开始他们就这样……他们的儿子之间的敌对情绪与日俱增,这将迫使他们互相不满并最后导致分手。1958年是发生重大危机的一年,气氛十分紧张,大家都在传说非常让人恐慌的消息,说伽利玛家人之间的关系非常紧张,从此,谁都不敢进入那间著名的总裁办公室。在双方之间充当"调解先生"的是让·施伦贝格尔：总之，除了伽利玛家族，他和马内·库夫勒在出版社拥有的股份最多，他是加斯东和雷蒙结识最久的老朋友之一，曾在达萨路的家里先后接待了两兄弟的来访，他们都为自己或自己的儿子辩护。跟政治无关，跟阿尔及利亚战争也无关，他们谈的是出版社的情况、外国出版商的抱怨、作者的不满、NRF 和伽利玛出版社几十年来众所周知的组织无序、公司的专制作风、一心想着吞并陷入困境的同行而不是进行内部调整。他们还谈起出版社的文学作品的倾向，不同部门的人员冲突……他们在任何事情上或者说几乎在任何事情上都达不成一致。

1958 年秋，出版社走进了死胡同，其活动受到了严格的限制。施伦贝格尔试图进行公正贤明的裁决，他认为考虑到他们闹矛盾的原因，双方的痛苦都是很可笑的，并相信这些"虚荣心方面的小事"① 会让这样一家大企业完蛋。他曾一度想找个办公室主任，一旦事情闹大了，可以让此人充当裁判和法官的角色，但他还没有着手去寻找这个不大好找的人，双方就此人在已经存在的组织中的权限和安插发生了矛盾。于是，只能认真地考虑另外一种解决办法：分手。雷蒙和他的儿子米歇尔离开塞巴斯蒂安-博坦路，把他们负责的丛书带走，主要是"七星文库"。但除了这一举动不可避免地带来的司法问题之外，人们不明白，离开了伽利玛的那些作者：纪德、圣埃克絮佩里、马丁·杜加尔……光靠版权已经进入公共领域的经典作家，这一权威的丛书还怎么能出下去？"七星文库"将成为无论哪个出版社都能出版一两套的丛

---

① 让·施伦贝格尔给雷蒙·伽利玛的信件草稿和原稿，1958 年 10 月 21 日。雅克-杜塞图书馆。

书，只要他们稍有经验。总之，耐心地建造了几十年的大厦这样倒塌，使用外交手腕并且做出牺牲才挖过来的作者也将以此为借口另投他方，想到这些，他就受不了了。这样一家出版社怎么能有两个代表来捍卫它的利益呢？施伦贝格尔深感怀疑，况且，他了解阿歇特的人，知道他们能从某个伽利玛那里轻易地得到另一个伽利玛所拒绝的东西。

施伦贝格尔不遗余力地促成他们和解，要求那四个由于过分敏感而给对方带来的痛苦的人以出版社的利益为重。在贪得无厌的阿歇特刚刚收购了格拉塞的时候考虑分家，就是宣布这家老牌出版社的死亡。他要求加斯东和雷蒙，通过一个举动或用一封表示爱心的信，来重新恢复过去的友好气氛，理智高于一切，不要感情用事。他要求两个侄子互相解释，向对方说出自己内心的想法，尽释前嫌。不用争辩，出版社未来的头只能是克洛德，与作者及外面的联系属于他管辖的范围，而米歇尔则继续负责"七星文库"，同时领导 ZED 公司。他不断向那四个人重复说，与阿歇特的关系有任何变化，调整出版社内部与米歇尔关系十分密切的某个合伙人的岗位，都只能是"足以炸毁出版社的一颗炸弹"。① 他觉得发生冲突的理由和它造成的后果太不成比例了，双方都应该做出妥协。施伦贝格尔的劝说悲怆感人，因为他很真诚。他无法想象加斯东愿意分家：

……所有那些伪君子，如果看见他们所痛恨的 NRF 终于垮台，都会进行嘲笑。想起他们会这样讽刺你，我们的心里会升起

---

① 让·施伦贝格尔给雷蒙·伽利玛的信件草稿和原稿，1958 年 11 月 13 日。雅克-杜塞图书馆。

一股愤怒之火。我们不会心甘情愿地满足那些好奇者的愿望,我们这个团队的成功使他们妒忌得都快要生病了。花了那么大的劲,付出了那么大的忠诚,在法国文学史起了那么大的作用,却转眼消失于虚无之中——因为你看得很清楚,没有你,这座大厦就会塌。我们都加入了这一冒险,首先是你——远不是为了金钱。在混乱中,金钱也许不会受损失,但我们全心全意投入的事业会遭到无法挽回的失败。我可以装作不把这种可能性当一回事,但真的出现这种情况,我会发现我是多么热爱这家出版社。罗歇的死①在我的爱心中留下了空白,我觉得自己再也没有勇气去冷静地面对新的空白……②

几个月后,一切都好像恢复了秩序。人们的内心和思想平静了下来,大家开始妥协,合理地分担责任,正如智者施伦贝格尔所预料的那样。克洛德,这个被指定的太子,凭着自己的机灵、顽强和毅力,慢慢地迫使自己抓住了所有的操纵杆。

1960年1月。在居亚尔新城附近约讷的道路上,发生了一起车祸。"法塞尔·韦加"牌汽车的前排,坐着阿尔贝·加缪和米歇尔·伽利玛,后排坐着米歇尔的太太让妮娜和他们的女儿安娜。一棵树……一场撞击……救护车……加缪当场死亡,米歇尔几天后也伤重不治,让妮娜被挫伤,安娜安然无恙。米歇尔·伽利玛的葬礼在索莱尔-穆塞尔(厄尔-卢瓦省)的小公墓举行。那天,天寒地冻,道路泥泞,天色阴沉……

宣布他的死讯的前一天晚上,尽管做了许多手术,人们都知

---

① 罗歇·马丁·杜加尔,1958年8月去世。
② 让·施伦贝格尔的信。

467

道他已经救不活了，在塞巴斯蒂安-博坦路，出版社的一个老董事没有敲门就走进了总裁的办公室：他第一次看见加斯东神情沮丧，双手蒙着头在哭。

1960年。投放新法郎和法兰西号游轮下水的那年，加斯东·伽利玛七十九岁了。

常常用整整一版来介绍"某个命运奇特或获得非凡成功的人"的《汽车报》用了八栏来讲述加斯东的生平故事，并加了一个大标题：《富有经验的商人还是文学的行善者？》[①] 文章资料翔实、准确，客观公正。但最吸引读者眼球的，还是加斯东的照片：他的微笑，他的目光，他的蝴蝶结和他漫不经心的样子，他精明而狡黠，既是个文人，又是个商人……年龄丝毫没有影响他的个性。人们不知道如此真实的形象是在哪个鸡尾酒会上拍的，但他身边的人发现少了某些东西：忧伤。米歇尔·伽利玛和马丁·杜加尔死了，科波和迪兰死了，纪德和加缪死了。季洛杜、费尔南德斯、格罗蒂森、圣埃克絮佩里、德里厄都死了，死了很久了，战争末期就已经死了……

年龄越大，便越喜欢去逛墓地，尤其是像他那样有这种弱点的人：他喜欢在他那里出过书的人。加斯东有点疲惫了，与兄弟的斗争弄得他情绪非常低落。他还是像以前那样喜欢他的职业，不想告退，希望忘掉"退休"这个词的意思。尽管他已经逐渐把权力交给了儿子，他还是参与管理，不断出现。人们常常在美国的文学代理让妮·布拉德莱那里遇到他，他喜欢在圣路易岛的那座公寓里跟他的纽约同行阿尔弗莱德·克诺夫及其夫人布朗

[①] 《汽车报》，1960年8月25日。

什、《纽约客》杂志的雅内·弗拉内、雷雅纳的儿子雅克·波雷尔、蔡斯、考德维尔、纳塔丽·巴尔尼、杜鲁门·卡波特等人聊天①……先谈人事关系，然后交流思想，图书贸易……他没有变，当卡波特为他和NRF的几个受到特别重视的人在丹儒路谢维尼埃夫人家里组织了一场午宴时，他感到很高兴。谢维尼埃夫人是普鲁斯特塑造盖尔芒特公爵夫人的原型。②

加斯东为人矛盾，常常做出让人意想不到的事情。他的艺术部主任马森一直没能让他对自己出版的图书的封面感兴趣。他只有一个一成不变的主张：文学。尽管他是在卡里埃尔和雷诺阿的影子中长大的，最初的文章写的是画展，但他对图像不感兴趣。路易·吉尤写道，在马丁·杜加尔去世之前，加斯东常常在晚餐后与他的朋友躲到一个角落里交换对死亡的看法，态度十分平静，不是像老人，而是像老朋友一样。③但不久之后，他给自己买了一辆斯图德贝克跑车，不是想压死什么人，而是想开着玩，开飞车，如果可能的话，身边还坐着一个漂亮的女人……

年轻的罗贝尔·拉丰曾来向这位前辈讨教，加斯东说：

"如果你说话总是那么肯定，那你当不了出版人。在这个行业里干了四十年之后，我只能告诉你一件事情，就是我们永远也无法预知一本书的命运……"④

1953年，《快报》做"带来前途的一百人"专刊时，选择了加斯东·伽利玛和勒内·朱丽亚尔。这不是法国荣誉人物的年

---

① 托马斯·坎·库尔蒂斯的文章，《国际赫拉尔德法庭》，1983年7月22日。
② 让·科克多，《落幕的过去》，第1卷，伽利玛出版社，1983。
③ 吉尤，《笔记》，第2卷。
④ 拉丰，《出版人》。

鉴、排行榜和辞典，而是列举某些"发电机"的名字，即"或因其在行业中的持续影响，或因其在创作中更新的能力，或因其能够带领年轻一代走向未来"而在未来起重要作用的人。关于加斯东，这份周刊这样写道："他能根据蛛丝马迹，捕捉信息，觉察到初入文坛的作者是否有前途。他不冒险，但他懂得让读者来冒险。"

关于朱丽亚尔，周刊评价说："他的存在迫使伽利玛不敢睡着。让萨特得以出版《现代》杂志。在不惜冒任何风险的同时，也让法国出版界冒了一些险。"[1]

从外表看来，加斯东·伽利玛给人以十分可靠的感觉，他的羞怯不过是遮人耳目而已。人们只想记住他名声在外的狡黠，忘记传说中他犯的错误。然而，他却比以往更加忧虑、压抑和不知所措了，尤其是在五十年代初。路易·吉尤清楚地感觉到了，他临时住在大学路的一个房间里，与米歇尔·伽利玛和克洛德·伽利玛同住一座私人公寓。忧郁到极点时，他有时会当着这个他视为密友的作家的面说出一些滑稽的话来：

"……我毁了自己的一生……从我成为商人的那一天起，我就失去了真正的朋友。我们谈的不再是同样的事情。"

或者：

"你知道，我不睡觉。那天晚上，我装订了一整本书……不过，你会觉得我很可笑的。你很有运气，因为你有志向。我没有：我只有钱，可有钱对我来说没有任何作用。其实——我会觉得我很可笑——我只喜欢失败的男人。最伟大的人往往都以自杀告终。"

---

[1] 《快报》，1953年11月7日，第25期。

然后，加斯东乱七八糟地列举了基督、拿破仑、圣女贞德、奥斯卡·王尔德、安德烈·雪铁龙、裁缝普瓦莱①……然而，还是这个伽利玛，必要的时候会拍桌子，不遗余力地谈合同，从同行那里"借"作者然后"忘了"归还，为了区区几个法郎和重大的原则问题绝不让步、誓不妥协。他的权利一旦受到损害，他就叫来加尔松先生，让他去对付擅自发表艾吕雅的多篇文章而不是说好的一篇的出版商，或是另一个因出版《查泰莱夫人的情人》而有可能引起混乱的出版商，或是出版根据影片改编的《田园交响曲》。不能滥用版权。

他有自己的激情和癖好，有自己喜欢的东西，也有自己的习惯。荣誉呢？奖赏呢？他一直就讨厌这些东西，没有什么能让他改变主张。1947年，人们要给他颁发荣誉勋位的玫瑰花形徽章，他有礼貌地拒绝了，但暗示说：

"颁给我的兄弟他一定会很高兴……"②

于是，不久之后，奥里奥尔总统在爱丽舍宫接见了保朗、加缪、雅克·勒马尚和米歇尔·伽利玛，在大家关注和兴奋的目光下把徽章别在了雷蒙·伽利玛的上衣翻领纽扣上。加斯东最不愿意获得这种"荣誉"了。在这一点上，1914年至1918年间的那种"贪生怕死"的精神又出现了。在他看来，最无耻的事情，就是给死者颁发军功章，别在军旗上甚至是棺材上，如同法兰西学院的奢华排场让他愤怒一样。然而，当马塞尔·阿尔朗被选上院士（1969），接替安德烈·莫洛瓦时，加斯东却很高兴。两年后，罗歇·凯卢瓦也收到了佩剑。对他们来说，这是适合的，对别人

---

① 吉尤，《笔记》，第2卷。
② 马塞尔·杜阿梅尔，《别讲述自己的生活》。

却不是这样。他不同意凯塞尔和保朗当院士。1964年，当《团队》的作者告诉加斯东，他进入了圆顶大厅时，加斯东火了，对他说：

"这玩意儿除了能让你印在信笺的笺头上以外，还能有什么用？"①

这一巧妙的回答，从一个大资产阶级嘴里讲出来，说给一个在报道方面大胆冒险的人听，的确充满了讽刺意味。从那天起，凯塞尔便坚信加斯东完全是个"知识界我所认识的最不同寻常的无政府主义者"②。伽利玛肯定会发表凯塞尔进入法兰西学院的答谢辞，这是他的传统了，他为许多作家这样做过。

对于保朗，加斯东却不能原谅他想穿绿衣。那是在1964年。那个"勤奋的战士"在那个小圈子里干什么？他竟然毫不犹豫地跻身于那四十几个人当中，有这个必要吗？加斯东气不打一处来，想起NRF的老一代人都发过誓：绝不到那个坏地方去冒险。总之，如同杂志和老鸽舍剧院，出版社的产品中总有一部分是反"学院精神"的，这不可否认。马尔罗试图平息加斯东的怒气，解释说，如果不把保朗这种人推进学院，那学院将永远像人们所指责的那样：成了一些老成持重的老顽固的俱乐部，只关心保住或改善自己的物质状况。但加斯东闭耳不闻。保朗的动机跟他本人的性格一样：多变而复杂。其中一个原因，他的朋友安德烈·多泰尔认为是最重要的：保朗曾在回答记者的提问时说，看到那么多同事得到奖赏之后，自己终于也得到了荣誉，他感到很高兴。这等于说："你想想，我也成了一个作家！"③用在他眼里

---

①② 《文学杂志》，1969年9月，第32期。
③ 《法国文学》，1968年11月22日，第1253期。

最可悲的方式，公开越过出版家与作者的界限，这也许是加斯东最不能原谅的。他坚决拒绝参加弗洛朗斯·古尔德为庆祝新院士在莫里斯饭店安排的庆典。在一段时间中，伽利玛跟他发生了冷战，误会持续了很长时间：在 NRF 和伽利玛出版社工作了半个世纪的让·保朗，他的全集竟是在另一家出版社……克洛德·乔出版社出版的！

尽管年岁已高，加斯东·伽利玛仍忠诚于他一直自豪地遵守的原则，宁愿坚持坏主张也不愿意不断地更换好主意。他跟作者的关系跟着时下的口味和时间的要求走。当让·热内向加斯东要钱、想给他当时的被保护者换个汽车发电机时，加斯东拒绝了他提出来的天文数字，说了几个小时的理由，当热内失去耐心时（"你甚至都不知道曲柄轴是什么东西！"），他接过话头，向作家详细解释起来，技术方面的问题他说得非常在行，那个连接轴是如何工作的……然后，他给了钱。

罗歇·尼米埃知道自己被伽利玛当作一个宠臣，加斯东常常请他在贝克莱吃饭，在办公室里几小时几小时地跟他谈天说地，甚至送给他一辆跑车，尼米埃非常感激他，把那辆车命名为"加斯东-马丁"。应该说，他之所以讨伽利玛喜欢，除了他的作家素质和性格之外，还因为他能干，他填补了这个出版社一直缺少的一个位置：尼米埃在任何时候都能向作者打听他们的稿子或书的状况，而又不会让他们有不舒服的感觉，觉得自己受到了打搅或受到了无礼的要求，而其他人这样做往往会给他们这样的感觉。只要读几篇塞利纳的文章，就可以知道尼米埃是多么懂得如何让自己在一个战略上非常重要但往往被忽略的岗位上成为不可替代的人。由于这种优点和性情，加斯东很喜欢这个狂妄的年轻人，他很少能跟别人这样开玩笑、说笑话，嘲笑人或事。他不喜欢让谁下不了台，有一天，他在出版社的门房里过夜，他觉得社里只剩下自己一个人了，便没有敲门就进了尼米埃的办公室，撞见尼米埃正跟一个高大的女演员在一起，他立即就掩饰起自己的惊讶之情，用尊敬的口气问：

"我要关掉走廊里的灯吗，尼米埃先生？"

加斯东·伽利玛是个会工作也会玩的人。他能放下一切去度长假，忘掉办公室的事去吃美餐，忘掉讨厌的人去陪诗人。他喜欢到办公室去看大家，喜欢带领大家就最怪异的题材打赌，或跟合伙人一起想象着用什么方式去回答税务检查官寄给塞巴斯蒂安-博坦路5号弗朗茨·卡夫卡先生的一封信……他不喜欢滔滔不绝、庸俗和学究的人，抱怨现代人的修养不如以前，但他喜欢大胆的人，如果这个人敏锐和幽默的话。1950年的一天，他收到一个三十岁的作者的求访。几年前，出版了他的散文《恺撒情结》之后，加斯东曾给他写了几句鼓励的话，千篇一律的句子："……我很感兴趣……我将很荣幸能出版您的下一本书。"天知道？作者去了拉丰出版社，但不该诅咒他没前途，他还年轻，似乎挺有出息。现在，加斯东全都想起来了。于是，他接见了杜图尔。后者对他说：

"四年前，您曾给我写过信……"

"是这样……"

"后来，我去了伦敦，替BBC的法语部干了三年，我想家，于是回来了，我又看到了您的信……我失业了，身无分文：您能让我在您这里扫地吗？"

加斯东笑了，说给他一点时间考虑考虑。二十四个小时后，杜图尔收到了一封录用信，当文学顾问。他在出版社待了十六年，薪水不高，但工作也实在不重。他很快就明白了，这个头衔，这个"位置"，通常是给那些伽利玛对他们有好感、想长期拴住的作者的，希望能留住他们未来的作品。为了挽回面子，还是尽量用一用他。伽利玛让人在三楼给他找了一间办公室，在加缪和勒马尚的办公室之间。他在那里编"请予刊登"——书的内容梗概——是给那些没有时间或偷懒的记者准备的——他往往没有看那些书，只满足于感觉一下，或让作者本人自己来写。在几年当中，这就是他这个"文学顾问"的主要工作，除了翻译《老人与海》，推出《里特莱辞典》，还在审读委员会待过一段时间，他在那里感到很烦闷，别人也烦他，大家都发现他有一个癖好，就是想不断地枪毙所有的稿子。[1] 与此同时，他出版了差不多十五六本书，其中有的在书店里销得很好，另外一些受到评论家的好评，要么就是又畅销又获得好评。对加斯东来说，这才是主要的。

当加斯东把罗歇·瓦扬从布歇-夏斯特出版社招来时，他才不管作者是不是共产党员呢：

"我不是共产党员，但我出过不少共产党作者的书。"他对瓦扬说。[2] 他知道，瓦扬的小说《漂亮的面具》由于书中的政治内容在他之前的出版商那里遇到了困难。

加斯东给了他很高的预付金，想让他下决心签订合同，但瓦扬把支票退了回来，要求一书一合同，而不是一个合同把以后的书都签完，以免被拴住。加斯东很不高兴，但同意了。他看得

---

[1] 让·杜图尔向作者证实。
[2] 伊丽莎白·瓦扬，《滑稽的生活》，拉泰斯出版社，1984。

很准：他出版了瓦扬的第二本小说《律令》，1957年获得了龚古尔奖。

加斯东从不放弃。1952年，他来到阿弗勒河堤路，和斯文·尼尔森和让·法雅尔一道，欢迎自解放后就成了"美国人"的乔治·西默农，现场的数千名崇拜者一字一字念着西默农的名字。① 同年，加斯东写信给刚刚在格拉塞出版社出版了《一个陌生人的日记》的科克多："你有理由说出可悲这个词，因为看到你在别的地方出书，对我来说真是一种可悲。我对许多事情都已麻木，但我自年轻以来至今不变的，是我希望得到我所喜欢的人，我也希望他们喜欢我。"② 他的同行朱丽亚尔出版了五十年代最畅销的小说之一《你好，忧愁》，他非常窝火，1958年，他出现在弗朗索瓦丝·萨冈与吉·舍勒结婚的婚礼上。为了让马塞尔·儒昂多遵守和他的出版社签的有利于他的合同，他随时准备拳脚相加。在双方律师基耶曼和巴丹泰先生的调解下，他最后屈服了，但主要还是因为作者在他的出版社里资格老。儒昂多与塞利纳、萨特、尼米埃和许多别的作者一样，一直到死都欠着加斯东的债。这没什么关系：出版社拥有五十年的文学积累，有前途，得到了教科书的承认，直到某一天它们也进入公共领域为止。

他对出版界或自己的企业在发展中的重要日子和分裂的时刻记得很清楚。有什么例子呢？1954年，"七星文库"丛书一百期，出版普鲁斯特全集……1957年3月11日关于文字知识产权的法律最终让作家对自己的作品享有物质和精神使用权……1953

---

① 布莱斯勒，《乔治·西默农的秘密》。
② 科克多，《落幕的过去》。

年"大众读物"首发,最早上电影的文学节目……同年,最畅销的三本袖珍版图书之一——圣埃克絮佩里的《夜航》投入市场:袖珍版图书中的三分之一都来自伽利玛出版社。破了纪录……1965年至1966年,在法兰西信使出版社和《现代》杂志上就"口袋文化"被指责为"穿上平民服降级文学品位"而进行辩论和论争……1961年,"伽利玛书店"这一标签让位于"伽利玛出版社",而NRF的徽标则保留下去……"黑色系列"第一千本,1966年的一个晚上,圣日耳曼的拉波夏德书店举行酒会,庆祝金·汤姆森的《1275个灵魂》,书店人满为患……

一个时代的终结。

第十时期

1967年—1975年

到了该做总结的时候了。

用金融术语来说，这是个正数。总资产1969年为37 538 311.14法郎，两年后增加到470 499 641.44法郎。图书目录越来越厚，质量也越来越好。只要加斯东还在，人们就把他当作一个保证，之后呢……审读委员会中除了那些老人——马塞尔·阿尔朗、路易-达尼埃尔·伊尔什、雅克·勒马尚、布里斯·帕兰、雷蒙·格诺、加斯东和克洛德·伽利玛，战后又逐渐增加了多米尼克·奥丽（这个权威组织中的第一位女性）、让·布朗扎、罗歇·凯卢瓦、米歇尔·德吉、路易-勒内·德福雷、让·格罗蒂森、让·乔治·朗布里什、米歇尔·莫尔、皮埃尔·诺拉、克洛德·卢瓦和两个小伽利玛：罗贝尔（加斯东和雷蒙的另一个兄弟雅克的儿子）和克里斯蒂安（克洛德的儿子、加斯东的孙子）。

当他的竞争对手们联合一个专业作家和一个证人推出"录音书"的时候，加斯东·伽利玛可以骄傲地翻阅着自己的图书目录，读着自己的杂志，与他的审读委员会成员交谈，查询销售状况，心想：传统的、权威的、野心勃勃的出版业，必须比任何时候都更苛求，只要条件允许。1967年，他的丛书及其主编越像是安排在战略要地的哨兵，作品的生命力就越有保障，拒绝平庸也越有可能，这永远是两盏指路明灯：乔治·朗布里希（"道路"）、阿拉贡（苏联文学）、勒内·贝特雷（"拂晓"）、皮埃尔·比热（"七星文库"）、罗歇·凯卢瓦（"南部十字架报"）、马塞尔·杜阿梅尔（"黑色系列"）、弗朗索瓦·埃瓦尔（《精神》）、艾蒂昂布尔（"认识东方"）、罗歇·格勒尼埃（"日常图书"）、皮埃尔·拉扎雷夫（"时尚"）、皮埃尔·诺拉（"人文书库"）、J.-B. 蓬塔里（"认识无意识"）、雷蒙·格诺（"七星百科"）、让·罗斯坦（"科学的未来"）、让-保尔·萨特（"哲学文库"）……①

这些都能卖，有时甚至卖得很好。雄辩地证明了质量和盈利并不矛盾。加斯东·伽利玛把从中得出的这些不可动摇的原则和"行业哲学"传给了他的儿子，并逐渐把所有的权力都交给了他，让他保证出版社的良好运作。

1970年，公子五十六岁了。他内向而顽强，对账本比对书本更加习惯，他花了三十年才有了自己的名字，这是出现在统治王国中最严峻的考验。为了不仅仅是"加斯东的儿子"和有两百多名雇员的企业的领导，他增加了自己的活动，推出了一些丛书，在同行面前确立了自己的形象，至少是对他们当中的一些人来说是这样，那些经过精心挑选的同行，他尊敬他们，不仅仅把他们当作商人。ZED出版社和伽利玛出版社于1967年实现了合并，他的第一批客户和合同带来了收益，他积极参加许多书店和出版社的活动，拥有了重大的投资股份，致力于建立良好的形象。有的作者，甚至在他出于政策和策略方面的考虑而长期接近的作者当中，并不总是在巴黎的文坛上给他做正面宣传。其中有个人，在出版社工作了十五年，他是加斯东招进去的，但被克洛德开除了。他后来曾说：

"我是在路易十四统治时期进入伽利玛出版社，在费里克

---

① 《新观察家》所列的书单，1967年5月31日。

斯·福尔当总统的时期①离开的……"

于是克洛德·伽利玛开始接受采访，以向外界表示 NRF 的继承人并不像人们传说的那样看不起人、冷漠、难相处。"阿歇特事件"使他有机会很好地证明了伽利玛出版社，即"他"的企业，已经断然翻到了新的一页。从 1932 年开始就把伽利玛出版社和阿歇特联系了起来的独家发行合同在 1949 年已经更新了一次，没有太大的问题。1956 年，又要重新更新了，但双方发生了争执，慢慢地谈了两年，最后才在一份厚达五十多页的文件下方签名。对加斯东来说，这是一个报警信号。阿歇特将逐步取消让他安全了那么多年的优惠，抽取所发行图书价格的 48% 作为赢利。当时的一般平均数在 50% 左右，此前一直在这两个大社之间的关系中占统治地位的"传统友谊"开始成了美好的回忆。

1971 年 2 月即将到期的合同在 1970 年 2 月 28 日就必须宣布废除。这次，事情弄得有点紧张了。正如预料的那样，阿歇特有些要求，但这些要求不再通过一个认识多年的老朋友吉·舍勒提出来（舍勒在场，大家总能找出妥协的办法），而是通过几张新面孔：伊蒂埃·德·罗格莫雷尔，集团总裁，尤其是书籍部主任贝尔纳·德·法鲁瓦。很快，两家出版社之间的冲突首先成了两个人之间的冲突，克洛德·伽利玛和贝尔纳·德·法鲁瓦，两人都想在各自的出版社中树立威望。

一开始谈判，伽利玛就建议由阿歇特来负担代理费和给书商的佣金，让他负责开发票、发货和仓储事务。他把这种服务费调到书价的 11%，然后等待一个永远等不到的回答。塞巴斯蒂安-博坦路方面承认出版社想直接负责新书的销售，它认为由阿歇特

---

① 费里克斯·福尔，1895—1899 年任法国总统。——译注

来销售不能让人放心，因为他们还是把销售的重点放在老作家身上。①阿歇特不愿意当这种服务人员，但开始的时候他没有发表意见，也没有回答。而是在心里暗暗地想，如果伽利玛出版社遇到了困难，集团愿意收购，就像他们习惯做的那样。最后，他终于对这个建议提出了反对意见，在他看来，发行费已经超过了52%！②

克洛德让合同延长了一年。有十二个月的时间来摆脱困境。阿歇特的战略很清楚：它符合一个不断扩张的帝国的逻辑，由于客户的不幸，由于一个想证明自己存在的人的个人心理，这个帝国在增大。在伽利玛出版社，人们认为发行费太高、太不合理了，不管仓储、包装的费用和给书商的折扣有多高，"因为，图书的增加可以说是跟着工资的增长水涨船高的"。人们发现，1932年阿歇特真的给了伽利玛好处，但这种好处现在已逐渐减少，那些众所周知的优惠几乎已荡然无存。"如果阿歇特继续以七五折购买印数不到三千两百册的新书，不到一年，卖不掉的书将用来更换肯定能卖掉的重印书。"这一措施对一家已有三十年历史的出版社也许会感兴趣，但对塞巴斯蒂安-博坦路的这个企业来说，门都没有。

"另一方面，发给阿歇特的各类图书的结款期限是九十天，也就是说，比书店跟阿歇特结款的时间长。所以说，阿歇特给伽利玛的财务便利是一个必须戳穿的古老神话。根据结算机制，阿歇特赚了一个月的账期。"③

---

① 对克洛德·伽利玛的采访，《世界报》，1970年5月30日。
② 对克洛德·伽利玛的采访，《十字架报》，1970年6月2日。
③ 对克洛德·伽利玛的采访，《世界报》。

不能做出让步。儿子的决定和孙子的支持让加斯东十分吃惊。孙子克里斯蒂安十九岁，在美国游学了几个月后刚回来，他还在纽约的哈考特-布雷斯与约瓦诺维奇出版社实习了一段时间。伽利玛们一天天以家庭会议而不是董事会的名义聚在一起，不愿匆匆行事。涉及的利益太多了。跟阿歇特合作出版的那四套丛书"黑色系列""袖珍图书""七星百科""形式的世界"怎么办？

大家选择铤而走险，去干以前没有干过的事。尽管这样可能会负债累累，要建立基本的技术架构，伽利玛还是决定宁愿断交，也不能在战争还没有真正开始之前就败北，而让阿歇特取得最后的胜利。在半年当中，伽利玛创办了自己的发行公司"拉索迪"，稍后又推出了自己的袖珍版丛书"福里奥"（Folio）。一年前，伽利玛在阿歇特发行公司的营业额里占13%，在"袖珍书"的一千五百种图书中拥有五百一十六种的版权。

阿歇特的损失可大了。他说："这等于打开了一个缺口，必须补上……"经济记者米歇尔·塔迪厄很好地总结了这一形势："阿歇特和伽利玛离婚了。对于出版界的专业人士来说，这是半个世纪以来的大事。对其他人来说，这是一个不合时宜的消息。现在，大家都喜欢合作而不是分裂……他们的合作曾经是完美的，它把权力和荣誉结合在了一起。"[1]

对伽利玛来说，一场新的历险开始了。

但加斯东没有参加。

1975年，他所有的朋友都死了。全都死了。早就死了。1968年是他的妻子让娜，两年后是他的弟弟雷蒙，然后是保朗、施伦

---

[1] 《快报》，1970年5月18日。

贝格尔、帕兰、伊尔什……地址本划掉了不少名字。

到了九十四岁的时候，他已经成了自己的影子。他晚死了几年，嘴里唠叨着他所喜欢的人，看到他们一个个倒下去，病怏怏的，他感到很难过。他听力不好，听不大清楚，但脑子还很清楚。他要求看看一些有才能的作者写的稿子，但大家都知道他并不会真的读。几年前，他就已经不接电话了。总之，参加董事会或当董事长总得有个年龄限制：九十九岁。

为了捍卫自己的文学和他所喜爱的诗人，他还在每周二的下午5点去参加审读委员会的例会。他的着装依旧——蝴蝶结，深蓝色的衣服笔挺——但他神色疲惫，眼镜的镜片遮住了他狡黠的目光，他的声音有点沙哑了。这个观察者非常安静和专心，想让委员们尽量把他忘记，他们都埋头于自己的报告。加斯东太老了，不能再让年轻的一代平静下来，尽管他也觉得——因为他的直觉没有受到影响——那样的东西缺乏"必要的质量"，不能从手稿变成铅字，印上 NRF 的字样。由于听力衰弱，他跟其余的世界都分开了。当他看到某个审读员哈哈大笑时，他便会要坐在他右边的侄子罗贝尔清楚地把那些俏皮话和幽默大声转述给他听。

加斯东很清醒，知道自己的力量和弱点。他记忆力还好，但并非天天如此，所以他下午才去办公室，司机在固定的时间来接他。他把最好的时间留给他的朋友、作者与合伙人。他还想回到他的世纪，但做不到了。报纸呢？他已经看不懂了，哪怕是《费加罗报》……他越是回忆起自己的过去，越觉得不能接受。他试图看杂志，甚至看菲利普·索莱尔斯编的《原样》，看一些新出的书或电视上的文学新节目，如"顿呼"（Apostrophes）。但是不行。他不接电话，百无聊赖之中重新读起狄德罗的书来，狄德罗从来没有让他失望过。他觉得当代人的缺点，是他们太虚荣，只想毫无意义地出人头地,不够谦逊。以前,他可以轻易地让保尔·瓦莱里删去《欧帕利诺或建筑》中的几行,他觉得排出来太长了。排出来之后,文章又太短了。瓦莱里没有不高兴,又加了几行。今天,对绝大部分作家来说,这样做是大逆不道。让伽利玛感到痛苦的正是这一点。

他高兴的地方呢?孙子们的微笑,儿子的成功,和侄子们谈起过去,和老流派的某个作家一起吃顿美餐,身边美女相伴,还有一些小事情:他的藏书中缺了"今日诗人"丛书中的路易丝·德·维尔莫兰专号,他找了好几年,后来皮埃尔·塞格斯送给了他。

有什么遗憾呢?像大家一样。有几个作家——于连·格拉克、弗朗索瓦·莫里亚克等——他曾希望他们能到他的出版社里来做事。不是为了荣耀,而是想"补齐"书目。他既想这样圆满地画上句号,也想让"他"的作者们获得奖章和荣誉:法国人得了十八次诺贝尔文学奖,其中有六次是他的作者得的;他的作者们还得了二十七次龚古尔奖、十八次法兰西学院小说大奖、十二次联合奖、七次美第奇奖、十次雷诺多奖、十七次费米娜奖,还不算他控制的出版社的作者所获得的奖和一些比较次要的奖……没有弄到于连·格拉克和莫里亚克,犯了小小的错误。

后悔没有当成作家吗?也许,但并不像别人以为的那样强烈。他希望"他的"《朱迪特》,至少是世纪初他跟皮埃尔·德·拉努克斯一起翻译和改编的费里迪希·黑贝尔的剧本,能在巴黎的舞台上演出。作为戏剧爱好者和"作者",他会因此而很高兴。1963年,他的旧梦差点实现。女演员西尔维娅·蒙福尔在NRF的地窖里寻找东西时,偶然发现了一本尘封的《朱迪特》,她读了以后非常激动,完全被征服了,便建议加斯东把剧本搬上舞台。加斯东同意了，他也很激动，但他不愿意参加作家协会：

"我？您开玩笑吧？我一直讨厌参加什么组织。要参加也不会在我这个岁数参加！"

尽管他希望独立，他还是不得不让步了。小小的牺牲换来巨大的快乐。但一场误会和一系列小动作破坏了他的快乐：另一个小剧团临时找到他们，要演出这个剧本，不用西尔维娅，也不要加斯东的协助。他又震惊又失望，不想在"彩排"的前几天去找那些不诚实的人行使自己的正当权利。他很痛苦。人们破坏了他唯一一次当作者的乐趣，但他高兴地接受了专栏记者的采访，夸奖"自己的"剧本的优点。①

如果他愿意的话，他还可以得到更大的快乐：写作和出版他的回忆录，然后，在生前享受他死后肯定会得到的交口称赞。但他一直不愿意把回忆落在纸上，尽管不断有人劝他这样做。理由很多：自己有些懒，达不到文学要求，一开始就与大作家交往使他自惭形秽，不敢动笔，怕受别人评判。他一直拒绝接受采访，像别的许多活动家一样，回答说：必须在说和干之间作出选择。他尤其知道不能什么都写出来：事实真相会伤害太多的人。他喜欢给朋友或合伙人讲述某位大作家的轶事，往往有点低级趣味，让人突然觉得那位大作家竟如此吝啬，但这些故事仅限于茶余饭后。他自己检查过、清算过回忆，跟他本人一样，也就是说审慎而有风度，总之，对任何人都不会有害。故事中的他将很平庸，"空白"、省略、对模糊的事和模糊的人一掠而过，这些都将受到猛烈的批评。然而，大家却在等待这本著名的书，以至于贝尔

---

① 西尔维娅·蒙福尔向作者证实。

纳·皮沃主持的《费加罗文学报》的专栏上发表了一些节选后，马上就在业界引起了轰动："加斯东·伽利玛在最后修改他的回忆录，秋季将在让-雅克·波韦尔出版社出版"，人们惊讶地读到了这样的句子，然后突然想起来当天是 4 月 1 日愚人节。[①]一提起加斯东·伽利玛在写回忆录，大家就在焦急地等待那条鱼的出现，希望看到加斯东·伽利玛的内幕和他难以捉摸的立场。但他没有忘记贝尔纳·格拉塞的书并没有真的写完，罗贝尔·德诺埃尔在解放后匿名在自己出版社出版的书则遭到了失败。

要写的东西太多，涉及的人也太多。

有些人成功地从他嘴里挖出了一些东西，有些人却没有这样的运气。如果只问他关于马尔罗和德里厄的事，研究者往往会受到很好的接待。如果他们谈的是法尔格或拉尔博，他们将受到欢迎。但加斯东躲避记者。他对玛德莱娜·夏普萨尔有偏爱，夏普萨尔在法兰西信使出版社出过一本小说：在整整一年当中，每个月两个小时，他接见她，跟她谈过去和现在，让她录音，条件是谈话的内容——从头到尾都很激动人心——在他生前不能发表。曾在他那里出过小说的亨利埃特·耶里内克跟他谈过多次，想给电视三台让-约塞·马尔尚的"档案"系列做一系列关于"加斯东·伽利玛和 NRF"的节目，但最后不得不放弃录制。[②]

可以谈谈过去，但加斯东不能把他的出版社的"所有"历史都说出来。他必须进行筛选，选择可以说的人和事。1975 年秋，马塞尔·阿尔朗交给他一篇文章的清样，是热拉尔·黑勒的杂志约的稿。黑勒在占领期间曾是书刊检查官，帮过出版社的许多

[①] 《费加罗文学报》，1968 年 4 月 1 日。
[②] 亨利埃特·耶里内克给作者的信。

忙。那篇题为《一篇丢失的日记片段》的文章，着重引用了萨特的一句话："可从赤裸裸的反抗开始这并不坏：归根结底，一切源于拒绝。"那篇回忆黑暗岁月的文章总共十六页，伽利玛的名字却出现了十来次。这太过分了，他坚决反对刊出这篇文章。那个时代的事情有许多不能说，哪怕是在三十年后。欲知详情，必须等待雅克·勒马尚的日记出版，根据司法顾问的意见，那篇东西锁在出版社的保险柜里，究竟会不会出版谁也不知道；或者等雷蒙·格诺的日记，这部日记涉及他的生活，谈到了伽利玛出版社的琐事，谈到了出版社和他本人的辉煌时刻。

他不喜欢这类回忆。加斯东只对能留给后世的持久又重要的东西感兴趣，完全忘记了自己走过的沟沟坎坎。错误？他犯过。但结果是：一份在世界上独一无二、得到普遍承认的著名书单。"伽利玛是法国文学的同义词"，[①]美国出版界的一份官方杂志不是这样说吗？除此之外，加斯东可以永远这样说，他的成功归功于一系列偶然：或者说，是他思想的结果，更具体地说，要归功于他的文学思想以及为这种思想服务的那些人。

1975年秋。像以往一样，加斯东·伽利玛在法国南部度完了假。他在儿子位于拉克鲁瓦-瓦尔梅的家中逗留了一段时间。回到巴黎后，他感到不适。据说是觉得有些疲惫。三年前曾恐慌过一次，肺部问题引起了高烧，他住进了医院。这次，为保险起见，大家强迫他到讷伊的美国医院住院。只有他的儿子、孙子们和他的侄子罗贝尔允许去看他。死亡？他不愿意谈及，除非是为了拿它开玩笑，就像在帕兰的葬礼上一样。那是一个罕见的星期二，审读委员会没有开例会。加斯东在送葬的队伍中说："那是

[①] 赫伯特·洛特曼的文章，《出版人周刊》，1968年1月15日。

个好人，他从来没有要求我给他增加工资。"还有一次，他手里拿着一份报纸，对他办公桌旁边的一个同事说："您看见了吗？斯特拉文斯基死了！"好像他很高兴那代人的去世。他是个勇敢者，走在最后。

在医院里，他只能谈论女人和文学，问这个人某位作者的东西什么时候出版为好，问那个人某套丛书的下一本书是什么。

突然间，他去世了。

他死得很安详。没有痛苦。直到生命的最后一刻，他还痛恨仪式。他要求尽可能悄悄地下葬，这不是格式性的条文。他葬在普莱萨尼-劳格约的小公墓里，他在那里买了一块地。下葬那天，只有他的儿子克洛德、他的儿媳妇、他的孙子们和他长期的女友D夫人到场。这寥寥几个人代表了几千人。

根据他的遗愿，他的儿子在第二天召集了亲朋好友，向他们宣布：加斯东去世了，已经埋葬。媒体一致赞扬他，溢满赞誉之词。评论过NRF好坏的作家们从四面八方赶来，颂扬这位出版人和他的为人，忘了分歧、争吵甚至打官司。面对哀悼，仇恨全消。许多人都说他们的生活和作品跟加斯东·伽利玛有关，觉得有必要指出，没有他，这个国家的文学史将是另一个样子。最真诚、最朴实的赞扬也是最简短的：普莱萨尼-劳格约的地方报纸发表的一篇文章。在1月2日的《韦尔农民主报》上，人们可以读到这样的文字：

"巴黎著名的出版家（他的书店对法国文学起了相当重要的影响）圣诞节那天在巴黎去世，终年九十四岁。他选择了最伟大的作者群，影响了整个二十世纪中期……老居民们谈起他的出版社时会说，那是'加斯东的出版社'，老人们都叫他加斯东先生……"

致　谢

没有那些宝贵的支持，这本书是无法完成的。我首先要感谢玛丽亚娜-埃莱娜·达斯泰和阿里·里维埃；他们的建议、帮助和关于雅克·科波和雅克·里维埃的生平和著作的资料是无可估价的。

加斯东·伽利玛生平的许多见证者——家人、朋友、生意伙伴、敌人……——同意见我，条件是我不公开他们的名字。我这样做了。我还要感谢以下女士：

萨比娜·罗贝尔-阿隆、吕西安·库夫勒尔-卢歇、勒内·德鲁埃尔、让妮娜·伽利玛、卡特琳娜·纪德、萨拉·阿佩里、安娜·伊尔什、玛丽亚娜-路易丝·海勒、莫尼克·奥费-施伦贝格尔、亨利埃特·耶里内克、拉菲特-拉诺迪、西尔维亚·蒙福尔、雅克琳娜·德·普罗雅尔、让·瓦里埃、玛德莱娜·维梅尔，和以下先生：

让·阿德马尔、马塞尔·阿朗、克洛德·阿弗里纳、勒内·巴雅韦尔、马克·贝尔纳、皮埃尔·蓬塞纳、布鲁克贝热神甫、莫里斯·沙普朗、弗朗索瓦·沙蓬、吕西安·孔贝尔、米歇尔·德鲁安、让·杜图尔、让·法维埃、亨利·福吕谢尔、热拉尔·黑勒、勒内·伊尔逊、维达尔·雅科布森、罗贝尔·康泰斯、斯特凡·凯米斯、罗朗·罗登巴克、埃尔韦·勒博泰、克洛德·马丁、迪奥尼斯·马斯科罗、帕斯卡尔·梅尔西埃、皮埃尔·莫尼埃、马塞尔·蒙塔隆、莫里斯·纳多、菲利普·罗布里厄、安德烈·席弗兰、西蒙·席弗兰、皮埃尔·塞格斯、克洛德·西卡尔、乔治·西默农、菲利普·苏波、亨利·蒂森、莫里斯·托埃斯卡、维尔高尔。

如果本书还有一些值得肯定的东西，我要归功于他们，而一部开拓性的传记中不可避免的错误则由我一人来承担。

克洛德·伽利玛和他的合伙人让-皮埃尔·多潘和帕斯卡尔·富歇给我接触有关加斯东·伽利玛的新闻资料、阅读出版社简要的"史实说明"、了解关键时期（除了被占时期）审读委员会的主要组成人物提供了方便。他们书面回答了我的一些问题，这使我得以看见浮出水面的冰山一角。我在此感谢他们。

最后，我要感谢我的女儿梅丽（一岁）没有把我的全部资料全都破坏掉。